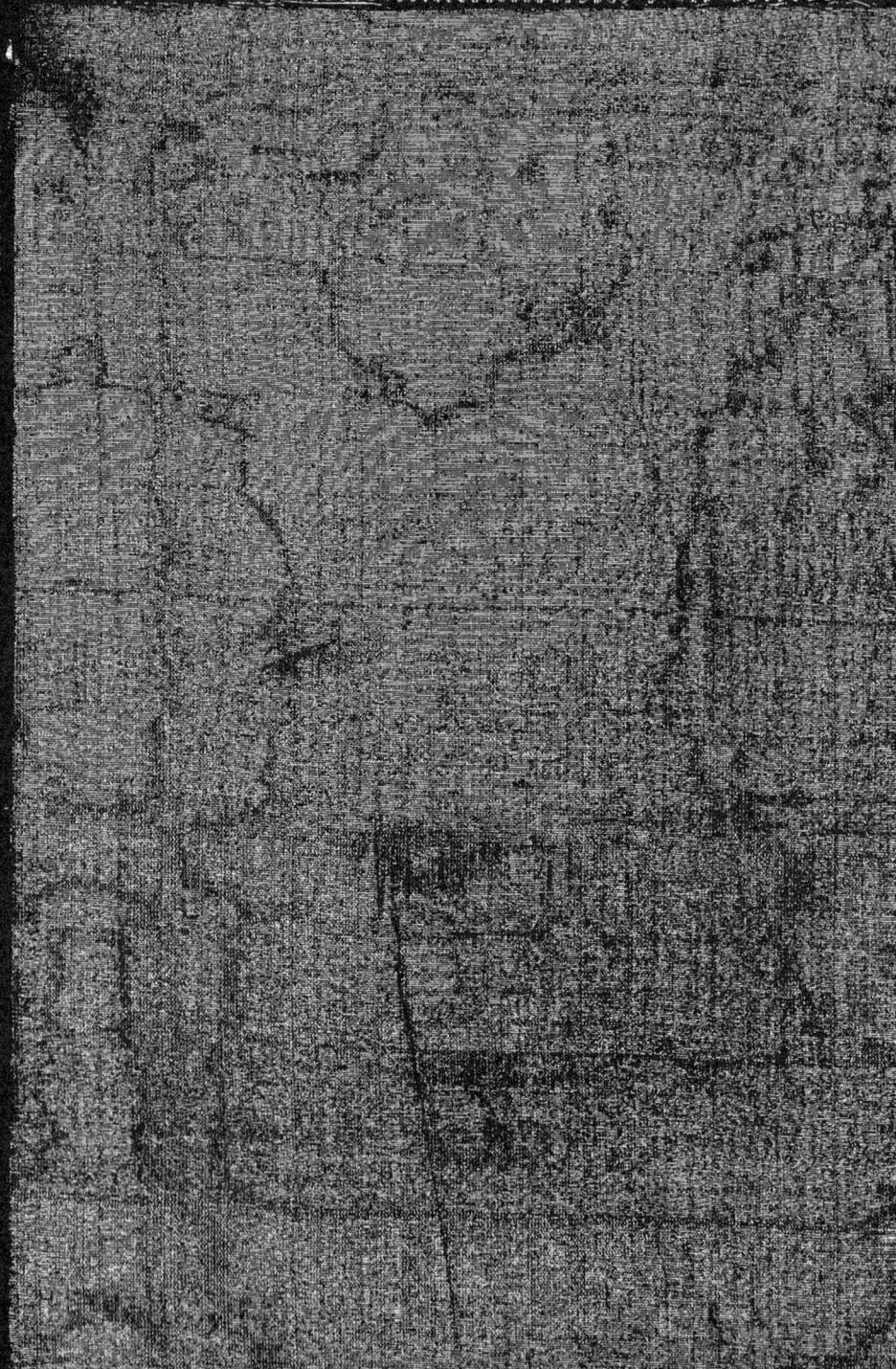

OEUVRES

COMPLETES

DE

VOLTAIRE.

OEUVRES

COMPLETES

DE

VOLTAIRE.

TOME TRENTE-UNIEME.

DE L'IMPRIMERIE DE LA SOCIÉTÉ LITTÉRAIRE-
TYPOGRAPHIQUE.

1 7 8 5.

PHILOSOPHIE

DE NEWTON.

AVERTISSEMENT

Ce volume renferme les principaux ouvrages de M. de *Voltaire* fur la phyfique. On y trouvera :

1°. Ses Elémens de la philofophie de *Newton*.

2°. Une réponfe aux critiques de cet ouvrage.

3°. Une differtation fur le feu , qui a concouru en 1740 pour le prix propofé par l'académie des fciences de Paris.

4°. Un mémoire fur les forces vives, préfenté à la même académie.

5°. Des réflexions fur deux ouvrages de Mme la marquife *du Châtelet*. Ses inftitutions de phyfique, et une differtation fur le feu qui avait concouru avec celle de M. de *Voltaire*.

Ces ouvrages font fuivis de plufieurs morceaux d'hiftoire naturelle : une *Defcription d'un nègre blanc*, une *Differtation fur les changemens arrivés au globe*, un recueil de différentes obfervations, intitulé *Singularités de la nature*, et des *Lettres d'un capucin et d'un carme*

A 2

à l'occafion des expériences de M. *Spalanzani*
fur les limaçons.

Lorfque M. de *Voltaire* compofa fes Elémens
de la philofophie newtonienne, prefque tous
les favans français étaient cartéfiens : *Maupertuis*
et *Clairaut*, tous deux géomètres, de l'académie
des fciences, mais alors très-jeunes, étaient
prefque les feuls newtoniens connus du
public.

La prévention pour le cartéfianifme était
au point que le chancelier d'*Aguesseau* refufa
un privilége à M. de *Voltaire*. Quarante ans
auparavant, la philofophie de *Defcartes* était
profcrite dans les écoles de Paris ; et l'exemple
de ce qui était arrivé n'avait point fuffi pour
apprendre que c'était en vain qu'on s'oppofait
aux progrès de la raifon, et que pour juger
Newton comme *Defcartes*, il aurait fallu du
moins fe mettre en état de les entendre.

L'ouvrage de M. de *Voltaire* fut utile ; il
contribua à rendre la philofophie de *Newton*
auffi intelligible qu'elle peut l'être pour ceux
qui ne font pas géomètres.

Il n'eut garde de chercher à relever ces
élémens par des ornemens étrangers ; feulement il y répandit des réflexions d'une philofophie jufte et modérée, préfentées d'une
manière piquante, caractère commun à tous
fes ouvrages.

Il s'éleva toujours contre l'abus de la plaifanterie dans les difcuffions de phyfique. L'ingénieux *Fontenelle* en avait donné l'exemple ; *Pluche* et *Caftel* en fefaient fentir l'abus. Quelque temps après , M. de *Voltaire* fut obligé de s'élever également contre un autre défaut plus grand peut-être , la manie d'écrire fur les fciences en profe poëtique. Cet abus eft plus dangereux. Les mauvaifes plaifanteries de *Caftel* ou de *Pluche* ne peuvent qu'amufer les colléges et y perpétuer quelques préjugés : l'abus de l'éloquence au contraire peut fufpendre les progrès de la philofophie.

Trois philofophes partageaient alors en Europe l'honneur d'y avoir rappelé les lumières, *Defcartes*, *Newton* et *Leibnitz* ; et ceux qui n'avaient point approfondi les fciences plaçaient *Mallebranche* prefque fur la même ligne.

Defcartes fut un très-grand géomètre. L'idée fi heureufe et fi vafte d'appliquer aux queftions géométriques l'analyfe générale des quantités changea la face des mathématiques ; et cette gloire il ne la partagea avec aucun des géomètres de fon temps , qui cependant fut très-fécond en hommes doués d'un grand génie pour les mathématiques , tels que *Cavalleri*, *Pafcal*, *Fermat* et *Wallis*.

A 3

Quand même *Defcartes* devrait à *Snellius* la connaiffance de la loi fondamentale de la dioptrique, ce qui n'eft rien moins que prouvé, cette découverte était reftée abfolument ftérile entre les mains de *Snellius* ; et *Defcartes* en tira la théorie des lunettes : on lui doit celle des miroirs et des verres dont les furfaces feraient formées par des arcs de fections coniques. Il découvrit indépendamment de *Galilée* les lois générales du mouvement, et les développa mieux que lui : il fe trompa fur celles du choc des corps, mais il a imaginé le premier de les chercher ; et il a montré quels principes on devait employer dans cette recherche. On lui doit fur-tout d'avoir banni de la phyfique tout ce qui ne pouvait fe ramener à des caufes mécaniques ou calculables, et de la philofophie l'ufage de l'autorité.

Newton a l'honneur unique jufqu'ici d'avoir découvert une des lois générales de la nature ; et quoique les recherches de *Galilée* fur le mouvement uniformément accéléré, celles de *Huyghens* fur les forces centrales dans le cercle, et fur-tout la théorie des développées, qui permettait de confidérer les élémens des courbes comme des arcs de cercle, lui euffent ouvert le chemin, cette découverte doit

mettre fa gloire au-deffus de celle des philofophes ou des géomètres, qui même auraient eu
un génie égal au fien. *Képler* n'avait trouvé
que les lois du mouvement et des corps
céleftes ; et *Newton* trouva la loi générale de
la nature dont ces règles dépendent. La
découverte du calcul différentiel le place au
premier rang des géomètres de fon fiècle ; et
fes découvertes fur la lumière, à la tête de
ceux qui ont cherché dans l'expérience le
moyen de connaître les lois des phénomènes.

Leibnitz a difputé à *Newton* la gloire d'avoir
trouvé le calcul différentiel ; et en examinant
les pièces de ce grand procès, on ne peut
fans injuftice refufer à *Leibnitz* au moins une
égalité toute entière. Obfervons que ces deux
grands hommes fe contentèrent de l'égalité, fe
rendirent juftice, et que la difpute qui s'éleva
entre eux fut l'ouvrage du zèle de leurs difciples.
Le calcul des quantités exponentielles, la
méthode de différencier fous le figne, plufieurs
autres découvertes trouvées dans les lettres
de *Leibnitz*, et auxquelles il femblait attacher
peu d'importance, prouvent que, comme géomètre, il ne cédait pas en génie à *Newton* lui-
même. Les idées fur la géométrie des fituations,
fes effais fur le jeu de folitaire font les premiers
traits d'une fcience nouvelle qui peut être

A 4

très-utile, mais qui n'a fait encore que peu
de progrès, quoique de favans géomètres s'en
foient occupés. Il fit peu en phyfique, quoiqu'il sût tous les faits connus de fon temps,
et même toutes les opinions des phyficiens,
parce qu'il ne fongea point à faire des expériences nouvelles. Il eft le premier qui ait
imaginé une théorie générale de la terre, formée d'après les faits obfervés, et non d'après
des dogmes de théologie ; et cet effai eft fort
fupérieur à tout ce que l'on a fait depuis en
ce genre.

Son génie embraffa toute l'étendue des
connaiffances humaines ; la métaphyfique
l'entraîna ; il crut pouvoir affigner les principes de convenance qui avaient préfidé à la
conftruction de l'univers. Selon lui, DIEU,
par fon effence même eft néceffité à ne point
agir fans une raifon fuffifante, à conferver
dans la nature la loi de continuité, à ne point
produire deux êtres rigoureufement femblables, parce qu'il n'y aurait point de raifon
de leur exiftence : puifqu'il eft fouverainement
bon, l'univers doit être le meilleur des univers
poffibles ; fouverainement fage, il règle cet
univers par les lois les plus fimples. Si tous
les phénomènes peuvent fe concevoir, en ne
fuppofant que des fubftances fimples, il ne

faut pas en fuppofer de compofées, ni par conféquent d'étendues, fufceptibles d'une divifion indéfinie. Or des êtres fimples, pourvu qu'on leur fuppofe une force active, font fufceptibles de produire tous les phénomènes de l'étendue, tous ceux que préfentent les corps en mouvement.

Quelques êtres fimples ont des idées ; telles font les ames humaines ; tous feront donc fufceptibles d'en avoir ; mais leurs idées feront diftinctes ou confufes, felon l'ordre que ces êtres occupent dans l'univers. L'ame de *Newton*, l'élément d'un bloc de marbre, font des fubftances de la même nature ; l'une a des idées fublimes, l'autre n'en a que de confufes.

Cet élément, placé dans un autre lieu, par la fuite des temps peut devenir une ame raifonnable. Ce n'eft point en vertu de fa nature que l'ame agit fur les monades qui compofent le corps, et celles-ci fur l'ame ; mais, en vertu des lois éternelles, l'ame doit avoir certaines idées, les monades du corps certains mouvemens. Ces deux fuites de phénomènes peuvent être indépendantes l'une de l'autre : elles le font donc, puifqu'une dépendance réelle eft inutile à l'ordre de l'univers.

Ces idées font grandes et vaftes ; on ne peut

qu'admirer le génie qui en a conçu l'ordre et l'enfemble ; mais il faut avouer qu'elles font denuées de preuves , que nous ne connaiffons rien dans la nature, finon la fuite des faits qu'elle nous préfente ; et ces faits font en trop petit nombre pour que nous puiffions deviner le fyftême général de l'univers. Du moment où nous fortons de nos idées abftraites et des vérités de définition, pour examiner le tableau que préfente la fucceffion de nos idées, ce qui eft pour nous l'univers, nous pouvons y trouver avec plus ou moins de probabilité un ordre conftant dans chaque partie , mais nous ne pouvons en faifir l'enfemble ; et jamais, quelques progrès que nous faffions, nous ne le connaî-trons tout entier.

Leibnitz fut encore un publicifte profond, un favant jurifconfulte, un érudit du premier ordre. Il embraffa tout dans les fciences hifto-riques, politiques, comme dans la métaphy-fique et dans les fciences naturelles ; par-tout il porte le même efprit s'attachant à cher-cher des vérités générales, foumettant à un ordre fyftématique les objets les plus dépen-dans de l'opinion, et qui femblent s'y refufer le plus.

Mallebranche ne fut qu'un difciple de *Defcartes*, fupérieur à fon maître , lorfqu'il explique les erreurs des fens et de l'imagination , modèle plus parfait d'un ftyle noble , fimple , animé par le feul amour de la vérité , fans d'autres ornemens que la grandeur ou la fineffe des idées. Ce ftyle , la feule éloquence qui convienne aux fciences , à des ouvrages faits pour éclairer les hommes , et non pour amufer la multitude, était celui de *Bacon* , de *Defcartes* , de *Leibnitz.* Mais *Mallebranche,* écrivant dans fa langue natu- relle , et lorfque la langue et le goût étaient perfectionnés , peut feul , parmi les écrivains du fiècle dernier , être regardé comme un modèle : c'eft-là aujourd'hui prefque tout fon mérite ; et la France plus éclairée ne le place plus à côté de *Defcartes* , de *Leibnitz* et de *Newton.*

Après ces grands hommes , on admirait *Képler* , qui découvrit les lois du mouvement des planètes : *Galilée* , qui calcula les lois de la chute des corps et celles de leur mouvement dans la parabole , perfectionna les lunettes , découvrit les fatellites de *Jupiter* et les phafes de *Venus* , établit le véritable fyftême des corps céleftes fur des fondemens inébranlables , et fut perfécuté par des théologiens ignorans , et par les jéfuites , qui ne lui pardonnaient pas d'être un meilleur aftronome que les profeffeurs du *Grand* JESUS : *Huighens* enfin , à qui l'on doit la théorie des forces centrales , qui conduifit à la méthode de calculer le mouvement dans les courbes ; la découverte des centres d'ofcillation , la théorie de l'art de mefurer le temps, la découverte de l'anneau de *Saturne* et celle des lois du choc des corps. Il fut l'homme de fon fiècle qui , par la force et le genre de fon génie, approcha le plus près de *Newton* dont il a été le précurfeur.

M. de *Voltaire* rend ici juftice à tous ces hommes illuftres ; il refpecte le génie de *Defcartes* et de *Leibnitz*, le bien que *Defcartes* a fait aux hommes, le fervice qu'il a rendu, en délivrant l'efprit humain du joug de l'autorité, comme *Newton* et *Locke* le guérirent de la manie des fyftêmes ; mais il fe permit d'attaquer *Defcartes* et *Leibnitz*, et il y avait du courage dans un temps où la France était cartéfienne, où les idées de *Leibnitz* régnaient en Allemagne et dans le Nord.

On doit regarder cet ouvrage comme un expofé des principales découvertes de *Newton*, très-clair et très-fuffifant pour ceux qui ne veulent pas fuivre des démonftrations et des détails d'expériences.

Lorfqu'il parut, il était utile aux favans même ; il n'exiftait encore nulle part un tableau auffi précis de ces découvertes importantes ; la plupart des phyficiens les combattaient fans les connaître. M. de *Voltaire* a contribué, peut-être plus que perfonne, à la chute du cartéfianifme dans les écoles, en rendant populaires les vérités nouvelles qui avaient détruit les erreurs de *Defcartes* : et quand l'auteur d'Alzire daignait faire un livre élémentaire de phyfique, il avait droit à la reconnaiffance de fon pays qu'il éclairait, à celle des favans qui ne devaient voir dans cet ouvrage qu'un hommage rendu aux fciences et à leur utilité par le premier homme de la littérature.

La réponfe à quelques objections faites contre l'ouvrage précédent, prouve combien alors la philofophie de *Newton* était peu connue, et par conféquent combien l'entreprife de M. de *Voltaire* était utile. Nous remarquerons que, dans la vieilleffe de M. de *Voltaire* et après fa mort, on a répété les mêmes objections ; tant il eft vrai qu'il n'avait plus alors pour ennemis que des hommes bien au-deffous de leur fiècle.

La differtation fur la nature et la propagation du feu, concourut pour le prix de l'académie des fciences, en 1740.

Trois pièces furent couronnées ; l'une était de M. *Léonard Euler*, célèbre dès-lors comme l'un des plus grands géomètres de l'Europe. Il établit que le feu eſt un fluide très-élaſtique contenu dans les corps. Le mouvement ou l'action de ce fluide rompt les obſtacles qui dans les corps s'oppoſent à ſon exploſion, et ils brûlent : ſi ce mouvement ne fait qu'agiter les parties de ces corps, ſans développer le feu qu'ils contiennent, ces corps s'échauffent, mais ils ne brûlent pas.

M. *Euler* joignit à ſa pièce la formule de la vîteſſe du ſon que *Newton* avait cherchée en vain ; et cette addition étrangère, mais fort ſupérieure à l'ouvrage même, paraît avoir décidé les juges du prix.

Les deux autres pièces, l'une du jéſuite *Lozerande de Fieſc*, et l'autre de M. le comte de *Créqui-Canaples*, ſont d'un genre différent ; l'une explique tout par les petits tourbillons de *Mallebranche*, l'autre par deux courans contraires d'un fluide éthéré : l'honneur que reçurent ces pièces prouve combien la véritable phyſique, celle qui s'occupe des faits et non des hypothèſes, celle qui cherche des vérités et non des ſyſtêmes, était alors peu connue, même dans l'académie des ſciences. Un reſte de cartéſianiſme, qu'on trouvait dans un ouvrage, paraiſſait preſqu'un mérite qu'il fallait encourager. Cette ſageſſe avec laquelle *Newton* s'était contenté de donner une loi générale qu'il avait

découverte, fans chercher la caufe première
de cette loi, que ni l'étude des phénomènes,
ni le calcul ne pouvaient lui révéler : cette
fageffe ramenait, difait-on, dans la phyfique
les qualités occultes des anciens, comme s'il
n'était pas plus philofophique d'ignorer la
caufe d'un fait que de créer, pour l'expliquer,
des tourbillons, des courans et des fluides.

Les pièces de Mme *du Châtelet* et de M. de
Voltaire font les feules où l'on trouve des
recherches de phyfique et des faits précis et
bien difcutés. Les juges des prix, en leur accor-
dant cet éloge, déclarèrent qu'ils ne pouvaient
approuver l'idée qu'on y donnait de la nature
du feu ; déclaration qu'ils auraient dû faire avec
encore plus de raifon pour deux au moins des
ouvrages couronnés. L'académie, à la demande
des deux auteurs, fit imprimer ces pièces dans
le recueil des prix, à la fuite de celles qui avaient
partagé fes fuffrages.

On doit remarquer fur-tout dans l'ouvrage de Mme *du Châtelet*, l'idée que la
lumière et la chaleur ont pour caufe un même
élément, lumineux lorfqu'il fe meut en ligne
droite, échauffant quand fes particules ont un
mouvement irrégulier : il échauffe fans éclairer,
lorfqu'un trop petit nombre de fes rayons
part de chaque pointe en ligne droite pour

donner la fenfation de la lumière ; il luit fans échauffer, lorfque les rayons en ligne droite, en affez grand nombre pour donner la fenfation de lumière, ne font pas affez nombreux pour produire celle de chaleur ; c'eft ainfi que l'air produit du fon ou du vent, fuivant la nature du mouvement qui lui eft imprimé.

On trouve auffi dans la même pièce l'opinion que les rayons différemment colorés ne donnent pas un égal degré de chaleur ; Mme *du Châtelet* annonce ce phénomène que M. l'abbé *Rochon* a prouvé depuis par des expériences fuivies.

Mme *du Châtelet* admettait enfin l'exiftence d'un feu central ; opinion fufceptible d'être prouvée par des obfervations et des expériences, mais que dans ces derniers temps un affez grand nombre de phyficiens ont mieux aimé admettre qu'examiner, parce qu'il eft très-commode, quand on fait un fyftême, d'avoir une fi grande maffe de chaleur à fa difpofition.

La pièce de M. de *Voltaire* eft la feule qui contienne quelques expériences nouvelles ; il y règne cette philofophie modefte, qui craint d'affirmer quelque chofe au-delà de ce qu'apprennent les fens et le calcul ; les erreurs font celles de la phyfique du temps où elle a été écrite ; et, s'il nous était permis d'avoir une opinion, nous oferions dire que fi l'on met à part

la

la formule de la vîteffe du fon, qui fait le principal mérite de la differtation de M. *Euler*, l'ouvrage de M. de *Voltaire* devait l'emporter fur fes concurrens ; et que le plus grand défaut de fa pièce fut de n'avoir pas affez refpecté le cartéfianifme et la méthode d'expliquer qui était alors encore à la mode parmi fes juges.

La differtation fur les forces vives fut préfentée à l'académie des fciences, en 1742 : cette compagnie en fit l'éloge dans fon hiftoire ; elle n'était pas alors dans l'ufage de faire imprimer les ouvrages qui lui étaient préfentés par d'autres que par fes membres.

M. de *Voltaire* y foutient l'opinion générale des Français et des Anglais contre celle des favans de l'Allemagne et du Nord. On commençait à fe douter alors que cette mefure des forces qui partageait tous les favans de l'Europe, était non une queftion de géométrie ou de mécanique, mais une difpute de métaphyfique, et prefque une difpute de mots.

M. d'*Alembert* eft le premier qui l'ait dit hautement : des philofophes l'avaient foupçonné ; mais pour fe faire écouter des combattans, il fallait un philofophe qui fût en même temps un grand géomètre.

Mme *du Châtelet* était en France à la tête des leibnitziens ; l'amitié n'empêcha point M. de

Voltaire de combattre publiquement fon opinion ; et cette oppofition n'altéra point leur amitié.

L'ouvrage qui fuit eft un extrait ou plutôt une critique des inftitutions phyfiques de cette femme célèbre ; c'eft un modèle de la manière dont on doit combattre les ouvrages de ceux que l'on eftime ; les opinions y font attaquées fans ménagement, mais l'auteur qui les foutient y eft refpecté. Il ferait difficile que l'amour propre le plus délicat fût bleffé d'une pareille critique.

L'extrait de la pièce fur le feu eft plus un éloge qu'une critique. Les opinions de Mme *du Châtelet* s'éloignaient moins de celles de M. de *Voltaire*.

La differtation fur les changemens arrivés dans le globe parut fans nom d'auteur, et l'on ignora long-temps qu'elle fût de M. de *Voltaire*. M. de *Buffon* ne le favait pas lorfqu'il en parla dans le premier volume de l'Hiftoire naturelle avec peu de ménagement. M. de *Voltaire*, que les injures des naturaliftes ne ramenèrent point, perfifta dans fon opinion. Au refte, il ne faut pas croire que les vérités d'hiftoire naturelle que M. de *Voltaire* a combattues dans cet ouvrage, fuffent auffi bien prouvées dans le temps où il s'occupait de ces objets, qu'elles l'ont été de nos jours.

On donnait gravement les coquilles foffiles pour des preuves, des médailles du déluge de *Noé* ; ceux qui étaient moins théologiens les fefaient fervir de bafe à des fyftêmes dénués de probabilité , contredits par les faits , ou contraires aux lois de la mécanique. Depuis et avant *Thalès* , on a expliqué de mille façons différentes la formation d'un univers dont on connaît à peine une petite partie.

Bacon , *Newton* , *Galilée* , *Boyle* , qui nous ont guéris de la fureur des fyftêmes en phyfique , ne l'ont point diminuée en hiftoire naturelle. Les hommes renonceront difficilement au plaifir de créer un monde. Il fuffit d'avoir de l'imagination et une connaiffance vague des phénomènes que l'on veut expliquer ; on eft difpenfé de ces travaux minutieux et pénibles qu'exigent les obfervations, de ces longs calculs, de ces méditations profondes que demandent les recherches mathématiques. On bannit ces reftrictions , ces petits doutes qui importunent , qui gâtent la rondeur des phrafes les mieux arrangées : et fi le fyftême réuffit, fi l'on en impofe à la multitude , fi l'on a le bonheur de n'être qu'oublié des hommes vraiment éclairés ; on a pris encore un bon parti pour fa gloire. *Newton* furvécut près de quarante ans à la publication du livre des principes ; et *Newton* mourant ne comptait pas vingt difciples hors de l'Angleterre : il n'était pour le refte de l'Europe qu'un grand géomètre. Un fyftême abfurde, mais impofant, a prefqu'autant de partifans que de lecteurs. Les gens oififs aiment à croire, à faifir des réfultats bien prononcés ; le doute, les reftrictions les fatiguent ; l'étude les dégoûte. Quoi ! il faudra plufieurs années d'un travail affidu pour fe mettre en état de comprendre deux cents pages d'algèbre, qui apprendront feulement comment l'axe de la terre fe meut dans les cieux ; tandis qu'en cinquante pages bien commodes à lire, on peut favoir, fans la moindre peine, quand et comment la terre, les planètes, les comètes, &c. &c. ont été formées.

M. de *Voltaire* attaqua la manie des fyftêmes ; et c'eft un fervice important qu'il a rendu aux fciences. Cet efprit de fyftême nuit à leurs progrès, en préfentant à la jeuneffe des routes fauffes où elle s'égare, en enlevant aux vrais favans une partie de la gloire qui doit être réfervée aux travaux utiles et folides. Prétendre qu'il a répandu le goût des fciences, c'eft dire que la *Princeffe de Clèves*, et les *Anecdotes de la cour de Philippe-Augufte* ont encouragé l'étude de l'hiftoire ; c'eft confondre la connaiffance des fciences avec l'habitude de prononcer des mots fcientifiques, l'amour de la vérité avec la paffion des fables, et le goût de l'inftruction avec la vanité de paraître inftruit. Cette manie des fyftêmes nuit enfin au progrès de la raifon en général, qu'elle corrompt, en apprenant aux hommes à fe contenter de mots, à prendre des hypothèfes pour des découvertes, des phrafes pour des preuves, et des rêves pour des vérités.

Les ouvrages où M. de *Voltaire* s'éleva contre cette philofophie font donc utiles, malgré quelques erreurs; car les erreurs particulières font peu dangereufes, et ce font feulement les fauffes méthodes qui font funeftes.

EPITRE

DEDICATOIRE

A MADAME

LA MARQUISE DU CHATELET,

DE L'EDITION DE 1745.

MADAME,

Lorsque je mis pour la première fois votre nom
refpectable à la tête de ces élémens de philofophie,
je m'inftruifais avec vous. (*) Mais vous avez pris
depuis un vol que je ne peux plus fuivre. Je me
trouve à préfent dans le cas d'un grammairien qui
aurait préfenté un effai de rhétorique à *Démofthènes*
ou à *Cicéron*. J'offre de fimples élémens à celle qui a
pénétré toutes les profondeurs de la géométrie tranf-
cendante, et qui feule parmi nous a traduit et
commenté le grand *Newton*.

(*) Voyez l'épître XLIV à madame *du Châtelet*, dans le volume
d'*Epitres.*

ELEMENS

DE PHILOSOPHIE

DE NEWTON,

DIVISÉS EN TROIS PARTIES.

PREMIERE PARTIE.

CHAPITRE PREMIER.

DE DIEU.

Raiſons que tous les eſprits ne goûtent pas. Raiſons des matérialiſtes.

NEWTON était intimement perſuadé de l'exiſtence d'un Dieu, et il entendait par ce mot, non-ſeulement un Etre infini, tout-puiſſant, éternel et créateur, mais un maître qui a mis une relation entre lui et ſes créatures : car ſans cette relation , la connaiſſance d'un Dieu n'eſt qu'une idée ſtérile qui ſemblerait inviter au crime, par l'eſpoir de l'impunité , tout raiſonneur né pervers.

Auſſi ce grand philoſophe fait une remarque ſingulière à la fin de ſes principes : c'eſt qu'on ne dit point *mon éternel* , *mon infini* , parce que ces attributs n'ont rien de relatif à notre nature ; mais on dit, et on doit

dire *mon Dieu ;* et par-là il faut entendre le maître
et le confervateur de notre vie, l'objet de nos penfées.
Je me fouviens que dans plufieurs conférences que
j'eus en 1726 avec le docteur *Clarke*, jamais ce philofophe ne prononçait le nom de DIEU qu'avec un air
de recueillement et de refpect très-remarquable. Je lui
avouai l'impreffion que cela fefait fur moi ; et il me dit
que c'était de *Newton* qu'il avait pris infenfiblement
cette coutume, laquelle doit être en effet celle de tous
les hommes.

Toute la philofophie de *Newton* conduit néceffairement à la connaiffance d'un Etre fuprême, qui a tout
créé, tout arrangé librement. Car fi le monde eft fini, s'il
y a du vide, la matière n'exifte donc pas néceffairement ;
elle a donc reçu l'exiftence d'une caufe libre. Si la
matière gravite, comme cela eft démontré, elle ne paraît
pas graviter de fa nature, ainfi qu'elle eft étendue de
fa nature ; elle a donc reçu de DIEU la gravitation. (1)
Si les planètes tournent en un fens plutôt qu'en un
autre, dans un efpace non réfiftant, la main de leur
créateur a donc dirigé leurs cours en ce fens avec une
liberté abfolue.

Il s'en faut bien que les prétendus principes phyfiques de *Defcartes* conduifent ainfi l'efprit à la connaiffance de fon créateur. A DIEU ne plaife que, par une
calomnie horrible, j'accufe ce grand homme d'avoir

---

(1) Ce raifonnement n'eft pas rigoureux ; il eft poffible que la gravitation foit effentielle à la matière, comme l'impénétrabilité, quoique
cette propriété générale nous frappe moins, et ait été obfervée plus tard.
L'équation qui a lieu entre l'ordonnée d'une parabole et fon aire,
eft auffi effentielle à cette courbe que fa relation avec la fous-tangente,
quoique l'on ait connu la parabole et cette feconde propriété long-
temps avant de connaître la première.

méconnu la suprême Intelligence à laquelle il devait
tant, et qui l'avait élevé au-dessus de presque tous les
hommes de son siècle ! Je dis seulement que l'abus
qu'il a fait quelquefois de son esprit, a conduit ses
disciples à des précipices dont le maître était fort
éloigné ; je dis que le système cartésien a produit celui
de *Spinosa* ; je dis que j'ai connu beaucoup de personnes
que le cartésianisme a conduites à n'admettre d'autre
Dieu que l'immensité des choses, et que je n'ai vu
au contraire aucun newtonien qui ne fût théiste dans
le sens le plus rigoureux.

Dès qu'on s'est persuadé, avec *Descartes*, qu'il est
impossible que le monde soit fini, que le mouvement
est toujours dans la même quantité ; dès qu'on ose dire :
Donnez-moi du mouvement et de la matière, et je vais
faire un monde ; alors, il le faut avouer, ces idées
semblent exclure, par des conséquences trop justes,
l'idée d'un Etre seul infini, seul auteur du mouvement,
seul auteur de l'organisation des substances.

Plusieurs personnes s'étonneront ici peut-être que,
de toutes les preuves de l'existence d'un Dieu, celle
des causes finales fût la plus forte aux yeux de *Newton*.
Le dessin, ou plutôt les desseins variés à l'infini, qui
éclatent dans les plus vastes et les plus petites parties
de l'univers, font une démonstration qui, à force
d'être sensible, en est presque méprisée par quelques
philosophes ; mais enfin *Newton* pensait que ces rapports
infinis, qu'il apercevait plus qu'un autre, étaient
l'ouvrage d'un artisan infiniment habile. (2)

---

(2) Cette preuve est regardée par tous les théistes éclairés
comme la seule qui ne soit pas au-dessus de l'intelligence humaine ;
et la difficulté entre eux et les athées se réduit à savoir jusqu'à quel point

Il ne goûtait pas beaucoup la grande preuve qui fe tire de la fucceffion des êtres. On dit communément que fi les hommes, les animaux, les végétaux, tout ce qui compofe le monde, était éternel, on ferait forcé d'admettre une fuite de générations fans caufe. Ces êtres, dit-on, n'auraient point d'origine de leur exiftence : ils n'en auraient point d'extérieure, puifqu'ils font fuppofés remonter de génération en génération, fans commencement : ils n'en auraient point d'intérieure, puifqu'aucun d'eux n'exifterait par foi-même. Ainfi tout ferait effet, et rien ne ferait caufe.

Il trouvait que cet argument n'était fondé que fur l'équivoque de *générations* et d'*êtres formés les uns par les autres ;* car les athées, qui admettent le plein, répondent qu'à proprement parler, il n'y a point de générations ; il n'y a point d'êtres produits ; il n'y a point plufieurs fubftances. L'univers eft un tout, exiftant néceffairement, qui fe développe fans ceffe ; c'eft un même être, dont la nature eft d'être immuable dans fa fubftance, et éternellement varié dans fes modifications. Ainfi l'argument, tiré feulement des êtres qui fe fuccèdent, prouverait peut-être peu contre l'athée qui nierait la pluralité des êtres.

Les athées appelleraient à leur fecours ces anciens axiomes, que rien ne naît de rien, qu'une fubftance

de probabilité on peut porter la preuve qu'il exifte dans l'univers un ordre qui indique qu'il ait pour auteur un être intelligent. M. de *Voltaire* croyait avec *Fénelon* et *Nicole*, que cette probabilité était équivalente à la certitude ; d'autres la trouvent fi faible qu'ils croient devoir refter dans le doute ; d'autres enfin ont cru que cette probabilité était en faveur d'une caufe aveugle. Ce qui doit confoler ceux que ces contradictions affligent, c'eft que tous ces philofophes conviennent de la même morale, et prouvent également bien qu'il ne peut y avoir de bonheur pour l'homme que dans la pratique rigoureufe de fes devoirs.

n'en peut produire une autre, que tout eft éternel et néceffaire.

La matière eft néceffaire, difent-ils, puifqu'elle exifte; et le mouvement eft néceffaire, et rien n'eft en repos; le mouvement eft fi néceffaire qu'il ne fe perd jamais de forces motrices dans la nature.

Ce qui eft aujourd'hui était hier; donc il était avant-hier, et ainfi en remontant fans ceffe. Il n'y a perfonne d'affez hardi pour dire que les chofes retourneront à rien; comment peut-on être affez hardi pour dire qu'elles viennent de rien?

Il ne faut pas moins que tout le livre de *Clarke* pour répondre à ces objections.

En un mot, je ne fais s'il y a une preuve métaphyfique plus frappante, et qui parle plus fortement à l'homme, que cet ordre admirable qui règne dans le monde; et fi jamais il y a eu un plus bel argument que ce verfet: *Cæli enarrant gloriam Dei.* Auffi vous voyez que *Newton* n'en apporte point d'autre à la fin de fon optique et de fes principes. Il ne trouvait point de raifonnement plus convaincant et plus beau en faveur de la Divinité que celui de *Platon*, qui fait dire à un de fes interlocuteurs: Vous jugez que j'ai une ame intelligente, parce que vous apercevez de l'ordre dans mes paroles et dans mes actions; jugez donc, en voyant l'ordre de ce monde, qu'il y a une ame fouverainement intelligente.

S'il eft prouvé qu'il exifte un Etre éternel, infini, tout-puiffant, il n'eft pas prouvé de même que cet Etre foit infiniment bienfefant, dans le fens que nous donnons à ce terme.

C'eft-là le grand refuge de l'athée: Si j'admets un

Dieu, dit-il, ce Dieu doit être la bonté même : qui
m'a donné l'être me doit le bien-être : or je ne vois
dans le genre humain que défordre et calamité : la
néceffité d'une matière éternelle me répugne moins
qu'un créateur qui traite fi mal fes créatures. On ne
peut fatisfaire, continue-t-il, à mes juftes plaintes et
à mes doutes cruels, en me difant qu'un premier
homme, compofé d'un corps et d'une ame, irrita le
créateur, et que le genre humain en porte la peine ;
car, premièrement, fi nos corps viennent de ce premier
homme, nos ames n'en viennent point ; et quand
même elles en pourraient venir, la punition du père
dans tous les enfans paraît la plus horrible de toutes
les injuftices. Secondement, il femble évident que
les Américains et les peuples de l'ancien monde, les
Nègres et les Lapons ne font point defcendus du
même homme. La conftitution intérieure des Nègres
en eft une démonftration palpable ; nulle raifon ne
peut donc apaifer les murmures qui s'élèvent dans
mon cœur contre les maux dont ce globe eft inondé.
Je fuis donc forcé de rejeter l'idée d'un Etre fuprême,
d'un créateur que je concevrais infiniment bon, et
qui aurait fait des maux infinis ; j'aime mieux admettre
la néceffité de la matière, et des générations et des
viciffitudes éternelles, qu'un Dieu qui aurait fait librement des malheureux.

On répond à cet athée : Le mot de *bon*, de *bien-être*,
eft équivoque. Ce qui eft mauvais par rapport à vous
eft bon dans l'arrangement général. L'idée d'un Etre
infini, tout-puiffant, tout intelligent et préfent par tout,
ne révolte point votre raifon. Nierez-vous un Dieu,
parce que vous aurez eu un accès de fièvre ? Il vous

devait le *bien-être*, dites-vous : quelle raifon avez-vous
de penfer ainfi ? Pourquoi vous devait-il ce bien-être ?
quel traité avait-il avec vous ? Il ne vous manque
donc que d'être toujours heureux dans la vie pour
reconnaître un Dieu ? Vous qui ne pouvez être
parfait en rien, pourquoi prétendriez-vous être parfaitement heureux ? Mais je fuppofe que dans un bonheur
continu de cent années, vous ayez un mal de tête ;
ce moment de peine vous fera-t-il nier un créateur ? Il
n'y a pas d'apparence. Or fi un quart-d'heure de fouf-
france ne vous arrête pas, pourquoi deux heures,
pourquoi un jour, pourquoi une année de tourmens
vous feront-ils rejeter l'idée d'un artifan fuprême et
univerfel ?

Il eft prouvé qu'il y a plus de bien que de mal
dans ce monde, puifqu'en effet peu d'hommes fou-
haitent la mort ; vous avez donc tort de porter des
plaintes, au nom du genre humain, et plus grand tort
encore de renier votre fouverain, fous prétexte que
quelques-uns de fes fujets font malheureux.

On aime à murmurer : il y a du plaifir à fe plaindre ;
mais il y en a plus à vivre. On fe plaît à ne jeter la vue
que fur le mal et à l'exagérer. Lifez les hiftoires, nous
dit-on ; ce n'eft qu'un tiffu de crimes et de malheurs.
D'accord, mais les hiftoires ne font que le tableau des
grands événemens. On ne conferve que la mémoire des
tempêtes ; on ne prend point garde au calme. On ne
fonge pas que depuis cent ans il n'y a pas eu une
fédition dans Pékin, dans Rome, dans Venife, dans
Paris, dans Londres ; qu'en général il y a plus d'années
tranquilles dans toutes les grandes villes que d'années
orageufes ; qu'il y a plus de jours innocens et fereins,

que de jours marqués par de grands crimes et par de grands défaſtres.

Lorſque vous avez examiné les rapports qui ſe trouvent dans les refforts d'un animal , et les defſeins qui éclatent de toutes parts dans la manière dont cet animal reçoit la vie, dont il la foutient, et dont il la donne ; vous reconnaiſſez fans peine cet artifan fouverain. Changerez-vous de fentiment, parce que les loups mangent les moutons, et que les araignées prennent des mouches ? Ne voyez - vous pas au contraire que ces générations continuelles, toujours dévorées et toujours reproduites, entrent dans le plan de l'univers ? J'y vois de l'habileté et de la puiſſance, répondez-vous, et je n'y vois point de bonté. Mais quoi ! lorſque dans une ménagerie vous élevez des animaux que vous égorgez, vous ne voulez pas qu'on vous appelle *méchant* ; et vous accuſez de cruauté le maître de tous les animaux , qui les a faits pour être mangés dans leurs temps ! Enfin , fi vous pouvez être heureux dans toute l'éternité, quelques douleurs dans cet inſtant paſſager , qu'on nomme *la vie*, valent-elles la peine qu'on en parle ? et fi cette éternité n'eſt pas votre partage, contentez - vous de cette vie , puiſque vous l'aimez.

Vous ne trouvez pas que le créateur foit *bon*, parce qu'il y a du *mal* fur la terre. Mais la néceſſité, qui tiendrait lieu d'un Etre fuprême , ferait-elle quelque chofe de meilleur ? Dans le fyſtême qui admet un Dieu , on n'a que des difficultés à furmonter, et dans tous les autres fyſtêmes on a des abfurdités à dévorer.

La philofophie nous montre bien qu'il y a un Dieu ; mais elle eſt impuiſſante à nous apprendre ce qu'il eſt, ce qu'il fait, comment et pourquoi il
le

Je fait ; s'il eſt dans le temps , s'il eſt dans l'eſpace , s'il a commandé une fois , ou s'il agit toujours , et s'il eſt dans la matière , s'il n'y eſt pas , &c. &c. Il faudrait être lui-même pour le favoir.

CHAPITRE II.

DE L'ESPACE ET DE LA DURÉE COMME PROPRIÉTÉS DE DIEU.

Sentiment de Leibnitz. Sentiment et raiſons de Newton. Matière infinie impoſſible. Epicure devait admettre un Dieu créateur et gouverneur. Propriétés de l'eſpace pur et de la durée.

*N*EWTON regarde l'eſpace et la durée comme deux êtres , dont l'exiſtence ſuit néceſſairement de DIEU même ; car l'Etre infini eſt en tout lieu , donc tout lieu exiſte : l'Etre éternel dure de toute éternité , donc une éternelle durée eſt réelle.

Il était échappé à *Newton* de dire à la fin de ſes queſtions d'optique : *Ces phénomènes de la nature ne font-ils pas voir qu'il y a un être incorporel , vivant , intelligent , préſent par-tout , qui dans l'eſpace infini , comme dans ſon* fenſorium , *voit , diſcerne et comprend tout de la manière la plus intime et la plus parfaite ?*

Le célèbre philoſophe *Leibnitz* , qui avait auparavant reconnu avec *Newton* la réalité de l'eſpace pur et de la durée , mais qui depuis long-temps n'était plus d'aucun avis de *Newton* , et qui s'était mis en Allemagne

Phyſique , &c. C

à la tête d'une école oppofée, attaqua ces expreffions du philofophe anglais, dans une lettre qu'il écrivit, en 1715, à la feue reine d'Angleterre, époufe de *George II.* Cette princeffe, digne d'être en commerce avec *Leibnitz* et *Newton*, engagea une difpute réglée par lettres entre les deux parties. Mais *Newton*, ennemi de toute difpute, et avare de fon temps, laiffa le docteur *Clarke* fon difciple en phyfique, et pour le moins fon égal en métaphyfique, entrer pour lui dans la lice. La difpute roula fur prefque toutes les idées métaphyfiques de *Newton*; et c'eft peut-être le plus beau monument que nous ayons des combats littéraires.

Clarke commença par juftifier la comparaifon prife du *fenforium*, dont *Newton* s'était fervi; il établit que nul être ne péut agir, connaître, voir où il n'eft pas; or DIEU agiffant, voyant par-tout, agit et voit dans tous les points de l'efpace, qui en ce fens feul peut être confidéré comme fon *fenforium*, attendu l'impoffibilité où l'on eft en toute langue de s'exprimer quand on ofe parler de DIEU. *Leibnitz* foutient que l'efpace n'eft rien, finon la relation que nous concevons entre les êtres co-exiftans; rien, finon l'ordre des corps, leur arrangement, leurs diftances, &c. *Clarke*, après *Newton*, foutient que fi l'efpace n'eft pas réel, il s'enfuit une abfurdité; car fi DIEU avait mis la terre, la lune et le foleil à la place où font les étoiles fixes, pourvu que la terre, la lune et le foleil fuffent entre eux dans le même ordre où ils font, il fuivrait de-là que la terre, la lune et le foleil, feraient dans le même lieu où ils font aujourd'hui; ce qui eft une contradiction dans les termes.

Il faut, felon *Newton*, penfer de la durée comme de l'efpace, que c'eft une chofe très-réelle ; car fi la durée n'était qu'un ordre de fucceffion entre les créatures, il s'enfuivrait que ce qui fe fefait aujourd'hui , et ce qui fe fit il y a des milliers d'années , feraient réellement faits dans le même inftant ; ce qui eft encore contradictoire. Enfin , l'efpace et la durée font des quantités ; c'eft donc quelque chofe de très-pofitif.

Il eft bon de faire attention à cet ancien argument , auquel on n'a jamais répondu : Qu'un homme aux bornes de l'univers étende fon bras , ce bras doit être dans l'efpace pur ; car il n'eft pas dans le rien : et fi l'on répond qu'il eft encore dans la matière , le monde, en ce cas, eft donc réellement infini ; le monde eft donc DIEU en ce fens.

L'efpace pur , le vide exifte donc , auffi-bien que la matière, et il exifte même néceffairement ; au lieu que la matière , felon *Clarke*, n'exifte que par la libre volonté du créateur.

Mais , dit-on , vous admettez un efpace immenfe, infini ; pourquoi n'en ferez-vous pas autant de la matière, comme tant d'anciens philofophes ? *Clarke* répond : L'efpace exifte néceffairement, parce que DIEU exifte néceffairement ; il eft immenfe ; il eft, comme la durée , un mode, une propriété infinie d'un être néceffaire infini. La matière n'eft rien de tout cela , elle n'exifte point néceffairement ; et fi cette fubftance était infinie, elle ferait, ou une propriété effentielle de DIEU, ou DIEU même ; or elle n'eft ni l'un ni l'autre ; elle n'eft donc pas infinie , et ne faurait l'être.

C 2

On peut répondre à *Clarke :* La matière exifte néceffairement, fans être pour cela infinie, fans être DIEU;
elle exifte, parce qu'elle exifte; elle eft éternelle, parce
qu'elle exifte aujourd'hui. Il n'appartient pas à un
philofophe d'admettre ce qu'il ne peut concevoir. Or
vous ne pouvez concevoir la matière ni créée ni anéantie :
elle peut très-bien être éternelle par fa nature; et DIEU
peut très-bien, par fa nature, avoir le pouvoir immenfe
de la modifier, et non pas celui de la tirer du néant :
car tirer l'être du néant eft une contradiction ; mais il
n'y a point de contradiction à croire la matière néceffaire et éternelle, et DIEU nécefiaire et éternel. Si
l'efpace exifte par néceffité, la matière exifte de même
par néceffité. Vous devriez donc admettre trois êtres;
l'efpace dont l'exiftence ferait réelle, quand même il
n'y aurait ni matière ni DIEU; la matière, qui, ne
pouvant avoir été formée de rien, eft néceffairement
dans l'efpace ; et DIEU, fans lequel la matière ne
pourrait être organifée et animée.

Newton lui-même, à la fin de fon optique, a femblé
prévenir ces difficultés. Il foutient que l'efpace eft une
fuite néceffaire de l'exiftence de DIEU. DIEU n'eft,
à proprement parler, ni dans l'efpace, ni dans un lieu ;
mais DIEU étant néceffairement par-tout, conftitue
par cela feul l'efpace immenfe et le lieu. De même la
durée, la permanence éternelle eft une fuite indifpenfable de l'exiftence de DIEU. Il n'eft ni dans la durée
infinie, ni dans un temps, mais exiftant éternellement;
il conftitue par-là l'éternité et le temps. Voilà comme
Newton s'explique ; mais il n'a point du tout réfolu
le problème ; il femble qu'il n'ait ofé convenir que
DIEU eft dans l'efpace; il a craint les difputes.

L'efpace immenfe, étendu, inféparable, peut être conçu en plufieurs portions; par exemple, l'efpace où eft *Saturne* n'eft pas l'efpace où eft *Jupiter*; mais on ne peut féparer ces parties conçues; on ne peut mettre l'une à la place de l'autre comme on peut mettre un corps à la place d'un autre. De même la durée infinie, inféparable et fans parties, peut être conçue en plufieurs portions, fans que jamais on puiffe concevoir une portion de durée mife à la place d'une autre. Les êtres exiftent dans une certaine portion de la durée, qu'on nomme *temps*, et peuvent exifter dans tout autre temps; mais une partie conçue de la durée, un temps quelconque ne peut être ailleurs qu'où il eft; le paffé ne peut être avenir.

L'efpace et la durée font donc, felon *Newton*, deux attributs néceffaires, immuables, de l'Etre éternel et immenfe. DIEU feul peut connaître tout l'efpace; DIEU feul peut connaître toute la durée. Nous mefurons quelques parties improprement dites de l'*efpace*, par le moyen des corps étendus que nous touchons. Nous mefurons des parties proprement dites de la *durée*, par le moyen des mouvemens que nous apercevons.

On n'entre point ici dans le détail des preuves phyfiques réfervées pour d'autres chapitres; il fuffit de remarquer qu'en tout ce qui regarde l'efpace, la durée, les bornes du monde, *Newton*, fuivait les anciennes opinions de *Démocrite*, d'*Epicure*, et d'une foule de philofophes rectifiés par notre célèbre *Gaffendi*. *Newton* a dit plufieurs fois à quelques français qui vivent encore, qu'il regardait *Gaffendi* comme un efprit très-jufte et très-fage, et qu'il fefait gloire d'être entièrement de fon avis dans toutes les chofes dont on vient de parler.

C 3

CHAPITRE III.

DE LA LIBERTÉ DANS DIEU, ET DU GRAND PRINCIPE DE LA RAISON SUFFISANTE.

Principes de Leibnitz, pouffés peut-être trop loin. Ses raifonnemens féduifans. Réponfe. Nouvelles inflances contre le principe des indifcernables.

*N*EWTON foutenait que DIEU infiniment libre, comme infiniment puiffant, a fait beaucoup de chofes qui n'ont d'autre raifon de leur exiftence que fa feule volonté. Par exemple, que les planètes fe meuvent d'Occident en Orient plutôt qu'autrement ; qu'il y ait un tel nombre d'animaux, d'étoiles, de mondes, plutôt qu'un autre ; que l'univers fini foit dans un tel ou tel point de l'efpace, &c. la volonté de l'Etre fuprême en eft la feule raifon.

Le célèbre *Leibnitz* prétendait le contraire, et fe fondait fur un ancien axiome employé autrefois par *Archimède ; rien ne fe fait fans caufe ou fans raifon fuffifante,* difait-il, et DIEU a fait en tout le meilleur, parce que s'il ne l'avait pas fait comme le meilleur, il n'eût pas eu raifon de le faire. Mais il n'y a point de meilleur dans les chofes indifférentes, difaient les newtoniens ; mais il n'y a point de chofes indifférentes, répondaient les leibnitziens. Votre idée mène à la fatalité abfolue, difait *Clarke ;* vous faites de DIEU un être qui agit par néceffité, et par conféquent un être purement paffif : ce n'eft plus DIEU. Votre Dieu, répondait *Leibnitz*, eft un ouvrier capricieux, qui fe détermine fans raifon fuffifante. La volonté de DIEU eft la raifon, répondait l'anglais. *Leibnitz* infiftait et fefait des attaques très-fortes en cette manière.

Nous ne connaiffons point deux corps entièrement femblables dans la nature, et il ne peut en être; car s'ils étaient femblables, premièrement cela marquerait dans DIEU tout puiffant et tout fécond un manque de fécondité et de puiffance. En fecond lieu, il n'y aurait nulle raifon pourquoi l'un ferait à cette place plutôt que l'autre.

Les newtoniens répondaient : Premièrement il eft faux que plufieurs êtres femblables marquent de la ftérilité dans la puiffance du créateur; car fi les élémens des chofes doivent être abfolument femblables pour produire des effets femblables; fi, par exemple, les élémens des rayons éternellement rouges de lumière, doivent être les mêmes pour donner ces rayons rouges; fi les élémens de l'eau doivent être les mêmes pour former l'eau; cette parfaite reffemblance, cette identité, loin de déroger à la grandeur de DIEU, m'eft un des plus beaux témoignages de fa puiffance et de fa fageffe.

Si j'ofais ajouter ici quelque chofe aux argumens d'un *Clarke* et d'un *Newton*, et prendre la liberté de difputer contre un *Leibnitz*, je dirais qu'il n'y a qu'un être infiniment puiffant qui puiffe faire des chofes parfaitement femblables. Quelque peine que prenne un homme à faire de tels ouvrages, il ne pourra jamais y parvenir, parce que fa vue ne fera jamais affez fine pour difcerner les inégalités des deux corps; il faut donc voir jufque dans l'infinie petiteffe, pour faire toutes les parties d'un corps femblables à celles d'un autre. C'eft donc le partage unique de l'Etre infini.

Secondement, peuvent dire encore les newtoniens, nous combattons *Leibnitz* par fes propres armes. Si les élémens des chofes font tous différens, fi les premières parties d'un rayon rouge ne font pas entièrement femblables, il n'y a point alors de raifon fuffifante pourquoi des parties différentes font toujours un effet invariable.

En troifième lieu, pourraient dire les newtoniens, fi vous demandez la raifon fuffifante pourquoi cet atome A eft dans un lieu, et cet atome B, entièrement femblable, eft dans un autre lieu, la raifon en eft dans le mouvement qui les pouffe; et fi vous demandez quelle eft la raifon de ce mouvement, ou vous êtes forcé de dire que ce mouvement eft néceffaire, ou bien vous devez avouer que D I E U l'a commencé. Si vous demandez enfin pourquoi D I E U l'a commencé, quelle autre raifon fuffifante en pouvez-vous trouver, finon qu'il fallait que D I E U ordonnât ce mouvement, pour exécuter les ouvrages qu'avait projetés fa fageffe ? Mais pourquoi ce mouvement à droite plutôt qu'à gauche, vers l'Occident plutôt que vers l'Orient, en ce point de la durée plutôt qu'en un autre point ? Ne faut-il pas alors recourir à la volonté du créateur ? Mais y a-t-il une liberté d'indifférence ? c'eft ce qu'on laiffe à examiner à tout lecteur fage, et il examinera long-temps avant de pouvoir juger.

CHAPITRE IV.

DE LA LIBERTÉ DANS L'HOMME.

Excellent ouvrage contre la liberté ; ſi bon , que le docteur Clarke y répondit par des injures. Liberté d'indifférence. Liberté de ſpontanéité. Privation de liberté , choſe très-commune. Objections puiſſantes contre la liberté.

SELON *Newton* et *Clarke* , l'être infiniment libre a communiqué à l'homme ſa créature une portion limitée de cette liberté ; et on n'entend pas ici par *liberté* la ſimple puiſſance d'appliquer ſa penſée à tel ou tel objet, et de commencer le mouvement. On n'entend pas ſeulement la faculté de vouloir , mais celle de vouloir très-librement, avec une volonté pleine et efficace, et de vouloir même quelquefois ſans autre raiſon que ſa volonté. Il n'y a aucun homme ſur la terre qui ne croie ſentir quelquefois qu'il poſsède cette liberté. Pluſieurs philoſophes penſent d'une manière oppoſée ; ils croient que toutes nos actions ſont néceſſitées , et que nous n'avons d'autre liberté que celle de porter quelquefois de bon gré les fers auxquels la fatalité nous attache.

De tous les philoſophes qui ont écrit hardiment contre la liberté , celui qui ſans contredit l'a fait avec plus de méthode, de force et de clarté , c'eſt *Collins* , magiſtrat de Londres, auteur du livre de *la Liberté de penſer* , et de pluſieurs autres ouvrages auſſi hardis que philoſophiques.

Clarke, qui était entièrement dans le fentiment de *Newton* fur la liberté, et qui d'ailleurs en foutenait les droits autant en théologien d'une fecte fingulière qu'en philofophe, répondit vivement à *Collins*, et mêla tant d'aigreur à fes raifons qu'il fit croire qu'au moins il fentait toute la force de fon ennemi. Il lui reproche de confondre toutes les idées, parce que *Collins* appelle l'homme *un agent néceffaire*. *Clarke* dit qu'en ce cas l'homme n'eft point agent; mais qui ne voit que c'eft-là une vraie chicane? *Collins* appelle *agent néceffaire* tout ce qui produit des effets néceffaires. Qu'on l'appelle *agent* ou *patient*, qu'importe? le point eft de favoir s'il eft déterminé néceffairement.

Il femble que fi l'on peut trouver un feul cas où l'homme foit véritablement libre d'une liberté d'indifférence, cela feul fuffit pour décider la queftion. Or, quel cas prendrons-nous, finon celui où l'on voudra éprouver notre liberté? Par exemple, on me propofe de me tourner à droite ou à gauche, ou de faire telle autre action à laquelle aucun plaifir ne m'entraîne, et dont aucun dégoût ne me détourne. Je choifis alors, et je ne fuis pas le *dictamen* de mon entendement qui me repréfente le meilleur; car il n'y a ici ni meilleur ni pire. Que fais-je donc? j'exerce le droit que m'a donné le créateur de vouloir et d'agir en certains cas fans autre raifon que ma volonté même. J'ai le droit et le pouvoir de commencer le mouvement, et de le commencer du côté que je veux. Si on ne peut affigner en ce cas d'autre caufe de ma volonté, pourquoi la chercher ailleurs que dans ma volonté même? Il paraît donc probable que nous avons la liberté d'indifférence dans les chofes indifférentes. Car qui pourra dire que

DIEU ne nous a pas fait, ou n'a pas pu nous faire ce préfent? Et s'il l'a pu , et fi nous fentons en nous ce pouvoir , comment affurer que nous ne l'avons pas?

On traite de chimère cette liberté d'indifférence ; on dit que fe déterminer fans raifon, ne ferait que le partage des infenfés : mais on ne fonge pas que les infenfés font des malades qui n'ont aucune liberté. Ils font déterminés néceffairement par le vice de leurs organes ; ils ne font point les maîtres d'eux-mêmes , ils ne choififfent rien. Celui-là eft libre qui fe détermine foi-même : or, pourquoi ne nous déterminerons-nous pas nous-mêmes par notre feule volonté dans les chofes indifférentes ?

Nous poffédons la liberté qu'on appelle de *fpontanéité* dans tous les autres cas ; c'eft-à-dire que lorfque nous avons des motifs , notre volonté fe détermine par eux : et ces motifs font toujours le dernier réfultat de l'entendement ou de l'inftinct ; ainfi quand mon entendement fe repréfente qu'il vaut mieux pour moi obéir à la loi que la violer , j'obéis à la loi avec une liberté fpontanée ; je fais volontairement ce que le dernier *dictamen* de mon entendement m'oblige de faire. On ne fent jamais mieux cette efpèce de liberté que quand notre volonté combat nos défirs. J'ai une paffion violente ; mais mon entendement conclut que je dois réfifter à cette paffion ; il me repréfente un plus grand bien dans la victoire que dans l'afferviffement à mon goût. Ce dernier motif l'emporte fur l'autre , et je combats mon défir par ma volonté ; j'obéis néceffairement, mais de bon gré, à cet ordre de ma raifon ; je fais , non ce que je défire , mais ce que je veux ; et en ce cas je fuis libre de toute la liberté dont une telle circonstance peut me laisser susceptible.

Enfin je ne suis libre en aucun sens, quand ma passion est trop forte, et mon entendement trop faible, ou quand mes organes sont dérangés ; et malheureusement c'est le cas où se trouvent très-souvent les hommes ; ainsi il me paraît que la liberté spontanée est à l'ame ce que la santé est au corps; quelques personnes l'ont toute entière et durable; plusieurs la perdent souvent; d'autres sont malades toute leur vie; je vois que toutes les autres facultés de l'homme sont sujettes aux mêmes inégalités. La vue, l'ouïe, le goût, la force, le don de penser, sont tantôt plus forts, tantôt plus faibles; notre liberté est comme tout le reste, limitée, variable, en un mot, très-peu de chose, parce que l'homme est très-peu de chose.

La difficulté d'accorder la liberté de nos actions avec la préscience éternelle de DIEU, n'arrêtait point *Newton*, parce qu'il ne s'engageait pas dans ce labyrinthe : la liberté une fois établie, ce n'est pas à nous à déterminer comment DIEU prévoit ce que nous ferons librement. Nous ne savons pas de quelle manière DIEU voit actuellement ce qui se passe. Nous n'avons aucune idée de sa façon de voir ; pourquoi en aurions-nous de sa façon de prévoir ? Tous ses attributs nous doivent être également incompréhensibles.

Il faut avouer qu'il s'élève contre cette idée de liberté des objections qui effraient. D'abord on voit que cette liberté d'indifférence serait un présent bien frivole, si elle ne s'étendait qu'à cracher à droite et à gauche, et à choisir pair ou impair. Ce qui importe, c'est que *Cartouche* et *Sha-Nadir* aient la liberté de ne pas répandre le fang humain. Il importe peu que *Cartouche* et *Sha-Nadir* foient libres d'avancer le pied gauche ou le pied droit. Enfuite on trouve cette liberté d'indifférence impoffible : car comment fe déterminer fans raifon ? Tu veux, mais pourquoi veux-tu ? on te propofe pair ou non, tu choifis pair, et tu n'en vois pas le motif ; mais ton motif eft que pair fe préfente à ton efprit à l'inftant qu'il faut faire un choix.

Tout a fa caufe ; ta volonté en a donc une. On ne peut donc vouloir qu'en conféquence de la dernière idée qu'on a reçue. Perfonne ne peut favoir quelle idée il aura dans un moment ; donc perfonne n'eft le maître de fes idées, donc perfonne n'eft le maître de vouloir et de ne pas vouloir. Si on en était le maître, on pourrait faire le contraire de ce que DIEU a arrangé dans l'enchaînement des chofes de ce monde. Ainfi chaque homme pourrait changer et changerait en effet à chaque inftant l'ordre éternel.

Voilà pourquoi le fage *Locke* n'ofe pas prononcer le nom de *liberté* ; une volonté libre ne lui paraît qu'une chimère. Il ne connaît d'autre liberté que la puiffance de faire ce qu'on veut. Le goutteux n'a pas la liberté de marcher ; le prifonnier n'a pas celle de fortir. L'un eft libre quand il eft guéri ; l'autre quand on lui ouvre la porte.

Pour mettre dans un plus grand jour ces horribles difficultés, je fuppofe que *Cicéron* veut prouver à *Catilina* qu'il ne doit pas confpirer contre fa patric. *Catilina* lui dit qu'il n'eft pas le maître, que fes derniers entretiens avec *Cethegus* lui ont imprimé dans la tête l'idée de la confpiration ; que cette idée lui plaît plus qu'une autre ; et qu'on ne peut vouloir qu'en conféquence de fon dernier jugement. Mais vous pourriez, dirait *Cicéron*, prendre avec moi d'autres idées. Appliquez votre efprit à m'écouter et à voir qu'il faut être bon citoyen. J'ai beau faire, répond *Catilina*; vos idées me révoltent, et l'envie de vous affaffiner l'emporte. Je plains votre frénéfie, lui dit *Cicéron*, tâchez de prendre de mes remèdes. Si je fuis frénétique, reprend *Catilina*, je ne fuis pas le maître de tâcher de guérir. Mais, lui dit le conful, les hommes ont un fond de raifon qu'ils peuvent confulter, et qui peut remédier à ce dérangement d'organes, qui fait de vous un pervers; fur-tout quand ce dérangement n'eft pas trop fort. Indiquez-moi, répond *Catilina*, le point où ce dérangement peut céder au remède : pour moi, j'avoue que depuis le premier moment où j'ai confpiré, toutes mes réflexions m'ont porté à la conjuration. Quand avez-vous commencé à prendre cette funefte réfolution, lui demande le conful ? quand j'eus perdu mon argent au jeu. Hé bien, ne pouviez-vous pas vous empêcher de jouer ? non, car cette idée de jeu l'emporta dans moi ce jour-là fur toutes les autres idées ; et fi je n'avais pas joué, j'aurais dérangé l'ordre de l'univers qui portait que *Quartilla* me gagnerait quatre cents mille fefterces, qu'elle en achèterait une maifon et un amant, que de cet amant il naîtrait un fils, que *Cethegus* et *Lentulus* viendraient chez moi, et que nous confpirerions contre la république. Le deftin m'a fait un loup, et il vous a fait un chien de berger ; le deftin décidera qui des deux doit égorger l'autre. A cela *Cicéron* n'aurait répondu que par une *catilinaire*. En effet, il faut convenir qu'on ne peut guère répondre que par une éloquence vague aux objections contre la liberté : trifte fujet fur lequel le plus fage craint même d'ofer penfer.

Une feule réflexion confole, c'eft que quelque fyf-tême qu'on embraffe, à quelque fatalité qu'on croie toutes nos actions attachées, on agira toujours comme fi on était libre.

CHAPITRE V.

Doutes fur la liberté qu'on nomme d'indifférence.

1. Les plantes font des êtres organifés dans lefquels tout fe fait néceffairement. Quelques plantes tiennent au règne animal, et font en effet des animaux attachés à la terre.

2. Ces animaux plantes qui ont des racines, des feuilles et du fentiment, auraient-ils une liberté ? il n'y a pas grande apparence.

3. Les animaux n'ont-ils pas un fentiment, un inf-tinct, une raifon commencée, une mefure d'idées et de mémoire ? Qu'eft-ce au fond que cet inftinct ? n'eft-il pas un de ces refforts fecrets que nous ne connaîtrons jamais ? On ne peut rien connaître que par l'analyfe, ou par une fuite de ce qu'on appelle *les premiers principes ;* or quelle analyfe ou quelle fynthèfe peut nous faire connaître la nature de l'inftinct ? Nous voyons feule-ment que cet inftinct eft toujours néceffairement accom-pagné d'idées. Un ver à foie a la perception de la feuille qui le nourrit, la perdrix du ver qu'elle cherche et qu'elle avale, le renard de la perdrix qu'il mange, le loup du renard qu'il dévore. Il n'eft pas vraifemblable

que ces êtres poſsèdent ce qu'on appelle *la liberté*. On peut donc avoir des idées ſans être libre.

4. Les hommes reçoivent et combinent des idées dans leur ſommeil. On ne peut pas dire qu'ils ſoient libres alors. N'eſt-ce pas une nouvelle preuve qu'on peut avoir des idées ſans être libre ?

5. L'homme a par-deſſus les animaux le don d'une mémoire plus vaſte. Cette mémoire eſt l'unique ſource de toutes les penſées. Cette ſource commune aux animaux et aux hommes pourrait-elle produire la liberté ? Des idées réfléchies dans un cerveau feraient-elles abſolument d'une autre nature que des idées non réfléchies dans un autre cerveau ?

6. Les hommes ne ſont-ils pas tous déterminés par leur inſtinct ? et n'eſt-ce pas la raiſon pourquoi ils ne changent jamais de caractère ? Cet inſtinct n'eſt-il pas ce qu'on appelle *le naturel ?*

7. Si on était libre, quel eſt l'homme qui ne changeât ſon naturel ? Mais a-t-on jamais vu ſur la terre un homme ſe donner ſeulement un goût ? A-t-on jamais vu un homme, né avec de l'averſion pour danſer, ſe donner du goût pour la danſe, un homme ſédentaire et pareſſeux rechercher le mouvement ? et l'âge et les alimens ne diminuent-ils pas les paſſions que la raiſon croit avoir domptées ?

8. La volonté n'eſt-elle pas toujours la ſuite des dernières idées qu'on a reçues ? Ces idées étant néceſſaires, la volonté ne l'eſt-elle pas auſſi ?

9. La liberté eſt-elle autre choſe que le pouvoir d'agir, ou de n'agir pas ? et *Locke* n'a-t-il pas eu raiſon d'appeler la liberté *puiſſance ?*

10. Le loup a la perception de quelques moutons paiffans dans une campagne; fon inftinct le porte à les dévorer; les chiens l'en empêchent. Un conquérant a la perception d'une province que fon inftinct le porte à envahir, il trouve des fortereffes et des armées qui lui barrent le paffage. Y a t il une grande différence entre ce loup et ce prince?

11. Cet univers ne paraît-il pas affujetti dans toutes fes parties à des lois immuables? Si un homme pouvait diriger à fon gré fa volonté, n'eft-il pas clair qu'il pourrait alors déranger ces lois immuables?

12. Par quel privilége l'homme ne ferait-il pas foumis à la même néceffité que les aftres, les animaux, les plantes, et tout le refte de la nature?

13. A-t-on raifon de dire que dans le fyftême de cette fatalité univerfelle, les peines et les récompenfes feraient inutiles et abfurdes? N'eft-ce pas plutôt évidemment dans le fyftême de la liberté que paraît l'inutilité et l'abfurdité des peines et des récompenfes? En effet fi un voleur de grand chemin poffède une volonté libre, fe déterminant uniquement par elle-même, la crainte du fupplice peut fort bien ne le pas déterminer à renoncer au brigandage; mais fi les caufes phyfiques agiffent uniquement, fi l'afpect de la potence et de la roue fait une impreffion néceffaire et violente, elle corrige alors néceffairement le fcélérat, témoin du fupplice d'un autre fcélérat.

14. Pour favoir fi l'ame eft libre, ne faudrait-il pas favoir ce que c'eft que l'ame? Y a-t-il un homme qui puiffe fe vanter que fa raifon feule lui démontre la fpiritualité, l'immortalité de cette ame? Prefque tous

Phyfique, &c.   D

les phyficiens conviennent que le principe du fentiment
eft à l'endroit où les nerfs fe réuniffent dans le cerveau.
Mais cet endroit n'eft pas un point mathémathique.
L'origine de chaque nerf eft étendue. Il y a là un timbre
fur lequel frappent les cinq organes de nos fens. Quel
eft l'homme qui concevra que ce timbre ne tienne point
de place ? Ne fommes-nous pas des automates nés pour
vouloir toujours, pour faire quelquefois ce que nous
voulons, et quelquefois le contraire ? Des étoiles au
centre de la terre, hors de nous et dans nous, toute
fubftance nous eft inconnue. Nous ne voyons que des
apparences : nous fommes dans un fonge.

15. Que dans ce fonge on croie la volonté libre ou
efclave, la fange organifée dont nous fommes pétris,
douée d'une faculté immortelle ou périffable ; qu'on
penfe comme *Epicure* ou comme *Socrate*, les roues qui
font mouvoir la machine de l'univers feront toujours
les mêmes. (3)

(3) Quelque parti que l'on prenne fur cette queftion épineufe, il eft
impoffible de ne pas convenir que, dans les actions qu'on appelle libres,
l'homme a la confcience des motifs qui le font agir. Il peut donc
connaître quelles actions font conformes à la juftice, à l'intérêt général
des hommes, et les motifs qu'il peut avoir de faire ces actions, et d'éviter
celles qui y font contraires. Ces motifs agiffent fur lui : il y a donc une
morale. L'efpoir des récompenfes, la crainte des peines font au nombre
de ces motifs ; ces fentimens peuvent donc être utiles ; les peines et les
récompenfes peuvent donc être juftes. S'il a cédé à un motif injufte, il
en fera fâché, lorfque ce motif ceffera d'agir avec la même force ; il fe
repentira donc, il aura des remords. Il croira qu'averti par fon expérience,
ce motif n'aura plus le pouvoir de l'entraîner une autre fois : il fe pro-
mettra donc de ne plus retomber. Ainfi quelque fyftême que l'on prenne
fur la liberté, fans excepter le fatalifme le plus abfolu, les conféquences
morales feront les mêmes. En effet fuivant le fatalifme tout homme était
prédéterminé à faire toutes les actions qu'il a faites : mais lorfqu'il fe
détermine, il ignore à laquelle des deux actions qu'il fe propofe, il doit
fe déterminer ; il fait feulement que c'eft à celle pour laquelle il croira
voir des motifs plus puiffans.

CHAPITRE VI.

DE LA RELIGION NATURELLE.

Reproche de Leibnitz à Newton, peu fondé. Réfutation d'un sentiment de Locke. Le bien de la société. Religion naturelle. Humanité.

L EIBNITZ, dans sa dispute avec *Newton* lui reproche de donner de D I E U des idées fort basses, et d'anéantir la religion naturelle, il prétendait que *Newton* fesait D I E U corporel, et cette imputation, comme nous l'avons vu, était fondée sur ce mot *sensorium*, organe. Il ajoutait que le Dieu de *Newton* avait fait de ce monde une fort mauvaise machine qui a besoin d'être décrassée, (c'est le mot dont se sert *Leibnitz*. *Newton* avait dit: *manum emendatricem desideraret*.) Ce reproche est fondé sur ce que *Newton* dit qu'avec le temps les mouvemens diminueront, les irrégularités des planètes augmenteront, et l'univers périra, ou sera remis en ordre par son auteur.

Il est trop clair, par l'expérience, que DIEU a fait des machines pour être détruites. Nous sommes l'ouvrage de sa sagesse, et nous périssons; pourquoi n'en ferait-il pas de même du monde ? *Leibnitz* veut que ce monde soit parfait; mais si D I E U ne l'a formé que pour durer un certain temps, sa perfection ne consiste alors à ne durer que jusqu'à l'instant fixé pour sa dissolution.

Quant à la religion naturelle, jamais homme n'en

a été plus partifan que *Newton*, fi ce n'eft *Leibnitz* lui-même , fon rival en fcience et en vertu. J'entends, par religion naturelle, les principes de morale communs au genre humain. *Newton* n'admettait, à la vérité, aucune notion innée avec nous , ni idées, ni fentimens , ni principes. Il était perfuadé, avec *Locke* , que toutes les idées nous viennent par les fens, à mefure que les fens fe développent ; mais il croyait que DIEU ayant donné les mêmes fens à tous les hommes, il en réfulte chez eux les mêmes befoins , les mêmes fentimens , par conféquent les mêmes notions groffières, qui font par-tout le fondement de la fociété. Il eft conftant que DIEU a donné aux abeilles et aux fourmis quelque chofe pour les faire vivre en commun, qu'il n'a donné ni aux loups ni au faucons ; il eft certain , puifque tous les hommes vivent en fociété, qu'il y a dans leur être un lien fecret par lequel DIEU a voulu les attacher les uns aux autres. Or, fi à un certain âge les idées, venues par les mêmes fens à des hommes tous organifés de la même manière, ne leur donnaient pas peu à peu les mêmes principes néceffaires à toute fociété, il eft encore très-fûr que ces fociétés ne fubfif-teraient pas. Voilà pourquoi de Siam jufqu'au Mexique, la vérité , la reconnaiffance , l'amitié , &c. font en honneur.

J'ai toujours été étonné que le fage *Locke* , dans le commencement de fon traité de l'*Entendement humain*, en réfutant fi bien *les idées innées*, ait prétendu qu'il n'y a aucune notion du bien et du mal qui foit commune à tous les hommes. Je crois qu'il eft tombé là dans une erreur. Il fe fonde fur des relations de voyageurs, qui difent que dans certains pays la coutume eft de manger fes enfans, et de manger auffi les mères, quand elles ne peuvent plus enfanter ; que dans d'autres on honore du nom de *faints* certains enthoufiaftes, qui fe fervent d'âneffes au lieu de femmes ; mais un homme comme le fage *Locke* ne devait-il pas tenir ces voyageurs pour fufpects ? Rien n'eft fi commun parmi eux que de mal voir, de mal rapporter ce qu'on a vu, de prendre fur-tout dans une nation, dont on ignore la langue, l'abus d'une loi pour la loi même ; et enfin de juger des mœurs de tout un peuple par un fait particulier dont on ignore encore les circonftances.

Qu'un Perfan paffe à Lisbonne, à Madrid, ou à Goa, le jour d'un *Auto-da-fé*, il croira, non fans apparence de raifon, que les chrétiens facrifient des hommes à DIEU ; qu'il life les almanachs qu'on débite dans toute l'Europe au petit peuple, il penfera que nous croyons tous aux effets de la lune, et cependant nous en rions loin d'y croire. Ainfi tout voyageur qui me dira, par exemple, que des fauvages mangent leur père et leur mère par piété, me permettra de lui répondre qu'en premier lieu le fait eft fort douteux ; fecondement fi cela eft vrai, loin de détruire l'idée du refpect qu'on doit à fes parens, c'eft probablement une façon barbare de marquer fa tendreffe, un abus horrible de la loi naturelle ; car apparemment qu'on ne tue fon père et fa mère par devoir, que pour les délivrer, ou des incommodités de la vieilleffe, ou des fureurs de l'ennemi ; et fi alors on leur donne un tombeau dans le fein filial, au lieu de les laiffer manger par des vainqueurs, cette coutume, toute effroyable qu'elle eft à l'imagination, vient pourtant néceffairement de la bonté du cœur. La loi naturelle n'eft autre chofe que cette loi

D 3

qu'on connaît dans tout l'univers : *Fais ce que tu voudrais que l'on te fît*; or, le barbare qui tue son père pour le sauver de son ennemi, et qui l'ensevelit dans son sein, de peur qu'il n'ait son ennemi pour tombeau, souhaite que son fils le traite de même en cas pareil. Cette loi de traiter son prochain comme soi-même découle naturellement des notions les plus grossières, et se fait entendre tôt ou tard au cœur de tous les hommes; car ayant tous la même raison, il faut bien que tôt ou tard les fruits de cet arbre se ressemblent, et ils se ressemblent en effet, en ce que dans toute société on appelle du nom de *vertu* ce qu'on croit utile à la société.

Qu'on me trouve un pays, une compagnie de dix personnes sur la terre, où l'on n'estime pas ce qui sera utile au bien commun, et alors je conviendrai qu'il n'y a point de règle naturelle. Cette règle varie à l'infini sans doute; mais qu'en conclure, sinon qu'elle existe? La matière reçoit par-tout des formes différentes, mais elle retient par-tout sa nature. On a beau nous dire, par exemple, qu'à Lacédémone le larcin était ordonné; ce n'est-là qu'un abus des mots. La même chose que nous appelons *larcin* n'était point commandée à Lacédémone ; mais dans une ville où tout était en commun, la permission qu'on donnait de prendre habilement ce que des particuliers s'appropriaient contre la loi, était une manière de punir l'esprit de propriété défendu chez ces peuples. *Le tien et le mien* était un crime, dont ce que nous appelons *larcin* était la punition ; et chez eux et chez nous il y avait de la règle, pour laquelle DIEU nous a faits, comme il a fait les fourmis pour vivre ensemble.

Newton pensait donc que cette disposition que nous

avons à vivre en fociété, eft le fondement de la loi naturelle.

Il y a fur-tout dans l'homme une difpofition à la compaffion, auffi généralement répandue que nos autres inftincts. *Newton* avait cultivé ce fentiment d'humanité, et il l'étendait jufqu'aux animaux : il était fortement convaincu, avec *Locke*, que DIEU a donné aux animaux (qui femblent n'être que matière) une mefure d'idées, et les mêmes fentimens qu'à nous. Il ne pouvait penfer que DIEU, qui ne fait rien en vain, eût donné aux bêtes des organes de fentiment, afin qu'elles n'euffent point de fentiment.

Il trouvait une contradiction bien affreufe à croire que les bêtes fentent, et à les faire fouffrir. Sa morale s'accordait en ce point avec fa philofophie ; il ne cédait qu'avec répugnance à l'ufage barbare de nous nourrir du fang et de la chair des êtres femblables à nous, que nous careffons tous les jours ; et il ne permit jamais dans fa maifon qu'on les fît mourir par des morts lentes et recherchées, pour en rendre la nourriture plus délicieufe.

Cette compaffion qu'il avait pour les animaux fe tournait en vraie charité pour les hommes. En effet fans l'humanité, vertu qui comprend toutes les vertus, on ne mériterait guère le nom de philofophe.

CHAPITRE VII.

DE L'AME, ET DE LA MANIERE DONT
ELLE EST UNIE AU CORPS, ET DONT
ELLE A SES IDÉES.

Quatre opinions sur la formation des idées : celle des
anciens matérialistes, celle de Mallebranche, celle de
Leibnitz. Opinion de Leibnitz combattue.

NEWTON était persuadé, comme presque tous les
bons philosophes, que l'ame est une substance incom-
préhensible ; et plusieurs personnes, qui ont beaucoup
vécu avec *Locke* m'ont assuré que *Newton* avait avoué
à *Locke*, que nous n'avons pas assez de connaissance de la
nature pour oser prononcer qu'il soit impossible à DIEU
d'ajouter le don de la pensée à un être étendu quelconque. La
grande difficulté est plutôt de savoir comment un être,
quel qu'il soit, peut penser, que de savoir comment la
matière peut devenir pensante. La pensée, il est vrai,
semble n'avoir rien de commun avec les attributs que
nous connaissons dans l'être étendu qu'on appelle *corps* ;
mais connaissons-nous toutes les propriétés des corps ?
C'est une chose qui paraît bien hardie que de dire à
DIEU : Vous avez pu donner le mouvement, la gravitation, la végétation, la vie à un être, et vous ne
pouvez lui donner la pensée.

Ceux qui disent que, si la matière pouvait recevoir le
don de la pensée, l'ame ne serait pas immortelle,

raifonnent-ils bien conféquemment ! Eft-il plus difficile à
DIEU de conferver que de faire? De plus, fi un atome
infécablé dure éternellement, pourquoi le don de penfer
en lui ne durera-t-il pas comme lui? Si je ne me trompe,
ceux qui refufent à DIEU le pouvoir de joindre des
idées à la matière, font obligés de dire que ce qu'on
appelle *efprit* eft un être dont l'effence eft de penfer,
à l'exclufion de tout être étendu. Or, s'il eft de la nature
de l'efprit de penfer effentiellement, il penfe donc néceffairement, et il penfe toujours, comme tout triangle a
néceffairement et toujours trois angles, indépendamment de DIEU. Quoi! dès que DIEU crée quelque chofe
qui n'eft pas matière, il faut abfolument que ce quelque
chofe penfe? Faibles et hardis comme nous fommes,
favons-nous fi DIEU n'a pas formé des millions d'êtres,
qui n'ont ni les propriétés de l'efprit, ni celles de la
matière à nous connues? Nous fommes dans le cas d'un
pâtre qui, n'ayant jamais vu que des bœufs, dirait :
Si DIEU *veut faire d'autres animaux, il faut qu'ils aient des
cornes et qu'ils ruminent.* Qu'on juge donc ce qui eft plus
refpectueux pour la Divinité, ou d'affirmer qu'il y a
des êtres qui ont fans lui l'attribut divin de la penfée,
ou de foupçonner que DIEU peut accorder cet attribut
à l'être qu'il daigne choifir. On voit, par cela feul,
combien font injuftes ceux qui ont voulu faire à *Locke*
un crime de ce fentiment, et combattre, par une mali-
gnité cruelle, avec les armes de la religion, une idée
purement philofophique.

Au refte, *Newton* était bien loin de hafarder une
définition de l'ame, comme tant d'autres ont ofé le
faire; il croyait qu'il était poffible qu'il y eût des
millions d'autres fubftances penfantes, dont la nature

pouvait être abfolument différente de la nature de notre
ame. Ainfi la divifion que quelques-uns ont faite de
toute la nature en corps et en efprit, paraît la définition
d'un fourd et d'un aveugle, qui, en définiffant les fens,
ne foupçonneraient ni la vue ni l'ouïe. De quel droit,
en effet, pourrait-on dire que DIEU n'a pas rempli
l'efpace immenfe d'une infinité de fubftances qui n'ont
rien de commun avec nous ?

Newton ne s'était point fait de fyftême fur la manière
dont l'ame eft unie au corps, et fur la formation des
idées. Ennemi des fyftêmes, il ne jugeait de rien que
par analyfe ; et lorfque ce flambeau lui manquait, il
favait s'arrêter.

Il y a eu jufqu'ici dans le monde quatre opinions
fur la formation des idées : la première eft celle de
prefque toutes les anciennes nations qui, n'imaginant
rien au-delà de la matière, ont regardé nos idées dans
notre entendement comme l'impreffion du cachet fur
la cire. Cette opinion confufe était plutôt un inftinct
groffier qu'un raifonnement. Les philofophes, qui ont
voulu enfuite prouver que la matière penfe par elle-
même, ont erré bien davantage ; car le vulgaire fe
trompait fans raifonner, et ceux-ci erraient par principes ; aucun d'eux n'a pu jamais rien trouver dans la
matière qui pût prouver qu'elle a l'intelligence par
elle-même. *Locke* paraît le feul qui ait ôté la contradiction
entre la matière et la penfée, en recourant tout d'un
coup au créateur de toute penfée et de toute matière ;
et en difant modeftement : *Celui qui peut tout ne peut-il
pas faire penfer un être matériel, un atome, un élément de la
matière ?* Il s'en eft tenu à cette poffibilité en homme
fage. Affirmer que la matière penfe en effet, parce

que DIEU a pû lui communiquer ce don, ferait le comble de la témérité; mais affirmer le contraire eft-il moins hardi?

Le fecond fentiment et le plus généralement reçu, eft celui qui, établiffant l'ame et le corps comme deux êtres qui n'ont rien de commun, affirme cependant que DIEU les a créés pour agir l'un fur l'autre. La feule preuve qu'on ait de cette action eft l'expérience que chacun croit en avoir. Nous éprouvons que notre corps tantôt obéit à notre volonté, tantôt la maîtrife; nous imaginons qu'ils agiffent l'un fur l'autre réellement, parce que nous le fentons, et il nous eft impoffible de pouffer la recherche plus loin. On fait à ce fyftême une objection qui paraît fans réplique; c'eft que fi un objet extérieur, par exemple, communique un ébranlement à nos nerfs, ce mouvement va à notre ame, ou n'y va pas; s'il y va, il lui communique du mouvement, ce qui fuppoferait l'ame corporelle; s'il n'y va point, en ce cas il n'y a plus d'action. Tout ce qu'on peut répondre à cela, c'eft que cette action eft du nombre des chofes dont le mécanifme fera toujours ignoré; trifte manière de conclure, mais prefque la feule qui convienne à l'homme en plus d'un point de métaphyfique.

Le troifième fyftême eft celui des caufes occafionnelles de *Défcartes*, pouffé encore plus loin par *Mallebranche*. Il commence par fuppofer que l'ame ne peut avoir aucune influence fur le corps, et dès-là il s'avance trop; car de ce que l'influence de l'ame fur le corps ne peut être conçue, il ne s'enfuit point du tout qu'elle foit impoffible. Il fuppofe enfuite que la matière, comme caufe occafionnelle, fait une impreffion fur notre corps, et qu'alors DIEU produit une idée dans notre ame ; que réciproquement l'homme produit un acte de volonté, et DIEU agit immédiatement fur le corps en conféquence de cette volonté : ainfi l'homme n'agit et ne penfe que dans DIEU ; ce qui ne peut, me femble, recevoir un fens clair, qu'en difant que DIEU feul agit et penfe pour nous. On eft accablé fous le poids des difficultés qui naiffent de cette hypothèfe ; car comment dans ce fyftême l'homme peut-il vouloir lui-même, et ne peut-il pas penfer lui-même? Si DIEU ne nous a pas donné la faculté de produire du mouvement et des idées, fi c'eft lui feul qui agit et penfe, c'eft lui feul qui veut. Non-feulement nous ne fommes plus libres, mais nous ne fommes rien ; ou bien nous fommes des modifications de DIEU même. En ce cas il n'y a plus un ame, une intelligence dans l'homme, et ce n'eft pas la peine d'expliquer l'union du corps et de l'ame, puifqu'elle n'exifte pas, et que DIEU feul exifte.

Le quatrième fentiment eft celui de l'harmonie préétablie de *Leibnitz*. Dans fon hypothèfe l'ame n'a aucun commerce avec fon corps ; ce font deux horloges que DIEU a faites, qui ont chacune un reffort, et qui vont un certain temps dans une correfpondance parfaite ; l'une montre les heures, l'autre fonne. L'horloge qui montre l'heure ne la montre pas parce que l'autre fonne ; mais DIEU a établi leur mouvement de façon que l'aiguille et la fonnerie fe rapportent continuellement. Ainfi l'ame de *Virgile* produifait l'Enéide, et fa main écrivait l'Enéide, fans que cette main obéît en aucune façon à l'intention de l'auteur ; mais DIEU avait réglé de tout temps que l'ame de *Virgile* ferait des vers, et qu'une main attachée au corps de *Virgile* les mettrait par écrit. Sans parler de l'extrême embarras qu'on a encore à concilier la liberté avec cette harmonie préétablie, il y a une objection bien forte à faire, c'eſt que ſi, ſelon *Leibnitz*, rien ne ſe fait ſans une raiſon ſuffiſante, priſe du fond des choſes, quelle raiſon a eu DIEU d'unir enſemble deux êtres incommenſurables, deux êtres auſſi hétérogènes, auſſi infiniment différens que l'ame et le corps et dont l'un n'influe en rien ſur l'autre? Autant valait placer mon ame dans *Saturne* que dans mon corps. L'union de l'ame et du corps eſt ici une choſe très-ſuperflue. Mais le reſte du ſyſtême de *Leibnitz* eſt bien plus extraordinaire ; on en peut voir les fondemens dans le *Supplément aux actes de Leipſick*, tome VII ; et on peut conſulter les commentaires que pluſieurs allemands en ont faits amplement avec une méthode toute géométrique.

Selon *Leibnitz*, il y a quatre ſortes d'êtres ſimples, qu'il nomme *monades*, comme on le verra au chapitre IX. On ne parle ici que de l'eſpèce de *monade* qu'on appelle *notre ame*. L'ame, dit-il, eſt une concentration, *un miroir vivant de tout l'univers*, qui a en ſoi toutes les idées confuſes de toutes les modifications de ce monde, préſentes, paſſées et futures. *Newton*, *Locke* et *Clarke*, quand ils entendirent parler d'une telle opinion, marquèrent pour elle un auſſi grand mépris que ſi *Leibnitz* n'en avait pas été l'auteur. Mais puiſque de très-grands philoſophes allemands ſe ſont fait gloire d'expliquer ce qu'aucun anglais n'a jamais voulu entendre, je ſuis obligé d'expoſer avec clarté cette hypothèſe du fameux *Leibnitz*, devenue pour moi plus reſpectable depuis que vous en avez fait l'objet de vos recherches.

Tout être ſimple, créé, dit-il, eſt ſujet au changement,

fans quoi il ferait DIEU. L'ame eft un être fimple, créé, elle ne peut donc refter dans un même état ; mais les corps étant compofés ne peuvent faire aucune altération dans un être fimple ; il faut donc que fes changemens prennent leur fource dans fa propre nature. Ses changemens font donc des idées fucceffives des chofes de cet univers ; elle en a quelques-unes de claires ; mais toutes les chofes de cet univers, dit *Leibnitz*, font tellement dépendantes l'une de l'autre, tellement liées entre elles à jamais, que fi l'ame a une idée claire d'une de ces chofes, elle a néceffairement des idées confufes et obfcures de tout le refte. On pourrait, pour éclaircir cette opinion, apporter l'exemple d'un homme qui a une idée claire d'un jeu ; il a en même temps plufieurs idées confufes de plufieurs combinaifons de ce jeu. Un homme qui a actuellement une idée claire d'un triangle, a une idée de plufieurs propriétés du triangle, lefquelles peuvent fe préfenter à leur tour plus clairement à fon efprit. Voilà en quel fens la *monade* de l'homme eft *un miroir vivant de cet univers.*

Il eft aifé de répondre à une telle hypothèfe, que fi DIEU a fait de l'ame un miroir, il en a fait un miroir bien terne, et que fi on n'a d'autres raifons pour avancer des fuppofitions fi étranges, que cette liaifon prétendue indifpenfable de toutes les chofes de ce monde, on bâtit cet édifice hardi fur des fondemens qu'on n'aperçoit guère ; car quand nous avons une idée claire du triangle, c'eft que nous avons une connaiffance des propriétés effentielles du triangle ; et fi les idées de toutes ces propriétés ne s'offrent pas tout d'un coup lumineufement à notre efprit, elles y font renfermées dans cette idée claire, parce qu'elles ont un rapport néceffaire l'une avec l'autre. Mais tout l'affemblage de l'univers eft-il dans ce cas? Si vous ôtez une propriété au triangle, vous lui ôtez tout; mais fi vous ôtez à l'univers un grain de fable, le refte fera-t-il tout changé? Si de cent millions d'êtres qui fe fuivent deux à deux, les deux premiers changent entre eux de place, les autres en changent-ils néceffairement? ne confervent-ils pas entre eux les mêmes rapports? De plus, les idées d'un homme ont-elles entre elles la même chaîne qu'on fuppofe dans les chofes de ce monde? Quelle liaifon, quel milieu néceffaire y a-t-il entre l'idée de la nuit et des objets inconnus que je vois en m'éveillant? Quelle chaîne y a-t-il entre la mort paffagère de l'ame dans un profond fommeil, ou dans un évanouiffement, et les idées que l'on reçoit en reprenant fes efprits?

Tout être dans cet univers tient à l'univers fans doute; mais toute action de tout être n'eft pas caufe des événemens du monde. La mère de *Brutus* en accouchant de lui fut une des caufes de la mort de *Céfar*; mais qu'elle ait craché à droite ou à gauche, cela n'a rien fait à Rome. Il y a des événemens qui font effet et caufe à la fois. Il y a mille actions qui ne font que des effets fans fuite. Les aîles d'un moulin tournent et font brifer le grain qui nourrit l'homme; voilà un effet qui eft caufe : un peu de pouffière s'en écarte; voilà un effet qui ne produit rien. Une pierre jetée dans la mer Baltique ne produit aucun événement dans la mer des Indes. Il y a mille effets qui s'anéantiffent comme le mouvement dans les fluides.

Quand même il ferait poffible que DIEU eût fait tout ce que *Leibnitz* imagine, faudrait-il le croire fur une fimple poffibilité? Qu'a-t-il prouvé par tous ces nouveaux efforts ? qu'il avait un très-grand génie : mais s'eft-il éclairé, et a-t-il éclairé les autres ? Chofe étrange, nous ne favons pas comment la terre produit un brin d'herbe, comment une femme fait un enfant, et on croit favoir comment nous fefons des idées !

Si on veut favoir ce que *Newton* penfait fur l'ame et fur la manière dont elle opère, et lequel de tous ces fentimens il embraffait, je répondrai qu'il n'en fuivait aucun. Que favait donc fur cette matière celui qui avait foumis l'infini au calcul, et qui avait découvert les lois de la pefanteur ? il favait douter.

CHAPITRE VIII.

DES PREMIERS PRINCIPES DE LA MATIERE.

Examen de la matière première. Méprife de Newton. Il n'y a point de tranfmutations véritables. Newton admet des atomes.

IL ne s'agit pas ici d'examiner quel fyftême était plus ridicule, ou celui qui fefait l'eau principe de tout, ou celui qui attribuait tout au feu, ou celui qui fuppofe des dés mis fans intervalle les uns auprès des autres, et tournant je ne fais comment fur eux-mêmes.

Le fyftême le plus plaufible a toujours été qu'il y a une matière première indifférente à tout, uniforme et capable de toutes les formes, laquelle différemment combinée conftitue cet univers. Les élémens de cette matière font les mêmes ; elle fe modifie felon les différens moules où elle paffe, comme un métal en fufion

devient

devient tantôt une urne, tantôt une statue ; c'était l'opinion de *Descartes*, et elle s'accorde très-bien avec la chimère de ses trois élémens. *Newton* pensait en ce point sur la matière comme *Descartes* ; mais il était arrivé à cette conclusion par une autre voie. Comme il ne formait presque jamais de jugement qui ne fût fondé, ou sur l'évidence mathématique, ou sur l'expérience, il crut avoir l'expérience pour lui dans cet examen. L'illustre *Robert Boyle*, le fondateur de la physique en Angleterre, avait long-temps tenu de l'eau dans une cornue à un feu égal ; le chimiste qui travaillait avec lui, crut que l'eau s'était enfin changée en terre ; le fait était faux, comme l'a depuis prouvé *Boerhaave*, physicien aussi exact que médecin habile ; l'eau s'était évaporée, et la terre qui avait paru en sa place venait d'ailleurs. (4)

A quel point faut-il se défier de l'expérience, puisque celle-ci trompa *Boyle* et *Newton* ? Ces grands philosophes n'ont pas fait difficulté de croire que, puisque les parties primitives de l'eau se changeaient en parties primitives de terre, les élémens des choses ne sont que la même matière différemment arrangée. Si une fausse expérience n'avait pas conduit *Newton* à cette conclusion, il est à croire qu'il eût raisonné tout autrement. Je supplie qu'on lise avec attention ce qui suit.

La seule manière qui appartienne à l'homme de

(4) Cette conversion de l'eau en terre est encore une question, quoique l'opinion de *Boerhaave* soit la plus vraisemblable. Au reste, ce ne serait pas une vraie transmutation : l'eau est une espèce de terre fusible à très-petit degré de chaleur, et cette terre pourrait perdre cette propriété par la digestion dans les vaisseaux clos, soit en se combinant avec le feu libre qui passe à travers les vaisseaux, soit en vertu d'une nouvelle combinaison de ses propres élémens.

Physique, &c. E

raifonner fur les objets , c'eft l'analyfe. Partir tout d'un coup des premiers principes n'appartient qu'à DIEU ; et fi l'on peut fans blafphémer comparer DIEU à un architecte, et l'univers à un édifice, quel eft le voyageur qui, en voyant une partie de l'extérieur d'un bâtiment, ofera tout d'un coup imaginer tout l'artifice du dedans? Voilà pourtant ce qu'ont ofé faire prefque tous les philofophes avec mille fois plus de témérité. Examinons donc cet édifice autant que nous le pouvons : que trouvons-nous autour de nous ? des animaux, des végétaux, des minéraux, fous le genre defquels je comprends tous les fels, foufres, &c. du limon, du fable, de l'eau, du feu, de l'air, et rien autre chofe, du moins jufqu'à préfent.

Avant que d'examiner feulement fi ces corps font des mixtes ou non, je me demande à moi-même s'il eft poffible qu'une matière prétendue uniforme, qui n'eft en elle-même rien de tout ce qui eft : produife cependant tout ce qui eft.

1. Qu'eft-ce qu'une matière première, qui n'eft rien des chofes de ce monde, et qui les produit toutes ? C'eft une chofe dont je ne puis avoir aucune idée, et que par conféquent je ne dois point admettre. Il eft vrai que je ne puis pas me former en général l'idée d'une fubftance étendue, impénétrable et figurable, fans déterminer ma penfée à du fable ou à du limon, ou à de l'or, &c. mais cependant cette matière eft réellement quelqu'une de ces chofes, ou elle n'eft rien du tout. De même je puis penfer à un triangle en géné-ral, fans m'arrêter au triangle équilatéral, au fcalène, à l'ifocèle, &c. mais il faut pourtant qu'un triangle qui exifte foit l'un de ceux-là. Cette idée feule bien pefée

fuffit peut-être pour détruire l'opinion d'une matière première.

2. Si la matière quelconque mife en mouvement fuffifait pour produire ce que nous voyons fur la terre, il n'y aurait aucune raifon pour laquelle de la pouffière bien remuée dans un tonneau ne pourrait produire des hommes et des arbres, ni pourquoi un champ femé de blé ne pourrait pas produire des baleines et des écreviffes au lieu de froment. C'eft en vain qu'on répondrait que les moules et les filières qui reçoivent les femences s'y oppofent ; car il en faudra toujours revenir à cette queftion, pourquoi ces moules, ces filières, font-elles fi invariablement déterminées ? Or, fi aucun mouvement, aucun art, ne peut faire venir des poiffons au lieu de blé dans un champ, ni des nèfles au lieu d'un agneau dans le ventre d'une brebis, ni des rofes au haut d'un chêne, ni des foles dans une ruche d'abeilles, &c. fi toutes les efpèces font invariablement les mêmes, ne dois-je pas croire d'abord, avec quelque raifon, que toutes les efpèces ont été déterminées par le maître du monde ; qu'il y a autant de deffeins différens qu'il y a d'efpèces différentes, et que de la matière et du mouvement il ne naîtrait qu'un chaos éternel fans ces deffeins ?

Toutes les expériences me confirment dans ce fentiment. Si j'examine d'un côté un homme et un ver à foie, et de l'autre un oifeau et un poiffon, je les vois tous formés dès le commencement des chofes ; je ne vois en eux qu'un développement. Celui de l'homme et celui de l'infecte ont quelques rapports et quelques différences ; celui du poiffon et celui de l'oifeau en ont d'autres ; nous fommes un ver avant que d'être reçus

E 2

dans la matrice de notre mère ; nous devenons chryſa-
lides, nymphes dans l'uterus, lorſque nous ſommes
dans cette enveloppe qu'on nomme *coiffe* ; (5) nous en
ſortons avec des bras, des jambes, comme le ver devenu
moucheron ſort de ſon tombeau avec des aîles et des
pieds ; nous vivons quelques jours comme lui, et
notre corps ſe diſſout enſuite comme le ſien. Parmi les
reptiles les uns ſont ovipares, les autres vivipares ;
chez les poiſſons la femelle eſt féconde ſans les approches
du mâle qui ne fait que paſſer ſur les œufs dépoſés
pour les faire éclore. Les pucerons, les huîtres, &c.
produiſent leurs ſemblables eux ſeuls, et ſans le mélange
de deux ſexes. Les polypes ont en eux de quoi faire
renaître leurs têtes quand on les leur a coupées. Il
revient des pattes aux écreviſſes. Les végétaux, les
minéraux, ſe forment tout différemment. Chaque genre
d'être eſt un monde à part ; et bien loin qu'une matière
aveugle produiſe tout par le ſimple mouvement, il eſt
bien vraiſemblable que DIEU a formé une infinité
d'êtres avec des moyens infinis, parce qu'il eſt infini
lui-même.

Voilà d'abord ce que je ſoupçonne en conſidérant la
nature : mais ſi j'entre dans le détail, ſi je fais des
expériences de chaque choſe, voici ce qui en réſulte. Je
vois des mixtes, tels que les végétaux et les animaux,
que je décompoſe, et dont je tire quelques élémens
groſſiers, l'eſprit, le phlegme, le ſoufre, le ſel, la tête-
morte. Je vois d'autres corps, tels que des métaux, des
minéraux, dont je ne puis jamais tirer autre choſe que
leurs propres parties plus atténuées. Jamais de l'or pur

_____

(5) M. de *Voltaire* ſuit ici le ſyſtême des vers ſpermatiques. Voyez les
notes ſur l'article GÉNÉRATION dans le *Dictionnaire philoſophique.*

n'a pu donner que de l'or ; jamais avec du mercure pur on n'a pu avoir que du mercure. Du fable, de la boue fimple, de l'eau fimple, n'ont pu être changés en aucune autre efpèce d'êtres. Que puis-je en conclure, finon que les végétaux et les animaux font compofés de ces autres êtres primitifs qui ne fe décompofent jamais ? Ces êtres primitifs inaltérables font les élémens des corps : l'homme et le moucheron font donc un compofé de parties minérales, de fange, de fable, de feu, d'air, d'eau, de foufre, de fel ; (6) et toutes ces parties primitives, indécompofables à jamais, font des élémens dont chacun a fa nature propre et invariable.

Pour ofer affurer le contraire, il faudrait avoir vu des tranfmutations ; mais quelqu'un en a-t-il jamais découvert par le fecours de la chimie ? La pierre philofophale n'eft-elle pas regardée comme impoffible par tous les efprits fages ? eft-il plus poffible, dans l'état préfent de ce monde, que du fel foit changé en foufre, de l'eau en terre, de l'air en feu, que de faire de l'or avec de la poudre de projection ?

Quand les hommes ont cru aux tranfmutations proprement dites, n'ont-ils point en cela été trompés par l'apparence, comme ceux qui ont cru que le foleil marchait ? Car à voir du blé et de l'eau fe convertir dans les corps humains en fang et en chair, qui n'aurait cru les tranfmutations ? Cependant tout cela eft-il autre chofe que des fels, des foufres, de la fange, &c. différemment arrangés dans le blé et dans notre corps ? Plus j'y fais réflexion, plus une métamorphofe prife à

(6) M. de *Voltaire* emploie ici le langage des chimiftes du temps où il a écrit.

la rigueur me femble n'être autre chofe qu'une contradiction dans les termes. Pour que les parties primitives
de fel fe changent en parties primitives d'or, il faut,
je crois, deux chofes, anéantir ces élémens du fel, et
créer des élémens de l'or ; voilà au fond ce que c'eſt
que ces prétendues métamorphofes d'une matière homogène et uniforme, admifes juſqu'ici par tant de philofophes ; et voici ma preuve.

Il eſt impoſſible de concevoir l'immutabilité des
efpèces, fans qu'elles foient compofées de principes
inaltérables. Pour que ces principes, ces premières
parties conſtituantes ne changent point, il faut qu'elles
foient parfaitement folides, et par conféquent toujours
de la même figure. Si elles font telles, elles ne peuvent
pas devenir d'autres élémens ; car il faudrait qu'elles
reçuffent d'autres figures : donc il eſt impoſſible que,
dans la conſtitution préfente de cet univers, l'élément
qui fert à faire du fel foit changé en l'élément du
mercure. Je ne fais comment *Newton*, qui admettait
des atomes, n'en avait pas tiré cette induction fi
naturelle. Il connaiſſait de vrais atomes, des corps
indiviſibles, comme *Gaſſendi* ; mais il était arrivé à
cette aſſertion par fes mathématiques ; en même temps
il croyait que ces atomes, ces élémens indiviſés, fe
changeaient continuellement les uns en les autres.
Newton était homme ; il pouvait fe tromper comme nous.

On demandera ici, fans doute, comment les germes
des chofes étant durs et indiviſés, ils peuvent s'accroître
et s'étendre ; ils ne s'accroiſſent probablement que par
aſſemblage, par contiguité ; pluſieurs atomes d'eau
forment une goutte, et ainſi du reſte.

Il reſtera à favoir comment cette contiguité s'opère,

comment les parties des corps font liés entre elles. Peut-être eft-ce un des fecrets du Créateur, lequel fera inconnu à jamais aux hommes. Pour favoir comment les parties conftituantes de l'or forment un morceau d'or, il femble qu'il faudrait voir ces parties.

S'il était permis de dire que l'attraction eft probablement caufe de cette adhéfion et de cette contiguité de la matière, c'eft ce qu'on pourrait avancer de plus vraifemblable : car en vérité, s'il eft démontré, comme nous le verrons, que toutes les parties de la matière gravitent les unes fur les autres, quelle qu'en foit la caufe, peut-on rien penfer de plus naturel, finon que les corps qui fe touchent en plus de points, font les plus unis enfemble par la force de cette gravitation ? Mais ce n'eft pas ici le lieu d'entrer dans ce détail phyfique. (7)

(7) Si cette queftion d'une matière première n'eft pas infoluble pour l'efpèce humaine, elle l'eft certainement pour les philofophes de notre fiècle. Les chimiftes font obligés de reconnaître dans les corps un très-grand nombre d'élémens, les uns fimples et inaltérables dans nos expériences, les autres compofés et deftructibles, mais dont les principes font encore peu connus. C'eft à bien reconnaître les principes fimples, à analyfer les principes compofés, à tâcher de réduire les premiers à un moindre nombre, à chercher à deviner le fecret de la combinaifon des autres, dont la nature s'eft réfervé jufqu'ici les moyens, que s'applique fur-tout la chimie théorique, depuis que cette fcience s'eft foumife comme les autres à la marche analytique ; mais il y a loin de ce que nous favons à la connaiffance d'une matière première, ou même d'un petit nombre de principes primitifs fimples et invariables.

E 4

CHAPITRE IX.

DE LA NATURE DES ELEMENS DE LA MATIERE, OU DES MONADES.

Sentiment de Newton. Sentiment de Leibnitz.

Sı l'on a jamais dû dire, *audax Japeti genus*, c'est dans la recherche que les hommes ont osé faire de ces premiers élémens, qui semblent être placés à une distance infinie de la sphère de nos connaissances. Peut-être n'y a-t-il rien de plus modeste que l'opinion de *Newton*, qui s'est borné à croire que les élémens de la matière font de la matière, c'est-à-dire un être étendu et impénétrable, dans la nature intime duquel l'entendement ne peut fouiller ; que DIEU peut le diviser à l'infini, comme il peut l'anéantir, mais qu'il ne le fait pourtant pas, et qu'il tient ses parties étendues et insécables pour servir de base à toutes les productions de l'univers.

Peut-être, d'un autre côté, n'y a-t-il rien de plus hardi que l'effor qu'a pris *Leibnitz* en partant de son principe de la *raison suffisante*, pour pénétrer, s'il se peut, jusque dans le sein des causes, et dans la nature inexplicable de ces élémens. Tout corps, dit-il, est composé de parties étendues : mais ces parties étendues, de quoi font-elles composées ? Elles font actuellement, continue-t-il, divisibles et divisées à l'infini ; vous ne trouvez donc jamais que de l'étendue. Or, dire que l'étendue est la raison suffisante de l'étendue, c'est faire un cercle vicieux, c'eſt ne rien dire; il faut donc trouver la raiſon, la cauſe des êtres étendus, dans des êtres qui ne le font pas, dans des êtres ſimples, dans des *monades :* la matière n'eſt donc rien qu'un aſſemblage d'êtres ſimples. On a vu, au chapitre de *l'ame*, que, ſelon *Leibnitz*, chaque être ſimple eſt ſujet au changement; mais ces altérations, ces déterminations ſucceſſives qu'il reçoit, ne peuvent venir du dehors, par la raiſon que cet être eſt ſimple, intangible et n'occupe point de place; il a donc la ſource de tous ſes changemens en lui-même, à l'occaſion des objets extérieurs : il a donc des idées : mais il a un rapport néceſſaire avec toutes les parties de l'univers; il a donc des idées relatives à tout l'univers. Les élémens du plus vil excrément ont donc un nombre infini d'idées. Leurs idées, à la vérité, ne font pas bien claires; elles n'ont pas *l'apperception*, comme dit *Leibnitz*, elles n'ont pas en elles le témoignage intime de leurs penſées; mais elles ont des *perceptions* confuſes du préſent, du paſſé et de l'avenir. Il admet quatre eſpèces de *monades :* 1. les élémens de la matière qui n'ont aucune penſée claire : 2. les *monades* des bêtes qui ont quelques idées claires et aucune diſtincte; 3. les *monades* des eſprits finis qui ont des idées confuſes, des claires, des diſtinctes : 4. enfin la *monade* de DIEU qui n'a que des idées adéquates.

Les philoſophes anglais, je l'ai déjà dit, qui ne reſpectent point les noms, ont répondu à tout cela en riant; mais il ne m'eſt permis de réfuter *Leibnitz* qu'en raiſonnant. Il me ſemble que je prendrais la liberté de dire à ceux qui ont accrédité de telles opinions : Tout le monde convient avec vous du principe de la raiſon

fuffifante ; mais en tirez-vous ici une conféquence bien
jufte ? 1. Vous admettez la matière actuellement divifible à l'infini ; la plus petite partie n'eft donc pas
poffible à trouver. Il n'y en a point qui n'ait des côtés,
qui n'occupe un lieu, qui n'ait une figure ; comment
dònc voulez-vous qu'elle ne foit formée que d'êtres
fans figure, fans lieu et fans côtés ? Ne heurtez-vous
pas le grand principe de la *contradiction* en voulant
fuivre celui de la *raifon fuffifante ?*

2. Eft-il bien fuffifamment raifonnable qu'un compofé n'ait rien de femblable à ce qui le compofe ? Que
dis-je, rien de femblable ? il y a l'infini entre un
être fimple et un être étendu ; et vous voulez que l'un
foit fait de l'autre ? Celui qui dirait que plufieurs élémens
de fer forment de l'or, que les parties conftituantes du
fucre font de la coloquinte, dirait-il quelque chofe de
plus révoltant ?

3. Pouvez-vous bien avancer qu'une goutte d'urine
foit une infinité de *monades*, et que chacune d'elles ait
les idées, quoiqu'obfcures, de l'univers entjer ; et cela
parce que, felon vous, tout eft plein, parce que dans
le plein tout eft lié, parce que tout étant lié enfemble,
et une *monade* ayant néceffairement des idées, elle ne
peut avoir une perception qui ne tienne à tout ce qui
eft dans le monde ?

Voilà pourtant les chofes qu'on a cru expliquer par
lemmes, théorèmes et corollaires. Qu'a-t-on prouvé par-
là ? ce que *Cicéron* a dit, qu'il n'y a rien de fi étrange
qui ne foit foutenu par les philofophes. O métaphyfique ! nous fommes auffi avancés que du temps des
premiers druides.

CHAPITRE X.

DE LA FORCE ACTIVE, QUI MET TOUT EN MOUVEMENT DANS L'UNIVERS.

S'il y a toujours même quantité de forces dans le monde. Examen de la force. Manière de calculer la force. Conclusion des deux partis.

JE suppose d'abord que l'on convient que la matière ne peut avoir le mouvement par elle-même ; il faut donc qu'elle le reçoive d'ailleurs ; mais elle ne peut le recevoir d'une autre matière, car ce serait une contradiction ; il faut donc qu'une cause immatérielle produise le mouvement. DIEU est cette cause immatérielle : et on doit ici bien prendre garde que cet axiome vulgaire, qu'il ne faut point recourir à DIEU en philosophie, n'est bon que dans les choses que l'on doit expliquer par les causes prochaines physiques. Par exemple, je veux expliquer pourquoi un poids de quatre livres est contre-pesé par un poids d'une livre ; si je dis que DIEU l'a ainsi réglé, je suis un ignorant ; mais je satisfais à la question, si je dis que c'est parce que le poids d'une livre est quatre fois autant éloigné du point d'appui que le poids de quatre livres. Il n'en est pas de même des premiers principes des choses ; c'est alors que ne pas recourir à DIEU, est d'un ignorant ; car ou il n'y a point de DIEU, ou il n'y a de premiers principes que dans DIEU.

C'est lui qui a imprimé aux planètes la force avec laquelle elles vont d'Occident en Orient ; c'est lui qui fait mouvoir ces planètes , et le soleil sur leurs axes. Il a imprimé une loi à tous les corps , par laquelle ils tendent tous également à leur centre. Enfin il a formé des animaux auxquels il a donné une force active , avec laquelle ils font naître du mouvement.

La grande question est de savoir si cette force donnée de DIEU pour commencer le mouvement est toujours la même dans la nature.

Descartes , sans faire mention de la force , avançait sans preuve qu'il y a toujours quantité égale de mouvement ; mais les premiers géomètres , qui trouvèrent les lois du choc des corps , trouvèrent que cette opinion était une erreur.

Bérnouilli , disciple de *Leibnitz* en métaphysique, trouva que , si la quantité de mouvement n'était pas toujours la même, la somme des forces est une quantité constante ; mais pour cela il fallait changer la manière ordinaire d'estimer cette force : au lieu donc que *Mersenne* , *Descartes* , *Newton* , *Mariotte* , *Varignon* , &c. ont toujours , après *Archimède*, mesuré le mouvement d'un corps en multipliant sa masse par sa vîtesse ; les *Leibnitz*, les *Bernouilli*, les *Herman*, les *Poleni* , les *s'Gravesende* , les *Wolf* , &c. ont multiplié la masse par le quarré de la vîtesse.

Cette dispute , qui est le scandale de la géométrie , a partagé l'Europe ; mais enfin il me semble qu'on reconnaît que c'est au fond une dispute de mots. Il est impossible que ces grands philosophes , quoique diamétralement opposés , se trompent dans leurs calculs. Ils sont également justes ; les effets mécaniques répondent également à l'une et à l'autre manière de compter. Il y a donc indubitablement un fens dans lequel ils ont tous raifon. Or ce point où ils ont raifon eft celui qui doit les réunir ; et le voici, comme le docteur *Clarke* l'a indiqué le premier, quoiqu'un peu durement.

Si vous confidérez le temps dans lequel un mobile agit contre des obftacles qui retardent fon mouvement, la force qu'il aura écartée avant d'arriver au point de repos fera comme le quarré de fa vîteffe par fa maffe. Pourquoi ? parce que le temps pendant lequel il aura agi fera proportionnel à cette vîteffe initiale. Mais cette durée de l'action du corps eft l'effet de fa force, elle doit donc entrer dans la mefure de cette force. En ce cas les leibnitziens n'ont pas tort. Mais auffi les cartéfiens et les newtoniens réunis ont grande raifon, quand ils confidèrent la chofe dans un autre fens ; car ils difent : En temps égal un corps de quatre livres, avec un degré de vîteffe, agit précifément comme un poids d'une livre avec quatre degrés de vîteffe. Il ne faut pas confidérer ce qui arrive à des mobiles dans des temps inégaux, mais dans des temps égaux ; et voilà la fource du mal-entendu. Donc la nouvelle manière d'envifager les forces eft vraie en un fens, et fauffe en un autre ; donc elle ne fert qu'à compliquer, qu'à embrouiller une idée fimple ; donc il faut s'en tenir à l'ancienne règle. *Newton* n'adopta point cette nouvelle mefure des forces propofée par *Leibnitz*. Quant au principe de la confervation des forces vives, il vivait encore quand *Bernouilli* le fit connaître ; mais il ne reftait plus rien de lui que ce qu'il avait de commun avec les autres hommes. Il ne put donc avoir une opinion fur cet objet.

Voilà ce qu'a penſé *Newton* ſur la plupart des queſtions qui tiennent à la métaphyſique. C'eſt à vous à juger entre lui et *Leibnitz*.

Je vais paſſer à ſes découvertes en phyſique. (8)

(8) Le principe de la conſervation des forces vives a lieu en général dans la nature, toutes les fois qu'on ſuppoſera que les changemens ſe feront par degrés inſenſibles , c'eſt-à-dire , tant que la loi de continuité y eſt obſervée. Il en eſt de même du principe de la conſervation d'action. Celui de la moindre action eſt vrai auſſi en général, dans ce ſens que le mouvement eſt déterminé par les mêmes équations générales qu'on aurait trouvées , en ſuppoſant que l'action eſt un *minimum* ; mais cela ne ſuffit pas pour que l'action ſoit réellement un *minimum* ; elle peut être un *maximum* , ou n'être ni l'un ni l'autre , quoique ces équations aient lieu. L'accord de ces équations avec la nature prouve ſeulement que , dans les changemens infiniment petits qui ont lieu dans un temps infiniment petit , la quantité d'action reſte la même.

Au reſte , ce ſerait en vain qu'on croirait voir des cauſes finales dans ces différentes lois ; elles ne ſont, comme l'a démontré M. *d'Alembert*, que la conſéquence néceſſaire des principes eſſentiels et mathématiques du mouvement. La découverte de ces principes , qu'il a étendus aux corps ſolides, flexibles et fluides, en trouvant en même temps le nouveau calcul qui était néceſſaire pour y appliquer l'analyſe mathématique, doit être regardée comme le plus grand effort que l'eſprit humain ait fait dans ce ſiècle.

SECONDE PARTIE.

CHAPITRE PREMIER.

PREMIERES RECHERCHES SUR LA LUMIERE,
ET COMMENT ELLE VIENT A NOUS.
ERREURS DE DESCARTES A CE SUJET.

*Définition singulière par les péripatéticiens. L'esprit
systématique a égaré Descartes. Son système. Faux. Du
mouvement progressif de la lumière. Erreur du* Spectacle
de la nature. *Démonstration du mouvement de la lumière,
par Roëmer. Expérience de Roëmer contestée et combattue
mal à propos. Preuves de la découverte de Roëmer par
les découvertes de Bradley. Histoire de ces découvertes.
Explication et conclusion.*

LES Grecs, et ensuite tous les peuples barbares qui
ont appris d'eux à raisonner et à se tromper, ont dit
de siècle en siècle : ,, La lumière est un accident, et cet
,, accident est l'acte du transparent, en tant que trans-
,, parent ; les couleurs font ce qui meut les corps
,, transparens. Les corps lumineux et colorés ont des
,, qualités semblables à celles qu'ils excitent en nous,
,, par la grande raison que rien ne donne ce qu'il n'a
,, pas. Enfin la lumière et les couleurs font un mélange
,, du chaud, du froid, du sec et de l'humide ; car

„ l'humide, le fec, le froid et le chaud étant les prin-
„ cipes de tout, il faut bien que les couleurs en foient
„ un compofé. „

C'eft cet abfurde galimatias que des maîtres d'ignorance, payés par le public, ont fait refpecter à la
crédulité humaine pendant tant d'années : c'eft ainfi
qu'on a raifonné prefque fur tout jufqu'au temps des
Galilée et des *Defcartes*. Long-temps même après eux, ce
jargon qui déshonore l'entendement humain ; a fubfifté
dans plufieurs écoles. J'ofe dire que la raifon de l'homme,
ainfi obfcurcie, eft bien au-deffous de ces connaiffances
fi bornées, mais fi sûres, que nous appelons *inftinct* dans
les brutes. Ainfi nous ne pouvons trop nous féliciter
d'être nés dans un temps, et chez un peuple où l'on
commence à ouvrir les yeux, et à jouir du plus bel
apanage de l'humanité ; l'ufage de la raifon.

Tous les prétendus philofophes ayant donc deviné
au hafard, à travers le voile qui couvrait la nature,
Defcartes eft venu, qui a levé un coin de ce grand
voile. Il a dit : „ La lumière eft une matière fine et
„ déliée, qui eft répandue par-tout, et qui frappe nos
„ yeux. Les couleurs font les fenfations que DIEU
„ excite en nous, felon les divers mouvemens qui
„ portent cette matière à nos organes. „ Jufque-là
Defcartes a eu raifon; il fallait, ou qu'il s'en tînt là,
ou qu'en allant plus loin, l'expérience fût fon guide.
Mais il était poffédé de l'envie d'établir un fyftême.
Cette paffion fit dans ce grand homme ce que font les
paffions dans tous les hommes ; elles les entraînent
au-delà de leurs principes.

Il avait pofé pour premier fondement de la philofophie, qu'il ne fallait rien croire fans évidence ; et
cependant,

cependant, au mépris de fa propre règle, il imagine trois élémens formés des cubes prétendus, qu'il fuppofe avoir été faits par le créateur, et s'être brifés en tournant fur eux-mêmes, lorfqu'ils fortirent des mains de DIEU.

De ces prétendus dés brifés, atténués également, de tous côtés, et enfin arrondis en boules, il lui plaît de faire la lumière qu'il répand gratuitement dans l'univers.

Plus ce fyftême était ingénieufement imaginé, plus vous fentez qu'il était indigne d'un philofophe ; et puifque rien de tout cela n'eft prouvé, autant valait adopter le froid, le chaud, le fec et l'humide. Erreur pour erreur, qu'importe laquelle domine ?

Selon *Defcartes*, la lumière ne vient point à nos yeux du foleil ; mais c'eft une matière globuleufe répandue par-tout, que le foleil pouffe, et qui preffe nos yeux comme un bâton pouffé par un bout preffe à l'inftant à l'autre bout. Il était tellement perfuadé de ce fyftême que, dans fa dix-feptième lettre du troifième tome, il dit et répète pofitivement : *J'avoue que je ne fais rien en philofophie, fi la lumière du foleil n'eft pas tranfmife à nos yeux en un inftant.*

En effet, il faut avouer que tout grand génie qu'il était, il favait encore peu de chofe en vraie philofophie ; il lui manquait l'expérience du fiècle qui l'a fuivi. Ce fiècle eft autant fupérieur à *Defcartes*, que *Defcartes* l'était à l'antiquité.

1. Si la lumière était un fluide toujours répandu dans l'air, nous verrions clair la nuit, puifque le foleil fous l'hémifphère poufferait toujours ce fluide de la lumière en tout fens, et que l'impreffion en viendrait à

Phyfique, &c.   F

nos yeux ; la lumière circulerait comme le son ; nous
verrions un objet au-delà d'une montagne ; enfin nous
n'aurions jamais un si beau jour que dans une éclipse
centrale du soleil ; car la lune, en passant entre nous et
cet astre, presserait (au moins selon *Descartes*) les globules
de la lumière, et ne ferait qu'augmenter leur action.

2. Les rayons qu'on détourne par un prisme, et
qu'on force de prendre un nouveau chemin, démontrent que la lumière se meut effectivement, et n'est pas
un amas de globules simplement pressés. La lumière suit
trois chemins différens en entrant dans un prisme ; ses
trois routes dans l'air, dans le prisme et au sortir du
prisme, sont différentes ; bien plus, elle accélère son
mouvement dans le corps du prisme. N'est-il donc pas
un peu étrange de dire qu'un corps qui change visiblement trois fois de place, et qui augmente son mouvement,
ne se remue point, et cependant il vient de paraître
un livre dans lequel on ose dire que la progression de
la lumière est une absurdité.

3. Si la lumière était un amas de globules, un fluide
existant dans l'air et en tout lieu, un petit trou qu'on
pratique dans une chambre obscure, devrait l'illuminer
toute entière ; car la lumière, poussée alors en tout sens
dans ce petit trou, agirait en tout sens, comme des
boules d'ivoire rangées en rond ou en quarré s'écarte-
raient toutes, si une seule d'elles était fortement pressée :
mais il arrive tout le contraire ; la lumière reçue par un
petit orifice, lequel ne laisse passer qu'un petit cône de
rayons, n'éclaire qu'un petit espace de l'endroit qu'elle
frappe.

4. On sait que la lumière qui émane du soleil
jusqu'à nous traverse à peu près en huit minutes ce

chemin immenfe , qu'un boulet de canon confervant fa vîteffe ne ferait pas en vingt-cinq années.

L'auteur du *Spectacle de la nature*, ouvrage très-eftimable, eft tombé ici dans une méprife qui peut égarer les commençans, pour lefquels fon livre eft fait. Il dit que la lumière vient en *fept minutes des étoiles , felon Newton* ; il a pris les étoiles pour le foleil. La lumière émane des étoiles les plus prochaines en fix mois, felon un certain calcul fondé fur des hypothèfes très-précaires. Ce n'eft point *Newton*, c'eft *Huyghens* et *Hartfoeker* qui ont fait cette fuppofition. Il dit encore , pour prouver que DIEU créa la lumière avant le foleil, *que la lumière eft répandue par toute la nature , et qu'elle fe fait fentir quand les aftres lumineux la pouffent* ; mais il eft démontré qu'elle arrive des étoiles fixes en un temps très-long : or , fi elle fait ce chemin , elle n'était donc point répandue auparavant. Il eft bon de fe précautionner contre ces erreurs que l'on répète tous les jours dans beaucoup de livres qui font l'écho les uns des autres.

Voici en peu de mots la fubftance de la démonftration fenfible de *Roëmer* , que la lumière emploie fept à huit minutes dans fon chemin du foleil à la terre.

On obferve de la terre en C ce fatellite de *Jupiter* , (*figure* 1. *) qui s'éclipfe régulièrement une fois en quarante-deux heures et demie. Si la terre était immobile , l'obfervateur en C verrait, en trente fois quarante-deux heures et demie , trente émerfions de ce fatellite ; mais au bout de ce temps , la terre fe trouve en D,

(*) Voyez les planches à la fin de ce volume ; les figures y font numérotées conformément au texte.

F 2

alors l'obfervateur ne voit plus cette émerfion précifément au bout de trente fois quarante-deux heures et
demie ; mais il faut ajouter le temps que la lumière met
à fe mouvoir de C en D , et ce temps eft affez long pour
être obfervé avec précifion. Mais cet efpace C D eft
encore moins grand que l'efpace G H dans ce cercle qui
repréfente le grand orbe que décrit la terre ; le foleil eft
au milieu ; la lumière, en venant du fatellite de *Jupiter*,
traverfe C D en dix minutes, et G H en quinze ou feize
minutes. Le foleil eft entre G et H ; donc la lumière
vient du foleil en fept ou huit minutes.

Cette belle obfervation fut long-temps conteftée ;
enfin on a été forcé de convenir de l'expérience , et le
préjugé a tâché d'éluder l'expérience même. Elle prouve
tout au plus , dit-on , que la matière de la lumière
exiftant dans l'efpace , et contiguë du foleil à nos yeux,
met fept à huit minutes à nous tranfmettre l'impreffion
du foleil ; mais ne devrait-on pas voir qu'une telle
réponfe faite au hafard contredit manifeftement tous
les principes mécaniques ? *Defcartes* favait bien , et il
avait dit que fi la matière lumineufe était, comme un
long bâton, preffée par le foleil à un bout , l'impreffion
s'en communiquerait à l'inftant à l'autre bout ; donc
fi un fatellite de *Jupiter* preffait une prétendue matière
lumineufe confidérée comme un fil de globules , roide,
étendu jufqu'à nos yeux , nous ne verrions point l'émerfion de ce fatellite après plufieurs minutes , mais dans
l'inftant de l'émerfion même. Si pour dernier fubterfuge
on fe retranche à dire que la matière lumineufe doit
être regardée , non comme un corps roide , mais comme
un fluide , on retombe alors dans l'erreur indigne de
tout phyficien , laquelle fuppofe l'ignorance de l'action

des fluides ; car ce fluide agirait en tout fens , et il n'y aurait jamais , comme on l'a dit , de nuit ni d'éclipfe. Le mouvement ferait bien autrement lent dans ce fluide , et il faudrait des fiècles , au lieu de fept minutes , pour nous faire fentir la lumière du foleil.

La découverte de *Roëmer* prouvait donc inconteftablement la propagation et la progreffion de la lumière. Si l'ancien préjugé fe débat encore contre une télle vérité , qu'il cède du moins aux nouvelles découvertes de M. *Bradley* , qui la confirment d'une manière fi admirable. L'expérience de *Bradley* eft peut-être le plus bel effort qu'on ait fait en aftronomie.

On fait que cent quatre-vingt-dix millions de nos lieues , que parcourt au moins la terre dans fon année , ne font qu'un point par rapport à la diftance des étoiles fixes à la terre. La vue ne faurait apercevoir fi aux bouts du diamètre de cet orbite immenfe une étoile a changé de place à notre égard. Il eft pourtant bien certain qu'après fix mois il y a entre nous et une étoile fituée près du pôle , environ foixante-fix millions de lieues de différence ; et ce chemin , qu'un boulet de canon ne ferait pas en cinquante ans en confervant fa vîteffe , eft anéanti dans la prodigieufe diftance de notre globe à la plus prochaine étoile. Car lorfque l'angle vifuel devient d'une certaine petiteffe , il n'eft plus mefurable , il devient nul.

Trouver le fecret de mefurer cet angle , en connaître la différence , lorfque la terre eft au *Cancer* , et lorfqu'elle eft au *Capricorne* , avoir par ce moyen ce qu'on appelle *la parallaxe* des étoiles fixes , eft un problème infoluble , en n'employant que les inftrumens connus jufqu'ici. Le fameux *Hoocke* , fi connu par fa micrographie , entreprit

F 3

de le réfoudre ; il fut fuivi de l'aftronome *Flamfteed*, qui avait donné la pofition de trois mille étoiles ; enfuite le chevalier *Molineux*, avec l'aide du célèbre mécanicien *Graham*, inventa une machine pour fervir à cette opération ; il n'épargna ni peines, ni temps, ni dépenfes : enfin le docteur *Bradley* mit la dernière main à ce grand ouvrage.

La machine qu'on employa fut appelée *télefcope parallactique*. On en peut voir la defcription dans l'excellent traité d'optique de M. *Smith*. Une longue lunette fufpendue, perpendiculaire à l'horizon, était tellement difpofée qu'on pouvait avec facilité diriger l'axe de la vifion dans le plan du méridien, foit un peu plus au nord, foit un peu plus au fud, et connaître par le moyen d'une roue et d'un indice avec la plus grande exactitude, de combien on avait porté l'inftrument au fud ou au nord. On obferva plufieurs étoiles avec ce télefcope, et entre autres on y fuivit une étoile du *dragon* pendant une année entière.

Que devait-il arriver de cette recherche affidue ? Certainement fi la terre depuis le commencement de l'été jufqu'au commencement de l'hiver avait changé de place ; fi elle s'était portée à ces foixante-fix millions de lieues, le rayon de lumière, qui avait été dardé fix mois auparavant dans l'axe de vifion de ce télefcope, devait s'en être détourné ; il fallait donc changer la direction de ce tube pour recevoir ce rayon ; et on favait par le moyen de la roue et de l'indice, quelle quantité de mouvement on lui avait donnée, et par une conféquence infaillible, de combien l'étoile était plus feptentrionale ou plus méridionale que fix mois auparavant.

Ces admirables opérations commencèrent le 3 décembre 1725. La terre alors s'approchait du folftice d'hiver ; il paraiffait vraifemblable que fi l'étoile pouvait donner dès le mois de décembre quelque marque d'aberration, elle paraîtrait jeter fa lumière plus vers le Nord, puifque la terre vers le folftice d'hiver allait alors au Midi. Mais dès le 17 décembre l'étoile obfervée parut être avancée dans le méridien vers le fud. On fut fort étonné. (9) On avait précifément le contraire de ce qu'on efpérait ; mais par la fuite conftante des obfervations, on eut plus qu'on n'aurait jamais ofé efpérer. On eut une nouvelle preuve du mouvement annuel de la terre, et de la progreffion de la lumière, on connut la nutation de l'axe de la terre. (Voyez le chap. IV.)

Si la terre tourne dans fon orbite autour du foleil, et que la lumière foit inftantanée, il eft clair que l'étoile obfervée doit paraître aller toujours un peu vers le Nord, quand la terre marche vers le côté oppofé ; mais fi la lumière eft envoyée de cette étoile, s'il lui faut un certain temps pour arriver, il faut comparer ce temps avec la vîteffe dont marche la terre ; il n'y a plus qu'à calculer. Par-là on vit que la vîteffe de la lumière de cette étoile était dix mille deux cents fois plus prompte que le moyen mouvement de la terre. On vit par des obfervations fur d'autres étoiles, que non-feulement la

(9) *Picard* long-temps auparavant, en cherchant de même la parallaxe du grand orbe, trouva auffi dans l'étoile polaire un mouvement apparent en fens contraire de celui que la parallaxe aurait dû caufer. *Roëmer* qui en cherchant la même parallaxe obferva auffi ces mouvemens des étoiles, n'imagina point de les expliquer par le mouvement progreffif de la lumière qu'il avait découvert. Il ne s'agiffait cependant que de cette remarque fort fimple. Si le temps que la lumière met à traverfer l'orbite terreftre, retarde l'apparition d'un phénomène, il doit influer également fur le lieu apparent des étoiles.

F 4

lumière fe meut avec une énorme vîteffe, mais qu'elle fe meut toujours uniformément, quoiqu'elle vienne d'étoiles fixes, placées à des diftances très-inégales. On vit que la lumière de chaque étoile parcourt en même temps l'efpace déterminé par *Roëmer*, c'eft-à-dire, environ trente-trois millions de lieues en près de huit minutes.

Maintenant je fupplie tout lecteur attentif, et qui aime la vérité, de confidérer que fi la lumière nous arrive du foleil uniformément en près de huit minutes, elle arrive de cette étoile du *dragon* en fix années et plus d'un mois : car il faut fuppofer cette étoile au moins quatre cents mille fois plus éloignée que le foleil, finon la parallaxe eût été fenfible, et que fi les étoiles fix fois moins grandes font fix fois plus éloignées de nous, elles nous envoient leurs rayons en plus de trente-fix années et demie. Or le cours de ces rayons eft toujours uniforme. Qu'on juge maintenant fi cette marche uniforme eft compatible avec une prétendue matière répandue par-tout. Qu'on fe demande à foi-même, fi cette matière ne dérangerait pas un peu cette progreffion uniforme des rayons; et enfin, quand on lira le chapitre des *tourbillons*, qu'on fe fouvienne de cette étendue énorme que franchit la lumière en tant d'années; qu'on juge de bonne foi fi un plein abfolu ne s'oppoferait pas à fon paffage; qu'on voie enfin dans combien d'erreurs ce fyftême a dû entraîner *Defcartes*. Il n'avait fait aucune expérience, il imaginait : il n'examinait point ce monde, il en créait un. *Newton*, au contraire, *Roëmer*, *Bradley*, &c. n'ont fait que des expériences, et n'ont jugé que d'après les faits.

Ces vérités font aujourd'hui reconnues : elles furent toutes combattues en 1738, lorfque l'auteur publia en France ces élémens de *Newton*. C'eft ainfi que le vrai eft toujours reçu par ceux qui font élevés dans l'erreur.

CHAPITRE II.

SYSTEME DE MALLEBRANCHE AUSSI ERRONÉ QUE
CELUI DE DESCARTES ; NATURE DE LA LUMIERE ;
SES ROUTES ; SA RAPIDITÉ.

*Erreur du père Mallebranche. Définition de la matière
de la lumière. Feu et lumière font le même être. Rapidité
de la lumière. Petitesse de ses atomes. Progression de la
lumière. Preuve de l'impossibilité du plein. Obstination
contre ces vérités. Abus de la sainte écriture contre ces
vérités.*

L E père *Mallebranche* qui , en examinant les erreurs
des fens , ne fut pas exempt de celles que la fubtilité du
génie peut caufer , adopta fans preuve les trois élémens
de *Defcartes* ; mais il changea beaucoup de chofes à ce
château enchanté , et fefant moins d'expériences encore
que *Defcartes*, il fit comme lui un fyftême.

Des vibrations du corps lumineux impriment , felon
lui , des fecouffes à de petits tourbillons mous , capables de compreffion , et tous compofés de matière fubtile.
Mais fi on avait demandé à *Mallebranche* comment ces
petits tourbillons mous auraient tranfmis à nos yeux
la lumière ; comment l'action du foleil pourrait paffer
en un inftant à travers tant de petits corps compri-
més les uns par les autres , et dont un très-petit
nombre fuffirait pour amortir cette action ; comment
ces tourbillons mous ne feraient point mêlés en tournant les uns fur les autres ; comment ces tourbillons

mous feraient élaftiques ; enfin pourquoi il fuppofait des
tourbillons ; qu'aurait répondu le père *Mallebranche* ?
Sur quel fondement pofait-il cet édifice imaginaire ?
Faut-il que des hommes, qui ne parlaient que de vérité,
n'aient jamais écrit que des romans ?

Qu'eft-ce donc enfin que la matière de la lumière ?
C'eft le feu lui-même, lequel brûle à une petite diftance
lorfque fes parties font moins ténues , ou plus rapides,
ou plus réunies , et qui éclaire doucement nos yeux,
quand il agit de plus loin, quand fes particules font
plus fines, moins rapides, et moins réunies. Ainfi une
bougie allumée brûlerait l'œil qui ne ferait qu'à quelques
lignes d'elle, et éclaire l'œil qui en eft à quelques
pouces ; ainfi les rayons du foleil épars dans l'efpace
de l'air illuminent les objets , et réunis dans un verre
ardent , fondent le plomb et l'or.

Si on demande ce que c'eft que le feu, je répondrai
que c'eft un élément que je ne connais que par fes
effets ; et je dirai ici, comme par-tout ailleurs, que
l'homme n'eft point fait pour connaître la nature intime
des chofes, qu'il peut feulement calculer, mefurer,
pefer et expérimenter.

Le feu n'éclaire pas toujours, et la lumière ne brille
pas toujours ; mais il n'y a que l'élément du feu qui
puiffe éclairer et brûler. Le feu qui n'eft pas développé,
foit dans une barre de fer, foit dans du bois, ne peut
envoyer des rayons de la furface de ce bois ni de ce
fer, par conféquent il ne peut être lumineux; il ne le
devient que quand cette furface eft embrafée.

Les rayons de la pleine-lune ne donnent aucune
chaleur fenfible au foyer d'un verre ardent, quoiqu'ils
donnent une affez grande lumière. La raifon en eft

palpable. Les degrés de chaleur font toujours en proportion de la denſité des rayons ; or il eſt prouvé que
le ſoleil, à pareille hauteur, darde quatre-vingt-dix mille
fois plus de rayons que la pleine-lune ne nous en réfléchit
ſur l'horizon : ainſi pour que les rayons de la lune au
foyer d'un verre ardent puſſent donner ſeulement autant
de chaleur que les rayons du ſoleil en donneraient ſur
un terrain de pareille grandeur que ce verre, il faudrait qu'il y eût à ce foyer quatre-vingt-dix mille fois
plus de rayons qu'il n'y en a.

Ceux qui ont voulu faire deux êtres de la lumière
et du feu ſe ſont donc trompés , en ſe fondant ſur ce
que tout feu n'éclaire pas , et toute lumière n'échauffe
pas ; c'eſt comme ſi on feſait deux êtres de chaque choſe
qui peut ſervir à deux uſages.

Ce feu eſt dardé en tout ſens du point rayonnant ;
c'eſt ce qui fait qu'il eſt aperçu de tous les côtés : il
faut donc toujours le conſidérer avec les géomètres comme
des lignes partant du centre à la circonférence. Ainſi
tout faiſceau , tout amas , tout trait de rayons , venant
du ſoleil ou d'un feu quelconque , doit être conſidéré
comme un cône dont la baſe eſt ſur notre prunelle , et
dont la pointe eſt dans le feu qui le darde.

Cette matière de feu s'élance du ſoleil juſqu'à nous et
juſqu'à *Saturne* , &c. avec une rapidité qui épouvante
l'imagination. Le calcul apprend que , ſi le ſoleil eſt à
vingt-quatre mille demi-diamètres de la terre , il s'enſuit
que la lumière parcourt de cet aſtre à nous, en nombre
rond, mille millions de pieds par ſeconde. Or un boulet
d'une livre de balle , pouſſé par une demi-livre de
poudre , ne fait en une ſeconde que ſix cents pieds ;
ainſi donc la rapidité d'un rayon du ſoleil eſt , en

nombre rond, feize cents foixante mille fix cents fois plus forte que celle d'un boulet de canon ; il eft donc conftant que fi un atome de lumière était feulement la feize cent millième partie à peu-près d'une livre, il en réfulterait néceffairement que les rayons de lumière feraient l'effet du canon ; et ne fuffent-ils que mille milliars plus petits encore, un feul moment d'émanation de lumière détruirait tout ce qui végète fur la furface de la terre. De quelle inconcevable petiteffe faut-il donc que foient ces rayons, pour entrer dans nos yeux fans nous bleffer !

Le foleil qui nous darde cette matière lumineufe en fept ou huit minutes, et les étoiles, ces autres foleils qui nous l'envoient en plufieurs années, en fourniffent éternellement, fans paraître s'épuifer, à peu-près comme le mufc élance fans ceffe autour de lui des corps odoriférans, fans rien perdre fenfiblement de fon poids.

Enfin la rapidité avec laquelle le foleil darde fes rayons eft probablement en proportion avec fa groffeur, qui furpaffe environ un million de fois celle de la terre, et avec la vîteffe dont ce corps de feu immenfe roule fur lui-même en vingt-cinq jours et demi.

Nous pouvons en paffant conclure de la célérité avec laquelle la fubftance du foleil s'échappe ainfi vers nous en ligne droite, combien le plein de *Defcartes* eft inadmiffible. 1°. Car comment une ligne droite pourrait-elle parvenir à nous à travers tant de millions de couches de matière mues en ligne courbe, et à travers tant de mouvemens divers ? 2°. Comment un corps fi délié pourrait-il parcourir l'efpace de quatre cents mille fois trente-trois millions de lieues d'une étoile à nous, s'il avait à pénétrer dans cet espace une matière réfiftante? Il faudrait que chaque rayon dérangeât en quelques minutes trente-trois millions de lieues de matière fubtile quatre cents mille fois.

Remarquez encore que cette prétendue matière fubtile réfifterait dans le plein abfolu, autant que la matière la plus compacte ; ainfi un rayon d'une étoile aurait bien plus d'effort à faire que s'il avait à percer un cône d'or, dont l'axe ferait treize milliaffes deux cents milliars de lieues.

Il y a plus : l'expérience, ce vrai maître de philo-fophie, nous apprend que la lumière, en venant d'un élément dans un autre élément, d'un milieu dans un autre milieu, n'y paffe pas toute entière, comme nous le dirons : une grande partie eft réfléchie ; l'air en fait rejaillir plus qu'il n'en tranfmet ; ainfi il ferait impoffible qu'il nous vînt aucune lumière des étoiles, elle ferait toute abforbée, toute répercutée avant qu'un feul rayon pût feulement venir à la moitié de notre atmofphère. Et que ferait-ce fi ce rayon avait encore tant d'autres atmof-phères à traverfer? Mais dans les chapitres où nous expliquerons les principes de la gravitation, nous verrons une foule d'argumens, qui prouvent que ce plein pré-tendu était un roman.

Arrêtons-nous ici un moment pour voir combien la vérité s'établit lentement chez les hommes. Il y a près de cinquante ans que *Roëmer* avait démontré, par les obfervations fur les éclipfes des fatellites de *Jupiter*, que la lumière émane du foleil à la terre en fept minutes et demie ou environ ; cependant non-feulement on foutient encore le contraire dans plufieurs livres de phyfique ; mais voici comme on parle dans un recueil en trois volumes, tiré des obfervations de toutes les académies de l'Europe, imprimé en 1730, *page* 35, *volume I.* ,, Quelques-uns ont prétendu que d'un corps ,, lumineux, comme le foleil, il fe fait un écoulement ,, continuel d'une infinité de petites parties infenfibles, ,, qui portent la lumière jufqu'à nos yeux ; mais cette ,, opinion, qui fe reffent encore un peu de la vieille ,, philofophie, n'eft pas foutenable. ,, Cette opinion eft pourtant démontrée de plus d'une façon : et loin de reffentir la vieille philofophie, elle y eft directement contraire ; car quoi de plus contraire à des mots vides de fens que tant de mefures, de calculs et d'expériences ?

Il s'eft élevé d'autres contradicteurs, qui ont attaqué cette vérité de l'émanation et de la progreffion de la lumière, avec les mêmes armes dont des hommes plus refpectés qu'éclairés oſèrent autrefois attaquer ſi impérieuſement et ſi vainement le ſentiment de *Galilée* ſur le mouvement de la terre.

Ceux qui combattent la raiſon par l'autorité, emploient l'écriture fainte qui doit nous apprendre à bien vivre, pour en tirer des leçons de leur philoſophie. *Pluche* a fait réellement de *Moïſe* un phyſicien : ſi c'eſt ſimplicité, il faut le plaindre : s'il croit avec cet artifice groſſier rendre odieux ceux qui ne font pas de ſon ſentiment, il faut le plaindre davantage.

Les ignorans devraient ſe ſouvenir que ceux qui ont condamné *Galilée* ſur un pareil prétexte, ont couvert leur patrie d'une honte que le nom de *Galilée* ſeul peut effacer. Il faut croire, diſent-ils, que la lumière du jour ne vient pas du foleil, parce que, ſelon la Genèſe, DIEU créa la lumière avant le foleil.

Mais ces meſſieurs ne ſongent pas que ſuivant la Genèſe DIEU ſépara auſſi la lumière des ténèbres , et appela la lumière *jour* , et ténèbres *la nuit* , et compoſa un jour du ſoir et du matin , &c. et tout cela avant que de créer le ſoleil. Il faudrait donc , au compte de ces phyſiciens , que le ſoleil ne fît pas le jour , et que l'abſence du ſoleil ne fît pas la nuit.

Ils ajoutent encore que DIEU ſépara les eaux des eaux , et ils entendent par cette ſéparation la mer et les nuages. Mais , ſelon eux , il faudrait donc que les vapeurs qui forment les nuages ne fuſſent pas , comme elles le font , élevées par le ſoleil. Car , ſelon la Genèſe , le ſoleil ne fut créé qu'après cette ſéparation des eaux inférieures et ſupérieures ; or , ils avouent que c'eſt le ſoleil qui élève *ces eaux ſupérieures.* Les voilà donc en contradiction avec eux-mêmes. Nieront-ils le mouvement de la terre , parce que *Joſué* commanda au ſoleil de s'arrêter ? nie- ront-ils le développement des germes dans la terre , parce qu'il eſt dit que le grain doit pourrir avant que de lever ? Il faut donc qu'ils reconnaiſſent , avec tous les gens de bon ſens , que ce n'eſt point des vérités de phyſique qu'il faut chercher dans la Bible , et que nous devons y apprendre à devenir meilleurs , et non pas à connaître la nature.

CHAPITRE III.

LA PROPRIETÉ QUE LA LUMIERE A DE
SE REFLECHIR N'ÉTAIT PAS VERITABLEMENT
CONNUE ; ELLE N'EST POINT REFLECHIE PAR
LES PARTIES SOLIDES DES CORPS , COMME ON
LE CROYAIT.

*Aucun corps uni. Lumière non réfléchie par les parties
solides. Expériences décisives. Comment et en quel sens
la lumière rejaillit du vide même. Comment on en fait
l'expérience. Conclusion de cette expérience. Plus les
pores sont petits , plus la lumière passe. Mauvaises
objections contre ces vérités.*

A YANT su ce que c'est que la lumière , d'où elle
nous vient, comment et en quel temps elle arrive à nous,
voyons ses propriétés et ses effets ignorés jusqu'à nos
jours. Le premier de ses effets est qu'elle semble rejaillir
de la surface solide de tous les objets pour en apporter
les images dans nos yeux.

Tous les hommes , tous les philosophes , et les *Descartes*
et les *Mallebranche*, et ceux qui se sont éloignés le plus
des pensées vulgaires , ont également cru qu'en effet
ce sont les surfaces solides des corps qui nous renvoient
les rayons. Plus une surface est unie et solide , plus
elle fait , dit-on , rejaillir de lumière ; plus un corps a
de pores larges et droits , plus il transmet de rayons
à travers sa substance. Ainsi le miroir poli , dont le

fond

fond eſt couvert d'une ſurface de vif-argent, nous renvoie tous les rayons; ainſi ce même miroir ſans vif-argent, ayant des pores droits et larges et en grand nombre, laiſſe paſſer une grande partie des rayons. Plus un corps a de pores larges et droits, plus il eſt diaphane; tel eſt, diſait-on, le diamant, telle eſt l'eau elle-même: voilà les idées généralement reçues, et que perſonne ne révoquait en doute. Cependant toutes ces idées ſont entièrement fauſſes; tant ce qui eſt vraiſemblable eſt ſouvent ce qui eſt le plus éloigné de la vérité. Les philoſophes ſe ſont jetés en cela dans l'erreur, de la même manière que le vulgaire y eſt tout porté, quand il penſe que le ſoleil n'eſt pas plus grand qu'il le paraît aux yeux. Voici en quoi conſiſtait cette erreur des philoſophes.

Il n'y a aucun corps dont nous puiſſions unir véritablement la ſurface: cependant beaucoup de ſurfaces nous paraiſſent unies et d'un poli parfait. Pourquoi voyons-nous uni et égal ce qui ne l'eſt pas? La ſuperficie la plus égale n'eſt, par rapport aux petits corps qui compoſent la lumière, qu'un amas de montagnes, de cavités, d'intervalles, de même que la pointe de l'éguille la plus fine eſt hériſſée en effet d'éminences et d'aſpérités que le microſcope découvre. Tous les faiſceaux des rayons de lumière qui tomberaient ſur ces inégalités ſe réfléchiraient ſelon qu'ils y feraient tombés; donc étant inégalement tombés, ils ne ſe réfléchiraient jamais régulièrement; donc on ne pourrait jamais ſe voir dans une glace. De plus, le verre a probablement mille fois plus de pores que de matière, cependant chaque point de la ſurface renvoie des rayons; donc ils ne ſont point renvoyés par le verre.

Phyſique, &c. G

La lumière qui nous apporte notre image de deſſus un miroir ne vient donc point certainement des parties ſolides de la ſuperficie de ce miroir ; elle ne vient point non plus des parties ſolides de mercure et d'étain étendúes derrière cette glace. Ces parties ne ſont pas plus planes , pas plus unies que la glace même. Les parties ſolides de l'étain et du mercure ſont incomparablement plus grandes , plus larges que les parties ſolides conſtituantes de la lumière ; donc ſi les petites particules de lumière tombent ſur ces groſſes parties de mercure , elles s'éparpilleront de tous côtés comme des grains de plomb tombant ſur des plâtras. Quel pouvoir inconnu fait donc rejaillir vers nous la lumière régulièrement ? Il paraît déjà que ce ne ſont pas les corps qui nous la renvoient ainſi. Ce qui ſemblait le plus connu, le plus inconteſtable chez les hommes, devient un myſtère plus grand que ne l'était autrefois la peſanteur de l'air. Examinons ce problême de la nature, notre étonnement redoublera. On ne peut s'inſtruire ici qu'avec ſurpriſe.

Expoſez dans une chambre obſcure ce priſme A B (*figure 2*) aux rayons du ſoleil, de façon que les traits de lumière parvenus à ſa ſuperficie B , faſſent un angle de plus de quarante degrés avec la perpendicule P. La plupart de ces rayons alors ne pénètrent plus dans l'air au-delà de B ; ils rentrent tous dans ce criſtal à l'inſtant même qu'ils en ſortent; ils reviennent comme vous voyez, en feſant une courbure inſenſible.

Certainement ce n'eſt pas la ſurface ſolide de l'air qui les a repouſſés dans ce verre; pluſieurs de ces rayons entraient dans l'air auparavant, quand ils tombaient moins obliquement ; pourquoi donc à une obliquité de quarante degrés dix-neuf minutes, la plus grande partie de ces rayons n'y paſſe-t-elle plus ? Trouvent-ils à ce degré plus de réſiſtance, plus de matière dans cet air, qu'ils n'en trouvent dans ce criſtal qu'ils avaient pénétré ? Trouvent-ils plus de parties ſolides dans l'air à quarante degrés et un tiers qu'à quarante ? l'air eſt à peu-près deux mille quatre cents fois plus rare, moins peſant, moins ſolide que le criſtal ; donc ces rayons devaient paſſer dans l'air avec deux mille quatre cents fois plus de facilité qu'ils n'ont pénétré l'épaiſſeur du criſtal. Cependant malgré cette prodigieuſe apparence de facilité, ils ſont repouſſés ; ils le ſont donc par une force qui eſt ici deux mille quatre cents fois plus puiſ- ſante que l'air ; ils ne ſont donc point repouſſés par l'air ; les rayons, encore une fois, ne ſont donc point réfléchis à nos yeux par les parties ſolides des corps. La lumière rejaillit ſi peu de deſſus les parties ſolides des corps, que c'eſt en effet du vide qu'elle rejaillit quel- quefois : ce fait mérite une grande attention.

Vous venez de voir que la lumière, tombant à un angle de quarante degrés dix-neuf minutes ſur du criſtal, rejaillit preſque toute entière de deſſus l'air qu'elle rencontre à la ſurface ultérieure de ce criſtal ; que ſi la lumière y tombe à un angle moindre d'une ſeule minute, il en paſſe encore moins hors de cette ſurface dans l'air.

Newton a aſſuré que ſi l'on trouvait le ſecret d'ôter l'air de deſſous ce morceau de criſtal, alors il ne paſ- ſerait plus de rayons, et que toute la lumière ſe réflé- chirait. J'en ai fait l'expérience ; je fis enchâſſer un excellent priſme dans le milieu d'une platine de cuivre ; j'appliquai cette platine au haut d'un récipient ouvert,

poſé ſur la machine pneumatique ; je fis porter la
machine dans ma chambre obſcure. Là recevant la
lumière par un trou ſur le priſme, et la feſant tomber
à l'angle requis, je pompai l'air très-long-temps : ceux
qui étaient préſens virent qu'à meſure qu'on pompait
l'air, il paſſait moins de lumière dans le récipient, et
qu'enfin il n'en paſſa preſque plus du tout. C'était un
ſpectacle très-agréable de voir cette lumière ſe réfléchir
par le priſme, toute entière au plancher.

L'expérience démontre donc que la lumière en ce
cas rejaillit du vide ; mais on ſait que ce vide ne peut
avoir d'action. Que peut-on donc conclure de cette
expérience ? deux choſes très-palpables ; la première,
que la ſurface des ſolides ne renvoie pas la lumière ;
la ſeconde, qu'il y a dans les corps ſolides un pouvoir
inconnu qui agit ſur la lumière ; et c'eſt cette ſeconde
propriété que nous examinerons à ſa place.

Il ne s'agit que de prouver ici que la lumière ne nous
eſt point réfléchie par les parties ſolides. Voici encore
une preuve de cette vérité. Tout corps opaque, réduit
en lame mince, laiſſe paſſer à travers la ſubſtance des
rayons d'une certaine eſpèce, et réfléchit les autres
rayons ; or, ſi la lumière était renvoyée par les corps,
tous les rayons qui tombent également ſur ces lames,
ſeraient réfléchis par ces lames. Enfin nous verrons que
jamais ſi étonnant paradoxe n'a été prouvé en plus de
manières. Commençons donc par nous familiariſer avec
ces vérités.

1. Cette lumière, qu'on croit réfléchie par la ſurface
ſolide des corps, rejaillit en effet ſans avoir touché à
cette ſurface.

2. La lumière n'eft point renvoyée de derrière un miroir par la furface folide du vif-argent ; mais elle eft renvoyée du fein des pores du miroir , et des pores du vif-argent même.

3. Il ne faut point , comme on l'a penfé jufqu'à préfent , que les pores de ce vif-argent foient très-petits pour réfléchir la lumière ; au contraire il faut qu'ils foient larges.

Ce fera encore un nouveau fujet de furprife pour ceux qui n'ont pas étudié cette philofophie, d'entendre dire que le fecret de rendre un corps opaque eft fouvent d'élargir fes pores , et que le moyen de le rendre tranfparent eft de les étrécir. L'ordre de la nature fera tout changé en apparence : ce qui femblait devoir faire l'opacité eft précifément ce qui opèrera la tranfparence ; et ce qui paraiffait rendre les corps tranfparens fera ce qui les rendra opaques. Cependant rien n'eft fi vrai, et l'expérience la plus groffière le démontre. Un papier fec, dont les pores font très-larges , eft opaque ; nul rayon de lumière ne le traverfe : étréciffez ces pores en l'imbibant ou d'eau ou d'huile, il devient tranfparent ; la même chofe arrive au linge , au fel.

Il eft bon d'apprendre au public qu'un homme qui a écrit depuis peu contre ces vérités , avec beaucoup plus de hauteur et de mépris que de connaiffances, a voulu railler *Newton* fur ces découveites. *Si le fecret ,* dit-il , *de rendre un corps tranfparent eft d'étrécir fes pores, il faudra donc rendre les fenêtres plus petites pour avoir plus de jour dans fa chambre, &c.* Je réponds qu'il eft bien indécent de faire le plaifant quand on prétend parler en

G 3

philofophe ; et que tourner *Newton* en ridicule eſt une entreprife trop forte : je réponds fur-tout que ce mauvais plaifant devait fonger qu'il eſt vrai que de larges ouvertures dont le jour ferait intercepté , ne rendraient pas de lumière , et qu'un corps mince , percé d'une infinité de petits trous expofés au foleil , nous éclaire beaucoup. Le papier huilé , le linge mouillé , par exemple , font des corps minces , dont l'huile ou l'eau ont rétréci et rectifié les pores , et la lumière paſſe à travers de ces pores rendus plus droits; mais elle ne paſſera point à travers les plus grands cribles qui fe croiferont et qui intercepteront les rayons. Il faudrait , avant que de prendre le ton railleur , être bien fûr qu'on a raifon.

Les mauvais raifonnemens et les mauvaifes plaifan-teries qu'on a faits en France contre les admirables découvertes de *Newton*, feraient la honte de la nation, fi ceux qui les ont faits n'étaient pas l'opprobre de la philofophie.

Revenons et réfumons qu'il y a donc des principes ignorés qui opèrent ces merveilles , qui font rejaillir la lumière avant qu'elle ait touché une furface , qui la renvoient des pores du corps tranfparent , qui la ramènent du milieu même du vide. Nous fommes invin-ciblement obligés d'admettre ces faits , quelle qu'en puiſſe être la caufe.

C H A P I T R E   I V.

DES MIROIRS , DES TELESCOPES : DES RAISONS
QUE LES MATHEMATIQUES DONNENT DES
MYSTERES DE LA VISION ;　QUE CES RAISONS
NE SONT POINT SUFFISANTES.

Miroir plan. Miroir convexe. Miroir concave. Explications
géométriques de la vision. Nul rapport immédiat entre
les règles d'optique et nos fensations. Exemple en preuve.

L ES rayons qu'une puiffance jufqu'à nos jours
inconnue fait rejaillir à nos yeux de deffus la furface
d'un miroir, fans toucher à cette furface, et des pores
de ce miroir, fans toucher aux parties folides ; ces
rayons, dis-je, retournent à vos yeux dans le même
fens qu'ils font arrivés à ce miroir. Si c'eft votre vifage
que vous regardez, les rayons partis de votre vifage
parallèlement et en perpendiculaire fur le miroir, y
retournent de même qu'une balle qùi rebondit perpendiculairement fur le plancher.

Si vous regardez dans ce miroir *m*, (*figure* 3) un
objet qui eft à côté de vous comme A , il arrive aux
rayons partis de cet objet la même chofe qu'à une
balle qui rebondirait en B , où eft votre œil. C'eft ce
qu'on appelle l'angle d'incidence égal à l'angle de
réflexion. La ligne A C eft la ligne d'incidence ; la ligne

G 4

C B eft la ligne de réflexion. On fait affez, et le feul énoncé le démontre, que ces lignes forment des angles égaux fur la furface de la glace ; maintenant pourquoi ne vois-je l'objet, ni en A, où il eft, ni dans C, d'où viennent à mes yeux les rayons, mais en D, derrière le miroir même.

La géométrie vous dira : (*figure* 4) C'eft que l'angle d'incidence eft égal à l'angle de réflexion : c'eft que votre œil en B rapporte l'objet en D ; c'eft que les objets ne peuvent agir fur vous qu'en ligne droite, et que la ligne droite continuée de votre œil B, jufque derrière le miroir en D, eft auffi longue que la ligne A C et la ligne C B prifes enfemble. Enfin elle vous dira encore : Vous ne voyez jamais les objets que du point où les rayons commencent à diverger. Soit ce miroir *m i*. Les faifceaux de rayons qui partent de chaque point de l'objet A, commencent à diverger dès l'inftant qu'ils partent de l'objet ; ils arrivent fur la furface du miroir ; là chacun de ces rayons tombe, s'écarte et fe réfléchit vers l'œil. Cet œil les rapporte aux points D D au bout des lignes droites, où ces mêmes rayons fe rencontreraient ; mais en fe rencontrant aux points D D, ces rayons feraient la même chofe qu'aux points A A : ils commenceraient à diverger ; donc vous voyez l'objet A A aux points D D.

Ces angles et ces lignes fervent, fans doute, à vous donner une intelligence de cet artifice de la nature ; mais il s'en faut beaucoup qu'elle puiffe vous apprendre la raifon phyfique efficiente, pourquoi votre ame rapporte fans héfiter l'objet au-delà du miroir à la même diftance qu'il eft au-deçà. Ces lignes vous repréfentent ce qui arrive, mais elles ne vous apprennent point pourquoi cela arrive. (10)

Si vous voulez favoir comment un miroir convexe diminue les objets, et comment un miroir concave les augmente, ces lignes d'incidence et de réflexion vous en rendront la même raifon.

On vous dit : Ce cône de rayon qui diverge des points A A (*figure* 5) et qui tombe fur ce miroir convexe, y fait des angles d'incidence égaux aux angles de réflexion, dont les lignes vont dans votre œil. Or, ces angles font plus petits que s'ils étaient tombés fur une furface plane ; donc s'ils font fuppofés paffer en B, ils y convergeront bien plutôt ; donc l'objet qui ferait en B B ferait plus petit. Or, votre œil rapporte l'objet en B B, aux points d'où les rayons commenceraient à diverger ; donc l'objet doit vous paraître plus petit, comme il l'eft en effet dans cette figure. Par la même raifon qu'il paraît plus petit, il vous paraît plus près, puifqu'en effet les points où aboutiraient les rayons B B, font plus près du miroir que ne le font les rayons A A.

Par la raifon des contraires, vous devez voir les objets plus grands et plus éloignés dans un miroir concave, en plaçant l'objet affez près du miroir. (*fig.* 6) Car les cônes des rayons A A venant à diverger fur le miroir aux points où ces rayons tombent, s'ils fe réfléchiffaient à travers ce miroir, ils ne fe réuniraient qu'en

---

(10) Cette explication montre que nous voyons l'objet A A, précifément comme nous verrions un objet femblable placé en D D, s'il n'y avait point de miroir. Nous le rapportons donc à ce point, parce que l'impreffion eft la même que fi nous l'y voyions réellement. Ce fecret jugement de l'ame, qui nous fait conclure le lieu des objets de l'impreffion qu'ils font fur nos fens, a été formé d'après la vifion directe, et c'eft par conféquent comme fi elle l'était toujours que nous devons juger.

BB; donc c'eſt en BB que vous les voyez. Or BB eſt plus grand et plus éloigné du miroir que n'eſt AA; donc vous verrez l'objet plus grand et plus loin.

Voilà, en général, ce qui ſe paſſe dans les rayons réfléchis à vos yeux; et ce ſeul principe, que l'angle d'incidence eſt toujours égal à l'angle de réflexion, eſt le premier fondement de tous les myſtères de la catoptrique.

Maintenant il s'agit de ſavoir comment les lunettes augmentent ces grandeurs, et rapprochent ces diſtances; enfin pourquoi les objets ſe peignant renverſés dans vos yeux, vous les voyez cependant comme ils ſont.

A l'égard des grandeurs et des diſtances, voici ce que les mathématiques vous en apprendront. Plus un objet fera dans votre œil un grand angle, plus l'objet vous paraîtra grand : rien n'eſt plus ſimple. Cette ligne KH que vous voyez à cent pas, trace un angle dans l'œil A. (*figure* 7) A deux cents pas elle trace un angle la moitié plus petit dans l'œil B. Or l'angle qui ſe forme dans votre rétine, et dont votre rétine eſt la baſe, eſt comme l'angle dont l'objet eſt la baſe. Ce ſont des angles oppoſés au ſommet; donc par les premières notions des élémens de la géométrie, ils ſont égaux; donc, ſi l'angle formé dans l'œil A eſt double de l'angle formé dans l'œil B, cet objet doit paraître une fois plus grand à l'œil A qu'à l'œil B.

Maintenant pour que l'œil étant en B voie l'objet auſſi grand que le voit l'œil en A, il faut faire en ſorte que cet œil B reçoive un angle auſſi grand que celui de l'œil A, qui eſt une fois plus près. Les verres d'un téléſcope feront cet effet. (*figure* 8) Ne mettons ici qu'un ſeul verre I, pour plus grande facilité, et ſuppoſons

qu'il produira l'effet de plufieurs verres combinés.
L'objet K H envoie fes rayons à ce verre. Ils fe réuniffent
à quelque diftance du verre. Concevons un verre taillé,
de forte que ces rayons fe croifent pour aller former dans
l'œil en C un angle auffi grand que celui de l'œil en A,
(*figure* 7) alors l'œil, nous dit-on, juge par cet angle. Il
voit donc alors l'objet de la même grandeur que le voit
l'œil en A. Mais en A il le voit à cent pas de diftance :
donc en C, recevant le même angle, il le verra encore
comme à cent pas de diftance, mais feulement moins
éclairé, parce que la même quantité de lumière agit
dans l'œil fur un plus grand efpace. Les lignes ponctuées
marquent ici l'angle fous lequel l'objet aurait été vu
s'il n'y avait pas eu de verre interpofé. Tout l'effet des
verres de lunettes multipliés, des microfcopes et des
télefcopes divers, qui agrandiffent les objets, confifte
donc à faire voir les chofes fous un plus grand angle.

L'objet B A (*figure* 9) eft vu par le moyen de ce
verre fous l'angle D C D, qui eft bien plus grand que
l'angle A C B.

Vous demandez encore aux règles d'optique, pourquoi vous voyez les objets dans leur fituation, quoiqu'ils
fe peignent renverfés fur votre rétine ? Le rayon qui
part de la tête de cet homme A (*figure* 10) vient au
point inférieur de votre rétine A, fes pieds B font
vus par le rayon BB au point fupérieur de votre
rétine B : ainfi cet homme eft peint réellement la tête
en bas et les pieds en haut au fond de vos yeux. Pourquoi donc ne voyez-vous pas cet homme renverfé,
mais droit et tel qu'il eft ?

Pour réfoudre cette queftion, on fe fert de la comparaifon de l'aveugle qui tient des bâtons croifés avec

lefquels il devine très-bien la pofition des objets. Car le point qui eft à gauche, étant fenti par la main droite à l'aide du bâton, il le juge auffitôt à gauche ; et le point que fa main gauche a fenti par l'entremife de l'autre bâton, il le juge à droite fans fe tromper. Tous les maîtres d'optique nous difent donc que la partie inférieure de l'œil rapporte tout d'un coup fa fenfa-tion à la partie fupérieure de l'objet, et que la partie fupérieure de la rétine rapporte auffi naturellement la fenfation à la partie inférieure ; ainfi on voit l'objet dans fa fituation véritable. (11)

Mais quand vous aurez connu parfaitement tous ces angles, et toutes ces lignes mathématiques, par lefquelles on fuit le chemin de la lumière jufqu'au fond de l'œil, ne croyez pas pour cela favoir comment vous apercevez les grandeurs, les diftances, les fituations des chofes. Les proportions géométriques de ces angles et de ces lignes font juftes, il eft vrai ; mais il n'y a pas plus de rapport entre elles et nos fenfations qu'entre le fon que nous entendons, et la grandeur, la diftance, la fituation de la chofe entendue. Par le fon mon oreille eft frappée ; j'entends des tons, et rien de plus. Par la vue mon œil eft ébranlé ; je vois des couleurs, et rien de plus. Non-feulement les proportions de ces angles et de ces lignes ne peuvent en aucune manière être la caufe

---

(11) M. l'abbé *Rochon* a prouvé rigoureufement par l'expérience, que fuivant la conjecture ingénieufe de M. d'*Alembert* , nous voyons les objets dans la direction de la perpendiculaire menée de l'objet au fond de l'œil ; d'où il réfulte que nous devons rapporter en haut l'objet dont l'image eft tracée dans le bas de l'œil, et en bas celui dont l'image eft tracée dans le haut de l'œil. Le jugement de l'ame n'eft donc pas néceffaire pour redreffer les images des objets, quoiqu'il puiffe l'être pour nous apprendre à les rapporter en général à un lieu de l'efpace.

immédiate du jugement que je forme des objets, mais en plufieurs cas ces proportions ne s'accordent point du tout avec la façon dont nous voyons les objets. Par exemple, un homme vu à quatre pas, et à huit pas, eft vu de même grandeur. Cependant l'image de cet homme à quatre pas eft, à très-peu de chofe près, double dans votre œil de celle qu'il y trace à huit pas. Les angles font différens, et vous voyez l'objet toujours également grand ; donc il eft évident, par ce feul exemple choifi entre plufieurs, que ces angles et ces lignes ne font point du tout la caufe immédiate de la manière dont nous voyons.

Avant donc que de continuer les recherches que nous avons commencées fur la lumière et fur les lois mécaniques de la nature, vous m'ordonnez de dire ici comment les idées des diftances, des grandeurs, des fituations, des objets, font reçues dans notre ame. Cet examen nous fournira quelque chofe de nouveau et de vrai, c'eft la feule excufe d'un livre.

CHAPITRE V.

COMMENT NOUS CONNAISSONS LES DISTANCES ,
LES GRANDEURS , LES FIGURES , LES SITUATIONS.

Les angles ni les lignes optiques ne peuvent nous faire connaître les distances. Exemple en preuve. Ces lignes optiques ne font connaître ni les grandeurs ni les figures. Exemple en preuve. Preuve par l'expérience de l'aveugle né , guéri par Cheselden. Comment nous connaissons les distances et les grandeurs. Exemple. Nous apprenons à voir comme à lire. La vue ne peut faire connaître l'étendue.

COMMENÇONS par la distance. Il est clair qu'elle ne peut être aperçue immédiatement par elle-même ; car la distance n'est qu'une ligne de l'objet à nous : cette ligne se termine à un point ; nous ne sentons donc que ce point ; et soit que l'objet existe à mille lieues, ou qu'il soit à un pied, ce point est toujours le même. Nous n'avons donc aucun moyen immédiat pour apercevoir tout d'un coup la distance , comme nous en avons pour sentir par l'attouchement si un corps est dur ou mou ; par le goût s'il est doux ou amer ; par l'ouïe , si de deux sons l'un est grave et l'autre aigu. Car ; qu'on y prenne bien garde , les parties d'un corps , qui cèdent à mon doigt , font la plus prochaine cause de ma sensation de mollesse ; et les vibrations de l'air , excitées par le corps sonore , font la plus prochaine cause de ma sensation du son. Or , si je ne puis avoir ainsi immédiatement une idée de distance , il faut donc

que je connaiffe cette diftance par le moyen d'une autre
idée intermédiaire ; mais il faut au moins que j'aper-
çoive cette idée intermédiaire ; car une idée que je
n'aurai point ne fervira certainement pas à m'en faire
avoir une autre. On dit qu'une telle maifon eft à un
mille d'une telle rivière ; mais fi je ne fais pas où eft
cette rivière, je ne fais certainement pas où eft cette
maifon. Un corps cède aifément à l'impreffion de ma
main ; je conclus immédiatement fa molleffe. Un autre
réfifte ; je fens immédiatement fa dureté. Il faudrait
donc que je fentiffe les angles formés dans mon œil,
pour en conclure immédiatement les diftances des objets :
mais la plupart des hommes ne favent pas même fi ces
angles exiftent ; donc il eft évident que ces angles ne
peuvent être la caufe immédiate de ce que vous con-
naiffez les diftances.

Celui qui, pour la première fois de fa vie, enten-
drait le bruit du canon, ou le fon d'un concert, ne
pourrait juger fi on tire ce canon, ou fi on exécute
ce concert, à une lieue ou à trente pas. Il n'y a que
l'expérience qui puiffe l'accoutumer à juger de la diftance qui eft entre lui et l'endroit d'où part ce bruit.
Les vibrations, les ondulations de l'air portent un fon
à fes oreilles, ou plutôt à fon ame ; mais ce bruit
n'avertit pas plus fon ame de l'endroit où le bruit
commence, qu'il ne lui apprend la forme du canon ou
des inftrumens de mufique. C'eft la même chofe précifément par rapport aux rayons de lumière qui partent
d'un objet ; ils ne nous apprennent point du tout où
eft cet objet.

Ils ne nous font pas connaître davantage les grandeurs, ni même les figures. Je vois de loin une petite

tour ronde ; j'avance , j'aperçois et je touche un grand
bâtiment quadrangulaire. Certainement ce que je vois
et ce que je touche n'eſt pas ce que je voyais. Ce
petit objet rond , qui était dans mes yeux , n'eſt point
ce bâtiment quarré. Autre choſe eſt donc , par rapport
à nous , l'objet meſurable et tangible , autre choſe eſt
l'objet viſible. J'entends de ma chambre le bruit d'un
carroſſe : j'ouvre la fenêtre et je le vois ; je deſcends, et
j'entre dedans. Or ce carroſſe que j'ai entendu , ce
carroſſe que j'ai vu , ce carroſſe que j'ai touché,
ſont trois objets abſolument divers de trois de mes
ſens , qui n'ont aucun rapport immédiat les uns avec
les autres.

Il y a bien plus : il eſt démontré , comme je l'ai dit ,
qu'il ſe forme dans mon œil un angle une fois plus
grand , ou, pour parler avec plus de préciſion , que le
diamètre apparent eſt double , quand je vois un homme
à quatre pieds de moi, que quand je vois le même homme
à huit pieds de moi. Cependant je vois toujours cet homme
de la même grandeur. Comment mon ſentiment contredit-
il ainſi le mécaniſme de mes organes ? L'objet eſt réellement une fois plus petit dans mes yeux, et je le vois
comme s'il y était de la même grandeur. C'eſt en
vain qu'on veut expliquer ce myſtère par le chemin,
ou par la forme que prend le criſtallin dans nos yeux.
Quelque ſuppoſition que l'on faſſe , l'angle ſous lequel
je vois un homme à quatre pieds de moi , eſt toujours
double de l'angle ſous lequel je le vois à huit pieds ;
et la géométrie ne réſoudra jamais ce problême ; la
phyſique y eſt également impuiſſante ; car vous avez
beau ſuppoſer que l'œil prend une nouvelle conformation , que le criſtallin s'avance , que l'angle s'agrandit ;

tout

tout cela s'opèrera également pour l'objet qui eft à huit pas , et pour l'objet qui eft à quatre. La proportion fera toujours la même : fi vous voyez l'objet à huit pas , fous un angle de moitié plus grand , vous voyez auffi l'objet à quatre pas, fous un angle de moitié plus grand ou environ. Donc ni la géométrie, ni la phyfique ne peuvent expliquer cette difficulté.

Ces lignes et ces angles géométriques ne font pas plus réellement la caufe de ce que nous voyons les objets à leur place , que de ce que nous les voyons de telles grandeurs, et à telle diftance. L'ame ne confidère pas fi telle partie va fe peindre au bas de l'œil ; elle ne rapporte rien à des lignes qu'elle ne voit point. L'œil fe baiffe feulement pour voir ce qui eft près de la terre , et fe relève pour voir ce qui eft au-deffus de la terre. Tout cela ne pouvait être éclairci , et mis hors de toute conteftation que par quelque aveugle-né à qui on aurait donné le fens de la vue. Car fi cet aveugle , au moment qu'il eût ouvert les yeux, eût jugé des diftances , des grandeurs et des fituations , il eût été vrai que les angles optiques , formés tout d'un coup dans fa rétine , euffent été les caufes immédiates de fes fentimens. Auffi le docteur *Barclay* affurait , après M. *Locke* , (et allant même en cela plus loin que *Locke*) que ni fituation , ni grandeur , ni diftance , ni figure ne ferait aucunement difcernée par cet aveugle , dont les yeux recevraient tout d'un coup la lumière.

Mais où trouver l'aveugle , dont dépendait la décifion indubitable de cette queftion ? Enfin , en 1729 , M. *Chefelden* , un de ces fameux chirurgiens qui joignent l'adreffe de la main aux plus grandes lumières de l'efprit,

Phyfique , &c.   H

ayant imaginé qu'on pouvait donner la vue à un aveugle-né, en lui abaiffant ce qu'on appelle des *cataractes*, qu'il foupçonnait formées dans fes yeux prefque au moment de fa naiffance, il propofa l'opération. L'aveugle eut de la peine à y confentir. Il ne concevait pas trop que le fens de la vue pût beaucoup augmenter fes plaifirs. Sans l'envie qu'on lui infpira d'apprendre à lire et à écrire, il n'eût point défiré de voir. Il vérifiait, par cette indifférence, *qu'il eft impoffible d'être malheureux par la privation des biens dont on n'a pas d'idée;* vérité bien importante. Quoi qu'il en foit, l'opération fut faite et réuffit. Ce jeune homme d'environ quatorze ans vit la lumière pour la première fois. Son expérience confirma tout ce que *Locke* et *Barclay* avaient fi bien prévu. Il ne diftingua de long-temps ni grandeurs, ni fituations, ni figures même. Un objet d'un pouce, mis devant fon œil, et qui lui cachait une maifon, lui paraiffait auffi grand que la maifon. Tout ce qu'il voyait lui femblait d'abord être fur fes yeux, et les toucher comme les objets du tact touchent la peau. Il ne pouvait diftinguer d'abord ce qu'il avait jugé rond à l'aide de fes mains, d'avec ce qu'il avait jugé angulaire; ni difcerner avec fes yeux fi ce que fes mains avaient fenti être en haut ou en bas, était en effet en haut ou en bas. Il était fi loin de connaître les grandeurs, qu'après avoir enfin conçu par la vue, que fa maifon était plus grande que fa chambre, il ne concevait pas comment la vue pouvait donner immé-diatement cette idée. Ce ne fut qu'au bout de deux mois d'expérience qu'il put apercevoir que les tableaux repré-fentaient des corps folides; et lorfqu'après ce long tâtonne-ment d'un fens nouveau en lui, il eut fenti que des corps, et non des furfaces feules étaient peints dans les tableaux, il y porta la main, et fut étonné de ne point trouver avec fes mains ces corps folides dont il commençait à apercevoir les repréfentations. Il demandait quel était le trompeur du fens du toucher ou du fens de la vue.

Ce fut donc une décifion irrévocable, que la manière dont nous voyons les chofes n'eft point du tout la fuite immédiate des angles formés dans nos yeux. Car ces ancles mathématiques étaient dans les yeux de cet homme comme dans les nôtres, et ne lui fervaient de rien fans le fecours de l'expérience et des autres fens.

Comment nous repréfentons-nous donc les grandeurs et les diftances ? De la même façon dont nous imaginons les paffions des hommes, par les couleurs qu'elles peignent fur leurs vifages, et par l'altération qu'elles portent dans leurs traits. Il n'y a perfonne qui ne life tout d'un coup, fur le front d'un autre, la douleur ou la colère. C'eft la langue que la nature parle à tous les yeux ; mais l'expérience feule apprend ce langage. Auffi l'expérience feule nous apprend que quand un objet eft trop loin, nous le voyons confufément et faiblement. Delà nous formons des idées, qui enfuite accompagnent toujours la fenfation de la vue. Ainfi tout homme qui, à dix pas, aura vu fon cheval haut de cinq pieds, s'il voit, quelques minutes après, ce cheval gros comme un mouton, fon ame, par un jugement involontaire, conclut à l'inftant que ce cheval eft très-loin.

Il eft bien vrai que, quand je vois mon cheval de la groffeur d'un mouton, il fe forme alors dans mon œil une peinture plus petite, un angle plus aigu ; mais c'eft-là ce qui accompagne, non ce qui caufe mon fentiment. De même il fe fait un autre ébranlement dans mon cerveau, quand je vois un homme

H 2

rougir de honte , que quand je le vois rougir de
colère ; mais ces différentes impreffions ne m'appren-
draient rien de ce qui fe paffe dans l'ame de cet
homme , fans l'expérience dont la voix feule fe fait
entendre.

Loin que cet angle foit la caufe immédiate de ce que
je juge qu'un grand cheval eft très-loin, quand je vois
ce cheval fort petit, il arrive au contraire, à tous les
momens , que je vois ce même cheval également grand,
à dix pas , à vingt, à trente, à quarante pas, quoique
l'angle, c'eft-à-dire, le diamètre apparent, à dix pas foit
double, triple, quadruple. Je regarde fort loin, par un
petit trou, un homme pofté fur un toit, le lointain et le
peu de rayons m'empêchent d'abord de diftinguer fi c'eft
un homme : l'objet me paraît très - petit , je crois voir
une ftatue de deux pieds tout au plus : l'objet fe remue,
je juge que c'eft un homme ; et dès ce même inftant cet
homme me paraît de la grandeur ordinaire. D'où viennent
ces deux jugemens fi différens ? Quand j'ai cru voir une
ftatue , je l'ai imaginée de deux pieds , parce que je la
voyais fous un tel angle : nulle expérience ne pliait
mon ame à démentir les traits imprimés dans ma rétine ;
mais dès que j'ai jugé que c'était un homme , la liaifon
mife par l'expérience dans mon cerveau entre l'idée d'un
homme et l'idée de la hauteur de cinq à fix pieds, me
force , fans que j'y penfe , à imaginer , par un jugement
foudain , que je vois un homme de telle hauteur, et à
voir une telle hauteur en effet. (12)

(12) Si vous examinez un objet avec un inftrument qui en donne
deux images à très-peu près égales , et que vous les placiez dans une
même ligne horizontale , vous les verrez toutes deux également éloignées;
fi vous les placez dans une même ligne verticale , l'objet fupérieur

Il faut abfolument conclure de tout ceci que les diftances, les grandeurs, les fituations ne font pas, à proprement parler, des chofes vifibles ; c'eft-à-dire, ne font pas les objets propres et immédiats de la vue. L'objet propre et immédiat de la vue n'eft autre chofe que la lumière colorée ; tout le refte , nous ne le fentons qu'à la longue et par l'expérience. Nous apprenons à voir , précifément comme nous apprenons à parler et à lire. La différence eft que l'art de voir eft plus facile , et que la nature eft également à tous notre maître.

Les jugemens foudains , prefque uniformes , que toutes nos ames , à un certain âge, portent des diftances , des grandeurs , des fituations , nous font penfer qu'il n'y a qu'à ouvrir les yeux , pour voir de la manière dont nous voyons. On fe trompe ; il y faut le fecours des autres fens. Si les hommes n'avaient que le fens de la vue , ils n'auraient aucun moyen pour connaître l'étendue en longueur, largeur et profondeur ; et un pur efprit ne la connaîtrait pas peut-être , à moins que DIEU ne la lui révélât. Il eft très-difficile de féparer dans notre entendement l'extenfion d'un objet d'avec les couleurs de cet objet. Nous ne voyons jamais rien que d'étendu , et delà nous fommes tous portés à croire que nous voyons en effet l'étendue. Nous ne pouvons guère diftinguer dans notre ame ce jaune que nous voyons dans un louis d'or , d'avec ce louis

---

paraîtra plus éloigné que l'autre , précifément comme deux objets placés fur un plan incliné, l'un en bas plus près de nous , l'autre en haut et plus loin. Nous plaçons par conféquent ces deux images dans l'efpace , comme deux objets réels, qui feraient la même impreffion fur nos yeux , y feraient placés. Cette ingénieufe obfervation eft due à M. l'abbé *Rochon*.

H 3

d'or dont nous voyons le jaunè. C'eſt comme, lorſque nous entendons prononcer ce mot *louis d'or*, nous ne pouvons nous empêcher d'attacher malgré nous l'idée de cette monnaie au ſon que nous entendons prononcer. (13)

Si tous les hommes parlaient la même langue, nous ferions toujours prêts à croire qu'il y aurait une connexion néceſſaire entre les mots et les idées. Or tous les hommes ont ici le même langage, en fait d'imagination. La nature leur dit à tous : Quand vous aurez vu des couleurs pendant un certain temps, votre imagination vous repréſentera à tous de la même façon les corps auxquels ces couleurs ſemblent attachées. Ce jugement prompt et involontaire que vous formerez vous fera utile dans le cours de votre vie ; car s'il fallait attendre, pour eſtimer les diſtances, les grandeurs, les ſituations de tout ce qui vous environne, que vous

---

(13) Il eſt très-vraiſemblable qu'un être borné au ſens de la vue parviendrait d'abord à voir les objets comme placés ſur un même plan, mais avec l'étendüe et les contours qu'ils ont ſur ce plan, puiſque c'eſt-là le ſeul moyen d'ordonner entre elles les ſenſations ſucceſſives qu'il éprouverait : ce tableau ne lui paraîtrait pas diſtinct au premier inſtant, mais il apprendrait par l'habitude à diſtinguer les objets et à les placer. Par la même raiſon, du moment où il aura une idée de l'eſpace et du mouvement rapportés à ce plan, pourquoi, en ordonnant ſes ſenſations ſucceſſives, en voyant le même objet devenir plus viſible, occuper plus d'eſpace ſur ce plan, et couvrir ſucceſſivement d'autres objets, ou bien occuper moins d'eſpace, faire une impreſſion moins forte, et découvrir peu à peu de nouveaux objets, ne pourrait-il pas ſe former une idée de l'eſpace en tout ſens, et y ordonner tous les objets qui frappent ſes regards ? Sans doute, ſes idées d'étendue, de diſtance, ne ſeraient pas rigoureuſement les mêmes que les nôtres, puiſque le ſens du toucher n'aurait pas contribué à les former : ſans doute, ſes jugemens ſur le lieu, la forme, la diſtance, ſeraient plus ſouvent erronés que les nôtres, parce qu'il n'aurait pu les rectifier par le toucher. Mais il eſt très-probable que c'eſt à quoi ſe bornerait toute la différence entre lui et nous.

euffiez examiné des angles et des rayons vifuels, vous feriez morts avant de favoir fi les chofes dont vous avez befoin font à dix pas de vous ou à cent millions de lieues, et fi elles font de la groffeur d'un ciron ou d'une montagne. Il vaudrait beaucoup mieux pour vous être nés aveugles.

Nous avons donc très-grand tort, quand nous difons que nos fens nous trompent. Chacun de nos fens fait la fonction à laquelle la nature l'a deftiné. Ils s'aident mutuellement, pour envoyer à notre ame, par les mains de l'expérience, la mefure des connaif-fances que notre être comporte. Nous demandons à nos fens ce qu'ils ne font point faits pour nous donner. Nous voudrions que nos yeux nous fiffent connaître la folidité, la grandeur, la diftance, &c. mais il faut que le toucher s'accorde en cela avec la vue, et que l'expérience les feconde. Si le père *Mallebranche* avait envifagé la nature par ce côté, il eût attribué peut-être moins d'erreurs à nos fens, qui font les fources de toutes nos idées.

Il ne faut pas, fans doute, étendre à tous les cas cette efpèce de métaphyfique que nous venons de voir. Nous ne devons l'appeler au fecours que quand les mathématiques nous font infuffifantes; et c'eft encore une légère erreur qu'il faut reconnaître dans le père *Mallebranche*; il attribue, par exemple, à la feule imagi-nation des hommes des effets dont les règles d'optique rendent raifon du moins en partie. Il croit que fi les aftres nous paraiffent plus grands à l'horizon qu'au méri-dien, c'eft à l'imagination feule qu'il faut s'en prendre. Nous allons dans le chapitre fuivant, expliquer ce phé-nomène, qui depuis cent ans a exercé tant de philofophes.

H 4

CHAPITRE VI.

Pourquoi le soleil et la lune paraissent plus grands à l'horizon qu'au méridien.

VALLIS fut le premier qui crut que la longue inter-
position des terres, et même des nuages, fait paraître
le soleil et la lune plus grands à l'horizon qu'au méridien. *Mallebranche* fortifia cette opinion de toutes les
preuves que lui fournit la fagacité de fon génie. *Régis*
eut avec lui une difpute célèbre fur ce phénomène; il
l'attribuait aux réfractions qui fe font dans les vapeurs
de la terre; et il fe trompait, car les réfractions font
précifément l'effet contraire à celui que *Régis* leur attribuait; mais le père *Mallebranche* ne fe trompait pas
moins, en foutenant que l'imagination, frappée de la
longue étendue des terres et des nuages à notre horizon,
fe repréfente le même aftre plus grand au bout de
ces terres et de ces nuées, que lorfqu'étant parvenu
à fon plus haut point, il eft vu fans aucune inter-
pofition.

Les plus fimples expériences démentent le fyftême
de *Mallebranche*. J'eus, il y a quelques années, la curiofité
d'examiner de fuite ce phénomène. Je fis faire des
tuyaux de carton de fept à huit pieds de long, d'un
demi-pied de diamètre; je fis regarder le foleil à l'horizon par plufieurs enfans, dont l'imagination n'était
point du tout accoutumée à juger de la grandeur de
l'aftre par l'étendue qui paraît entre l'aftre et les yeux.
Ils ne voyaient pas même ni le terrain ni les nuages.

Le tube ne leur laiffait que la vue du foleil, et tous le virent beaucoup plus grand qu'à midi. Cette expérience et plufieurs autres me déterminaient à imaginer une autre caufe ; et j'avais déjà le malheur de faire un fyftême, lorfque la folution mathématique de ce problême par M. *Smith* me tomba entre les mains, et m'épargna les erreurs d'une hypothèfe. Voici cette explication, qui mérite d'être étudiée.

Il faut d'abord établir que, fuivant les règles de l'optique, le ciel nous doit paraître une voûte furbaiffée. En voici une preuve familière. Notre vue s'étend diftinctement jufqu'au point où les objets font dans notre œil un angle de la huit millième partie d'un pouce au moins, felon les obfervations de *Hoocke*.

Un homme O P, (*figure* 11) haut de cinq pieds, regarde l'objet A B, auffi haut de cinq pieds, et diftant de vingt-cinq mille pieds, il le voit fous l'angle A O B ; mais cet angle A O B n'étant pas dans l'œil de la huit millième partie d'un pouce, il ne le diftingue pas ; mais s'il regarde l'objet C, l'angle eft encore plus petit. Il le voit comme fi cet objet était en A D ; ainfi tout ce qui eft derrière C devient encore moins diftinct ; les maifons, les nuages qui feront derrière C, doivent paraître rafer l'horizon vers C ; tous les nuages baiffent donc pour nous à l'horizon à la diftance de vingt-cinq mille pieds, c'eft-à-dire, à environ une lieue de trois mille pas et deux tiers, et ils s'abaiffent par degrés : par conféquent tous les nuages qui s'élèvent en *g* (*figure* 12) à environ trois quarts de lieue de hauteur, doivent nous paraître rafer notre horizon. Ainfi au lieu de voir les nuages *gg* auffi hauts que le nuage *n*, nous voyons les nuages *gg* toucher la terre, et le nuage *n* élevé environ à trois quarts de lieue au-dessus de notre tête ; nous ne devons donc voir le ciel ni comme un plafond, ni comme un cintre circulaire, mais comme une voûte furbaiffée, dont le grand diamètre B B eft environ fix fois plus grand que le petit A D.

Nous voyons donc le ciel en cette manière B A B, et quand le foleil ou la lune font en B à l'horizon, ils nous paraiffent plus éloignés (à nous qui fommes en D) d'environ un tiers que quand ces aftres font en A ; or nous devons les voir fous les angles qui viendront à nos yeux de B et de A. Il refte donc à examiner ces angles. (*figure* 13) Il femblerait d'abord qu'ils devraient être plus petits quand l'objet eft plus éloigné, et plus grands quand il eft plus proche ; mais c'eft ici tout le contraire. L'aftre réel, l'aftre tangible, roule en B D R E ; mais l'aftre apparent va dans la courbe B A C E, et les angles formés par l'objet réel fe rapportent à l'objet apparent. On ne voit les corps placés en D et en R, que comme des corps qui, placés en A et en C, ne produiraient dans l'œil que le même angle : on ne les voit donc qu'aufi grands que les intervalles A et C. L'aftre au méridien a fon difque comme 3, et à l'horizon à peu-près comme 9 ; car les diamètres de l'aftre font à nos yeux comme fes diftances apparentes ; or la diftance apparente de l'aftre eft environ 9 à l'horizon, et 3 au méridien ; ainfi eft fa grandeur apparente.

Cette vérité fe confirme par une autre expérience d'un genre femblable. Regardez deux étoiles diftantes entre elles réellement d'un dixième de degré ; elles vous paraiffent beaucoup plus éloignées à l'horizon, et beaucoup plus rapprochées vers le méridien. Ces deux étoiles toujours également diftantes font vues comme à la diftance C F vers l'horizon , (*figure* 14) beaucoup plus grande que la diftance F A au méridien. Vous voyez que cette différence apparente vient précifément par la même raifon que je viens de rapporter.

Voici donc, felon cette règle et felon les obfervations qui la confirment, les proportions des grandeurs et des diftances apparentes du foleil et de la lune.

A l'horizon, ces aftres font vus de la grandeur 100.

A quinze degrés au-deffus, de la grandeur 68.

A trente.degrés, de la grandeur . . . 50.

A quatre-vingt-dix degrés , de la grandeur. 30.

De même deux étoiles quelconques, qui confervent toujours entre elles leur même diftance , paraiffent à l'horizon éloignées l'une de l'autre comme 100, et au méridien comme 30 ; ce qui eft toujours, comme vous voyez, la proportion d'environ 9 à 3.

Cette théorie eft encore confirmée par une autre obfervation. La lune paraît confidérablement plus grande en certains temps de l'année qu'en d'autres ; le foleil paraît auffi plus grand en hiver qu'en été ; et les différences de cette grandeur apparente étant plus fenfibles vers l'horizon qu'au méridien , elles font plus aifément remarquées. La raifon de cette augmentation de grandeur, c'eft que quand le diamètre de la lune et du foleil paraît plus grand , ces aftres font en effet plus près de nous. Le foleil eft plus près de la terre en hiver qu'en été d'environ douze cents mille lieues ; ainfi en hiver il paraît plus grand ; mais cette largeur de fon difque eft un peu diminuée par les réfractions de l'air épais. Lorfque la lune en été eſt dans fon périgée, elle paraît fous un plus grand diamètre ; et la largeur de fon difque à l'horizon eſt encore moins diminuée en été qu'en hiver , parce que l'air dans l'été eſt plus fubtil et plus rare.

Ce phénomène eſt donc plus du reffort de la géométrie et de l'optique que *Mallebranche* ne l'avait cru : et le docteur *Smith* a la gloire d'avoir enfin trouvé la folution complète d'un problême fur lequel les plus grands génies avaient fait des fyſtêmes inutiles. (14)

_____

(14) Cette folution de *Smith* revient exactement à celle du père *Mallebranche* , puifque dans les deux opinions nous ne voyons les aſtres plus grands à l'horizon , que parce que nous les jugeons plus éloignés. Ces deux philofophes ne diffèrent que dans la manière d'expliquer , pourquoi nous jugeons plus éloignés les aſtres placés à l'horizon : mais ils fe rapprochent encore beaucoup. *Mallebranche* paraît regarder comme la caufe immédiate de ce jugement les objets interpofés dans le plan de l'horizon. Selon *Smith* , ces objets interpofés nous ont accoutumés à juger la voûte du ciel comme fi elle était furbaiffée , et cette apparence eſt la caufe immédiate du jugement que nous formons fur la grandeur des aſtres.

CHAPITRE VII.

DE LA CAUSE QUI FAIT BRISER LES RAYONS DE LA
LUMIERE EN PASSANT D'UNE SUBSTANCE
DANS UNE AUTRE : QUE CETTE CAUSE
EST UNE LOI GENERALE DE LA NATURE,
INCONNUE AVANT NEWTON; QUE L'IN-
FLEXION DE LA LUMIERE EST ENCORE
UN EFFET DE CETTE CAUSE, &c.

*Ce que c'eſt que réfraction. Proportion des réfractions trouvée
par Snellius. Ce que c'eſt que ſinus de réfraction. Grande
découverte de Newton. Lumière briſée avant d'entrer
dans les corps. Examen de l'attraction. Il faut examiner
l'attraction , avant que de ſe révolter contre ce mot.
Impulſion et attraction également certaines et inconnues.
En quoi l'attraction eſt une qualité occulte. Preuves de
l'attraction. Inflexion de la lumière auprès des corps
qui l'attirent.*

Nous avons déjà vu l'artifice preſque incompré-
henſible de la réflexion de la lumière que l'impulſion
connue ne peut cauſer. Celui de la réfraction , dont nous
allons reprendre l'examen, n'eſt pas moins ſurprenant.

Commençons par nous bien affermir dans une idée
nette de la choſe qu'il faut expliquer. Souvenons-nous
bien que quand la lumière tombe dans une ſubſtance plus
rare, plus légère, comme l'air, dans une ſubſtance plus

pefante, plus denfe, comme l'eau, et qui femble lui devoir réfifter davantage, la lumière alors quitte fon chemin, et fe brife en s'approchant d'une perpendicule qu'on élèverait fur la furface de cette eau.

Pour avoir une idée bien nette de cette vérité, (*figure* 15) regardez ce rayon qui tombe de l'air dans ce criftal. Vous favez comme il fe brife. Ce rayon A E fait un angle avec cette perpendiculaire B E, en tombant fur la furface de ce criftal. Ce même rayon, réfracté dans ce criftal, fait un autre angle avec cette même perpendiculaire qui règle fa réfraction. Il fallut mefurer cette incidence et ce brifement de la lumière. Il femble que ce foit une chofe fort aifée; cependant le géomètre arabe *Albazen*, *Vitellio*, *Kepler* même y échouèrent. *Snellius Villebrod* eft le premier, au rapport d'*Huyghens* témoin oculaire, qui trouva cette proportion conftante dans laquelle la lumière fe rompt dans des milieux donnés. Il fe fervit des fécantes. *Defcartes* fe fervit enfuite des finus; ce qui eft précifément la même proportion, le même théorème, fous d'autres noms. Cette proportion eft très-aifée à entendre de ceux qui font le plus étrangers dans la géométrie.

Plus la ligne A B, que vous voyez, eft grande, plus la ligne C D fera grande auffi. Cette ligne A B eft ce qu'on appelle *finus d'incidence*. Cette ligne C D eft le *finus* de *réfraction*. Ce n'eft pas ici le lieu d'expliquer en général ce que c'eft qu'un *finus*. Ceux qui ont étudié la géométrie le favent affez. Les autres pourraient être un peu embarraffés de la définition. Il fuffit de bien favoir que ces deux *finus*, de quelque grandeur qu'ils foient, font toujours en proportion dans un milieu donné. Or cette proportion eft différente,

quand la réfraction fe fait dans un milieu différent. La
lumière qui tombe obliquement de l'air dans du criftal,
s'y brife de façon que le *finus* de réfraction C D eft au
finus d'incidence A B, comme 2 à 3; ce qui ne veut dire
autre chofe finon que cette ligne A B eft un tiers plus
grande dans l'air, en ce cas, que la ligne C D dans ce
criftal. Dans l'eau cette proportion eft de 3 à 4. Ainfi
il eft palpable que dans tous les cas, dans toutes les
obliquités d'incidence poffibles, la force réfringente
du criftal eft à celle de l'eau, comme 9 eft à 8; il
s'agit non-feulement de favoir la caufe de la réfraction,
mais celle de toutes les réfractions différentes. C'eft-là
que les philofophes ont tous fait des hypothèfes, et fe
font trompés.

Enfin *Newton* feul a trouvé la véritable raifon qu'on
cherchait. Sa découverte mérite affurément l'attention
de tous les fiècles. Car il ne s'agit pas ici feulement
d'une propriété particulière à la lumière, quoique ce
fût déjà beaucoup; nous verrons que cette propriété
appartient à tous les corps de la nature. Confidérez que
les rayons de la lumière font en mouvement, que s'ils
fe détournent en changeant leur courfe, ce doit être
par quelque loi primitive, et qu'il ne doit arriver à
la lumière que ce qui arriverait à tous les corps de
même petiteffe que la lumière, toutes chofes d'ailleurs
égales.

Qu'une balle de plomb A (*figure* 16) foit pouffée
obliquement de l'air dans l'eau, il arrivera d'abord
le contraire de ce qui eft arrivé à ce rayon de lumière;
car ce rayon délié paffe dans des pores, et cette balle,
dont la fuperficie eft large, rencontre la fuperficie de
l'eau qui lui réfifte. Cette balle s'éloigne donc d'abord

de la perpendiculaire B; à la vérité, le mouvement oblique qu'on lui avait imprimé diminue peu à peu, et la forte pefanteur l'entraînant toujours également, elle finit par fe rapprocher de la direction perpendiculaire. Elle retarde, comme on fait, fa chute dans l'eau, parce que l'eau lui réfifte; mais un rayon de lumière y augmente au contraire fa célérité, parce que l'eau ne réfifte pas aux rayons qui la pénètrent.

Il y a donc une force, telle qu'elle foit, qui agit entre les corps et la lumière.

Que cette attraction, que cette tendance exifte, nous n'en pouvons douter; car nous avons vu la lumière, attirée par le verre, y rentrer fans toucher à rien; or cette force agit néceffairement en ligne droite, c'eft-à-dire, dans la ligne tirée de chaque molécule à chaque point du corps qui exerce cette force; car, puifqu'elle exifte, elle eft dans toutes les parties du corps qui l'exerce. Les parties de la fuperficie d'un autre corps quelconque, éprouvent donc ce pouvoir avant qu'il pénètre l'intérieur de la fubftance du corps attirant, avant qu'il parvienne au point où il eft dirigé. (*figure* 17) Ainfi, dès que ce rayon eft arrivé près de la fuperficie du criftal, ou de l'eau, il prend déjà un peu en cette manière le chemin de la perpendiculaire.

Il fe brife déjà un peu en C avant que d'entrer : plus il entre, plus il fe brife; parce que plus il approche, plus il eft attiré. Il y a encore une raifon importante pour laquelle le rayon s'infléchit néceffairement par une courbure infenfible, avant que de pénétrer en ligne droite dans le criftal. C'eft parce qu'il n'y a point d'angle rigoureux dans la nature, qu'un mouvement continu ne peut changer de direction qu'en paffant

par

par tous les degrés poffibles de changement ; il ne peut donc de la ligne droite paffer tout d'un coup en une autre ligne droite , fans tracer une petite courbe qui joigne ces deux lignes enfemble. Ainfi les principes de continuité établis par *Leibnitz* et l'attraction de *Newton* fe réuniffent dans ce phénomène. Ce rayon ne tombe donc pas tout à fait perpendiculairement, et ne fuit pas fa première ligne droite oblique en traverfant cette eau ou ce verre ; mais il fuit une ligne courbe, qui defcend d'autant plus vîte que l'attraction de cette eau ou de ce criftal eft plus forte. Donc loin que l'eau rompe les rayons de lumière en leur réfiftant , comme on le croyait , elle les rompt en effet parce qu'elle ne réfifte pas, et au contraire , parce qu'elle les attire. Il faut donc dire que les rayons fe brifent vers la perpendiculaire , non pas quand ils paffent d'un milieu plus réfiftant , mais quand ils paffent *d'un milieu moins attirant dans un milieu plus attirant.* Obfervez qu'il ne faut jamais entendre par ce mot *attirant* que le point vers lequel fe dirige une force reconnue , une propriété inconteftable de la matière , laquelle propriété eft très-fenfible entre la lumière et les corps. Que l'on confidère que depuis l'an 1672 , que *Newton* fit voir cette attraction, aucun philofophe n'a pu imaginer une raifon plaufible de ce brifement de la lumière.

Les uns vous difent : Le criftal réfracte les rayons de lumière , parce qu'il leur réfifte ; mais s'il leur réfifte , pourquoi ces rayons y entrent-ils plus facilement et avec plus de vîteffe ? Les autres imaginent une matière dans le criftal, qui ouvre de tous côtés des chemins plus facilès ; mais fi ces chemins font fi faciles de tous côtés, pourquoi la lumière n'y entre-t-elle pas fans fe

Phyfique , &c.   I

détourner ? Ceux-ci inventent des atmofphères, ceux-là des tourbillons ; tous leurs fyftêmes croulent par quelque endroit ; il faut donc, je crois, s'en tenir aux découvertes de *Newton*, à cette attraction vifible dont ni lui, ni aucun philofophe, n'ont pu trouver la raifon.

Vous favez que beaucoup de gens, autant attachés à la philofophie, ou plutôt au nom de *Defcartes*, qu'ils l'étaient auparavant au nom d'*Ariftote*, fe font foulevés contre l'attraction. Les uns n'ont pas voulu l'étudier ; les autres l'ont méprifée, et l'ont infultée, après l'avoir à peine examinée ; mais je prie le lecteur de faire les trois réflexions fuivantes.

1. Qu'entendons-nous par *attraction* ? rien autre chofe qu'une force par laquelle un corps s'approche d'un autre, fans que l'on voie, fans que l'on connaiffe aucune autre force qui le pouffe.

2. Cette propriété de la matière eft établie par les meilleurs philofophes en Angleterre, en Allemagne, en Hollande, et même dans plufieurs univerfités d'Italie, où des lois un peu rigoureufes ferment quelquefois l'accès à la vérité. Le confentement de tant de favans hommes n'eft-il pas une raifon puiffante pour examiner au moins fi cette force exifte ou non ?

3. L'on devrait fonger que l'on ne connaît pas plus la caufe de l'impulfion que de l'attraction. On n'a pas même plus d'idée de l'une de ces forces que de l'autre ; car il n'y a perfonne qui puiffe concevoir pourquoi un corps a le pouvoir d'en remuer un autre de fa place. Nous ne concevons pas non plus, il eft vrai, comment un corps en attire un autre, ni comment

les parties de la matière gravitent mutuellement,
comme il fera prouvé. Auffi ne dit-on pas que *Newton*
fe foit vanté de connaître la raifon de cette attraction. Il a prouvé fimplement qu'elle exifte ; il a vu dans
la matière des phénomènes conftans une propriété
univerfelle. Si un homme trouvait un nouveau métal
dans la terre , ce métal exifterait-il moins , parce que
l'on ne connaîtrait pas les premiers principes dont il
ferait formé ?

On dit fouvent que l'attraction eft une qualité occulte.
Si l'on entend par ce mot un principe réel dont on ne
peut rendre raifon, tout l'univers eft dans ce cas. Nous
ne favons ni comment il y a du mouvement, ni comment
il fe communique , ni comment les corps font élaftiques ,
ni comment nous penfons, ni comment nous vivons ,
ni comment ni pourquoi quelque chofe exifte ; tout eft
qualité occulte. Si l'on entend par ce mot une expreffion de l'ancienne école , un mot fans idée, que l'on
confidère feulement que c'eft par les plus fublimes et
les plus exactes démonftrations mathématiques que
Newton a fait voir aux hommes ce principe qu'on s'efforce
de traiter de chimère.

Nous avons vu que les rayons réfléchis d'un miroir
ne fauraient venir à nous de fa furface. Nous avons
expérimenté que les rayons tranfmis dans du verre à
un certain angle , reviennent au lieu de paffer dans l'air;
et s'il y a du vide derrière ce verre , les rayons qui
étaient tranfmis auparavant reviennent de ce vide à
nous. Certainement il n'y a point là d'impulfion connue.
Il faut de toute néceffité admettre un autre pouvoir;
il faut bien auffi avouer qu'il y a dans la réfraction
quelque chofe qu'on n'entendait pas jufqu'à préfent.

Or quelle fera cette puiffance qui rompra ce rayon de lumière dans ce baffin d'eau ? Il eft démontré (comme nous le dirons au chapitre fuivant) que ce qu'on avait cru jufqu'à préfent un fimple rayon de lumière, eft un faifceau de plufieurs rayons qui fe réfractent tous différemment. Si de ces traits de lumière contenus dans ce rayon, l'un fe réfracte, par exemple, à quatre mefures de la perpendiculaire, l'autre fe rompra à trois mefures. Il eft démontré que les plus réfrangibles, c'eft-à-dire, par exemple, ceux qui, en fe brifant au fortir d'un verre, et en prenant dans l'air une nouvelle direction, s'approchent moins de la perpendiculaire à ce verre, font auffi ceux qui fe réfléchiffent le plus aifément, le plus vîte. Il y a donc déjà bien de l'apparence que ce fera la même loi qui fera réfléchir la lumière, et qui la fera réfracter.

Enfin, fi nous trouvons encore quelque nouvelle propriété de la lumière qui paraiffe devoir fon origine à la force de l'attraction, ne devons-nous pas conclure que tant d'effets appartiennent à la même caufe ? Voici cette nouvelle propriété qui fut découverte par le père *Grimaldi*, jéfuite, vers l'an 1660, et fur laquelle *Newton* a pouffé l'examen jufqu'au point de mefurer l'ombre d'un cheveu à des diftances différentes. Cette propriété eft l'inflexion de la lumière. Non-feulement les rayons fe brifent en paffant dans le milieu dont la maffe les attire, mais d'autres rayons, qui paffent dans l'air auprès des bords de ce corps attirant, s'approchent fenfiblement de ce corps, et fe détournent vifiblement de leur chemin.

Mettez (*figure* 18) dans un endroit obfcur cette lame d'acier ou de verre aminci, qui finit en pointe:

expofez-la auprès d'un petit trou par lequel la lumière paffe ; que cette lumière vienne rafer la pointe de ce métal ; vous verrez les rayons fe courber auprès en telle manière que le rayon qui s'approchera le plus de cette pointe fe courbera davantage, et celui qui en fera le plus éloigné fe courbera moins à proportion. N'eft-il pas de la plus grande vraifemblance que le même pouvoir qui brife ces rayons, quand ils font dans ce milieu, les force à fe détourner, quand ils font près de ce milieu? Voilà donc la réfraction, la tranfparence, la réflexion affujetties à de nouvelles lois. Voilà une inflexion de la lumière, qui dépend évidemment de l'attraction. C'eft un nouvel univers qui fe préfente aux yeux de ceux qui veulent voir.

Nous montrerons bientôt qu'il y a une attraction évidente entre le foleil et les planètes, une tendance mutuelle de tous les corps les uns vers les autres. Mais nous avertiffons encore ici d'avance que cette attrac-tion, qui fait graviter les planètes fur notre foleil, n'agit point du tout dans les mêmes rapports que l'at-traction des petits corps qui fe touchent. Ce font même probablement des attractions de genre abfolument différent. Ce font de nouvelles et différentes propriétés de la lumière et des corps, que *Newton* a découvertes. Il ne s'agit pas ici de leur caufe, mais fimplement de leurs effets ignorés jufqu'à nos jours. Qu'on ne croie point que la lumière eft infléchie vers le criftal et dans le criftal, fuivant le même rapport, par exemple, que *Mars* eft attiré par le foleil. (15)

---

(15) Jufqu'ici l'on n'a pu rien découvrir fur les lois de l'attraction à de très-petites diftances. C'eft dans l'examen des phénomènes de la criftallifation que l'on pourra trouver un jour ces lois ; mais jufqu'ici

CHAPITRE VIII.

SUITE DES MERVEILLES DE LA REFRACTION
DE LA LUMIERE. QU'UN SEUL RAYON DE LA
LUMIERE CONTIENT EN SOI TOUTES LES
COULEURS POSSIBLES. CE QUE C'EST QUE LA
REFRANGIBILITÉ. DÉCOUVERTES NOUVELLES.

*Imagination de Descartes sur les couleurs. Erreur de
Mallebranche. Expérience et démonstration de Newton.
Anatomie de la lumière. Couleurs dans les rayons
primitifs. Vaines objections contre ces découvertes.
Critiques encore plus vaines. Expérience importante.*

Sɪ vous demandez aux philosophes ce qui produit les
couleurs , *Descartes* vous répondra que les *globules de ses
élémens sont déterminés à tournoyer sur eux-mêmes , outre leur
tendance au mouvement en ligne droite , et que ce sont les différens tournoiemens qui font les différentes couleurs.* Mais ses
élémens , ses globules , son tournoiement , ont-ils même
besoin de la pierre de touche de l'expérience , pour
que le faux s'en fasse sentir ? Une foule de démonstrations anéantit ces chimères.

ces phénomènes n'ont pas même été suffisamment observés pour qu'on
puisse connaître la manière dont s'exécute cette opération. M. l'abbé
Haui vient de donner sur la formation des cristaux plusieurs mémoires
qui ont répandu un grand jour sur cette matière importante. Cependant
on est peut-être encore bien éloigné d'en savoir assez pour pouvoir y
appliquer le calcul , et connaître les lois de la force attractive qui préside
à la cristallisation.

Mallebranche vient à fon tour, et vous dit : *Il eft vrai que Defcartes s'eft trompé : fon tournoiement de globules n'eft pas foutenable ; mais ce ne font pas des globules de lumière , ce font de petits tourbillons tournoyans de matière fubtile , capables de compreffion , qui font la caufe des couleurs ; et les couleurs confiftent , comme les fons , dans des vibrations de preffion.* Et il ajoute : *Il me paraît impoffible de découvrir par aucun moyen les rapports exacts de ces vibrations , c'eft-à-dire, des couleurs.* Vous remarquerez qu'il parlait ainfi dans l'académie des fciences , en 1699 , et que l'on avait déjà découvert ces proportions en 1675 ; non pas proportions de vibration de petits tourbillons qui n'exiftent point , mais proportions de la réfrangibilité des rayons qui contiennent les couleurs , comme nous le dirons bientôt. Ce qu'il croyait impoffible était déjà démontré aux yeux , reconnu vrai par les fens , ce qui aurait bien déplu au père *Mallebranche.*

D'autres philofophes , fentant le faible de ces fuppofitions, vous difent au moins avec plus de vraifemblance : *Les couleurs viennent du plus ou du moins de rayons réfléchis des corps colorés. Le blanc eft celui qui en réfléchit davantage ; le noir eft celui qui en réfléchit le moins. Les couleurs les plus brillantes feront donc celles qui vous apporteront le plus de rayons. Le rouge, par exemple , qui fatigue un peu la vue , doit être compofé de plus de rayons que le verd qui la repofe davantage.* Cette hypothèfe (déjà fufpecte , puifqu'elle eft hypothèfe) ne paraît qu'une erreur groffière , dès qu'on a feulement confidéré un tableau à un jour faible , et enfuite à un grand jour. Car on voit toujours les mêmes couleurs. Du blanc qui n'eft éclairé que d'une bougie eft toujours blanc , et le verd éclairé de mille bougies fera toujours verd.

I 4

Adreſſez-vous enfin à *Newton*. Il vous dira : Ne m'en croyez pas : n'en croyez que vos yeux et les mathématiques ; mettez-vous dans une chambre tout à fait obſcure, où le jour n'entre que par un trou extrêmement petit ; le rayon de la lumière viendra ſur du papier vous donner la couleur de la blancheur. Expoſez tranſverſalement à un rayon de lumière ce priſme de verre, (*figure 19*) enſuite mettez à une diſtance d'environ ſeize ou dix-ſept pieds une feuille de papier PP vis-à-vis ce priſme. Vous ſavez que la lumière ſe briſe en entrant de l'air dans ce priſme ; vous ſavez qu'elle ſe briſe en ſens contraire, en ſortant de ce priſme dans l'air. Si elle ne ſe briſait pas ainſi, elle irait de ce trou tomber ſur le plancher de la chambre Z. Mais comme il faut que la lumière en s'échappant s'éloigne de la ligne Z, cette lumière ira donc frapper le papier. C'eſt-là que ſe voit tout le ſecret de la lumière et des couleurs. Ce rayon qui eſt tombé ſur ce priſme n'eſt pas, comme on croyait, un ſimple rayon ; c'eſt un faiſceau de ſept principaux faiſceaux de rayons, dont chacun porte en ſoi une couleur primitive, primordiale qui lui eſt propre. Des mélanges de ces ſept rayons naiſſent toutes les couleurs de la nature ; et les ſept, réunis enſemble, réfléchis enſemble de deſſus un objet, forment la blancheur.

Approfondiſſez cet artifice admirable. Nous avions déjà inſinué que les rayons de la lumière ne ſe réfractent pas, ne ſe briſent pas tous également ; ce qui ſe paſſe ici en eſt aux yeux une démonſtration évidente. Ces ſept rayons de lumière, échappés du corps de ce rayon qui s'eſt anatomiſé au ſortir du priſme, viennent ſe placer chacun dans leur ordre ſur ce papier blanc,

chaque rayon occupant une portion du fpectre. Le rayon
qui a le moins de force pour fuivre fon chemin, le moins
de roideur, le moins de fubftance s'écarte le plus dans
l'air de la perpendiculaire du prifme. Celui qui eft le plus
fort, (*figure* 21) le plus denfe, le plus vigoureux,
s'en écarte le moins. Voyez-vous ces fept rayons qui
viennent fe brifer les uns au-deffus des autres? Chacun
d'eux peint fur ce papier la couleur primitive qu'il
porte en lui-même. Le premier rayon qui s'écarte le
moins de cette perpendiculaire du prifme eft couleur
de feu, le fecond orangé, le troifième jaune, le
quatrième verd, le cinquième bleu, le fixième pourpre;
enfin celui qui s'écarte davantage de la perpendiculaire,
et qui s'élève le dernier au-deffus des autres, eft le
violet. Un feul faifceau de lumière, qui auparavant
fefait la couleur blanche, eft donc un compofé de
fept faifceaux qui ont chacun leur couleur. L'affemblage
de fept rayons primordiaux fait donc le blanc.

Si vous en doutez encore, prenez un des verres
lenticulaires de lunette, qui raffemblent tous les rayons
à leur foyer : expofez ce verre au trou par lequel entre
la lumière : vous ne verrez jamais à ce foyer qu'un
rond de blancheur. Expofez ce même verre au point où
il pourra raffembler tous les fept rayons partis du
prifme ; il réunit, comme vous le voyez, ces fept rayons
dans fon foyer. (*figure* 21) La couleur de ces fept rayons
réunis eft blanche : donc il eft démontré que la couleur
de tous les rayons réunis eft la blancheur. Le noir par
conféquent fera le corps qui ne réfléchira point de
rayons. Car lorfqu'à l'aide du prifme vous avez féparé
un de ces rayons primitifs, expofez-le à un miroir, à
un verre ardent, à un autre prifme, jamais ils ne

changera de couleur, jamais il ne se séparera en d'autres
rayons. Porter en soi une telle couleur est son essence;
rien ne peut plus l'altérer ; et pour surabondance de
preuves, prenez des fils de soie de différentes couleurs;
exposez un fil de soie bleue, par exemple, au rayon
rouge, cette soie deviendra rouge. Mettez-la au rayon
jaune, elle deviendra jaune; ainsi du reste. Enfin ni
réfraction, ni réflexion, ni aucun moyen imaginable
ne peut changer ce rayon primitif, semblable à l'or
que le creuset a éprouvé, et encore plus inaltérable.

Cette propriété de la lumière, cette inégalité dans
les réfractions de ses rayons, est appelée par *Newton*
réfrangibilité. On s'est d'abord révolté contre le fait,
et on l'a nié long-temps, parce que M. *Mariotte* avait
manqué en France les expériences de *Newton*. On aima
mieux dire que *Newton* s'était vanté d'avoir vu ce qu'il
n'avait point vu, que de penser que *Mariotte* ne s'y
était pas bien pris pour voir, et qu'il n'avait pas été
assez heureux dans le choix des prismes qu'il employa.
Ensuite même, lorsque ces expériences ont été bien
faites, et que la vérité s'est montrée à nos yeux, le
préjugé a subsisté encore au point que, dans plusieurs
journaux et dans plusieurs livres faits depuis l'année
1730, on nie hardiment ces mêmes expériences, que
cependant on fait dans toute l'Europe. C'est ainsi
qu'après la découverte de la circulation du sang, on
soutenait encore des thèses contre cette vérité, et qu'on
voulait même rendre ridicules ceux qui expliquaient la
découverte nouvelle, en les appelant *circulateurs*. Enfin,
quand on a été obligé de céder à l'évidence, on ne
s'est pas rendu encore : on a vu le fait, et on a chicané
sur l'expression ; on s'est révolté contre le terme de

réfrangibilité auffi-bien que contre celui d'attraction , de gravitation. Eh ! qu'importe le terme , pourvu qu'il indique une vérité? Quand *Chriftophe Colomb* découvrit l'île Hifpaniola, ne pouvait-il pas lui impofer le nom qu'il voulait? Et n'appartient-il pas aux inventeurs de nommer ce qu'ils créent ou ce qu'ils découvrent ? On s'eft écrié , on a écrit contre ces mots que *Newton* emploie avec la précaution la plus fage pour prévenir des erreurs.

Il appelle ces rayons rouges , jaunes, &c. des rayons *rubrifiques* , *jaunifiques* , c'eft-à-dire , excitant la fenfation de rouge , de jaune. Il voulait par-là fermer la bouche à quiconque aurait l'ignorance ou la mauvaife foi de lui imputer qu'il croyait , comme *Ariftote*, que les couleurs font dans les chofes mêmes , dans ces rayons jaunes et rouges, et non dans notre ame. Il avait raifon de craindre cette accufation. J'ai trouvé des hommes , d'ailleurs refpectables , qui m'ont affuré que *Newton* étant péripatéticien , il penfait que les rayons font colorés en effet eux-mêmes, comme on penfait autrefois que le feu était chaud ; mais ces mêmes critiques m'ont affuré auffi que *Newton* était athée. Il eft vrai qu'ils n'avaient pas lu fon livre , mais ils en avaient entendu parler à des gens qui avaient écrit contre fes expériences fans les avoir vues. Ce qu'on écrivit d'abord de plus doux contre *Newton* , c'eft que fon fyftême eft une hypothèfe ; mais qu'eft-ce qu'une hypothèfe ? une fuppofition. En vérité , peut-on appeler du nom de fuppofition des faits tant de fois démontrés ? Eft-ce parce qu'on eft né en France qu'on rougit de recevoir la vérité des mains d'un Anglais ? ce fentiment ferait bien indigne d'un philofophe. Il n'y a, pour quiconque

penfe, ni Français, ni Anglais ; celui qui nous inftruit
eft notre compatriote.

La réfrangibilité et la réflexion dépendent évidemment de la même caufe. Cette réfrangibilité que nous
venons de voir, étant attachée à la réfraction, doit
avoir fa fource dans le même principe. La même caufe
doit préfider au jeu de tous ces refforts : c'eft-là l'ordre
de la nature. Tous les végétaux fe nourriffent par les
mêmes lois ; tous les animaux ont les mêmes principes
de vie. Quelque chofe qui arrive aux corps en mouvement, les lois du mouvement font invariables. Nous
avons déjà vu que la réflexion, la réfraction, l'inflexion
de la lumière font les effets d'un pouvoir qui n'eft
point l'impulfion (au moins connue :) ce même pouvoir
fe fait fentir dans la réfrangibilité ; ces rayons, qui
s'écartent à des diftances différentes, nous avertiffent
que le milieu dans lequel ils paffent agit fur eux inégalement. Un faifceau de rayons eft attiré dans le verre ;
mais ce faifceau de rayons eft compofé de fubftances
différentes. Ces maffes font donc inégalement attirées ;
fi cela eft, elles doivent donc fe réfléchir de ce prifme
dans le même ordre qu'elles s'y font réfractées ; le rayon
le plus réflexible doit être le plus réfrangible.

Ce prifme a envoyé fur ce papier ces fept couleurs :
tournez ce prifme fur lui-même dans le fens A B C,
(figure 22) vous aurez bientôt cet angle, felon lequel
toute lumière fe réfléchira de dedans ce prifme au-
dehors, au lieu de paffer fur ce papier. Si tôt que vous
commencez à approcher de cet angle, voilà tout d'un
coup le rayon violet qui fe détache de ce papier, et
que vous voyez fe porter au plafond de la chambre.
Après le violet vient le pourpre, le bleu ; enfin le rouge

quitte le dernier ce papier, où il eft peint, pour venir à fon tour fe réfléchir fur le plafond ; donc tout rayon eft plus réflexible à mefure qu'il eft plus réfrangible ; donc la même caufe opère la réflexion et la réfrangibilité.

Or la partie folide du verre ne fait ni cette réfrangibilité ni cette réflexion ; et, encore une fois, ces propriétés ont leur naiffance dans une autre caufe que dans l'impulfion connue fur la terre. Il n'y a rien à dire contre ces expériences ; il faut s'y foumettre, quelque rebelle que l'on foit à l'évidence. (16)

(16) Un faifceau lumineux, quelque petit qu'il foit, eft compofé d'une infinité de rayons différemment réfrangibles. Sans cela, en employant un prifme dont l'angle ferait plus grand, on aurait fept cercles féparés, et non une image continue dont les côtés font fenfiblement des lignes droites.

Il eft vrai que ce fpectre continu femble n'offrir que fept couleurs diftinctes ; le paffage d'une couleur à l'autre n'eft nuancé que fur un très-petit efpace, tandis que la couleur paraît pure fur une plus grande étendue du fpectre. On pourrait donc foupçonner que la fenfation de la couleur dépend d'une propriété des rayons, différente de leur degré de réfrangibilité. *Newton* paraît avoir cru qu'il n'y avait réellement que fept rayons ; il femble fouvent raifonner dans cette fuppofition ; fes premiers difciples l'ont entendu dans ce fens : cependant comme il avait fenti dans cette opinion des difficultés infurmontables, il ne s'eft jamais expliqué fur cet objet d'une manière précife.

Plufieurs auteurs n'ont admis que quatre couleurs ; ils fupprimaient les trois couleurs intermédiaires, pourpre, verd et orangé, comme produites par le mélange des deux couleurs voifines ; ils étaient confirmés dans leur opinion par des expériences où on ne voit réellement que quatre couleurs ; mais cette opinion eft peu fondée : le bleu et le jaune font, à la vérité, du verd, mais fi vous regardez fur un carton à travers un prifme, le verd formé par l'union des rayons jaunes et bleus, les deux couleurs fe féparent; mais fi vous regardez fur ce même carton, à travers un prifme, l'image éclairée par les rayons verds d'un autre prifme, vous alongerez l'image, mais elle reftera verte.

Le prifme ne donne quatre couleurs feulement que lorfque la lumière eft faible, ou trop peu étendue par le prifme ; et fi elle était encore plus faible, fi l'image était moins étendue, on ne verrait qu'un fpectre d'un blanc fale ou rougeâtre. C'eft ainfi que la lumière d'une étoile paraît à travers un prifme. Si vous armez le prifme d'une forte lunette, alors le fpectre de l'étoile vous montrera diftinctement jufqu'à quatre couleurs, rouge, jaune, bleu, et violet; avec une lunette plus faible, le jaune et le blanc difparaiffent, et l'on voit du verd à la place. On doit à M. l'abbé *Rochon* ces expériences fur la lumière des étoiles, qui prouvent que cette lumière eft de même nature que celle du foleil, que celle des corps terreftres embrafés.

Non-feulement la réfraction eft différente dans les différens milieux, mais la différence de la réfrangibilité des différens rayons n'eft point proportionnelle dans ces milieux à la réfraction. Il en réfulte que l'on peut, en combinant différens milieux, former des prifmes où les rayons fe réfractent fans fe féparer, et détruire les couleurs dans les lunettes en employant des lentilles compofées de plufieurs verres de différente nature. Cette idée que l'on doit à M. *Euler* a produit les lunettes acromatiques que plufieurs artiftes habiles ont portées à un très-grand degré de perfec- tion. M. l'abbé *Rochon* a trouvé, en appliquant les lunettes aux prifmes, des moyens de mefurer avec une grande précifion le rapport de la force réfractive des différens milieux, avec leur force difperfive, précifion néceffaire pour la théorie des lunettes et pour leur conftruction.

Il y a des fubftances qui ont une double réfraction, en forte que les objets qu'on regarde à travers un prifme formé de ces fubftances paraiffent doubles. Tel eft le criftal de roche, le criftal d'Iflande; et ces fubftances ont vraifemblablement cette propriété, parce qu'elles font compofées de lames hétérogènes placées les unes fur les autres; du moins on produit le même phénomène avec des verres artificiels ainfi difpofés. Cette double réfraction a été employée avec beaucoup de fuccès par M. l'abbé *Rochon*, à la mefure des petits angles. L'inftrument qu'il a inventé pour cet objet eft très-ingénieux, et donne ces mefures avec la plus grande précifion. Il peut fervir auffi à mefurer des diftances fans avoir befoin d'employer des bafes d'une grande étendue.

CHAPITRE IX.

DE L'ARC-EN-CIEL; QUE CE METEORE EST
UNE SUITE NÉCESSAIRE DES LOIS DE
LA REFRANGIBILITÉ.

Mécanisme de l'arc-en-ciel inconnu à toute l'antiquité.
Ignorance d'Albert le grand. L'archevêque Antonio de
Dominis est le premier qui ait expliqué l'arc-en-ciel.
Son expérience, imitée par Descartes. La réfrangibilité,
unique raison de l'arc-en-ciel. Explication de ce phéno-
mène. Les deux arcs-en-ciel. Ce phénomène vu toujours
en demi-cercle.

L'ARC-en-ciel, ou l'Iris, est une suite nécessaire des
propriétés de la lumière, que nous venons d'observer.

Nous n'avons rien dans les écrits des Grecs, ni des
Romains, ni des Arabes, qui puisse faire penser qu'ils
connussent les raisons de ce phénomène. *Lucrèce* n'en dit
rien; et par toutes les absurdités qu'il débite au nom
d'*Epicure* sur la lumière et sur la vision, il paraît que son
siècle, si poli d'ailleurs, était plongé dans une profonde
ignorance en fait de physique. On savait qu'il faut qu'une
nuée épaisse, se résolvant en pluie, soit exposée aux
rayons du soleil, et que nos yeux se trouvent entre
l'astre et la nuée, pour voir ce qu'on appelait l'Iris : *mille*
trahit varios adverso sole colores; mais voilà tout ce qu'on
savait : personne n'imaginait ni pourquoi une nuée

donne des couleurs, ni comment la nature et l'ordre des couleurs font déterminés, ni pourquoi il y a deux arcs-en-ciel l'un fur l'autre, ni pourquoi on voit toujours ces phénomènes fous la figure d'un demi-cercle.

Albert, qu'on a furnommé *le grand*, parce qu'il vivait dans un fiècle où les hommes étaient bien petits, imagina que les couleurs de l'arc-en-ciel venaient d'une rofée qui eft entre nous et la nuée, et que ces couleurs reçues fur la nuée nous étaient envoyées par elle. Vous remarquerez encore que cet *Albert le grand* croyait, avec toute l'école, que la lumière était un accident.

Enfin le célèbre *Antonio de Dominis*, archevêque de Spalatro en Dalmatie, chaffé de fon évêché par l'inquifition, écrivit vers l'an 1590 fon petit traité *De radiis lucis et de Iride*, qui ne fut imprimé à Venife que vingt ans après. (17) Il fut le premier qui fit voir que les

(17) *Antonio de Dominis* fut une des plus illuftres victimes de l'inquifition romaine. Il renonça à fon archevêché et fe retira vers 1603 en Angleterre, où il publia l'hiftoire du concile de Trente de *Fra-Paolo*, fon ami. Il s'occupa du projet de réconcilier les communions chrétiennes, projet qui fut celui d'un grand nombre d'efprits fages et amis de la paix, dans un fiècle où les principes de la tolérance étaient inconnus. On trouva moyen de l'engager en 1612 à retourner en Italie, en lui promettant qu'on fe contenterait de la rétractation de quelques propofitions foi-difant hérétiques, qu'on l'accufait d'avoir foutenues. Mais peu de temps après cette rétractation, on lui fuppofa d'autres crimes. Il fut mis au château Saint-Auge où il mourut en 1625, âgé de 64 ans. Les inquifiteurs eurent la barbarie de le faire déterrer et de brûler fon cadavre. Outre fon ouvrage fur l'optique, il avait fait un livre intitulé *de Republica chriftiana* qui fut brûlé avec lui. Ce livre fut condamné par la forbonne, parce qu'il contenait des principes de tolérance et des maximes favorables à l'indépendance des princes féculiers. *Fra-Paolo*, plus fage que l'archevêque de Spalatro, refta toute fa vie à Venife où il n'avait du moins à craindre que les affaffins. Peu de temps après, l'illuftre *Galilée*, l'honneur de l'Italie, fut forcé de demander pardon d'avoir découvert de nouvelles preuves du mouvement de la

rayons

rayons du foleil, réfléchis de l'intérieur même des
gouttes de pluie, formaient cette peinture qui paraît
en arc, et qui femblait un miracle inexplicable ; il
rendit le miracle naturel, ou plutôt il l'expliqua par
de nouveaux prodiges de la nature. Sa découverte était
d'autant plus fingulière, qu'il n'avait d'ailleurs que des
notions très-fauffes de la manière dont fe fait la vifion.
Il affure dans fon livre que les images des objets font
dans la prunelle, et qu'il ne fe fait point de réfraction
dans nos yeux ; chofe affez fingulière pour un bon philofophe! Il avait découvert les réfractions alors inconnues
dans les gouttes de l'arc-en-ciel, et il niait celles qui fe
font dans les humeurs de l'œil, qui commençaient à être
démontrées ; mais laiffons ces erreurs pour examiner la
vérité qu'il a trouvée.

Il vit, avec une fagacité alors bien peu commune,
que chaque rangée, chaque bande de gouttes de pluie
qui forme l'arc-en-ciel, devait renvoyer des rayons de
lumière fous différens angles ; il vit que la différence
de ces angles devait faire celle des couleurs : il fut
mefurer la grandeur de ces angles ; il prit une boule
d'un criftal bien tranfparent, qu'il remplit d'eau ; il
la fufpendit à une certaine hauteur expofée aux rayons
du foleil. *Defcartes*, qui a fuivi *Antonio de Dominis*, qui l'a
rectifié et furpaffé en quelque chofe, et qui aurait dû le
citer, fit auffi la même expérience. Quand cette boule
fufpendue à une hauteur telle que le rayon de lumière

terre, et traîné en prifon à l'âge de plus de foixante et dix ans, par
ordre des mêmes inquifiteurs.

Ne foyons donc pas étonnés fi on ne trouve pas un feul romain parmi
les hommes illuftres en tout genre, qui dans ces derniers fiècles ont fait
honneur à l'Italie.

Phyfique, &c. K.

qui donne du foleil fur la boule faffe, avec le rayon allant de la boule à l'œil, un angle de quarante-deux degrés deux ou trois minutes, cette boule donne toujours une couleur rouge. Quand cette boule eft fufpendue un peu plus bas, et que ces angles font plus petits, les autres couleurs de l'arc-en-ciel paraiffent fucceffivement; de façon que le plus grand angle, en ce cas, fait le rouge, et que le plus petit angle de quarante degrés dix-fept minutes, forme le violet. C'eft-là le fondement de la connaiffance de l'arc-en-ciel; mais ce n'en eft encore que le fondement.

La réfrangibilité feule rend raifon de ce phénomène fi ordinaire, fi peu connu, et dont très-peu de commençans ont une idée nette; tâchons de rendre la chofe fenfible à tout le monde. Sufpendons une boule de criftal pleine d'eau, expofée au foleil: plaçons-nous entre le foleil et elle; pourquoi cette boule m'envoiet-elle des couleurs? et pourquoi certaines couleurs? Des maffes de lumière, des millions de faifceaux, tombent du ciel fur cette boule: dans chacun de ces faifceaux il y a des traits primitifs, des rayons homogènes, plufieurs rouges, plufieurs jaunes, plufieurs verds, &c. tous fe brifent à leur incidence dans la boule; chacun d'eux fe brife différemment et felon l'efpèce dont il eft, et felon l'endroit dans lequel il entre. Vous favez déjà que les rayons rouges font les moins réfrangibles; les rayons rouges d'un certain faifceau déterminé iront donc fe réunir dans un certain point déterminé au fond de la boule, tandis que les rayons bleus et pourpres du même faifceau iront ailleurs. Ces rayons rouges fortiront auffi de la boule en un endroit, et les verds, les bleus, les pourpres en un autre endroit. Ce n'eft pas affez; il faut examiner les points où tombent ces rayons rouges en entrant dans cette boule, et en fortant pour venir à votre œil.

Pour donner à ceci tout le degré de clarté néceffaire, concevons cette boule telle qu'elle eft en effet , un affemblage d'une infinité de furfaces planes ; car le cercle étant compofé d'une infinité de droites infiniment petites , la fphère n'eft dans fa circonférence qu'une infinité de furfaces. (*figure 23*) Des rayons rouges ABC viennent parallèles du foleil fur ces trois petites furfaces. N'eft-il pas vrai que chacun fe brife felon fon degré d'incidence ? N'eft-il pas manifefte que le rayon rouge A tombe plus obliquement fur la petite furface que le rayon rouge B ne tombe fur la fienne ? Ainfi tous deux viennent au point R par différens chemins. Le rayon rouge C , tombant fur fa petite furface encore moins obliquement , fe rompt bien moins , et arrive auffi au point R en ne fe brifant que très-peu. J'ai donc déjà trois rayons rouges , c'eft-à-dire , trois faifceaux de rayons rouges qui aboutiffent au même point R. A ce point R chacun fait un angle de réflexion égal à fon angle d'incidence ; chacun fe brife à fon émergence de la boule, en s'éloignant de la perpendiculaire de la nouvelle petite furface qu'il rencontre , de même que chacun s'eft rompu à fon incidence en s'approchant de fa perpendicule ; donc tous reviennent parallèles , donc tous entrent dans l'œil. S'il y a une quantité fuffifante de ces traits homogènes rouges pour ébranler le nerf optique , il eft inconteftable que vous ne devez avoir que la fenfation de rouge. Ce font ces rayons A B C , qu'on nomme *rayons vifibles*, *rayons efficaces* de cette goutte, car chaque goutte a fes rayons vifibles pour l'œil qui fe

K 2

trouve dans la direction de ces rayons rouges parallèles ; et il faut, pour que cela ait lieu, que les lignes menées du foleil et de l'œil au globule, forment un angle de 42 degrés 2 minutes.

Il y a des milliers d'autres rayons rouges qui, venant fur d'autres petites furfaces de la boule, plus haut et plus bas, n'aboutiffent point en R, ou qui, tombés en ces mêmes furfaces à une autre obliquité, n'aboutiffent point non plus en R ; ceux-là font perdus pour vous ; ils viendront à un autre œil placé plus haut ou plus bas.

Des milliers de rayons orangés, verds, bleus, violets, font venus, à la vérité, avec les rouges vifibles fur ces furfaces ABC ; mais vous ne pourrez les recevoir : vous en favez la raifon ; c'eft qu'ils font tous plus réfrangibles que les rouges ; c'eft qu'en entrant tous au même point, chacun prend dans la boule un chemin différent ; tous rompus davantage, ils viennent au-deffous du point R ; ils fe rompent auffi plus que les rouges en fortant de la boule. Ce même pouvoir, qui les approchait plus de la perpendicule à chaque furface dans l'intérieur de la boule, les en écarte donc davantage à leur retour dans l'air : ils reviennent donc tous au-deffous de votre œil ; mais baiffez la boule, vous rendez l'angle plus petit. Que cet angle foit de quarante degrés ou environ dix-fept minutes, vous ne recevez que les objets violets.

Il n'y a perfonne qui d'après ce principe ne conçoive très-aifément l'artifice de l'arc-en-ciel ; imaginez plufieurs rangées, plufieurs bandes de gouttes de pluie, chaque goutte fait précifément le même effet que cette boule.

Jetez les yeux fur cet arc, et, pour éviter la confufion, ne confidérez que trois rangées de gouttes de

pluie , trois bandes colorées. Il eſt viſible que l'angle
P O L eſt plus petit que l'angle V O L , et que l'angle
R O L eſt le plus grand des trois. (*figure* 24) Ce plus
grand angle des trois eſt donc celui des rayons primitifs
rouges ; cet autre mitoyen eſt celui des primitifs verds ;
ce plus petit POL eſt celui des primitifs pourpres. Donc
vous devez voir l'iris rouge dans ſon bord extérieur ,
verte dans ſon milieu, pourpre et violette dans ſa bande
intérieure. Remarquez ſeulement que la dernière couche
violette eſt toujours teinte de la couleur blanchâtre de la
nue dans laquelle elle ſe perd.

Vous concevez donc aiſément que vous ne voyez ces
gouttes que ſous les rayons efficaces parvenus à vos yeux
après une réflexion et deux réfractions , et parvenus
ſous des angles déterminés. Que votre œil change de
place , qu'au lieu d'être en O il ſoit en T , ce ne ſont
plus les mêmes rayons que vous voyez : la bande qui
vous donnait du rouge vous donne alors de l'orangé ou
du verd ; ainſi du reſte, et à chaque mouvement de tête
vous voyez une iris nouvelle.

Ce premier arc-en-ciel bien conçu , vous aurez aiſément l'intelligence du ſecond , que l'on voit d'ordinaire
qui embraſſe ce premier , et qu'on appelle *le faux arc-en-*
ciel , parce que ſes couleurs ſont moins vives , et qu'elles
ſont dans un ordre renverſé. Pour que vous puiſſiez voir
deux arcs-en-ciel , il ſuffit que la nuée ſoit aſſez étendue et
aſſez épaiſſe. Cet arc , qui ſe peint au-deſſus du premier
et qui l'embraſſe , eſt formé de même par des rayons que
le ſoleil darde dans ces gouttes de pluie, qui s'y rompent,
qui s'y réfléchiſſent de façon que chaque rangée de
gouttes vous envoie auſſi des rayons primitifs : cette
goutte un rayon rouge , cette autre goutte un rayon

K 3

violet. Mais tout fe fait dans ce grand arc d'une manière oppofée à ce qui fe paffe dans le petit ; pourquoi cela ? c'eft que votre œil , qui reçoit les rayons efficaces du petit arc venus du foleil dans la partie fupérieure des gouttes , reçoit au contraire les rayons du grand arc venus par la partie baffe des gouttes.

Vous apercevez que les gouttes d'eau du petit arc reçoivent les rayons du foleil par la partie fupérieure, par le haut de chaque goutte ; (*figure* 25) les gouttes du grand arc-en-ciel au contraire reçoivent les rayons qui parviennent par leur partie baffe. Rien ne vous fera, je crois , plus facile que de concevoir comment les rayons fe réfléchiffent deux fois dans les gouttes de ce grand arc-en-ciel , et comment ces rayons , deux fois réfractés et deux fois réfléchis , vous donnent une iris dans un ordre oppofé à la première , et plus affaiblie de couleur. Vous venez de voir que les rayons entrent ainfi dans la petite partie baffe des gouttes d'eau de cette iris extérieure.

Une maffe de rayons fe préfente à la furface de la goutte en G ; (*figure* 26) là une partie de ces rayons fe réfracte en dedans, et une autre s'éparpille en dehors; voilà déjà une perte de rayons pour l'œil. La partie réfractée parvient en H : une moitié de cette partie s'échappe dans l'air en fortant de la goutte, et eft encore perdue pour vous. Le peu qui s'eft confervé dans la goutte s'en va en K ; là une partie s'échappe encore : troifième diminution. Ce qui en eft refté en K s'en va en M , et à cette émergence en M une partie s'éparpille encore : quatrième diminution ; et ce qui en refte parvient enfin dans la ligne MN. Voilà donc dans cette goutte autant de réfractions que dans les gouttes du petit arc ; mais il y a, comme vous voyez, deux réflexions au lieu d'une dans ce grand arc. Il se perd donc le double de la lumière dans ce grand arc, où la lumière se réfléchit deux fois ; et il s'en perd la moitié moins dans le petit arc intérieur où les gouttes n'éprouvent qu'une réflexion. Il est donc clair que l'arc-en-ciel extérieur doit toujours être environ de moitié plus faible en couleur que le petit arc intérieur. Il est aussi démontré, par ce double chemin que font les rayons, qu'ils doivent parvenir à vos yeux dans un sens opposé à celui du premier arc, car votre œil est placé en O. (*figure 27*) Dans cette place O, il reçoit les rayons les moins réfrangibles de la première bande extérieure du petit arc, et il doit recevoir les plus réfrangibles de la première bande extérieure de ce second arc ; ces plus réfrangibles sont les violets. Voici donc les deux arcs-en-ciel ici dans leur ordre, en ne mettant que trois couleurs pour éviter la confusion.

Il ne reste plus qu'à voir pourquoi ces couleurs sont toujours aperçues sous une figure circulaire. Considérez cette ligne OZ, qui passe par votre œil et par le soleil. Soient conçues se mouvoir ces deux boules toujours à égale distance de votre œil ; de même l'angle compris entre les lignes menées au soleil et à votre œil soit invariable, elles décriront des bases de cônes (*figure 28*) dont la pointe sera toujours dans votre œil. Concevez que le rayon de cette goutte d'eau R, venant à votre œil O, tourne autour de cette ligne OZ, comme autour d'un axe, fesant toujours, par exemple, un angle ZOR de quarante-deux degrés deux minutes ; il est clair que cette goutte décrira un cercle qui vous paraîtra rouge. Que cette autre goutte V soit conçue tourner de même,

K 4

fefant toujours un autre angle V O Z, de quarante degrés dix-fept minutes, elle formera un cercle violet : toutes les gouttes qui feront dans ce plan formeront donc un cercle violet, et les gouttes qui font dans le plan de la goutte R feront un cercle rouge. Vous verrez donc cette iris comme un cercle ; mais vous ne voyez pas tout un cercle, parce que la terre le coupe ; vous ne voyez qu'un arc, une portion de cercle.

La plupart de ces vérités ne purent encore être aperçues ni par *Antonio de Dominis*, ni par *Defcartes*: ils ne pouvaient favoir pourquoi ces différens angles donnaient différentes couleurs ; mais c'était beaucoup d'avoir trouvé l'art. Les fineffes de l'art font rarement dues aux premiers inventeurs. Ne pouvant donc deviner que les couleurs dépendaient de la réfrangibilité des rayons, que chaque rayon contenait en foi une couleur primitive, que la différente attraction de ces rayons fefait leur réfrangibilité, et opérait ces écartemens, qui font les différens angles, *Defcartes* s'abandonna à fon efprit d'invention pour expliquer les couleurs de l'arc-en-ciel. Il y employa le *tournoiement* imaginaire de fes globules et *cette tendance au tournoiement;* preuve de génie, mais preuve d'erreur. C'eft ainfi que pour expliquer la *fyftole* et la *diaftole* du cœur ; il imagina un mouvement et une conformation dans ce vifcère, dont tous les anatomiftes ont reconnu la fauffeté. *Defcartes* aurait été le plus grand philofophe de la terre s'il eût moins inventé.

CHAPITRE X.

NOUVELLES DÉCOUVERTES SUR LA CAUSE DES COULEURS, QUI CONFIRMENT LA DOCTRINE PRÉCÉDENTE. DÉMONSTRATION, QUE LES COULEURS SONT OCCASIONNÉES PAR L'ÉPAISSEUR DES PARTIES QUI COMPOSENT LES CORPS, SANS QUE LA LUMIÈRE SOIT RÉFLÉCHIE DE CES PARTIES.

Connaiffance plus approfondie de la formation des couleurs. Grandes vérités tirées d'une expérience commune. Expériences de Newton. Les couleurs dépendent de l'épaiffeur des parties des corps, fans que ces parties réfléchiffent elles-mêmes la lumière. Tous les corps font tranfparens. Preuve que les couleurs dépendent des épaiffeurs, fans que les parties folides renvoient en effet la lumière.

Par tout ce qui a été dit jufqu'à préfent ; il réfulte donc que toutes les couleurs nous viennent du mélange des fept couleurs primordiales que l'arc-en-ciel et le prifme nous font voir diftinctement. (*voyez note* 16)

Les corps les plus propres à réfléchir des rayons rouges, et dont les parties abforbent ou laiffent paffer les autres rayons, feront rouges, et ainfi du refte. Cela ne veut pas dire que les parties de ces corps réfléchiffent en effet les rayons rouges, mais qu'il y a un pouvoir, une force jufqu'ici inconnue, qui réfléchit ces rayons d'auprès des furfaces et du fein des pores des corps.

Les couleurs font donc dans les rayons du foleil, et réjailliffent à nous d'auprès des furfaces et des pores, et du vide. Cherchons à préfent en quoi confifte le pouvoir apparent des corps de nous réfléchir ces couleurs ; ce qui fait que l'écarlate paraît rouge , que les prés font verds, qu'un ciel pur eft bleu ; car dire que cela vient de la différence de leurs parties , c'eft dire une chofe vague qui n'apprend rien du tout.

Un divertiffement d'enfant, qui femble n'avoir rien en foi que de méprifable, donna à M. *Newton* la première idée de ces nouvelles vérités que nous allons expliquer. Tout doit être pour un philofophe un fujet de méditation, et rien n'eft petit à fes yeux. Il s'aperçut que dans ces bouteilles de favon que font les enfans, les couleurs changent de moment en moment, en comptant du haut de la boule, à mefure que l'épaiffeur de cette boule diminue, jufqu'à ce qu'enfin la pefanteur de l'eau et du favon, qui tombe toujours au fond , rompe l'équilibre de cette fphère légère et la faffe évanouir. Il en préfuma que les couleurs pourraient bien dépendre de l'épaiffeur des parties qui compofent les furfaces des corps , et pour s'en affurer il fit les expériences fuivantes.

Que deux criftaux fe touchent en un point : il n'importe qu'ils foient tous deux convexes , il fuffit que le premier le foit , et qu'il foit pofé fur l'autre. Qu'on mette de l'eau entre ces deux verres pour rendre plus fenfible l'expérience qui fe fait auffi dans l'air : qu'on preffe un peu ces verres l'un contre l'autre, une petite tache noire tranfparente paraît au point du contact des deux verres : de ce point entouré d'un peu d'eau fe forment des anneaux colorés dans le même ordre et de la même manière que dans la bouteille de favon : enfin en mefurant le diamètre de ces anneaux et de la convexité du verre , *Newton* détermina les différentes épaiffeurs des parties d'eau qui donnaient ces différentes couleurs ; il calcula l'épaiffeur néceffaire à l'eau pour réfléchir les rayons blancs : cette épaiffeur eft d'environ quatre parties d'un pouce divifé en un million , c'eft-à-dire, quatre millionièmes d'un pouce ; le bleu azur et les couleurs tirant fur le violet dépendent d'une épaiffeur beaucoup moindre. Ainfi les vapeurs les plus petites qui s'élèvent de la terre, et qui colorent l'air fans nuage, étant d'une très-mince furface, produifent ce bleu célefte qui charme la vue.

D'autres expériences auffi fines ont encore appuyé cette découverte que c'eft à l'épaiffeur des furfaces que font attachées les couleurs. Le même corps, qui était verd quand il était un peu épais, eft devenu bleu, quand il a été affez mince pour ne réfléchir que les rayons bleus et pour laiffer paffer les autres. Ces vérités d'une recherche fi délicate, et qui femblaient fe dérober à la vue humaine, méritent bien d'être fuivies de près ; cette partie de la philofophie eft un microfcope avec lequel notre efprit découvre des grandeurs infiniment petites.

Tous les corps font tranfparens ; il n'y a qu'à les rendre affez minces pour que les rayons, ne trouvant qu'une lame, qu'une feuille à traverfer, paffent à travers cette lame. Ainfi quand l'or en feuilles eft expofé à un trou dans une chambre obfcure, il renvoie par fa furface des rayons jaunes qui ne peuvent fe tranfmettre à travers fa fubftance, et il tranfmet dans la chambre obfcure des rayons verds ; de forte que l'or produit alors une couleur verte ; nouvelle confirmation que les couleurs dépendent des différentes épaiffeurs. Une preuve encore plus forte, c'eft que dans l'expérience de ce verre convexe-plan, touchant en un point un verre convexe, l'eau n'eft pas le feul élément qui dans les épaiffeurs diverfes donne diverfes couleurs ; l'air fait le même effet ; feulement les anneaux colorés qu'il produit entre les deux verres, ont plus de diamètre que ceux de l'eau. Il y a donc une proportion fecrète établie par la nature entre la force des parties conftituantes de tous les corps, et les rayons primitifs qui colorent les corps ; les lames les plus minces donneront les couleurs les plus faibles ; et pour donner le noir il faudra juftement la même épaiffeur, ou plutôt la même ténuité, la même mincité qu'en a la petite partie fupérieure de la boule de favon, dans laquelle on apercevait un petit point noir, ou bien la même ténuité qu'en a le point de contact du verre convexe et du verre plat, lequel contact produit auffi une tache noire.

Mais, encore une fois, qu'on ne croie pas que les corps renvoient la lumière par leurs parties folides, fur ce que les couleurs dépendent de l'épaiffeur des parties. Il y a un pouvoir attaché à cette épaiffeur, un pouvoir qui agit auprès de la furface ; mais ce n'eft point du tout la furface folide qui repouffe, qui réfléchit. Il me femble que le lecteur doit être venu au point où rien ne doit plus le furprendre ; mais ce qu'il vient de voir mène encore plus loin qu'on ne penfe, et tant de fingularités ne font, pour ainfi dire, que les frontières d'un nouveau monde.

CHAPITRE XI.

SUITE DE CES DÉCOUVERTES. ACTION MUTUELLE DES CORPS SUR LA LUMIÈRE.

Expérience très-singulière. Conséquences de ces expériences. Action mutuelle des corps sur la lumière. Toute cette théorie de la lumière a rapport avec la théorie de l'univers. La matière a plus de propriété qu'on ne pense.

La réflexion de la lumière, fon inflexion, fa réfraction, fa réfrangibilité font connues ; l'origine des couleurs eft découverte, et l'épaiffeur même des corps néceffaires pour occafionner certaines couleurs eft déterminée.

C'eft une propriété démontrée à l'efprit et aux yeux que les furfaces folides ne font point ce qui réfléchit les rayons ; car fi les furfaces folides réfléchiffaient en effet, 1°. le point où deux verres convexes fe touchent réfléchirait, et ne ferait point obfcur. 2°. Chaque partie folide qui vous donnerait une feule efpèce de rayons, devrait auffi vous renvoyer toutes les efpèces de rayons. 3°. Les parties folides ne tranfmettraient point la lumière en un endroit, et ne la réfléchiraient pas en un autre endroit ; car étant toutes folides, toutes réfléchiraient. 4°. Si les parties folides réfléchiffaient la lumière, il ferait impoffible de fe voir dans un miroir, comme nous l'avons dit ; puifque le miroir étant fillonné et raboteux, il ne pourrait renvoyer la lumière d'une manière régulière. Il eft donc indubitable qu'il y a un pouvoir agiſſant ſur les corps ſans toucher aux corps, et que ce pouvoir agit entre les corps et la lumière. Enfin, loin que la lumière rebondiſſe ſur les corps mêmes, et revienne à nous, il faut croire que la plus grande partie des rayons, qui va choquer des parties ſolides, y reſte, s'y perd, s'y éteint.

Nous ne pouſſerons pas plus loin cette introduction ſur la lumière ; peut-être en avons-nous trop dit dans de ſimples élémens ; mais la plupart de ces vérités étaient nouvelles pour bien des lecteurs, lorſque nous avons publié cet ouvrage. Avant que de paſſer à l'autre partie de la philoſophie, ſouvenons-nous que la théorie de la lumière a quelque choſe de commun avec la théorie de l'univers, dans laquelle nous allons entrer. Cette théorie eſt qu'il y a une eſpèce d'attraction marquée entre les corps et la lumière, comme nous en allons obſerver une entre tous les globes de notre univers. Ces attractions ſe manifeſtent par différens effets ; mais c'eſt toujours une tendance des corps les uns vers les autres, découverte à l'aide de l'expérience et de la géométrie.

Ces découvertes doivent au moins ſervir à nous rendre extrêmement circonſpects dans nos déciſions ſur la nature et l'eſſence des choſes. Songeons que nous ne connaiſſons rien du tout que par l'expérience. Sans le toucher nous n'aurions point d'idée de l'étendue des corps : ſans les yeux, nous n'aurions pu deviner la lumière : ſi nous n'avions jamais éprouvé de mouvement, nous n'aurions jamais cru la matière mobile ; un très-petit nombre de ſens que DIEU nous a donnés, ſert à nous découvrir un très-petit nombre de propriétés de la matière. Le raiſonnement ſupplée aux ſens qui nous manquent, et nous apprend encore que la matière a d'autres attributs, comme l'attraction, la gravitation ; elle en a probablement beaucoup d'autres qui tiennent à fa nature, et dont peut-être un jour la philolophie donnera quelques idées aux hommes.

Pour moi j'avoue que plus j'y réfléchis, plus je fuis furpris qu'on craigne de reconnaître un nouveau principe, une nouvelle propriété dans la matière. Elle en a peut-être à l'infini ; rien ne fe reffemble dans la nature. Il eft très-probable que le Créateur a fait l'eau, le feu, l'air, la terre, les végétaux, les minéraux, les animaux, &c. fur des principes et des plans tous différens. Il eft étrange qu'on fe révolte contre de nouvelles richeffes qu'on nous préfente ; car n'eft-ce pas enrichir l'homme que de découvrir de nouvelles qualités de la matière dont il eft formé ?

LETTRE DE L'AUTEUR,

Qui peut fervir de conclufion à la théorie de la lumière.

J'AURAIS eu l'honneur de vous répondre plus tôt, Monfieur, fans les maladies continuelles qui exercent plus ma patience que *Newton* n'exerce mon efprit. Je crois que vos doutes, Monfieur, lui en auraient fait naître. Vous dites que c'eft dommage qu'il ne fe foit pas expliqué plus clairement fur la raifon qui fait que la force attractive devient fouvent répulfive, et fur la force par laquelle les rayons de lumière font dardés avec une fi prodigieufe célérité ; et j'oferais ajouter que c'eft dommage qu'il n'ait pu favoir la caufe de ces phénomènes.

Newton, le premier des hommes, n'était qu'un homme, et les premiers refforts que la nature emploie ne font pas à notre portée, quand ils ne font pas foumis au calcul. On a beau fupputer la force des mufcles, toutes les mathématiques feront impuiffantes à nous apprendre pourquoi ces mufcles agiffent à l'ordre de notre volonté. Toutes les connaiffances que nous avons des planètes ne nous apprendront jamais pourquoi elles tournent de l'Occident à l'Orient plutôt qu'au contraire. *Newton*, pour avoir anatomifé la lumière, n'en a pas découvert la nature intime. Il favait bien qu'il y a dans le feu élémentaire des propriétés, qui ne font point dans les autres élémens.

Il parcourt foixante et dix millions de lieues en un quart-d'heure. Il ne paraît pas tendre vers un centre comme les corps ; mais il fe répand uniformément et également en tout fens, au contraire des autres élémens. Son attraction vers les objets qu'il touche, et fur la furface defquels il rejaillit, n'a nulle proportion avec la gravitation univerfelle de la matière.

Il n'eft pas même prouvé que les rayons du feu élémentaire ne fe pénètrent pas les uns les autres. C'eft pourquoi *Newton*, frappé de toutes ces fingularités, femble toujours douter fi la lumière eft un corps. Pour moi, Monfieur, fi j'ofe hafarder mes doutes, je vous avoue que je ne crois pas impoffible que le feu élémentaire foit un être à part, qui anime la nature, et qui tient le milieu entre les corps et quelque autre être que nous ne connaiffons pas : de même que certaines plantes organifées fervent de paffage du règne végétal au règne animal. Tout tend à nous faire croire qu'il y a une chaîne d'êtres qui s'élèvent par degrés. Nous ne connaiffons qu'imparfaitement

quelques

quelques anneaux de cette chaîne immenfe ; et nous autres petits hommes, avec nos petits yeux et notre petite cervelle , nous diftinguons hardiment toute la nature en matière et efprit, en y comprenant DIEU , ne fachant pas d'ailleurs un mot de ce que c'eft au fond que l'efprit et la matière. Je vous expofe mes doutes, Monfieur, avec la même franchife que vous m'avez communiqué les vôtres. Je vous félicite de cultiver la philofophie, qui doit nous apprendre à douter fur tout ce qui n'eft pas du reffort des mathématiques et de l'expérience , &c.

TROISIEME PARTIE.

CHAPITRE PREMIER.

PREMIERES IDÉES TOUCHANT LA PESANTEUR ET LES LOIS DE L'ATTRACTION : QUE LA MATIERE SUBTILE , LES TOURBILLONS ET LE PLEIN DOIVENT ETRE REJETÉS.

Attraction. Expérience qui démontre le vide et les effets de la gravitation. La pesanteur agit en raison des masses. D'où vient ce pouvoir de la pesanteur. Il ne peut venir d'une prétendue matière subtile. Pourquoi un corps pèse plus qu'un autre. Le système de Descartes ne peut en rendre raison.

Un lecteur sage, qui aura vu avec attention ces merveilles de la lumière, convaincu par l'expérience qu'aucune impulsion connue ne les opère, sera sans doute impatient d'observer cette puissance nouvelle dont nous avons parlé sous le nom d'*attraction*, qui agit sur tous les autres corps plus sensiblement et d'une autre façon que les corps sur la lumière. Que les noms, encore une fois, ne nous effarouchent point ; examinons simplement les faits.

Je me servirai toujours indifféremment des termes d'*attraction* et de *gravitation* en parlant des corps, soit qu'ils tendent sensiblement les uns vers les autres, soit qu'ils tournent dans des orbes immenfes autour d'un centre commun, foit qu'ils tombent fur la terre, foit qu'ils s'uniffent pour compofer des corps folides, foit qu'ils s'arrondiffent en gouttes pour former des liquides. Entrons en matière.

Tous les corps connus pèfent, et il y a long-temps que la légèreté abfolue a été comptée parmi les erreurs reconnues d'*Arijlote* et de fes fectateurs.

Depuis que la fameufe machine pneumatique a été inventée, on a été plus à portée de connaître la pefanteur des corps; car, lorfqu'ils tombent dans l'air, les parties de l'air retardent fenfiblement la chûte de ceux qui ont beaucoup de furface et peu de maffe; mais dans cette machine privée d'air, les corps abandonnés à la force, quelle qu'elle foit, qui les précipite fans obftacle, tombent felon tout leur poids.

La machine pneumatique, inventée par *Otto Guerik*, fut bientôt perfectionnée par *Boyle;* on fit enfuite des récipiens de verre beaucoup plus longs, qui furent entiè- rement purgés d'air. Dans un de ces longs récipiens compofé de quatre tubes, le tout enfemble ayant huit pieds de hauteur, on fufpendit en haut, par un reffort, des pièces d'or, des morceaux de papier, des plumes; il s'agiffait de favoir ce qui arriverait, quand on détendrait le reffort. Les bons philofophes prévoyaient que tout cela tomberait en même temps : le plus grand nombre affurait que les corps les plus maffifs tomberaient bien plus vîte que les autres. ce grand nombre, qui fe trompe prefque toujours, fut bien étonné quand il vit, dans toutes les expériences, l'or, le plomb, le papier et la plume tomber également vîte, et arriver au fond du récipient en même temps.

Ceux qui tenaient encore pour le *plein* de *Defcartes*, pour les prétendus effets de la matière fubtile, ne pouvaient rendre aucune bonne raifon de ce fait; car les faits étaient leurs écueils. Si tout était plein, (quand on leur accorderait qu'il pût y avoir alors du mouvement, ce qui eft abfolument impoffible) au moins cette prétendue matière fubtile remplirait exactement tout le récipient; elle y ferait en auffi grande quantité que de l'eau ou du mercure qu'on y aurait mis; elle s'oppoferait au moins à cette defcente fi rapide des corps : elle réfifterait à ce large morceau de papier, felon la furface de ce papier, et laifferait tomber la balle d'or ou de plomb beaucoup plus vîte. Mais ces chutes fe font au même inftant; donc il n'y a rien dans le récipient qui réfifte; donc cette prétendue matière fubtile ne peut faire aucun effet fenfible dans ce récipient; donc il y a une autre force qui fait la pefanteur. En vain dirait-on qu'il eft poffible qu'il refte une matière fubtile dans ce récipient, puifque la lumière le pénètre; il y a bien de la différence. La lumière qui eft dans ce vafe de verre, n'en occupe certainement pas la cent-millième partie; mais, felon les cartéfiens, il faut que leur matière imaginaire rempliffe bien plus exactement le récipient que fi je le fuppofais rempli d'or; car il y a beaucoup de vide dans l'or, et ils n'en admettent point dans leur matière fubtile.

Or, par cette expérience, la pièce d'or, qui pèfe cent mille fois plus que le morceau de papier, eft defcendue auffi vîte que le papier; donc la force qui l'a fait defcendre a agi cent mille fois plus fur elle que fur le papier, de même qu'il faudra cent fois plus de force à mon bras pour remuer cent livres que pour remuer une livre; donc cette puiffance, qui opère la gravitation, agit en raifon directe de la maffe des corps. Elle agit, en effet, tellement felon la maffe des corps, non felon les furfaces, qu'un morceau d'or, réduit en poudre, defcend dans la machine pneumatique auffi vîte que la même quantité d'or étendue en feuille. La figure des corps ne change ici en rien leur gravité ; ce pouvoir de gravitation agit donc fur la nature interne des corps, et non en raifon des fuperficies.

On n'a jamais pu répondre à ces vérités preffantes que par une fuppofition auffi chimérique que les tourbillons On fuppofe que la matière fubtile prétendue, qui remplit tout le récipient, ne pèfe point. Etrange idée, qui devient abfurde ici ; car il ne s'agit pas dans le cas préfent d'une matière qui ne pèfe pas, mais d'une matière qui ne réfifte pas. Toute matière réfifte par fa force d'inertie ; donc fi le récipient était plein, la matière quelconque qui le remplirait réfifterait infiniment : cela paraît démontré en rigueur.

Ce pouvoir ne réfide point dans la prétendue matière fubtile dont nous parlerons au chapitre fuivant ; cette matière ferait un fluide. Tout fluide agit fur les folides en raifon de leur fuperficie ; ainfi le vaiffeau préfentant moins de furface par fa proue, fend la mer, qui réfifterait à fes flancs. Or, quand la fuperficie d'un corps eft le quarré de fon diamètre, la folidité de ce corps eft le cube de ce même diamètre : le même pouvoir ne peut agir à la fois en raifon du cube et du quarré ; donc la pefanteur, la gravitation n'eft point l'effet de ce fluide. De plus, il eft impoffible que cette prétendue matière fubtile ait d'un côté affez de force pour précipiter un corps de cinquante-quatre mille pieds de haut en une minute, (car telle eft la chute des corps) et que, de l'autre, elle foit affez

L 3

impuiffante pour ne pouvoir empêcher le pendule du bois
le plus léger de remonter de vibration en vibration dans
la machine pneumatique, dont cette matière imaginaire
eft fuppofée remplir exactement tout l'efpace. Je ne crain-
drai donc point d'affirmer que, fi l'on découvrait jamais
une impulfion qui fût la caufe de la pefanteur des corps
vers un centre, en un mot, la caufe de la gravitation,
de l'attraction univerfelle, cette impulfion ferait d'une
toute autre nature que celle qui nous eft connue.

Voilà donc une première vérité déjà indiquée ailleurs,
et prouvée ici : il y a un pouvoir qui fait graviter tous
les corps en raifon directe de leur maffe.

Si l'on cherche actuellement pourquoi un corps eft
plus pefant qu'un autre, on en trouvera aifément l'unique
raifon ; on jugera que ce corps doit avoir plus de maffe,
plus de matière fous une même étendue : ainfi l'or pèfe
plus que le bois, parce qu'il y a dans l'or bien plus de
matière et moins de vide que dans le bois.

Defcartes et fes fectateurs (s'il en peut avoir encore)
foutiennent qu'un corps eft plus pefant qu'un autre fans
avoir plus de matière : non contens de cette idée, ils la
foutiennent par une autre auffi peu vraie : ils admettent
un grand tourbillon de matière fubtile autour de notre
globe ; et c'eft ce grand tourbillon, difent-ils, qui, en
circulant, chaffe tous les corps vers le centre de la terre,
et leur fait éprouver ce que nous appelons *pefanteur*. Il
eft vrai qu'ils n'ont donné aucune preuve de cette
affertion : il n'y a pas la moindre expérience, pas la
moindre analogie dans les chofes que nous connaiffons
un peu, qui puiffe fonder une préfomption légère en
faveur de ce tourbillon de matière fubtile : ainfi de cela

feul que ce fyftême eft une pure hypothèfe, il doit être rejeté. C'eft cependant par cela feul qu'il a été accrédité. On concevait ce tourbillon fans effort; on donnait une explication vague des chofes en prononçant ce mot de matière fubtile; et quand les philofophes fentaient les contradictions et les abfurdités attachées à ce roman philofophique, ils fongeaient à le corriger plutôt qu'à l'abandonner.

Huyghens et tant d'autres y ont fait mille corrections, dont ils avouaient eux-mêmes l'infuffifance. *Mais que mettrons-nous à la place des tourbillons et de la matière fubtile ?* Ce raifonnement trop ordinaire eft celui qui affermit le plus les hommes dans l'erreur et dans le mauvais parti. Il faut abandonner ce que l'on voit faux et infoutenable, auffi bien quand on n'a rien à lui fubftituer que quand on aurait les démonftrations d'*Euclide* à mettre à la place. Une erreur n'eft ni plus ni moins erreur, foit qu'on la remplace ou non par des vérités; devrais-je admettre l'horreur du vide dans une pompe, parce que je ne faurais pas encore par quel mécanifme l'eau monte dans cette pompe?

Commençons donc, avant que d'aller plus loin, par prouver que les tourbillons de matière fubtile n'exiftent pas; que le *plein* n'eft pas moins chimérique; qu'ainfi tout ce fyftême fondé fur ces imaginations, n'eft qu'un roman ingénieux fans vraifemblance. Voyons ce que c'eft que ces tourbillons imaginaires, et examinons enfuite fi le *plein* eft poffible.

L 4

CHAPITRE II.

QUE LES TOURBILLONS DE DESCARTES
ET LE PLEIN SONT IMPOSSIBLES, ET QUE PAR
CONSÉQUENT IL Y A UNE AUTRE CAUSE DE LA
PESANTEUR.

Preuves de l'impossibilité des tourbillons. Preuves contre
le plein.

DESCARTES suppose un amas immense de particules
insensibles, qui emporte la terre d'un mouvement rapide
d'Occident en Orient, et qui d'un pôle à l'autre se meut
parallèlement à l'équateur : ce tourbillon, qui s'étend
au-delà de la lune, et qui entraîne la lune dans son
cours, est lui-même enchassé dans un autre tourbillon
plus vaste encore, qui touche à un autre tourbillon sans
se confondre avec lui, &c.

I. Si cela était, le tourbillon qui est supposé se mouvoir
autour de la terre d'Occident en Orient, devrait chasser
les corps sur la terre d'Occident en Orient : or les corps
en tombant décrivent tous une ligne, qui, étant prolongée, passerait à peu-près par le centre de la terre ; donc
ce tourbillon n'existe pas.

II. Si les cercles de ce prétendu tourbillon se mou-
vaient et agissaient parallèlement à l'équateur ; tous les
corps devraient tomber chacun perpendiculairement sous
le cercle de cette matière subtile auquel il répond : un
corps en A près du pôle P devrait, selon *Descartes*,

tomber en R : mais il tombe à peu-près felon la ligne
AB, (*figure* 29) ce qui fait une différence d'environ
quatorze cents lieues; car on peut compter quatorze cents
lieues communes de France du point R à l'équateur de
la terre B; donc ce tourbillon n'exifte pas.

III. Si, pour foutenir ce roman de tourbillons, on fe
plaît encore à fuppofer qu'un fluide qui tourbillonne
ne tourne point fur fon axe; fi on imagine qu'il peut
tourner dans des cercles qui tous auront pour centre
le centre du tourbillon même ; il n'y a qu'à faire
l'expérience d'une goutte d'huile, ou d'une groffe bulle
d'air enfermée dans une boule de criftal pleine d'eau ;
faites tourner la boule fur fon axe, vous verrez cette
huile ou cet air s'arranger en cylindre au milieu de
la boule, et faire un axe d'un pôle à l'autre ; car
toute expérience, comme tout raifonnement, ruine les
tourbillons.

IV. Si ce tourbillon de matière autour de la terre, et
ces autres prétendus tourbillons autour de *Jupiter* et de
Saturne, &c. exiftaient, tous ces tourbillons immenfes de
matière fubtile, roulant fi rapidement dans des directions
différentes, ne pourraient jamais laiffer venir à nous, en
ligne droite, un rayon de lumière dardé d'une étoile.
Il eft prouvé que ces rayons arrivent en très-peu de
temps par rapport au chemin immenfe qu'ils font; donc
ces tourbillons n'exiftent pas.

V. Si ces tourbillons emportaient les planètes d'Occident en Orient, les comètes, qui traverfent en tous fens
ces efpaces d'Orient en Occident, et du Nord au Sud,
ne les pourraient jamais traverfer ; et quand aucune
comète n'aurait été en effet du Nord au Sud, ni d'Orient

en Occident, on ne gagnerait rien par cette évasion; car on sait que, quand une comète se trouve dans la région de *Mars*, de *Jupiter*, de *Saturne*, elle va incomparablement plus vîte que *Mars*, que *Jupiter*, que *Saturne*; donc elle ne peut être emportée par la même couche du fluide, qui est supposé emporter ces planètes; donc ces tourbillons n'existent pas.

VI. Si ces fluides existaient, un petit espace de temps suffirait pour détruire tout mouvement dans ces astres. *Newton* a démontré que tout corps qui se meut uniformément dans un fluide de même densité, perd la moitié de son mouvement après avoir parcouru trois de ses diamètres. Cela est sans aucune réplique.

VII. Supposé encore, ce qui est impossible, que ces planètes pussent être mues dans ces tourbillons imaginaires, elles ne pourraient se mouvoir que circulairement, puisque ces tourbillons à égales distances du centre seraient également denses; mais les planètes se meuvent dans des ellipses; donc elles ne peuvent être portées par des tourbillons; donc, &c.

VIII. La terre a son orbite, qu'elle parcourt entre celui de *Vénus* et celui de *Mars* : tous ces orbites sont elliptiques, et ont le soleil pour centre : or, quand *Mars* et *Vénus* et la *Terre* sont plus près l'un de l'autre, alors la matière du torrent prétendu qui emporte la terre serait beaucoup plus resserrée : cette matière subtile devrait précipiter son cours comme un fleuve rétréci dans ses bords, ou coulant sous les arches d'un pont : alors ce fluide devrait emporter la terre d'une rapidité bien plus grande qu'en toute autre position; mais au contraire, c'est dans ce temps-là même que le mouvement de la terre est plus ralenti.

IX. Parmi des démonftrations plus recherchées, qui anéantiffent les tourbillons, nous choifirons celle - ci. Par une des grandes lois de *Kepler*, toute planète décrit des aires égales en temps égaux : par une autre loi non moins fûre, chaque planète fait fa révolution autour du foleil en telle forte que, fi, par exemple, fa moyenne diftance au foleil eft dix, prenez le cube de ce nombre, ce qui fera mille, et le temps de la révolution de cette planète autour du foleil fera proportionnel à la racine quarrée de ce nombre mille. Or, s'il y avait des couches de matière qui portaffent les planètes, ces couches ne pourraient fuivre ces lois ; car il faudrait que les vîteffes de ces torrens fuffent à la fois réciproquement propor- tionnelles à leurs diftances au foleil, et aux racines quarrées de ces diftances, ce qui eft incompatible.

X. Pour comble enfin, tout le monde voit ce qui arri- verait à deux fluides circulant l'un dans l'autre : ils fe confondraient néceffairement, et formeraient le chaos au lieu de le débrouiller. Cela feul aurait jeté fur le fyftême cartéfien un ridicule qui l'eût accablé fi le goût de la nouveauté, et le peu d'ufage où l'on était alors d'exa- miner, n'avaient prévalu.

Il faut prouver à préfent que le *plein*, dans lequel ces tourbillons font fuppofés fe mouvoir, eft auffi impoffible que ces tourbillons.

1. Un feul rayon de lumière, qui ne pèfe pas à beaucoup près la cent millième partie d'un grain, ou plutôt qui ne pèfe point du tout, aurait à déranger tout l'univers s'il avait à s'ouvrir un chemin jufqu'à nous à travers un efpace immenfe, dont chaque point réfifterait par lui- même, et par toute la ligne dont il ferait preffé.

2. Soient ces deux corps durs A B; ils fe touchent par une furface, et font fuppofés entourés d'un fluide qui les preffe de tous côtés : or, quand on les fépare, il eft clair que la prétendue matière fubtile arrive plus tôt au point A, où on les fépare, qu'au point B. (*figure* 30) Donc il y a un moment où B fera vide; donc même dans le fyftême de la matière fubtile, il y a du vide, c'eft-à-dire, de l'efpace.

3. S'il n'y avait point de vide et d'efpace, il n'y aurait point de mouvement, même dans le fyftême de *Defcartes*. Il fuppofe que DIEU créa l'univers plein et confiftant en petits cubes : foit donc un nombre donné de cubes repréfentant l'univers, fans qu'il y ait entre eux le moindre intervalle : il eft évident qu'il faut qu'un d'eux forte de la place qu'il occupait; car, fi chacun refte dans fa place, il n'y a point de mouvement, puifque le mouvement confifte à fortir de fa place, à paffer d'un point de l'efpace dans un autre point de l'efpace : or qui ne voit que l'un de ces cubes ne peut quitter fa place fans la laiffer vide à l'inftant qu'il en fort? car il eft clair que ce cube, en tournant fur lui-même, doit préfenter fon angle au cube qui le touche, avant que l'angle foit brifé; donc alors il y a de l'efpace entre ces deux cubes; donc dans le fyftême de *Defcartes* même, il ne peut y avoir de mouvement fans vide. Le *plein* eft donc une chimère; donc il y a du vide; donc rien ne fe peut faire dans la nature fans vide; donc la pefanteur n'eft pas l'effet d'un prétendu tourbillon imaginé dans le *plein*. (18)

(18) On ne peut pas regarder comme abfolument rigoureufe la démonftration de l'impoffibilité du plein, parce que le mouvement ferait très-poffible dans un fluide indéfini expanfible, dont la denfité varierait fuivant une certaine loi, puifque le poids, l'action, la réfiftance d'une

Nous venons de nous apercevoir, par l'expérience dans la machine pneumatique, qu'il faut qu'il y ait une force qui faffe defcendre les corps vers le centre de la terre, c'eft-à-dire, qui leur donne la pefanteur, et que cette force doit agir en raifon de la maffe des corps. Il faut maintenant voir quels font les effets de cette force; car, fi nous en découvrons les effets, il eft évident qu'elle exifte. N'allons donc point d'abord imaginer des caufes et faire des hypothèfes; c'eft le sûr moyen de s'égarer : fuivons pas à pas ce qui fe paffe réellement dans la nature; nous fommes des voyageurs arrivés à l'embouchure d'un fleuve ; il faut le remonter avant d'imaginer où eft fa fource.

colonne infinie d'un tel fluide pourraient être exprimées par une quantité finie. Il eft donc impoffible de rien favoir de précis fur cette queftion, tant que nous ne connaîtrons pas la nature des fluides expanfibles et la caufe de l'expanfibilité. On peut dire feulement qu'il nous eft impoffible de concevoir comment la même fubftance peut occuper un efpace double de celui qu'elle occupait, fans qu'il fe forme un efpace vide entre fes parties.

CHAPITRE III.

GRAVITATION DÉMONTRÉE PAR LA DÉCOUVERTE
DE NEWTON. HISTOIRE DE CETTE DÉCOUVERTE.
QUE LA LUNE PARCOURT SON ORBITE PAR LA
FORCE DE CETTE GRAVITATION.

*Hifloire de la découverte de la gravitation. Procédé de
Newton. Théorie tirée de ces découvertes. La même
caufe qui fait tomber les corps fur la terre dirige la lune
autour de la terre.*

Tout corps defcend d'environ quinze pieds dans la
première feconde, en quelque endroit de la terre qu'il foit
placé. Nous voyons que la chute des corps s'accélère en
retombant fur notre globe ; ils tendent tous évidemment
en retombant à peu-près vers le centre de ce globe ; n'y
a-t-il point quelque puiffance qui les attire vers ce centre ?
Et cette puiffance n'augmente-t-elle pas fa force à mefure
que ce centre eft plus près ? Déjà *Copernic* avait eu quelque
faible lueur de cette idée ; *Kepler* l'avait embraffée, mais
fans méthode. Le chancelier *Bacon* dit formellement qu'il
eft probable qu'il y ait une attraction des corps au centre
de la terre et de ce centre aux corps. Il propofait dans
fon excellent livre, *Novum fcientiarum organum*, qu'on fît
des expériences avec des pendules fur les plus hautes tours
et aux profondeurs les plus grandes ; car, difait-il, fi les
mêmes pendules font de plus rapides vibrations au fond
d'un puits que fur une tour, il faut conclure que la

pefanteur, qui eft le principe de ces vibrations, fera beaucoup plus forte au centre de la terre dont ce puits eft plus proche. Il effaya auffi de faire defcendre des mobiles de différentes élévations, et d'obferver s'ils defcendraient de moins de quinze pieds dans la première feconde ; mais il ne parut jamais de variation dans les expériences, les hauteurs et les profondeurs où on les fefait étant trop petites ; on reftait donc dans l'incertitude, et l'idée de cette force agiffante du centre de la terre demeurait un foupçon vague.

Defcartes en eut connaiffance : il en parle même en traitant de la pefanteur ; mais les expériences qui devaient éclaircir cette grande queftion manquaient encore. Le fyftême des tourbillons entraînait ce génie fublime et vafte ; il voulait, en créant fon univers, donner la direction de tout à la matière fubtile : il la fit la difpenfatrice de tout mouvement et de toute pefanteur : petit à petit l'Europe adopta fon fyftême, malgré les proteftations de *Gaffendi*, qui fut moins fuivi, parce qu'il était moins hardi.

Un jour, en l'année 1666, *Newton*, retiré à la campagne, et voyant tomber des fruits d'un arbre, à ce que m'a conté fa nièce, (Mme *Conduit*) fe laiffa aller à une méditation profonde fur la caufe qui entraîne ainfi tous les corps vers une ligne, qui, fi elle était prolongée, pafferait à peu-près par le centre de la terre. (19) Quelle eft, fe demandait-il à lui-même, cette force qui ne peut venir de tous ces tourbillons imaginaires

(19) Un étranger demandait un jour à *Newton* comment il avait découvert les lois du fyftême du monde: *En y penfant fans ceffe*, répondit-il. C'eft le fecret de toutes les grandes découvertes : le génie dans les fciences ne dépend que de l'intenfité et de la durée de l'attention dont la tête d'un homme eft fufceptible.

démontrés fi faux ? elle agit fur tous les corps à proportion de leurs maffes, et non de leurs furfaces ; elle agirait fur le fruit qui vient de tomber de cet arbre, fût-il élevé de trois mille toifes, fût-il élévé de dix mille. Si cela eft, cette force doit agir de l'endroit où eft le globe de la lune jufqu'au centre de la terre ; s'il eft ainfi, ce pouvoir, quel qu'il foit, peut donc être le même que celui qui fait tendre les planètes vers le foleil, et que celui qui fait graviter les fatellites de *Jupiter* fur *Jupiter*. Or il eft démontré, par toutes les inductions tirées des lois de *Képler*, que toutes ces planètes fecondaires, pèfent vers la planète foyer de leur orbite, d'autant plus qu'elles en font plus près, et d'autant moins qu'elles en font plus éloignées. Un corps placé où eft la lune, qui circule autour de la terre, et un corps placé près de la terre, doivent donc tous deux pefer fur la terre précifément fuivant une certaine loi exprimée par une certaine quantité dépendante de leurs diftances.

Donc, pour être affuré fi c'eft la même caufe qui retient les planètes dans leurs orbites, et qui fait tomber ici les corps graves, il ne faut plus que des mefures ; il ne faut plus qu'examiner quel efpace parcourt un corps grave en tombant fur la terre, en un temps donné, et quel efpace parcourrait un corps placé dans la région de la lune en un temps donné. La lune elle-même eft ce corps qui peut être confidéré comme tombant réellement vers la terre de tout l'efpace qui l'éloigne à chaque inftant de la tangente de fon orbite. Mais ce n'eft pas ici une hypothèfe qu'on ajufte comme on peut à un fyftême ; ce n'eft point un calcul où l'on doive fe contenter de l'à peu-près. Il faut commencer par connaître au jufte la diftance de la lune à la terre,

et

et pour la connaître il eft néceffaire d'avoir la mefure de notre globe.

C'eft ainfi que raifonna *Newton;* mais il s'en tint, pour la mefure de la terre, à l'eftime fautive des pilotes qui comptaient foixante milles d'Angleterre, c'eft-à-dire, vingt lieues de France, pour un degré de latitude, au lieu qu'il fallait compter foixante et dix milles. Il y avait, à la vérité, une mefure de la terre plus jufte. *Snellius* avait donné cette mefure au commencement du dix-feptième fiècle; et *Norvood*, mathématicien anglais avait, en 1636, mefuré affez exactement un degré du méridien; il l'avait trouvé, comme il doit être, d'environ foixante et dix milles. Mais cette opération faite trente ans auparavant était ignorée de *Newton*, ainfi que celle de *Snellius*. Les guerres civiles qui avaient affligé l'Angleterre, toujours auffi funeftes aux fciences qu'à l'Etat, avaient enfeveli dans l'oubli la feule mefure jufte qu'on eût de la terre; et on s'en tenait à cette eftime vague des pilotes. Par ce compte la lune était trop rapprochée de la terre, et les rapports trouvés par *Newton* ne donnaient aucune proportion ni avec la raifon inverfe des diftances, ni avec celle de leurs quarrés. Il ne crut pas qu'il lui fût permis de rien fuppléer, et d'accommoder la nature à fes idées; il voulait accommoder fes idées à la nature : il abandonna donc cette belle découverte, que l'analogie avec les autres aftres rendait fi vraifemblable, et à laquelle il manquait fi peu pour être démontrée; bonne foi bien rare, et qui feule doit donner un grand poids à fes opinions.

Enfin, fur des mefures plus exactes prifes en France plufieurs fois, et dont nous parlerons, il trouva la démonftration de fa théorie. Le degré de la terre fut

Phyfique, &c.　　　　　　　　　M

évalué à vingt-cinq de nos lieues ; la lune fe trouva à
foixante demi-diamètres de la terre , et *Newton* reprit
ainfi le fil de fa démonftration.

La pefanteur fur notre globe eft en raifon réciproque
des quarrés des diftances des corps pefans au centre
de la terre ; c'eft-à-dire que le corps qui pèfe cent
livres à un diamètre de la terre , ne péfera qu'une
feule livre s'il eft éloigné de dix diamètres.

La force qui fait la pefanteur ne dépend point des
tourbillons de la matière fubtile , dont l'exiftence eft
démontrée fauffe. Cette force , quelle qu'elle foit , agit
fur tous les corps ; non felon leurs furfaces , mais felon
leurs maffes. Si elle agit à une diftance , elle doit agir
à toutes les diftances ; fi elle agit en raifon inverfe du
quarré de ces diftances , elle doit toujours agir fuivant
cette proportion fur les corps connus , quand ils ne
font pas au point de contact ; je veux dire , le plus près
qu'il eft poffible d'être , fans être unis. Si , fuivant cette
proportion , cette force fait parcourir fur notre globe
cinquante-quatre mille pieds en foixante fecondes , un
corps qui fera environ à foixante rayons du centre de
la terre , devra en foixante fecondes tomber feulement
de quinze pieds de Paris ou environ.

La lune , dans fon moyen mouvement , eft éloignée du
centre de la terre d'environ foixante rayons du globe
de la terre : or , par les mefures prifes en France , on
connaît combien de pieds contient l'orbite que décrit
la lune ; on fait par-là que dans fon moyen mouvement
elle décrit cent quatre-vingt-fept mille neuf cents
foixante et un pieds de Paris en une minute. (*figure* 31)
La lune , dans fon moyen mouvement , eft tombée de
A en B ; elle a donc obéi à la force de projectile qui

la pouffe dans la tangente A C ; et à la force qui la ferait defcendre fuivant la ligne A D, égale à B C : ôtez la force qui la dirige de A en C, reftera une force qui pourra être évaluée par la ligne C B : cette ligne C B eft égale à la ligne A D : mais il eft démontré que la courbe A B, valant cent quatre-vingt-fept mille neuf cents foixante et un pieds, la ligne A D ou C B en vaudra feulement quinze ; donc, que la lune foit tombée en B, ou en D, c'eft ici la même chofe. Elle aurait parcouru quinze pieds en une minute de C en B ; donc elle aurait parcouru quinze pieds auffi de A en D, en une minute. Mais parcourant cet efpace en une minute, elle fait précifément trois mille fix cents fois moins de chemin qu'un mobile n'en ferait ici fur la terre : trois mille fix cents eft jufte le quarré de fa diftance ; donc la gravitation, qui agit ainfi fur tous les corps, agit auffi entre la terre et la lune, précifément dans ce rapport de la raifon inverfe du quarré des diftances.

Mais fi cette puiffance qui anime les corps dirige la lune dans fon orbite, elle doit auffi diriger la terre dans le fien ; et l'effet qu'elle opère fur la planète de la lune, elle doit l'opérer fur la planète de la terre. Car ce pouvoir eft par-tout le même : toutes les autres planètes doivent lui être foumifes ; le foleil doit auffi éprouver fa loi : et s'il n'y a aucun mouvement des planètes les unes à l'égard des autres, qui ne foit l'effet néceffaire de cette puiffance, il faut avouer alors que toute la nature la démontre ; c'eft ce que nous allons obferver plus amplement.

M 2

CHAPITRE IV.

QUE LA GRAVITATION ET L'ATTRACTION DIRIGENT TOUTES LES PLANETES DANS LEUR COURS.

Comment on doit entendre la théorie de la pésanteur chez Descartes. Ce que c'est que la force centrifuge, et la force centripète. Cette démonstration prouve que le soleil est le centre de l'univers, et non la terre. C'est pour les raisons précédentes que nous avons plus d'été que d'hiver.

Presque toute la théorie de la pesanteur chez *Descartes* est fondée fur cette loi de la nature, que tout corps qui fe meut en ligne courbe, tend à s'éloigner du centre de fon mouvement par une ligne droite qui toucherait la courbe en un point. Telle eft la fronde qui s'échappe de la main, &c. Tous les corps, en tournant avec la terre, font ainfi un effort pour s'éloigner du centre ; mais la matière fubtile, fefant un bien plus grand effort, repouffe, difait-on, tous les autres corps.

Il eft aifé de voir que ce n'était point à la matière fubtile à faire ce plus grand effort, et à s'éloigner du centre du tourbillon prétendu plutôt que les autres corps ; au contraire c'était fa nature (fuppofé qu'elle exiftât) d'aller au centre de fon mouvement, et de laiffer aller à la circonférence tous les corps qui auraient eu plus de maffe. C'eft en effet ce qui arrive fur une table qui tourne en rond, lorfque dans un tube pratiqué dans cette table , on a mêlé plufieurs poudres et plufieurs liqueurs de pefanteurs fpécifiques différentes ; tout ce qui a plus de maffe s'éloigne du centre, tout ce qui a moins de maffe s'en approche. Telle eft la loi de la nature ; et lorfque *Defcartes* a fait circuler à la circonférence fa prétendue matière fubtile, il a commencé par violer cette loi des forces centrifuges qu'il pofait pour fon premier principe. Il a eu beau imaginer que DIEU avait créé des dés tournans les uns fur les autres , que la raclure de ces dés qui fefait fa matière fubtile , s'échappant de tous les côtés, acquérait par-là plus de vîteffe ; que le centre d'un tourbillon s'encroûtait, &c. il s'en fallait bien que ces imaginations rectifiaffent cette erreur.

Sans perdre plus de temps à combattre ces êtres de raifon, fuivons les lois de la mécanique qui opère dans la nature. Un corps qui fe meut circulairement prend à chaque point de la courbe qu'il décrit , une direction qui l'éloignerait du cercle , en lui fefant fuivre une ligne droite.

Cela eft vrai : mais il faut prendre garde que ce corps ne s'éloignerait ainfi du centre que par cet autre grand principe ; que tout corps étant indifférent de lui-même au repos et au mouvement , et ayant cette inertie qui eft un attribut de la matière , fuit néceffairement la ligne dans laquelle il eft mu. Or tout corps qui tourne autour d'un centre , fuit à chaque inftant une ligne droite infiniment petite , qui deviendrait une droite infiniment longue , s'il ne rencontrait point d'obftacle. Le réfultat de ce principe , réduit à fa jufte valeur , n'eft donc autre chofe, finon qu'un corps qui fuit une ligne droite fuivra toujours une ligne droite ; donc il faut

M 3

une autre force pour lui faire décrire une courbe ; donc cette autre force par laquelle il décrit la courbe, le ferait tomber au centre à chaque inftant, en cas que ce mouvement de projectile en ligne droite cefsât. A la vérité (*figure* 32) de moment en moment ce corps irait en A, en B, en C, s'il s'échappait.

Mais aufli de moment en moment il retomberait de A, de B, de C, au centre ; parce que fon mouvement eft compofé de deux fortes de mouvemens, du mouvement de projectile en ligne droite, et du mouvement imprimé aufli en ligne droite par la force centripète, force par laquelle il irait au centre. Ainfi de cela même que le corps décrirait ces tangentes, A, B, C, il eft démontré qu'il y a un pouvoir qui le retire de ces tangentes à l'inftant même qu'il les commence. Il faut donc abfolument confidérer tout corps fe mouvant dans une courbe, comme mu par deux puiffances, dont l'une eft celle qui lui ferait parcourir des tangentes, et qu'on nomme la force centrifuge, ou plutôt la force d'inertie, d'inactivité, par laquelle un corps fuit toujours une droite s'il n'en eft empêché ; et l'autre force qui retire le corps vers le centre, laquelle on nomme la force centripète, et qui eft la véritable force.

De l'établiffement de cette force centripète, il réfulte d'abord cette démonftration, que tout mobile qui fe meut dans un cercle, ou dans une ellipfe, ou dans une courbe quelconque, fe meut autour d'un centre auquel il tend. Il fuit encore que ce mobile, quelques portions de courbe qu'il parcoure, décrira dans fes plus grands arcs et dans fes plus petits arcs, des aires égales en temps égaux. Si, par exemple, un mobile en une minute borde l'efpace A C B (*figure* 33) qui contiendra cent milles d'aire, il doit border en deux minutes un autre efpace B C D de deux cents milles.

Cette loi inviolablement obfervée par toutes les planètes, et inconnue à toute l'antiquité, fut découverte, il y a près de cent cinquante ans, par *Kepler*, qui a mérité le nom de *légiflateur* en aftronomie, malgré fes erreurs philofophiques. Il ne pouvait favoir encore la raifon de cette règle à laquelle les corps céleftes font affujettis. L'extrême fagacité de *Kepler* trouva l'effet dont le génie de *Newton* a trouvé la caufe.

Je vais donner la fubftance de la démonftration de *Newton* : elle fera aifément comprife par tout lecteur attentif ; car les hommes ont une géométrie naturelle dans l'efprit, qui leur fait faifir les rapports, quand ils ne font pas trop compliqués.

Que le corps A (*figure* 34) foit mu en B en un efpace de temps très-petit ; au bout d'un pareil efpace, un mouvement également continué (car il n'y a ici nulle accélération) le ferait venir en C ; mais en B, il trouve une force qui le pouffe dans la ligne B H S ; il ne fuit donc ni ce chemin B H S, ni ce chemin A B C ; tirez ce parallélogramme C D H B, alors le mobile étant mu par la force B C, et par la force B H, s'en va felon la diagonale B D ; or cette ligne B D, et cette ligne B A, conçues infiniment petites, font les naiffances d'une courbe, &c. donc ce corps fe doit mouvoir dans une courbe.

Il doit border des efpaces égaux en temps égaux ; car l'efpace du triangle S B A, eft égal à l'efpace du triangle S B D, puifque le triangle S B A eft égal au triangle S B C, ces triangles ayant le fommet commun S, et les bafes égales A B, B C, et que le triangle S B C eſt égal au triangle S B D, ces triangles ayant la baſe commune B S, et leurs ſommets D C ſur une même ligne C D parallèle à la baſe B S; donc ces aires ſont égales ; donc tout corps qui a reçu un mouvement de projection, et qui eſt attiré par un centre fixe, décrit des aires proportionnelles au temps ; et réciproquement tout corps qui parcourt des aires égales en temps égaux dans une courbe, peut être regardé comme attiré par une force vers le centre de ces aires; donc les planètes tendent vers le ſoleil, et non autour de la terre, puiſqu'en prenant la terre pour centre, leurs aires ſont inégales par rapport aux temps : et qu'en prenant le ſoleil pour centre, ces aires ſe trouvent toujours proportionnelles aux temps; ſi vous en exceptez les petits dérangemens cauſés par la gravitation même des planètes. Enfin, *Newton* a prouvé que ſi la courbe décrite autour du centre dans cette hypothèſe eſt une ellipſe, la force attractive eſt en raiſon inverſe du quarré des diſtances.

Pour bien entendre encore ce que c'eſt que ces aires proportionnelles aux temps, et pour voir d'un coup d'œil l'avantage que vous tirez de cette connaiſſance, regardez la terre emportée dans ſon ellipſe autour du ſoleil S ſon centre. (*figure* 35) Quand elle va de B en D, elle balaye un auſſi grand eſpace que quand elle parcourt ce grand arc H K : le ſecteur H S K regagne en largeur ce que le ſecteur B S D a en longueur. Pour faire l'aire de ces ſecteurs égale en temps égaux, il faut que le corps vers H K aille plus vîte que vers B D. Ainſi la terre, et toute planète, ſe meut plus vîte dans ſon périhélie, qui eſt la courbe la plus voiſine du ſoleil S, que dans ſon aphélie, qui eſt la courbe la plus éloignée de ce même foyer S.

On connaît donc quel eſt le centre du mouvement d'une planète, et quelle figure elle décrit dans ſon orbite, par les aires qu'elle parcourt ; on connaît que toute planète, lorſqu'elle eſt plus éloignée du centre de ſon mouvement, gravite moins vers ce centre. Ainſi la terre étant plus près du ſoleil d'un trentième et plus, c'eſt-à-dire, de douze cents mille lieues, pendant notre hiver que pendant notre été, eſt plus attirée auſſi en hiver ; ainſi elle va plus vîte alors par la raiſon de ſa courbe ; ainſi nous avons huit jours et demi d'été plus que d'hiver, et le ſoleil paraît dans les ſignes ſeptentrio-naux huit jours et demi de plus que dans les méridionaux. Puis, donc que toute planète ſuit, par rapport au ſoleil, foyer de ſon orbite, cette loi de gravitation que la lune éprouve par rapport à la terre, et à laquelle tous les corps ſont ſoumis en tombant ſur la terre, il eſt démontré que cette gravitation, cette attraction, agit ſur tous les corps que nous connaiſſons.

Mais une autre puiſſante démonſtration de cette vérité eſt la loi que ſuivent reſpectivement toutes les planètes dans leurs cours et dans leurs diſtances ; c'eſt ce qu'il faut bien examiner.

CHAPITRE V.

DEMONSTRATION DES LOIS DE LA GRAVI-
TATION TIRÉE DES REGLES DE KEPLER;
QU'UNE DE CES LOIS DE KEPLER DEMONTRE
LE MOUVEMENT DE LA TERRE.

Grande règle de Kepler. Fauſſes raiſons de cette loi admi-
rable. Raiſon véritable de cette loi, trouvée par Newton.
Récapitulation des preuves de la gravitation. Ces décou-
vertes de Kepler et de Newton ſervent à démontrer que
c'eſt la terre qui tourne autour du ſoleil. Démonſtration
du mouvement de la terre tirée des mêmes lois.

KEPLER trouva encore cette admirable règle, dont
je vais donner un exemple avant que de donner la
définition, pour rendre la choſe plus ſenſible et plus
aiſée.

Jupiter a quatre ſatellites qui tournent autour de lui:
le plus proche eſt éloigné de deux diamètres de *Jupiter*
et cinq ſixièmes, et il fait ſon tour en quarante-deux
heures; le dernier tourne autour de *Jupiter* en quatre
cents deux heures; je veux ſavoir à quelle diſtance ce
dernier ſatellite eſt du centre de *Jupiter*. Pour y parvenir je fais cette règle. Comme le quarré de quarante-
deux heures, révolution du premier ſatellite, eſt au
quarré de quatre cents deux heures, révolution du
dernier; ainſi le cube de deux diamètres et cinq
ſixièmes eſt à un quatrième terme. Ce quatrième

terme étant trouvé, j'en extrais la racine cube ;
cette racine cube fe trouve douze et deux tiers ; ainfi
je dis que le quatrième fatellite eft éloigné du centre de
Jupiter de douze diamètres de *Jupiter* et deux tiers.
Je fais la même règle pour toutes les planètes qui
tournent autour du foleil. Je dis : *Vénus* tourne en
deux cents vingt-quatre jours, et la terre en trois
cents foixante-cinq ; la terre eft à trente millions de
lieues du foleil, à combien de lieues fera *Vénus* ? Je
dis : comme le quarré de l'année de la terre eft au
quarré de l'année de *Vénus*, ainfi le cube de la diftance
moyenne de la terre eft à un quatrième terme, dont
la racine cubique fera d'environ vingt et un millions
fept cents mille lieues, qui font la diftance moyenne
de *Vénus* au foleil ; j'en dis autant de la terre et de
Saturne, &c.

Cette loi eft donc que le quarré d'une révolution
d'une planète eft toujours au quarré des révolutions
des autres planètes, comme le cube de fa diftance eft au
cube des diftances des autres au centre commun.

Kepler, qui trouva cette proportion, était bien loin
d'en trouver la raifon. Moins bon philofophe qu'aftronome admirable, il dit, au quatrième livre de fon
épitome, que le foleil a une ame, non pas une ame
intelligente, *animum*, mais une ame végétante, agiffante, *animam :* qu'en tournant fur lui-même il attire
à foi les planètes ; mais que les planètes ne tombent
pas dans le foleil, parce qu'elles font une révolution
fur leur axe. En fefant cette révolution, dit-il, elles
préfentent au foleil tantôt un côté ami, tantôt un
côté ennemi : le côté ami eft attiré, et le côté ennemi

eft repouffé ; ce qui produit le cours annuel des planètes dans les ellipfes.

Il faut avouer, pour l'humiliation de la philofophie, que c'eft de ce raifonnement fi peu philofophique, qu'il avait conclu que le foleil devait tourner fur fon axe ; l'erreur le conduifit par hafard à la vérité ; il devina la rotation du foleil fur lui-même plus de quinze ans avant que les yeux de *Galilée* la reconnuffent à l'aide des télefcopes.

Kepler ajoute dans fon même épitome, page 495, que la maffe du foleil, la maffe de tout l'éther, et la maffe des fphères des étoiles fixes, font parfaitement égales ; et que ce font les trois fymboles de la Très-Sainte Trinité.

Le lecteur qui, en lifant ces élémens, aura vu de fi grandes rêveries, à côté de fi fublimes vérités, dans un auffi grand homme que *Kepler*, ne doit point en être furpris ; on peut être un génie en fait de calcul et d'obfervations, et fe fervir mal quelquefois de fa raifon pour le refte ; il y a tels efprits qui ont befoin de s'appuyer fur la géométrie, et qui tombent quand ils veulent marcher feuls. Il n'eft donc pas étonnant que *Kepler*, en découvrant ces lois de l'aftronomie, n'ait pas connu la raifon de ces lois. (20)

(20) On n'avait aucune idée, du temps de *Kepler*, des méthodes de calculer le mouvement dans les lignes courbes. Il fuppofa que les planètes décrivaient des ellipfes autour du foleil parce qu'étant attirées par cet aftre elles avaient un mouvement de progreffion. Il l'appela mouvement animal, parce qu'il ne favait pas qu'un corps qui ne rencontre point d'obftacle continue de fe mouvoir indéfiniment en ligne droite ; il croyait que dans ce cas il fallait de temps en temps une force nouvelle, et il fuppofait cette force réfidente dans les planètes mêmes. Cette feconde hypothèfe n'eft pas ridicule comme celle des côtés amis et ennemis.

Cette raifon eft que la force centripète eft précifément en proportion inverfe du quarré de la diſtance
du centre du mouvement vers lequel cette force eft
dirigée : en effet, ſi la loi de la gravitation eft telle ,
il en réfulte que tout corps qui approche trois fois
plus du centre de ſon mouvement , gravite neuf fois
davantage ; que s'il s'éloigne trois fois plus ; il gravitera
neuf fois moins ; et que s'il s'éloigne cent fois plus , il
gravitera dix mille fois moins. Un corps ſe mouvant
circulairement autour d'un centre , pèſe donc en raiſon
inverfe du quarré de ſa diſtance actuelle au centre ,
comme auſſi en raiſon directe de ſa maſſe ; or il eft
démontré que c'eft la gravitation qui le fait tourner
autour de ce centre, puiſque, ſans cette gravitation ,
il s'en éloignerait en décrivant une tangente. Cette
gravitation agira donc plus fortement ſur un mobile
qui tournera plus vîte autour de ce centre ; et plus
ce mobile fera éloigné , plus il tournera lentement,
car alors il pèſera bien moins , et le rapport entre la
vîteſſe moyenne de ces corps ou le temps de leurs
révolutions périodiques , fera tel que les quarrés des
ces temps feront toujours proportionnels au cube des
diſtances moyennes.

Voilà donc cette loi de gravitation , en raiſon du
quarré des diſtances , démontrée :

1°. Par la vîteſſe avec laquelle la lune décrit ſon orbite ,
comparée à ſon éloignement de la terre ſon centre :

2°. Par le chemin de chaque planète, autour du
ſoleil dans une ellipſe :

3°. Par la comparaiſon des diſtances et des révolutions
de toutes les planètes autour de leur centre commun.

Il ne fera pas inutile de remarquer que cette même règle de *Kepler* qui fert à confirmer la découverte de *Newton* touchant la gravitation, confirme auffi le fyftême de *Copernic* fur le mouvement de la terre. On peut dire que *Kepler*, par cette feule règle, a démontré ce qu'on avait trouvé avant lui, et a ouvert le chemin aux vérités qu'on devait découvrir un jour.

Car d'un côté, il eft démontré que fi là loi des forces centripètes n'avait pas lieu, la règle de *Kepler* ferait impoffible; de l'autre, il eft démontré que, fuivant cette même règle, fi le foleil tournait autour de la terre, il faudrait dire : Comme la révolution de la lune autour de la terre en un mois eft à la révolution prétendue du foleil autour de la terre en un an, ainfi la racine quarrée du cube de la diftance de la lune à la terre, et à la racine quarrée du cube de la diftance du foleil à la terre. Par ce calcul on trouverait que le foleil n'eft qu'à cinq cents dix mille lieues de nous; mais il eft prouvé qu'il en eft au moins à environ trente millions de lieues; ainfi donc le mouvement de la terre a été démontré en rigueur par *Kepler*. Voici encore une démonftration bien fimple tirée des mêmes théorêmes.

Si la terre était le centre du mouvement du foleil, comme elle l'eft du mouvement de la lune, la révolution du foleil ferait de quatre cents foixante et quinze ans, au lieu d'une année; car l'éloignement moyen où le foleil eft de la terre, eft à l'éloignement moyen où la lune eft de la terre, comme trois cents trente-fept eft à un; or le cube de la diftance de la lune eft un; le cube de la diftance du foleil trente-huit millions deux cents foixante et douze mille fept cents

cinquante-trois : achevez la règle, et dites : Comme le
cube un eft à ce nombre cube trente-huit millions
deux cents foixante et douze mille fept cents cinquante-
trois, ainfi le quarré de vingt-huit, qui eft la révolution
périodique de la lune, eft à un quatrième nombre :
vous trouverez que le foleil mettrait quatre cents foixante
et quinze ans, au lieu d'une année, à tourner autour
de la terre. Il eft donc démontré que c'eft la terre qui
tourne.

Il femble d'autant plus à propos de placer ici ces
démonftrations, qu'il y a encore des hommes deftinés
à inftruire les autres en Italie, en Efpagne, et même
en France, qui doutent, ou qui affectent de douter, du
mouvement de la terre.

Il eft donc prouvé, par la loi de *Kepler* et par celle
de *Newton*, que chaque planète gravite vers le foleil,
centre de l'orbite qu'elles décrivent. Ces lois s'accom-
pliffent dans les fatellites de *Jupiter* par rapport à *Jupiter*
leur centre ; dans les lunes de *Saturne* par rapport à
Saturne ; dans la nôtre par rapport à nous : toutes ces
planètes fecondaires, qui roulent autour de leur planète
centrale, gravitent auffi avec leur planète centrale vers
le foleil ; ainfi la lune, entraînée autour de la terre
par la force centripète, eft en même temps attirée par
le foleil, autour duquel elle fait auffi fa révolution.
Il n'y a aucune variété dans le cours de la lune, dans
fes diftances de la terre, dans la figure de fon orbite,
tantôt approchant de l'ellipfe, tantôt du cercle, &c.
qui ne foit une fuite de la gravitation, en raifon des
changemens de fa diftance à la terre, et de fa diftance
au foleil.

Si elle ne parcourt pas exactement dans fon orbite

des aires égales en temps égaux, M. *Newton* a calculé tous les cas où cette inégalité se trouve : tous dépendent de l'attraction du soleil ; il attire ces deux globes en raison directe de leurs masses, et en raison inverse du quarré de leurs distances. Nous allons voir que la moindre variation de la lune est un effet nécessaire de ces pouvoirs combinés.

CHAPITRE VI.

NOUVELLES PREUVES DE L'ATTRACTION : QUE LES INEGALITÉS DU MOUVEMENT DE L'ORBITE DE LA LUNE SONT NECESSAIREMENT LES EFFETS DE L'ATTRACTION.

Exemple en preuve. Inégalités du cours de la lune, toutes causées par l'attraction. Déduction de ces vérités. La gravitation n'est point l'effet du cours des astres, mais leur cours est l'effet de la gravitation. Cette gravitation, cette attraction peut être un premier principe établi dans la nature.

La lune n'a qu'un seul mouvement égal ; c'est sa rotation autour d'elle-même sur son axe, et c'est le seul dont nous ne nous apercevons pas : c'est ce mouvement qui nous présente toujours à peu-près le même disque de la lune ; de sorte qu'en tournant réellement sur elle-même, elle paraît ne point tourner du tout, et avoir seulement un petit mouvement de balancement, de vibration qu'elle n'a

point,

point, et que toute l'antiquité lui attribuait. (Voyez le chapitre X , fur la caufe de la libration de la lune.) Tous fes autres mouvemens autour de la terre font inégaux , et doivent l'être fi la règle de la gravitation eft vraie. La lune dans fon cours d'un mois eft néceffairement plus près du foleil dans un certain point, et dans un certain temps de fon cours ; or, dans ce point et dans ce temps, fa maffe demeure la même ; fa diftance étant feulement changée , l'attraction du foleil doit changer en raifon renverfée du quarré de cette diftance : le cours de la lune doit donc changer, elle doit donc aller plus vîte en certain temps que l'attraction feule de la terre ne la ferait aller ; or, par l'attraction de la terre, elle aurait parcouru des aires égales en temps égaux, comme vous l'avez déjà obfervé au chapitre quatrième ; ces aires doivent donc devenir inégales par l'effet de l'attraction du foleil.

On ne peut s'empêcher d'admirer avec quelle fagacité *Newton* a démêlé toutes ces inégalités , et réglé la marche de cette planète, qui s'était dérobée à toutes les recherches des aftronomes ; c'eft-là fur-tout qu'on peut dire :

Nec propiùs fas eft mortali attingere Divos.

Entre les exemples qu'on peut choifir, prenons celui-ci : Soit A , la lune : (*figure* 36) A , B , N , Q , l'orbite de la lune : S , le foleil : B , l'endroit où la lune fe trouve dans fon dernier quartier. Elle eft alors manifeftement à la même diftance du foleil qu'eft la terre. La différence de l'obliquité de la ligne de direction de la lune au foleil étant comptée pour rien , la gravitation de la terre et de la lune vers le foleil eft donc la même. Cependant la terre avance dans fa route annuelle de T en V, et la lune dans fon cours d'un mois avance en Z : or, en Z, il eft manifefte qu'elle

Phyfique , &c.   N

eſt plus attirée par le ſoleil S', dont elle ſe trouve plus proche que la terre ; ſon mouvément ſera donc accéléré de Z vers N ; l'orbite qu'elle décrit ſera donc changée ; mais comment ſera-t-elle changée ? en s'aplatiſſant un peu, en devenant plus approchante d'une droite depuis Z vers N ; ainſi donc de moment en moment la gravitation change le cours et la forme de l'ellipſe dans laquelle ſe meut cette planète. Par la même raiſon la lune doit retarder ſon cours, et changer encore la figure de l'orbite qu'elle décrit, lorſqu'elle repaſſe de la conjonction N à ſon premier quartier Q ; car puiſque dans ſon dernier quartier elle accèlèrerait ſon cours en aplatiſſant ſa courbe vers ſa conjonction N, elle doit retarder ce même cours en remontant de la conjonction vers ſon premier quartier. Mais lorſque la lune remonte de ce premier quartier vers ſon plein A, elle eſt alors plus loin du ſoleil qui l'attire d'autant moins, elle gravite plus vers la terre. Alors la lune accélérant ſon mouvement, la courbe qu'elle décrit s'aplatit encore un peu comme dans la conjonction ; et c'eſt-là l'unique raiſon pour laquelle la lune eſt plus loin de nous dans ſes quartiers que dans ſa conjonction et dans ſon oppoſition. La courbe qu'elle décrit eſt une eſpèce d'ovale approchant du cercle.

Ainſi donc le ſoleil, dont elle s'approche ou s'éloigne à chaque inſtant, doit à chaque inſtant varier le cours de cette planète.

Elle a ſon apogée et ſon périgée, ſa plus grande et ſa plus petite diſtance de la terre ; mais les points, les places de cet apogée et de ce périgée, doivent changer. Elle a ſes nœuds, c'eſt-à-dire, les points où l'orbite qu'elle parcourt rencontre préciſément l'orbite de la terre ; mais ces nœuds, ces points d'interſection doivent toujours changer auſſi.

Elle a fon équateur incliné à l'équateur de la terre ; mais cet équateur, tantôt plus, tantôt moins attiré, doit changer fon inclinaifon.

Elle fuit la terre malgré toutes ces variétés ; elle l'accompagne dans fa courfe annuelle ; mais la terre dans cette courfe fe trouve d'un million de lieues plus voifine du foleil en hiver qu'en été. Qu'arrive-t-il alors indépendamment de toutes ces autres variations ? L'attraction de la terre agit plus pleinement fur la lune en été : alors la lune achève fon cours d'un mois un peu plus vîte ; mais en hiver, au contraire, la terre elle-même plus attirée par le foleil, et allant plus rapidement qu'en été, laiffe ralentir le cours de la lune : et les mois d'hiver de la lune font un peu plus longs que les mois d'été. Ce peu que nous en difons fuffira pour donner une idée générale de ces changemens.

Si quelqu'un fefait ici la difficulté que j'ai entendu propofer quelquefois, comment la lune, étant plus attirée par le foleil, ne tombe pas alors dans cet aftre ? il n'a d'abord qu'à confidérer que la force de gravitation, qui dirige la lune autour de la terre, eft feulement diminuée ici par l'action du foleil.

De ces inégalités du cours de la lune, caufées par l'attraction, vous conclurez avec raifon que deux planètes quelconques, affez voifines, affez groffes pour agir l'une fur l'autre fenfiblement, ne pourront jamais tourner dans des cercles autour du foleil, ni même dans des ellipfes abfolument régulières. Ainfi les courbes que décrivent *Jupiter* et *Saturne* éprouvent, par exemple, des variations fenfibles, quand ces aftres font en conjonction, quand, étant le plus près l'un de l'autre qu'il eft poffible, et le plus loin du foleil, leur action mutuelle augmente, et celle du foleil fur eux diminue.

Cette gravitation, augmentée et affaiblie felon les diftances, affignait donc néceffairement une figure elliptique irrégulière au chemin de la plupart des planètes ; ainfi la loi de la gravitation n'eft point l'effet du cours des aftres, mais l'orbite qu'ils décrivent eft l'effet de la gravitation. Si cette gravitation n'était pas comme elle eft en raifon inverfe des quarrés des diftances, l'univers ne pourrait fubfifter dans l'ordre où il eft.

Si les fatellites de *Jupiter* et de *Saturne* font leur révolution dans des courbes qui font plus approchantes du cercle, c'eft qu'étant très-proches des groffes planètes, qui font leur centre, et très-loin du foleil, l'action du foleil ne peut changer le cours de ces fatellites, comme elle change le cours de notre lune ; il eft donc prouvé que la gravitation, dont le nom feul femblait un fi étrange paradoxe, eft une loi néceffaire dans la conftitution du monde : tant ce qui eft peu vraifemblable eft vrai quelquefois.

Il n'y a pas à préfent de bon phyficien qui ne reconnaiffe la règle de *Kepler*, et la néceffité d'admettre une gravitation telle que *Newton* l'a prouvée ; mais il y a encore des philofophes attachés à leurs tourbillons de matière fubtile, qui voudraient concilier ces tourbillons imaginaires avec ces vérités démontrées. Nous avons déjà vu combien ces tourbillons font inadmiffibles ; mais cette gravitation même ne fournit-elle pas une nouvelle démonftration contre eux ? car, fuppofé que ces tourbillons exiftaffent, ils ne pourraient tourner autour d'un centre que par les lois de la gravitation même ; il faudrait donc recourir à cette gravitation, comme à la caufe de ces tourbillons ; et non pas aux tourbillons prétendus, comme à la caufe de la gravitation.

Si étant forcé enfin d'abandonner ces tourbillons imaginaires, on fe réduit à dire que cette gravitation, cette
attraction dépend de quelqu'autre caufe inconnue, de
quelqu'autre propriété fecrète de la matière, cela peut
être, fans doute ; mais cette autre propriété fera elle-même
l'effet d'une autre propriété, ou bien fera une caufe
primordiale, un principe établi par l'auteur de la nature ;
or, pourquoi l'attraction de la matière ne fera-t-elle pas
elle-même ce premier principe ? *Newton*, à la fin de fon
optique, dit que peut-être cette attraction eft l'effet d'un
efprit extrêmement élaftique et rare, répandu dans la
nature ; mais alors d'où viendrait cette élafticité ? ne
fera-t-elle pas auffi difficile à comprendre que la gravitation, l'attraction, la force centripète ? Cette force m'eft
démontrée ; cet efprit élaftique eft à peine foupçonné ;
je m'en tiens là, et je ne puis admettre un principe
dont je n'ai pas la moindre preuve, pour expliquer une
chofe vraie et incompréhenfible, dont toute la nature
me démontre l'exiftence. (21)

(21) On appelle perturbations d'une planète les changemens que l'attraction des corps céleftes caufe dans l'orbite que cette planète aurait
décrite, fi elle n'avait été attirée que par le foleil ou la planète principale.
Newton ne put donner une méthode fuffifamment exacte de calculer ces
perturbations. Cette méthode n'a été trouvée qu'environ foixante ans
après la publication du livre des principes par trois grands géomètres
du continent, MM. d'*Alembert*, *Euler*, et *Clairault*.

CHAPITRE VII.

NOUVELLES PREUVES ET NOUVEAUX EFFETS DE
LA GRAVITATION : QUE CE POUVOIR EST DANS
CHAQUE PARTIE DE LA MATIERE : DECOUVERTES
DEPENDANTES DE CE PRINCIPE.

*Remarque générale et importante sur le principe de l'at-
traction. La gravitation, l'attraction est dans toutes les
parties de la matière également. Calcul hardi et admirable de Newton.*

RECUEILLONS de toutes ces notions, que la force
centripète, l'attraction, la gravitation est le principe
indubitable et du cours des planètes, et de la chute de
tous les corps, et de cette pesanteur que nous éprouvons
dans les corps. Cette force centripète fait graviter le soleil
vers le centre des planètes comme les planètes gravitent
vers le soleil, et attire la terre vers la lune comme la
lune vers la terre. Une des lois primitives du mouvement
est encore une nouvelle démonstration de cette vérité :
cette loi est que la réaction est égale à l'action ; ainsi le
soleil gravite sur les planètes, les planètes gravitent sur
lui ; et nous verrons, au commencement du chapitre
suivant, de quelle manière cette grande loi s'exécute dans
notre univers. Or, cette gravitation agissant nécessairement *en raison directe de la masse*, et le soleil étant environ
quatre cents soixante-quatre fois plus gros que toutes
les planètes mises ensemble, (sans compter les satellites
de *Jupiter*, l'anneau et les lunes de *Saturne*) il faut que

le foleil foit leur centre de gravitation ; ainfi il faut qu'elles tournent toutes autour du foleil.

Remarquons toujours foigneufement que quand nous difons que le pouvoir de la gravitation agit *en raifon directe des maffes*, nous entendons toujours que ce pouvoir de la gravitation agit d'autant plus fur un corps que ce corps a plus de parties ; et nous l'avons démontré en fefant voir qu'un brin de paille defcend auffi vîte dans la machine purgée d'air qu'une livre d'or. Nous avons dit, (en fefant abftraction de la petite réfiftance de l'air) qu'une balle de plomb, par exemple, tombe de quinze pieds fur la terre en une feconde ; nous avons démontré que cette même balle tomberait de quinze pieds en une minute, fi elle était à foixante rayons de la terre comme eft la lune ; donc le pouvoir de la terre fur la lune eft au pouvoir qu'elle aurait fur une balle de plomb tranfportée à l'élévation de la lune, comme le corps folide de la lune ferait avec le corps folide de cette petite balle. C'eft en cette proportion que le foleil agit fur toutes les planètes ; il attire *Jupiter* et *Saturne*, et les fatellites de *Jupiter* et de *Saturne*, en raifon directe de la matière folide qui eft dans les fatellites de *Jupiter* et de *Saturne*, et de celle qui eft dans *Saturne* et dans *Jupiter*.

De-là il découle une vérité inconteftable, que cette gravitation n'eft pas feulement dans la maffe totale de chaque planète, mais dans chaque partie de cette maffe, et qu'ainfi il n'y a pas un atome de matière dans l'univers qui ne foit revêtu de cette propriété.

Nous choifirons ici la manière la plus fimple dont *Newton* a démontré que cette gravitation eft également dans chaque atome. Si toutes les parties d'un globe n'avaient pas également cette propriété, s'il y en avait de plus faibles et de

plus fortes, la planète en tournant fur elle-même préfen-
terait néceffairement des côtés plus faibles, et enfuite des
côtés plus forts à pareille diftance : ainfi les mêmes corps
dans toutes les occafions poffibles éprouvant tantôt un
degré de gravitation, tantôt un autre à pareille diftance,
la loi de la raifon inverfe des quarrés des diftances, et
la loi de *Kepler*, feraient toujours interverties : or elles
ne le font pas ; donc il n'y a dans toutes les planètes
aucune partie moins gravitante qu'une autre. En voici
encore une démonftration. S'il y avait des corps en qui
cette propriété fût différente, il y aurait des corps qui tomberaient plus lentement et d'autres plus vîte dans la machine
du vide : or tous les corps tombent dans le même temps,
tous les pendules même font dans l'air de pareilles vibrations à égale longueur ; les pendules d'or, d'argent, de fer,
de bois d'érable, de verre, font leurs vibrations en temps
égaux ; donc tous les corps ont cette propriété de la gravitation précifément dans le même degré, c'eft-à-dire, précifément comme leurs maffes ; de forte que la gravitation
agit comme cent fur cent atomes, et comme dix fur dix
atomes.

De vérité en vérité on s'élève infenfiblement à des
connaiffances qui femblaient être hors de la fphère de
l'efprit humain. *Newton* a ofé calculer, à l'aide des feules
lois de la gravitation, quelle doit être la pefanteur des
corps dans d'autres globes que le nôtre : ce que doit pefer
dans *Saturne*, dans le foleil, le même corps que nous
apelons ici une livre ; et comme ces différentes pefanteurs
dépendent directement de la maffe des globes, il a fallu
calculer quelle doit être la maffe de ces aftres. Qu'on dife
après cela que la gravitation, l'attraction eft une qualité
occulte ; qu'on ofe appeler de ce nom une loi univerfelle,
qui conduit à de fi étonnantes découvertes.

CHAPITRE VIII.

THEORIE DE NOTRE MONDE PLANETAIRE.

*Démonstration du mouvement de la terre autour du soleil,
tirée de la gravitation. Grosseur du soleil. Il tourne sur
lui-même autour du centre commun du monde planétaire.
Il change toujours de place. Sa densité. En quelle proportion les corps tombent sur le soleil. Idée de Newton
sur la densité du corps de Mercure. Prédiction de Copernic
sur les phases de Vénus.*

LE SOLEIL.

LE soleil est au centre de notre monde planétaire, et
doit y être nécessairement. Ce n'est pas que le point du
milieu du soleil soit précisément le centre de l'univers ;
mais ce point central, vers lequel notre univers gravite,
est nécessairement dans le corps de cet astre : et toutes les
planètes, ayant reçu une fois le mouvement de projectile,
doivent toutes tourner autour de ce point, qui est dans
le soleil. En voici la preuve.

Soient ces deux globes A et B, le plus grand représentant le soleil, (*figure* 37) le plus petit représentant
une planète quelconque. S'ils sont abandonnés l'un et
l'autre à la loi de la gravitation, et libres de tout autre
mouvement, ils seront attirés en raison directe de leurs
masses : ils seront déterminés en ligne droite l'un
vers l'autre ; et A, plus gros un million de fois que B,
se jettera vers lui un million de fois plus vîte que le
globe B n'ira vers A. Mais qu'ils aient l'un et l'autre un

mouvement de projectile en raison de leurs maffes, la planète en B C, le foleil en A D, alors la planète obéit à deux mouvemens, elle fuit la ligne B C, et gravite en même temps vers le foleil fuivant la ligne B A; elle parcourra donc la ligne courbe BF; le foleil de même fuivra la ligne AE; et gravitant l'un vers l'autre, ils tourneront autour d'un centre commun. Mais le foleil furpaffant un million de fois la terre en groffeur, et la courbe AE, qu'il décrit, étant un million de fois plus petite que celle que décrit la terre, ce centre commun eft néceffairement prefqu'au milieu du foleil.

Il eft démontré encore par-là que la terre et les planètes tournent autour de cet aftre ; et cette démonftration eft d'autant plus belle et plus puiffante qu'elle eft indépendante de toute obfervation, et fondée fur la mécanique primordiale du monde.

Si l'on fait le diamètre du foleil égal à cent diamètres de la terre, et fi par conféquent il furpaffe un million de fois la terre en groffeur, il eft quatre cents foixante-quatre fois plus gros que toutes les planètes enfemble, en ne comptant ni les fatellites de *Jupiter*, ni l'anneau de *Saturne*. Il gravite vers les planètes, et les fait graviter toutes vers lui ; c'eft cette gravitation qui les fait circuler en les retirant de la tangente, et l'attraction que le foleil exerce fur elles furpaffe celle qu'elles exercent fur lui, autant qu'il les furpaffe en quantité de matière. Ne perdez jamais de vue que cette attraction réciproque n'eft autre chofe que la loi des mobiles gravitant tous, et tournant tous vers un centre commun.

Le foleil tourne fur lui-même en vingt-cinq jours et demi ; fon point du milieu eft toujours un peu éloigné de ce centre

commun de gravité, et le corps du foleil s'en éloigne à
proportion que plufieurs planètes en conjonction l'attirent
vers elles; mais quand toutes les planètes fe trouveraient
d'un côté et le foleil d'un autre, le centre commun de
gravité du monde planétaire fortirait à peine du foleil, et
leurs forces réunies pourraient à peine déranger et remuer
le foleil d'un diamètre entier. Il change donc réellement
de place à tout moment, à mefure qu'il eft plus ou moins
attiré par les planètes : et ce petit approchement du foleil
rétablit le dérangement que les planètes opèrent les unes
fur les autres; ainfi le dérangement continuel de cet aftre
entretient l'ordre de la nature.

Quoiqu'il furpaffe un million de fois la terre en groffeur,
il n'a pas un million plus de matière. S'il était en effet un
million de fois plus folide, plus plein que la terre, l'ordre
du monde ne ferait pas tel qu'il eft : car les révolutions
des planètes, et leurs diftances à leur centre, dépendent
de leur gravitation, et leur gravitation dépend en raifon
directe de la quantité de la matière du globe où eft leur
centre; donc, fi le foleil furpaffait à un tel excès notre
terre et notre lune en matière folide, ces planètes feraient
beaucoup plus attirées, et leurs ellipfes très-dérangées.

Mais la matière du foleil ne peut être comme fa groffeur;
car ce globe étant tout en feu, la raréfaction eft néceffairement fort grande, et la matière eft d'autant moindre
que la raréfaction eft plus forte. Par les lois de la
gravitation il paraît que le foleil n'a que deux cents
cinquante mille fois plus de matière que la terre; or, le
foleil un million plus gros n'étant que le quart d'un
million plus matériel, la terre un million de fois plus
petite aura donc à proportion quatre fois plus de matière
que le foleil, et fera quatre fois plus denfe.

Le même corps, en ce cas, qui pèfe fur la furface de la terre comme une livre, pèferait fur la furface du foleil comme vingt-trois. Le même corps qui tombe ici de quinze pieds dans la première feconde, tombera d'environ trois cents quinze pieds fur la furface du foleil, toutes chofes d'ailleurs égales. (2 2)

Le foleil perd toujours, felon *Newton*, un peu de fa fubftance, et ferait dans la fuite des fiècles réduit à rien, fi les comètes, qui tombent de temps en temps dans fa fphère ne fervaient à réparer fes pertes : car tout s'altère et tout fe répare dans l'univers.

MERCURE.

Depuis le foleil jufqu'à onze ou douze millions de nos lieues ou environ, il ne paraît aucun globe. A onze ou douze millions de nos lieues du foleil eft *Mercure* dans fa moyenne diftance. C'eft la plus excentrique de toutes les planètes ; elle tourne dans une ellipfe qui la met dans fon périhélie environ d'un tiers plus près du foleil que dans fon aphélie.

Mercure eft à peu-près vingt-fept fois plus petit que la terre ; il tourne autour du foleil en quatre-vingt-huit jours, ce qui fait fon année.

Sa révolution fur lui-même, qui fait fon jour, eft inconnue ; on ne peut affigner ni fa pefanteur ni fa denfité. On fait feulement que fi *Mercure* eft précifé- ment une terre comme la nôtre, il faut que la matière

---

(2 2) Ces déterminations font celles que l'on trouve dans les prin- cipes mathématiques. Ces obfervations plus exactes ont appris depuis qu'il fallait faire quelques changemens dans les élémens adoptés par *Newton*, et par conféquent dans ces différens réfultats.

de ce globe foit environ huit fois plus denfe que celle du nôtre, pour que tout n'y foit pas dans un degré d'effervefcence, qui tuerait en un inftant des animaux de notre efpèce, et qui ferait évaporer toute matière de la confiftance des eaux de notre globe.

Voici la preuve de cette affertion. *Mercure* reçoit environ fept fois plus de lumière que nous, à raifon du quarré des diftances, parce qu'il eft environ deux fois et deux tiers plus près du centre de la lumière et de la chaleur; donc il eft fept fois plus échauffé, toutes chofes égales. Or, fur notre terre la grande chaleur de l'été, étant augmentée environ fept à huit fois, fait incontinent bouillir l'eau à gros bouillons ; donc il faudrait que tout fût environ fept fois plus denfe qu'il n'eft, pour réfifter à fept ou huit fois plus de chaleur que le plus brûlant été n'en donne dans nos climats ; donc *Mercure* doit être au moins fept fois plus denfe que notre terre, pour que les mêmes chofes qui font dans notre terre puiffent fubfifter dans le globe de *Mercure*, toutes chofes égales. Au refte, fi *Mercure* reçoit environ fept fois plus de rayons que notre globe, parce qu'il eft environ deux fois et deux tiers plus près du foleil, par la même raifon le foleil paraît, de *Mercure*, environ fept fois plus grand que de notre terre.

VENUS.

Après *Mercure* eft *Vénus*, à vingt et un ou vingt-deux millions de lieues du foleil dans fa diftance moyenne; elle eft groffe comme la terre; fon année eft de deux cents vingt-quatre jours. On ne fait pas encore ce que

c'eſt que ſon jour, c'eſt-à-dire, ſa révolution ſur elle-
même. De très-grands aſtronomes croient ce jour de
vingt-cinq heures , d'autres le croient de vingt-cinq de
nos jours. On n'a pas pu encore faire des obſervations aſſez ſûres pour ſavoir de quel côté eſt l'erreur ;
mais cette erreur en tout cas ne peut être q'une méprife
des yeux , une erreur d'obſervation , et non de raiſonnement.

L'ellipſe que *Vénus* parcourt dans ſon année eſt
moins excentrique que celle de *Mercure* ; (*figure* 38)
on peut ſe former quelque idée du chemin de ces deux
planètes autour du ſoleil par cette figure.

Il n'eſt pas hors de propos de remarquer ici que
Vénus et *Mercure* ont par rapport à nous des phaſes différentes , ainſi que la lune. On reprochait autrefois à
Copernic que dans ſon ſyſtême ces phaſes devaient paraître , et on concluait que ſon ſyſtême était faux , parce
qu'on ne les apercevait pas. Si *Vénus* et *Mercure* , lui
diſait-on, tournent autour du ſoleil, et que nous tour-
nions dans un plus grand cercle , nous devons voir
Mercure et *Vénus* , tantôt pleins , tantôt en croiſſant, &c ;
mais c'eſt ce que nous ne voyons jamais. C'eſt pourtant
ce qui arrive , leur diſait *Copernic* , et c'eſt ce que vous
verrez, ſi vous trouvez jamais un moyen de perfection-
ner votre vue. L'invention des téleſcopes , et les obſervations de *Galilée*, ſervirent bientôt à accomplir la prédiction de *Copernic*. Au reſte, on ne peut rien aſſigner
encore ſur la maſſe de *Vénus* , et ſur la peſanteur des
corps dans cette planète. (23)

(23) Ce n'eſt que par le calcul des perturbations, ou par le mouvement des axes des planètes , (voyez chapitre V.) que l'on peut connaître
les maſſes des planètes. Par exemple , pour connaître celle de *Vénus* , il

CHAPITRE IX.

Théorie de la terre : examen de sa figure.

JE m'étendrai davantage sur la théorie de la terre. D'abord j'examinerai sa figure, qui résulte nécessairement des lois de l'attraction et de la rotation de ce globe sur son axe. Je ferai voir les mouvemens qu'elle a, et je finirai cette théorie de notre globe par les preuves les plus évidentes de la cause des marées, phénomène inexplicable jusqu'à *Newton*, et devenu le plus beau témoignage des vérités qu'il a enseignées. Je commence par la forme de notre globe.

DE LA FIGURE DE LA TERRE.

Histoire des opinions sur la figure de la terre. Découverte de Richer et ses suites. Théorie de Huyghens. Celle de Newton. Disputes en France sur la figure de la terre.

LES premiers astronomes en Asie et en Egypte s'aperçurent bientôt, par la projection de l'ombre de la terre dans les éclipses de lune, que la terre est ronde ;

faudrait après avoir conclu la proportion de la masse de la lune à celle du soleil, de la connaissance de leur action sur le mouvement de la terre, chercher l'altération produite par *Vénus* dans l'orbite terrestre ; et connaissant celle que donnent les phénomènes, on aurait la masse de *Vénus*, en la supposant telle qu'elle doit être pour produire cette altération.

Cette masse une fois trouvée, en comparant l'observation à la théorie pour un instant donné ; la théorie donnerait les tables des perturbations causées par *Vénus*, et l'accord de ces tables avec les observations prouverait la vérité de la loi générale du système du monde.

les Hébreux, qui étaient de fort mauvais phyſiciens, l'imaginèrent plate ; ils ſe figuraient. le ciel comme un demi-cintre couvrant la terre, dont ils ne connaiſſaient ni la figure ni la grandeur, mais dont ils eſpéraient être tôt ou tard les maîtres. Cette imagination d'une terre étroite et plate a long-temps prévalu parmi les chrétiens ; chez beaucoup de docteurs au quinzième ſiècle, il était aſſez reçu que la terre était plate et longue d'Orient en Occident, et fort étroite du Nord au Sud. Un évêque d'Avila, qui écrivit en ce temps-là, traite l'opinion contraire d'héréſie et d'abſurdité ; enfin la raiſon, et le voyage de *Chriſtophe Colomb*, rendirent à la terre ſon ancienne forme ſphérique. Alors on paſſa d'une extrémité à l'autre ; on crut la terre une ſphère parfaite, comme on avait cru que les planètes feſaient leurs révolutions dans un vrai cercle.

Cependant dès qu'on commença à bien ſavoir que notre globe tourne ſur lui-même en vingt-quatre heures, on aurait pu juger de cela ſeul qu'une forme véritablement ronde ne ſaurait lui appartenir. Non-ſeulement la force centrifuge élève conſidérablement les eaux dans la région de l'équateur par le mouvement de la rotation en vingt-quatre heures ; mais elles y ſont encore élevées d'environ vingt-cinq pieds deux fois par jour par les marées ; il ſerait donc impoſſible que les terres vers l'équateur ne fuſſent perpétuellement inondées : or elles ne le ſont pas ; donc la région de l'équateur eſt beaucoup plus élevée à proportion que le reſte de la terre ; donc la terre eſt un ſphéroïde élevé à l'équateur, et ne peut être une ſphère parfaite. Cette preuve ſi ſimple avait échappé aux

plus

plus grands génies, parce qu'un préjugé univerfel permet rarement l'examen.

On fait qu'en 1672, *Richer*, dans un voyage à la Cayenne près de la ligne, entrepris par l'ordre de *Louis XIV*, fous les aufpices de *Colbert*, le père de tous les arts, *Richer*, dis-je, parmi beaucoup d'obfervations, trouva que le pendule de fon horloge ne fefait plus fes ofcillations, fes vibrations auffi fréquentes que dans la latitude de Paris, et qu'il fallait abfolument raccourcir le pendule d'une ligne et de plus d'un quart. La phyfique et la géométrie n'étaient pas alors, à beaucoup près, fi cultivées qu'elles le font aujourd'hui ; quel homme eût pu croire que de cette remarque fi petite en apparence, et que d'une ligne de plus ou de moins puffent fortir les plus grandes vérités phyfiques ? On trouva d'abord qu'il fallait néceffairement que la pefanteur fût moindre fous l'équateur que dans notre latitude, puifque la feule pefanteur fait l'ofcillation d'un pendule. Par conféquent, puifque la pefanteur des corps eft d'autant moins forte que ces corps font plus éloignés du centre de la terre, il fallait abfolument que la région de l'équateur fût beaucoup plus élevée que la nôtre, plus éloignée du centre ; ainfi la terre ne pouvait être une vraie fphère.

Beaucoup de philofophes firent, à propos de ces découvertes, ce que font tous les hommes quand il faut changer fon opinion ; on difputa fur l'expérience de *Richer* ; on prétendit que nos pendules ne fefaient leurs vibrations moins promptes vers l'équateur, que parce que la chaleur alongeait ce métal ; mais on vit que la chaleur du plus grand été l'alonge d'une ligne fur trente pieds de longueur ; et il s'agiffait ici d'une

Phyfique, &c. O

ligne et un quart, d'une ligne et demie, ou même de deux lignes, fur une verge de fer longue de trois pieds huit lignes.

Quelques années après, meſſieurs *Varin*, *Deshayes*, *Feuillée*, *Couplet* répétèrent vers l'équateur la même expérience du pendule ; il le fallut toujours raccourcir, quoique la chaleur fût très-ſouvent moins grande ſous la ligne même qu'à quinze ou vingt degrés de l'équateur. Cette expérience a été confirmée de nouveau par les académiciens que *Louis XV* a envoyés au Pérou, qui ont été obligés vers Quito, fur des montagnes où il gelait, de raccourcir le pendule à ſecondes d'environ deux lignes. (*a*)

A peu-près au même temps, les académiciens qui ont été meſurer un arc du méridien au Nord, ont trouvé qu'à Pello, par-delà le cercle polaire, il faut alonger le pendule pour avoir les mêmes ofcillations qu'à Paris ; par conféquent la pefanteur eft plus grande au cercle polaire que dans les climats de la France, comme elle eft plus grande dans nos climats que vers l'équateur. Si la pefanteur eft plus grande au Nord, le Nord eft donc plus près du centre de la terre que l'équateur ; la terre eft donc aplatie vers les pôles.

Jamais l'expérience et le raifonnement ne concoururent avec tant d'accord à prouver une vérité. Le célèbre *Huyghens*, par le calcul des forces centrifuges, avait prouvé que la pefanteur, quand bien même elle ferait conftante, paraîtrait moins grande à l'équateur qu'aux régions polaires, et que par conféquent les vibrations devaient être plus courtes. Et pour que la longueur obfervée de ces vibrations pût s'expliquer

(*a*) Ceci était écrit en 1736.

par l'effet de la force centrifuge, il fallait fuppofer la
terre aplatie. *Huyghens* croyait que cette force inhérente aux corps qui les détermine vers le centre du
globe, cette gravité primitive eſt par-tout la même. Il
n'avait pas encore vu les découvertes de *Newton*; il ne
confidérait donc la diminution de la pefanteur que
par la théorie des forces centrifuges. L'effet des forces
centrifuges diminue la gravité primitive fous l'équateur. Plus les cercles dans lefquels cette force centrifuge s'exerce deviennent petits, plus cette force cède
à celle de la gravité : ainſi fous le pôle même, la force
centrifuge qui eſt nulle, doit laiſſer à la gravité primitive toute fon action. Mais ce principe d'une gravité
toujours égale, tombe en ruine par la découverte que
Newton a faite, et dont nous avons tant parlé dans cet
ouvrage, qu'un corps tranſporté, par exemple, à dix
diamètres du centre de la terre, pèfe cent fois moins
qu'à un diamètre.

C'eſt donc par les lois de la gravitation combinées
avec celles de la force centrifuge, qu'on fait voir véritablement quelle figure la terre doit avoir. *Newton* et
Grégori ont été ſi ſûrs de cette théorie, qu'ils n'ont pas
héſité d'avancer que les expériences fur la pefanteur
étaient plus ſûres pour faire connaître la figure de la
terre, qu'aucune mefure géographique. (24)

Louis XIV avait fignalé fon règne par cette méridienne
qui traverfe la France : l'illuſtre *Dominique Caſſini* l'avait
commencée avec fon fils; il avait, en 1701, tiré du
pied des Pyrénées à l'obfervatoire une ligne auſſi

(24) Cela ne peut être dit que dans l'hypothèfe de la terre homogène, ayant une figure régulière, et feulement pour de grandes mefures,
les variations de la pefanteur étant infenfibles à de petites diſtances.

droite qu'on le pouvait, à travers les obſtacles preſque infurmontables que les hauteurs des montagnes, les changemens de la réfraction dans l'air, et les altérations des inſtrumens oppoſaient ſans ceſſe à cette vaſte et délicate entrepriſe ; il avait donc, en 1701, meſuré ſix degrés dix - huit minutes de cette méridienne. Mais de quelque endroit que vînt l'erreur, il avait trouvé les degrés vers Paris, c'eſt-à-dire, vers le Nord, plus petits que ceux qui allaient aux Pyrénées vers le Midi ; cette meſure démentait et celle de *Norvood* et la nouvelle théorie de la terre aplatie aux pôles. Cependant cette nouvelle théorie commençait à être tellement reçue, que le ſecrétaire de l'académie n'héſita point dans ſon hiſtoire de 1701, à dire que les meſures nouvelles priſes en France prouvaient que la terre eſt un ſphéroïde dont les pôles ſont aplatis. Les meſures de *Dominique Caſſini* entrainaient, à la vérité, une concluſion toute contraire ; mais comme la figure de la terre ne feſait pas encore en France une queſtion, perſonne ne releva pour lors cette concluſion fauſſe. Les degrés du méridien de Collioure à Paris paſsèrent pour exactement meſurés, et le pôle, qui par ces meſures devait néceſſairement être alongé, paſſa pour aplati.

Un ingénieur, nommé M. *des Roubais*, étonné de la concluſion, démontra que par les meſures priſes en France, la terre devait être un ſphéroïde oblong, dont le méridien qui va d'un pôle à l'autre eſt plus long que l'équateur, et dont les pôles ſont alongés. (*b*) Mais de tous les phyſiciens à qui il adreſſa ſa diſſertation, aucun ne voulut la faire imprimer, parce qu'il ſemblait que l'académie eût prononcé, et qu'il paraiſſait

(*b*) Son mémoire eſt dans le Journal littéraire.

trop hardi à un particulier de réclamer. Quelque temps après, l'erreur de 1701 fut reconnue ; on se dédit , et la terre fut alongée par une juste conclusion tirée d'un faux principe. La méridienne fut continuée sur ce principe, de Paris à Dunkerque ; on trouva toujours les degrés du méridien plus petits en allant vers le Nord. Environ ce temps-là , des mathématiciens qui fefaient les mêmes opérations à la Chine , furent étonnés de voir de la différence entre leurs degrés , qu'ils penfaient devoir être égaux, et de les trouver après plufieurs vérifications plus petits vers le Nord que vers le Midi. C'était encore une puiffante raifon pour croire le fphéroïde oblong , que cet accord des mathématiciens de France et de ceux de la Chine. On fit plus encore en France, on mefura des parallèles à l'équateur. Il eft aifé de comprendre que fur un fphéroïde oblong, nos degrés de longitude doivent être plus petits que fur une fphère. M. de *Caffini* trouva le parallèle qui paffe par Saint-Malo plus court de mille trente-fept toifes, qu'il n'aurait dû être dans l'hypothèfe d'une terre fphérique. Ce degré était donc incomparablement plus court qu'il n'eût été fur un fphéroïde à pôles aplatis.

Toutes ces fauffes mefures prouvèrent qu'on avait trouvé les degrés comme on avait voulu les trouver : elles renversèrent pour un temps en France la démonftration de *Newton* et d'*Huyghens* ; et on ne douta pas que les pôles ne fuffent d'une figure toute oppofée à celle dont on les avait crus d'abord.

Enfin les nouveaux académiciens qui allèrent au cercle polaire en 1736 , ayant vu par d'autres mefures que le degré était dans ces climats beaucoup plus long

O 3

qu'en France, on douta entre eux et messieurs *Cassini*. Mais bientôt après on ne douta plus, car les mêmes astronomes qui revenaient du pôle examinèrent encore ce degré mesuré, en 1677, par *Picard*, au nord de Paris; ils vérifièrent que ce degré est de cent vingt-trois toises plus long que *Picard* ne l'avait déterminé. Si donc *Picard*, avec ses précautions, avait fait son degré de cent vingt-trois toises trop court, il était très-naturel qu'on eût ensuite trouvé les degrés vers le Midi plus longs qu'ils ne devaient être. Ainsi la première erreur de *Picard*, qui servait de fondement aux mesures de la méridienne, servait aussi d'excuse aux erreurs presque inévitables que de très-bons astronomes avaient pu commettre dans ce grand ouvrage. Les académiciens, revenus du pôle, avaient pour eux dans cette dispute la théorie et la pratique. L'une et l'autre furent confirmées par un aveu que fit, en 1740, à l'académie, le petit-fils de l'illustre *Cassini*, héritier du mérite de son père et de son grand-père. Il venait d'achever la mesure d'un parallèle à l'équateur; il avoua qu'enfin cette mesure prise avec tout le soin qu'exigeait la dispute, donnait la terre aplatie. Cet aveu courageux doit terminer la querelle honorablement pour tous les partis. On voit par tant de mesures différentes combien il est aisé de se tromper. L'épaisseur d'un cheveu sur notre planète répond dans le ciel à des millions de lieues. *Newton* était bien plus assuré de l'aplatissement du pôle par ses démonstrations, qu'on ne peut l'être de la quantité de cet aplatissement avec le secours des meilleurs quarts de cercles.

Au reste, la différence de la sphère au sphéroïde ne donne point une circonférence plus grande ou plus

petite : car un cercle changé en ovale n'augmente ni
ne diminue de fuperficie. Quant à la différence d'un
axe à l'autre, elle n'eft pas de fept lieues : différence
immenfe pour ceux qui prennent parti, mais infenfible pour ceux qui ne confidèrent les mefures du
globe terreftre que par les ufages utiles qui en réfultent.
Il n'y a aucun géographe qui pût dans une carte faire
apercevoir cette différence, ni aucun pilote qui pût
jamais favoir s'il fait route fur un fphéroïde ou fur
une fphère. Mais entre les mefures qui fefaient le
fphéroïde oblong, et celles qui le fefaient aplati, la
différence était d'environ cent lieues ; et alors elle inté-
reffait la navigation. (25)

(25) Il eft bon de remarquer que fi l'obfervation et la théorie s'accordent à montrer que la terre eft aplatie vers les pôles, l'on ne peut
rien prononcer encore avec exactitude fur la quantité de fon aplatiffe-
ment, qu'il eft impoffible d'accorder même et les mefures des degrés entre
elles, et les réfultats des expériences fur les pendules, fans fuppofer à la
terre une forme irrégulière. Ceux qui défireraient d'être éclairés fur cette
grande queftion, doivent lire les différens mémoires que M. d'*Alembert*
a donnés fur cet objet. On y verra que la queftion eft beaucoup plus
compliquée que la plupart des géomètres ne l'avaient penfé ; et on y
trouvera en même temps et les principes néceffaires pour la réfoudre, et
des remarques utiles pour éviter de fe laiffer entraîner à des conclufions
incertaines et trop précipitées.

CHAPITRE X.

DE LA PERIODE DE VINGT-CINQ MILLE NEUF CENTS VINGT ANNÉES, CAUSÉE PAR L'ATTRACTION.

Mal-entendu général dans le langage de l'aſtronomie. Hiſtoire de la découverte de cette période, peu favorable à la chronologie de Newton. Explication donnée par des Grecs. Recherches ſur la cauſe de cette période.

Sɪ la figure de la terre eſt un effet de la gravitation, de l'attraction, ce principe puiſſant de la nature eſt auſſi la cauſe de tous les mouvemens de la terre dans ſa courſe annuelle. Elle a dans cette courſe un mouvement dont la période s'accomplit en près de vingt-ſix mille ans ; c'eſt cette période qu'on appelle *la préceſſion des équinoxes* ; mais pour expliquer ce mouvement et ſa cauſe, il faut reprendre les choſes d'un peu plus loin.

Le langage vulgaire, en fait d'aſtronomie, n'eſt qu'une contre-vérité perpétuelle. On dit que les étoiles font leur révolution ſur l'équateur, que le ſoleil chaque jour tourne avec elle autour de la terre d'Orient en Occident, que cependant les étoiles, par un autre mouvement oppoſé au ſoleil, tournent lentement d'Occident en Orient ; que les planètes font ſtationnaires et rétrogrades. Rien de tout cela n'eſt vrai ; on ſait que toutes ces apparences font cauſées par le mouvement de la terre. Mais on s'exprime toujours comme ſi la terre

était immobile, et on retient le langage vulgaire, parce
que le langage de la vérité démentirait trop nos yeux et
les préjugés reçus, plus trompeurs encore que la vue.

Mais jamais les aftronomes ne s'expriment d'une
manière moins conforme à la vérité, que quand ils
difent dans tous les almanachs : *Le foleil entre au printemps dans un tel degré du bélier ; l'été commence avec le figne
du cancer ; l'automne avec la balance.* Il y a long-temps
que tous ces fignes ont de nouvelles places dans le
ciel, par rapport à nos faifons ; et il ferait temps de
changer la manière de parler, qu'il faudra bien changer
un jour ; car en effet notre printemps commence quand
le foleil fe lève avec le taureau, notre été avec le lion,
notre automne avec le fcorpion, notre hiver avec le
verfeau ; ou pour parler plus exactement, nos faifons
commencent quand la terre dans fa route annuelle eft
dans les fignes oppofés à ces fignes qui fe lèvent avec
le foleil.

Hipparque fut le premier qui chez les Grecs s'aperçut
que le foleil ne fe levait plus au printemps dans les
fignes où il s'était levé autrefois. Cet aftronome vivait
environ foixante ans avant notre ère vulgaire ; une telle
découverte faite fi tard, et qui devait avoir été faite
beaucoup plus tôt, prouve que les Grecs n'avaient pas
fait de grands progrès en aftronomie. On conte,
(mais c'eft un feul auteur qui le dit au deuxième
fiècle) qu'au temps du voyage des Argonautes l'aftronome *Chiron* fixa le commencement du printemps, c'eft-
à-dire, le point où l'écliptique de la terre coupait
l'équateur, au premier degré du bélier. Il eft conftant
que plus de cinq cents années après, *Méton* et *Euctémon*
obfervèrent que le foleil au commencement de l'été

entrait dans le huitième degré du cancer ; par conféquent l'équinoxe du printemps n'était plus au premier
degré du bélier, et le foleil était avancé de fept degrés
vers l'Orient depuis l'expédition des Argonautes. C'eft
fur ces obfervations faites cinq cents ans après par
Méton et *Euctémon*, un an avant la guerre du Péloponèfe,
que *Newton* a fondé en partie fon fyftême de la réfor-
mation de toute la chronologie ; et c'eft fur quoi je ne
puis m'empêcher de foumettre ici mes fcrupules aux
lumières des gens éclairés.

Il me paraît que fi *Méton* et *Euctémon* euffent trouvé
une différence auffi palpable que celle de fept degrés,
entre le lieu du foleil au temps de *Chiron*, et celui du
temps où ils vivaient, ils n'auraient pu s'empêcher de
découvrir cette préceffion des équinoxes, et la période
qui en réfulte. Il n'y avait qu'à faire une fimple règle
de trois, et dire : Si le foleil avance environ de fept
degrés en cinq cents et quelques années, en combien
d'années achèvera-t-il le cercle entier ? La période était
toute trouvée. Cependant on n'en connut rien jufqu'au
temps d'*Hipparque*. Ce filence me fait croire que *Chiron*
n'en avait point tant fu que l'on dit ; et que ce n'eft
qu'après coup que l'on crut qu'il avait fixé l'équinoxe
du printemps au premier degré du bélier. On s'imagina
qu'il l'avait fait parce qu'il l'avait dû faire. *Ptolomée*
n'en dit rien dans fon *Almagefte ;* et cette confidération
pourrait, à mon avis, ébranler un peu la chronologie
de *Newton*.

Ce ne fut point par les obfervations de *Chiron*, mais
par celles d'*Ariftille* et de *Méton* comparées avec les fiennes
propres, qu'*Hipparque* commença à foupçonner une
viciffitude nouvelle dans le cours du foleil. *Ptolomée,*

plus de deux cents cinquante ans après *Hipparque*,
s'affura du fait, mais confufément. On croyait que
cette révolution était d'un degré en cent années ; et
c'eft d'après ce faux calcul que l'on compofait la grande
année du monde de trente-fix mille années. Mais ce
mouvement n'eft réellement que d'un degré ou environ
en foixante et douze ans, et la période n'eft que de
vingt-cinq mille neuf cents vingt années, felon les
fupputations les plus reçues. Les Grecs, qui n'avaient
point de notion de l'ancien fyftême connu autrefois
dans l'Afie et renouvelé par *Copernic*, étaient bien loin
de foupçonner que cette période appartenait à la terre.
Ils imaginaient je ne fais quel premier mobile qui
entraînait toutes les étoiles, les planètes, le foleil, en
vingt-quatre heures, autour de la terre : enfuite un
ciel de criftal qui tournait lentement en trente-fix mille
ans d'Occident en Orient, et qui fefait, je ne fais
comment, rétrograder les étoiles malgré ce premier
mobile ; toutes les autres planètes, et le foleil lui-même,
fefaient leur révolution annuelle, chacun dans fon ciel
de criftal ; et cela s'appelait de la philofophie. (26)
Enfin on reconnut dans le fiècle paffé que cette préceffion des équinoxes, cette longue période, ne vient
que d'un mouvement de la terre, dont l'équateur
d'année en année coupe l'écliptique en des points différens comme on va l'expliquer.

Avant que d'expofer ce mouvement, et d'en faire

(26) Peut-être ferait-il plus jufte de regarder tout cet édifice des fphères
céleftes, comme des hypothèfes imaginées par les aftronomes, non pour
expliquer le mouvement réel des aftres, mais pour calculer leur mouvement apparent, et il eft certain que dans un temps où l'analyfe algébrique
était inconnue, ils ne pouvaient choifir un moyen plus fimple et plus
ingénieux.

voir la caufe, qu'il me foit encore permis de rechercher
quelle pourrait être la raifon de cette période.

Quelque audace qu'il y ait à déterminer les raifons
du Créateur, on femble du moins excufable d'ofer dire
qu'on devine l'utilité des autres mouvemens de notre
globe.

S'il parcourt d'année en année, dans fon grand orbe,
environ cent quatre-vingt-dix-huit millions de lieues
au moins autour du foleil, cette courfe nous amène les
faifons. S'il tourne en vingt-quatre heures fur lui-même,
la diftribution des jours et des nuits eft probablement
un des objets de cette rotation ordonnée par le maître
de la nature. Il me paraît qu'il y a encore une autre
raifon néceffaire de ce mouvement journalier, c'eft que,
fi la terre ne tournait pas fur elle-même, elle n'aurait
aucune force centrifuge; toutes fes parties preffées vers
le centre par la force centripète, acquerraient une
adhéfion, une dureté invincible, qui rendrait notre
globe ftérile.

En un mot, on comprend aifément l'utilité de tous
les mouvemens de la terre; mais pour ce mouvement
du pôle en vingt-cinq mille neuf cents vingt années,
je n'y découvre aucun ufage fenfible; il arrive de ce
mouvement que notre étoile polaire ne fera plus un
jour notre étoile polaire, et il eft prouvé qu'elle ne l'a
pas toujours été; l'équinoxe et les folftices changent;
le foleil n'eft plus à notre égard dans le bélier à l'équinoxe du printemps, quoi qu'en difent tous les almanachs;
il eft dans le taureau, et avec le temps il fera dans le
verfeau. Mais qu'importe? ce changement ne produit
ni faifon nouvelle, ni diftribution nouvelle de chaleur
et de lumière; tout refte dans la nature fenfiblement

égal. Quelle eft donc la caufe de cette période de vingt-cinq mille neuf cents vingt années, fi longue, et en même temps fi inutile en apparence ?

Dans toutes les machines compofées que nous voyons , il y a toujours quelque effet qui par lui-même ne produit pas l'utilité qu'on retire de la machine, mais qui eft une fuite néceffaire de fa compofition ; par exemple , dans un moulin à eau , il fe perd une grande partie de l'eau qui tombe fur les auges ; cette eau que le mouvement de la roue éparpille de tous côtés ne fert en rien à la machine , mais c'eft un effet indifpen-fable du mouvement de la roue. Le bruit que fait un marteau n'a rien de commun avec les corps que le marteau façonne fur l'enclume : mais il eft impoffible que l'ébranlement de l'enclume n'accompagne pas cette action. La vapeur qui s'exhale d'une liqueur que nous fefons bouillir, en fort néceffairement, fans contribuer en rien à l'ufage que nous fefons de cette liqueur ; et celui qui juge que tous ces effets font néceffaires , quoiqu'ils ne foient fouvent d'aucune utilité fenfible , en juge bien.

S'il nous eft permis de comparer un moment les œuvres de DIEU à nos faibles ouvrages, on peut dire que dans cette machine immenfe il a arrangé les chofes de façon que plufieurs effets s'enfuivent indifpenfable-ment , fans être pourtant d'aucune utilité pour nous. Cette période de vingt-cinq mille neuf cents vingt années paraît tout-à-fait dans ce cas ; elle eft un effet néceffaire de l'attraction du foleil et de la lune.

Pour fe faire une idée nette de ce mouvement pério-dique de vingt-cinq mille neuf cents vingt ans, concevons d'abord la terre (*figure* 39) portée annuellement fur fon grand axe A B, parallèle à lui-même autour du

foleil. Cet axe porté d'Occident en Orient femble toujours dirigé vers cette étoile polaire ; la terre dans la
moitié de fa courfe annuelle, c'eft-à-dire, fi l'on veut,
du printemps à l'automne, a fait environ quatre-vingt-
dix-huit millions de lieues ; mais cet efpace n'eft rien
par rapport à l'extrême éloignement de cette étoile,
qu'elle regarderait toujours également, fi cet axe de la
terre était toujours dans le même fens A B que vous
le voyez. Mais cet axe ne perfifte pas dans cette pofition ; et au bout d'un très grand nombre d'années, cet
axe conçu fur cette ligne de l'écliptique n'eft plus dans
la fituation A B. Il ne garde plus fon mouvement de
parallélifme ; il n'eft plus dirigé vers cette étoile polaire.
Cette différente direction n'eft prefque rien par rapport
à l'immenfe étendue des cieux ; mais c'eft beaucoup par
rapport au mouvement de notre pôle.

Imaginez donc ce petit globe de la terre fefant fa
très-petite révolution d'environ cent quatre-vingt-dix-
huit millions de lieues, qui n'eft qu'un point dans
l'efpace immenfe rempli d'étoiles fixes. Son pôle qui
répond à cette étoile polaire en P, (*figure* 40) au bout
de foixante et douze ans fera éloigné d'un degré. Dans
fix mille cinq cents ans ce pôle regardera l'étoile T.
et au bout d'environ treize mille ans répondra à l'étoile
qui eft en Z ; fucceffivement notre axe Z ira en ſ et
retournera en P, de façon qu'au bout de vingt-cinq
mille neuf cents vingt ans, ou à peu-près, nous aurons
la même étoile polaire qu'aujourd'hui.

Après avoir expofé la figure de cette révolution de
notre axe, il fera aifé d'en connaître la raifon phyfique.
Souvenons-nous qu'en parlant des inégalités du cours
de la lune, *Newton* a démontré qu'elles dépendent

toutes de l'attraction du foleil et de celle de la terre combinées enfemble. C'eft cette attraction, cette gravitation,
qui change continuellement la pofition de la lune, comme
on l'a déjà vu au chapitre VI; réciproquement l'attraction du foleil et celle de la lune agiffant fur la terre,
changent continuellement la pofition de notre globe.
Ne perdons pas de vue que la terre eft beaucoup plus
haute à l'équateur que vers les pôles. Imaginez
(*figure* 41) la terre T, la lune en L, le foleil en S.
Si la terre et la lune tournaient toujours dans le plan
de l'équateur, il eft conftant que cette élévation des
terres D E, ferait toujours également attirée ; mais
quand la terre n'eft pas dans les équinoxes, cette partie
élevée E, par exemple, eft attirée par le foleil et par
la lune, que je fuppofe en cette fituation. Alors il
arrive ce qui doit arriver à une boule qui, chargée
inégalement, roulerait fur un plan; elle vacillerait,
elle inclinerait. Concevez cette partie D tombée vers E
par l'attraction du foleil; elle ne peut aller de D en E,
qu'en même temps le pôle terreftre P ne change de
fituation, et n'aille de P en Z : mais ce pôle ne peut
tomber de P en Z, que l'équateur de la terre ne réponde
à une autre partie du ciel qu'à celle à qui il répondait
auparavant; ainfi les points de l'équinoxe et du folftice
répondent fucceffivement, au bout de foixante et douze
ans, à un degré différent dans le ciel; ainfi l'équinoxe
arrivait autrefois, quand le foleil paraiffait être dans
le premier point du bélier, c'eft-à-dire, quand la terre
entrait réellement dans la balance, figne oppofé au
bélier, et ce même équinoxe arrive de nos jours quand
le foleil paraît être dans le taureau, c'eft-à-dire, quand
la terre eft dans le fcorpion, figne oppofé au taureau.

Par-là toutes les conſtellations ont changé de place ; le taureau ſe trouve où était le bélier, les gémeaux ſont où était le taureau.

Cette gravitation, qui eſt l'unique cauſe de la révolution de vingt-cinq mille neuf cents vingt ans dans notre globe, eſt auſſi la cauſe de la révolution lunaire de dix-neuf ans, qu'on appelle *le cycle lunaire*, et de la révolution des apſides de la lune en neuf ans. Il arrive à la lune tournant autour de la terre, préciſément la même choſe qu'à cette élévation de notre globe vers l'équateur ; de forte qu'on peut conſidérer la lune comme ſi c'était une élévation, un anneau tenant à la terre ; et on peut pareillement conſidérer cette éminence de l'équateur, comme un anneau de pluſieurs lunes.

On ſent bien que le ſoleil doit avoir plus de part que la lune à ce mouvement de la terre, qui fait la préceſſion des équinoxes. L'action du ſoleil eſt à celle de la lune en ce cas préciſément comme celle de la lune eſt à celle du ſoleil dans les marées. (27)

(27) C'eſt M. d'*Alembert* qui le premier a réſolu par une méthode certaine le problême de la préceſſion des équinoxes, c'eſt-à-dire, qui a déterminé les mouvemens que l'attraction du ſoleil et celle de la lune cauſent dans l'axe de la terre.

Mais outre cette grande révolution qui cauſe la préceſſion des équinoxes, l'axe de la terre a un autre mouvement qu'on nomme *nutation* ; ce mouvement dont la révolution eſt la même, quant à la durée, que celle des nœuds de la lune, dépend principalement de l'attraction de cette planète. M. d'*Alembert* a employé ce phénomène obſervé par *Bradley*, et dont il a le premier développé la cauſe, à déterminer avec plus de préciſion qu'on n'avait pu faire encore, la maſſe de la lune, c'eſt-à-dire, le rapport de ſa force attractive avec celle du ſoleil. L'attraction du ſoleil et de la terre produit un mouvement dans l'axe de la lune, et ce mouvement eſt la cauſe du phénomène appelé *libration de la lune*.

Ce phénomène ſe calcule par les mêmes principes, de manière que l'on doit à M. d'*Alembert* la découverte des lois des phénomènes céleſtes cauſés par la figure des aſtres, comme on a dû à *Newton* celle des phénomènes cauſés par leurs forces attractives, ſuppoſées réunies à leur centre.

Le

Le lecteur foupçonne fans doute que puifque les mers fe foulèvent à l'équateur, le foleil et la lune, qui agiffent fur cet équateur, agiffent plus fenfiblement fur les marées. Le foleil contribue comme trois à peu-près à ce mouvement de la préceffion des équinoxes, et la lune comme un. Dans les marées, au contraire, le foleil n'agit que comme un, et la lune comme trois ; calcul étonnant réfervé à notre fiècle, et accord parfait des lois de la gravitation que toute la nature confpire à démontrer.

CHAPITRE XI.

DU FLUX ET DU REFLUX ; QUE CE PHÉNOMENE EST UNE SUITE NÉCESSAIRE DE LA GRAVITATION.

Les prétendus tourbillons ne peuvent être la caufe des marées : preuve. La gravitation eft la feule caufe évidente des marées.

S I les tourbillons de matière fubtile ont jamais eu quelque air de vraifemblance en leur faveur, c'eft dans le flux et le reflux de l'Océan. Que les eaux s'enfoncent fous les tropiques, quand elles s'élèvent vers les pôles, c'eft que l'air, dit-on, les preffe fous les tropiques. Mais pourquoi l'air y preffe-t-il plus qu'ailleurs ? c'eft qu'il eft lui-même plus preffé ; c'eft que le chemin de la matière fubtile eft rétréci par le paffage de la lune. Le comble à cette vraifemblance était encore que les marées font plus hautes à la nouvelle et à la pleine lune qu'aux quadratures, et qu'enfin le retour des marées à chaque méridien

Phyfique, &c. P

fuit à peu-près le retour de la lune à chaque méridien. Ce qui paraît fi vraifemblable eft pourtant en effet très-impoffible. On a déjà fait voir que ce tourbillon de matière fubtile ne peut exifter, mais quand même il exifterait malgré toutes les contradictions qui l'anéantiffent, il ne pourrait en aucune manière caufer les marées.

1°. Dans la fuppofition de ce prétendu tourbillon de matière fubtile, toutes les lignes prefferaient vers le centre de notre globe également ; ainfi la lune devrait preffer également dans fes quartiers, et dans fon plein, fuppofé qu'elle prefsât : ainfi il n'y aurait point de marée.

2°. Par une auffi forte raifon, aucun corps entraîné par un fluide quelconque, ne peut certainement preffer ce fluide plus que ne ferait un pareil volume de ce fluide ; un corps en équilibre dans l'eau tient lieu d'un pareil volume d'eau. Qu'on mette dans un vivier cent pieds cubiques d'eau de plus, ou bien cent poiffons nageans entre deux eaux, chacun d'un pied cubique ; ou qu'on mette un feul poiffon avec quatre-vingt-dix neuf pieds d'eau de plus dans le vivier, cela eft abfolument égal ; le fond du vivier n'en fera ni plus ni moins chargé dans aucun de ces cas ; ainfi, qu'il y eût une lune au-deffus de nos mers, ou cent lunes ; cela eft abfolument égal dans le fyftême imaginaire des tourbillons et du plein ; aucune de ces lunes ne doit être confidérée que comme une égale quantité de matière fluide.

3°. Le flux arrive dans la circonférence de l'Océan fous un même méridien en même temps dans les points oppofés ; la mer (*figure* 42) s'enfonce à la fois en A et en B. Or, fuppofé que la lune pût preffer le prétendu torrent de matière fubtile fur l'Océan A, les eaux alors s'élèveraient en B, au lieu de s'enfoncer ; car la pefanteur vers le centre dans ce fyftême eft l'effet de la prétendue matière fubtile. Or ce fluide imaginaire, preffant en A les eaux fur la terre, doit élever les eaux fur lefquelles il preffe le moins; mais fur quelles eaux preffera-t-il moins que fur B?

4°. Si cette preffion chimérique avait lieu, l'air preffé fous les tropiques ne ferait-il pas alors monter le mercure dans le baromètre? Mais au contraire, le mercure eft toujours un peu plus bas dans la zone torride que vers les pôles. Ce qui paraiffait fi vraifemblable devient donc impoffible à l'examen.

La gravitation, ce principe fi reconnu, fi démontré, cette force fi inhérente dans tous les corps, fe déploie ici d'une manière bien fenfible: elle eft la caufe évidente de toutes les marées; ceci fera bien facile à comprendre. La terre tourne fur elle-même; les eaux qui l'entourent tournent avec elle; le grand cercle de tout fphéroïde tournant fur fon axe eft celui qui a le plus de mouve-ment; la force centrifuge augmente à mefure que ce cercle eft grand. Ce cercle A (*figure* 43) éprouve plus de force centrifuge que les cercles B; les eaux de la mer s'élèvent donc vers l'équateur par cette feule force centrifuge; et non-feulement les eaux, mais les terres qui font vers l'équateur, font élevées auffi néceffairement.

Cette force centrifuge emporterait toutes les parties de la terre et de la mer, fi la force centripète fon antagonifte ne les attirait vers le centre de la terre; or, toute mer qui eft au-delà des tropiques vers les pôles, ayant moins de force centrifuge, parce qu'elle tourne dans un bien plus petit cercle, elle obéit davantage à la force centri-pète; elle gravite donc plus vers la terre; elle preffe cette mer océane qui s'étend vers l'équateur, et contribue

P 2

encore un peu, par cette preffion, à l'élévation de la mer fous la ligne. Voilà l'état où eft l'Océan, par la feule combinaifon des forces centrales. Maintenant, que doit-il arriver par l'attraction de la lune et du foleil ? Cette élévation conftante des eaux entre les tropiques doit encore augmenter, fi cette élévation fe trouve vis-à-vis quelque globe qui l'attire. Or la région des tropiques de notre terre eft toujours fous le ciel et fous la lune : donc l'élévation du foleil et de la lune doit faire quelque effet fur ces tropiques.

1. Si le foleil et la lune exercent une action fur les eaux qui font en ces régions, cette action doit être plus grande dans le temps où la lune fe trouve plus vis-à-vis du foleil, c'eft-à-dire, en oppofition et en conjonction, en pleine et en nouvelle lune, que dans les quartiers; car dans les quartiers, étant plus oblique au foleil, elle doit agir d'un côté, quand le foleil agit de l'autre; leurs actions doivent fe nuire, et l'une doit diminuer l'autre; auffi les marées font-elles plus hautes dans les fizigies que dans les quadratures.

2. La lune étant nouvelle, fe trouvant du même côté que le foleil, doit agir d'autant plus fur la terre, qu'elle l'attire à peu-près dans le même fens que le foleil l'attire. Les marées doivent donc être un peu plus fortes, toutes chofes égales, dans la conjonction que dans l'oppofition, dans la nouvelle lune que dans la pleine; et c'eft ce que l'on éprouve.

3. Les plus hautes marées de l'année doivent arriver aux équinoxes. Tirez (*figure* 44) une ligne du foleil paffant près de la lune L, et arrivant fur l'équateur de la terre. L'équateur A Q eft attiré prefque dans la même ligne par ces globes; les eaux doivent s'élever plus qu'en

tout autre temps ; et comme elles ne peuvent s'élever que par degrés , leur plus grande élévation n'eſt pas précifément au moment de l'équinoxe, mais un jour ou deux après en D Z.

4. Si par ces lois les marées de la nouvelle lune à l'équinoxe font les plus hautes de l'année , les marées dans les quadratures après l'équinoxe doivent être les plus baſſes de l'année; car le foleil eſt encore à peu-près ſur l'équateur ; mais la lune s'en trouve alors fort loin , comme vous le voyez ; car la lune L , (*figure* 4 5) en huit-jours fera vers R. Alors il arrive à l'Océan la même choſe qu'à un poids tiré par deux puiſſances agiſſant perpendiculairement à la fois ſur lui , et qui n'agiſſent plus qu'obliquement : ces deux puiſſances n'ont plus la même force ; le foleil n'ajoute plus à la lune le pouvoir qu'il y ajoutait , quand la lune , la terre et le foleil étaient preſque dans la même perpendiculaire.

5. Par les mêmes lois nous devons avoir des marées plus fortes immédiatement avant l'équinoxe du printemps qu'après, et au contraire plus fortes immédiatement après l'équinoxe d'automne qu'avant : car fi l'action du foleil aux équinoxes ajoute à l'action de la lune , le foleil doit d'autant plus ajouter d'action que nous ferons plus près de lui ; or nous fommes plus près du foleil avant le vingt et un mars à l'équinoxe qu'après , et nous fommes au contraire plus près du foleil après le vingt et un feptembre qu'avant ce temps ; donc les plus hautes marées , année commune, doivent arriver avant l'équinoxe du printemps, et après celui d'automne, comme l'expérience le confirme.

Ayant prouvé que le foleil confpire avec la lune aux élévations de la mer , il faut favoir quelle quantité de concours il y apporte. *Newton* et d'autres ont calculé que l'élévation moyenne dans le milieu de l'Océan eſt de douze pieds ; le ſoleil en élève deux et un quart, et la lune huit et trois quarts.

Au reſte, ces marées de la mer océane ſemblent être, auſſi-bien que la proceſſion des équinoxes, et que la période de la terre en vingt-cinq mille neuf cents ans, un effet néceſſaire des lois de la gravitation, ſans que la cauſe finale en puiſſe être aſſignée ; car de dire, avec tant d'auteurs, que DIEU nous donne les marées pour la commodité de notre commerce, c'eſt oublier que les hommes ne commercent au loin par l'Océan que depuis deux cents cinquante ans : c'eſt haſarder beaucoup encore, que de dire que le flux et le reflux rendent les ports plus avantageux ; et quand il ferait vrai que les marées de l'Océan fuſſent utiles au commerce, doit-on dire que DIEU les envoie dans cette vue ? Combien la terre et les mers ont-elles ſubſiſté de ſiècles avant que nous fiſſions ſervir la navigation à nos nouveaux beſoins ? ,, Quoi, ,, diſait un philoſophe ingénieux, parce qu'au bout ,, d'un nombre prodigieux d'années, les beſicles ont été ,, enfin inventées, doit-on dire que DIEU a fait nos nez ,, pour porter des lunettes ? ,, Les mêmes auteurs aſſurent auſſi que le flux et le reflux ſont ordonnés de DIEU, de peur que la mer ne croupiſſe et ne ſe corrompe ; ils oublient encore que la Méditerranée ne croupit point, quoiqu'elle n'ait point de marée. Quand on oſe aſſigner ainſi les raiſons de tout ce que DIEU a fait, on tombe dans d'étranges erreurs. Ceux qui ſe bornent à calculer, à peſer, à meſurer, ſe trompent ſouvent eux-mêmes : que fera-ce de ceux qui ne veulent que deviner ?

On ne pouſſera pas ici plus loin les recherches ſur la

gravitation. (28) Cette doctrine était encore toute nouvelle en France, quand l'auteur l'expofa en 1736. Elle
ne l'eſt plus ; il faut fe conformer au temps. Plus les
hommes font devenus éclairés , moins il faut écrire.

CHAPITRE XII.

CONCLUSION.

CONCLUONS en prenant ici la fubſtance de tout ce
que nous avons dit dans cet ouvrage :

1°. Qu'il y a un pouvoir actif, qui imprime à tous
les corps une tendance les uns vers les autres.

2°. Que par rapport aux globes céleſtes, ce pouvoir
agit en raifon renverfée des quarrés des diſtances au
centre du mouvement , et en raifon directe des maffes ;
et on appelle ce pouvoir *attraction* par rapport au centre,
et *gravitation* par rapport aux corps qui gravitent vers
ce centre.

---

(28) Obfervons ici que l'on doit encore à *Newton* d'avoir prouvé que
les comètes font des planètes qui décrivent autour du foleil des ellipfes
affez alongées pour être confondues avec des paraboles dans toute l'étendue
où les comètes font vifibles. Ainfi une feule apparition ne fuffit point
pour déterminer l'orbite entière et prédire le retour d'une comète , qui n'a
été vue qu'une fois. *Halley* difciple de *Newton* a calculé l'orbite de quelques
comètes dont la période était à peu-près connue parce qu'elles avaient été
vues deux fois , et a effayé d'en déterminer le retour en ayant égard aux
perturbations caufées par les planètes près defquelles paffent les comètes.
Une de ces planètes devait reparaître en 1759 , elle a reparu réellement
à très-peu-près à l'époque où elle devait paraître d'après les calculs de fes
perturbations faits par M, *Clairault* , fuivant une méthode beaucoup plus
certaine que celle dont *Halley* avait pu fe fervir. On en attend une autre
vers 1789. La période de la première comète eſt d'environ foixante et
feize ans , et celle de la feconde d'environ cent trente.

P 4

3°. Que ce même pouvoir fait defcendre les mobiles fur notre terre, en tendant vers le centre.

4°. Que la même caufe agit entre la lumière et les corps, comme nous l'avons vu, fans qu'on fache en quelle proportion.

A l'égard de la caufe de ce pouvoir, fi inutilement recherchée et par *Newton* et par tous ceux qui l'ont fuivi, que peut-on faire de mieux que de traduire ici ce que *Newton* dit à la dernière page de fes *Principes* ? Voici comme il s'explique en phyficien auffi fublime qu'il eft géomètre profond. ,, J'ai jufqu'ici montré la force de la ,, gravitation par les phénomènes céleftes et par ceux de ,, la mer ; mais je n'en ai nulle part affigné la caufe. ,, Cette force vient d'un pouvoir qui pénètre au centre ,, du foleil et des planètes, fans rien perdre de fon ,, activité, et qui agit, non pas felon la quantité des ,, fuperficies des particules de matière, comme font les ,, caufes mécaniques, mais felon la quantité de matière ,, folide ; et fon action s'étend à des diftances immenfes, ,, diminuant toujours exactement felon le quarré des ,, diftances, &c. ,, C'eft dire bien nettement, bien expreffément, que l'attraction eft un principe qui n'eft point mécanique. Et quelques lignes après il dit : ,, Je ,, ne fais point d'hypothèfes, *Hypothefes non fingo*. Car ,, ce qui ne fe déduit point des phénomènes eft une ,, hypothèfe ; et les hypothèfes, foit métaphyfiques, foit ,, phyfiques, foit des fuppofitions de qualités occultes, ,, foit des fuppofitions de mécaniques, n'ont point lieu ,, dans la philofophie expérimentale. ,,

Je ne dis pas que ce principe de la gravitation foit le feul reffort de la phyfique ; il y a probablement bien

d'autres fecrets que nous n'avons point arrachés à la
nature , et qui confpirent avec la gravitation à entretenir l'ordre de l'univers. La gravitation , par exemple ,
ne rend raifon ni de la rotation des planètes fur leurs
propres centres , ni de la détermination de leurs orbes
en un fens plutôt qu'en un autre , ni des effets furpre-
nans de l'élafticité , de l'électricité , du magnétifme. Il
viendra un temps peut-être où l'on aura un amas affez
grand d'expériences pour reconnaître quelques autres
principes cachés. Tout nous avertit que la matière a
beaucoup plus de propriétés que nous n'en connaiffons.
Nous ne fommes encore qu'au bord d'un océan immenfe.
Que de chofes reftent à découvrir ! mais auffi que de
chofes font à jamais hors de la fphère de nos connaiffances!

Fin de la Philofophie de Newton.

DEFENSE

D U

NEWTONIANISME.

1 7 3 9.

REPONSE

AUX OBJECTIONS PRINCIPALES
QU'ON A FAITES EN FRANCE CONTRE
LA PHILOSOPHIE DE NEWTON.

Les Elémens de *Newton* furent donnés au public ,
parce qu'il femblait utile de mettre le public au fait de
ces nouvelles vérités dont tout le monde parlait à Paris
comme d'un monde inconnu. M. *Algarotti* travaillait en
même temps à faire goûter cette philofophie à fes com-
patriotes, et ornait par les agrémens de fon efprit des
vérités qui ne femblaient foumifes qu'au calcul. Ces
vérités pénétraient dans l'académie des fciences, malgré
le goût dominant de la philofophie cartéfienne ; elles y
furent d'abord propofées par un grand mathématicien ,
(1) qui depuis, par fes mefures prifes fous le cercle
polaire, a reconnu et déterminé la figure que *Newton* et
Huyghens avaient affignée à la terre. D'autres géomètres
phyficiens, et fur-tout celui qui a traduit la ftatique des
végétaux, (2) et qui enchérit encore fur ces expériences
étonnantes , embraffaient avec courage cette phyfique
admirable , qui n'eft fondée que fur les faits et fur le
calcul, qui rejette toute hypothèfe, et qui par conféquent
eft la feule phyfique véritable.

(1) M. de *Maupertuis* ; il a trouvé le moyen d'occuper le public de
lui feul , et de faire oublier fes compagnons de voyage.

(2) M. de *Buffon* ; il a eu depuis avec M. *Clairault* une difpute fur
la nature des forces attractives , difpute où tout l'avantage a été pour le
grand géomètre.

L'auteur des Elémens tâcha de mettre ces vérités nouvelles à la portée des efprits les moins exercés dans ces matières ; et quoique fon ouvrage ait été imprimé avec beaucoup de fautes, et que l'impatience des libraires ne lui eût pas donné le temps de l'achever, il n'a pas laiffé pourtant d'être de quelque utilité. On n'a pas reproché le défaut de clarté à ce livre.

Cependant il faut bien qu'il foit plus difficile à entendre qu'on ne croyait, puifque tous ceux qui ont écrit contre les vérités dont il était l'interprète, lui ont reproché des chofes qui affurément ne fe trouvent ni dans fon livre, ni dans aucun difciple de *Newton*.

Fauffe idée de plufieurs critiques. L'un s'imagine, par exemple, que dans un verre ardent, le milieu doit attirer plus que les bords, et que c'eft par cette raifon que les rayons de lumière, felon *Newton*, fe raffemblent au foyer du verre ; et il perd bien du temps et de la peine pour réfuter ce qui n'a jamais été dit.

Autre méprife fur fa lumière. Un autre croit que chez *Newton* la lumière ne vient du foleil fur la terre, que parce que la terre l'attire de trente-trois millions de lieues.

Autre malentendu fur le vide. Il y en a qui ayant lu par hafard ces mots, *la lumière fe réfléchit du fein du vide*, ont cru, fans faire attention à ce qui précède et à ce qui fuit, qu'on attribuait au vide une action fur la matière, et là-deffus ils ont triomphé, et ils ont débité ou des injures, ou des plaifanteries, ou des argumens également inutiles.

Si ces meffieurs, par exemple, au lieu de crier contre ce qu'ils n'avaient pas affez examiné, s'étaient voulu informer de l'état de la queftion, voici ce qu'on leur aurait répondu.

Explication d'une belle expérience. *Newton* a découvert entre la lumière et les corps une action dont on n'avait pas d'idée. Il fait voir, par exemple, que la même lumière oblique, qui ne fe tranfmet point à travers un criftal, s'y tranfmet dès qu'on met de l'eau fous ce criftal; il a affuré que, fi on trouvait le fecret de pomper l'air fous ce criftal dans la machine du vide, ce même rayon oblique, qui paffait prefque tout entier du verre dans l'eau appliquée à ce criftal, ne pafferait point du tout dans ce vide. L'auteur des Elémens de *Newton* eft peut-être le premier en France qui en ait fait l'expérience, et de-là il a conclu avec grande raifon, qu'il y a une action inconnue du criftal et de l'eau fur la lumière, action d'une efpèce nouvelle, action dont aucun philofophe n'a pu rendre raifon par les mécaniques ordinaires ; action que l'on nomme *attraction*, *propter egeftatem linguæ et rerum novitatem;* en attendant que DIEU nous en révèle la caufe.

L'auteur des Elémens, en parlant de ce phénomène, s'eft fervi de cette expreffion très-françaife, *que la lumière rejaillit du fein du vide*, à peu-près comme il a dit en vers :

> Valois fe réveilla du fein de fon ivreffe . . . .
> Gouverner fon pays du fein des voluptés . . . .

Il n'y a perfonne qui ne fache ce que valent ces expreffions ; elles font fi claires qu'on peut s'en fervir en profe comme en poëfie ; pourvu qu'on n'affecte pas de les employer fréquemment, et qu'on évite la profe poëtique avec autant de foin que le ftyle familier et plaifant. On fait bien que ni l'ivreffe, ni les voluptés, ni le vide n'ont un fein qui agiffe réellement; et tout ce qu'un lecteur qui ne veut point chicaner devait comprendre, c'eft que la lumière qui rejaillit du vide en rejaillit parce que le corps voifin exerce une force quelconque fur elle.

Quelques-uns plus injuftes encore, prenant l'acceffoire pour le principal, comme il arrive prefque toujours, ont fait femblant de croire que l'auteur fe vantait d'avoir

Eclairciffement fur un fait très-important d'optique et fur la trifection de l'angle.

trouvé la trifection de l'angle par la règle et le compas; et au lieu d'examiner avec lui une queftion d'optique très-importante, ils ont laiffé là cette queftion dont il s'agiffait, et l'ont harcelé fur la prétendue trifection de l'angle, dont il ne s'agit point du tout.

Voici, encore une fois, le problême que propofait l'auteur : Vous regardez à la fois deux hommes ou plufieurs hommes, de même taille, dont le premier eft à un pied de vous, et le dernier à quarante : le premier trace fur votre rétine un angle quatre fois plus grand que le dernier : la grandeur des images dépend de la grandeur des angles, et cependant ces deux hommes vous paraiffent d'égale hauteur : je dis que ce phénomène journalier ne peut être expliqué par aucun changement dans l'œil ou dans le criftallin, comme l'ont prétendu prefque tous les opticiens : je dis que fi l'œil prend une nouvelle conformation, il la prend également pour l'homme qui eft diftant d'un pied et pour celui qui eft à quarante pieds : je dis que les voyant tous deux à la fois, fi l'angle fous lequel vous le voyez s'agrandit ou diminue, il s'agrandit ou diminue également pour tous deux; je dis donc que ce problême eft infoluble aux règles de l'optique.

Perfonne n'a répondu, et l'on ofe dire que perfonne ne pourra répondre à cet argument.

Qu'a-t-on donc fait ? on a prétendu jeter un ridicule fur l'expreffion; les cenfeurs ont dit qu'il n'était pas abfolument vrai qu'un homme diftant de trente pieds, trace dans votre rétine un angle précifément trente fois plus petit qu'à un pied : non, cela n'eft pas abfolument vrai, fans doute, on le fait bien, mais 1°. la différence eft fi petite qu'elle ne change en rien l'état de la queftion ; quand cet angle ne ferait que vingt-fix ou vingt-fept fois

plus

plus petit, le phénomène et la difficulté ne fubfiftent-ils-pas?
Ce cas eft précifément le même que celui de deux hommes
qui partiraient au même moment de Paris, et qui iraient
d'un pas égal, l'un à Saint-Denis, l'autre à Orléans; fi
quelqu'un vous dit qu'il faut trente fois plus de temps à
l'un qu'à l'autre, ferez-vous bien venu à prétendre que
fa propofition eft ridicule fous prétexte qu'il s'en faut
quelques pas qu'il n'y ait une lieue complète de Paris à
Saint-Denis? D'ailleurs ces critiques ne favaient pas que
par angle l'on n'entend ici que les diamètres apparens,
qui font réellement en raifon réciproque des diftances.

La plupart des objections que l'on a faites contre les
Elémens de *Newton* font dans ce goût, et ceux que la
paffion de critiquer domine, n'ayant pas de meilleures
raifons à dire, ont eu recours aux injures, felon l'ufage;
ils ont voulu faire un crime à l'auteur d'avoir enfeigné
des vérités découvertes en Angleterre; ils lui ont reproché
l'efprit de parti, à lui qui n'a jamais été d'aucun parti:
ils ont prétendu que c'eft être mauvais français, que de
n'être pas cartéfien. Quelle révolution dans les opinions
des hommes! La philofophie de *Defcartes* fut profcrite en
France, tandis qu'elle avait l'apparence de la vérité, et que
fes hypothèfes ingénieufes n'étaient point démenties par
l'expérience; et aujourd'hui que nos yeux nous démontrent
fes erreurs, il ne fera pas permis de les abandonner?

Quoi! les noms de *Defcartes* et de *Newton* deviendront
des mots de ralliement! et on fe paffionnera toujours
quand il ne faut que s'inftruire! Qu'importent les noms!
qu'importent les lieux où les vérités ont été découvertes!
Il ne s'agit ici que d'expériences et de calculs, et non de
chefs de parti.

Je rends autant de juftice à *Defcartes* que fes fectateurs; je

Phyfique, &c.   Q

Accufation perfonnelle et injufte.

l'ai toujours regardé comme le premier génie de fon fiècle : mais autre chofe eft d'admirer, autre chofe eft de croire. Je l'ai déjà dit., *Ariftote* qui réuniffait à la fois les mérites d'*Euclide*, de *Platon*, de *Quintilien*, de *Pline*; *Ariftote* qui, par l'affemblage de tant de talens, était en ce fens au-deffus de *Defcartes* et même de *Newton*, eft pourtant un auteur dont il ne faut pas lire la philofophie.

Veut-on fe faire une idée très-jufte de la phyfique de *Defcartes*, qu'on life ce qu'en dit le célèbre *Boerhaave* qui vient de mourir : voici comme il s'explique dans une de fes harangues :

,, Si de la géométrie de *Defcartes* vous paffez à la phy-
,, fique, à peine croirez-vous que ces ouvrages foient
,, du même homme ; vous ferez épouvanté qu'un fi
,, grand mathématicien foit tombé dans un fi grand
,, nombre d'erreurs ; vous chercherez *Defcartes* dans
,, *Defcartes* ; vous lui reprocherez tout ce qu'il reprochait
,, aux péripatéticiens, c'eft-à-dire, que rien ne peut
,, s'expliquer par fes principes. ,,

Voilà comme penfent, malgré eux, des livres de *Defcartes*, ceux-là même qui fe difent cartéfiens; aucun ne peut fuivre fon fyftême fur la lumière, que toutes les expériences ont ruiné; fes lois du mouvement furent démontrées fauffes par *Waren* et par *Huyghens*, &c. Sa defcription anatomique de l'homme eft contraire à ce que l'anatomie nous apprend; de tous ceux qui ont adopté fon roman contradictoire des tourbillons, il n'y en a aucun qui n'en ait fait un autre roman. On profcrit donc tous fes dogmes en détail, et cependant on fe dit encore cartéfien ; c'eft comme fi on avait dépouillé un roi de toutes fes provinces l'une après l'autre, et qu'on fe dît encore fon fujet.

L'auteur du nouveau livre intitulé : *Réfutation des Elémens*

de Newton, a ramaffé toutes ces fauffes accufations ; il en
a compofé un volume; il a fait comme tous les critiques,
qui, fentant la faibleffe de leurs raifons, s'acharnent à
rendre leur adverfaire odieux; il a le courage de dire,
page 1 2 1, que l'auteur des Elémens a péché *contre fa patrie.*
Mais en quoi celui qu'il attaque a t il commis ce grand
crime envers fa patrie ? en difant que *Snellius*, hollandais,
a le premier trouvé la raifon conftante des finus d'incidence aux angles de réfraction. Voilà ce que l'auteur de
la réfutation transforme judicieufement et avec charité
en crime d'Etat.

Le critique, devenu ainfi délateur, accufe au hafard
M. de *Voltaire* d'avoir trouvé ce fait dans *Voffius*, et il
ajoute que le *théoréme* dont *Voffius* parle eft contraire à
celui de *Defcartes*.

Eclairciffe-
ment fur
Defcartes et
fur *Snellius*.

Mais M. de *Voltaire* protefte qu'il n'a point lu *Voffius*, et
que le fait fe trouve dans *Huyghens*, contemporain et difciple de *Defcartes*, pag. 2 et 3 de fa Dioptrique. Si d'ailleurs
on veut favoir l'hiftoire de cette découverte, la voici : La
mefure des réfractions fut tentée d'abord par l'arabe
Alhazen, puis par *Vitellion*, enfuite par *Kepler*, qui
échouèrent tous ; *Snellius Villebrode* trouva enfin la proportion des fécantes, et *Defcartes* finit par celle des finus,
ce qui eft le même théorême que celui des fécantes,
comme on peut le voir dans l'excellente phyfique de
M. *Muffchembrock*, page 2 8 5. *Cartefius*, dit-il, *adhibuit finûs
ufus inventione Snellii*, &c. L'auteur des Elémens n'a fait
en cela que dire fimplement la vérité ; eft-ce être mauvais
citoyen que de rendre juftice aux étrangers ? y a-t-il donc
des étrangers pour un philofophe ? (3)

(3) On ne peut guère fe difpenfer de croire, fur la parole de *Huyghens*
et de *Voffius*, que cette proportion ne fe trouve dans le manufcrit de

Après avoir traité M. de *Voltaire* de traître à la patrie pour avoir loué un hollandais , il le tourne de fon mieux en ridicule fur ce même fujet, tant rebattu, de l'attraction de la lumière ; il a cru voir que *Newton* et fes difciples penfent que la terre attire la lumière du corps même du foleil. Eft-il poffible, encore une fois, qu'on entende fi fort à rebours l'état de la queftion ? Et eft-il poffible qu'on puiffe nous attribuer une opinion digne tout au plus de *Cyrano de Bergerac* ?

Méprife des critiques fur l'attraction de la lumière. Voici ce qui a donné lieu probablement à cette étrange méprife.

L'auteur des Elémens ayant fouvent à parler dans fon livre de la raifon inverfe du quarré des diftances , avait jugé à propos d'expliquer ce que c'eft , en parlant de la lumière, parce qu'en effet l'intenfité de la lumière eft précifément en cette proportion ; mais il avertit expreffément, page 88 , édition de Londres , que l'attraction de la lumière et des corps , et l'attraction des planètes et du foleil , qu'on nomme gravitation , font différentes.

De ce que *Newton* a découvert deux phénomènes admirables , il ne s'enfuit pas que ces phénomènes obéiffent aux mêmes lois.

Il faut bien fe mettre dans la tête que *Newton* a trouvé que les corps et les rayons de lumière agiffent les uns fur les autres à des diftances très-petites , et que les planètes agiffent mutuellement les unes fur les autres à des diftances très-grandes. L'action du foleil fur *Saturne* , fur *Jupiter* , fur la terre , eft auffi différente de l'action d'un criftal

---

Snellius ; et il eft certain qu'elle donne celle de *Defcartes :* mais le philofophe français connaiffait-il la découverte de *Snellius* ? voilà toute la queftion ; et il n'eft pas vraifemblable que *Defcartes* ait connu ni le manufcrit de *Snellius* , ni cette proportion en particulier.

auprès duquel et dans lequel un rayon s'infléchit, que ce rayon diffère en groffeur du globe de *Saturne*. Confondre l'attraction de la lumière avec celle des planètes, c'eft n'avoir pas la plus légère idée des découvertes de *Newton*.

L'empreffement ou l'efprit de parti qui a porté tant de perfonnes à critiquer la philofophie de *Newton* avant de l'avoir étudiée, les a jetés ici dans une étrange contradiction.

D'un côté, ils s'imaginent que la terre attire, felon *Newton*, la lumière de la fubftance du foleil, ce qui eft ridicule ; de l'autre, ils ne peuvent concevoir comment *Newton* admet l'émiffion de la lumière, de la fubftance même du foleil, ce qui eft pourtant fort aifé à comprendre.

Le grand *Newton* était convaincu, et M. *Bradley* a prouvé auffi depuis, que la lumière nous eft dardée du foleil et des étoiles. La découverte connue de M. *Bradley*, qui démontre à la fois le mouvement de la terre et la progreffion de la lumière, nous fait voir que cette progreffion eft uniformément la même ; qu'elle n'eft point retardée dans fon cours ; qu'elle parcourt également environ trente-trois millions de lieues par fept minutes, dans un cours uniforme de plus de fix ans ; qu'ainfi il n'y a depuis les étoiles jufqu'à notre atmofphère aucune matière réfiftante ; car s'il y en avait, cette lumière ferait retardée ; et par conféquent la lumière nous eft dardée de la fubftance des étoiles à travers un milieu non réfiftant. Il refte à voir à ceux qui raifonnent de bonne foi, s'il eft poffible qu'un rayon de lumière vienne à nous pendant fix ans fans fe déranger, et fans retarder fa courfe à travers un plein abfolu ? *Newton*, ni aucun de fes difciples n'ont donc, encore une fois, jamais imaginé que cette lumière du foleil et des étoiles nous vînt par attraction ; ils

Découverte de M. *Bradley* furlaprogref-fion de la lumière.

Q 3

enfeignent tous qu'elle eſt dardée de la ſubſtance du globe lumineux.

La lumière émane du ſoleil.

Il eſt très-aiſé de concevoir comment le ſoleil nous envoie ſes rayons ſi rapidement ; il faut ſonger ſeulement ce que c'eſt qu'un tel globe enflammé , qui tourne ſur ſon axe quatre fois plus rapidement que la terre.

L'auteur de la réfutation prétendue a donc un très-grand tort ; premièrement, d'avoir cru qu'il s'agiſſe d'attraction dans l'émiſſion des rayons du ſoleil ; ſecondement , d'avoir cru que la lumière ne peut émaner du ſoleil ; mais il a beaucoup plus de tort encore d'oſer appeler *énorme abſurdité* ce que les *Newton* , les *Keil*, les *Muſſchembrock* , les *s'Graveſande* , &c. , et de très-grands philoſophes français croient ſi bien prouvé. Ce ſerait aſſurément le comble de l'indécence de traiter ainſi de pareils hommes , quand même on aurait raiſon contre eux. Que fera-ce donc , lorſqu'on ſe trompe ſi viſiblement ?

On ne peut s'empêcher ici de faire voir combien l'eſprit de ſyſtême et de parti pervertit les idées les plus naturelles des hommes ; quel eſt celui qui , en voyant au milieu de la nuit un flambeau éclairer tout d'un coup une lieue de pays, ne ſoupçonnera pas que ce flambeau qui ſe conſume envoie des parties de flamme à une lieue à l'entour ? N'y a-t-il pas des corps odoriférans qui , ſans diminuer ſenſiblement de leur poids , envoient en un inſtant des corpuſcules à plus d'une lieue à la ronde ? La même choſe arrive à la lumière , et il n'eſt pas d'un philoſophe de ſe révolter contre la rapidité de ſon cours , et contre la petiteſſe de ſes parties ; car rien en ſoi n'eſt ni petit, ni prompt , et il ſe peut faire qu'il y ait des êtres un million de fois plus déliés et plus agiles.

L'auteur de la réfutation n'eſt ni plus exact, ni plus équitable, quand il reproche à M. de *Voltaire* et à ceux qu'il appelle *Newtoniens*, d'avoir dit que la peſanteur eſt eſſentielle à la matière ; il eſt tout auſſi faux qu'ils aient avancé cette erreur, qu'il eſt faux qu'ils aient dit que la terre attire la lumière de la ſubſtance du ſoleil. La peſanteur n'eſt point eſſentielle à la matière.

L'auteur des Elémens a dit, à la vérité, avec tous les bons philoſophes, que la peſanteur, la tendance vers un centre, la gravitation eſt une qualité de toute la matière connue, laquelle lui eſt donnée de D I E U , et qui lui eſt inhérente : le terme d'*inhérent* eſt bien éloigné de ſignifier *eſſentiel*, il ſignifie ce qui eſt attaché intérieurement, comme *adhéſion* ſignifie ce qui eſt attaché extérieurement ; l'eſſence d'une choſe eſt la propriété ſans laquelle on ne peut la concevoir, mais on peut très-bien concevoir la matière ſans peſanteur : il faudrait toujours commencer par convenir de la valeur des termes ; cette méthode abrégerait bien des diſputes.

Voici une diſcuſſion d'un détail plus utile, et qui peut conduire à des vérités nouvelles.

L'auteur de la réfutation s'étonne que l'auteur des Elémens ait dit, que la lumière décrit une petite courbe en pénétrant le criſtal.

Nous ne l'en croirons pas, dit-il, ſur ſa parole ; non, ce n'eſt pas à ma parole qu'il faut croire, pourrait-il répondre, mais c'eſt à la nature ; et l'examen de la nature nous apprend qu'il ne peut y avoir ni réflexion, ni réfraction ſans une petite courbure ; ce ſerait une grande erreur, de penſer qu'une boule quelconque pût ſe réfléchir par des lignes droites qui formeraient un angle abſolument en pointe : il La nature ne forme jamais d'angles en rigueur. Propoſitions importantes.

faut qu'au point d'incidence l'angle fe courbe un peu,
(*figure* 46), fans quoi il y aurait un faut, un changement *d'état fans raifon fuffifante* : ce qui eft impoffible.
Tout fe fait par gradation ; comme l'a très-bien
remarqué le célèbre *Leibnitz*, et c'eft en conféquence
de ce principe invariable de la nature, qu'il n'y a
aucun paffage fubit dans aucun cas ; la chaîne de
la nature n'eft jamais caffée. Ainfi un rayon ni ne fe
réfléchit, ni ne fe réfracte tout d'un coup d'une ligne
droite dans une autre ligne droite ; et la phyfique
de *Newton* s'accorde en ce point à merveille avec la
métaphyfique de *Leibnitz*. Cette action du verre qui
détourne le rayon incident de la ligne droite, eft la
machine que la nature emploie ici pour obéir à ce
grand principe général.

Voici comment fe forme néceffairement cette courbe
imperceptible. Qu'un corps rond et à reffort tombe fur
ce plan D D, (*figure* 47), fuivant la direction A B, fon
mouvement eft compofé de la ligne horizontale A F et
de la perpendiculaire A G, la feule fuivant laquelle le
corps fe précipite en bas. Or, lorfque ce corps à
reffort eft en B, il perd dans l'inftant de la compreffion
une quantité de fa vîteffe proportionnelle à cette compreffion ; mais cette vîteffe ne peut être perdue que
dans la direction de la ligne de chute A G, et non
dans la direction horizontale A F, fuivant laquelle
le corps ne fe comprime pas. Donc ce corps avance un
peu dans cette direction horizontale en B C ; et cet
efpace B C devient la naiffance d'une courbe. Il en eft
de même de l'action que le corps réfringent exerce
fur le rayon de lumière ; il commence à fe courber
en approchant de fa furface.

Ce principe eft fenfible aux yeux dans l'inflexion de la lumière auprès des corps : il ne faut pas croire, par exemple , que quand la lumière s'infléchit auprès d'une lame d'acier dans une chambre obfcure , elle forme un angle abfolu ; elle fe courbe et fe plie vifi-blement en cette forte. (*figure* 48)

Natura eft fibi confona ; et c'eft par la même raifon que la lumière, en paffant de l'air dans l'eau, décrit une petite courbe A B, en cette manière. (*figure* 49) Et cette petite courbe eft renfermée dans les limites de l'attraction du verre, limites imperceptibles, et qui font bien différentes de celles d'une attraction préten-due entre la terre et un rayon lumineux partant du foleil.

On a fait encore une méprife non moins fingulière. L'auteur des Elémens avance après *Newton*, et fondé fur l'extrême porofité des corps, qu'un rayon de foleil de trente-trois millions de nos lieues n'a pas proba-blement un pied de matière folide mife bout à bout.

Etrange méprife fur la quantité de la lumière.

Nous ne favons pas fi c'eft d'un pied linéaire ou d'un pied cubique qu'il parle, difent quelques cenfeurs ; et fur cette incertitude l'auteur de la réfutation fait fon calcul fur un pied cubique ; il évalue le poids d'un rayon du foleil à mille livres pefant, et il conclut que les feuls rayons qui tombent fur la terre en un jour, montent à cent quarante-quatre mille fois mille mil-lions de livres. Mais on pouvait s'épargner ce calcul ; il n'y avait qu'à confulter le premier bon livre de phyfique ou le bon fens, et on aurait vu qu'il ne s'agit ici ni de pied purement linéaire, ni de pied cubique, mais d'un pied en longueur, dont un trait de lumière fait la groffeur.

Il eſt très-ſûr qu'il y a peu de matière propre dans tous les corps de l'univers ; il eſt ſûr que tous les corps les plus déliés ſont ceux qui en ont le moins ; que la lumière eſt des êtres ſenſibles le plus délié, le plus rare ; et qu'ainſi les prétendus millions de millions de livres que le ſoleil nous envoie par jour, peuvent aiſément ſe réduire à deux ou trois onces, tout au plus. Voilà où conduit l'équivoque du mot *linéaire*, et voilà qui prouve qu'il faudrait au moins avoir des idées nettes des choſes pour critiquer avec tant de hauteur et de mépris.

La lumière n'eſt point exiſtante dans l'air indépendamment des aſtres.

L'auteur des Elémens a dit que dans le ſyſtême de *Deſcartes*, nous devrions voir clair la nuit. Cela eſt très-vrai, et cela eſt démontré par les lois des fluides : ſi la lumière était un fluide répandu dans l'eſpace, et toujours exiſtant, s'il n'attendait que d'être preſſé pour agir, il agirait en tout ſens dès qu'il ſerait preſſé. Et non-ſeulement le ſoleil ſous l'horizon pouſſerait la lumière à nos yeux, comme le ſon fait le tour d'une montagne pour venir à nos oreilles ; mais nous ne verrions jamais ſi clair que dans une écliſe centrale du ſoleil : car ſi la lune en paſſant ſous le ſoleil preſſe l'atmoſphère, elle preſſe la prétendue matière lumineuſe, et cette matière lumineuſe, plus preſſée qu'elle n'était, doit agir davantage.

L'auteur de la réfutation et pluſieurs autres oppoſent à cette vérité des hypothèſes ; ils ſuppoſent qu'il faut raiſonner de la lumière comme du ſon : mais ce n'eſt pas ici qu'il eſt permis de dire que la nature agit toujours de la même manière. La nature n'eſt uniforme que dans les mêmes cas, et ici les cas ſont abſolument différens. Si la lumière nous venait comme le ſon, elle nous viendrait à travers une muraille ; le fon eft l'effet des vibrations de l'air, qui eft un élément, et la lumière eft l'effet d'un autre élément.

Il ne reftait à l'auteur de la réfutation après tant de mal-entendus, tant de fauffes imputations, tant de fauffes critiques et de reproches injuftes, qu'à ofer donner un petit fyftême pour expliquer les effets de la nature, que *Newton* a découverts, et c'eft ce qu'on n'a pas manqué de faire. Faux fyftême fur la
lumière.

Newton nous apprend, par exemple, et les plus obftinés font forcés enfin d'en convenir, que la lumière ne réjaillit point des parties folides des corps.

Au lieu de fe contenter d'une vérité nouvelle que *Newton* a démontrée, et qu'on ne peut nier, on imagine une hypothèfe, on feint un petit vernis de matière lumineufe répandue dans les pores et fur les furfaces des corps ; on penfe qu'à la faveur de ce petit vernis, de cette prétendue atmofphère, on pourra expliquer pourquoi la lumière fe réfléchit uniformément fur une glace toujours inégale : cette atmofphère, dit-on, rem-plit les finuofités et les afpérités de cette glace. Mais n'eft-il pas évident que votre vernis d'atmofphère lumi-neufe, que vous fuppofez s'attacher intimement à cette glace, doit fe conformer à fa figure, et que fi cette glace eft raboteufe, votre vernis doit l'être auffi ?

Vous avez beau foutenir cette hypothèfe par des exemples ; vous avez beau alléguer que tout a fon atmofphère ; qu'un vaiffeau a la fienne, et que c'eft cette atmofphère qui fait qu'une balle tombant du haut du mât du vaiffeau vient frapper le pied du mât, en décrivant une parabole. Vous avez lu, il eft vrai, cet exemple dans plufieurs auteurs, qui rapportent ce fait Erreur importante de
plufieurs phi-
lofophes fur
la force de
l'atmof-
phère.

à l'impreffion de l'atmofphère ; mais malheureufement tous ces auteurs-là fe font trompés , et voici en quoi confifte leur erreur et la vôtre.

Qu'un oifeau , planant fur le mât d'un vaiffeau qui vogue en pleines voiles, laiffe tomber du haut du mât un corps pefant , il s'en faudra beaucoup que ce corps tombe au pied du mât, ni qu'il décrive une parabole ; il tombera ou fur la poupe, ou derrière la poupe dans la mer, en ligne droite : pourquoi ? parce que le mouvement de la parabole étant le réfultat d'une force perpendiculaire fur l'horizon avec une vîteffe de projection parallèle à l'horizon , il n'y a point ici de vîteffe de projection , mais feulement une force perpendiculaire, par conféquent point de parabole.

Quel fera donc le cas où ce corps décrira une parabole ? ce fera lorfqu'il participera à la fois au mouvement horizontal du vaiffeau , et au mouvement de gravité qui l'entraînera du haut du mât.

Soit le vaiffeau A, (*figure* 50) voguant de A en B, le mât C C, le corps D attaché au mât par une corde que l'on coupe ; le corps a le mouvement en D D comme le vaiffeau , le mouvement en D C par la gravitation : or , de ces deux mouvemens fe compofe la parabole D B , et quand le mât eft en B, le corps y eft auffi ; donc l'air et l'atmofphère n'ont aucune part à ce phénomène, ils ne pourraient que le troubler. C'eft uniquement par la même raifon qu'un cavalier jetant en l'air une orange perpendiculairement la retient dans fa main en courant au galop : mais fi une autre main lui jette cette orange tandis qu'il court , elle retombe loin derrière le cavalier. C'eft encore la même raifon qui fait retomber à peu près à plomb une pierre qu'on

a jetée perpendiculairement à l'horizon, malgré la rotation de la terre ; et l'atmofphère n'a pas plus de part à
tout cela que celle d'un homme qui fe promène n'en a
aux moucherons qui voltigent autour de lui.

Ce petit fyftême des effets prétendus d'une atmofphère
doit fervir au moins à mettre fur leurs gardes tous ceux
qui, n'étant point encore guéris de la maladie des hypothèfes, en inventent tous les jours pour rendre raifon, à
ce qu'ils croient, des découvertes de *Newton*. Ce grand
homme pendant foixante ans de recherches, de calculs
et d'expériences, a été obligé de fe contenter du fimple fait
qu'il a découvert. Jamais il n'a fait d'hypothéfe pour
expliquer la caufe de l'attraction des planètes et de celle
de la lumière ; il a démontré que cette gravitation exifte ;
qu'un corps grave ne retombe fur la terre que par la même
force centripète qui retient les aftres dans leur orbite, et
qu'aucun tourbillon de matière fubtile, grand ou petit,
ne peut être la caufe de cette force centripète. Qu'on s'en
tienne là, et qu'on n'imagine pas pouvoir faire par un
roman, ce que *Newton* n'a pu faire par fes mathématiques.

Il ne faut jamais faire de fyftême.

Un de ceux qui ont écrit le plus modérément contre
Newton, eft l'eftimable auteur du *Spectacle de la nature*
et de l'*Hiftoire du ciel* ; mais il s'en faut bien qu'il lui ait
rendu juftice. Il fuppofe dans fes objections que *Newton* a
eu, comme les autres philofophes, la témérité d'imaginer
un fyftême pour expliquer la formation de l'univers, ce
qui eft affurément le contre-pied des procédés de *Newton*.
Hypothefes non fingo, &c. dit *Newton* à la fin de fes principes mathématiques ; et avec cela on lui reproche encore
ce qu'il nie fi formellement.

Newton n'a point fait de fyftême.

L'auteur de l'*Hiftoire du ciel* fuppofe, après beaucoup
de perfonnes, et beaucoup d'autres fuppofent après lui,

que les newtoniens regardent l'attraction comme un principe qui *a donné l'être à des comètes , aux planètes , un rang
dans le zodiaque , un cortége plus ou moins grand de satellites.*
Mais c'est encore une imputation que ni *Newton* , ni aucun
de ses disciples n'ont jamais méritée. Ils ont tous dit formellement le contraire ; ils avouent tous que la matière n'a
rien par elle-même , et que le mouvement , la force
d'inertie, la pesanteur , le ressort , la végétation , &c. tout
est donné par l'Etre souverain.

*Vraie phi-
losophie de
Newton.*   Par quélle injustice peut-on soupçonner que celui qui
a découvert tant de secrets du Créateur , inconnus au reste
des hommes , ait nié l'action de DIEU la plus connue et
la plus sensible aux moindres esprits ? Il n'y a point de
philosophie qui mette plus l'homme sous la main de DIEU
que celle de *Newton.* Cette philosophie , la seule géométrique , et la seule modérée , nous apprend les lois les plus
exactes du mouvement , la théorie des fluides et du son ;
elle anatomise la lumière ; elle découvre ia pesanteur
réelle des astres les uns sur les autres ; elle ne dit point
que cette pesanteur , cette gravitation dont elle calcule
les lois et les effets , soit la même chose que la force par
laquelle la lumière se détourne de sa route , et accélère
son mouvement dans des milieux différens ; elle est bien
loin de confondre les miracles de la réflexion et de la
réfraction de la lumière avec ceux de la pesanteur des
corps graves ; mais ayant démontré que le soleil pèse sur
la terre , et la terre sur lui , elle démontre que ce pouvoir
est dans les moindres parties de la matière , par cela même
qu'il est dans le tout : elle avoue ensuite que nul mécanisme ne rend raison de ces profondeurs , et elle adore la
Sagesse éternelle qui en est le seul principe.

Elle ne dit point (comme on lui reproche) que

l'attraction univerfelle eft la caufe de l'*électricité* et du *magnétifme*, elle eft bien loin d'une telle abfurdité ; mais elle dit : attendez pour juger de la caufe du magnétifme et de l'électricité que vous ayez affez d'expériences. Il n'eft pas encore prouvé qu'il y ait une vertu magnétique. On eft fur les voies de la matière électrique ; mais pour la gravitation et le cours des planètes, il eft prouvé qu'aucun fluide n'en eft la caufe, et que nous devons nous en tenir à une loi particulière du Créateur : car recourir à DIEU eft d'un ignorant, quand il s'agit de calculer ce qui eft à notre portée ; mais quand on touche aux premiers principes, recourir à DIEU, eft d'un fage.

L'auteur de l'*Hiftoire du ciel* renouvelle encore une Figure de la méprife affez confidérable, où plufieurs favans font tombés. terre. Ils croient que *Newton* attribue l'élévation de l'équateur au pouvoir feul de l'attraction de la terre.

Ni *Newton*, ni fes fectateurs ne s'expriment ainfi. Ils avouent tous que l'élévation néceffaire de l'équateur vient et doit venir de l'effort de la force centrifuge, qui eft plus grande dans le grand cercle d'une fphère que dans les petits, et qui eft nulle au point des pôles de la fphère.

L'attraction, la gravitation, la pefanteur eft moins forte fous l'équateur, parce que cet équateur eft plus élevé ; mais il n'eft pas plus élevé, parce que l'attraction y eft moins forte.

On nous demande dans un livre férieux, (*) *fi ce n'eft pas l'attraction qui a mis en faillie le devant du globe de l'œil, qui a élancé au milieu du vifage de l'homme ce morceau de cartilages qu'on appelle le nez.* Nous répondrons qu'une telle raillerie n'eft ni une bonne raifon, ni un bon mot ;

(*) C'eft à propos de l'explication de l'anneau de *Saturne* de M. de *Maupertuis.*

et quand même la raillerie ferait fine, elle ne conviendrait point dans un livre où il ne faut que chercher la vérité, et ferait très-mal appliquée à un homme comme *Newton*, et aux illuftres géomètres qui l'étudient. D'ailleurs nous félicitons le fage auteur du *Spectacle de la nature*, et de l'*Hiftoire du ciel*, de tomber moins qu'un autre dans le défaut de vouloir être plaifant ; cette affectation trop répandue de traiter des matières férieufes d'un ftyle gai et familier rendrait, à la longue, la philofophie ridicule fans la rendre plus facile.

Qualités im-
matérielles.   On reproche encore à *Newton* qu'il admet des qualités immatérielles dans la matière. Mais que ceux qui font un tel reproche, confultent leurs propres principes, ils verront que beaucoup d'attributs primordiaux de cet être fi peu connu qu'on nomme matière, font tous immatériels ; c'eft-à-dire, que ces attributs font des effets de la volonté libre de l'Etre fuprême : fi la matière a du mouvement, fi elle peut le communiquer, fi elle gravite, fi les aftres tournent fur eux-mêmes d'occident en orient plutôt qu'autrement, tout cela eft un don de D I E U, auffi-bien que la faculté que ma volonté a reçue de remuer mon bras. Toute matière qui agit nous montre un être immatériel qui agit fur elle. Rien n'eft plus certain que ce font les vrais fentimens de *Newton*.

Ces réflexions que l'on donne au public ont déjà fait impreffion fur quelques efprits, et on efpère qu'enfin les préjugés de quelques autres céderont à des chofes fi fublimes et fi raifonnables dont l'auteur des Elémens n'a été que le faible interprète.

ESSAI

ESSAI

SUR LA NATURE DU FEU,

ET SUR SA PROPAGATION.

Ignis ubique latet, naturam amplectitur omnem,
Cuncta parit, renovat, dividit, unit, alit.

1 7 4 0.

INTRODUCTION.

LES hommes ont dû être long-temps fans avoir l'idée du feu, et ils ne l'auraient jamais eue, fi des forêts embrafées par la foudre, ou l'éruption des volcans, ou le choc et le mouvement violent de quelques corps, n'euffent enfin produit pour eux, en apparence, ce nouvel être. Le foleil, tel qu'il nous luit, ne donne aux hommes que la fenfation de la lumière et de la chaleur; et fans l'invention des miroirs ardens, perfonne n'aurait pu ni dû affurer que les rayons du foleil font un feu véritable, qui divife, qui brûle, qui détruit, comme notre feu que nous allumons.

Nous ne connaiffons guère plus la nature intime du feu que les premiers hommes n'ont dû connaître fon exiftence.

Nous avons des expériences qui, quoique très-fines pour nous, font encore très-groffières par rapport aux premiers principes des chofes : ces expériences nous ont conduits à quelques vérités, à des vraifemblances, et fur-tout à des doutes en grand nombre ; car le doute doit être fouvent en phyfique ce que la démonftration eft en géométrie, la conclufion d'un bon argument.

Voyons donc fur la nature du feu et fur fa propagation le peu que nous connaiffons de certain, fans ofer donner pour vrai ce qui n'eft que douteux, ou tout au plus vraifemblable.

PREMIERE PARTIE.

DE LA NATURE DU FEU.

ARTICLE PREMIER.

Ce que c'eſt que la ſubſtance du feu, et à quoi on peut la connaître.

Ou le feu eſt un mixte produit par le mouvement et l'arrangement des autres corps, et en ce cas, ce qui n'eſt pas le feu le devient, et ce qui l'eſt devenu ſe change enſuite en une autre ſubſtance, par une viciſſitude continuelle.

Ou bien c'eſt une ſubſtance ſimple, exiſtante indépendamment des autres êtres, laquelle n'attend que du mouvement et de l'arrangement pour ſe manifeſter ; et c'eſt ce que l'on appelle *élément* ; en ce cas, le feu eſt toujours feu ; il ne change aucune ſubſtance en la ſienne propre, et n'eſt transformé en aucune des ſubſtances auxquelles il ſe mêle.

Idée de *Deſ-cartes.* *Deſcartes*, dans les principes de ſa philoſophie, (4ᵐᵉ *partie, article* 89) paraît croire que le feu n'eſt que le réſultat du mouvement et de l'arrangement ; que toute matière, réduite en *matière ſubtile* par le frottement, peut devenir ce corps de feu, et que cette matière ſubtile, qu'il appelle ſon *premier élément*, eſt le feu même.

Le même *Defcartes*, dans tout fon traité de la lumière, dans fa Dioptrique, dans fes lettres, affure que la lumière, qu'il appelle fon *fecond élément*, eft un compofé de petites boules qui ont une tendance au tournoiement.

Mais comme il eft conftant, par l'expérience des verres brûlans, que le feu et la lumière font le même être, et ne diffèrent que du plus au moins, il paraît que cette fubftance ne peut à la fois être cette *matière fubtile* et cette *matière globuleufe*, ce premier et ce fecond élément de *Defcartes*.

Ni le temps, ni le fujet qu'on traite ici, ne permettent d'examiner ces élémens de *Defcartes*, et la foule des argumens qu'on leur oppofe.

On difcutera feulement, fans fe charger d'aucun fyftême, s'il eft poffible que l'arrangement et le mouvement de la matière produifent la fubftance du feu.

Le mouvement feul pourrait-il produire la fubftance du feu?

1°. Les mixtes, par leur mouvement, &c. ne peuvent jamais produire que leurs compofés, ou laiffer échapper de leurs fubftances les corps dont eux-mêmes étaient compofés: or le feu, par toutes les expériences que l'on a faites, n'eft compofé d'aucun corps connu; donc on ne doit point le croire produit d'eux; donc il faut, ou que le feu fortant d'une matière quelconque foit un élément fimple, enfermé auparavant dans cette matière, ou que cet élément foit formé tout d'un coup par cette matière dans laquelle il n'était point; mais être produit par un être dans lequel il n'était point, ce ferait être créé par cet être, ce ferait être formé de rien; donc le feu eft un élément exiftant indépendamment de tous les autres corps.

2°. Si l'arrangement et le mouvement des corps

R 3

pouvaient produire une fubftance auffi pure, auffi fimple que le feu femble être, il faudrait qu'ils puffent produire à plus forte raifon des corps mixtes ; mais le mouvement et l'arrangement ne feront jamais croître un brin d'herbe, fi ce brin d'herbe n'exifte déjà dans fon germe; donc le feu exifte en effet avant que les autres corps fur la terre fervent à le faire paraître.

3°. Si le mouvement feul pouvait produire du feu, comment eft-ce que le vent du Midi nous apporterait toujours de la chaleur en temps ferein, et le vent du Nord toujours du froid en temps ferein? Un vent du Nord violent devrait échauffer l'air, l'eau et la terre plus qu'un vent du midi médiocre : il faut donc que l'air venu du Nord apporte la glace dont il eft chargé, et que l'air du Midi, qui nous vient de la zone torride, nous apporte le feu dont le foleil l'a rempli.

4°. Si le mouvement des parties des corps fefait le feu, et par conféquent la chaleur, comment pourrait-on concevoir ces fermentations excitées dans la machine pneumatique, qui ne font ni hauffer ni baiffer le thermomètre ? Comment concevoir ces autres fermentations qui n'excitent aucune chaleur, ni dans le vide, ni dans l'air libre? Comment enfin concevoir les fermentations froides qui font tant baiffer les thermomètres? Le mouvement peut donner du froid comme du chaud; la chaleur n'eft donc pas produite par un mouvement inteftin et circulaire des parties, comme plufieurs auteurs l'ont fuppofé ; il faut donc qu'il y ait une fubftance particulière, qui feule puiffe donner la chaleur.

5°. Si le mouvement des corps peut produire quelque nouvel être, le mouvement, qui n'eft jamais le même

deux inftans de fuite dans la nature, produirait-il toujours
un être qui eft toujours le même, qui a des propriétés
fi fubtiles et fi inaltérables, qui s'étend toujours fuivant
les mêmes lois, qui éclaire en raifon renverfée des
quarrés des diftances, qui fe plie toujours avec inflexion
vers les bords des objets, que l'on peut divifer toujours
en fept faifceaux primordiaux, dont chacun eft le véhi-
cule immuable d'une couleur primitive, &c. Il paraît par
tout ce qu'on vient de dire, que le feu eft une fubftance
élémentaire.

Newton ne femble être une feule fois du fentiment
de *Defcartes*, qu'en ce qu'il dit (*) que la terre *peut fe* Ce que *New-*
changer en feu, comme l'eau eft changée en terre; s'il entend $^{ton\ a\ penfé}_{de\ la\ fubf-}$
que l'eau et le feu ne paraiffent plus à nos yeux fous la tance du feu.
forme de feu et d'eau, qu'ils entrent dans la terre, où ils
font emprifonnés et déguifés, ce n'eft pas là une transformation véritable; c'eft feulement un mélange; et en ce
cas, cette idée de *Newton* n'eft qu'une confirmation du
fentiment qu'on expofe ici.

Mais fuppofé qu'il entende une transformation véritable, on ofe dire qu'il aurait corrigé cette idée s'il avait
eu le temps de la revoir : on fait qu'il ne propofait ces
queftions à la fin de fon optique que comme les doutes
d'un grand homme.

Ce qui l'avait induit dans cette opinion, était une
expérience incertaine rapportée par *Boyle*. Un chimifte,
ami de *Boyle*, avait diftillé long-temps de l'eau pure; et,
après plufieurs obfervations réitérées, il prétendait
qu'un peu de cette eau était devenu terre.

Newton fe fonde encore fur cette même expérience,
dans le troifième livre de fes principes, pour prouver

(*) *Optique, pag.* 551, *feconde édition.*

R 4

que la maſſe sèche de la terre doit augmenter, et que la maſſe aqueuſe doit diminuer petit à petit; mais enfin les travaux d'un philoſophe (*) de nos jours ont découvert la mépriſe du chimiſte qui avait trompé *Boyle*, et enſuite *Newton*.

Il a été prouvé par des expériences réitérées qu'en effet l'eau pure ne ſe transforme point en terre; (1) et il n'y a d'ailleurs aucun exemple que jamais rien ſe ſoit changé en feu, ni que le feu ait produit autre choſe que du feu.

Il réſulte donc que le feu eſt un être élémentaire, dont les parties conſtituantes ſont dés élémens inaltérables;

(*) M. *Boerhaave*.

(1) L'eau eſt une ſubſtance qui reſte dans l'état de liquidité à un degré de chaleur connu; il faudrait, pour qu'elle ſe changeât en terre, que, ſans perdre aucun de ſes principes, ou ſans ſe combiner avec un principe étranger, elle perdît cette propriété, ſoit par l'action du feu, ſoit par l'effet de la végétation. Si on met de l'eau diſtillée dans un vaſe de verre fermé hermétiquement, et qu'on l'expoſe à une chaleur modérée pendant un long-temps, l'eau ſe trouble, diminue de volume, et on voit une terre fine et légère qui, après être reſtée répandue dans la liqueur, ſe précipite au fond du vaſe. Mais on a obſervé que le vaſe était attaqué par l'eau, qu'il avait perdu de ſon poids, et que cette terre était produite, du moins en très-grande partie, par la combinaiſon de l'eau avec la ſubſtance du vaſe. Si l'on plante une branche de ſaule dans de l'eau diſtillée, et qu'on l'arroſe avec de l'eau auſſi diſtillée, elle croît et acquiert par conſéquent plus de terre qu'elle n'en contenait d'abord. Mais cette quantité de terre eſt très-peu de choſe; et comme l'eau diſtillée contient elle-même un peu de terre qui s'enlève dans la diſtillation, comme il peut s'en trouver auſſi dans l'air que la plante abſorbe, on peut expliquer cette augmentation de terre dans la plante, ſans être obligé de recourir à une véritable transformation de l'eau. On pourrait dire auſſi que l'eau, dans la végétation, perdant quelques-uns de ſes principes, ou ſe combinant avec ceux que l'air peut fournir, devient une ſubſtance infuſible à un degré de chaleur plus grand que celui qu'elle avait.

Les expériences, les obſervations ne prouvent donc point que l'eau ſe transforme en terre : cependant dans les détails des expériences il ſe préſente pluſieurs circonſtances qui paraiſſent favorables à cette opinion.

il ne fe change en aucune autre fubftance, et aucune n'eft changée en lui.

Il eft donc à croire que l'air pur, dégagé de tout le chaos de l'atmofphère, l'eau pure, la terre fimple ne fe changeant en aucun autre corps, font les élémens primitifs de toute matière, au moins connue.

Les élémens que la chimie a découverts ne paraiffent être autre chofe que ces quatre élémens; car tout foufre, tout fel, toute huile, toute tête morte contient toujours quelqu'un des quatre élémens, ou les quatre enfemble; et à l'égard de ce qu'on a nommé l'*efprit* ou le *mercure*, ou ce n'eft rien, ou c'eft du feu.

Ainfi il femble qu'après toutes les recherches de la philofophie moderne, on peut revenir à ces quatre élémens que l'antiquité avait admis fans les trop connaître, et ce ne ferait pas la feule idée ancienne que les travaux du dernier fiècle auraient juftifiée en l'approfondiffant.

Il paraît en effet qu'il eft néceffaire que la matière, telle qu'elle eft, foit compofée d'élémens inaltérables : tout le mouvement imaginable n'en ferait jamais que la même fubftance mue différemment : on ne voit pas comment un morceau de bois, par exemple, divifé et atténué, ferait jamais autre chofe que du bois en pouffière.

Ne fuit-il pas de tout ce qui a été dit, que le feu eft une fubftance inaltérable dans la conftitution préfente des chofes; qu'il n'eft jamais ni détruit ni augmenté par aucune autre fubftance; que par conféquent il y a toujours dans la nature la même quantité de feu; qu'ainfi lorfqu'un corps eft plus échauffé, il faut qu'il y en ait quelque autre qui fe refroidiffe; que par conféquent le feu, dardé à tout moment du foleil fur les planètes, doit augmenter la fubftance de ces globes, et diminuer celle du foleil, qui doit avoir des reffources d'ailleurs pour renouveler fa fubftance? &c.

Sans chercher à préfent à tirer plus de conféquences, et nous repofant fur cette idée, que le feu eft une *fubftance élémentaire*, à quoi le reconnaîtrons-nous? quels effets établiffent fon caractère diftinctif?

Sera-ce la diffolution des corps? mais l'eau diffout à la longue jufqu'aux métaux. Sera-ce la dilatation? mais l'air dilate vifiblement tous les corps minces et élaftiques dans lefquels on le comprime. L'eau dilate les corps, le bois fec; et le feu, au contraire, les refferre.

Quel eft le caractère de la fubftance du feu? *Le feu*, en général, *eft le feul être qui éclaire et qui brûle :* ces deux effets ne s'accompagnent pas toujours; le feu du foleil répercuté fur la lune, renvoyé vers nous, et réuni au foyer d'un verre ardent, jette une grande lumière; il éclaire beaucoup; mais il ne peut rien échauffer, encore moins brûler, parce qu'il y a trop peu de rayons. Le feu, au contraire, dans une barre de fer, non encore ardente, échauffe, brûle, et ne peut éclairer nos yeux, parce que le feu n'a pu encore s'échapper affez de la furface du fer, pour venir en rayons divergens former fur nos yeux des cônes de lumière dont le fommet doit être dans chaque point de cette barre.

C'eft donc, en général, de la quantité de fa maffe et de la quantité de fon mouvement que dépendent fa chaleur et fa lumière; mais il eft le feul être connu qui *puiffe éclairer et échauffer :* voilà fimplement fa définition.

ARTICLE II.

Si le feu est un corps qui ait toutes les propriétés générales de la matière.

L E feu a-t-il les autres propriétés primordiales de la matière? Il eft mobile, puifqu'il vient à nos yeux en fi peu de temps : il eft divifible et plus divifible par nous que les autres corps, puifqu'on fépare le moindre de fes traits en fept faifceaux de rayons différens.

Il eft étendu par conféquent : mais a-t-il la pefanteur et la pénétrabilité de la matière? eft-il en effet un corps tel que les autres corps? Plufieurs philofophes très-refpectables en ont douté.

Newton, page 207 *de fes Principes, fcolie de la propofition* 96, dit qu'il n'examine pas fi *les rayons du foleil font un corps ou non; qu'il détermine feulement des trajectoires des corps femblables aux trajectoires des rayons du foleil.* Le feu eft-il un corps?

Or, puifqu'il eft conftant par l'expérience que les rayons du foleil réunis font le feu le plus pur et le plus violent, douter s'ils font un corps, c'eft douter fi le feu eft un corps.

D'autres phyficiens, dont la raifon s'eft éclairée par quarante ans d'études et d'expériences, après avoir cherché fi le feu a quelque poids, ne lui en ont jamais trouvé. Le célèbre *Boerhaave* dit dans fa chimie qu'ayant pefé huit livres de fer froid, puis tout ardent, puis refroidi encore, il a toujours trouvé fon même poids de huit livres. Le feu eft-il pefant?

Cette épreuve femble réclamer contre d'autres épreuves faites par des mains non moins habiles et non moins exercées. On fait que cent livres de plomb produifent, après la calcination, jufqu'à cent dix livres de *minium*.

On fait que quatre onces d'antimoine, expofées près du foyer du verre ardent du Palais royal, après avoir été calciné au feu élémentaire, ont pefé auffi près d'un dixième plus qu'auparavant, quoique cet antimoine eût perdu beaucoup de fa fubftance dans l'exhalaifon de fa fumée, &c.

Il ne s'agit à préfent que de favoir fi cette augmentation de poids dans cette expérience peut prouver la pefanteur du feu, et fi l'égalité de poids, dans l'expérience de M. *Boerhaave*, peut prouver que le feu ne pèfe point.

Qu'il me foit permis de rapporter ici ce que je viens de faire pour m'éclairer fur cette difficulté.

Le refpect que l'on doit au corps qui jugera ce faible effai, eft un garant de l'exactitude avec laquelle j'ai tâché de m'inftruire, et de la fidélité avec laquelle je rapporte ce que j'ai vu, dont d'ailleurs j'ai dix témoins oculaires.

J'ai été exprès à une forge de fer, et là, ayant fait réformer toutes les balances, et en ayant fait apporter d'autres, toutes les balances de fer ayant des chaînes de fer au lieu de cordes, j'ai fait pefer depuis une livre jufqu'à deux mille livres de métal ardent et refroidi, et n'ayant jamais trouvé la moindre différence dans le poids, voici comme je raifonnais. Ces maffes enormes de fer ardent avaient acquis par leur dilatation une plus grande furface ; elles devaient donc avoir alors moins de pefanteur fpécifique. Je puis donc, de cela même qu'elles pèfent également chaudes que froides, conclure que le feu qui les pénétrait leur donnait précifément autant de poids que leur dilatation leur en fefait perdre, et que par conféquent le feu eft réellement pefant.

Mais, difais-je, toutes les calcinations après lefquelles

les matières ont augmenté de poids, n'ont-elles pas aussi dilaté ces matières? il leur arrive donc la même chose qu'à mon fer ardent. Cependant ces matières pèsent brûlantes et calcinées un dixième de plus qu'avant d'avoir été exposées au feu; et deux milliers de fer ardent et froid conservent toujours leur même poids. Se peut-il que dans quatre onces de poudre d'antimoine exposées quelques minutes au feu du soleil, ou calcinées quelques heures au fourneau de réverbère, il soit entré incomparablement plus de matière ignée que dans ces masses pénétrées pendant vingt-quatre heures du feu le plus violent?

Je songeai donc à peser quelque chose de beaucoup plus chaud encore que le fer embrasé; je suspendis près d'un fourneau où l'on fait la fonte, trois marmites de fer très-épaisses, à trois balances bien exactes; je fis puiser de la fonte en fusion; je fis porter cent livres de ce feu liquide dans une marmite, trente-cinq livres dans une autre, vingt-cinq livres dans la troisième. Il se trouva, au bout de six heures, que les cent livres avaient acquis quatre livres étant refroidies, les vingt-cinq livres à peu-près une livre, et les trente-cinq livres environ une livre une once et demie.

Je m'étais servi dans cette expérience de la fonte blanche, dont il est parlé dans l'*Art de forger le fer*, livre qui devait procurer au public plus d'avantages que la jalousie des ouvriers ne l'a souffert.

Je répétai plusieurs fois cette expérience, et je trouvai toujours à peu-près la même augmentation de poids dans la fonte blanche refroidie.

Mais la fonte grise, qui est toujours moins cuite, moins métallique que l'autre, me donna toujours un même poids, soit froide, soit ardente.

Que dois-je penfer de cette expérience? S'il eft vrai, comme le dit M. de *Réaumur* dans les mémoires de 1726, que le fer *augmente de volume en paffant de l'état de fufion à celui de folidité*, il doit donc avoir une pefanteur fpéci- fique moindre dans l'état de folidité, et cependant le voilà qui, folide, pèfe beaucoup plus que fluide; voilà quatre livres d'augmentation fur cent, quand la furface eft devenue plus large, et que le feu dont il était pénétré s'eft échappé pendant plus de fix heures.

Cette augmentation de volume et cette perte de fa fubftance devraient concourir à le faire pefer bien moins; l'air dans lequel on le pèfe froid, étant alors plus denfe, devrait diminuer encore un peu le poids de ce métal; malgré tout cela, ce métal pèfe toujours beaucoup plus étant refroidi qu'en fufion.

Or, en fufion, il contenait incomparablement plus de feu qu'étant refroidi; donc il femble qu'on doive con- clure que cette prodigieufe quantité de feu n'avait aucune pefanteur; donc il eft très-poffible que cette augmentation de poids foit venue de la matière répandue dans l'atmo- fphère; donc dans toutes les autres opérations par lefquelles les matières calcinées acquièrent du poids, cette augmentation de fubftance pourrait auffi leur être venue de la même caufe, et non de la matière ignée. Toutes ces confidérations m'obligent à refpecter l'opinion que le feu ne pèfe point.

Mais, d'un autre côté, je confidère que cette augmen- tation apparente de volume dans le fer, lorfque de fondu il devient folide, eft due très-vraifemblablement à la dilatation des vafes et des moules dans lefquels on le répand, qui fe contractent avant que le fer fe foit refferré; et fi cela eft, je conclus que le fer en fufion, dilaté, doit en effet pefer fpécifiquement moins, et folide doit pefer en raifon de fon volume.

J'obferve auffi qu'il en eft de même de tous les métaux en fufion, qu'ils doivent tous pefer folides plus que fluides, fans que cet excès de pefanteur dans les métaux refroidis vienne d'aucune addition de matière étrangère.

Je vois que, fi le plomb, l'étain, le cuivre, &c, pèfent moins en fufion que refroidis, ils acquièrent au contraire du poids dans la calcination.

Maintenant de deux chofes l'une ; ou dans cette calcination la matière acquiert un moindre volume, confervant la même maffe, et alors par cela feul elle doit pefer un peu davantage, ou bien fans avoir un moindre volume, elle acquiert plus de maffe : ce furplus de maffe lui vient ou du feu, ou de quelque autre matière. Il n'eft pas probable que cent livres de plomb acquièrent dix livres de feu. Il n'y a peut-être pas dix livres de feu dans tout ce que l'on brûle en un jour fur la terre; mais auffi il n'eft pas probable que le feu ne contribue en rien à cette addition de poids.

Je joins à cette probabilité, qu'il n'y a d'ailleurs aucune raifon pour priver l'élément du feu de la pefanteur qu'ont les autres élémens, et je conclus qu'il eft très-probable que le feu eft pefant. (2)

(2) Plufieurs phyficiens ont répété depuis les expériences fur la différence de poids qu'on peut foupçonner entre une maffe de métal rouge et la même maffe refroidie, et ils ont trouvé des conclufions oppofées, ce qui devait arriver, parce que cette différence eft néceffairement très-petite, imperceptible dans de petites maffes, et fort au-deffous de l'erreur qu'on peu commettre en pefant des maffes confidérables.

Quant à l'augmentation de poids des métaux calcinés, la conjecture de M. de *Voltaire*, page 270, a été confirmée par des expériences non douteufes. On fait à préfent qu'il fe combine avec les métaux pendant la calcination une certaine quantité d'*air vital* ou *air déphlogiftiqué de Prieftlei*

Les philofophes qui refufent au feu l'impénétrabilité ne manqueront pas encore de raifons. Il eft conftaté, diront-ils, que la lumière eft du feu, que ce feu vient à nos yeux, que fes traits, fes rayons font colorés, c'eft-à-dire, que les rayons producteurs du rouge doivent toujours donner la fenfation du rouge, &c.

Or, cela pofé, vous regardez deux points, dont l'un eft rouge et l'autre bleu; non-feulement les rayons bleus et rouges fe croifent néceffairement avant d'arriver à vos yeux; mais dans ce point d'interfection, il paffe encore une infinité de rayons de l'atmofphère; réuniffez encore dans ce même point tous les rayons réfléchis d'un miroir concave, et tous ceux d'un verre lenticulaire qui lui fera oppofé, vous n'en verrez toujours que plus vivement le point rouge et le point bleu; ces deux traits de feu viendront toujours à vos yeux dans leur même direction, à travers ces mille millions de traits qui pénètrent leur furface: le feu ne femble donc pas impénétrable.

Le feu, fuivant l'idée de ces philofophes, ferait donc une fubftance qui aurait quelques attributs de la matière, et qui ne ferait pas en effet matière. Il aurait la divifi-bilité, la mobilité, l'étendue; mais il n'aurait ni la gravitation vers un centre, ni l'impénétrabilité, caractère plus inhérent dans la matière que la gravitation.

Il agirait fur les corps, fans être entièrement de la nature des corps; ce qui ne ferait pas incompatible. Il ferait dans l'ordre des êtres une fubftance mitoyenne entre les corps plus groffiers que lui, et d'autres fubftances plus pures que lui: il tiendrait à ceux-ci par la pénétrabilité

qui en augmente le poids. C'eft par cette raifon que la calcination des métaux eft impoffible dans les vaiffeaux clos, quelque violent que foit le feu qu'on leur applique.

et

et par fa liberté de n'être entraîné vers aucun centre : il tiendrait aux autres par fa divifibilité, par fon mouvement; femblable en ce fens à ces fubftances qui femblent marquer les bornes de ces efpèces qui ne font ni animaux ni végétaux abfolus, et qui femblent être les degrés par lefquels la nature paffe d'un genre à un autre. On ne peut pas dire que cette chaîne des êtres foit fans vraifemblance, et cette idée, qui agrandit l'univers, n'en ferait par-là que plus philofophique.

Cependant, quoiqu'aucune expérience ne femble encore avoir conftaté invinciblement la pefanteur et l'impénétrabilité du feu, il paraît qu'on ne peut fe difpenfer de les admettre.

A l'égard de la pefanteur, les expériences lui font au moins très-favorables.

A l'égard de l'impénétrabilité, elle paraît plus certaine : car le feu eft corps, fes parties font très-folides puifqu'elles divifent les corps les plus folides, puifque l'aiguille d'une bouffole tourne au foyer d'un verre ardent, &c.

La folidité emporte néceffairement l'impénétrabilité. Il eft vrai que les traits de feu qu'on nomme *rayons de lumière*, fe croifent; mais ils peuvent très-bien fe croifer fans fe pénétrer : car tout corps ayant incomparablement plus de pores que de matière, ces traits de feu paffent, non pas dans la fubftance folide des parties élémentaires les unes des autres, ce qui ferait incompréhenfible, mais dans les pores les uns des autres; et non-feulement ils peuvent fe croifer ainfi, mais ils fe croifent l'un par deffus l'autre comme des bâtons; et de-là vient, pour le dire en paffant, que deux hommes ne voient jamais le même point phyfique, le même *minimum* vifible.

Phyfique, &c.   S

Il paraît donc enfin qu'on doit admettre que le feu a toutes les propriétés primordiales connues de la matière.

Voyons ses propriétés particulières et d'où elles dépendent, pour tâcher de connaître quelque chose de sa nature.

ARTICLE III.

Quelles sont les autres propriétés générales du feu.

LES deux attributs qui caractérisent le feu étant de brûler et d'éclairer, d'où lui viennent ces deux attributs, et quelles autres propriétés en résultent ?

SECTION PREMIERE.

D'où le feu a-t-il le mouvement ?

LE feu ne peut éclairer, échauffer, brûler que par le mouvement de ses parties ; d'où ce mouvement lui viendra-t-il ? sera-ce de quelqu'autre matière plus ténue, plus fluide encore ? mais d'où cette autre matière aura-t-elle son mouvement ? Pourquoi cette matière ne fera-t-elle pas elle-même les mêmes effets que le feu ? Pourquoi recourir à une autre matière qu'on ne connaît pas ?

Cette autre matière agirait ou dans le plein absolu, ou dans le vide ; si elle est supposée dans le plein, cette supposition est exposée à d'étranges contradictions : comment une étincelle de feu, venant de *Sirius* jusqu'à nous, dérangera-t-elle ce plein prodigieux ? comment un rayon de soleil percera-t-il plus de trente millions de lieues en huit minutes ? D'ailleurs quelle foule d'objections contre le plein abfolu ! Si cette matière eft fuppofée agir dans l'efpace non rempli, quel befoin avons-nous d'elle pour produire l'action du feu ? Le feu eft un élément , fes parties conftituantes ne s'altèrent donc point, du moins tant que cet univers fubfifte ; que fervira donc une autre matière infenfible à ces parties conftituantes ? Il ne faut admettre de principe invifible , infenfible , que quand ce premier principe invifible , infenfible , eft d'une néceffité primordiale abfolue , inhérente dans la nature des chofes. Ne ferait-il pas contre toute philofophie d'expliquer le mouvement connu d'un élément par le mouvement fuppofé d'un autre élément inconnu ? Il faut donc croire que le feu a le mouvement originairement imprimé en lui-même, jufqu'à ce qu'on foit bien fûr qu'il y a une autre fubftance qui le lui donne.

Le feu étant toujours par fa nature en mouvement, fes parties étant les plus fimples , et par conféquent les plus folides des corps connus , tous les corps connus étant poreux, le feu habite néceffairement dans les pores de tous les corps : il les étend , les meut , les échauffe et les confume, felon fa quantité et fon degré de mouvement.

Tous les corps tendent à s'unir par la même loi qui fait graviter tous les corps céleftes vers un foyer commun , quelle que foit la caufe de cette tendance : donc toutes les parties de chaque corps prefferaient également vers le centre de ce corps , et tous les corps compoferaient des maffes également dures, fi le feu étant toujours en mouvement, n'écartait ces parties toujours prêtes à s'unir.

Le feu réfifte donc continuellement à l'effort des corps, et les corps lui réfiftent de même : cette action et cette réaction continuelle entretiennent donc un mouvement fans interruption dans toute la nature.

Pourquoi tous les animaux font-ils plus grands le jour que la nuit? pourquoi les maifons font-elles plus hautes à midi qu'à minuit? pourquoi toute la nature eft-elle dans une agitation plus ou moins grande, felon que les climats font plus ou moins chauds? Faudra-t-il pour expliquer ces phénomènes continuels, recourir à autre chofe qu'au feu? fon abfence ne fait-elle pas fenfiblement le repos? fa préfence ne fait-elle pas fenfiblement le mouvement? Faudra-t-il, encore une fois, imaginer une autre matière que le feu pour rendre raifon de la chaleur?

Loin que ce foit le mouvement interne des corps qui puiffe produire et faire en effet du feu, c'eft donc réellement le feu qui produit le mouvement interne de tous les corps. Mais, dira-t-on, comment peut-il exciter des fermentations froides, qui font baiffer le thermomètre? Comment peut-il en agitant l'air, caufer des vents qui apportent la gelée?

Je répondrai que ces effets arrivent de la même manière que nous fefons geler les liqueurs; en mettant du feu autour de la maffe de neige et de fel qui entourent la liqueur que nous voulons glacer; à peine le feu a-t-il commencé à fondre cette maffe de neige et de fel que notre liqueur fe gèle : voilà du mouvement et une fermentation des plus froides à la fuite de ce mouvement : c'eft ainfi qu'une demi-once de fel volatil d'urine, et trois onces de vinaigre, en fermentant, font baiffer le thermomètre de neuf à dix degrés. Il y a certainement du feu dans ces deux liqueurs, fans quoi elles ne feraient point fluides; mais il y a auffi autre chofe que du feu, il y a des fels; plufieurs parties de ces fels ne fe coagulent-elles pas en la même manière que plufieurs parties de fel et de glace entrent dans nos liqueurs que nous glaçons?

De même l'air dilaté par le moyen du feu, de quelque manière que ce puiffe être, foit par des exhalaifons, foit par l'action immédiate des rayons du foleil; cet air, dis-je, nous apporte du Nord des fels coagulés ; et pourquoi ces fels fe coagulent-ils dans un air que la chaleur dilate? N'eft-ce point que ces fels contiennent en eux moins de feu que les autres parties de l'atmofphère, et qu'ainfi ils s'uniffent quand l'atmofphère fe dilate? Ils excitent alors un vent froid, qui n'eft autre chofe qu'une fermentation froide : le feu par fon mouvement peut donc unir enfemble des matières qui par-là même deviennent froides.

Que l'on jette des morceaux de glace dans l'air, ils feront toujours froids quoiqu'en mouvement ; les exhalaifons du Nord, le vent qui n'eft autre chofe que l'air dilaté, doivent être confidérés comme une puiffance qui pouffe des parties de glace.

Le feu par fon mouvement contribue donc même au froid, puifqu'avec le feu nous glaçons des liqueurs ; puifque des fluides empreints de matière ignée, tels que le fel volatil d'urine et le vinaigre, tels que le fel ammoniac et le mercure fublimé, font baiffer prodigieufement le thermomètre ; puifque l'air dilaté par l'action du feu nous apporte du Nord des particules froides. (3)

(3) Ces phénomènes paraiffent indiquer un nouveau principe qu'on ne foupçonnait pas, lorfque M. de *Voltaire* écrivit cet effai. Les corps en paffant de l'état de folide à l'état de liquide, de celui de liquide à l'état de vapeurs, en fe combinant, en fe diffolvant dans les menftrues, paraiffent acquérir la propriété de s'unir à une quantité de feu plus ou moins grande que dans leur état antérieur ; en forte qu'ils peuvent refroidir ou échauffer les corps avec lefquels ils communiquent, tandis que s'ils étaient reftés dans leur premier état, ils n'auraient rien changé à la température de ces mêmes corps. On a fait depuis quelques années des expériences très-fuivies, et très-bien faites fur cette claffe de phénomènes. Il paraît donc que le feu s'applique aux corps de trois manières

SECTION II.

N'est-il pas la cause de l'élasticité ?

L E feu étant en mouvement dans tous les corps, le feu agiffant par ce mouvement, la réaction étant toujours égale à l'action, ne fuit-il pas que le feu doit caufer l'élafticité ?

Etre élaftique, c'eft revenir par le mouvement au point dont on eft parti ; c'eft être repouffé en proportion de ce qu'on preffe. Pour que les mixtes aient cette propriété, il faut qu'ils ne foient pas entièrement durs, que l'adhéfion de leurs parties conftituantes ne foit pas invincible : car alors rien ne pourrait preffer et refouler leurs parties, ni en dedans, ni en dehors.

Une balle fait reffort en tombant fur une pierre, parce que les parties qui touchent la pierre en font repouffées ; parce que la réaction de la pierre eft égale à l'action de la balle : quand cette balle, ayant cédé à cet effort qui lui a ôté fa rondeur, la reprend enfuite, c'eft parce que fes parties qui étaient preffées fe renflent, s'étendent. Il y a donc de toute néceffité un pouvoir qui diftend toutes ces parties ; ce pouvoir n'eft que du mouvement, le feu qui eft dans ce corps eft en mouvement, le feu caufe donc l'élafticité.

---

différentes ; 1°. en forte qu'il puiffe en être féparé fans y rien changer que leur température ; 2°. de manière à ne pouvoir en être féparé que lorfque l'état de ces corps vient à changer ; 3°. par une véritable combinaifon qu'on ne peut détruire fans changer la nature du corps. On peut confulter fur cet objet les ouvrages de MM. *Schéele*, *Black*, *Crawford* ; on y trouvera des expériences bien faites, bien combinées, et des vues ingénieufes.

Que le feu foit l'origine de cette propriété, c'eft une chofe d'autant plus probable que le feu lui-même femble parfaitement élaftique ; fes parties élémentaires étant néceffairement très-folides, fe choquant continuellement, et fe repouffant avec une force proportionnée à leur choc, doivent faire des vibrations continuelles dans les corps. Un corps ferait parfaitement dur s'il était abfolument privé de feu.

S'il en était tout pénétré, et que fes parties ne puffent réfifter aucunement à l'action du feu, fes parties auraient encore moins de cohérence que les fluides les plus fubtils, et il ferait entièrement mou ; un corps n'eft donc élaftique qu'autant que fes parties conftituantes réfiftent au mouvement du feu qu'il renferme.

C'eft ce que l'expérience confirme dans tous les corps élaftiques. Plus on a augmenté l'adhéfion, la cohérence des parties d'un métal, en le comprimant fous le marteau, plus alors cette adhéfion furpaffe l'action du feu que contient ce métal ; alors fon reffort eft toujours plus grand ; qu'il foit échauffé, le reffort diminue ; qu'il foit enfuite en fufion, ce reffort eft perdu entièrement. Laiffez refroidir ce corps fondu, c'eft-à-dire, laiffez exhaler le feu étranger et furabondant qui le pénétrait, ne lui laiffez que la quantité de fubftance de feu qui était naturellement dans les pores de fes parties conftituantes, le reffort fe rétablit.

S 4

SECTION III.

L'air ne reçoit-il pas aussi son ressort du feu ?

L'AIR, ce corps si singulièrement élastique, paraît recevoir son ressort du feu par les mêmes raisons.

L'air de notre atmosphère est un assemblage de vapeurs de toute espèce, qui lui laissent très-peu de matière propre.

Otez de cet air l'eau dans laquelle il nage, et dont la pesanteur spécifique est au moins 850 fois plus grande que celle de cet air ; ôtez-en toutes les exhalaisons de la terre, que restera-t-il à l'air pur pour sa pesanteur ? Il est impossible d'assigner ce peu que l'air pur pèse par lui-même ; il reçoit donc certainement d'une autre matière cette grande pesanteur qui soutient 33 pieds d'eau, ou 29 pouces de mercure : cette force, qui surprit tant le siècle passé, ne lui appartient pas en propre. (4)

Si cette pesanteur n'est pas à lui, pourquoi son ressort ne lui viendra-t-il pas aussi d'ailleurs ?

Il est constant que la chaleur augmente beaucoup le ressort d'un air enfermé ; on connaît les découvertes fines d'*Amontons* sur l'augmentation de puissance qu'un air comprimé acquiert par la chaleur de l'eau bouillante.

---

(4) M. de *Voltaire* est un des premiers qui aient annoncé que l'air, c'est-à-dire, le fluide expansible qui entoure la terre n'est point un élément simple, mais un composé d'un grand nombre de substances dans l'état d'expansibilité. On a prouvé depuis que cet air contenait non-seulement une grande quantité d'eau, et d'autres substances dans l'état de dissolution, mais qu'il était encore le résultat du mélange ou de la combinaison d'un grand nombre de substances expansibles à tous les degrés de température connus.

Voyez l'art. AIR, dans le *Dictionnaire philosophique.*

La chaleur étend l'air et augmente fenfiblement fon élafticité dans l'inftant que cet air s'étend ; ainfi l'air fe dilatant par le feu, caffe les vaiffeaux qui le renferment ; ainfi échauffé dans une veffie il la fait crever ; ainfi il fait monter le mercure et les liqueurs dans les tubes d'autant plus qu'il s'échauffe, &c.

Tant qu'il y aura du feu dans cet air comprimé, les corpufcules de l'air, écartés en tout fens, preffent en tout fens tout ce qu'elles rencontrent. Voilà l'augmentation de fon reffort.

L'air libre étant échauffé, fe diftend, s'écarte de tous côtés ; et alors ce reffort qui agiffait par la dilatation, s'épuife en proportion de ce que l'air s'eft dilaté ; ce plein air libre, échauffé, n'eft plus fi élaftique, parce qu'alors il y a moins d'air dans le même efpace.

De même, quand le métal pénétré de feu s'étend de tous côtés, alors il y a moins de métal dans le même efpace ; et quand il eft fondu, il s'eft étendu autant qu'il eft poffible ; alors fon reffort eft perdu autant qu'il eft poffible.

Ce métal refroidi redevient élaftique ; auffi l'air libre refroidi, revenu dans fon premier état, reprend fon élafticité première ; mais fi l'air eft plus refroidi encore, fi le froid le condenfe trop, alors fon reffort s'affaiblit ; n'eft-ce pas que l'air n'a plus alors la quantité de feu néceffaire pour faire jouer toutes fes parties, et pour le dégager de l'atmofphère engourdie qui le renferme ?

Si l'air était abfolument privé de feu, il ferait fans mouvement et fans action.

SECTION IV.

Suite de l'examen, comment le feu cause l'élasticité.

Tous les liquides, quoique d'une autre nature que l'air, ne doivent-ils pas aussi au feu leur plus ou moins d'élasticité ? Le feu, qui subsiste dans l'eau, retient les parties de l'eau dans une défunion continuelle. L'eau est alors par rapport à la quantité de feu qu'elle contient, ce qu'est un métal enflammé par rapport à la quantité de feu qui le pénètre. Ce métal en fusion perd son ressort. L'eau coulante est aussi dans une espèce de fusion et par conséquent sans élasticité ; mais dès qu'elle contient moins de feu, dès qu'elle est glacée, elle fait ressort comme le métal refroidi, parce qu'alors elle peut réagir comme le métal, contre l'action d'un moindre feu qu'elle contient : or, que la glace contienne du feu, on ne peut en douter puisqu'on peut rendre la glace 30 à 40 fois plus froide encore qu'au premier degré de congélation ; et si on pouvait trouver le dernier terme de la glace on trouverait celui de l'extrême dureté des corps.

Ceux qui pour expliquer l'élasticité ont employé la matière subtile, de l'existence de laquelle on n'a de preuve que le besoin qu'on croit en avoir ; ceux-là, dis-je, ont toujours eu dans leur système quelque contradiction à dévorer.

S'ils disent, par exemple, qu'une lame d'acier courbée fait ressort parce que cette matière subtile, qu'on suppose être par-tout, fait un effort violent pour repasser par les pores de cet acier que sa courbure vient de rétrécir, ils s'aperçoivent auffitôt que la loi des fluides les contredit : car tout fluide libre preffe également par-tout, et de plus fi la matière fubtile eft fuppofée faire tourner notre globe d'Occident en Orient , comment caufera-t-elle un reffort dans un fens contraire?

S'ils difent que la matière fubtile , rempliffant tous les pores des corps et tout l'univers , eft compofée de petits tourbillons logés dans les corps ; que les parties de ces tourbillons, tendant toujours à s'échapper par la tangente, font la caufe du reffort, que de difficultés et de contradictions encore! Ces petits tourbillons font-ils compofés d'autres tourbillons? il le faut bien puifqu'ils ont des parties. La dernière de ces particules fera-t-elle un tourbillon ? en quelle direction fe mouvront-ils ? eft-ce en un feul fens ? eft-ce en tout fens ? Qu'on fonge bien qu'ils rempliffent l'univers, et qu'on voie ce qui en réfulterait. Il faudrait que tout fuivît cette direction de leur mouvement. Sont-ils durs ? font-ils mous ? S'ils font durs , comment laifferont-ils venir à nous un rayon de lumière? s'ils font mous , comment ne fe confondront-ils pas tous enfemble ? De quelque côté qu'on fe tourne , on eft environné d'obfcurités.

Je demande fimplement fi dans les incertitudes où nous laiffe la phyfique , il ne vaut pas mieux s'en tenir aux fubflances dont au moins on connaît l'exiftence et quelques propriétés , que de rechercher des êtres dont il faut deviner l'exiftence. Nous fommes tous des étrangers fur la terre que nous habitons ; ne devons-nous pas plutôt examiner ce qui nous entoure , que de faire la carte des pays inconnus ? Nous voyons du feu fortir des corps où il était enveloppé ; nous voyons qu'il eft dans tous les corps connus, qu'il imprime évidemment des vibrations à leurs parties , que quand ces vibrations font finies par la diffolution du corps , tout reffort ceffe ; nous fentons que l'air devient plus élaftique quand il s'échauffe , et moins quand il eft très-froid ; pourquoi donc chercher ailleurs que dans cet élément du feu , l'élafticité qu'il donne fi fenfiblement ? Par-là on ne fe chargerait du fardeau d'aucune hypothèfe ; et certainement on n'avancerait pas moins dans la connaiffance de la nature. (5)

SECTION V.

N'eft-il pas la caufe de l'électricité ?

S'IL eft vraifemblable que le feu eft la caufe de l'élafticité , il ne l'eft pas moins que l'électricité foit auffi un de fes effets.

La marche de l'efprit humain doit être , ce femble , de fe contenter d'attribuer les mêmes effets aux mêmes caufes , jufqu'à ce que l'expérience découvre une caufe

---

(5) Il n'eft point prouvé que la caufe de l'élafticité des refforts foit la même que celle de la force par laquelle les corps dans l'état d'expanfion tendent à occuper un plus grand efpace. Il femble que la première force peut être l'effet de celle qui produit la cohéfion. Les molécules d'un corps ont pris un certain ordre en vertu de cette force ; vous changez cet ordre en preffant le corps ou en le pliant ; fi vous ceffez d'agir , les molécules dérangées de cet état qui était relativement à cette force l'état d'équilibre , tendront à s'y reftituer. Quant à la force des fubftances expanfibles , elle paraît inexplicable par la force d'attraction , par la tendance à l'équilibre d'un fyftême de molécules qui s'attirent ; peut-être a-t-elle pour caufe quelque propriété de feu encore inconnue. Du moins , comme la chaleur augmente cette force , et que le froid la diminue , comme le feu met dans l'état d'expanfibilité des fubftances liquides ou folides , on ne peut nier qu'il n'agiffe comme caufe ou comme moyen dans les phénomènes que préfente la force expanfive.

nouvelle. Or l'électricité paraît toujours produite par la caufe qui produit toujours du feu dans les corps durs, c'eft-à-dire, qui développe le feu que ces corps durs contiennent : cette caufe eft le frottement, l'attrition des parties. Il n'y a aucun corps dur frotté, qui ne s'échauffe ; il n'y a aucun corps électrique qui ne doive être frotté avant d'exercer cette électricité.

Quelques corps durs frottés s'enflamment ; quelques corps électriques jettent des étincelles brûlantes ; tous après un long et violent frottement jettent de la lumière.

Il eft vrai que les métaux, quelque attrition qu'ils puiffent éprouver, n'attirent point les corps minces à eux, n'exercent point d'électricité ; mais on ne dit point que tout ce qui prend feu foit électrique ; on remarque feulement que tout ce qui devient électrique jette du feu plus ou moins : donc le feu paraît avoir très-grande part à cette électricité. Au moins il eft indubitable qu'il n'y a point d'électricité fans mouvement ; et qu'il n'y a point dans la nature de mouvement fans le feu. (6)

(6) Lorfqu'on approche deux corps dans lefquels l'électricité n'eft pas en équilibre, il arrive qu'à l'inftant où l'équilibre fe rétablit, foit lentement, foit dans un feul inftant, il fe manifefte du feu; ce feu eft vifible dans l'air et dans le vide, produit de la chaleur, allume les corps inflammables, fond les métaux. Ce feu paraît moins fimple que celui des rayons de lumière raffemblés au foyer d'un miroir ; il a une odeur propre, et d'ailleurs il produit fur les corps qu'il traverfe des effets chimiques que les rayons du miroir ardent ne paraiffent point produire. On peut obferver que comme les corps changent de température fenfible, en paffant de l'état de folide à celui de liquide ; de l'état de liquide à celui de vapeurs, de même ce changement influe fur leur état relativement, à l'électricité. Le plus ou le moins de chaleur agit auffi fur l'électricité ; la glace devient électrique par frottement comme le verre, à un certain degré de froid ; le verre devient électrique par communication comme les métaux, à un certain degré de chaleur.

On ne favait prefque rien fur l'électricité en 1740.

ARTICLE IV.

Suite des autres propriétés générales, par lesquelles on cherche à déterminer la nature du feu.

LE feu comme tout autre fluide se meut également en tout sens ; ou plutôt ne pouvant se mouvoir qu'avec cette égalité , parce que l'action et la réaction de ses parties élémentaires sont égales , il semble être l'unique cause pour laquelle les autres fluides se meuvent ainsi.

Comment il se répand également.

Il doit donc échauffer également dans toutes ses parties un corps homogène qu'il pénètre ; sa flamme doit être ronde , et l'est toujours quand l'air ne presse pas sur le mixte qui brûle. Qu'une boule de fer soit bien enflammée dans un fourneau où l'air très-raréfié a épuisé son ressort , cette boule de fer jette des flammes également en haut et en bas ; la flamme de l'esprit de vin s'arrondit quand on la plonge dans une autre flamme.

De cette propriété inhérente dans le feu , de se répandre également s'il ne trouve point d'obstacle , il suit que tout corps enflammé doit envoyer les traits de feu également de tous les côtés , et qu'ainsi tout point lumineux est un centre dont les rayons partent et aboutissent à la surface d'une sphère.

C'est par cette propriété que le feu échauffe et éclaire en raison inverse ou réciproque du quarré des distances.

Le feu a donc la propriété d'envoyer aux corps une quantité de sa substance dans cette proportion.

Le feu paraît attiré par les corps.

Il a encore la propriété d'être attiré sensiblement par les corps.

1°. Cette attraction eſt démontrée par cette expérience connue d'une lame de couteau ou de verre, dont la pointe eſt raſée par les rayons du ſoleil dans une chambre obſcure. (*fig.* 51)

On ſait que les rayons s'infléchiſſent, ſe portent vers cette lame en proportion des diſtances, c'eſt-à-dire. que le rayon qui paſſe le plus près de cette pointe eſt celui qui s'infléchit le plus vers le couteau. Toutes les autres expériences de l'inflexion de la lumière près des corps, ſe rapportent à celle-ci. On les connaît; on n'en groſſira pas ce mémoire.

2°. La réfraction eſt encore une preuve évidente de cette attraction; on ſait aſſez que quand le verre ou l'eau, &c. reçoit un rayon oblique, ce rayon commence à ſe briſer en approchant de ce milieu, et qu'il ſe briſe toujours tant qu'il eſt entre les lignes A B, C D, (*fig.* 52) qui ſont les termes de cette attraction; après quoi il continue à aller en ligne droite; cette inflexion et ce briſement avant d'entrer dans ce corps, et en y entrant, eſt toujours d'autant plus grand que la matière qui reçoit ce rayon a plus de denſité, à moins que cette matière ne ſoit un corps oléagineux, ſulfureux, inflammable : car alors ce corps oléagineux, ſulfureux, rempli de feu, agit davantage ſur ce rayon que ne fera un corps de même denſité, mais qui contiendra moins de parties inflammables.

3°. Tout rayon tombant obliquement d'un milieu moins épais, dans un milieu plus épais, va plus rapidement dans le corps qui l'attire davantage, et cela en raiſon inverſe de la grandeur des ſinus; et non-ſeulement il accélère ſon mouvement dans ce corps en tombant en ligne oblique, mais auſſi en tombant en ligne perpendiculaire. (7) Il eft donc auffi indubitable qu'il y a une attraction entre les particules du feu et les autres corps, qu'il eft difficile d'affigner la caufe de cette attraction.

Ayant reconnu cette propriété fingulière du feu, d'être attiré par les corps, de fe plier vers eux, d'accélérer fon mouvement vers eux, et dans eux, fi tôt qu'ils font dans la fphère de l'attraction, on ne doit plus être fi étonné qu'il rejailliffe des corps folides avant de les avoir touchés; car fi les corps ont le pouvoir de l'attirer à quelque diftance, pourquoi n'auront-ils pas auffi celui de le repouffer à cette même diftance?

Il paraît repouffe fans toucher aux corps.

Or que des parties de feu foient repouffées de deffus la furface des corps fans la toucher, c'eft un phénomène dont il n'eft plus permis de douter.

On fait que la lumière tombant fur un prifme, et fefant avec fa perpendiculaire un angle de près de 40 degrés, paffe à travers de ce prifme et va dans l'air; mais qu'à un angle de 41 elle ne paffe plus, elle eft réfléchie toute entière; mais alors fi l'on met de l'eau fous ce prifme, la même lumière qui ne paffait point dans l'air à 41 degrés, paffe à cette même obliquité dans l'eau; elle trouve

---

(7) La différence de réfrangibilité des milieux n'eft point proportionnelle à leur denfité, quoique dans des corps de la même nature,
elle paraiffe en dépendre, du moins en partie. Elle depend fur-tout de la
nature de ces corps, mais fans qu'on ait pu affigner jufqu'ici les caufes
de cette dépendance, ni faifir aucun rapport entre cette force et la
quantité de phlogiftique contenu dans les corps, ou leur facilité à fe
combiner avec cette fubftance.

On fait que des rayons différens font différemment réfrangibles dans le
même milieu, et chaque rayon ne fuit pas dans les différens milieux la
même loi de réfrangibilité. Autre phénomène plus compliqué dont on
ignore abfolument la caufe et la loi. On peut confulter fur ces objets
une fuite de recherches fur l'optique publiées par M. l'abbé *Rochon*.

pourtant

pourtant dans l'eau plus de parties folides que dans l'air ; elle ne rejaillit point de deffus cette eau, et elle rejaillit de deffus cet air ; donc elle n'eft pas réfléchie en ce cas par les parties folides.

Ajoutez à cette expérience celle des corps réduits en lames minces, qui réfléchiffent certains rayons de lumière, et qui laiffent paffer ces mêmes rayons quand leurs lames font épaiffes. Ajoutez les inégalités extrêmes des miroirs les plus polis, qui cependant réfléchiffent la lumière également et avec régularité, et qui par conféquent ne peuvent renvoyer avec régularité ce qu'ils reçoivent fi irrégulièrement ; on conviendra que la lumière, qui n'eft autre chofe que du feu, rejaillit fans toucher aux corps dont elle femble rejaillir.

De cette attraction et de cette répulfion de la matière du feu à quelque diftance des corps folides, n'eft-il pas prouvé qu'il y a une action et une réaction entre tous les corps et le feu, telle qu'il y en a une entre les corps qui s'attirent et qui fe repouffent ? La différence eft (comme dit à peu-près le grand *Newton* dans fon optique) qu'il ne faut que des yeux pour voir l'attraction et la répulfion de l'électricité, et qu'il faut les yeux de l'efprit pour voir l'attraction et la répulfion du feu et des corps.

Il refte à examiner la figure du feu et fa couleur.

La figure de fes parties conftituantes doit être ronde ; c'eft la feule qui s'accorde avec un mouvement égal en tout fens, et la feule qui puiffe produire des angles d'incidence égaux aux angles de réflexion. Il eft bien vrai que ces angles d'incidence et de réflexion ne font pas produits fur la furface des corps folides ; mais ils font produits près de ces furfaces, par quelque caufe que ce puiffe être.

Quelle eft fa figure et fa couleur.

Phyfique, &c. T

Or cette caufe inconnue, et qui peut-être eft de la matière électrique, ne peut renvoyer ainfi les rayons, s'ils ne font pas propres à former toujours ces angles, et il n'y a que la figure ronde qui puiffe les former. (8)

Pour la couleur qui réfulte du feu, j'entends du feu pur et fans mélange, cette couleur dépend des rayons différens qui compofent le feu : l'affemblage des fept rayons primordiaux réfléchis donne du blanc; cependant la couleur de la lumière du foleil tire fur le jaune ; et de-là on pourrait croire que le foleil eft un corps folide, dans lequel les rayons jaunes dominent. Il n'eft nullement impoffible que le feu dans d'autres foleils ait d'autres couleurs ; et la quantité des rayons rouges ou jaunes dominant dans ce feu élémentaire, pourrait très-vraifemblablement opérer de nouvelles propriétés dans la matière.

Voilà donc à peu-près un affemblage de propriétés principales qui peuvent fervir à donner une faible idée de la nature du feu.

C'eft un élément qui a tous les attributs généraux de la matière, et qui a par-deffus encore le pouvoir d'agir fur toute matière, d'être toujours en mouvement, de fe répandre en tout fens, d'être élaftique, de contribuer à l'élafticité des corps, à leur électricité,

---

(8) Ces idées fur la forme des élémens des corps font un refte de cartéfianifme dont M. de *Voltaire* n'avait pu fe débarraffer totalement, quoiqu'il en fût alors plus dégagé que la plupart des favans de l'Europe. La feule manière plaufible d'expliquer les phénomènes de la réflexion des furfaces opaques, eft de les confidérer comme formées de corpufcules tranfparens, dans lefquels la réflexion fe fait comme dans les fphères tranfparentes, comme dans les gouttes de l'arc-en-ciel. Mais il refte à expliquer ce dernier phénomène qui femble dépendre de l'attraction, et dont on n'a point donne d'explication précife et calculée.

d'être attiré et d'être repouffé par les corps ; enfin c'eft le feul qui puiffe nous éclairer et nous échauffer. Et cette propriété de nous donner le fentiment de lumière et de chaleur, n'eft autre chofe qu'une fuite de la proportion établie entre fes mouvemens et nos organes ; et il eft très-vraifemblable que cette proportion eft néceffaire pour nous caufer ces fentimens : car l'auteur de la nature ne fait rien en vain, et ces rapports admirables de la matière du feu avec nos organes feraient un ouvrage vain, fi dans la conftitution préfente des chofes, nous pouvions voir fans yeux et fans lumière, et être échauffés fans feu.

SECONDE PARTIE.

De la propagation du feu.

On tâchera, dans cette feconde partie, d'expliquer fes doutes en autant d'articles.

1°. Sur la manière dont nous produifons du feu.

2°. Sur la manière dont le feu agit.

3°. Sur les proportions dans lefquelles le feu embrafe un corps quelconque.

4°. Sur la manière et les proportions dont le feu fe communique d'un corps à un autre.

5°. Sur ce qu'on nomme *pabulum ignis*, et ce qui eft néceffaire pour l'action du feu.

6°. Sur ce qui éteint le feu.

ARTICLE PREMIER.

Comment produisons-nous le feu?

LES hommes ne peuvent réellement produire du feu, parce qu'ils ne peuvent rien produire du tout; ils peuvent mêler les espèces des choses, mais non changer une espèce en une autre. On décèle, on manifeste le feu que la nature a mis dans les corps, on lui donne de nouveaux mouvemens, mais on ne peut produire réellement une étincelle.

Nous ne pouvons développer ce feu élémentaire que par l'un de ces cinq moyens suivans.

1°. En rendant les rayons du soleil convergens, et les assemblant en assez grand nombre.

2°. En frottant violemment des corps durs.

3°. En exposant tous les corps possibles au feu tiré de ces corps durs, comme aux charbons ardens, à la flamme, aux étincelles de l'acier, &c.

4°. En mêlant des matières fluides, comme des espèces d'huiles qui fermentent ensemble avec explosion, et qui s'enflamment.

5°. En composant des phosphores avec des matières sulfureuses et salines qui s'enflamment à l'air, comme avec du sang, des excrémens, de l'alun, de l'urine, &c. ou bien en fesant de la poudre fulminante, et autres opérations semblables.

Dans toutes ces opérations, il est aisé de voir qu'on

ne fait autre chofe que d'ajouter un feù nouveau aux corps qui n'en ont point affez, ou de mettre en mouvement une quantité de feu fuffifante qui était dans ces corps fans mouvement fenfible.

ARTICLE II,

Comment le feu agit-il ?

Le feu étant une fubftance élémentaire répandue dans tous les corps, et jufque dans la glace la plus dure, ne peut agir fur ces corps qu'en agitant leurs parties. Si cette agitation eft modérée, comme celle qu'un air tempéré communique aux végétaux, leurs pores ouverts reçoivent alors l'eau, l'air et la terre qui les entourent, et les quatre élémens unis enfemble étendent le germe de la plante qu'ils nourriffent. Si l'agitation eft trop forte, les parties du végétal défunies font difperfées, et tout peut en être aifément détruit, jufqu'au germe.

Ce mouvement qui fait la vie et la deftruction de tout, ne peut, ce me femble, être imprimé aux corps par le feu qu'en vertu de ces deux raifons-ci, ou parce qu'ils reçoivent une plus grande quantité de feu qu'ils n'en avaient, ou parce que la même quantité eft mife dans un mouvement plus violent ; et comme une quantité de feu quelconque appliquée aux corps n'agit que par le mouvement, il eft clair que c'eft le mouvement feul qui échauffe, confume et détruit les corps.

Le feu agit par fa maffe et par fa viteffe.

Il n'y a aucun corps fur la terre qui ait dans fa maffe affez de feu pour faire de foi-même un effet fenfible

Tous les corps font également chauds dans le même air.

T 3

fans fermenter avec d'autres corps : voilà pourquoi du marbre et de la laine, du fer et des plumes, du plomb et du coton, de l'huile et de l'eau, du foufre et du fable, de la poudre à canon, appliqués au thermomètre, enfemble ou féparément, ne le font ni hauffer ni baiffer, lorfque ces divers corps ont été expofés long-temps à une égale température d'air, ainfi que le thermomètre.

De grands philofophes infèrent de cette expérience qu'il y a également de feu dans tous les corps ; mais on ofe être d'une opinion différente.

Mais tous les corps n'ont pas en eux également de feu. 1°. Parce que fi cette égale diftribution de feu qu'ils fuppofent était réelle, la glace factice en aurait autant que l'alcohol le plus pur.

2°. Parce que les corps s'enflamment beaucoup plus aifément les uns que les autres ; et comme il eft certain que nous mettons plus de feu dans des matières que nous préparons dans de la chaux, par exemple, que dans le mélange d'autres pierres ; auffi paraît-il vraifemblable que la nature agit en cela comme nous, et diftribue plus de feu dans du foufre que dans de l'eau. (*)

Il paraît donc très-probable, par toutes les expériences et par le raifonnement, que de deux corps, celui qui s'enflammera le plus vîte à feu égal, contenait dans fa maffe plus de fubftance de feu que l'autre ; et qu'ainfi un pied cubique de foufre contient certainement plus de feu qu'un pied cubique de marbre.

Pourquoi donc tous les corps inégalement remplis de feu élémentaire ont-ils cependant un égal degré de chaleur, felon cette expérience faite au thermomètre ?

N'eft-ce pas pour ces raifons-ci ? Le feu n'agit dans les

(*) *Voyez l'article IV de cette feconde partie.*

corps que par un mouvement proportionnel à fa quantité ; chaque corps réfifte à l'action de ce feu qu'il contient, et quand cette réfiftance eft en équilibre avec l'action du feu, c'eft précifément comme fi le feu n'agiffait pas. Or dans tous les corps en repos, la réfiftance de leurs parties et l'action du feu contenu font en équilibre ; (car fans cela il n'y aurait point de repos) donc tous les corps en repos doivent avoir un égal degré de chaleur.

Il faut remarquer qu'il n'y a point de repos parfait ; mais le mouvement interne des corps eft fi infenfible, qu'il ne peut faire un effet fenfible fur la petite quantité de liqueur contenue dans un thermomètre. On fent affez pourquoi au thermomètre cette chaleur eft égale, et ne l'eft pas au tact de nos mains.

Pour qu'un corps s'échauffe et enfuite s'enflamme, &c. il s'agit donc de le pénétrer d'un nouveau feu, et de mettre dans un grand mouvement celui qu'il a.

Des charbons ardens, ou les rayons du foleil réunis, appliqués, par exemple, à du fer, produifent le premier effet ; l'attrition feule produit le fecond.

Les rayons du foleil, ou le feu ordinaire, ajoutent une nouvelle fubftance de matière ignée à ce fer ; l'attrition caufée par un caillou n'y ajoute que du mouvement fans nouvelle matière. Ce mouvement feul fait un fi grand effet par les vibrations qu'il excite dans ce fer, qu'une partie de lui-même en tombe incontinent, brûlante, lumineufe et vitrifiée.

L'action prefque inftantanée des rayons du foleil par le plus grand miroir ardent, produit un effet entièrement femblable.

T 4

Si les rayons agiffent les uns fur les autres.

Il faut voir à préfent fi une nouvelle quantité de traits de feu, qui pénètrent dans un mixte, agit par le nombre de fes traits et par le mouvement avec lequel chaque trait pénètre ce mixte ; ou bien fi cette force augmente encore par l'action de ces traits les uns fur les autres.

Par exemple, mille rayons arrivent d'un verre ardent à un morceau de bois ; dans le foyer de ce verre ardent, je demande fi ces mille rayons agiffent feulement par leur maffe multipliée par leur vîteffe, (on n'entre point ici dans la queftion fi la force eft mefurée par la maffe multipliée par le quarré de la vîteffe) ou fi à cette action il faut encore ajouter une force réfultante de l'action mutuelle de ces rayons les uns fur les autres.

Il paraît probable que la maffe feule des rayons multipliée par leur vîteffe, fans autre augmentation, fait tout l'effet du verre ardent : car s'il y avait une autre action quelconque, cette action ne pourrait être que latérale, c'eft-à-dire, que les rayons augmenteraient mutuellement leur puiffance en fe touchant par les côtés ; mais cette prétendue action ne ferait que détourner les rayons qui vont tous en ligne droite, et par conféquent affaiblirait leur pouvoir au lieu de le fortifier. Plufieurs coins enfoncés à la fois dans un morceau de bois, plufieurs flèches lancées à la fois dans un rond, fe nuiront fi elles fe touchent ; et comment agiront-elles fenfiblement les unes fur les autres, fi elles ne fe touchent pas ?

J'ajouterai encore que fi les rayons du feu augmentaient leur force par cette action mutuelle, (ce qui n'eft pas affurément conforme aux lois mécaniques) les rayons de la lune, reçus fur un miroir ardent, fembleraient devoir au moins faire fentir quelque chaleur à leur foyer, mais c'eft ce qui n'arrive jamais ; donc on paraît très-bien fondé à penfer que les rayons n'agiffent point réciproquement l'un fur l'autre en partant d'un même lieu, et allant frapper le même corps. Il s'en faut beaucoup que le nombre des traits de flamme qui pénètrent un corps, reçoive une nouvelle action par leur agitation mutuelle.

Qu'on mette fous un métal quelconque une mèche allumée trempée d'efprit de vin, et qu'on obferve à l'aide de l'ingénieufe invention du pyromètre, le degré d'expanfion, de raréfaction que ce métal aura acquis dans un temps donné ; fi le feu augmentait fon action par le choc mutuel de fes parties, deux mèches pareilles devraient raréfier ce métal beaucoup plus du double, mais il eft prouvé par les expériences les plus exactes, que deux mèches pareilles ne font pas feulement un effet double de celui d'une fimple mèche.

Une fimple mèche allumée, mife fous le milieu d'une lame de fer longue de 5 pouces $\frac{8}{10}$, et épaiffe de $\frac{3}{10}$, alonge cette lame comme 80 ; deux mèches mifes au milieu, l'une auprès de l'autre, ne l'alongent que comme 117 ; et les deux mêmes flammes, mifes à 2 pouces $\frac{1}{2}$ l'une de l'autre ne l'alongent que comme 109.

On ne prétend pas répéter ici le détail de toutes ces expériences vérifiées, on effayera feulement d'en tirer quelques conclufions.

Si le feu agiffait dans ce cas par la force d'une action mutuelle de fes parties les unes contre les autres, la flamme de ces deux mèches devrait fe joindre pour produire ces effets réunis ; et ces deux flammes devraient

échauffer, raréfier cette lame beaucoup au-delà de 160,
mais ces deux flammes voisines, au lieu de se réunir,
s'écartent ; chacune se dissipe de côté et d'autre.

On peut donc, encore une fois, conclure que les
rayons du feu n'agissent point l'un sur l'autre pour
augmenter leur puissance, soit qu'ils viennent du soleil
en parallélisme, soit qu'ils soient réunis au foyer d'un
verre ardent, soit qu'ils s'échappent en cercle d'un
charbon allumé, &c.

Comment le feu appliqué à un corps, agit.

Voici donc ce qui arrive dans un corps auquel on
applique un feu étranger ; plus ce corps résiste, plus la
quantité de ce feu multipliée par sa vîtesse agit sur lui ;
et tant que l'action de ce feu et la réaction de ce corps
subsistent, la chaleur augmente, jusqu'à ce qu'enfin
de nouveau feu entrant toujours, les parties solides
de ce corps qui résistaient, par exemple, à 1000 parties
de feu, ne pouvant résister à 10000, à 100000, se
désunissent et s'évaporent. Un madrier de bois de 100
pouces quarrés pourra très-aisément être percé dans
100 demi-pouces d'étendue, sans perdre sa figure ;
mais s'il est percé dans 144000, il est réduit en
poussière.

Comment un corps s'embrase sans addition d'un feu étranger.

Voici maintenant ce qui arrive à un corps dont on
met en mouvement le feu propre qu'il contenait. Qu'un
morceau de fer, par exemple, soit conçu partagé en
mille lamines élastiques, que chaque lamine contienne
dix parties de feu, que ce corps reçoive un choc violent
qui ébranle ces mille lamines, et que ce choc réitéré augmente cent fois le ressort de chaque partie de feu ; ces
atomes de feu qui ne pouvaient agir auparavant, vu le
poids dont ils étaient accablés, prennent une force égale
à celle des mille lamines : que ce ressort soit augmenté

encore, on voit aifément comment enfin cette centième partie de feu , contenue dans cette maffe, l'enflammera toute, et la diffipera à la fin , fans qu'il y foit intervenu une feule particule de feu étranger.

Les corps font donc échauffés, enflammés, confumés, ou par le feu qui eft en eux, et dont on a augmenté le mouvement, ou par la quantité d'un feu étranger qu'on leur a appliqué, et qui par fon mouvement vient agir fur ces corps ; et dans les deux cas le feu agit toujours par les lois du mouvement.

ARTICLE III.

Proportions dans lefquelles le feu embrafe un corps quelconque.

ON a effayé dans ce troifième article de raffembler quelques lois générales fur les proportions dans lefquelles le feu agit.

PREMIERE LOI.

LE feu étant un corps, et agiffant fur les autres corps par fa maffe et par fon mouvement, felon les lois du choc, *il communique fon mouvement aux corps homogènes , fuivant une loi qui dépend de leur groffeur.* Soit une lamine de plomb échauffée, dilatée comme 154, par un feu donné ; une autre lamine de même longueur, deux fois auffi large , deux fois auffi haute, et pefant ainfi le quadruple de la première, acquiert 109 degrés de chaleur en temps égal, à feu égal, felon les expériences faites au pyromètre.

Le quarré des degrés de chaleur eſt à peu de choſe près comme la racine des peſanteurs de ces lamines. La racine de la peſanteur de la dernière lamine eſt à celle de la première , comme 2 eſt à 1 ; et les quarrés de leurs degrés de chaleur ſont auſſi comme 2 à 1 , ou peu s'en faut.

SECONDE LOI.

Le feu agit en raiſon inverſe du quarré de ſa diſtance ; cela eſt aſſez prouvé , puiſque le feu ſe répand également en tout ſens : c'eſt auſſi en vertu de cette loi que de deux corps d'égale longueur et épaiſſeur , le plus large préſentant une plus grande quantité de matière plus voiſine de la flamme que le moins large, le corps le plus large ſera toujours le plutôt échauffé , en raiſon directe de cet excès de quantité de matière, et en raiſon du quarré de la proximité du feu.

TROISIEME LOI.

Le feu augmente le volume de tous les corps avant d'enlever leurs parties.

Si le bois, les cordes, &c. ne paraiſſent pas augmenter de volume , c'eſt qu'on n'a pas le temps de les meſurer avant que leurs parties aient été diſſipées.

Il eſt démontré par cette loi que le feu, puiſqu'il eſt peſant , doit augmenter le poids des corps avant qu'il en ait fait évaporer quelque choſe.

QUATRIEME LOI.

Les corps retiennent leur chaleur d'autant plus long-temps qu'il a fallu plus de temps pour les échauffer.

Ainsi le fer ayant acquis 70 degrés de chaleur et d'expansion en 6 minutes 47 secondes, et un pareil volume de plomb à feu égal, ayant acquis 70 pareils degrés en une seule minute ; ce plomb raréfié à ce même degré 5 minutes 47 secondes plus tôt que le fer, se refroidira, se contractera aussi environ 5 minutes 47 secondes plus tôt que le fer.

Cette règle souffre pourtant quelques exceptions ; la craie, par exemple, et quelques pierres se refroidissent fort vîte après s'être très-lentement échauffées ; la raison est vraisemblablement que le feu a changé leurs parties, et ouvert leurs pores ; et, comme nous le dirons après avoir exposé toutes ces lois, le tissu des substances et l'arrangement des pores doit apporter quelque changement aux règles les plus générales.

CINQUIEME LOI.

Tous les corps sont échauffés et raréfiés par un feu égal, plus lentement d'abord, ensuite plus rapidement, puis avec plus grande célérité ; et de ce point de plus grande célérité, ils se raréfient tous d'autant plus lentement, qu'ils approchent plus du dernier terme de leur expansion.

Par exemple, dans les expériences faites à l'aide du pyromètre,

Le plomb se raréfie à feu égal, d'abord	Le fer se raréfie
en 5 sec. de 5 degrés.	en 9 sec. de 1 degré.
en 9 sec. de 10 degrés.	en 15 sec. de 2 degrés.
en 13 sec. de 15 degrés.	en 18 sec. de 3 degrés.
en 15 sec. de 20 degrés.	

puis cette célérité de dilatation croissant toujours, le temps depuis la 28e seconde jusqu'à la 36e est l'époque de la plus grande vîteffe de l'action du feu ; et depuis ce terme de la 36ᵉ feconde, les degrés de dilatation arrivent toujours plus lentement.

Cette cinquième loi dépend évidemment de la force de cohéfion des parties conftituantes des corps.

Cette cohérence eft d'autant plus grande que le corps eft plus froid, et le dernier degré de froid, (s'il était poffible de le trouver) ferait le plus grand degré de cohérence poffible.

Or, dans l'air froid, le corps étant plus refroidi à fa furface que dans fa fubftance, oppofe à l'action du feu une écorce plus ferrée ; c'eft pourquoi un feu égal emploie neuf fecondes à échauffer le fer d'un feul degré.

Mais les pores de cette première écorce étant ouverts, ceux de la feconde écorce font auffi un peu ouverts, parce qu'ils ont reçu déjà des particules de feu : le feu égal opère donc en dix-huit fecondes une expanfion de trois degrés, qu'il n'eût produite qu'en vingt-fept fecondes, s'il avait eu pareille réfiftance à vaincre : enfuite, quand le feu a par fon mouvement féparé, divifé toutes les parties de cette maffe, il en a élargi tous les pores, la réaction de toutes les parties folides plus écartées en eft moins forte ; alors pareille quan-tité de feu n'étant plus fuffifante pour diftendre ces pores devenus plus grands, il faut qu'il arrive dans ces pores une portion de feu plus confidérable : or la matière qui produit ce feu étant toujours fuppofée la même, une plus grande quantité de matière ignée ne peut être fournie en temps égaux ; donc même le feu doit toujours agir plus lentement jufqu'au terme où la cohérence du corps équivaudra précifément à l'action du feu ; et paffé ce temps , le corps fe fond , fe calcine ou s'exhale en vapeurs , felon fa nature.

SIXIEME LOI.

LA raifon dans laquelle le feu agit fur les corps , eft toujours moindre que la raifon dans laquelle on augmente le feu.

Par exemple , un feu fimple agit en proportion plus qu'un feu double , et un feu double plus à proportion qu'un triple.

Une mèche d'une groffeur donnée , communique à une lame de fer donnée ,	Deux pareilles mèches réunies à feu égal, communiquent à la même lame ,
en 9 fecondes, 1 degré.	en 6 fec. 1 degré , et non en 4 fec. et demie.
en 15 fecondes , 2 degrés.	en 9 fec. 2 degrés, et non en 7 fec. et demie.
en 18 fecondes, 3 degrés.	en 10 fec. 3 degrés, et non en 9 fec.

La caufe de ces différences eft que la fubftance du feu, entrant dans l'intérieur d'un corps quelconque, le dilate en pouffant en tout fens fes parties.

Or cette pulfion dans tout l'intérieur d'un corps eft égale à une force quelconque appliquée extérieurement , laquelle tirerait ce corps et l'alongerait autant que le feu le dilate.

Mais il eft démontré que les lames, les fibres égales , d'un corps homogène pareilles en longueur et épaif- feur, étant chargées chacune d'un poids différent au même bout , ne peuvent être tendues en raifon des poids ; mais l'extenſion produite par le plus grand poids, eſt à l'extenſion que donne le plus petit, toujours en moindre raiſon que les poids ne ſont entre eux.

Une corde de trois pieds de long, chargée de deux livres, s'étend comme neuf; et chargée de quatre livres, elle ne s'étend pas comme dix-huit, mais comme dix-ſept ſeulement.

Or ce qu'eſt cette corde par rapport aux poids qui la tendent, tous les corps homogènes le ſont à l'égard du feu qui les dilate ; donc il faut plus du double du feu pour faire un effet double, et plus du triple pour faire un effet triple.

SEPTIEME LOI.

TOUTES choſes d'ailleurs égales, tout corps expoſé au feu ſera plus promptement échauffé par ce feu étranger, en raiſon de la portion de feu qu'il contient dans ſa propre ſubſtance ; ainſi, toutes choſes égales, le corps qui contiendra le plus de ſoufre ſera le plus tôt dilaté, brûlé et conſumé. (9)

(9) On voit par la lecture de toutes les pièces ſur la nature du feu envoyées à l'académie en 1740, que la doctrine de *Sthal* ſur le phlogiſtique était alors abſolument inconnue en France. Le phlogiſtique, ſelon cet illuſtre chimiſte, eſt un principe qui ſe retrouve le même dans tous les corps inflammables, qui eſt la cauſe de leur inflammabilité, ou plutôt la décompoſition de ce principe produit le feu élémentaire, la lumière dont l'action devient ſenſible dans le phénomène de l'inflammation. *Sthal* ne croyait pas en effet que le feu élémentaire, la lumière ſe combinaſſent immédiatement avec l'acide vitriolique pour faire du ſoufre, avec une chaux métallique pour faire un métal ; il regardait la ſubſtance qui ſe combinait comme étant déjà le produit, l'effet d'une première combinaiſon, qui échappait aux moyens et aux obſervations de l'art.

Voilà

Voilà pourquoi de tous les fluides connus, l'alcohol est celui qui se consume le plus vîte.

HUITIEME LOI.

TOUS corps homogènes de dimensions égales, à feu égal, mais chacun peint ou teint d'une couleur différente, s'échauffent suivant les proportions des sept couleurs primitives. Le noir s'échauffe le plus vîte, puis le violet, le pourpre, le verd, le jaune, l'orangé, le rouge, et enfin le blanc.

Par la même raison le corps blanc garde plus long-temps sa chaleur, et le corps noir est celui qui la perd le plus tôt.

On a trouvé depuis que dans les phénomènes où *Sthal* n'avait vu que la combinaison du phlogistique, il y avait dégagement d'un fluide aériforme, qu'on nomme air vital, air déphlogistiqué, et que ces phénomènes qu'il expliquait par le dégagement du phlogistique, étaient accompagnés d'une combinaison avec ce même fluide. Quelques chimistes en ont conclu que le phlogistique n'existait point dans les corps : cette assertion nous paraît hasardée ; en effet, la lumière qui est produite par l'inflammation appartenait, ou au corps enflammé, ou à cet air nécessaire pour que l'inflammation ait lieu : dans le premier cas, il faut reconnaître un principe particulier dans le corps inflammable ; dans le second, il faut le reconnaître dans cet air vital ; mais l'air vital ne paraît point se décomposer dans plusieurs de ces opérations : il semble donc plus probable que le phlogistique, c'est-à-dire, le principe auquel est dû dans ces phénomènes l'apparition de la lumière, appartient aux corps inflammables, comme *Sthal* l'a imaginé.

On pourrait, d'après plusieurs expériences, regarder le fluide aériforme qu'on nomme air inflammable, et qui détonne avec l'air vital, comme étant le principe de *Sthal* ; mais d'autres expériences paraissent prouver que la lumière seule peut se combiner avec les corps, puisque la lune cornée étant exposée aux rayons du soleil et dans un flacon bouché, se colore en violet. Il faudrait, il est vrai, examiner si cet effet se produit dans le vide, ou sans que l'air du flacon soit diminué ou changé de nature. Voyez ci-après la note 13.

Physique, &c.   V

On pourrait mettre pour neuvième loi, qu'il doit y avoir des variations dans la plupart des lois précédentes.

Ces variations viennent de ce que les pores et la tiſſure d'un corps, quelque homogène qu'il ſoit, ne ſont jamais également diſtribués et diſpoſés. Concevez un corps diviſé en cent lamines, et ayant mille pores, les cent lamines ne ſont pas toutes de la même épaiſſeur, et les pores de ces lamines ne ſe croiſent pas de la même façon; c'eſt cet arrangement inégal des pores, et cette épaiſſeur différente des feuilles, qui ſont cauſe que certains rayons ſont réfléchis, et certains autres tranſmis; qu'une feuille d'or tranſmet des rayons bleus tirant ſur le verd, et réfléchit les autres couleurs; que la quatrième partie d'un millionième de pouce donne du blanc entre deux verres, l'un plat et l'autre convexe, ſe touchant en un point, &c.

Or cette variation de tiſſure, qui détermine les différentes actions du feu, en tant qu'il éclaire, ne doit-elle pas auſſi déterminer les différentes actions du feu, en tant qu'il échauffe et qu'il brûle?

C'eſt donc de la combinaiſon de toutes ces lois dont on vient de parler, que naît la proportion dans laquelle le feu pénètre les corps: il n'agit point en raiſon réciproque des peſanteurs ni des cohérences, ni en raiſon compoſée de ces deux; car, par exemple, la cohéſion dans le fer eſt environ quinze fois plus grande que dans le plomb (comme il eſt prouvé par les poids égaux ſuſpendus à des barres de plomb et de fer de pareil volume) la peſanteur ſpécifique du plomb eſt à celle du fer comme onze eſt à ſept; cependant le plomb acquiert en temps égal, à feu égal, à peu-près le double de chaleur du fer ; ce qui n'a aucun rapport ni à leurs pefanteurs , ni à leurs cohérences.

La raifon dans laquelle le feu agit, eft non-feulement compofée de ces deux raifons de pefanteur et de cohéfion ; mais de tous les rapports ci-deffus mentionnés.

Il n'eft guère poffible que nos lumières et nos organes, auffi bornés qu'ils le font, puiffent jamais parvenir à nous faire connaître cette proportion qui réfulte de tant de rapports imperceptibles ; nous en faurons toujours affez pour notre ufage, et trop peu pour notre curiofité.

L'expérience feule peut nous apprendre en quel rapport le feu détruit les divers corps, fluides, minéraux, végétaux, animaux.

L'on ne peut fixer rien d'exact fur cela que pour le climat que nous habitons, et pour une température déterminée de ce climat : car les rayons du foleil en moindre ou plus grand nombre, ou dardés plus ou moins obliquement, les vents, les exhalaifons, altèrent la tiffure de tous les corps.

Sur-tout le reffort et la pefanteur de l'air par leurs variétés augmentent et diminuent l'action du feu. Plus l'air eft pefant, plus les corps acquièrent de chaleur à feu égal ; trois onces de plus de pefanteur dans la colonne de l'atmofphère rendent l'eau bouillante plus chaude d'un neuvième.

On fait déjà par le pyromètre qu'un philofophe excellent vient d'inventer, les dilatations comparatives des métaux à feu égal, en temps égal, le baromètre étant à telle hauteur.

On fait par le thermomètre de *Fahenrheit*, le philofophe des artifans, les degrés comparatifs de la chaleur de plufieurs liqueurs, et les termes de leur chaleur.

V 2

Or, dans une température d'air déterminée, tout a son degré de chaleur déterminé. Les liqueurs bouillantes, les métaux en fufion, les minéraux calcinés, les végétaux ardens, comme les bois, &c. acquièrent un degré de chaleur, paffé lequel on ne peut les échauffer.

Ce dernier degré abfolu et les degrés comparatifs de chaleur des fluides, des minéraux, des végétaux peuvent, je crois, être connus à l'aide du feul thermomètre conftruit fur les principes de M. de *Réaumur*.

Il n'y a qu'une feule précaution à prendre, c'eft que l'efprit de vin ne bouille pas dans le thermomètre. Pour cet effet je ne plonge qu'à moitié la boule du thermomètre dans les liqueurs bouillantes.

Je mets le même thermomètre à une telle diftance de chaque métal en fufion, que le métal le plus ardent fait monter l'efprit de vin plus haut fans le faire bouillir. Je fais une table en trois colonnes : la première colonne marque le temps où la liqueur bout en un vafe égal, à feu égal : la feconde marque le degré où eft monté le thermomètre, dont la boule eft à moitié plongée dans la liqueur bouillante : la troifième colonne marque le temps dans lequel le thermomètre eft monté depuis la marque *o*, ayant foin d'avoir toujours de la glace auprès de moi.

Une autre table fert pour les métaux en fufion.

La première colonne marque le temps qu'il a fallu pour fondre les divers métaux à feu égal, en vafe égal.

La feconde, les degrés où s'eft élevé le thermomètre depuis la marque *o*, à égale diftance des métaux fondus.

Je fais la même opération pour les calcinations.

A l'égard des plantes, je fais couper en un même jour des branches de tous les arbres d'une pépinière ; j'en fais tourner au tour des morceaux d'égale dimenfion, et les rangeant tous fur une plaque de fer poli, également épaiffe, rougie au feu également, j'obferve avec une pendule à fecondes les temps où chaque morceau eft réduit en cendre, et il y a entre ces temps des différences très-confidérables.

J'en fais autant avec les légumes.

Mais s'il eft utile de favoir quel degré de feu eft néceffaire pour détruire, il ne l'eft pas moins de favoir quel degré il faut pour animer, et quel feu et quel froid peuvent foutenir les animaux et les plantes, par exemple, quel degré de feu peut faire mûrir le blé, et en combien de temps quel degré de feu le fait périr.

C'eft de quoi je prépare encore une table, et je joindrai toutes ces tables à ce petit effai, fi meffieurs de l'académie le jugent digne de l'impreffion, et s'ils penfent que l'utilité de ces opérations puiffe fuppléer aux défauts de l'écrit. (10)

ARTICLE IV.

De la communication du feu ; comment et en quelle proportion le feu fe communique d'un corps à un autre.

LES lois du mouvement doivent toujours nous fervir de règle. Un corps en mouvement, qui choque un corps en repos, perd de fon mouvement autant qu'il en donne; il en eft ainfi du feu qui échauffe un corps quelconque.

Tout corps échauffé communique fa chaleur également, et en tout fens aux corps environnans, c'eft-à-dire, leur

(10) M. de *Voltaire* n'a point publié les tables qu'il annonce ici ; ce fut vers ce temps qu'il renonça aux fciences phyfiques.

V 3

donne le feu qui eft dans lui, jufqu'à ce qu'eux et lui
foient à un même degré de température.

Le vulgaire, qui voit monter la flamme, penfe que le
feu fe communique plutôt en haut qu'en bas, fans fonger
que la flamme ne monte que parce que l'air, plus pefant
qu'elle, preffe fur le corps combuftible.

Le feu ne
tend ni à
monter, ni
à defcendre.
Quelques philofophes obfervant que le feu defcend
prefque toujours, quand on met des matières enflammées
au milieu de pareilles matières sèches, ont décidé que le
feu tend à defcendre, fans confidérer que le feu ne defcend
en ce cas plus qu'il ne monte, que parce que d'ordinaire la matière enflammée, un morceau de bois, par
exemple, qu'on mettra au milieu d'un bûcher, touche
les bois de deffous en plus de points que les bois de deffus:
et que de plus le bûcher étant déjà allumé par le bas,
la partie baffe du bûcher eft déjà plus échauffée que la
partie haute.

On donne pour conftant, dans un nouveau traité de
phyfique fur la pefanteur univerfelle, (*feconde partie,
chap. 2,*) *que le feu tend toujours en bas.* J'en ai fait l'épreuve
en fefant rougir un fer que je pofai enfuite entre deux
fers entièrement femblables : au bout d'un demi-quart
d'heure je retirai ces deux fers femblables, je mis deux
thermomètres conftruits fur les principes de M. de *Réaumur*,
à quatre pouces de chaque fer, les liqueurs montèrent également, en temps égaux : ainfi il eft démontré que le feu
fe communique également en tout fens, quand il ne trouve
point d'obftacles.

Il ne faut pas fans doute inférer de-là, que deux corps
égaux homogènes communiquent également de chaleur
à deux corps égaux hétérogènes, en temps égal.

Par exemple, deux cubes de fer égaux, échauffés à pareil

degré, étant pofés fur un cube de marbre, l'autre fur un cube de bois d'égale température, le fer pofé fur le marbre perdra plus de chaleur et communiquera cependant moins de fa chaleur à ce marbre que l'autre fer n'en communiquera à ce bois ; et cette différence vient évidemment de l'excès de pefanteur et de cohérence du marbre, et du tiffu de fes parties qui compofent un tout, lequel réfifte plus au choc des parties de feu qu'un morceau de bois de pareil volume.

Chaleur non également communiquée, et comment ?

Mais, comme on l'a déjà dit, (*article 2, feconde partie,*) ces quatre corps, au bout d'un temps confidérable, font dans le même air d'une température égale, quelque changement que le feu ait apporté en eux.

Cette température égale de tous les corps, après un certain temps dans un même air, ne prouve pas qu'il y ait alors également de feu dans tous les corps ; elle prouve feulement que l'action du feu qui eft en eux eft égale. Voici, ce femble, comme on peut concevoir cet effet.

Je confidère toujours le feu comme un corps qui agit par les lois du choc : quand l'action du feu eft fupérieure à la réfiftance des parties d'un corps, ce corps acquiert des degrés de chaleur : quand la réfiftance d'un corps, au contraire, eft fupérieure, il acquiert des degrés de froid.

Comment tous les corps paraiffent d'une égale température.

Quand l'action et la réaction font égales, c'eft comme s'il n'y avait aucune action. Il y a plus de feu dans un pied cubique d'efprit de vin que dans un pied cubique d'eau ; mais le feu eft en équilibre avec l'eau et avec l'efprit de vin, il n'agit ni dans l'un, ni dans l'autre ; par conféquent il n'y a point de raifon pour laquelle l'un foit alors plus chaud que l'autre.

Que deux refforts dont l'un peut agir comme 10, et l'autre comme 1 foient retenus, leur action, ou plutôt leur inaction sera égale jusqu'à ce que leur force se déploie.

Le feu est ce ressort, la force qui le déploie est le mouvement ou la masse qu'on peut lui ajouter; la puissance qui le retient est la matière qui le comprime.

Il paraît donc que les corps ne deviennent d'une égale température, que parce que le feu qu'ils contiennent n'agit point sensiblement dans eux.

Il serait, ce semble, très-utile de savoir en quelle proportion le feu se communique d'un corps aux autres, comme des liqueurs aux liqueurs, des minéraux aux minéraux, des végétaux aux végétaux.

Par exemple, l'eau bouillante fait monter à 92 degrés un bon thermomètre de M. de *Réaumur*, dont la boule est à moitié plongée dans cette eau.

L'huile bouillante, qui seule doit faire monter le même thermomètre à près de trois fois cette hauteur, mêlée avec pareille quantité d'eau fraîche, ne le fait monter qu'à 43 degrés.

Même quantité d'huile bouillante, mêlée avec même quantité d'huile froide, le fait monter à 79 degrés, la boule toujours à moitié plongée.

Même quantité d'huile bouillante, mêlée avec même quantité de vinaigre, le fait monter à 51 degrés; c'est 6 degrés de chaleur plus que le mélange d'huile et d'eau n'en donne, et cependant le vinaigre seul bouillant n'est pas plus chaud que l'eau bouillante. (11)

---

(11) Ces expériences sont curieuses; elles tendent au même but que celles de MM. *Scheele*, *Black*, *Crawford*, dont nous avons parlé note 3. Elles prouvent que les différens corps mêlés ensemble ne prennent point la température qu'ils devraient acquérir, si les particules de feu qu'ils contiennent s'y répandaient proportionnellement à leurs masses.

J'ai préparé des expériences fur la quantité de chaleur que les liqueurs communiquent aux liqueurs, les folides aux folides, et j'en donnerai la table fi Meffieurs de l'académie jugent que cette petite peine puiffe être de quelque utilité.

Il y aurait plus d'avantage à connaître en quelle proportion le feu fe communique dans les incendies ; cette proportion dépend principalement du vent qui règne : le feu allumé dans une forêt n'eft nullement à craindre, quelque violent qu'il foit, quand l'air eft entièrement calme. J'en ai fait l'expérience fur un terrain de 80 pieds de long, et de 20 de large, lequel je fis couvrir de bois taillis debout nouvellement coupés, entre-mêlés de baliveaux : je fis allumer avec de la paille toute la furface de 20 pieds ; l'air était fec et entièrement calme ; le feu en une heure ne confuma que 20 pieds fur 80, après quoi il s'éteignit de lui-même ; mais le lendemain, par un grand vent qui fefait plus de 25 pieds par feconde, la même étendue de bois, c'eft-à-dire, de 80 pieds de long fur 20 de large, fut entièrement confumée en une heure.

ARTICLE V.

Ce que c'eft que l'aliment du feu, et ce qui eft néceffaire pour qu'un corps s'embrafe, et demeure embrafé.

CE qu'on nomme le *pabulum ignis*, l'aliment du feu, eft ce qu'il y a de combuftible dans les corps. Qu'entend-on par combuftible ? fi on entend la divifion, la féparation des parties, tout mixte peut être ainfi divifé tôt ou tard par le feu, et tout mixte eft entièrement combuftible :

les élémens même le font auffi ; le feu divife et l'air principe , et l'eau et la terre principes.

Si on entend par aliment du feu, par ce mot *combuftible* , des parties qui fe transforment en feu., il n'y en a aucune de cette efpèce , et nul corps ne devient feu.

Si on entend par *combuftible* , ce qui prend la forme de feu , ce qui s'embrafe , il eft clair que rien ne pouvant prendre cette forme que le feu lui-même, le *pabulum ignis* , le corps qui s'embrafe n'eft autre chofe qu'un corps qui contient la matière ignée dans fes pores ; et de quelque façon qu'on s'y prenne , il n'y a que le mouvement qui puiffe déceler cette matière ignée. (12)

Ce que c'eft que le *pabulum ignis*.   Mais quelles parties des corps contiennent le feu ? Les moindres opérations chimiques nous apprennent que les fels , les flegmes , la tête morte ne s'enflamment point ; la feule matière inflammable qu'on retire des corps , eft ce qu'on appelle l'*huile* ou le *foufre*. Ainfi les corps ne font donc l'aliment du feu qu'à proportion qu'ils contiennent de ce foufre , de cette huile.

Mais qu'eft-ce que ce foufre lui-même ? C'eft un principe en chimie ; mais ce principe n'eft phyfiquement qu'un mixte , dans lequel il entre encore de l'eau, de la terre , de l'air et du feu : or ce n'eft ni par l'eau, ni par

---

(12) Le *pabulum ignis* ne peut être que le phlogiftique de *Sthal.* Voyez la note 9. M. de *Voltaire* paraît le fentir. L'expreffion *qui contient le feu dans fes pores* , tient à la phyfique d'un temps où l'on ne favait pas affez diftinguer une véritable combinaifon d'un fimple mélange. Ce n'eft point que nous fachions en quoi confifte effentiellement ce que l'on nomme combinaifon. En ce genre nous avons fait peu de progrès dans la connaiffance des caufes , des lois mécaniques des phénomènes , mais nous en avons fait d'immenfes dans la connaiffance des faits ; nous avons appris à les obferver avec bien plus d'exactitude et de préciſion , et en tirer des règles générales que l'on peut regarder comme des lois empiriques des phénomènes.

l'air, ni par la terre qu'il eft inflammable ; ce n'eft donc que par le feu élémentaire qu'il contient ; auffi l'infatigable *Homberg* difait que ce qu'on appelle le *foufre principe* n'eft autre chofe que le feu lui-même ; tout fe réduit toujours ici à ce feu élémentaire, lequel s'échappe des mixtes, et dont la quantité et le mouvement font la force.

Or, pour que ce feu élémentaire embrafe les mixtes et continue à les embrafer, on demande fi l'air eft néceffaire.

On fait que nous ne pouvons guère, ni produire, ni conferver notre feu factice fans air, ni même avec le même air, il nous faut toujours un air renouvelé ; de forte que le feu, ainfi que les animaux meurent fouvent dans la machine pneumatique en très-peu de temps, fi le récipient eft vide, et fi le récipient eft plein de même air.

Quand et comment l'air eft néceffaire au feu.

J'ai eu la curiofité d'entaffer 4 livres de charbons noirs dans une boîte de tôle, que je fermai très-bien ; cette boîte était haute de cinq pouces, large d'un pied et longue d'environ deux pieds ; je la fis rougir de tous côtés au feu le plus violent pendant une heure et demie : au bout de ce temps le tout pefait 4 onces de moins, les charbons étaient très-chauds, pas un n'était allumé, et plufieurs s'embrafèrent dès qu'ils reçurent l'action de l'air extérieur.

Mais il y a fouvent en phyfique expérience contre expérience ; du fer enfermé dans cette même boîte s'embrafe et rougit très-bien.

Si un métal très-chaud fe refroidit dans l'air, pareil volume de même métal fe refroidit dans le vide en temps égal.

Suivant l'expérience exacte rapportée dans les *Additamenta experimentis Florentinis*, le foufre avec le falpêtre fur un fer ardent y jette des flammes ; la poudre à canon s'y eft enflammée quelquefois aux rayons réunis du foleil, &c.

La difficulté est donc de savoir quand l'air est nécessaire au feu et quand il ne l'est pas.

Il faut, je crois, partir toujours de ce principe, que le feu agit par son mouvement et par sa masse, et qu'il agit autant qu'on lui résiste.

Sur ce principe, la poudre à canon ne s'enflammera que difficilement dans le vide, ne fera point d'explosion, parce qu'elle manquera d'air qui la repousse.

Ainsi je concevrai le feu agissant dans l'air et dans le vide, comme un ressort quelconque qui pousse un corps dur; et qui se perd dans un corps mou.

Que l'on allume un feu de bois d'un pied quarré, ce feu agité continuellement contre un poids d'environ 2000 livres d'air, c'est-à-dire, contre un ressort qui a la force de 2000 livres; ce ressort se déploie à chaque instant, et augmente ainsi le mouvement du feu, et par conséquent sa force: si le ressort de l'air qui presse sur un feu allumé, s'épuisait par sa dilatation, le feu contre lequel il n'agirait plus s'éteindrait; si l'on pompe l'air, le feu s'éteint encore plus vite. L'air fait donc uniquement l'office d'un soufflet qui est nécessaire à un feu médiocre. (13)

(13) On a ignoré jusqu'à ces dernières années la cause de l'observation si ancienne, que la présence de l'air est nécessaire pour que les corps puissent brûler. C'est depuis peu qu'on a découvert qu'une espèce d'air, le seul dans lequel la vie des animaux se conserve, est aussi le seul dans lequel les corps puissent brûler; que dans la combustion il y a une grande quantité de cet air qui est absorbé et qui se combine soit avec les parties fixes du corps inflammable, soit avec les parties volatiles; que le feu s'éteint du moment où cet air en se combinant cesse de favoriser le dégagement de la matière ignée; qu'un courant d'air augmente le feu parce qu'il facilite ce dégagement en multipliant le nombre des parties de cet air qui touchent le corps embrasé, en sorte qu'en soufflant avec un courant de cet air, dans son état de pureté, on donne au feu une activité prodigieuse. Une masse d'air

C'eſt la feule raiſon pour laquelle, toutes choſes égales, la chaleur au haut et au bas d'une montagne, eſt en raiſon réciproque de la hauteur de la montagne.

Plus la montagne eſt haute, plus ſon ſommet eſt froid, parce que la maſſe des particules de feu émanées du ſoleil, eſt preſſée par beaucoup moins d'air au haut de cette montagne qu'au pied; ce feu manque d'un ſoufflet aſſez fort.

Mais le feu agit par ſa maſſe auſſi bien que par ſon mouvement, le ſoufflet ne fait rien à ſa maſſe : ſi donc cette maſſe eſt aſſez grande pour ſe paſſer du mouvement du ſoufflet, en ce cas il peut très-bien ſubſiſter ſans air. Voilà pourquoi une boîte de fer rouge conſerve ſa chaleur auſſi long-temps dans le vide que dans l'air.

Auſſi, quand le mouvement eſt aſſez grand indépendamment de la maſſe, le ſoufflet eſt encore inutile, le feu ſubſiſte, la matière s'enflamme ſans air.

Du ſoufre entouré de ſalpêtre s'enflamme dans le vide, parce que la réaction du ſalpêtre tient lieu de la réaction de l'air.

Il eſt à croire que les verres ardens brûleront dans le vide comme dans l'air, pourvu qu'ils puiſſent tranſmettre une aſſez grande quantité de rayons; ils ne feront pas les mêmes exploſions dans le récipient que dans l'air *libre*; mais ils conſumeront, ils enflammeront auſſi-bien tous

---

de l'atmoſphère ne contient qu'environ un quart de cet air; la combuſtion, la reſpiration l'abſorbent, d'autres opérations de la nature le reſtituent. Sans cet équilibre les animaux terreſtres ceſſeraient bientôt de vivre. Il ſe dégage en grande quantité du nitre de la deſtruction de l'acide nitreux dont il paraît une des parties; c'eſt à la production rapide de cet air, et à ſa propriété de détonner quand il eſt mêlé avec l'air inflammable qui ſe dégage des corps qui brûlent, que l'on doit attribuer les effets terribles de la poudre à canon, et en géneral de toutes les combinaiſons ſemblables.

les corps; car la maſſe du feu ſuppléera au mouvement nouveau que l'air réagiſſant lui donnerait.

Mais pourquoi, dira-t-on, ces charbons enfermés dans votre boîte de fer ne ſont-ils point enflammés par l'action du feu?

J'oſe croire que c'eſt uniquement par ce même principe, parce que la maſſe du feu qui les choquait n'était point aſſez puiſſante; il fallait que la quantité du feu vainquît la quantité de réſiſtance de l'atmoſphère de ces charbons: cette atmoſphère eſt très-denſe et très-ſenſible. Tous les corps en ont une; mais celle du charbon eſt beaucoup plus épaiſſe, elle augmente à meſure qu'ils ſont échauffés, elle les défend contre l'action de ce feu qui n'eſt que médiocre. Je ſuis très-perſuadé que ſi on avait jeté ma boîte de fer dans un feu plus violent, qui eût pu la fondre, des charbons ſe feraient embraſés dans leur boîte ſans le ſecours de l'air extérieur.

Il paraît donc qu'il ne s'agit dans tout ceci que du plus et du moins dans tous les cas poſſibles; on peut donc admettre cette règle qu'*un petit feu a beſoin d'air*, et qu'un *grand feu n'en a nul beſoin.*

Il n'y a pas d'apparence que le feu du ſoleil ſubſiſte par le ſecours d'aucune matière environnante ſemblable à l'air; car cette matière étant dilatée en tout ſens par ce feu prodigieux d'un globe un million de fois plus gros que le nôtre, perdrait bientôt tout ſon reſſort et toute ſa force.

ARTICLE VI.

Comment le feu s'éteint.

Nous avons déjà été obligé de prévenir cet article en parlant de l'aliment du feu ; (*article précédent*) car il était impoffible de traiter de ce qui le nourrit , fans fuppofer ce qui l'éteint.

On dit d'ordinaire que le feu eft éteint, et le vulgaire croit qu'il ceffe de fubfifter quand on ceffe de le voir et de le fentir; cependant la même quantité de feu fubfifte toujours : ce qui s'eft exhalé d'une forêt embrafée, s'eft répandu dans l'air et dans les corps circonvoifins ; il ne fe perd pas un atôme de feu , il en refte toujours beaucoup dans les corps dont on fait ceffer l'embrafement.

Ce que l'on doit entendre par l'extinction du feu , n'eft autre chofe que la matière embrafée , réduite à ne contenir que la quantité de maffe et de mouvement de feu proportionnelle à la quantité de matière qui refte.

Un métal en fufion , par exemple , ne contient plus , quand il eft refroidi , qu'une maffe de feu déterminée dont l'action eft furmontée par la maffe du métal ; et il s'eft exhalé la maffe de feu étrangère , dont l'action avait furmonté la réfiftance de ce métal.

Si ce métal ne s'eft enflammé que par le mouvement , comme l'effieu d'un carroffe , il n'a point acquis de feu étranger ; mais la maffe de feu contenue dans fa fubftance a acquis un mouvement nouveau ; et la viteffe multipliée par cette même maffe de feu ayant chauffé le corps , la ceffation de ce mouvement étranger le refroidit. Pour éteindre un feu quelconque, il faut donc diminuer fa maffe ou fon mouvement

L'air inceffamment renouvelé, fervant de foufflet pour entretenir tout feu médiocre, l'abfence de cet air fuffit pour que le feu s'éteigne.

L'eau jetée fur le feu l'éteint pour deux raifons. Premièrement, parce qu'elle touche la matière embrafée, et fe met entre l'air et elle : fecondement, parce qu'elle contient bien moins de feu que le corps embrafé qu'elle touche.

L'huile, au contraire, contenant beaucoup de feu, augmente l'embrafement au lieu de l'éteindre.

Comme l'extinction du feu dépend toujours de la quantité de la force de cet élément, et de la force qu'on lui oppofe, un charbon ardent, un fer ardent même, s'éteignent dans l'huile la plus bouillante comme dans l'eau froide.

La raifon en eft que ces petites maffes de feu n'ont pas la force de féparer les flegmes de l'huile ; et que cette huile bouillante n'ayant qu'une chaleur déterminée qui la rend froide, par comparaifon au fer ardent, elle le refroidit en le touchant, en appliquant à fa furface des parties froides qui diminuent le mouvement du feu qui pénétrait ce fer ardent.

Le même fer embrafé s'éteindra dans l'alcohol le plus pur, quoique cet alcohol foit empreint de feu ; et cela précifément par la même raifon qu'il s'éteint dans l'huile ; mais pour que du fer embrafé s'éteigne dans l'alcohol, il faut que ce fer ne jette point de flamme, car s'il en jette, cette flamme touchera l'alcohol avant que le fer foit plongé, et alors la liqueur s'enflammera.

La

La raifon en eft que les vapeurs légères de l'alcohol font aifément divifées par les parties fines de la flamme ; mais le feu du fer ardent, tout chargé de groffes molécules de fer, entre brufquement dans cet efprit de vin dont la partie aqueufe le touche en tous fes points, et refroidit tout ce qu'elle touche.

Un charbon ardent, et tout feu médiocre, s'éteint plus vîte aux rayons du foleil et dans un air chaud que dans un air froid, par la raifon ci-deffus alléguée, que l'air eft un foufflet néceffaire à tout feu médiocre, et que ce charbon eft plus preffé dans un air froid moins dilaté, que dans un air chaud plus dilaté.

Un flambeau s'éteint dans l'air non-renouvelé par la même raifon, et parce que la fumée retombant fur la flamme, s'y applique, et ralentit le mouvement du feu.

Un flambeau s'éteint dans la machine du vide, parce que l'air n'y a plus aucune force qui puiffe faire monter la cire dans la mèche en preffant fur elle.

Ce qu'on aurait encore à dire fur cette matière fe trouve en partie à l'article précédent, et l'on craint d'abufer de la patience des juges.

Fin de l'Effai fur la nature du feu.

DOUTES

SUR LA MESURE

DES FORCES MOTRICES,

ET SUR LEUR NATURE,

Présentés à l'académie des sciences de Paris,
en 1741.

PREMIERE PARTIE.

De la mesure de la force.

1. U N E preffion quelconque en un temps peut-elle donner autre chofe qu'une vîteffe, et ce qu'on appelle une force ?

2. Si une preffion en un temps ne peut donner qu'une force, deux preffions dans le même temps ne donneront-elles pas fimplement deux vîteffes et deux forces ?

3. Donc en deux temps, une preffion fait ce que deux preffions égales font en un temps. Elle donne 2 vîteffes et 2 de force, car $2 x \times t = 2 t \times x$.

4. Donc fi de deux corps égaux le premier fait le double d'effet de l'autre dans un temps égal, c'eft qu'il aura double vîteffe ; et s'il fait le quadruple d'effet, avec 2 de vîteffe, c'eft en deux temps.

5. Donc fi on veut que la force foit le produit du quarré de la vîteffe par la maffe, il faudrait qu'un corps, avec double vîteffe, opérât dans le même temps une action quadruple de celle d'un corps égal qui n'aurait qu'une vîteffe fimple.

Il faudrait donc que le reffort A égal à B, tendu comme 2, poufsât une boule à 4 de diftance, dans le même temps que le reffort B, tendu comme 1, ne la pouffe qu'à un de diftance ; mais c'eft ce qui ne peut arriver jamais.

6. Donc tous les cas où cette contradiction d'une vîteffe double qui agit comme 4 paraît fe trouver, doivent être décompofés et ramenés à la fimplicité de cette loi inviolable, par laquelle 2 de vîteffe ne donne qu'un effet double d'une vîteffe en temps égal.

7. Or tous ces cas contradictoires, dans lefquels une

X 3

vîteſſe double fait un effet quadruple , rentrent dans la
loi ordinaire , quand on voit que cet effet quadruple
n'arrive qu'en deux temps , en réduiſant le mouvement
accéléré et retardé en uniforme.

8. Si cette méthode de réduire le mouvement retardé
en uniforme n'était pas juſte, cela n'empêcherait pas que
les principes ci-deſſus ne fuſſent vrais. Ce ferait feulement une fauſſe explication d'un principe inconteſtable ;
et ſi elle eſt juſte, c'eſt un nouveau degré de clarté qu'elle
donne à ces principes. Voyons donc ſi elle eſt juſte.

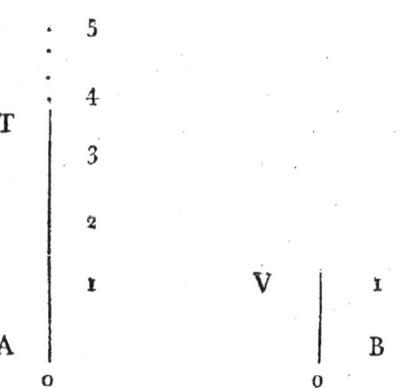

9. Le mobile A égal à B , reçoit 2 de vîteſſe , et B
un degré. Ils trouvent en montant les impulſions de la
peſanteur, ou en marchant fur un plan poli, des obſtacles
égaux quelconques. A furmonte 4 de ces obſtacles égaux,
ou de ces impulſions, et arrive en T, où il perd toute
ſa forće ; B ne réſiſte qu'à une de ces impulſions, et ne
fait que le quart du chemin de A.

Or il eſt démontré que A n'arrive qu'en 2 temps en
T , et B en 1 temps en V.

Donc jufque-là cette méthode eft d'une jufteffe parfaite.

10. Maintenant, fi dans cet efpace A T, le corps A n'eft parvenu à l'efpace 3, à la fin du premier temps, que par la même raifon que le corps B n'eft parvenu qu'au numéro 1, la démonftration devient de plus en plus aifée à faifir.

On démontre facilement en effet que le corps A doit aller à 3; car la pefanteur ou la réfiftance quelconque, qui agit également fur les 2 mobiles, ôte 1 à B, quand elle ôte 1 au mobile A.

Donc le mobile A doit aller à 3, quand le mobile B n'eft allé qu'à 1, &c.

Donc le corps A ne fait qu'en 2 temps le quadruple de B; donc l'effet n'eft que double, proportionnel en temps égal à la caufe qui eft double, &c.

11. Si on pourfuit cette démonftration, on voit que par un mouvement uniforme B irait de 1 à 2 au fecond temps, et A, qui a la force double, irait d'un mouvement uniforme de 3 à 5.

Or l'efpace de 3 à 4, que le corps A ne parcourt pas dans le premier moment, joint à l'efpace de 4 à 5 qu'il ne parcourt pas dans le fecond moment, repréfente la force contraire qui lui ôte la fienne; de même l'efpace de 1 à 2, que B ne parcourt pas, repréfente la force contraire qui a éteint la force de B.

Or ces forces contraires font proportionnelles à celles qu'elles détruifent. L'efpace 5, 3 eft double de l'efpace B, 1; donc la force détruite dans le corps A n'eft que double de celle détruite dans le mobile B; donc la démonftration eft en tout d'une entière exactitude.

12. Si l'efprit, convaincu que le mobile A n'a fait

X 4

qu'en 2 temps l'effet quadruple du mobile B , conferve
quelque fcrupule fur çe qu'au premier temps le mobile A
furmonte trois obftacles , ou remonte à 3 , malgré la
réfiftance de la pefanteur , tandis que le mobile B ne
furmonte que 1 , ou ne s'élève qu'à l'efpace 1 ; fi, dis-je,
on ne trouve pas dans ce premier temps le rapport de 3
à 1 , cette difficulté a été levée , comme on va le voir.

13. Les 2 temps dans lefquels le mobile A agit, et les
efpaces qu'il franchit, font réellement divifés en autant
d'inftans que l'efprit veut en affigner ; ainfi, au lieu de
4 efpaces que A doit parcourir en 2 temps , concevons
100 parties d'efpace en 10 temps pour A, et 25 parties
d'efpace en 5 temps pour B. Rangeons çette progreffion
fous deux colonnes.

A 2 vîteffes.		B 1 vîteffe.	
	efpac. parc.		efpac. parc.
premier temps ,	19.	premier temps	9.
fecond temps	17.	fecond temps	7.
troifième temps	17.	. . . .	.
.			
.			
dixième	1.	cinquième temps	1.
en 10 temps 100 d'efpace.		en 5 temps 25 d'efpace.	

Les obftacles agiffant en la même raifon que la gravité.

17	20	3.	7	10	3.
troifième temps.					
15	20	5.	3	10	5.

Il eft aifé de voir, en pourfuivant cette progreffion,
que les efpaces parcourus font d'abord doubles l'un de
l'autre moins l'efpace non parcouru qui eft 1 , indiqué

pour l'un et pour l'autre mobile; en sorte que plus on suppose ces instans petits, tout le reste étant le même, plus le rapport des espaces parcourus dans un premier instant, approche de celui de 2 à 1, c'est-à-dire, de celui des vîtesses initiales. Le rapport serait à cet instant de 20 à 10, c'est-à-dire, de 2 à 1. En suivant toujours cette progression, on voit que le mobile A aura parcouru en 5 temps 75 d'espace, et que B en aura parcouru 25, ce qui devient en 5 temps le même rapport qu'on trouvait au premier instant de 3 à 4, quand on ne compte que 2 instans.

Ainsi dans la moitié du temps total, A parcourra 3, et B 1 seulement, mais uniquement parce que les pertes de vîtesse sont égales en temps égaux pour les deux corps, quelles que soient leurs vîtesses initiales.

Je suppose qu'il restât encore quelque doute sur les vérités précédentes, l'expérience ne décide-t-elle pas sans retour la question? Et l'ancienne manière de calculer n'est-elle pas seule recevable, si par elle on rend une raison pleine de tous les cas auxquels la force semble être le produit du quarré de la vîtesse par la masse? tandis que la nouvelle manière ne peut, en aucun sens, rendre raison des effets proportionnels à la simple vîtesse.

15. Or il est constant qu'en distinguant les temps, on ne trouve jamais qu'une force proportionnelle à la vîtesse en temps égaux, quoiqu'en des temps inégaux l'effet soit comme le quarré de la vîtesse; mais lorsqu'une simple vîtesse fait effet comme 1, et que deux vîtesses dans le même temps agissent précisément comme 2, il n'y a plus alors de quarré qui puisse expliquer cet effet simple; il ne reste donc qu'à voir des exemples.

16. S'il y a un cas où la force paraisse être comme le quarré de la vîtesse, c'est dans le choc des fluides, qui

agiffent en effet en raifon doublée de leur vîteffe ; mais s'il eft démontré que les fluides n'agiffent ainfi que parce qu'en un temps donné, chaque particule n'agit qu'avec fa maffe multipliée par fa fimple vîteffe, reftera-t-il quelque doute fur l'évaluation des forces motrices ?

La fomme totale des impreffions d'un corps quelconque eft égale à l'impreffion de chaque partie, répétée autant de fois qu'il y a de parties dans ce corps.

Soit conçu un fluide qui choque un plan uni, avec une vîteffe 10, et un fluide femblable, choquant un plan femblable avec une vîteffe 1 ; dans l'inftant 1, 10 parties du premier fluide choqueront le plan avec la vîteffe 10. La force exercée par le fluide pendant ce temps, fera donc 10 $\times$ 10 ; mais dans le même temps une feule particule du fecond fluide choquera le plan avec la vîteffe 1 ; la force exercée par le fluide ne fera donc que 1 $\times$ 1.

Les forces font donc comme les quarrés des vîteffes, quoique celle de chaque particule ne foit que comme la vîteffe ; et fi on difait que chaque partie agit comme le quarré de fa vîteffe, chacune de fes parties agirait alors comme 100, et le fluide aurait une action totale comme 1000 ; ce qui ne ferait plus alors le quarré de la vîteffe, mais le cube : donc on ne trouve ici, comme par-tout ailleurs, que le produit de la vîteffe par la maffe.

17. Eft-il permis de redire encore ce qui a été dit, que les corps qui fe choquent en raifon réciproque des vîteffes et des maffes, agiffent toujours en cette proportion, et non en celle du quarré ; et le corps 1 choquant avec 10 de vîteffe le corps 10, qui n'a que la vîteffe 1, la preffion eft égale de part et d'autre, et qu'ainfi les forces font évidemment égales ?

18. L'expérience propofée par M. *Jurin* n'eft-elle pas

une preuve fans réplique, que 2 vîteffes en un temps ne donnent que 2 de force? On fait que c'eft un plan mobile à qui on donne la vîteffe 1 , fur lequel on fait rouler , felon la même direction, une boule avec la même vîteffe. Ces deux vîteffes en un même temps ne feront jamais d'effet que comme 2 et non comme 4.

19. Les défenfeurs des forces vives ont-ils bien réfuté cette expérience, en difant que le reffort qui donne la vîteffe 1 à la boule, étant appuyé lui-même fur ce plan mobile, fait reculer ce plan et dérange l'expérience? N'eft-il pas aifé de remédier à ce petit déchet de mouvement que le plan mobile doit éprouver ? On n'a qu'à fixer le reffort à un appui inébranlable, et jeter avec ce reffort la boule fur le plan mobile. L'expérience peut fe faire, l'effet ne peut s'en contefter ; la queftion n'eft-elle pas décidée de fait ? (*voyez fig.* 53.)

20. N'eft-il pas encore évident que ces cas, tels que M. *Herman* les rapporte, et tous les cas poffibles où un mobile femble communiquer plus de force qu'il n'en a , font tous foumis à la diftinction du temps et à l'examen des forces du reffort? Par exemple, on dit qu'une boule fous-double ayant la vîteffe 2 , communique en un temps une force comme 4 aux deux boules doubles , qu'elle frappe à la fois fous un angle de 60 degrés, puifque cha-cune des boules doubles recevra 1 de vîteffe ; mais il faut obferver que dans ce cas les boules B et E n'auront par-couru que la moitié du rayon dans le fens de A B, tandis que le corps A, allant de A en D , aura parcouru le double de ce rayon ; et quant à la vîteffe latérale qu'elles acquièrent , elle eft produite également dans le cas du choc des corps durs, où tout le monde convient de mefurer la force par le produit de la maffe par la vîteffe.

21. Ne paraît-il pas encore que dans le choc des corps à reffort, ce ferait fe faire illufion de croire que la force motrice foit le produit du quarré de la vîteffe, fur ce que les quarrés de cette vîteffe multipliés par les maffes, font toujours après le choc égaux à la maffe du corps choquant, multipliée par le quarré de fa vîteffe? Cette augmentation de force qu'on trouve après le choc ne vient-elle pas évidemment de la propriété des corps à reffort? Et n'eft-ce pas cette propriété qui fait qu'une boule choquée par le moyen de 20 boules intermédiaires, toutes en raifon fous-double, peut acquérir $\dfrac{2^{20}\left(1+2^{20}\right)}{3^{21}}$ fois plus de force que fi elle était choquée par la première boule feulement? Or il eft démontré que dans ce cas ce n'eft pas cette première boule qui poffédait ce grand excédent de forces; n'eft-il donc pas de la dernière évidence que c'eft au reffort qu'il faut attribuer cette prodigieufe augmentation?

Donc, de quelque côté qu'on fe tourne, foit que l'on confulte l'expérience, foit qu'on calcule, on trouve toujours que la valeur des forces motrices eft la maffe multipliée par la vîteffe.

SECONDE PARTIE.

De la nature de la force.

1. MAINTENANT, s'il eft bien prouvé que ce qu'on appelle force motrice eft le produit de la fimple vîteffe par la maffe, fera-t-il moins aifé de parvenir à connaître ce que c'eft que cette force?

2. D'abord, fi elle eft la même dans un corps qui n'eft pas en mouvement, comme dans le bras d'une balance en repos, et dans un corps qui eft en mouvement; n'eft-il pas clair qu'elle eft toujours de même nature, et qu'il n'y a point deux efpèces de force, l'une morte et l'autre vive, dont l'une diffère infiniment de l'autre? A moins qu'on ne dife auffi qu'un liquide eft infiniment plus liquide quand il coule, que quand il ne coule pas.

3. Si la force n'eft autre chofe que le produit d'une maffe par fa vîteffe, ce n'eft donc précifément que le corps lui-même, agiffant, ou prêt à agir avec cette vîteffe. La force n'eft donc pas un être à part, un principe interne, une fubftance qui anime les corps, et diftinguée des corps, comme quelques philofophes l'ont prétendu.

4. Cette force qui n'eft rien, finon l'action des corps en mouvement, n'eft donc pas primitivement dans des êtres fimples qu'on nomme monades, lefquelles cés philofophes difent être fans étendue, et conftituer cependant la matière étendue; et quand même ces êtres exifteraient, il ne paraît pas plus qu'ils puiffent avoir une force motrice, qu'il ne femble que des zéros puiffent former un nombre.

5. Si cette force n'eft qu'une propriété, elle eft fujette à variations, comme tous les modes de la matière; et fi elle eft en même raifon que la quantité du mouvement, n'eft-il pas clair que fa quantité s'altère fi le mouvement augmente ou diminue.

6. Or il eft de fait que la quantité de mouvement augmente toutes les fois qu'un petit corps à reffort en choque un plus grand en repos. Par exemple, le mobile élaftique A, qui a 20 de maffe et 11 de vîteffe, choque B en repos, dont la maffe eft 200; A réjaillit avec une quantité de mouvement de 180, et B marche avec 400.

Ainſi A qui n'avait que 20 de maſſe et 11 de vîteſſe, ou 220 de force, a produit 580. D'un autre côté il ſe perd, comme on en convient, beaucoup de mouvement dans le choc des corps inélaſtiques ; donc la force augmente et diminue.

7. Les philoſophes qui ont dit que la permanence de la quantité des forces eſt une beauté néceſſaire dans la nature, ont-ils plus de raiſon que s'ils diſaient que la même quantité d'eſpèces, d'individus, de figures, &c. eſt une beauté néceſſaire ?

8. S'il eſt inconteſtable que le choc d'un petit corps contre un plus grand, produiſe une force beaucoup plus grande que celle que ce petit corps poſſédait, ne ſuit-il pas évidemment que les corps ne communiquent point de force proprement dite ? car dans l'exemple ci-deſſus, où 20 de maſſe avec 11 de vîteſſe ont produit 580 de force, le corps B qui a 200 de maſſe acquiert une force de 400, qui n'eſt que le réſultat de la maſſe 200 par la vîteſſe 2. Or certainement il n'a pas reçu de lui ſa maſſe, il n'a reçu que ſa vîteſſe, laquelle n'eſt qu'un des compoſans, un des inſtrumens de la force; donc les corps ne communiquent point la force.

9. Mais la maſſe et le mouvement ſuffiſent-ils pour opérer cette force ? ne faut-il pas évidemment l'inertie, ſans laquelle la matière ne réſiſterait pas, et ſans laquelle il n'y aurait nulle action ? l'inertie, le mouvement et la maſſe ſuffiſent-ils ? ne faut-il pas un principe qui tienne tous les corps de la nature en mouvement, et leur communique ainſi inceſſamment une force agiſſante ou prête d'agir ? et ce principe n'eſt-il pas la gravitation, ſoit que la gravitation ait elle-même une cauſe phyſique, ſoit qu'elle n'en ait point ?

10. La gravitation, qui imprime le mouvement à tous les corps vers un centre, n'eſt-elle pas encore très-loin de ſuffire pour rendre raiſon de la force active des corps organiſés? et ne leur faut-il pas un principe interne de mouvement, tel que celui de reſſort?

11. La force active cauſée par ce reſſort, agiſſant ſuivant ces mêmes lois et opérant les mêmes effets que toute force quelconque, ne doit-on pas en conclure que la nature, qui va ſouvent à différens buts par la même voie, va auſſi au même but par différens chemins, et qu'ainſi la véritable phyſique conſiſte à tenir regiſtre des opérations de la nature, avant de vouloir tout aſſervir à une loi générale ?

EXPOSITION

EXPOSITION

DU LIVRE

DES

INSTITUTIONS PHYSIQUES,

Dans laquelle on examine les idées de Leibnitz.

EXPOSITION DU LIVRE

DES

INSTITUTIONS PHYSIQUES,

Dans laquelle on examine les idées de Leibnitz.

IL a paru au commencement de cette année un ouvrage qui ferait honneur à notre fiècle s'il était d'un des principaux membres des académies de l'Europe. Cet ouvrage eft cependant d'une dame ; et ce qui augmente encore ce prodige, c'eft que cette dame, ayant été élevée dans les diffipations attachées à la haute naiffance, n'a eu de maître que fon génie et fon application à s'inftruire.

Ce livre eft le fruit des leçons qu'elle a données elle-même à fon fils ; elle a eu la patience de lui enfeigner elle feule ce qu'elle avait eu le courage d'apprendre. Ces deux mérites font également rares ; elle y en a ajouté un troifième qui relève le prix des deux autres ; c'eft la modeftie de cacher fon nom.

L'ouvrage eft intitulé *Inftitutions de phyfique*, et fe vend à *Paris* chez *Prault* fils, *quai de Conti.* (*) On n'en a encore que le premier tome, qui contient vingt et un chapitres. L'illuftre auteur commence par un avant-propos capable de donner du goût pour les fciences à ceux à qui leur génie en a refufé. Tout y eft naturel, et en même temps fublime. Une des perfonnes les plus refpectables qui foient en France s'eft exprimée ainfi en parlant de cet

(*) Le refte de l'ouvrage n'a point paru.

avant-propos dans une de fes lettres : „ Ce n'eft pas
„ vouloir avoir de l'efprit, c'eft en avoir naturellement
„ plus qu'on n'en connaiffe à perfonne. Ce n'eft pas
„ vouloir écrire mieux qu'un autre , c'eft ne pouvoir
„ écrire que mille fois mieux : elle eft la feule dont on
„ voie la gloire fans envie. „

On gâterait un tel éloge fi on voulait y ajouter; on fe
bornera donc ici à rendre compte de cet ouvrage , moins
encore pour le plaifir d'en parler que pour celui d'en
faire une étude nouvelle.

Les idées métaphyfiques de *Leibnitz* font l'objet des
premiers chapitres. C'eft une philofophie qui jufqu'ici
n'a guère eu cours qu'en Allemagne , et qui a été com-
mentée plutôt qu'éclaircie. *Leibnitz* avait répandu dans
fa Théodicée et dans les *Actes de Leipfick* quelques idées
de fes fyftêmes. Le célèbre profeffeur *Wolf* a déjà fait dix
volumes in-4°. fur ces matières ; et les Inftitutions de
phyfique paraiffent expliquer tout ce que *Leibnitz* avait
refferré , et contenir tout ce que *Wolf* a étendu.

De la raifon
fuffifante.

Le premier principe qu'on éclaircit avec méthode et
fans longueur dans le livre des Inftitutions phyfiques,
eft celui de la raifon fuffifante.

Depuis que les hommes raifonnent, ils ont toujours
avoué qu'il n'y a rien fans caufe. *Leibnitz* a inventé,
dit-on , un autre principe de nos connaiffances bien plus
étendu , c'eft qu'il n'y a rien fans raifon fuffifante. Si par
raifon fuffifante d'une chofe , l'on entend ce qui fait que
cette chofe eft ainfi plutôt qu'autrement , j'avoue que je ne
vois pas ce que *Leibnitz* a découvert. Si par raifon fuffifante *Leibnitz* a entendu que nous devons toujours rendre
une raifon fuffifante de tout , il me femble qu'il a exigé
un peu trop de la nature humaine. J'imagine qu'il eût été

embarraffé lui-même, fi on lui avait demandé pourquoi les planètes tournent d'Occident en Orient plutôt qu'en fens contraire; pourquoi telle étoile eft à une telle place dans le ciel, &c.

Ainfi il me paraît que le principe de la raifon fuffifante n'eft autre chofe que celui des premiers hommes : il n'y a rien fans caufe. Refte à favoir fi *Leibnitz* a connu des caufes fuffifantes qu'on avait ignorées avant lui. (1)

Le fecond principe de *Leibnitz* eft qu'il n'y a et ne peut y avoir dans la nature deux chofes entièrement fem- Des indif- cernables. blables. Sa preuve de fait était que, fe promenant un jour dans le jardin de l'évêque d'Hanovre, on ne put jamais trouver deux feuilles d'arbre indifcernables. Sa preuve de droit était que, s'il y avait deux chofes femblables dans la nature, il n'y aurait pas de raifon fuffifante pourquoi l'une ferait à la place de l'autre. Il voulait donc que le plus petit de tous les corps imaginables fût infiniment différent de tout autre corps. Cette idée eft grande; il paraît qu'il n'y a qu'un Etre tout-puiffant qui ait pu faire des chofes infinies, infiniment différentes. Mais auffi il paraît qu'il n'y a qu'un Etre tout-puiffant qui puiffe faire des chofes infiniment femblables, et peut-être les premiers élémens des chofes doivent-ils être ainfi; car comment

---

(1) *Leibnitz* prétendait qu'il n'y avait aucun phénomène de la nature qui fût l'ouvrage du hafard ou de la volonté fans motif de l'Etre fuprême ; mais que chacun avait une raifon fuffifante de fon exiftence, foit dans la nature même des chofes, foit dans la perfection de l'ordre général de l'univers ; voilà ce qu'il a foutenu, mais ce qu'il n'a pas prouvé : il a effayé d'en donner des preuves métaphyfiques ; mais il eft aifé de voir qu'elles fuppofent une connaiffance de l'effence divine que nous ne pouvons avoir. Quant aux preuves de fait, il faudrait pouvoir affigner d'une manière claire la raifon fuffifante de tous ou de prefque tous les phéno- mènes ; alors ce principe pourrait devenir du moins très-probable.

les espèces pourraient-elles être reproduites éternellement les mêmes si les élémens qui les composent étaient absolument différens ? Comment, par exemple, s'il y avait une différence absolue entre chaque élément de l'or et du mercure, l'or et le mercure auraient-ils un certain poids qui ne varie jamais ? La proposition de *Leibnitz* est ingénieuse et grande : la proposition contraire est aussi vraisemblable pour le moins que la sienne. Tel a toujours été le fort de la métaphysique : on commence par deviner, on passe beaucoup de temps à disputer, et on finit par douter.

De la loi de continuité. La loi de continuité est un principe de *Leibnitz* sur lequel l'illustre auteur a plus insisté que sur les autres, parce qu'en effet il y a des cas où ce principe est d'une vérité incontestable. La géométrie, et la physique qui est appuyée sur elle, font voir que dans les directions des mouvemens, il faut toujours passer par une infinité de degrés, et c'est même le fondement du calcul des fluxions, inventé par *Newton*, et publié par *Leibnitz*.

Newton a montré le premier que l'incrément naissant d'une quantité mathématique est moindre que la plus petite assignable, et que ces quantités peuvent augmenter par des degrés infinis jusqu'à une telle quantité qui soit plus grande qu'aucune assignable ; voilà ce qu'on apelle les fluxions.

Je demanderai seulement si, avant que l'incrément naissant commence à exister, il y a de la continuité. N'y a-t-il pas une distance infinie entre exister et n'exister pas ?

Je ne vois guère de cas où la loi de continuité ait lieu que dans le mouvement : il me semble que c'est là seulement que cette loi est observée à la rigueur ; car peut-être ne pouvons-nous dire que très-improprement qu'un morceau de matière eft continu ; il n'y a peut-être pas deux points dans un lingot d'or entre lefquels il n'y ait de la diftance.

C'eft de cette loi que *Leibnitz* tire cet axiome : *Il ne fe fait rien par faut dans la nature.* Si cet axiome n'eft vrai que dans le mouvement, cela ne veut dire autre chofe, finon que ce qui eft en mouvement n'eft pas en repos ; car un mouvement eft continué fans interruption jufqu'à ce qu'il périffe ; et tant qu'il dure, il ne peut admettre du repos. Il en faut donc toujours revenir au grand principe de la contradiction, première fource de toutes nos connaiffances, c'eft-à-dire, qu'une chofe ne peut exifter, et n'exifter pas en même temps ; et c'eft auffi le premier principe admis par l'illuftre auteur, et qui tient lieu de tous ceux que *Leibnitz* y veut ajouter.

Si on prétendait que la loi de continuité a lieu dans toute l'économie de la nature, on fe jeterait dans d'affez grandes difficultés ; il ferait, ce me femble, mal-aifé de prouver qu'il y a une continuité d'idées dans le cerveau d'un homme endormi profondément, et qui eft tout d'un coup frappé de la lumière en s'éveillant. Si tout était continu dans la nature, il faudrait qu'il n'y eût point de vide, ce qui n'eft pas aifé à prouver ; et s'il y a du vide, on ne voit pas trop comment la matière fera continue. Auffi l'illuftre auteur dont je parle ne cite d'autres effets de cette loi de continuité que le mouvement et les lignes courbes à rebrouffement produites par le mouvement.

L'auteur des Inftitutions de phyfique prouve un Dieu De DIEU. par le moyen de la raifon fuffiffante. Ce chapitre eft à la fois fubtil et clair. L'auteur paraît pénétré de l'exiftence d'un

Y 4

Etre créateur que tant d'autres philofophes ont la hardieffe
de nier. Elle croit avec *Leibnitz* que DIEU a créé le meilleur
des mondes poffibles; et, fans y penfer, elle eft elle-même
une preuve que DIEU a créé des chofes excellentes.

Des effen-
ces, &c. Tout ce que l'on dit ici des effences, &c. eft d'une
métaphyfique encore plus fine que le chapitre de l'exiftence de DIEU. Peut-être quelques lecteurs, en lifant ce
chapitre, feraient tentés de croire que les effences des
chofes fubfiftent en elles-mêmes : je ne crois pas que ce
foit la penfée de l'illuftre auteur.

Le fage *Locke* regarde l'effence des chofes uniquement
comme une idée abftraite que nous attachons aux êtres,
foit qu'ils exiftent ou non. Par exemple, une figure fermée
de trois côtés eft appelée du nom de *triangle*; nous
appelons ainfi tout ce que nous concevons de cette efpèce.
Ceft-là fon effence, *ab effendo*; c'eft ce qui éft, foit dans
notre imagination, foit en effet. Ainfi, quand nous nous
fommes fait l'idée d'un évêque de mer, l'effence de cet
être imaginaire eft un poiffon qui a une efpèce de mitre
fur la tête.

Mais, fi nous voulons connaître l'effence de la matière
en général, c'eft-à-dire, ce que c'eft que matière, nous
y fommes un peu plus embarraffés qu'à un triangle; car
nous avons bien pu voir tout ce qui conftitue un triangle
quelconque; mais nous ne pouvons jamais connaître ce
qui conftitue une matière quelconque; et voilà en quoi il
paraît que l'inventeur *Leibnitz* et le commentateur *Wolf* fe
font engagés dans un labyrinthe de fubtilités dont *Locke*
s'eft tiré avec une très-grande circonfpection. Je ne fais fi
on peut admettre cette règle du célèbre profeffeur *Wolf*:
,,Que les déterminations primordiales d'un être font fon

„ effence; que, par exemple, deux côtés et un angle qui
„ font les déterminations primordiales, font l'effence d'un
„ triangle; „ car deux côtés et un angle font auffi les
premières déterminations d'un quarré, d'un trapèze. Il
faudrait, à mon avis, pour que cette règle fût vraie, que
deux côtés et un angle étant donnés, il ne pût en réfulter
qu'un triangle; l'effence eft, ce me femble, non pas feulement ce qui fert à déterminer une chofe, mais ce qui la
détermine différemment de toute autre chofe. (2)

Ce que les philofophes difent encore des attributs, et
fur-tout des attributs de la matière, ne paraît pas entraîner
une pleine conviction. Ils difent qu'il ne peut y avoir de
propriétés dans un fujet que celles qui dérivent de fon
effence; mais on ne voit pas comment la propriété d'être
bleu ou rouge eft contenue dans l'effence d'un triangle
ou d'un quarré.

Il faut qu'un attribut ne répugne pas à l'effence d'une
chofe; mais il ne femble pas néceffaire qu'il en dérive.
Par exemple, pour qu'un animal puiffe avoir du fentiment, il fuffit que le fentiment ne répugne pas à la matière
organifée; mais il ne faut pas que le fentiment foit un
attribut néceffaire de la matière organifée; car alors un
arbre, un champignon, auraient du fentiment.

L'illuftre auteur favorife affez *Leibnitz* pour faire l'apo- Des hypo-
logie des hypothèfes. Si on appelle hypothèfes des ^{thèfes.} thèfes.

(2) Ce paffage de *Wolf* n'eft pas clair : s'il parle de l'effence du triangle
en général, les réflexions de M. de *Voltaire* font juftes; mais s'il parle de
l'effence d'un triangle particulier donné, qu'on fait déjà être une figure
déterminée, ce qu'il dit eft exact. Cependant il faut obferver que trois côtés,
deux angles et un côté, un angle, un côté et la furface, &c. déterminent
également un triangle : ainfi toute détermination qui diftingue la chofe
de toute autre, ferait également fon effence.

recherches de la vérité, il en faut, fans doute. Je veux
favoir combien de fois 15 eft contenu dans deux cents.
Je fais l'hypothèfe de 14, et c'eft trop ; je fais celle de 13,
et c'eft trop peu : j'ajoute un refte à 13, et je trouve mon
compte. Voilà deux recherches, et je ne me fuis expofé
fur aucune avant que j'aie découvert la vérité. Mais
fuppofer l'harmonie préétablie des monades, un enchaînement des chofes avec lequel on veut rendre raifon de
tout, n'eft-ce pas bâtir des hypothèfes pires que les
tourbillons de *Defcartes*, et fes trois élémens ? Il faut faire
en phyfique comme en géométrie, chercher la folution
des problêmes, et ne croire qu'aux démonftrations.

De l'efpace.   La queftion de l'efpace n'a peut-être jamais été traitée
avec plus de profondeur. On veut ici avec *Leibnitz* qu'il
n'y ait point d'efpace pur ; que par conféquent toute
étendue foit matière ; qu'ainfi la matière rempliffe tout, &c.
Leibnitz avait commencé autrefois par admettre l'efpace ;
mais depuis qu'il fut le fecond inventeur des fluxions, il
nia la réalité de l'efpace, que *Newton* reconnaiffait.

 ,, L'idée de l'efpace, dit-on dans ce chapitre, vient
,, de ce qu'on fait uniquement attention à la manière des
,, êtres d'exifter l'un hors de l'autre, et qu'on fe repréfente
,, que cette coexiftence de plufieurs êtres produit un certain
,, ordre ou rèffemblance dans leur manière d'exifter, en
,, forte qu'un de ces êtres étant pris pour le premier, un
,, autre devient le fecond, un autre le troifième. ,,

    C'eft ainfi que le célèbre profeffeur *Wolf* éclaircit les
idées fimples.

    Le fage *Locke* s'était contenté de dire : J'avoue que
j'ai acquis l'idée de l'efpace par la vue et par le toucher.

    La queftion eft de favoir s'il y a un efpace pur, ou
non. *Defcartes* avança que la matière eft infinie, et que le

vide eft impoffible. Si cela était, D I E U ne peut donc anéantir un pouce de matière ; car alors il y aurait un pouce de vide. Or il eft affez extraordinaire de dire que celui qui a créé une matière infinie ne peut en anéantir un pouce. Les fectateurs de *Defcartes* n'ayant jamais répondu à cet argument, *Leibnitz* fortifia d'un autre côté cette opinion qui croulait de ce côté-là.

Il dit que, fi le monde a été créé dans l'efpace pur, il n'y a pas de raifon fuffifante pourquoi ce monde eft dans telle partie de l'efpace plutôt que dans une autre ; mais il paraît que *Leibnitz* n'a pas fongé que dans le plein il n'y a pas plus de raifon fuffifante pourquoi la moitié du monde qui eft à notre gauche n'eft pas à notre droite. *Leibnitz* voulait-il donner une raifon fuffifante de tout ce que D I E U a fait ? c'eft beaucoup pour un homme.

La raifon principale qui engagea *Wallis*, *Newton*, *Clarke*, *Locke*, et prefque tous les grands philofophes à admettre l'efpace pur, eft l'impoffibilité géométrique et phyfique qu'il y ait du mouvement dans le plein abfolu. *Leibnitz*, qui avait, comme on a dit, changé d'avis fur le vide, a toujours été obligé de dire que, dans le plein, le mouvement circulaire peut avoir lieu à caufe d'une matière très-fine qui peut y circuler.

Si on voulait bien fonger qu'une matière très-fine, infiniment preffée, devient une maffe infiniment dure, on trouverait ce mouvement circulaire un peu difficile.

Newton d'ailleurs a démontré que les mouvemens céleftes ne peuvent s'opérer dans un fluide quelconque, et per- fonne n'a jamais pu éluder cette démonftration, quelques efforts qu'on ait faits. Cette difficulté rend l'idée d'un plein abfolu plus difficile qu'on n'aurait cru d'abord.

La queftion du temps eft auffi épineufe que celle de Du temps.

l'efpace, et eft traitée avec la même profondeur. On y
explique le fentiment que *Leibnitz* a embraffé. Il penfait
que, comme l'efpace n'exifte point, felon lui, fans corps,
le temps ne fubfifte point fans fucceffion d'idées.

Il faut remarquer que dans ce chapitre le temps eft
pris pour la durée même, et cela ne peut y caufer de
confufion, parce qu'en effet le temps eft une partie de
la durée.

Il s'agit donc de favoir fi la durée exifte indépendamment des êtres créés ; et fi elle exifte ainfi, l'illuftre auteur
remarque très-bien qu'on eft obligé de dire que la durée
eft un attribut néceffaire. De-là auffi *Newton* croyait que
l'efpace et la durée appartiennent néceffairement à DIEU,
qui eft préfent par-tout et toujours.

L'illuftre auteur reproche à *Clarke*, difciple de *Newton*,
d'avoir demandé à *Leibnitz* pourquoi D I E U n'avait pas
créé le monde fix mille ans plus tôt, et elle ajoute que
Leibnitz n'eut pas de peine à renverfer cette objection du
docteur anglais. C'eft au quinzième article de fa quatrième
réplique à *Leibnitz* que le docteur *Clarke* dit formellement :
Il n'était pas impoffible que DIEU créât le monde plus tôt
ou plus tard ; et *Leibnitz* fut fi embarraffé à répondre que,
dans fon cinquième écrit, il avoue en un endroit que la
chofe eft poffible, et donne même pour le prouver une
figure géométrique qui me paraît fort étrangère à cette
difpute ; et dans un autre endroit il nie que la chofe foit
poffible ; fur quoi le docteur *Clarke* remarque, dans fon
cinquième écrit, que le favant *Leibnitz* fe contredit un
peu trop fouvent. (3)

(3) Si *Leibnitz* s'eft contredit ici, ce ne peut être que parce qu'il n'ofa
point prononcer ouvertement que le monde eft néceffairement éternel ;
cette éternité du monde eft une conféquence fi palpable de fon fyftême,

Quoi qu'il en foit, il paraît qu'il eft difficile aux leibnitziens de faire concevoir que DIEU ne puiffe pas détruire
le monde dans neuf mille ans. Il peut donc le détruire
plus tôt que plus tard ; il y a donc une durée et un temps
indépendans des chofes fucceffives. La raifon fuffifante
qu'on oppofe à tous ces raifonnemens eft-elle bien
fuffifante ? Si tous les inftans font égaux, dit-on, il n'y a
pas de raifon pourquoi DIEU aurait créé ou détruirait en
un inftant plutôt que dans un autre : on veut toujours
juger DIEU ; mais ce n'eft pas à nous, ni d'inftruire fa
caufe, ni de la juger. Toutes les parties de la durée fe
reffemblent, je le veux ; donc DIEU, dit *Leibnitz*, ne
peut choifir un inftant préférablement à un autre. Je le
nie ; DIEU ne peut-il pas avoir en lui-même mille raifons
pour agir, et ne peut-il pas y avoir une infinité de
rapports entre chacun de ces inftans et les idées de DIEU,
fans que nous les connaiffions ?

Si, felon *Leibnitz* et fes fectateurs, DIEU n'a pu choifir
un inftant de la durée plutôt qu'un autre pour créer ce
monde, il eft donc créé de toute éternité. C'eft à eux à
voir s'ils peuvent aifément comprendre cette éternité
de la durée du monde, à qui DIEU a pourtant donné
l'être. Avouons que, dans ces difcuffions, nous fommes
tous des aveugles qui difputent fur les couleurs, mais on
ne peut guère être aveugle, c'eft-à-dire, homme, avec
plus d'efprit que *Leibnitz*, et fur-tout que l'auteur qui l'a
embelli ; le génie de cette perfonne illuftre eft affez éclairé
pour douter de beaucoup de chofes dont *Leibnitz* s'eft
efforcé de ne pas douter.

qu'elle ne pouvait lui échapper ; il devint enfuite plus hardi. Le théologien
Clarke a eu tort de fe moquer d'un philofophe à qui la crainte des perfé-
cutions théologiques ne permettait point d'avouer toutes les conféquences
de fes opinions.

Des êtres
fimples.

Leibnitz cherchant un fyftême, trouva que perfonne n'avait dit encore que les corps ne font pas compofés de matière, et il le dit. Il lui parut qu'il devait rendre raifon de tout, et ne pouvant dire pourquoi la matière eft étendue, il avança qu'il fallait qu'elle fût compofée d'êtres qui ne le font point. En vain il eft démontré que la plus petite portion de matière eft divifible à l'infini; il voulut que les élémens de la matière fuffent des êtres indivifibles, fimples et ne tenant nulle place. Il était mal-aifé de comprendre qu'un compofé n'eût rien de fon compofant; cette difficulté ne l'arrêta pas; il fe fervit de la comparaifon d'une montre. Ce qui compofe une horloge n'eft pas horloge; donc ce qui compofe la matière n'eft pas matière. Peut-être quelqu'un lui dit alors : Votre comparaifon de l'horloge n'eft guère concluante; car vous favez bien de quoi une horloge eft compofée, puifque vous l'avez vu faire; mais vous n'avez point vu faire la matière; et c'eft un point fur lequel il ne vous eft pas trop permis de deviner.

Leibnitz ayant donc créé fes êtres fimples, fes monades, il les diftribua en quatre claffes; il donna aux unes la perception par un feul P, et aux autres l'apperception par deux PP. Il dit que chaque monade eft un miroir concentrique de l'univers. Il veut que chaque monade ait un rapport avec tout le refte du monde; ainfi on a propofé ce problême à réfoudre : Un élément étant donné, en déterminer l'état préfent, paffé et futur de l'univers. Ce problême eft réfolu par DIEU feul. On pourrait encore ajouter que DIEU feul fait la folution de la plupart de nos queftions; lui feul fait quand et pourquoi il créa le monde, pourquoi il fit tourner les aftres d'un certain côté, pourquoi il fit un nombre déterminé d'efpèces, pourquoi les anges ont péché, ce que c'eft que la matière et l'efprit, ce que c'eft que l'ame des animaux, comment le mouvement et la force motrice fe communiquent, ce que c'eſt originairement que cette force, ce que c'eſt que la vie, comment on digère, comment on dort, &c.

L'aimable et reſpectable auteur des Inſtitutions phyſiques a bien ſenti l'inconvénient du ſyſtême des monades, et elle dit, page 143, qu'il a beſoin d'être éclairci et d'être ſauvé du ridicule. Il n'y a eu encore ni aucun français ni aucun anglais, ni je crois aucun italien, qui ait adopté ces idées étrangères. Pluſieurs allemands les ont ſoutenues, mais il eſt à croire que c'eſt pour exercer leur eſprit, et par jeu plutôt que par conviction.

J'ajouterai ici que, pour rendre le roman complet, *Leibnitz* imagina que notre corps étant compoſé d'une infinité de monades d'une eſpèce, la monade de notre ame eſt d'une autre eſpèce ; que notre ame n'agit aucunement ſur notre corps, ni le corps ſur elle ; que ce ſont deux automates qui vont chacun à part, à peu-près comme dans certains ſermons burleſques un homme prêche tandis que l'autre fait des geſtes ; qu'ainſi, par exemple, la main de *Newton* écrivit mécaniquement le calcul des fluxions tandis que ſa monade était montée ſéparément pour penſer au calcul : cela s'appelle l'harmonie préétablie ; et l'auteur des Inſtitutions phyſiques n'a pas voulu encore expoſer ce ſentiment; elle a voulu y préparer les eſprits.

Si on doit être content de cet art, de cette élégance, De la nature des corps. avec leſquels l'illuſtre auteur a rendu compte de tous ces ſentimens extraordinaires, on ne doit pas moins admirer les ménagemens et les précautions ingénieuſes dont elle colore les idées de *Leibnitz* ſur la nature des corps.

Ces corps étendus étant compoſés de monades non étendues, c'eſt toujours à ces monades qu'il en faut revenir.

Il n'y a point de corps qui n'ait à la fois étendue, force active et force paffive : voilà, difent les leibnitziens, la nature des corps ; mais c'eft aux monades à qui appartient de droit la force active et paffive.

Il eft encore ici affez étrange que les monades étant les feules fubftances, les corps aient l'étendue pour eux et les monades aient la force. Ces monades font toujours en mouvement, quoique ne tenant point de place ; et c'eft des mouvemens d'une infinité de monades qu'un boulet de canon reçoit le fien. Voilà donc le mouvement effentiel, non pas tout à fait à la matière, mais aux êtres intangibles et inétendus qui compofent la matière. Ces monades ont un principe actif, qui eft la raifon fuffifante pourquoi un corps en pouffe un autre ; et un principe paffif, qui rend auffi une raifon très-fuffifante pourquoi les corps réfiftent. Il faut avoir tout l'efprit de la perfonne qui a fait les Inftitutions phyfiques, pour répandre quelque clarté fur des chofes qui paraiffent fi obfcures.

De la divifibilité, figure, porofité, mouvement, pefanteur.

Chacun de ces fujets fait un article à part, et on reconnaît par-tout la même méthode et la même élégance. Les découvertes de *Galilée* fur la pefanteur et fur la chute des corps font fur-tout mifes dans un jour très-lumineux. L'auteur paraît là plus à fon aife qu'ailleurs, puifqu'il n'y a que des vérités à développer.

Les découvertes de *Newton* fur la pefanteur.

L'auteur s'élève ici fort au-deffus de ce qu'elle appelle modeftement Inftitutions. On voit dans ce chapitre comment *Newton* découvrit cette vérité fi admirable, et fi inconnue jufqu'à lui, que la même force qui opère la pefanteur fur la terre, fait tourner les globes céleftes dans leurs orbites. *Kepler* avait préparé la voie à cette recherche, et quelques expériences faites par des aftronomes français déterminèrent *Newton* à la faire. Ce n'eft point

un

un fyftême imaginaire et métaphyfique qu'il ait tâché de rendre probable par des raifons fpécieufes, c'eft une démonftration tirée de la plus fublime géométrie; c'eft l'effort de l'efprit humain, c'eft une loi de la nature que *Newton* a développée; il n'y a ici ni monade, ni harmonie préétablie, ni principe des indifcernables, ni aucune de ces hypothêfes philofophiques, qui femblent faites pour détourner les hommes du chemin du vrai, et qui ont égaré l'antiquité, *Defcartes* et *Leibnitz*.

Newton, ayant découvert et démontré qu'une pierre retombe fur la terre par la même loi qui fait tourner faturne autour du foleil, &c. appela ce phénomène attraction, gravitation : enfuite il démontra qu'aucun fluide et aucune loi du mouvement ne peuvent être caufe de cette gravitation.

De l'attraction newtonienne.

Il démontre encore que cette gravitation eft dans toutes les parties de la matière, à peu-près de même que les parties d'un corps en mouvement font toutes en mouvement.

Newton, dans fes recherches fur l'optique, déploya ce même efprit d'invention qui s'appuie fur des vérités inconteftables, entièrement oppofé à cet efprit d'invention qui fe joue dans des hypothêfes. Il trouva entre les corps et la lumière une attraction nouvelle, dont jamais on ne s'était aperçu avant lui. Il trouva encore, par l'expérience, d'autres attractions, comme, par exemple, entre deux petites boules de criftal, qui preffées l'une contre l'autre, acquièrent une force de huit onces, &c. &c.

Mille gens ont voulu rendre raifon de toutes ces découvertes; ceux fur-tout qui n'en ont jamais fait ont tous fait des fyftêmes. *Newton* feul s'en eft tenu aux vérités, peut-être inexplicables, qu'il a trouvées. La même fupériorité de génie, qui lui a fait connaître ces

Phyfique, &c.   Z

nouveaux fecrets de la création, l'a empêché d'en affigner
la caufe. Il lui a paru très-vraifemblable que cette attraction eft elle-même une caufe première, dépendante de
celui qui feul a tout fait. C'eft fur quoi ceux qui en Allemagne ont pris le parti de *Leibnitz* fe font élevés ; et notre
illuftre auteur a la complaifance pour eux de prêter de
la force à leurs objections. Un corps ne peut fe mouvoir,
dit-elle, vers un autre, fans qu'il arrive à ce corps
aucun changement ; ce changement ne peut venir que
de l'un des deux corps, ou que du milieu qui les fépare :
or il n'y a aucune raifon pour qu'un corps agiffe fur un
autre fans le toucher, il n'y a aucune raifon de fon
attraction dans le milieu qui les fépare, puifque les
newtoniens difent que ce milieu eft vide ; donc l'attraction
étant fans raifon fuffifante, il n'y a point d'attraction.

Les newtoniens répondront que l'attraction, la gravitation, quelle qu'elle foit, étant réelle et démontrée,
aucune difficulté ne peut l'ébranler ; et qu'étant tout
de même démontré qu'aucun fluide ne peut caufer cette
attraction, qui fubfifte entre les corps céleftes, la raifon
fuffifante eft bien loin de fuffire à prouver que les corps
ne peuvent s'attirer fans milieu.

Un newtonien fera encore affez fort s'il prie feulement
un leibnitzien de faire un moment d'attention à ce que
nous fommes, et à ce qui nous environne. Nous penfons,
nous éprouvons des fenfations, nous mettons des corps
en mouvement, les corps agiffent fur nos ames, &c.
Quelle raifon fuffifante, je vous prie, me trouverez-vous
de ce que la matière influe fur ma penfée, et ma penfée
fur elle ? quel milieu y a-t-il entre mon ame et une corde
de clavecin qui réfonne ? quelle caufe a-t-on jamais pu
alléguer de ce que l'air frappé donne à une ame l'idée et

le fentiment du fon ? N'êtes-vous pas forcé d'avouer que DIEU l'a voulu ainfi ? Que ne vous foumettez-vous de même quand *Newton* démontre que DIEU a donné à la matière la popriété de la gravitation.

Lorfqu'on aura trouvé quelque bonne raifon mécanique de cette propriété , on rendra fervice aux hommes en la publiant ; mais depuis foixante et dix ans que les plus grands philofophes cherchent cette caufe , ils n'ont rien trouvé. Tenons-nous-en donc à l'attraction jufqu'à ce que DIEU en révèle la raifon fuffifante à quelque leibnitzien.

Les découvertes de *Galilée* et d'*Huyghens* font expliquées ici avec une clarté qui fait bien voir que ce ne font point là des hypothèfes, lefquelles laiffent toujours l'efprit égaré et incertain , mais des vérités mathématiques qui entraînent la conviction. *Des plans inclinés , des pendules, des projectiles.*

Je me hâte de venir à ce dernier chapitre. On y prête de nouvelles armes au fentiment de *Leibnitz ;* c'eft *Camille* qui vient au fecours de *Turnus* , ou *Minerve* au fecours d'*Ulyffe.* Cette difpute fur les forces actives , qui partage aujourd'hui l'Europe , n'a jamais exercé de plus illuftres mains qu'aujourd'hui. La dame refpectable dont je parle , et madame la princeffe de *Columbrano* , ont toutes deux fuivi l'étendard de *Leibnitz* , non pas comme les femmes prennent d'ordinaire parti pour des théologiens , par faibleffe , par goût , et avec une opiniâtreté fondée fur leur ignorance , et fouvent fur celle de leurs maîtres. Elles ont écrit l'une et l'autre en mathématiciennes , et toutes deux avec des vues nouvelles. Il n'eft ici queftion que du chapitre de notre illuftre françaife ; c'eft un des plus forts et des plus féduifans de cet ouvrage profond. *De la force des corps.*

Pour mettre les lecteurs au fait , il eft bon de dire ici que nous appelons force d'un corps en mouvement ,

Z 2

l'action de ce corps ; c'eft fa maffe qui agit, c'eft avec de la vîteffe qu'agit cette maffe, c'eft dans un temps plus ou moins long qu'agit cette vîteffe ; ainfi on a toujours fupputé la force motrice des corps par leur maffe multipliée, par leur vîteffe appliquée au temps. Une puiffance qui preffe, et donne une vîteffe à un corps, lui donne une force motrice ; deux puiffances qui le preffent en même temps, et qui lui donnent deux degrés de vîteffe, lui en donnent deux de force ; et dans deux temps, elle lui en donneront quatre de force. Cela parut clair et démontré à tous les mathématiciens.

Newton fut, fur ce point, de l'avis de *Defcartes*, et l'expérience dans toutes les parties des mécaniques fut d'accord avec leurs démonftrations.

Mais *Leibnitz* ayant befoin que cette théorie ne fût pas vraie, afin qu'il y eût toujours égale quantité de force dans la nature, prétendit qu'on s'était trompé jufque-là, et qu'on aurait dû eftimer la force motrice des corps en mouvement par le quarré de leurs vîteffes multipliées par leurs maffes ; et avec cette manière de compter, *Leibnitz* trouvait qu'en effet il fe perdait du mouvement dans la nature, mais qu'il pouvait bien ne fe perdre point de force.

Le docteur *Clarke*, illuftre élève de *Newton*, traita ce fentiment de *Leibnitz* avec beaucoup de hauteur, et lui reprocha, fans détour, que fes fophifmes étaient indignes d'un philofophe.

Il difcuta cette queftion dans la cinquième réplique à *Leibnitz*, qui roulait d'ailleurs fur d'autres fujets importans.

Il fit voir qu'il eft impoffible d'omettre le temps ; que quand un corps tombe par la force de la gravité, il reçoit en temps égaux des degrés de vîteffe égaux.

Il répondit à toutes les objections qui fe réduifent à celle-ci : qu'un mobile tombe de la hauteur trois, il fait effet comme trois ; qu'il tombe de la hauteur fix, il agit comme fix, c'eft-à-dire, il agit en raifon de fes hauteurs; mais ces hauteurs font comme le quarré de fes vîteffes ; donc, difent les partifans de *Leibnitz*, qui l'ont éclairci depuis, un mobile agit comme le quarré de fes vîteffes ; donc fa force eft comme le quarré.

Samuel Clarke renverfa, dis-je, toutes ces objections en fefant voir de quoi eft compofé ce quarré. Un corps parcourt un efpace, cet efpace eft le produit de fa vîteffe par le temps : or le temps et la vîteffe font égaux ; donc il eft évident que ce quarré de la vîteffe n'eft autre chofe que le temps lui-même, multiplié ou par lui-même, ou par cette vîteffe; ce qui rend parfaitement raifon de ce quarré qui étonnait M. de *Fontenelle*, en 1721. D'où viendrait, dit-il, ce quarré ? on voit clairement ici d'où il vient.

Mais on ne voit guère d'abord comment, après une pareille explication, il y avait encore lieu de difputer. L'émulation qui régnait alors entre les Anglais et les amis de *Leibnitz*, engagea un des plus grands mathématiciens de l'Europe, le célèbre *Jean Bernouilli* à fecourir *Leibnitz* : tout ce qui porte le nom de *Bernouilli* eft philofophe. Tous combattirent pour *Leibnitz*, hors un d'eux qui tient fermement pour l'ancienne opinion.

C'était une guerre, et on fe fervit d'artifices. Une de fes rufes qui firent le plus d'impreffion, fut celle-ci :

Que le corps A (*figure 53*) foit pouffé par deux puiffances à la fois en AB, et en AE, on fait qu'il décrit la diagonale AD : or la puiffance en AB n'augmente ni ne diminue la puiffance AE, et pareillement AE ne diminue ni n'augmente AB ; donc le mobile a une force compofée

Z 3

de AB et de AE ; mais le quarré de AB et de AE, pris ensemble, font jufte le quarré de cette diagonale, et ce quarré exprime la vîteffe du mobile ; donc la force de ce mobile eft fa maffe par le quarré de fa vîteffe.

Mais on fit voir bientôt la fupercherie de ce raifonnement très-captieux.

Il eft bien vrai que AB et AE ne fe nuiffent point, tant qu'ils vont chacun dans leur direction ; mais dès que le corps A eft porté dans la diagonale, ils fe nuifent ; car décompofez fon mouvement une feconde fois, réfolvez la force AE en AF, et FE, (*figure* 54) de forte que AE devienne à fon tour diagonale d'un nouveau rectangle. Réfolvez de même AB en AD, et en BD, il eft clair que les forces AD, AF, fe détruifent. Que refte-t-il donc de force au corps ? il lui refte FE d'un côté, et BD de l'autre ; donc il n'a pas la force de AB, et de AE, réunies, comme on le prétendait ; donc, &c.

Il y avait beaucoup de fineffe dans la difficulté, et il y en a encore plus dans la réponfe ; elle eft de M. *Jurin*, l'un des meilleurs phyficiens d'Angleterre.

M. *Jurin*, pour épargner tout calcul, toute décompofition, et pour faire voir encore plus clairement, s'il eft poffible, comment deux vîteffes en un même temps ne donnent qu'une force double, imagina cette expérience.

Qu'on faffe mouvoir avec l'aide d'un reffort une balle avec un degré de vîteffe quelconque ; qu'enfuite, ce degré étant bien conftaté, le reffort bien rétabli, la balle en repos, on donne à la table un mouvement égal à celui que le reffort communique à la boule, c'eft-à-dire, qu'on faffe en même temps mouvoir la boule avec la vîteffe 1, et la table avec la vîteffe 1 : il eft clair qu'alors la boule acquerra deux vîteffes et fimplement deux forces ;

donc, quand il n'y a pas plusieurs temps différens à considérer, il faut ne reconnaître dans les corps mobiles d'autre force que celle de leur masse par leur vîtesse.

L'illustre auteur, engagée aux leibnitziens, a voulu contredire cette expérience. Voici, dit-elle, en quoi consiste le vice du raisonnement de M. *Jurin*.

Supposons, pour plus de facilité, au lieu du plan mobile de M. *Jurin*, un bateau A B, qui avance sur la rivière avec la vîtesse 1 ; et le mobile P transporté avec le bateau : ce mobile acquiert la même vîtesse que le bateau. Supposons un ressort capable de donner cette vîtesse 1 hors du bateau, il ne la lui donnera plus, car l'appui du ressort dans le bateau n'est pas inébranlable, &c.

Il est vrai que cette expérience peut être sujette à cette difficulté, et qu'il y aura une petite diminution de force dans l'action du ressort, parce que le bateau cédera un peu à l'effort du ressort ; cela fera peut-être un dix-millième de différence ; ainsi le mobile aura deux de force moins un dix-millième : mais certainement cette diminution de force ne fera pas qu'il aura le quarré de deux, c'est-à-dire quatre, et il n'y a pas d'apparence que pour avoir perdu quelque chose, il ait gagné plus du double.

D'ailleurs il est très-aisé de faire cette expérience, en attachant le ressort à une muraille, et en le détendant contre le mobile qui sera sur la table. A cela il n'y a rien à répondre, et il faut absolument se rendre à cette démonstration expérimentale de M. *Jurin*.

Il paraît que les expériences qui se font en temps égaux favorisent aussi pleinement l'ancienne doctrine, que deux corps qui sont en raison réciproque de leur masse et de leur vîtesse viennent se choquer ; s'il fallait estimer la force motrice par le quarré de la vîtesse, il se trouverait

Z 4

que le mobile avec 100 de maffe et 1 de vîteffe, rencontrant celui qui aurait 100 de vîteffe et 1 de maffe, en ferait prodigieufement repouffé, ce qui n'arrive jamais ; car fi les deux mobiles font fans reffort, ils fe joignent et s'arrêtent ; s'ils font flexibles, ils rejailliffent également. Les leibnitziens ont tâché de ramener ce phénomène à leur fyftême, en difant que les cent de vîteffe fe confument dans les enfoncemens qu'ils produifent dans le corps qui a cent de maffe.

Mais on répond aifément à cette évafion, que le corps qui fouffre ces enfoncemens fe rétablit s'il eft à reffort, et rend toute cette force qu'il a reçue, et s'il n'eft pas à reffort il doit être entraîné par le corps qui l'enfonce ; car le corps cent, fuppofé non élaftique, n'ayant qu'un de vîteffe, réfifte bien par fes cent de maffe aux cent de vîteffe du corps 1 ; mais il ne peut réfifter aux cent fois cent qu'on fuppofe au corps choquant, il faudrait alors qu'il cédât, et c'eft ce qui n'arrive jamais.

Enfin M. *Jurin*, ayant fait voir démonftrativement qu'il faut toujours faire mention du temps, et ayant imaginé cette expérience hors de toute exception, dans laquelle deux vîteffes en un temps ne donnent qu'une force double, a défié publiquement tous fes adverfaires d'imaginer un feul cas où une vîteffe double pût en un temps donner quatre de force, et il a promis de fe rendre le difciple de quiconque réfoudrait ce problême. On a entrepris de le réfoudre d'une manière extrêmement ingénieufe.

On fuppofe une boule qui ait un de maffe et deux de vîteffe, et qui rencontre deux boules, dont chacune a deux de maffe, de façon que la maffe un communique tout fon mouvement par le choc à ces maffes doubles : or, dit-on, fi cette maffe 1, qui a deux de vîteffe,

communique à chacune des maffes doubles un de vîteffe ,
chacune de ces maffes doubles aura donc deux de force ,
ce qui fait quatre ; la boule 1 , qui n'avait que deux de
force , aura donc donné plus qu'elle n'avait. Voilà donc ,
peut-on dire , une abfurdité dans l'ancien fyftême , mais
dans le nouveau le compte fe trouve jufte ; car la boule 1 ,
avec deux de vîteffe , aura eu quatre de force, et n'a
donné précifément que ce qu'elle poffédait.

Il faut voir maintenant fi M. *Jurin* fe rendra à cet
argument , et s'il fe fera le difciple de celui qui en eft
l'auteur. Je crois qu'il ne lui fera pas difficile de répondre.
Soient dans ce cercle les trois boules ; la boule 1 choque
les boules 2 fous un angle de 60 degrés ; la boule 1
avec deux de vîteffe eût parcouru en un feul temps deux
fois le rayon du cercle.

Les boules 2 , avec chacune un de vîteffe , parcourent en
un même temps le rayon D C , et le rayon I C ; donc les
deux boules ne font en un même temps dans la direction
du rayon que ce qu'eût fait la boule 1 ; il n'y a de plus
que les deux forces latérales en fens contraire ; excédant
de forces qu'on ne peut expliquer par cette manière de
les évaluer, puifqu'il exifte dans les corps durs, où la loi
de la confervation des forces vives n'eft pas obfervée.

On trouve également une folution pour le cas qu'on
rapporte de M. *Herman*. Que la boule 1 , dit-on , qui
a 2 de vîteffe , rencontre la maffe 3 , elle lui donnera 1
de vîteffe , et gardera 1. Voilà donc quatre de force qui
femblent naître de 2 , et cette boule 1 a donné , dit-on ,
ce qu'elle n'avait pas.

Non, elle n'a pas donné ce qu'elle n'avait pas. Si la
boule 3 , avec cette unité de vîteffe reçue , agit enfuite
comme 3 , et la boule avec l'unité de vîteffe qui lui refte ,

agit comme **1**, il faut obferver que cette augmentation de force n'a lieu ici que parce que les boules ont un mouvement en fens contraire, phénomène dont l'élafti-cité de ces corps eft la caufe ; on trouverait, en fuppofant les corps durs dans des hypothèfes où il fe produirait une augmentation de force, que la mefure des forces propofée par *Leibnitz* n'expliquerait pas, et tous ces exemples prouvent feulement que le principe de la confervation des forces vives a lieu dans les corps élaftiques. (*)

Qu'il fe perd de la force.

Il me paraît évident que fi la force éft proportionnelle au mouvement, il fe perd de la force, puifqu'il fe perd du mouvement. L'exemple rapporté par le grand *Newton*, à la fin de fon optique, demeure inconteftable.

Donc, s'il fe perd à tout moment de la force dans la nature, il faut un principe qui la renouvelle ; ce principe n'eft-il pas l'attraction, quelle que puiffe être la caufe de l'attraction ?

Réfumé.

J'ai non-feulement fait l'analyfe la plus exacte que j'ai pu de l'ouvrage le plus méthodique, le plus ingénieux et le mieux écrit qui ait paru en faveur de *Leibnitz* ; j'ai pris la liberté d'y joindre mes doutes, que les lecteurs pourront éclaircir ; je n'ai point touché aux objections que l'illuftre auteur a adreffées à M. de *Mairan*, dans le chapitre de la force des corps : c'eft à ce philofophe à répondre, et on attend avec impatience les folutions qu'il doit donner des difficultés qu'on lui a faites. Je croirais lui faire tort en répondant pour lui, il eft feul digne d'une telle adverfaire. La vérité gagnera, fans doute, à ces contradictions qui ne doivent fervir qu'à l'éclaircir ; et ce fera un modèle de la difpute littéraire la plus profonde et la plus polie.

(*) Voyez les *Elémens de la philofophie de Newton.*

MEMOIRE

SUR UN OUVRAGE DE PHYSIQUE

DE MADAME LA MARQUISE

DU CHATELET,

Lequel a concouru pour le prix de l'académie des fciences, en 1738 ; par M. de Voltaire.

MEMOIRE

SUR UN OUVRAGE DE PHYSIQUE

DE MADAME

LA MARQUISE DU CHATELET,

*Lequel a concouru pour le prix de l'académie des sciences,
en 1738; par M. de Voltaire.*

LE public a vu cette année un des événemens les
plus honorables pour les beaux arts. De près de trente
diſſertations préſentées par les meilleurs philoſophes de
l'Europe pour les prix que l'académie des ſciences
devait diſtribuer l'année 1738, il n'y en eut que cinq
qui concoururent, et l'une de ces cinq était d'une dame
dont le haut rang eſt le moindre avantage.

L'académie des ſciences a jugé cette pièce digne de
l'impreſſion, et vient de la joindre à celles qui ont eu
le prix. On ſait que c'eſt en effet être couronné, que
d'être imprimé par ordre de cette compagnie.

Le premier prix d'éloquence que donna l'académie
française, fut remporté par une perſonne du même ſexe.
Le diſcours ſur la gloire, compoſé par Mlle *Scudéri*, ſera
long-temps mémorable par cette raiſon.

Mais on peut dire ſans flatterie, que l'Eſſai de phyſique
de l'illuſtre dame dont il eſt ici queſtion, eſt autant au-
deſſus du diſcours de Mlle *Scudéri*, que les véritables
connaiſſances ſont au-deſſus de l'art de la parole, ſans
qu'on prétende en cela diminuer le mérite de l'éloquence.

Le sujet était *la nature du feu et sa propagation.*

L'ouvrage dont je rends compte est fondé en partie sur les idées du grand *Newton*, sur celles du célèbre M. *s'Gravesande*, actuellement vivant, mais sur-tout sur les expériences et les découvertes de M. *Boerhaave* qui, dans sa chimie, a traité à fond cette matière ; et l'Europe savante sait avec quel succès.

Il est vrai que ces notions ne sont pas généralement goûtées par messieurs de l'académie des sciences ; et quoique l'académie en corps n'adopte aucun système, cependant il est impossible que les académiciens n'adjugent pas le prix aux opinions les plus conformes aux leurs.

Car, toutes choses d'ailleurs égales, qui peut nous plaire que celui qui est de notre avis ?

C'est ainsi qu'on couronna, il y a quelques années, un bon ouvrage du révérend père *Mazière*, dans lequel il dit *qu'on ne s'avisera plus d'admettre désormais les forces vives, de calculer la quantité du mouvement par le produit de la masse et du quarré de la vîtesse ;* calcul assez proscrit alors dans l'académie ; mais cette même académie fit aussi imprimer l'excellente dissertation de M. *Bernouilli*, qui a mis le sentiment contraire dans un si beau jour, qu'aujourd'hui plusieurs académiciens ne font nulle difficulté d'admettre les forces vives, et le quarré de cette vîtesse.

Voici à peu-près un cas pareil : le révérend père *Fiesc*, jésuite, assure dans sa dissertation, qui a remporté un des prix, *que le feu élémentaire est une chimère, parce qu'on n'en a jamais vu, et que le feu est un mixte composé de sels, de soufre, d'air et de matière éthérée.*

Le révérend père traite donc de chimère les admirables idées de *Boerhaave ;* nous sommes bien loin de vouloir abaisser l'ouvrage du savant jésuite, que nous estimons fincèrement ; mais nous penfons, avec la plupart des plus grands phyficiens de l'Europe, qu'il eft abfolument impoffible que le feu foit un mixte.

Nous ne nous arrêtons pas beaucoup à combattre cette idée, *qu'on ne doit point admettre le feu élémentaire, parce qu'il eft invifible ;* car l'air eft fouvent invifible, et cependant il exifte. La matière éthérée eft bien invifible, bien douteufe ; cependant le révérend père l'admet. Il ne paraît pas vrai non plus que nos yeux voient le feu ; car il n'y a point de feu plus ardent fur la terre que la pointe du cône lumineux au foyer d'un verre ardent. Cependant, comme le remarque très-bien la dame illuftre qui a fait tant d'honneur au fentiment de *Boerhaave*, on ne voit jamais ce feu que lorfqu'il touche quelque objet. Nous voyons les chofes matérielles embrafées ; mais pour le feu qui les embrafe, il eft prouvé que nous ne le voyons jamais : car il n'y a pas deux fortes de feu. Cet être qui dilate tout, qui échauffe tout, ou qui éclaire tout, eft le même que la lumière : or la lumière fert à faire voir, et n'eft elle-même jamais aperçue ; donc nous n'apercevons jamais le feu pur, qui eft la même chofe que la lumière. (1)

Mais pour être convaincu que le feu ne faurait être un mixte produit par d'autres mixtes, il me fuffit de faire les réflexions fuivantes :

Qu'entendez-vous par ce mot *produire* ? fi le feu n'eft que développé, n'eft que délivré de la prifon où il était lorfqu'il commença à paraître, il exiftait donc déjà. Il y

_____

(1) On fent qu'on peut dire dans un autre fens que nous ne voyons que la lumière ; mais nous rapportons toujours la fenfation à un autre objet, et cela fuffit pour détruire le raifonnement du père *Lozerau de Fiefc*.

avait donc une fubftance de feu, un feu élémentaire caché dans les corps dont il échappe.

Si le feu eft un mixte compofé des corps qui le produifent, il retient donc la fubftance de tous les corps ; la lumière eft donc de l'huile, du fel, du foufre, elle eft donc l'affemblage de tous les corps. Cet être fi fimple, fi différent des autres êtres, eft donc le réfultat d'une infinité de chofes auxquelles il ne reffemble en rien. N'y aurait-il pas dans cette idée une contradiction manifefte ? et n'eft-il pas bien fingulier que dans un temps où la philofophie enfeigne aux hommes qu'un brin d'herbe ne faurait être produit, et que fon germe doit être auffi ancien que le monde, on puiffe dire que le feu répandu dans toute la nature eft une production de fels, de foufre, et de la matière éthérée ? Quoi ! je ferai contraint d'avouer que tout l'arrangement, que tout le mouvement poffible ne pourront jamais former un grain de moutarde ; et j'oferais affurer que le mouvement de quelques végétaux, et d'une prétendue matière éthérée, fait fortir du néant cette fubftance de feu, et cette même fubftance inaltérable que le foleil nous envoie, qui a des propriétés fi étonnantes, fi conftantes, qui feule s'infléchit vers les corps, fe réfracte feule, et feule produit un nombre fixe de couleurs primitives !

Que cette idée du fameux *Boerhaave* et des philofophes modernes eft belle, c'eft-à-dire vraie, *que rien ne fe peut changer en rien !* Nos corps fe détruifent, à la vérité ; mais les chofes dont ils font compofés reftent à jamais les mêmes. Jamais l'eau ne devient terre ; jamais la terre ne devient eau. Il faut avouer que le grand *Newton* fut trompé par une fauffe expérience, quand il crut que l'eau pouvait fe changer en terre. Les expériences de *Boerhaave*

ont

ont prouvé le contraire. Le feu eſt comme les autres élémens des corps; il n'eſt jamais produit d'un autre, et n'en produit aucun. Cette idée ſi philoſophique, ſi vraie, s'accorde encore mieux que toute autre avec la puiſſante ſageſſe de celui qui a tout créé, et qui a répandu dans l'univers une foule incroyable d'êtres, leſquels peuvent bien ſe confondre, aider au développement les uns des autres, mais ne peuvent jamais ſe convertir en d'autres ſubſtances.

Je prie chaque lecteur d'approfondir cette opinion, et de voir ſi elle tire ſa ſublimité d'une autre ſource que de la vérité.

A cette vérité, l'illuſtre auteur ajoute l'opinion que le feu n'eſt point peſant; et j'avoue que, quoique j'aie embraſſé l'opinion contraire après les *Boerhaave* et les *Muſchembrock*, je ſuis fort ébranlé par les raiſons qu'on voit dans la diſſertation.

Je ne ſais ſi toutes les autres matières ayant reçu de DIEU la propriété de la gravitation, il n'était pas néceſſaire qu'il y en eût une qui ſervît à déſunir continuellement des corps que la gravitation tend à réunir ſans ceſſe. Le feu pourrait bien être l'unique agent qui diviſe tout ce que le reſte aſſemble. Au moins, ſi le feu eſt peſant, on doit être fort incertain ſur les expériences qui paraiſſent dépoſer en faveur de ſon poids, et qui toutes, en prouvant trop, ne prouvent rien. Il eſt beau de ſe défier de l'expérience même.

L'illuſtre auteur ſemble prouver par l'expérience et par le raiſonnement, que le feu tend toujours à l'équilibre, et qu'il eſt également répandu dans tout l'eſpace. Elle examine enſuite comment il s'éteint, comment la glace ſe forme; et il eſt à croire que ces recherches, ſi bien

Phyſique, &c. A a

faites et ſi bien expoſées, auraient eu le prix, ſi on n'y avait pas ajouté une opinion trop hardie.

Cette opinion eſt que le feu n'eſt ni eſprit ni matière. C'eſt, ſans doute, élargir la ſphère de l'eſprit humain et de la nature, que de reconnaître dans le Créateur la puiſſance de former une infinité de ſubſtances qui ne tiennent ni à cet être purement penſant, dont nous ne connaiſſons rien, ſinon la penſée, ni à cet être étendu, dont nous ne connaiſſons guère que l'étendue diviſible, figurable et mobile. Mais il eſt bien hardi peut-être de refuſer le nom de matière au feu qui diviſe la matière, et qui agit comme toute matière par ſon mouvement.

Quoi qu'il en ſoit de cette idée, le reſte n'en eſt ni moins exact, ni moins vrai. Tout le phyſique du feu reſte le même. Toutes ſes propriétés ſubſiſtent, et je ne connais d'erreurs capitales en phyſique que celles qui vous donnent une fauſſe économie de la nature. Or, qu'importe que la lumière ſoit un être à part, ou un être ſemblable à la matière, pourvu qu'on démontre que c'eſt un élément doué de propriétés qui n'appartiennent qu'à lui. C'eſt par-là qu'il faut conſidérer cette diſſertation ; elle ſerait très-eſtimable, ſi elle était de la main d'un philoſophe uniquement occupé de ces recherches ; mais qu'une dame, attachée d'ailleurs à des ſoins domeſtiques, au gouvernement d'une famille, et à beaucoup d'affaires, ait compoſé un tel ouvrage, je ne ſais rien de ſi glorieux pour ſon ſexe, et pour le temps éclairé dans lequel nous vivons.

Un des plus ſages philoſophes de nos jours, M. l'abbé *Conti*, noble vénitien, qui a cultivé toujours la poëſie et les mathématiques, ayant lu l'ouvrage de cette dame, ne put s'empêcher de faire ſur le champ ces vers italiens, qui font également honneur, et au poëte et à Mme la marquife *du Châtelet.*

Si d'Urania, e d'Amor quefta è la figlia,
 Cui del bel globo la cuftodia diero
L'infalibili parche, e'l fommo impero,
 Sù tutta l'amorofa ampia famiglia.

Ad Amore, nel volto, ella fimiglia,
 Ad Urania, nel rapido penfiero,
 Chè fa d'og'aftro il moto, ed il fentiero,
 Ed onde argentea abbia luce, aurea, vermiglia,

Non t'inganni, mi diffe il franco vate;
 Ma coftei non d'Urania, e non d'Amore;
 Ma da Minerva, ed Apollo ebbe i natali,
 Come a Minerva, a lei furo fuelate
 L'opre di Giove, ed ella il genitore
 Proporle qual oracolo à mortali.

DISSERTATION

SUR

LES CHANGEMENS

ARRIVÉS DANS NOTRE GLOBE.

DISSERTATION (1)

*Envoyée par l'auteur, en italien, à l'académie de
Bologne, et traduite par lui-même en français,
fur les changemens arrivés dans notre globe, et fur
les pétrifications qu'on prétend en être encore les
témoignages.*

Iʟ y a des erreurs qui ne font que pour le peuple ;
il y en a qui ne font que pour les philofophes. Peut-être

(1) Cette differtation parut en 1749. L'hiftoire naturelle avait fait
en France peu de progrès : l'exiftence des coquilles foffiles était cependant
connue depuis très-long-temps ; mais il faut avouer, 1°. que l'on rangeait
alors au nombre des productions de la mer trouvées dans l'intérieur des
terres, un grand nombre de fubftances dont les analogues vivans font
inconnus ; 2°. que l'on avait décidé un peu légèrement que les coquilles
foffiles d'un pays étaient les dépouilles d'animaux placés aujourd'hui
dans les mers d'une portion du globe très-éloiguée ; 3°. que l'on mettait
au nombre des coquilles foffiles plufieurs corps dont l'origine eft encore
abfolument incertaine ; 4°. qu'on regardait comme l'ouvrage de la mer les
dépôts et les vallées, qui font évidemment celui des fleuves. Depuis ce
temps, des obfervations plus fuivies ont appris que l'on doit regarder les
fubftances calcaires répandues fur le globe, à quelque profondeur ou à
quelque élévation qu'elles fe trouvent, comme formées par le débris d'animaux engloutis dans les eaux, que les empreintes, les noyaux de ces
coquilles, fe trouvent dans les craies et dans les filex ; qu'un très-grand
nombre de filex doit même fa forme à un corps marin détruit, et dont la
fubftance du filex a rempli la place. Les eaux ont donc couvert fucceffivement ou à la fois tous les terrains où fe trouvent ces fubftances, mais
ces terrains ne forment point tout le globe.

Une feule mer en a-t-elle couvert à la fois prefque toute la furface,
et la quantité d'eau du globe eft-elle diminuée par l'évaporation, par la
combinaifon de l'eau avec d'autres fubftances ? Mais, en ce cas, pourquoi
une fi grande partie de la furface de la terre ne porte-t-elle aucune empreinte
de ce féjour des eaux, quoique inférieure à des parties où cette empreinte
eft marquée ?

La mer couvre-t-elle fucceffivement toutes les parties du globe ? Cela
eft moins probable encore : quelque changement qu'on fuppofe dans l'axe

en eſt-ce une de ce genre , que l'idée où ſont tant de
phyſiciens , qu'on voit par toute la terre des témoignages
d'un bouleverſement général. On a trouvé dans les
montagnes de la Heſſe une pierre qui paraiſſait porter
l'empreinte d'un turbot , et ſur les Alpes un brochet
pétrifié : on en conclut que la mer et les rivières ont
coulé tour à tour ſur les montagnes. Il était plus naturel
de ſoupçonner que ces poiſſons , apportés par un voyageur , s'étant gâtés , furent jetés , et ſe pétrifièrent dans
la ſuite des temps ; mais cette idée était trop ſimple et
trop peu ſyſtématique. On dit qu'on a découvert une
ancre de vaiſſeau ſur une montagne de la Suiſſe : on
ne fait pas réflexion qu'on y a ſouvent tranſporté à
bras de grands fardeaux , et ſur-tout du canon ; qu'on
s'eſt pu ſervir d'une ancre pour arrêter les fardeaux
à quelque fente de rochers ; qu'il eſt très-vraiſemblable
qu'on aura pris cette ancre dans les petits ports du lac

de la terre , on ne trouvera aucune hypothèſe qui explique comment la
mer a pu ſe trouver ſur les montagnes du Pérou , où cependant l'on a
trouvé des coquilles.

Suppoſera-t-on que la terre a été couverte de grands lacs ſéparés , dont
la réunion ſucceſſive a formé l'Océan ? Cette hypothèſe n'eſt du moins
que précaire , et M. de *Voltaire* paraît ici lui donner la préférence.

Il a eu tort , ſans doute , de s'obſtiner à nier l'exiſtence des coquilles
foſſiles , ou plutôt de croire qu'elles étaient en trop petit nombre dans
les pays très-éloignés de la mer , ou très-élevés , pour qu'on fût obligé de
recourir à d'autres explications qu'à des cauſes purement accidentelles ;
mais il a eu raiſon de reléguer dans la claſſe des romans tous les ſyſtèmes
inventés pour expliquer l'origine de ces coquilles.

Il faut obſerver enfin que les gloſſopètres ne ſont pas des langues
pétrifiées , et qu'on ne ſait pas encore bien préciſément ce que peuvent
être ni les cornes d'*Ammon* , ni les pierres lenticulaires que l'on a
retrouvées en France ; que les fougères dont on voit les empreintes dans
les ardoiſières du Lyonnais , fougères qu'on a cru long-temps ne ſe trouver
qu'en Amérique ont été obſervées en France ; et qu'il faudrait connaître
un peu plus les pays d'où viennent les fleuves de la mer du Nord , pour
deviner d'où viennent les os d'éléphans qu'on trouve ſur leurs bords.

de Genève ; que peut-être enfin l'hiftoire de l'ancre eft fabuleufe ; et on aime mieux affirmer que c'eft l'ancre d'un vaiffeau qui fut amarré en Suiffe avant le déluge.

La langue d'un chien marin a quelque rapport avec une pierre qu'on nomme *gloffopètre* ; c'en eft affez pour que des phyficiens aient affuré que ces pierres font autant de langues que les chiens marins laifsèrent dans les Apennins du temps de *Noé* : que n'ont-ils dit auffi que les coquilles que l'on appelle *conques de Vénus*, font en effet la chofe même dont elles portent le nom ?

Les reptiles forment prefque toujours une fpirale, lorfqu'ils ne font pas en mouvement ; et il n'eft pas furprenant que quand ils fe pétrifient, la pierre prenne la figure informe d'une volute. Il eft encore plus naturel qu'il y ait des pierres formées d'elles-mêmes en fpirales ; les Alpes, les Vofges en font pleines. Il a plu aux natu- raliftes d'appeler ces pierres des *cornes d'Ammon.* On veut y reconnaître le poiffon qu'on nomme *nautilus*, qu'on n'a jamais vu, et qui était produit, dit-on, dans les mers des Indes. Sans trop examiner fi ce poiffon pétrifié eft un *nautilus* ou une anguille, on conclut que la mer des Indes a inondé long-temps les montagnes de l'Europe.

On a vu auffi dans des provinces d'Italie, de France, &c. de petits coquillages qu'on affure être origi- naires de la mer de Syrie. Je ne veux pas contefter leur origine ; mais ne pourrait-on pas fe fouvenir que cette foule innombrable de pélerins et de croifés, qui porta fon argent dans la Terre-fainte, en rapporta des coquilles ? et aimera-t-on mieux croire que la mer de Joppé et de Sidon eft venue couvrir la Bourgogne et le Milanais ?

On pourrait encore fe difpenfer de croire l'une et l'autre de ces hypothèfes , et penfer, avec beaucoup de phyficiens , que ces coquilles, qu'on croit venues de fi loin , font des foffiles que produit notre terre. On pourrait encore , avec bien plus de vraifemblance , conjecturer qu'il y a eu autrefois des lacs dans les endroits où l'on voit aujourd'hui des coquilles ; mais quelque opinion, ou quelque erreur qu'on embraffe , ces coquilles prouvent-elles que tout l'univers a été boule-verfé de fond en comble ?

Les montagnes vers Calais et vers Douvres font des rochers de craie ; donc autrefois ces montagnes n'étaient point féparées par les eaux. Le terrain vers Gibraltar et vers Tanger eft à peu-près de la même nature ; donc l'Afrique et l'Europe fe touchaient , et il n'y avait point de mer Méditerranée. Les Pyrenées , les Alpes , l'Apennin ont paru à plufieurs philofophes des débris d'un monde qui a changé plufieurs fois de forme ; cette opinion a été long-temps foutenue par toute l'école de *Pythagore*, et par plufieurs autres ; elles affir-maient que toute la terre habitable avait été mer autre-fois, et que la mer avait long-temps été terre.

On fait qu'*Ovide* ne fait que rapporter le fentiment des phyficiens de l'Orient, quand il met dans la bouche. de *Pythagore* ces vers latins , dont voici le fens :

Le temps, qui donne à tout le mouvement et l'être,
Produit, accroît, détruit, fait mourir, fait renaître,
Change tout dans les cieux , fur la terre et dans l'air :
L'âge d'or à fon tour fuivra l'âge de fer.
Flore embellit des champs l'aridité fauvage.
La mer change fon lit, fon flux et fon rivage.

Le limon qui nous porte eſt né du ſein des eaux.
Le Caucaſe eſt ſemé du débris des vaiſſeaux.
La main lente du temps applanit les montagnes ;
Il creuſe les vallons, il étend les campagnes ;
Tandis que l'Eternel, le ſouverain des temps,
Demeure inébranlable en ces grands changemens.

Voilà quelle était l'opinion des Indiens et de *Pythagore* ; et ce n'eſt pas lui faire tort de la rapporter en vers. Cette opinion a été plus que jamais accréditée par l'inſpection de ces lits de coquillages qu'on trouve amoncelés par couches dans la Calabre, en Touraine et ailleurs, dans des terrains placés à une aſſez grande diſtance de la mer. Il y a en effet apparence qu'ils y ont été dépoſés dans une longue ſuite d'années.

La mer, qui s'eſt retirée à quelques lieues de ſes anciens rivages, a regagné peu à peu ſur quelques autres terrains. De cette perte preſque inſenſible, on s'eſt cru en droit de conclure qu'elle a long-temps couvert le reſte du globe. Fréjus, Narbonne, Ferrare, &c. ne ſont plus des ports de mer ; la moitié du petit pays de l'Oſtfriſe a été ſubmergée par l'Océan ; donc autrefois les baleines ont nagé pendant des ſiècles ſur le mont Taurus et ſur les Alpes, et le fond de la mer à été peuplé d'hommes.

Ce ſyſtême des révolutions phyſiques de ce monde a été fortifié dans l'eſprit de quelques philoſophes par la découverte du chevalier de *Louville.* On ſait que cet aſtronome, en 1714, alla exprès à Marſeille, pour obſerver ſi l'obliquité de l'écliptique était encore telle qu'elle y avait été fixée par *Pitheas*, environ deux mille ans auparavant ; il la trouva moindre de vingt minutes, c'eſt-à-dire qu'en deux mille ans l'écliptique, ſelon lui, s'était approchée de l'équateur d'un tiers de degré, ce qui prouve qu'en ſix mille ans elle s'approcherait d'un degré entier.

Cela ſuppoſé, il eſt évident que la terre, outre les mouvemens qu'on lui connaît, en aurait encore un, qui la ferait tourner ſur elle-même d'un pôle à l'autre. Il ſe trouverait que dans vingt-trois mille ans le ſoleil ferait pour la terre très-long-temps dans l'équateur, et que dans une période d'environ deux millions d'années, tous les climats du monde auraient été tour à tour dans la zone torride et dans la zone glaciale. Pourquoi, diſait-on, s'effrayer d'une période de deux millions d'années ? Il y en a probablement de plus longues entre les poſitions réciproques des aſtres. Nous connaiſſons déjà un mouvement à la terre, lequel s'accomplit en plus de vingt-cinq mille ans ; c'eſt la préceſſion des équinoxes. Des révolutions de mille millions d'années ſont infiniment moindres aux yeux de l'architecte éternel de l'univers, que n'eſt pour nous celle d'une roue, qui achève ſon tour en un clin d'œil. Cette nouvelle période, imaginée par le chevalier de *Louville*, ſoutenue et corrigée par pluſieurs aſtronomes, fit rechercher les anciennes obſervations de Babylone, tranſmiſes aux Grecs par *Alexandre*, et conſervées à la poſtérité par *Ptolomée* dans ſon *Almageſte*. (2)

_____

(2) Il eſt prouvé que l'obliquité de l'écliptique n'eſt point conſtante, et qu'elle éprouve une variation ſenſible dans l'eſpace d'un ſiècle ; mais doit-on ſuppoſer que l'écliptique ait une révolution comme celle de la préceſſion des équinoxes, ou un ſimple balancement, ou bien qu'outre ce balancement, elle ait une tendance à ſe rapprocher du plan de Jupiter et de Saturne ? Toutes ces combinaiſons ſont poſſibles, et ni les obſervations ni le calcul ne peuvent nous apprendre encore laquelle mérite la

Les Babyloniens prétendaient, au temps d'*Alexandre*, avoir des obſervations aſtronomiques de quatre cents mille trois cents années. On tâcha de concilier ces calculs des Babyloniens avec l'hypothèſe de la révolution de deux millions d'années. Enfin, quelques philoſophes conclurent que chaque climat ayant été à ſon tour tantôt pôle, tantôt ligne équinoxiale, toutes les mers avaient changé de place.

L'extraordinaire, le vaſte, les grandes mutations ſont des objets qui plaiſent quelquefois à l'imagination des plus ſages. Les philoſophes veulent de grands changemens dans la ſcène du monde, comme le peuple en veut aux ſpectacles. Du point de notre exiſtence et de notre durée, notre imagination s'élance dans des milliers de ſiècles, pour voir avec plaiſir le Canada ſous l'équateur, et la mer de la nouvelle Zemble ſur le mont Atlas.

Un auteur, qui s'eſt rendu plus célèbre qu'utile par ſa théorie de la terre, a prétendu que le déluge bouleverſa tout notre globe, forma des débris du monde les rochers et les montagnes, et mit tout dans une confuſion irréparable ; il ne voit dans l'univers que des ruines. L'auteur d'une autre théorie, non moins célèbre, n'y voit que de l'arrangement, et il aſſure que ſans le déluge cette harmonie ne ſubſiſterait pas : tous deux n'admettent les montagnes que comme une ſuite de l'inondation univerſelle.

préférence ; il n'en faut pas être ſurpris : nous n'avons d'obſervations exactes que depuis un ſiècle environ, et il n'y a qu'un peu plus de trente ans que nous ſavons appliquer le calcul à ces grandes queſtions.

Au reſte, le changement qui réſulterait de cette révolution de l'écliptique, affecterait ſur-tout la température des différentes parties du globe, la durée de leurs jours, les mouvemens apparens des corps céleſtes, &c. mais influerait très-peu ſur l'équilibre des fluides placés à la ſurface.

Burnet, en fon cinquième chapitre, affure que la terre avant le déluge était unie, régulière, uniforme, fans montagnes, fans vallées et fans mers ; le déluge fit tout cela, felon lui : et voilà pourquoi on trouve des cornes d'*Ammon* dans l'Apennin.

Woodward veut bien avouer qu'il y avait des montagnes ; mais il eft perfuadé que le déluge vint à bout de les diffoudre avec tous les métaux, qu'il s'en forma d'autres, et que c'eft dans cette nouvelle terre qu'on trouve ces cailloux autrefois amollis par les eaux, et remplis aujourd'hui d'animaux pétrifiés. *Woodward* aurait pu, à la vérité, s'apercevoir que le marbre, le caillou, &c. ne fe diffolvent point dans l'eau, et que les écueils de la mer font encore fort durs. N'importe ; il fallait pour fon fyftême que l'eau eût diffous, en cent cinquante jours, toutes les pierres et tous les minéraux de l'univers, pour y loger des huîtres et des pétoncles.

Il faudrait plus de temps que le déluge n'a duré pour lire tous les auteurs qui en ont fait de beaux fyftêmes ; chacun d'eux détruit et renouvelle la terre à fa mode, ainfi que *Defcartes* l'a formée ; car la plupart des philofophes fe font mis fans façon à la place de DIEU ; ils penfent créer un univers avec la parole.

Mon deffein n'eft pas de les imiter, et je n'ai point du tout l'efpérance de découvrir les moyens dont DIEU s'eft fervi pour former le monde, pour le noyer, pour le conferver ; je m'en tiens à la parole de l'Ecriture, fans prétendre l'expliquer, et fans ofer admettre ce qu'elle ne dit point : qu'il me foit permis d'examiner feulement, felon les règles de la probabilité, fi ce globe a été et doit être un jour fi abfolument différent de ce qu'il eft : il ne s'agit ici que d'avoir des yeux.

J'examine d'abord ces montagnes, que le docteur *Burnet* et tant d'autres regardent comme les ruines d'un ancien monde difperfé ça et là, fans ordre, fans deffein, femblable aux débris d'une ville que le canon à foudroyée ; je les vois au contraire arrangées avec un ordre infini d'un bout de l'univers à l'autre. C'eft en effet une chaîne de hauts aqueducs continuels, qui, en s'ouvrant en plufieurs endroits, laiffent aux fleuves et aux bras de mer l'efpace dont ils ont befoin pour humecter la terre.

Du cap de Bonne-Efpérance naît une fuite de rochers, qui s'abaiffent pour laiffer paffer le Niger et le Zaïr, et qui fe relèvent enfuite fous le nom du mont Atlas, tandis que le Nil coule d'une autre branche de ces montagnes. Un bras de mer étroit fépare l'Atlas du promontoire de Gibraltar, qui fe rejoint à la Sierra-Morena ; celle-ci touche aux Pyrenées, les Pyrenées aux Cévènes, les Cévènes aux Alpes, les Alpes à l'Apennin, qui ne finit qu'au bout du royaume de Naples ; vis-à-vis font les montagnes d'Epire et de la Theffalie. A peine avez-vous paffé le détroit de Gallipoli, que vous trouvez le mont Taurus, dont les branches, fous le nom de Caucafe, de l'Immaüs, &c. s'étendent aux extrémités du globe : c'eft ainfi que la terre eft couronnée en tous fens de ces réfervoirs d'eau, d'où partent fans exception toutes les rivières qui l'arrofent et qui la fécondent. Et il n'y a aucun rivage à qui la mer fourniffe un feul ruiffeau de fon eau falée.

Burnet fit graver une carte de la terre divifée en montagnes, au lieu de provinces ; il s'efforce, par cette repréfentation et par fes paroles, de mettre fous les yeux l'image du plus horrible défordre ; mais de fes propres paroles, comme de fa carte, on ne peut conclure qu'harmonie et utilité. *Les Andes*, dit-il, *dans l'Amérique ont mille lieues de long ; le Taurus divife l'Afie en deux parties, &c. Un homme qui pourrait embraffer tout cela d'un coup d'œil verrait que le globe de la terre eft plus informe encore qu'on ne l'imagine.* Il paraît, tout au contraire, qu'un homme raifonnable, qui verrait d'un coup d'œil l'un et l'autre hémifphère traverfés par une fuite de montagnes, qui fervent de réfervoirs aux pluies, et de fources aux fleuves, ne pourrait s'empêcher de reconnaître dans cette préten-due confufion toute la fageffe et la bienfefance de D I E U même.

Il n'y a pas un feul climat fur la terre fans montagnes, et fans rivière qui en forte. Cette chaîne de rochers eft une pièce effentielle à la machine du monde. Sans elle, les animaux terreftres ne pourraient vivre ; car point de vie fans eau : l'eau eft élevée des mers, et purifiée par l'éva-poration continuelle ; les vents la portent fur les fommets des rochers, d'où elle fe précipite en rivières ; et il eft prouvé que cette évaporation eft affez grande pour qu'elle fuffife à former les fleuves et à répandre les pluies.

L'autre opinion, qui prétend que dans la période de deux millions d'années l'axe de la terre, fe relevant continuellement et tournant fur lui-même, a forcé l'Océan de changer fon lit ; cette opinion, dis-je, n'eft pas moins contraire à la phyfique. Un mouvement qui relève l'axe de la terre de dix minutes en mille ans, ne paraît pas affez violent pour fracaffer le globe ; ce mouvement, s'il exiftait, laifferait affurément les montagnes à leurs places ; et franchement il n'y a pas d'apparence que les Alpes et

le

le Caucafe aient été portées où elles font, ni petit à petit, ni tout à coup, des côtes de la Cafrerie.

L'infpection feule de l'Océan fert autant que celle des montagnes à détruire ce fyftême. Le lit de l'Océan eft creufé; plus ce vafte baffin s'éloigne des côtes, plus il eft profond. Il n'y a pas un rocher en pleine mer, fi vous en exceptez quelques îles. Or, s'il avait été un temps où l'Océan eût été fur nos montagnes, fi les hommes et les animaux euffent alors vécu dans ce fond qui fert de bafe à la mer, euffent-ils pu fubfifter? De quelles montagnes alors auraient-ils reçu des rivières? Il eût fallu un globe d'une nature toute différente. Et comment ce globe eût-il tourné alors fur lui-même, ayant une moitié creufe et une autre moitié élevée, furchargée encore de tout l'Océan? Gomment cet Océan fe fût-il tenu fur les montagnes fans couler dans ce lit immenfe que la nature lui a creufé? Les philofophes qui font un monde, ne font guère qu'un monde ridicule.

Je fuppofe un moment, avec ceux qui admettent la période de deux millions d'années, que nous fommes parvenus au point où l'écliptique coincidera avec l'équateur; le climat de l'Italie, de la France et de l'Allemagne fera changé; mais il ne faut pas s'imaginer qu'alors, ni dans aucun temps, l'Océan pût changer de place; ce mouvement de la terre ne peut s'oppofer aux lois de la pefanteur; en quelque fens que notre globe foit tourné, tout preffera également le centre. La mécanique univerfelle eft toujours la même.

Il n'y a donc aucun fyftême qui puiffe donner la moindre vraifemblance à cette idée fi généralement répandue, que notre globe a changé de face, que l'Océan a été très-long-temps fur la terre habitée, et que les hommes ont

Phyfique, &c.　　　　　　　　　B b

vécu autrefois où font aujourd'hui les marfouins et les baleines. Rien de ce qui végète et de ce qui eft animé n'a changé ; toutes les efpèces font demeurées invariablement les mêmes ; il ferait bien étrange que la graine de millet confervât éternellement fa nature , et que le globe entier variât la fienne.

Ce qu'on dit de l'Océan , il faut le dire de la Méditerranée , et du grand lac qu'on appelle *mer Cafpienne.* Si ces lacs n'ont pas toujours été où ils font , il faut abfolument que la nature de ce globe ait été toute autre qu'elle n'eft aujourd'hui.

Une foule d'auteurs a écrit qu'un tremblement de terre ayant englouti un jour les montagnes qui joignaient l'Afrique et l'Europe, l'Océan fe fit un paffage entre Calpé et Abila , et alla former la Méditerranée, qui finit à cinq cents lieues de-là aux Palus-Méotides ; c'eft-à-dire que cinq cents lieues de pays fe creusèrent tout d'un coup pour recevoir l'Océan. On remarque encore que la mer n'a point de fond vis-à-vis Gibraltar, et qu'ainfi l'aventure de la montagne eft encore plus merveilleufe.

Si on voulait bien feulement faire attention à tous les fleuves de l'Europe et de l'Afie qui tombent dans la Méditerranée , on verrait qu'il faut néceffairement qu'ils y forment un grand lac. Le Tanaïs, le Boryfthène, le Danube , le Pô, le Rhône , &c. ne pouvaient avoir d'embouchure dans l'Océan , à moins qu'on ne fe donnât encore le plaifir d'imaginer un temps où le Tanaïs et le Boryfthène venaient par les Pyrenées fe rendre en Bifcaye.

Les philofophes difaient qu'il fallait bien cependant que la Méditerranée eût été produite par quelque accident. On demandait encore ce que devenaient les eaux de tant de fleuves reçus continuellement dans fon fein ; que faire des eaux de la mer Caſpienne? On imaginait un vaſte ſouterrain formé dans le bouleverſement qui donna naiſ-ſance à ces mers ; on diſait que ces mers communiquaient entre elles et avec l'Océan par ce gouffre ſuppoſé ; on aſſurait même que les poiſſons qu'on avait jetés dans la mer Caſpienne avec un anneau au muſeau, avaient été repêchés dans la Méditerranée. C'eſt ainſi qu'on a traité long-temps l'hiſtoire et la philoſophie; mais depuis qu'on a ſubſtitué la véritable hiſtoire à la fable, et la véritable phyſique aux ſyſtêmes, on ne doit plus croire de pareils contes. Il eſt aſſez prouvé que l'évaporation ſeule ſuffit à expliquer comment ces mers ne ſe débordent pas : elles n'ont pas beſoin de donner leurs eaux à l'Océan. Et il eſt bien vraiſemblable que la mer Méditerranée a été toujours à ſa place, et que la conſtitution fondamentale de cet univers n'a point changé.

Je ſais bien qu'il ſe trouvera toujours des gens ſur l'eſprit deſquels un brochet pétrifié ſur le Mont-Cénis, et un turbot trouvé dans le pays de Heſſe, auront plus de pouvoir que tous les raiſonnemens de la ſaine phyſi-que : ils ſe plairont toujours à imaginer que la cime des montagnes a été autrefois le lit d'une rivière, ou de l'Océan, quoique la choſe paraiſſe incompatible ; et d'autres penſeront, en voyant de prétendues coquilles de Syrie en Allemagne, que la mer de Syrie eſt venue à Francfort. Le goût du merveilleux enfante les ſyſtêmes ; mais la nature paraît ſe plaire dans l'uniformité et dans la conſtance, autant que notre imagination aime les grands changemens ; et, comme dit le grand *Newton*, *Natura eſt ſibi conſona*. L'Ecriture nous dit qu'il y a eu un déluge; mais il n'en eſt reſté (ce ſemble) d'autre monument ſur la terre que la mémoire d'un prodige terrible qui nous avertit en vain d'être juſtes. B b 2

DIGRESSION

Sur la manière dont notre globe a pu être inondé.

Quand je dis que le déluge universel, qui éleva les eaux quinze coudées au-dessus des plus hautes montagnes, est un miracle inexécutable par les lois de la nature que nous connaissons, je ne dis rien que de très-véritable. Ceux qui ont voulu trouver des raisons physiques de ce prodige singulier, n'ont pas été plus heureux que ceux qui voudraient expliquer, par les lois de la mécanique, comment quatre mille personnes furent nourries avec cinq pains et trois poissons. La physique n'a rien de commun avec les miracles ; la religion ordonne de les croire, et la raison défend de les expliquer.

Quelques-uns ont imaginé que les nuages seuls peuvent suffire à inonder la terre ; mais ces nuages ne sont que les eaux de la mer même élevées continuellement de sa surface, et atténuées et purifiées. Plus l'air en est chargé, plus les eaux de notre globe en ont perdu. Ainsi la même quantité d'eau subsiste toujours. Si les nuages se fondent également sur tout le globe, il n'y a pas un pouce de terre inondé ; s'ils sont amoncelés par le vent dans un climat, et qu'ils retombent sur une lieue quarrée de terrain aux dépens des autres terres qui restent sans pluie, il n'y a que cette lieue quarrée de submergée.

D'autres ont fait sortir tout l'Océan de son lit, et l'ont envoyé couvrir toute la terre. On compte aujourd'hui que la mer, en prenant ensemble les fonds qu'on a sondés et ceux qui sont inaccessibles à la sonde, peut avoir environ mille pieds de profondeur. Elle n'a que cinquante pieds en beaucoup d'endroits, et fur les côtes bien moins. En fuppofant par-tout fa profondeur de mille pieds, on ne s'éloigne pas beaucoup de la vérité.

Or les montagnes vers Quito s'élèvent au-deffus du niveau de la mer de plus de dix mille pieds. Il aurait donc fallu dix océans l'un fur l'autre, élevés fur la moitié aqueufe du globe, et dix autres océans fur l'autre moitié ; et, comme la fphère aurait alors plus de circonférence, il faudrait encore quatre océans pour en couvrir la furface agrandie : ainfi il faudrait néceffairement vingt-quatre océans au moins pour inonder le fommet des montagnes de Quito ; et, quand il n'en faudrait que quatre, comme le prétend le docteur *Burnet*, un phyficien ferait encore bien embarraffé avec ces quatre océans. Qui croirait que *Burnet* imagine de les faire bouillir pour en augmenter le volume ? Mais l'eau en bouillant ne fe gonfle jamais un quart feulement au-delà de fon volume ordinaire. A quoi eft-on réduit, quand on veut approfondir ce qu'il ne faut que refpecter !

RELATION

Touchant un maure blanc, amené d'Afrique à Paris, en 1744.

J'AI vu il n'y a pas long-temps à Paris un petit animal blanc comme du lait, avec un mufle taillé comme celui des Lapons, ayant comme les nègres de la laine frifée fur la tête, mais une laine beaucoup plus fine, et qui eft de la blancheur la plus éclatante ; fes cils et fes fourcils font de cette même laine, mais

non frifée ; fes paupières d'une longueur qui ne leur
permet pas en s'élevant de découvrir tout l'orbite de
l'œil , lequel eft un rond parfait ; les yeux de cet animal
font ce qu'il a de plus fingulier ; l'iris eft d'un rouge
tirant fur la couleur de rofe ; la prunelle , qui eft noire
chez nous et chez tout le refte du monde , eft chez eux
d'une couleur aurore très-brillante : ainfi au lieu d'avoir
un trou percé dans l'iris , à la façon des blancs et des
nègres , ils ont une membrane jaune tranfparente , à
travers laquelle ils reçoivent la lumière. Il fuit de-là
évidemment qu'ils voient tous les objets tout autrement colorés que nous ne les voyons ; et , s'il y a parmi
eux quelque *Newton* , il établira des principes d'optique
différens des nôtres ; ils regardent , ainfi que marchent
les crabes , toujours de côté , et font tous louches de
naiffance ; par-là ils ont l'avantage de voir à la fois
à droite et à gauche , et ont deux *axes* de vifion , tandis
que les plus beaux yeux de ce pays-ci n'en ont qu'un ;
mais ils ne peuvent foutenir la lumière du foleil ; ils
ne voient bien que dans le crépufcule. La nature les
deftinait probablement à habiter les cavernes ; ils ont
d'ailleurs les oreilles plus longues et plus étroites que
nous. Cet animal s'appelle un *homme* , parce qu'il a le
don de la parole , de la mémoire , un peu de ce qu'on
appelle *raifon* , et une efpèce de vifage.

La race de ces hommes habite au milieu de l'Afrique : les Efpagnols les appellent *Albinos ;* leur principale habitation eft près du royaume de Loango. Je ne
fais pourquoi *Voffius* prétend que ce font des lépreux ;
celui que j'ai vu à l'hôtel de Bretagne avait une peau
très-unie , très-belle , fans boutons , fans taches. Cette
efpèce eft méprifée des nègres , plus que les nègres ne

le font de nous : on ne leur pardonne pas dans ce pays
d'avoir des yeux rouges , et une peau qui n'eſt point
huileuſe , dont la membrane graiſſeuſe n'eſt point noire.
Ils paraiſſent aux nègres une eſpèce inférieure faite
pour les ſervir ; quand il arrive à un nègre d'avilir la
dignité de ſa nature , juſqu'à faire l'amour à une
perſonne de cette eſpèce blafarde , il eſt tourné en ridicule
par tous les nègres. Une négreſſe , convaincue de cette
méſalliance , eſt l'opprobre de la cour et de la ville.
J'ai appris depuis, des voyageurs les plus dignes de foi ,
et qui ont été chargés dans les grandes Indes des plus
importans emplois , qu'on a tranſporté de ces animaux
à Madagaſcar, à l'île de Bourbon, à Pondichéri ; il
n'y a point d'exemple, m'ont-ils dit, qu'aucun d'eux
ait vécu plus de vingt-cinq ans : je ne ſais s'il faut les
en féliciter ou les en plaindre. (1)

Il y a quelques années que nous avons connu l'exiſtence de cette eſpèce : on avait tranſporté en Amérique
un de ces petits maures blancs. On trouve dans les
mémoires de l'académie des ſciences , qu'on en avait
donné avis à M. *Helvétius ;* mais perſonne ne voulait
le croire : car, ſi on donne une créance aveugle à tout
ce qui eſt abſurde, on ſe défie toujours en récompenſe
de tout ce qui eſt naturel. La première fois qu'on dit aux
Européans qu'il y avait une eſpèce d'hommes noire
comme des taupes, il y a grande apparence qu'on ſe
mit à rire autant qu'on ſe moqua depuis de ceux qui

(1) On a prétendu depuis que ces êtres ne ſont point une eſpèce
diſtincte, qu'ils ſont la production d'un père et d'une mère nègres ; que
c'eſt une variété de couleur, ou une eſpèce d'étiolement comme celui qu'on
obſerve dans les plantes : mais cette queſtion reſtera indéciſe tant qu'on
n'aura pour la décider que des relations de voyageurs , des témoignages
de colons, ou des atteſtations en forme juridique.

imaginèrent les antipodes. Comment fe peut-il faire,
difait-on, qu'il y ait des femmes qui n'aient pas la peau
blanche ? On s'eft familiarifé depuis avec la variété de
la nature. On a fu qu'il a plu à la Providence de faire
des hommes à membrane noire, et des têtes à laine
dans des climats tempérés, d'en mettre de blancs fous
la ligne, de bronzer les hommes aux grandes Indes et
au Bréfil, de donner aux Chinois d'autres figures qu'à
nous, de mettre des corps de Lapons tout auprès des
Suédois.

Voici enfin une nouvelle richeffe de la nature, une
efpèce qui ne reffemble pas tant à la nôtre que les
barbets aux lévriers. Il y a encore probablement quelqu'autre efpèce vers les terres auftrales. Voilà le genre
humain plus favorifé qu'on n'a cru d'abord ; il eût été
bien trifte qu'il y eût tant d'efpèces de finges, et une
feule d'hommes. C'eft feulement grand dommage qu'un
animal auffi parfait foit fi peu diverfifié, et que nous ne
comptions encore que cinq ou fix efpèces abfolument
différentes, tandis qu'il y a parmi les chiens une diver-
fité fi belle. Il eft très-vraifemblable qu'il s'eft détruit
quelques-unes de ces efpèces d'animaux à deux pieds
fans plumes, comme il s'eft perdu évidemment beaucoup d'autres efpèces d'animaux ; celle-ci, que nous
appelons *maures blancs*, eft très-peu nombreufe ; il ne
faudrait prefque rien pour l'anéantir ; et, pour peu
que nous continuions en Europe à peupler les couvens,
et à dépeupler la terre, pour favoir qui la gouvernera,
je ne donne pas encore beaucoup de fiècles à notre
pauvre efpèce.

On m'affure que la race de ces petits maures blancs
eft fort fière, qu'elle fe croit privilégiée du ciel, qu'elle

a une fainte horreur pour les hommes qui font affez malheureux pour avoir des cheveux ou de la laine noire, pour ne point loucher, pour avoir les oreilles courtes. Ils difent que tout l'univers a été créé pour les maures blancs : que depuis il leur eft arrivé quelques petits malheurs, mais que tout doit être réparé, et qu'ils feront les maîtres des nègres et des autres blancs, gens réprouvés du ciel à jamais. Peut-être qu'ils fe trompent ; mais fi nous penfons valoir beaucoup mieux qu'eux, nous nous trompons affez lourdement.

DES SINGULARITÉS

DE

LA NATURE.

DES SINGULARITÉS

DE

LA NATURE. (a)

ON se propose ici d'examiner plusieurs objets de notre curiosité avec la défiance qu'on doit avoir de tout syftême, jufqu'à ce qu'il foit démontré aux yeux ou à la raifon. Il faut bannir autant qu'on le pourra toute plaifanterie dans cette recherche. Les railleries ne font pas des convictions; les injures encore moins. Un médecin, plus connu par fon imagination impétueufe que par fa pratique, en écrivant contre le célèbre *Linneus*, qui range dans la même claffe l'hippopotame, le porc et le cheval, lui dit : *Cheval toi-même*. Je l'interrompis lorfqu'il lifait cette phrafe, et je lui dis : ,, Vous m'avouerez que, fi M. *Linneus* eft un cheval, ,, c'eft le premier des chevaux. ,, Il n'eft pas adroit de débuter par de telles épithètes, et il n'eft pas honnête de conclure par elles.

L'examen de la nature n'eft pas une fatire. Tenons-nous feulement en garde contre les apparences qui trompent fi fouvent, contre l'autorité magiftrale qui veut fubjuguer, contre le charlatanifme qui accompagne et qui corrompt fi fouvent les fciences, contre la foule crédule qui eft pour un temps l'écho d'un feul homme.

Souvenons-nous que les tourbillons de *Defcartes* fe font évanouis ; qu'il ne refte rien de fes trois élémens, prefque rien de fa defcription de l'homme ; que deux de fes lois du mouvement font fauffes ; que fon fyftême fur la lumière eft erroné ; que fes idées innées font rejetées, &c. &c. &c.

(a) Voyez fur ces différens objets le *Dictionnaire philofophique*.

Songeons que les fyftêmes de *Burnet*, de *Woodvard*, de *Whifton* fur la formation de la terre n'ont pas aujourd'hui un partifan ; qu'on commence en Allemagne même à regarder les monades, l'harmonie préétablie, et la théodicée de l'ingénieux et profond *Leibnitz* comme des jeux d'efprit, oubliés en naiffant dans tout le refte de l'Europe. Plus on a découvert de vérités dans le fiècle de *Newton*, plus on doit bannir les erreurs qui fouilleraient ces vérités. On a fait une ample moiffon, mais il faut cribler le froment, et rejeter l'ivraie.

Dans la phyfique, comme dans toutes les affaires du monde, commençons par douter. C'eft le premier précepte d'*Ariftote* et de *Defcartes*. Mais on a cru en France que *Defcartes* était l'inventeur de cette maxime.

Examinons par nos yeux et par ceux des autres. Craignons enfuite d'établir des règles générales. Celui qui, n'ayant vu que des bipèdes et des quadrupèdes, enfeignerait que la génération ne s'opère que par l'union d'un mâle et d'une femelle, fe tromperait lourdement.

Celui qui, avant l'invention de la greffe, aurait affirmé que les arbres ne peuvent jamais porter que des fruits de leur efpèce, n'aurait avancé qu'une erreur.

Il y a près d'un fiècle, qu'on crut avoir découvert un fatellite de Vénus. Depuis, un célèbre obfervateur anglais vit ou crut voir ce fatellite ; on a cru auffi le voir en France : cependant les aftronomes n'en ont rien vu. Il peut exifter; mais attendons.

L'analogie pourrait attribuer à plus forte raifon un fatellite à Mars, qui eft beaucoup plus éloigné du foleil que nous ; ce fatellite ferait plus aifé à découvrir : cependant on ne l'a jamais aperçu. Le plus fûr eft donc toujours de n'être fûr de rien, ni dans le ciel ni fur

la terre, jufqu'à ce qu'on en ait des nouvelles bien
conftatées.

Caliginofâ nocte premit Deus : DIEU couvre, dit *Horace*,
fes fecrets d'une nuit profonde.

> M'apprendra-t-on jamais par quels fubtils refforts
> L'éternel artifan fait végéter les corps ?
> Pourquoi l'afpic affreux, le tigre, la panthère,
> N'ont jamais dépouillé leur cruel caractère ;
> Et que, reconnaiffant la main qui le nourrit,
> Le chien meurt en léchant le maître qu'il chérit ?
> D'où vient qu'avec cent pieds, qui femblent inutiles,
> Cet infecte tremblant traîne fes pas débiles ?
> Comment ce ver changéant fe bâtit un tombeau,
> S'enterre et reffufcite avec un corps nouveau,
> Et le front couronné, tout brillant d'étincelles,
> S'élance dans les airs en déployant fes ailes ?
> Le fage Du Faï parmi fes plants divers,
> Végétaux raffemblés des bouts de l'univers,
> Me dira-t-il pourquoi la tendre fenfitive
> Se flétrit fous nos mains, honteufe et fugitive ?
>
> . . . .
>
> Demandez à Silva par quel fecret myftère
> Ce pain, cet aliment dans mon corps digéré,
> Se transforme en un lait doucement préparé ?
> Comment toujours filtré dans fes routes certaines,
> En longs ruiffeaux de pourpre, il court enfler mes veines,
> A mon corps languiffant rend un pouvoir nouveau,
> Fait palpiter mon cœur, et penfer mon cerveau ?
> Il lève au ciel les yeux, il s'incline, il s'écrie :
> Demandez-le à ce DIEU, qui nous donna la vie.

Ce n'eft point là ce qu'on appelle *la raifon pareffeufe* ;
c'eft la raifon éclairée et foumife qui fait qu'un être chétif

ne peut pénétrer l'infini. Un fétu fuffit pour nous démontrer notre impuiffance. Il nous eft donné de mefurer, calculer, pefer et faire des expériences ; mais fouvenons-nous toujours que le fage *Hippocrate* commença fes aphorifmes par dire que *l'expérience eft trompeufe* ; et qu'*Ariftote* commença fa métaphyfique par ces mots, *qui cherche à s'inftruire doit favoir douter.*

Pour voir de quels effets étonnans la nature eft capable, examinons quelques-unes de fes productions qui font fous nos mains, et cherchons (en doutant) quels réfultats évidens nous en pourrions former.

CHAPITRE PREMIER.

Des pierres figurées.

CES pierres, foit agates, foit efpèces de marbres et de cailloux, font fort communes ; on les appelle *dendrites*, quand elles repréfentent des arbres ; *herborifées* ou *arborifées*, lorfqu'elles ne figurent que de petites plantes ; *zoomorfites*, quand le jeu de la nature leur a imprimé la reffemblance imparfaite de quelques animaux. On pourrait nommer *domatiftes* celles qui repréfentent des maifons. Il y en a quelques-unes de cette efpèce très-étonnantes. J'en ai vu une fur laquelle on difcernait un arbre chargé de fruits, et une face d'homme très-mal deffinée, mais reconnaiffable.

Il eft clair que ce n'eft ni un arbre, ni une maifon qui a laiffé l'empreinte de fon image fur ces petites pierres dans le temps qu'elles pouvaient avoir de la moleffe et de la fluidité. Il eft évident qu'un homme n'a pas laiffé fon

vifage

vifage fur une agate. Cela feul démontre que la nature exerce dans le genre des foffiles, comme dans les autres, un empire dont nous ne pouvons révoquer en doute la puiffance ni démêler les refforts.

Dire qu'on a vu fur ces dendrites des empreintes de feuilles d'arbres qui ne croiffent qu'aux Indes, n'eft-ce pas avancer une chofe peu prouvée? (1) Une telle fiction n'eft-elle pas la fuite du roman imaginé par quelques-uns, que la mer des Indes eft venue autrefois en Allemagne, dans les Gaules et dans l'Efpagne? Les Huns et les Goths y font bien venus : oui; mais la mer ne voyage pas comme les hommes. Elle gravite éternellement vers le centre du globe. Elle obéit aux lois de la nature. Et quand elle aurait fait ce voyage, comment aurait-elle apporté des feuilles des Indes pour les dépofer fur des agates de Bohême? Nous commençons par cette obfer-vation, parce qu'elle nous fervira plus qu'aucune autre à nous défier de l'opinion que les petits poiffons des mers les plus éloignées font venus habiter les carrières de Montmartre et les fommets des Alpes et des Pyrenées. Il y a eu, fans doute, de grandes révolutions fur ce globe; mais on aime à les augmenter: on traite la nature comme l'hiftoire ancienne, dans laquelle tout eft prodige.

(1) Il y a des dendrites qui font véritablement des empreintes de plantes; d'autres font produites par des parties métalliques dépofées fur ces pierres ou dans leur intérieur; d'autres font formées par des bulles d'air. Quant aux pays des plantes qui ont produit ces impreffions, on doit être très-réfervé à en décider : la plupart n'ont point de caractères fpécifiques bien certains, et nous ne connaiffons point toutes les efpèces de nos climats. Les botaniftes font chaque année des découvertes en ce genre.

Phyfique, &c. C c

CHAPITRE II.

Du corail.

ESt-on bien sûr que le corail soit une production d'infectes, comme il est indubitable que la cire est l'ouvrage des abeilles ? On a trouvé de petits infectes dans les pores du corail ; mais où n'en trouve-t-on pas ? Les creux de tous les arbres en fourmillent, les vieilles murailles font tapissées de républiques ; mais ces petits animaux n'ont pas formé les murailles et les arbres. On ferait bien mieux fondé, si on voyait un vieux fromage de Saffenage pour la première fois, à supposer que les mites innombrables qu'il renferme ont produit ce fromage.

Un de ceux qui ont dit que les coraux étaient composés de petits vers, prétendit en même temps que les turquoises étaient faites d'offemens de morts, parce qu'on avait découvert quelques turquoises imparfaites auprès d'un ancien cadavre. Il se pourrait bien que les coraux ne fussent pas plus l'ouvrage d'un ver que la turquoise n'est l'ouvrage d'un os de mort.

Mille infectes viennent se loger dans les éponges fur le bord de la mer ; mais ces infectes ont-ils produit les éponges ? De très-habiles naturalistes croient le corail un logement que des infectes se font bâti. D'autres s'en tiennent à l'ancienne opinion que c'est un végétal, et le témoignage des yeux est en leur faveur. (2)

(2) La découverte que le corail est la production d'une espèce de polypes marins est de M. *Peissonel* ; de savans naturalistes le nièrent, elle a été confirmée depuis par M. de *Jussieu* ; et en fefant dissoudre ces substances dans un acide affaibli, on parvient à séparer la partie terreuse du réseau animal qui lui fert de base.

Les turquoises paraissent devoir leur origine à des os colorés par une chaux métallique ; cela est même prouvé pour quelques-unes de ces pierres.

CHAPITRE III.

Des polypes.

Est-il bien avéré que les lentilles d'eau qu'on a nommées *polypes d'eau douce*, soient de vrais animaux ? Je me défie beaucoup de mes yeux et de mes lumières; mais je n'ai jamais pu apercevoir jusqu'à préfent dans ces polypes que des efpèces de petits joncs très-fins qui femblent tenir de la nature des fenfitives. L'héliotrope ou la fleur au foleil, qui fouvent fe tourne d'elle-même du côté de cet aftre, a pu paraître d'abord un phénomène auffi extraordinaire que celui des polypes. La mimofe des Indes, qui femble imiter le mouvement des animaux, n'eft pourtant point dans le genre animal. La petite progreffion très-lente et très-faible qu'on remarque dans les polypes nageant dans un gobelet d'eau, n'approche pas de la progreffion beaucoup plus rapide et plus vifible des petites pierres plates qui defcendent des bords d'un plat dans le milieu, quand ce plat eft rempli de vinaigre. Les bras du polype pourraient bien n'être que des ramifications, fes têtes de fimples boutons, fon eftomac des fibres creufes, fes mouvemens des ondulations de ces fibres. Les petits infectes que cette plante femble quelquefois avaler, peuvent entrer dans fa fubftance pour s'y nourrir et y périr, auffi-bien qu'être attirés par cette fubftance pour être mangés par elle. Le polype fubfifte très-bien fans que ces petits infectes tombent dans fes fibres; il n'a donc pas befoin d'alimens : on peut donc croire qu'il n'eft qu'une plante. Ce qu'on a pris pour fes œufs peut n'être que de la graine. Sa reproduction par bouture paraît indiquer que c'eft une fimple plante.

Enfin il jette des rameaux quand on l'a retourné comme on retourne un gant : certainement la nature ne l'a pas fait pour être ainfi retourné par nos mains ; et il n'y a rien là qui fente l'animalité.

Feu M. *Dufey* avait fur fa cheminée une belle garniture de polypes de la grande efpèce dans des vafes. Ses parens et moi, nous regardions de tous nos yeux, et nous lui difions que nous reffemblions à *Sancho Pança*, qui ne voyait que des moulins à vent où fon maître voyait des géans armés. Notre incrédulité ne doit pourtant pas dépouiller ces polypes de la dignité d'animaux. Des expériences frappantes dépofent pour eux. Je ne prétends pas leur ravir leurs titres ; mais ont-ils la fenfibilité et la perception qui diftinguent le règne animal du végétal ? Reconnaiffons-nous pour nos confrères des êtres qui n'ont pas avec nous la moindre reffemblance ? Certainement le flûteur de M. *Vaucanfon* a plus l'air d'un homme qu'un polype n'a l'air d'un animal. Peut-être devrait-on n'accorder la qualité d'animal qu'aux êtres qui feraient toutes les fonctions de la vie, qui manifefteraient du fentiment, des défirs, des volontés et des idées.

Il eft bon de douter encore, jufqu'à ce qu'un nombre fuffifant d'expériences réitérées nous ait convaincus que ces plantes aquatiques font des êtres doués de fentiment, de perception, et des organes qui conftituent l'animal réel. La vérité ne peut que gagner à attendre. (3)

(3) Voyez l'ouvrage de M. *Trembley* fur les polypes. Il réfulte de fes obfervations que les polypes donnent des fignes d'irritabilité et de fpontanéité dans leurs mouvemens ; que leur manière de fe nourrir eft plus analogue à celle des animaux qu'à celle des plantes. Mais pourquoi n'y aurait-il pas des êtres organifés qui ne feraient ni végétaux ni animaux ? D'ailleurs il faut s'en tenir aux faits ; et pourvu qu'on connaiffe avec exactitude les phénomènes des polypes, il eft très-peu important de favoir dans quelle claffe on doit les ranger.

CHAPITRE IV.

Des limaçons.

La reproduction de ces polypes, qui se fait comme celle des peupliers et des saules, est bien moins merveilleuse que la renaissance des têtes des limaçons de jardin à coquille. Qu'il revienne une tête à un animal assez gros, visiblement vivant, et dont le genre n'est point équivoque, c'est-là un prodige inoui; mais un prodige qu'on ne peut contester. Il n'y a point là de supposition à faire, point de microscope à employer, point d'erreurs à craindre. La raison humaine, et sur-tout la raison de l'école, est confondue par le témoignage des yeux. On croit la tête dans tous les êtres vivans le principe, la cause de tous les mouvemens, de toutes les sensations, de toutes les perceptions : ici c'est tout le contraire. La tête qui va renaître reçoit du reste du corps, en quinze ou vingt jours, des fibres, des nerfs, une liqueur circulante qui tient lieu de sang, une bouche, des dents, des télescopes, des yeux, un cerveau, des sensations, des idées ; je dis des idées, car on ne peut sentir sans avoir une idée au moins confuse que l'on sent. Où sera donc désormais le principe de l'animal ? Sera-t-on forcé de revenir à l'*harmonie* des Grecs ? et dix mille volumes de métaphysique deviendront-ils absolument inutiles ?

Si du moins la reproduction de ces têtes pouvait forcer certains hommes à douter, les colimaçons auraient rendu un grand service au genre humain.

CHAPITRE V.

Des huîtres à l'écaille.

Les huîtres font un grand prodige pour nous, non pas pour la nature. Un animal toujours immobile , toujours folitaire , emprifonné entre deux murs aufli durs qu'il eft mou , qui fait naître fes femblables fans copulation, et qui produit des perles fans qu'on fache comment, qui femble privé de la vue , de l'ouïe , de l'odorat et des organes ordinaires de la nourriture : quelle énigme ! On les mange par centaines fans faire la moindre réflexion fur leurs fingulières propriétés. Il faudrait faire fur elles les mêmes tentatives que fur les limaçons , leur couper fur leur rocher ce qui leur fert de tête , refermer enfuite leur écaille , et voir au bout d'un mois ce qui leur fera arrivé. Sont-elles des zoophytes ? quelles bornes divifent le végétal et l'animal ? où commence un autre ordre de chofes ? quelle chaîne lie l'univers ? mais y a-t-il une chaîne ? ne voit - on pas une difproportion marquée entre les planètes et leurs diftances ; entre la nature brute et l'organifée ; entre la matière végétante et la fenfible ; entre la fenfible et la penfante ? Qui fait fi elles fe touchent ? qui fait s'il n'y a pas entre elles un infini qui les fépare ? qui faura jamais feulement ce que c'eft que la matière ?

CHAPITRE VI.

Des abeilles.

JE ne fais pas qui a dit le premier que les abeilles avaient un roi. Ce n'eſt pas probablement un républicain à qui cette idée vint dans la tête.

Je ne fais pas qui leur donna enfuite une reine au lieu d'un roi, ni qui fuppoſa le premier que cette reine était une *Meſſaline* qui avait un férail prodigieux, qui paſſait ſa vie à faire l'amour et à faire ſes couches, qui pondait et logeait environ quarante mille œufs par an. On a été plus loin, on a prétendu qu'elle pondait trois eſpèces différentes ; des reines, des eſclaves nommés *bourdons*, et des ſervantes nommées *ouvrières*, ce qui n'eſt pas trop d'accord avec les lois ordinaires de la nature.

On a cru qu'un phyſicien, d'ailleurs grand obſervateur, inventa il y a quelques années les fours à poulets, inventés depuis environ cinq mille ans par les Egyptiens, ne conſidérant pas l'extrême différence de notre climat et de celui d'Egypte. (4) On a dit encore que ce phyſicien inventa de même le royaume des abeilles ſous une reine, mère de trois eſpèces.

Tous les naturaliſtes avaient avant lui répété cette invention. Enfin il eſt venu un homme qui étant poſſeſſeur

(4) Ces fours à poulets, renouvelés par M. de *Réaumur*, ne furent entre ſes mains qu'une expérience curieuſe ; on a fait depuis des expériences ſur la manière de donner à tous ces œufs dans ces fours une chaleur égale et conſtante, ſur les moyens d'empêcher ces œufs de ſe deſſécher par la chaleur, en produiſant dans le lieu où ils ſont renfermés un certain degré d'humidité : par ces précautions cette méthode eſt devenue plus ſûre, on ne perd que très-peu de poulets, et elle peut être employée avec profit dans le voiſinage des grandes villes.

de fix cents ruches, a mieux examiné fon bien que ceux qui, n'ayant point d'abeilles, ont copié des volumes fur cette république induftrieufe, qu'on ne connaît guère mieux que celle des fourmis. Cet homme eft M. *Simon* qui ne fe pique de rien, qui écrit très-fimplement; mais qui recueille comme moi du miel et de la cire. Il a de meilleurs yeux que moi; il en fait plus que M. le prieur de *Jonval*, et que M. le comte du *Spectacle de la nature*: il a examiné fes abeilles pendant vingt années; il nous affure qu'on s'eft moqué de nous, et qu'il n'y a pas un mot de vrai dans tout ce qu'on a répété dans tant de livres.

Il prétend qu'en effet il y a dans chaque ruche une efpèce de roi et de reine qui perpétuent cette race royale et qui préfident aux ouvrages; il les a vus, il les a deffinés, et il renvoie aux *Mille et une nuits* et à l'*Hiftoire de la reine d'Achem* la prétendue reine abeille avec fon férail. Il y a enfuite la race des bourdons, qui n'a aucune relation avec la première, et enfin la grande famille des abeilles ouvrières partagée en mâles et en femelles, qui forment le corps de la république. Ce font les abeilles femelles qui dépofent leurs œufs dans les cellules qu'elles ont formées.

Comment en effet la reine feule pourrait-elle pondre et loger quarante mille œufs l'un après l'autre? Il eft très-vraifemblable que M. *Simon* a raifon. Le fyftême le plus fimple eft prefque toujours le véritable. Je me foucie d'ailleurs fort peu du roi et de la reine. J'aurais mieux aimé que tous ces raifonnemens m'euffent appris à guérir mes abeilles, dont la plupart moururent, il y a deux ans, pour avoir trop fucé des fleurs de tilleul. (5)

(5) Il refte encore de grandes obfcurités fur la génération des abeilles, malgré les recherches d'une fociété économique établie en Luface, et qui a fait de l'obfervation des abeilles l'objet principal de fes travaux. L'opinion

On nous a trompés fur tous les objets de notre curiofité, depuis les éléphans jufqu'aux abeilles et aux fourmis, comme on nous a donné des contes arabes pour l'hiftoire depuis *Séfoftris* jufqu'à la donation de *Conftantin*, et depuis *Conftantin* et fon *labarum* jufqu'au pacte que le maréchal *Fabert* fit avec le diable. Prefque tout eft obfcurité dans les origines des animaux, ainfi que dans celles des peuples ; mais quelque opinion qu'on embraffe fur les abeilles et fur les fourmis, ces deux républiques auront toujours de quoi nous étonner et de quoi humilier notre raifon. Il n'y a point d'infecte qui ne foit une merveille inexplicable.

On trouve dans les proverbes attribués à *Salomon*, qu'*il y a quatre chofes qui font les plus petites de la terre, et qui font plus fages que les fages. Les fourmis, petit peuple qui fe prépare une nourriture pendant la moiffon ; le lièvre, peuple faible qui couche fur des pierres ; la fauterelle, qui, n'ayant pas de rois, voyage par troupes ; le lézard qui travaille de fes mains, et qui demeure dans les palais des rois.* J'ignore pourquoi *Salomon* a oublié les abeilles, qui paraiffent avoir un inftinct bien fupérieur à celui des lièvres, qui ne couchent point fur la pierre, et des lézards dont j'ignore le génie. Au furplus, je préférerai toujours une abeille à une fauterelle.

de M. de *Réaumur* eft la plus vraifemblable, à cela près qu'il paraît que les mâles ne fécondent les œufs qu'hors du corps de la femelle, et lorfqu'ils font dépofés dans leurs cellules ; ce qui explique l'ufage de cette grande quantité de mâles.

Quant à l'opinion de M. *Simon*, elle n'a jamais eu de partifans parmi les obfervateurs exacts. Il refte à examiner fi la différence entre la reine femelle et les ouvrières tient à ce qu'elles naiffent de germes différens, ou feulement à ce qu'elles font élevées dans des cellules plus ou moins grandes : on ignore également pourquoi il y a dans les ruches deux efpèces de bourdons.

CHAPITRE VII.

De la pierre.

LA nature fe joue à former autant de fortes de pierres que d'animaux ; elle produit des pierres qui reffemblent à des lentilles, et qu'on appelle *lenticulaires*, des cubes, des cailloux ronds, des pierres un peu reffemblantes à des langues, et qu'on a nommées *gloffopètres* ; d'autres qui ont la forme approchante d'un œuf ; d'autres dont la figure eft celle de l'ourfin de mer ; il y en a beaucoup de tournées en fpirales ; on leur a donné très-improprement le nom de *cornes d'Ammon* ; car dans toutes les fciences on a eu la petite vanité d'impofer des noms faftueux aux chofes les plus communes. Ainfi les chimiftes ont appelé une préparation de plomb, *du fucre de Saturne*, comme un bourgeois ayant acheté une charge prend le titre de *haut* et *puiffant feigneur* chez fon notaire.

J'ai vu de ces cornes d'Ammon qui paraiffent nouvellement formées, et qui ne font pas plus grandes que l'ongle du petit doigt ; j'en ai vu d'à demi-formées, et qui pèfent vingt livres ; j'en ai vu qui font une voloute parfaite, d'autres qui ont la forme d'un ferpent entortillé fur lui-même, aucune qui ait l'air d'une corne. On a dit que ces pierres font l'ancien logement d'un poiffon qui ne fe trouve qu'aux Indes ; que par conféquent la mer des Indes a couvert nos campagnes ; nous en avons déjà parlé, et nous demandons encore fi cette manière d'expliquer la nature eft bien naturelle ? (*)

(*) Voyez les notes de la Differtation fur les changemens arrivés dans notre globe.

Il y a des coquilles nommées *conchæ Veneris*, conques de Vénus, parce qu'elles ont une fente oblongue doucement arrondie aux deux bouts. L'imagination galante de quelques phyficiens leur a donné un beau titre; mais cette dénomination ne prouve pas que ces coquilles foient les dépouilles des dames.

CHAPITRE VIII.

Du caillou.

QUEL fuc pierreux forme ces cailloux de mille efpèces différentes ? Pourquoi dans plufieurs de nos campagnes ne voit-on pas un feul caillou, et que d'autres à peu de diftance en font couvertes ? Pourquoi en Amérique, vers la rivière des Amazones, n'en trouve-t-on pas un feul dans l'efpace de cinq cents lieues ?

Au milieu de nos champs nous découvrons fouvent des cailloux énormes, depuis trois pieds jufqu'à vingt de diamètre ; et à côté il y en a qui paraiffent auffi anciens et qui n'ont pas un demi-pouce d'épaiffeur ; d'autres n'ont que deux ou trois lignes de diamètre : leur pefanteur fpécifique eft inégale : elle approche dans les uns de celle du fer, dans d'autres elle eft moindre, et dans quelques-uns plus forte.

Quelque pefant, quelque opaque, quelque liffe qu'un caillou puiffe être, il eft pèrcé comme un crible. Si l'or et les diamans ont autant et plus de pores que de fubftance, à plus forte raifon le caillou eft-il percé dans toutes fes dimenfions ; et un million d'ouvertures dans un caillou peut fournir autant d'afiles à des infectes

imperceptibles. C'eft un affemblage de parties homogènes dont réfulte une maffe fouvent inébranlable au
marteau ; il eft vitrifiable à la longue à un feu de four-
naife, et on voit alors que fes parties conftituantes font
une efpèce de criftal ; mais quelle force avait joint ces
petits criftaux ? d'où réfultait ce corps fi dur que le
feu a divifé ? Eft-ce l'attraction qui rendait toutes fes
parties fi unies entre elles et fi compactes ? Cette attraction démontrée entre le foleil et les planètes , entre la
terre et fon fatellite , agit-elle entre toutes les parties
du globe, tandis qu'elle pénètre au centre du globe
entier ? Eft-elle le premier principe de la cohéfion des
corps ? eft-elle avec le mouvement la première loi de
la nature ? C'eft ce qui paraît le plus probable ; mais
que cette probabilité eft encore loin d'une conviction
lumineufe !

CHAPITRE IX.

De la roche.

IL y a plufieurs fortes de roches qui forment la chaîne
des Alpes et des autres montagnes par lefquelles les
Alpes fe rejoignent aux Pyrenées. Je ne parlerai dans
cet article que de la fameufe opération d'*Annibal* fur le
haut des Alpes. Une pointe de roche efcarpée lui fermait
le paffage. Il la rendit calcinable , ou du moins facile à
divifer par le fer , en l'échauffant par un grand feu, et
en y verfant du vinaigre.

Les fiècles fuivans ont douté de la poffibilité du
fait. Tout ce que je fais , c'eft qu'ayant pris des éclats

d'une de ces roches à grains qui compofent la plus grande partie des Alpes, je les mis dans un vafe rempli d'un vinaigre bouillant; ils devinrent en peu de minutes prefque friables comme du fable. Ils fe pulvérisèrent entre mes doigts. Il n'y a point d'enfant qui ne puiffe faire l'expérience d'*Annibal*.

CHAPITRE X.

Des montagnes, de leur néceffité, et des caufes finales.

Il y a une très - grande différence entre les petites montagnes ifolées et cette chaîne continue de rochers qui règnent fur l'un et fur l'autre hémifphère. Les ifolées font des amas hétérogènes compofés de matières étrangères, entaffées fans ordre, fans couches régulières. On y trouve des reftes de végétaux, d'animaux terreftres et aquatiques, ou pétrifiés, ou friables, des bitumes, des débris de minéraux. Ce font pour la plupart des volcans, des éruptions de la terre, des excrefcences caufées par des convulfions; leurs fommets font rarement en pointes, leurs flancs contiennent des foufres qui s'allument.

La grande chaîne au contraire eft formée d'un roc continu, tantôt de roche dure, tantôt dé pierre calcaire, tantôt de graviers. Elle s'élève et s'abaiffe par intervalles. Ses fondemens font probablement auffi profonds que les cimes font élevées. Elle paraît une pièce effentielle à la machine du monde, comme les os le font aux quadrupèdes et aux bipèdes. C'eft autour de leurs faîtes que s'affemblent les nuages et les neiges, qui de - là fe répandant fans ceffe , forment tous les fleuves et toutes les fontaines, dont on a fi long-temps et fi fauffement attribué la fource à la mer.

Sur ces hautes montagnes dont la terre eft couronnée, point de coquilles, (*) point d'amas confus de végétaux pétrifiés , excepté dans quelques crevaffes profondes où le hafard a jeté des corps étrangers.

Les chaînes de ces montagnes qui couvrent l'un et l'autre hémifphère ont une utilité plus fenfible. Elles affermiffent la terre ; elles fervent à l'arrofer ; elles renferment à leurs bafes tous les métaux , tous les minéraux.

Qu'il foit permis de remarquer à cette occafion que toutes les pièces de la machine de ce monde femblent faites l'une pour l'autre. Quelques philofophes affectent de fe moquer des caufes finales rejetées par *Epicure* et par *Lucrèce*. C'eft plutôt, ce me femble , d'*Epicure* et de *Lucrèce* qu'il faudrait fe moquer. Ils vous difent que l'œil n'eft point fait pour voir; mais qu'on s'en eft fervi pour cet ufage, quand on s'eft aperçu que les yeux y pouvaient fervir. Selon eux, la bouche n'eft point faite pour parler, pour manger , l'eftomac pour digérer, le cœur pour recevoir le fang des veines et l'envoyer dans les artères , les pieds pour marcher , les oreilles pour entendre. Ces gens-là pourtant avouaient que les tailleurs leur fefaient des habits pour les vêtir, et les maçons des maifons pour les loger ; et ils ofaient nier à la nature, au grand Etre , à l'Intelligence univerfelle ce qu'ils accordaient tous à leurs moindres ouvriers.

(*) Voyez la note **1** de la Differtation fur les changemens arrivés dans notre globe.

Il ne faut pas, fans doute, abufer des caufes finales: on ne doit pas dire comme monfieur le prieur dans le *Spectacle de la nature*, que les marées font données à l'Océan, pour que les vaiffeaux entrent plus aifément dans les ports, et pour empêcher que l'eau de la mer ne fe corrompe ; car la Méditerranée n'a point de flux et de reflux, et fes eaux ne fe corrompent point.

Pour qu'on puiffe s'affurer de la fin véritable pour laquelle une caufe agit, il faut que cet effet foit de tous les temps et de tous les lieux. Il n'y a pas eu des vaiffeaux en tout temps et fur toutes les mers ; ainfi l'on ne peut pas dire que l'Océan ait été fait pour les vaiffeaux. Nous avons remarqué ailleurs que les nez n'avaient pas été faits pour porter des lunettes, ni les mains pour être gantées ; on fent combien il ferait ridicule de prétendre que la nature eût travaillé de tout temps pour s'ajufter aux inventions de nos arts arbitraires, qui tous ont paru fi tard ; mais il eft bien évident que fi les nez n'ont pas été faits pour les béficles, ils l'ont été pour l'odorat, et qu'il y a des nez depuis qu'il y a des hommes. De même, les mains n'ayant pas été données en faveur des gantiers, elles font vifiblement deftinées à tous les ufages que le métacarpe, les phalanges de nos doigts, et les mouvemens du mufcle circulaire du poignet nous procurent.

Cicéron, qui doutait de tout, ne doutait pas pourtant des caufes finales.

Il paraît bien difficile fur-tout que les organes de la génération ne foient pas deftinés à perpétuer les efpèces. Ce mécanifme eft bien admirable ; mais la fenfation que la nature a jointe à ce mécanifme eft plus admirable encore. *Epicure* devait avouer que le plaifir eft divin, et que ce plaifir eft une caufe finale, par laquelle font produits fans ceffe ces êtres fenfibles qui n'ont pu fe donner la fenfation.

Cet *Epicure* était un grand homme pour fon temps ; il vit ce que *Defcartes* a nié, ce que *Gaffendi* a affirmé, ce que *Newton* a démontré, qu'il n'y a point de mouvement fans vide. Il conçut la néceffité des atomes pour fervir de parties conftituantes aux efpèces invariables. Ce font-là des idées très-philofophiques. Rien n'était fur-tout plus refpectable que la morale des vrais épicuriens : elle confiftait dans l'éloignement des affaires publiques incompatibles avec la fageffe, et dans l'amitié, fans laquelle la vie eft un fardeau. Mais pour le refte de la phyfique d'*Epicure*, elle ne paraît pas plus admiffible que la matière cannelée de *Defcartes*.

Enfin, les chaînes des montagnes qui couronnent les deux hémifphères, et plus de fix cents fleuves qui coulent jufqu'aux mers du pied de ces rochers, toutes les rivières qui defcendent de ces mêmes réfervoirs, et qui groffiffent les fleuves après avoir fertilifé les campagnes ; des milliers de fontaines qui partent de la même fource, et qui abreuvent le genre animal et le végétal ; tout cela ne paraît pas plus l'effet d'un cas fortuit et d'une déclinaifon d'atomes, que la rétine qui reçoit les rayons de la lumière, le criftallin qui les réfracte ; l'enclume, le marteau, l'étrier, le tambour de l'oreille qui reçoit les fons ; les routes du fang dans nos veines, la fyftole et la diaftole du cœur, ce balancier de la machine qui fait la vie.

CHAPITRE

CHAPITRE XI.

De la formation des montagnes.

ON ne s'eſt pas contenté de dire que notre terre avait été originairement de verre ; *Maillet* a imaginé que nos montagnes avaient été faites par le flux, le reflux et les courans de la mer.

Cette étrange imagination a été fortifiée dans l'*Hiſtoire naturelle* imprimée au louvre, comme un enfant inconnu et expoſé eſt quelquefois recueilli par un grand ſeigneur ; mais le public philoſophe n'a pas adopté cet enfant, et il eſt difficile à élever. Il eſt trop viſible que la mer ne fait point une chaîne de roches ſur la terre. Le flux peut amonceler un peu de ſable, mais le reflux l'emporte. Des courans d'eau ne peuvent produire lentement dans des ſiècles innombrables une ſuite immenſe de rochers néceſſaires dans tous les temps. L'Océan ne peut avoir quitté ſon lit, creuſé par la nature, pour aller élever au-deſſus des nues les rochers de l'Immaüs et du Caucaſe. L'Océan une fois formé, une fois placé, ne peut pas plus quitter la moitié du globe pour ſe jeter ſur l'autre, qu'une pierre ne peut quitter la terre pour aller dans la lune.

Sur quelles raiſons apparentes appuie-t-on ce paradoxe ? ſur ce qu'on prétend que dans les vallées des Alpes les angles ſaillans d'une montagne à l'Occident, répondent aux angles rentrans d'une montagne à l'Orient. Il faut bien, dit-on, que les courans de la mer aient produit ces angles. La concluſion eſt haſardée.

Phyſique, &c. D d

Le fait peut être vrai dans quelques vallons étroits; il ne l'eft pas dans le grand baffin de la Savoie et du lac de Genève ; il ne l'eft pas dans la grande vallée de l'Arno autour de Florence ; mais à quelles branches ne fe prend-on pas quand on fe noie dans les fyftêmes ? (6)

Il vaudrait autant avancer que les montagnes ont produit les mers , que de prétendre que les mers ont produit les montagnes.

Quel eft donc le véritable fyftême ? celui du grand Etre qui a tout fait, et qui a donné à chaque élément, à chaque efpèce, à chaque genre fa forme , fa place, et fes fonctions éternelles. Le grand Etre qui a formé l'or et le fer, les arbres, l'herbe, l'homme et la fourmi , a fait l'Océan et les montagnes. Les hommes n'ont pas été des poiffons, comme le dit *Maillet* ; tout a été pro-bablement ce qu'il eft par des lois immuables. Je ne puis trop répéter que nous ne fommes pas des dieux qui puiffions créer un univers avec la parole.

Il eft très-vrai que d'anciens ports font comblés, que la mer s'eft retirée de Carthage, de Rofette, des deux Cirtes, de Ravenne, de Fréjus, d'Aigues-mortes, &c. Elle a englouti des terrains; elle en a laiffé d'autres à découvert. On triomphe de ces phénomènes ; on conclut que l'Océan a caché pendant des fiècles le mont Taurus et les Alpes fous fes flots. Quoi ! parce que des atterriffemens auront reculé la mer de plufieurs

(6) La plupart des vallées qu'on a fuppofé avoir été formées par la mer, font évidemment l'ouvrage des torrens et des rivières qui y coulent ou qui y ont coulé autrefois ; car on obferve fur les plateaux fupérieurs aux vallées où coulent ces fleuves , les dépôts où l'on retrouve les mêmes cailloux roulés que ces rivières entraînent.

lieues, et qu'elle aura inondé d'un autre côté quelques
terrains bas, on nous perfuadera qu'elle a inondé le
continent pendant des milliers de fiècles! Nous voyons
des volcans, donc tout le globe a été en feu. Des trem-
blemens de terre ont englouti des villes, donc tout
l'univers a été la proie des flammes. Ne doit-on pas
fe défier d'une telle conclufion? Les accidens ne font
pas des règles générales.

L'illuftre et favant auteur de l'*Hiftoire naturelle* dit
à la fin de la théorie de la terre, page 124 : *Ce font*
les eaux raffemblées dans la vafte étendue des mers, qui par le
mouvement continuel du flux et du reflux, ont produit les
montagnes, les vallées, &c.

Mais auffi voici comme il s'exprime, page 139 :
» Il y a fur la furface de la terre des contrées élevées
» qui paraiffent être des points de partage marqués
» par la nature pour la diftribution des eaux. Les
» environs du mont Saint-Gothard font un de ces points
» en Europe; un autre point eft le pays fitué entre les
» provinces de Belozera et de Vologda en Ruffie,
» d'où defcendent des rivières dont les unes vont à la
» mer Noire, et d'autres à la mer Cafpienne, &c. »

Il enfeigne donc ici que cette grande chaîne de
montagnes, prolongée d'Efpagne en Tartarie, eft une
pièce effentielle à la machine du monde. Il femble fe
contredire dans ces deux affertions; il ne fe contredit
pourtant pas: car en avouant la néceffité des montagnes
pour entretenir la vie des animaux et des végétaux, il
fuppofe que *les eaux du ciel détruifent peu à peu l'ouvrage*
de la mer, et ramenant tout au niveau, rendront un jour
notre terre à la mer, qui s'en emparera fucceffivement, en
laiffant à découvert de nouveaux continens, &c.

Voilà donc, felon lui, notre Europe privée des Alpes et des Pyrénées et de toutes leurs branches. Mais en fuppofant cette chaîne de montagnes écroulée, difperfée fur notre continent, n'en élevera-t-elle pas la furface ? cette furface ne fera-t-elle pas toujours au-deffus du niveau de la mer ? comment la mer, en violant les lois de la gravitation et celle des fluides, viendra-t-elle fe placer chez les Bafques fur les débris des Pyrénées ? Que deviendront les habitans, hommes et animaux, quand l'Océan fe fera emparé de l'Europe ? Il faudra donc qu'ils s'embarquent pour aller chercher les terrains que les mers auront abandonnés vers l'Amérique. Car fi l'Océan prend chaque jour quelque chofe de nos habitations, il faudra bien qu'à la fin nous allions tous demeurer ailleurs. Defcendrons-nous dans les profondeurs de l'Océan, qui font en beaucoup d'endroits de plus de mille pieds ? Mais quelle puiffance contraire à la nature commandera aux eaux de quitter ces profondes et immenfes vallées pour nous recevoir ?

Prenons la chofe d'un autre biais. Prefque tous les naturaliftes font perfuadés aujourd'hui que les dépôts de coquilles, au milieu de nos terres, font des monumens du long féjour de l'Océan dans les provinces où ces dépouilles fe font trouvées. Il y en a en France à quarante, à cinquante lieues des côtes de la mer. On en trouve en Allemagne, en Efpagne, et fur-tout en Afrique. C'eft donc ici un événement tout contraire à celui qu'on a fuppofé d'abord : *ce ne font plus les eaux du ciel qui détruifent peu à peu l'ouvrage de la mer, qui ramènent tout au niveau, et qui rendent notre terre à la mer.* C'eft au contraire la mer qui s'eft retirée infenfiblement, dans la fuite des fiècles, de la Bourgogne, de la

Champagne, de la Touraine, de la Bretagne, où elle demeurait, et qui s'en est allée vers le nord de l'Amérique. Laquelle de ces deux suppositions prendrons-nous? D'un côté on nous dit que l'Océan vient peu à peu couvrir les Pyrénées et les Alpes; de l'autre, on nous assure qu'il s'en retourne tout entier par degrés. Il est évident que l'un des deux systêmes est faux; et il n'est pas improbable qu'ils le soient tous deux.

J'ai fait ce que j'ai pu jusqu'ici pour concilier avec lui-même le savant et éloquent académicien, auteur aussi ingénieux qu'utile de l'*Histoire naturelle*. J'ai voulu rapprocher ses idées pour en tirer de nouvelles instructions; mais comment pourrai-je accorder avec son systême ce que je trouve au tome XII, page 10, dans son discours intitulé : Première vue de la nature? *La mer irritée, dit-il, s'élève vers le ciel, et vient en mugissant se briser contre des digues inébranlables, qu'avec tous ses efforts elle ne peut ni détruire ni surmonter. La terre élevée au-dessus du niveau de la mer est à l'abri de ses irruptions. Sa surface émaillée de fleurs, parée d'une verdure toujours renouvelée, peuplée de mille et mille espèces d'animaux différens, est un lieu de repos, un séjour de délices,* &c.

Ce morceau dérobé à la poësie, semble être de *Massillon* ou de *Fénélon*, qui se permirent si souvent d'être poëtes en prose; mais certainement si la mer irritée, en s'élevant vers le ciel, se brise en mugissant contre des digues inébranlables, si elle ne peut surmonter ces digues avec tous ces efforts, elle n'a donc jamais quitté son lit pour s'emparer de nos rivages; elle est bien loin de se mettre à la place des Pyrénées et des Alpes. C'est non-feulement contredire ce systême

qu'on a eu tant de peine à étayer par tant de suppo-
fitions, mais c'eſt contredire une vérité reconnue de
tout le monde ; et cette vérité eſt que la mer s'eſt
retirée à pluſieurs milles de ces anciens rivages, et
qu'elle en a couvert d'autres ; vérité dont on a étran-
gement abuſé.

Quelque parti qu'on prenne, dans quelque ſuppoſition que l'eſprit humain ſe perde, il eſt poſſible, il eſt
vraiſemblable, il eſt même prouvé que pluſieurs parties
de la terre ont ſouffert de grandes révolutions. On
prétend qu'une comète peut heurter notre globe en ſon
chemin : et *Triſſotin* dans les *Femmes ſavantes* n'a peut-
être pas tort de dire :

> Je viens vous annoncer une grande nouvelle :
> Nous l'avons en dormant, Madame, échappé belle ;
> Un monde près de nous a paſſé tout du long
> Eſt chu tout au travers de notre tourbillon ;
> Et s'il eût en chemin rencontré notre terre,
> Elle eût été briſée en morceaux comme verre.

La théorie des comètes n'était pas encore connue
lorſque la comédie des *Femmes ſavantes* fut jouée à la
cour en 1672. Il eſt très-certain que le concours de
ces deux globes qui roulent dans l'eſpace avec tant de
rapidité, aurait des ſuites effroyables, mais d'une
toute autre nature que l'acheminement inſenſible de
l'Océan à l'endroit où eſt aujourd'hui le mont Saint-
Gothard, ou ſon départ de Breſt et de Saint-Malo
pour ſe retirer vers le pôle et vers le détroit de Hudſon.
Heureuſement il ſe paſſera du temps avant que notre
Europe ſoit fracaſſée par une comète, ou engloutie
par l'Océan.

N. B. Voyez dans le *Dictionnaire philosophique* les articles intitulés *des coquilles et des systêmes bâtis sur des coquilles. Amas de coquilles. Observations importantes sur la formation des pierres et des coquilles. De la grotte des fées. Du falun de Touraine et de ses coquilles. Idée de Palissi sur les coquilles prétendues. Du systême de Maillet, qui de l'inspection des coquilles, conclut que les poissons sont les premiers pères des hommes.* Ces articles servaient de suite à cet ouvrage-ci ; on ne fait que les indiquer au lecteur, pour ne pas les imprimer deux fois.

CHAPITRE XII.

Des germes.

Des philosophes tâchèrent donc d'établir quelque systême qui bannît les germes par lesquels les générations des hommes, des animaux et des plantes s'étaient perpétuées jusqu'à nos jours. C'est en vain que nos yeux voient, et que nos mains manient les semences que nous jetons en terre ; c'est en vain que les animaux font tous évidemment produits par un germe : on s'est plu à démentir la nature pour établir d'autres systêmes que le sien.

Celui des animaux spermatiques ne semble point contredire la physique ; cependant on s'en est dégoûté comme d'une mode. Il était très - commun alors que tous les philosophes, excepté ceux de quatre-vingts ans, dérobassent à l'union des deux sexes la liqueur séminale productrice du genre humain, et que dans cette liqueur on vît, à l'aide du microscope, nager les petits vers qui devaient devenir hommes, comme on voit dans les étangs glisser les têtards destinés à être grenouilles.

Dans ce système les mâles étaient les principaux dépositaires de l'espèce ; au lieu que dans le système des œufs qui avait prévalu jusqu'alors, c'étaient les femelles qui contenaient en elles toutes les générations, et qui étaient véritablement mères. Le mâle ne servait qu'à féconder les œufs, comme les coqs fécondent les poules. Ce système des œufs avait un prodigieux avantage ; celui de l'expérience journalière est incontestable dans plusieurs espèces. Cependant on a fini par douter de l'un et de l'autre ; mais, soit que le mâle contienne en lui l'animal qui doit naître, soit que la femelle le renferme dans son ovaire, et que la liqueur du mâle serve à son développement, il est certain que dans les deux cas il y a un germe : et c'est ce germe que l'amour de la nouveauté, la fureur des systèmes, et encore plus celle de l'amour propre, entreprirent de détruire.

L'auteur d'un petit livre intitulé *la Vénus physique*, imagina que tout se fesait par attraction dans la matrice, que la jambe droite attirait à elle la jambe gauche, que l'humeur vitrée d'un œil, sa rétine, sa cornée, sa conjonctive étaient attirées par de semblables parties de l'autre œil. Personne n'avait jamais corrompu à cet inconcevable excés l'attraction démontrée par *Newton* dans des cas absolument différens ; une telle chimère était digne de l'idée de disséquer des têtes de géans pour connaître la nature de l'ame, et d'exalter cette ame pour prédire l'avenir. Cette folie ne servit pas peu à décréditer l'esprit systématique, qui est pourtant si nécessaire au progrès des sciences, quand il n'est que l'esprit d'ordre, et qu'il est réglé par la raison.

CHAPITRE XIII.

De la prétendue race d'anguilles formées de farine et de jus de mouton.

PRECISEMENT dans le même temps un jésuite irlandais nommé *Needham*, qui voyageait dans l'Europe en habit féculier, fit des expériences à l'aide de plufieurs microfcopes. Il crut apercevoir dans de la farine de blé ergoté ; mife au four et laiffée dans un vafe purgé d'air et bien bouché, il crut apercevoir, dis-je, des anguilles qui accouchaient bientôt d'autres anguilles. Il s'imagina voir le même phénomène dans du jus de mouton bouilli. Auffitôt plufieurs philofophes s'efforcèrent de crier merveilles, et de dire il n'y a point de germe ; tout fe fait, tout fe régénère par une force vive de la nature. C'eft l'attraction, difait l'un ; c'eft la matière organifée, difait l'autre ; ce font des molécules organiques vivantes qui ont trouvé leurs moules. De bons phyficiens furent trompés par un jéfuite. C'eft ainfi qu'un commis des fermes en Baffe-Bretagne fit accroire à tous les beaux efprits de Paris qu'il était une jolie femme, laquelle fefait très-bien des vers.

L'erreur accréditée jette quelquefois de fi profondes racines que bien des gens la foutiennent encore, lorfque elle eft reconnue et tombée dans le mépris, comme quelques journaux hiftoriques répètent de fauffes nouvelles inférées dans les gazettes, lors même qu'elles ont été rétractées. Un nouvel auteur d'une traduction élégante et exacte de *Lucrèce*, enrichie de notes favantes, s'efforce, dans les notes du troifième livre, de combattre *Lucrèce* même à l'appui des malheureufes expériences de *Néedham*, fi bien convaincues de fauffeté par M. *Spalanzani*, et rejetées de quiconque a un peu étudié la nature. (7) L'ancienne erreur que la corruption eft mère de la génération allait reffufciter ; il n'y avait plus de germe ; et ce que *Lucrèce*, avec toute l'antiquité, jugeait impoffible, allait s'accomplir.

> *Ex omnibus rebus*
> *Omne genus nafci poffet, nil femine egeret.*
> *Ex undis homines, e terrâ poffét oriri*
> *Squammiferum genus, et volucres ; erumpere cælo*
> *Armenta et pecudes . . . . ferre omnes omnia poffent.*

Le hafard incertain de tout alors difpofe.
L'animal eft fans germe, et l'effet eft fans caufe.

(7) Voyez l'ouvrage intitulé : *Nouvelles recherches fur les animaux microf-copiques*, par M. *Spalanzani*. Il avait fur *Néedham* un grand avantage, celui de n'avoir les yeux fafcinés par aucun fyftême phyfique ou théologique. *Tuberville Néedham* était anglais et prêtre, et non irlandais et jéfuite, c'eft une plaifanterie. Les expériences microfcopiques lui avaient donné quelque réputation, mais la métaphyfique de collége, dans laquelle il noya fes obfervations, le firent tomber ; il eut le malheur d'obliger M. de *Voltaire* à écrire contre lui, et il devint ridicule. Les animaux microfcopiques, obfervés par *Néedham*, font de vrais animaux, comme l'a prouvé M. *Spalanzani*. Parmi les prétendues anguilles il y en a de réelles, ce font celles d'une efpèce de blé vicié ; elles ont la fingulière propriété de vivre étant deffêchées, et de fe ranimer lorfqu'on les mouille avec un peu d'eau. Cette propriété fe conferve durant un temps indéfini ; mais ces animaux exiftent dans le grain même, après avoir vécu dans la racine et dans la tige ; il n'y a point là de génération fpontanée. Quelques autres des anguilles de *Néedham* font des filamens ou des gaines, dans lefquelles les vrais animaux font renfermés.

M. *Spalanzani* a montré que *Néedham* n'avait pas pris toutes les précautions néceffaires pour détruire les germes qui auraient pu fe développer dans les infufions, et que quand on prend ces précautions, on ne trouve plus d'animaux.

On verra les humains fortir du fond des mers,
Les troupeaux bondiffans tomber du haut des airs ;
Les poiffons dans les bois naiffant fur la verdure :
Tout pourra tout produire ; il n'eft plus de nature.

Lucrèce avait affurément raifon en ce point de
phyfique, quelque ignorant qu'il fût d'ailleurs. Et il eft
démontré aujourd'hui, aux yeux et à la raifon, qu'il
n'eft ni de végétal ni d'animal qui n'ait fon germe.
On le trouve dans l'œuf d'une poule comme dans le
gland d'un chêne. Une puiffance formatrice préfide
à tous ces développemens d'un bout de l'univers à
l'autre.

Il faut bien reconnaître les germes, puifqu'on les
voit et qu'on les sème, et que le chêne eft en petit
contenu dans le gland. On fait bien que ce n'eft pas
un chêne de foixante pieds de haut qui eft dans ce
fruit: mais c'eft un embryon qui croîtra par le fecours
de la terre et de l'eau, comme un enfant croît par une
autre nourriture.

Nier l'exiftence de cet embryon, parce qu'on ne
conçoit pas comment il en contient d'autres à l'infini,
c'eft nier l'exiftence de la matière, parce qu'elle eft
divifible à l'infini. Je ne le comprends pas, donc cela
n'eft pas. Ce raifonnement ne peut être admis contre
les chofes que nous voyons, et que nous touchons.
Il eft excellent contre des fuppofitions, mais non pas
contre les faits.

Quelque fyftême qu'on fubftitue, il fera tout auffi
inconcevable, et il aura par deffus celui des germes
le malheur d'être fondé fur un principe qu'on ne
connaît pas, à la place d'un principe palpable, dont

tout le monde eft témoin. Tous les fyftêmes fur la caufe de la génération, de la végétation, de la nutrition, de la fenfibilité, de la penfée, font également inexplicables. Sommes-nous à jamais condamnés à nous ignorer? Oui.

CHAPITRE XIV.

D'une femme qui accouche d'un lapin.

A quoi ne porte point l'envie de fe fignaler par un fyftême !

Cette doctrine des générations fortuites avait déjà pris tant de crédit, dès le commencement du fiècle, que plufieurs perfonnes étaient perfuadées qu'une fole pouvait engendrer une grenouille. Il ne faut pour cela, difait-on, que des parties organiques de grenouilles dans les moules de foles. Un chirurgien de Londres, affez fameux, nommé *Saint-André*, publiait cette doctrine de toutes fes forces en 1726 ; et il avait l'enthoufiafme des nouvelles fectes.

Une de fes voifines, pauvre et hardie, réfolut de profiter de la doctrine du chirurgien. Elle lui fit confidence qu'elle était accouchée d'un lapereau, et que la honte l'avait forcée de fe défaire de fon enfant; mais que la tendreffe maternelle l'avait empêchée de le manger.

Saint-André trouvant dans l'aveu de cette femme la confirmation de fon fyftême, ne douta pas de cette aventure, et en triompha avec fes adhérens. Au bout

de huit jours cette femme le fait prier de venir dans
fon galetas, elle lui dit qu'elle reffent des tranchées
comme fi elle était prête d'accoucher encore. *Saint-André*
l'affure que c'eft une fuperfétation. Il la délivre lui-
même en préfence de deux témoins. Elle accouche d'un
petit lapin qui était encore en vie. *Saint-André* montre
par-tout le fils de fa voifine. Les opinions fe partagent;
quelques-uns crient miracle : les partifans de *Saint-
André* difent que, fuivant les lois de la nature, il eft
étonnant que la chofe n'arrive pas plus fouvent. Les
gens fenfés rient; mais tous donnent de l'argent à la
mère des lapins.

Elle trouva le métier fi bon, qu'elle accoucha tous
les huit jours. Enfin la juftice fe mêla des affaires de
fa famille; on la tint enfermée; on la veilla; on furprit
un petit lapereau qu'elle avait fait venir, et qu'elle
s'enfonçait dans un orifice qui n'était pas fait pour lui.
Elle fut punie; *Saint-André* fe cacha. Les papiers publics
s'égayèrent fur cette garenne, comme ils fe font égayés
depuis fur l'homme qui devait fe mettre dans une
bouteille de deux pintes, et fur le public qui vint en
foule à ce fpectacle.

La faine phyfique détruit toutes ces impoftures,
ainfi qu'elle a chaffé les poffédés et les forciers.

Il réfulte de tout ce que nous avons vu qu'il faut
fe méfier des lapereaux de *Saint-André*, des anguilles de
Néedham, des générations fortuites, de l'harmonie
préétablie qui eft très-ingénieufe, et des molécules
organiques qui font plus ingénieufes encore.

CHAPITRE XV.

Des anciennes erreurs en physique.

LES erreurs de la fauffe phyfique font en bien plus grand nombre que les vérités découvertes. Prefque tout eft abfurde dans *Lucrèce :* voyez feulement le quatrième et le cinquième livre, vous y trouverez que des fimulacres émanent des corps pour venir frapper notre vue et notre odorat.

Quàm primùm nofcas rerum fimulacra vagare, &c.
. . . .
Ergo nulla brevi fpatio fimulacra genuntur.

Les voix s'engendrent mutuellement.

Ex aliis aliæ quoniam gignuntur. . . . .

Le lion tremble et s'enfuit à la vue du coq.

Neque queunt rapidi contrà conftare leones.

Les animaux fe livrent au fommeil, quand des trois parties de l'ame, une eft chaffée au dehors, une autre fe retire dans l'intérieur, et une troifième éparfe dans les membres ne peut fe réunir.

. . . . . . *Ut pars inde animaï*
Ejiciatur, et introrfum pars abdita cedat,
Pars etiam difperfa per artus non queat effe
Conjuncta inter fe, nec motu mutua fungi.

Le foleil et les autres feux s'abreuvent des eaux de la terre.

. . . . . . *Cum fol et vapor omnis*
Omnibus epotis humoribus exfuperarunt.

Le soleil et la lune ne sont pas plus grands qu'ils le paraissent.

Nec nimiò solis major rota , nec minor ardor , &c.

. . . .

Lunaque.... nihilò fertur majore figurâ.

Nous n'avons la nuit que parce que le soleil a épuisé ses feux durant le jour.

. . . . . . *Efflavit languidus ignes.*

Ou parce qu'il se cache sous la terre.

. . . . *Quia sub terras cursum convertere cogit.*

Il ne faut pas croire qu'on trouve plus de vérités dans les Géorgiques de *Virgile;* ses observations sur la nature ne sont pas plus vraies que sa triste apothéose d'*Octave,* surnommé *Auguste,* auquel il dit qu'on ne sait pas encore s'il voudra bien être dieu de la terre ou de la mer, et que le scorpion se retire pour lui laisser une place dans le ciel. Ce scorpion aurait mieux fait de s'alonger pour percer de son aiguillon l'auteur des proscriptions, et l'assassin des citoyens de Pérouse.

Il commence par dire que le lin et l'avoine brûlent la terre.

Urit enim lini campum seges , urit avenæ.

Selon lui, les peuples qui habitent les climats de l'ourse sont plongés dans une nuit éternelle, ou bien l'étoile du soir luit pour eux, quand nous avons l'aurore.

Illic (ut perhibent) aut intempesta silet nox
Semper , et obtentâ densantur nocte tenebræ :
Aut redit à nobis aurora , diemque reducit ;
Nosque ubi primus equis oriens afflavit anhelis ,
Illic sera rubens accendit lumina vesper.

On fait affez ce que font nos antipodes de l'Orient chez qui la nuit arrive, quand le foleil commence à luire pour nous , et non pas les peuples du Nord qui peuvent être fous le même méridien que nous.

N'entreprenez rien , dit-il, le cinquième jour de la lune : car c'eft le jour que les Titans combattirent contre les dieux.

Quintam fuge, &c.

Le dix-feptième jour de la lune eft très-heureux pour planter la vigne et pour dompter les bœufs.

Septima poft decimam felix , &c.

Les étoiles tombent du ciel dans un grand vent.

Sæpe etiam ftellas vento impedente videbis
Præcipites cœlo labi. . . . . . .

Les cavales font fécondées par le zéphyr ; leur matrice diftile le poifon de l'hippomane.

Tous les fleuves fortent du fein de la terre ; et enfin les Géorgiques finiffent par faire naître des abeilles du cuir d'un taureau.

Quiconque en un mot croirait connaître la nature en lifant *Lucrèce* et *Virgile* , meublerait fa tête d'autant d'erreurs qu'il y en a dans les fecrets du petit *Albert*, ou dans les anciens almanachs de Liége. D'où vient donc que ces poëmes font fi eftimés ? pourquoi font-ils lus avec tant d'avidité par tous ceux qui favent bien la langue latine ? C'eft à caufe de leurs belles defcriptions, de leur faine morale , de leurs tableaux admirables de la vie humaine. Le charme de la poëfie fait pardonner toutes les erreurs , et l'efprit pénétré de la beauté du ftyle ne fonge pas feulement fi on le trompe.

CHAPITRE

CHAPITRE XVI.

D'un homme qui fesait du salpêtre.

Il faudrait avoir toujours devant les yeux ce proverbe espagnol : *De las cofas mas feguras, la mas fegura es dudar.* Quand on a fait une expérience, le meilleur parti eft de douter long-temps de ce qu'on a vu et de ce qu'on a fait.

En 1753, un chimifte allemand d'une petite province voifine de l'Alface, crut, avec apparence de raifon, avoir trouvé le fecret de faire aifément du falpêtre, avec lequel on compoferait la poudre à canon à vingt fois meilleur marché, et beaucoup plus promptement. Il fit en effet de cette poudre; il en donna au prince, fon fouverain, qui en fit ufage à la chaffe. Elle fut jugée plus fine et plus agiffante que toute autre. Le prince, dans un voyage à Verfailles, donna de la même poudre au roi, qui l'éprouva fouvent, et en fut toujours également fatisfait. Le chimifte était fi fûr de fon fecret, qu'il ne voulut pas le donner à moins de dix-fept cents mille francs payés comptant, et le quart du profit pendant vingt années. Le marché fut figné; le chef de la compagnie des poudres, depuis garde du tréfor royal, vint en Alface, de la part du roi, accompagné d'un des plus favans chimiftes de France. L'allemand opéra devant eux auprès de Colmar, et il opéra à fes propres dépens : c'était une nouvelle preuve de fa bonne foi. Je ne vis point les travaux; mais le garde du tréfor royal étant venu chez moi avec fon chimifte, je lui dis que s'il ne payait les dix-fept cents mille

Phyfique, &c.   E e

livres qu'après avoir fait du falpêtre, il garderait toujours fon argent. Le chimifte m'affura que le falpêtre
fe ferait. Je lui répétai que je ne le croyais pas. Il me
demanda pourquoi. C'eft que les hommes ne font rien,
lui dis-je. Ils uniffent et ils défuniffent ; mais il n'appartient qu'à la nature de faire.

L'allemand travailla trois mois entiers, au bout
defquels il avoua fon impuiffance. Je ne peux changer
la terre en falpêtre, dit-il ; je m'en retourne chez moi
changer du cuivre en or : il partit, et fit de l'or comme
il avait fait du falpêtre.

Quelle fauffe expérience avait trompé ce pauvre
allemand, et le duc fon maître, et le garde du tréfor
royal, et le chimifte de Paris, et le roi ? La voici :

Le tranfmutateur allemand avait vu un morceau de
terre imprégnée de falpêtre, et il en avait tiré d'excellent,
avec lequel il avait compofé la meilleure poudre à tirer ;
mais il ne s'aperçut pas que ce petit terrain était mêlé
des débris d'anciennes caves, d'anciennes écuries, et
des reftes du mortier des murs. Il ne confidéra que la
terre, et il crut qu'il fuffifait de cuire une terre pareille
pour faire le falpêtre le meilleur. (8)

_____

(8.) Le falpêtre eft un fel neutre, réfultant de la combinaifon de
l'acide nitreux avec l'alcali fixe. Dans les pays feptentrionaux on trouve
peu de terres qui fourniffent par la leffive, foit du falpêtre, foit des nitres
à bafe terreufe. Cependant on y eft parvenu à fe procurer du falpêtre,
en expofant à l'air, à l'abri de la pluie, des murs de terre calcaire, foit
en arrofant ces murs avec des eaux chargées de matières végétales ou
animales, foit même feulement en les plaçant auprès des habitations.
L'air méphitique, produit par la décompofition des fubftances végétales
et animales, paraît contribuer à la formation de l'acide nitreux, et les
végétaux contribuent à lui donner une bafe alcaline. L'acide nitreux
n'eft pas une fubftance fimple ; mais fes véritables élémens ne font pas
encore bien connus.

CHAPITRE XVII.

D'un bateau du maréchal de Saxe.

L E maréchal de *Saxe* avait, fans doute , l'efprit de combinaifon , de pénétration , de vigilance, qui forme un grand capitaine. Cependant, en 1729, il imagina de conftruire une galère fans rame et fans voile , qui remonterait la rivière de Seine de Rouen à Paris en vingt-quatre heures, dans l'efpace de quatre-vingt-dix lieues ; car il n'y en a pas moins par les finuofités de la rivière. On a conftruit de pareilles machines , dans lefquelles on peut fe promener fur une eau dormante au moyen de deux roues à larges aubes , auxquelles une manivelle donne le mouvement. Il ne fefait pas réflexion que fon bateau ne pourrait réfifter au courant de l'eau , que ce que l'on gagne en temps , on le perd en force , et au contraire. Il eut pourtant des certificats de deux membres de l'académie des fciences , et il obtint un privilége exclufif pour fa machine. Il l'effaya ; on croira bien qu'il ne réuffit pas. Mlle *le Couvreur* difait alors comme *Géronte* : *Que diable allait-il faire dans cette galère ?* Cette tentative lui coûta dix mille écus ; il n'était pas riche alors. Il répara bien depuis fur terre fon erreur fur la rivière de Seine. Il fut ménager plus à propos la force et le temps, en fefant les plus favantes manœuvres de guerre.

Ces mécomptes, en fait d'hydraulique et de forces mouvantes , arrivent tous les jours à plus d'un artifte.

CHAPITRE XVIII.

Des méprises en mathématiques.

Ce fut le fcandale de la géométrie, lorfque vers le commencement de ce fiècle, des mathématiciens français et allemands difputèrent fur la force des corps en mouvement. Les difciples de *Leibnitz* prétendaient que cette force était en raifon compofée du quarré de la vîteffe et de la pefanteur des corps. Les Français, au contraire, ne mefuraient cette force que par la vîteffe multipliée par la maffe. M. de *Mairan* expofa le malentendu avec beaucoup de clarté. La victoire demeura à l'ancienne philofophie; et il eft à remarquer que jamais aucun géomètre anglais ne voulut entendre parler de la nouvelle mefure introduite en Allemagne par *Leibnitz*.

L'académie des fciences de Paris fut trompée, quelque temps après, fur une matière plus importante. Voici le fait tel qu'il eft rapporté dans les *Elémens de Newton*, page 211 de ce volume.

,, *Louis XIV* avait fignalé fon règne par cette méri-
,, dienne qui traverfe la France; l'illuftre *Dominique*
,, *Caffini* l'avait commencée avec monfieur fon fils; il
,, avait, en 1701, tiré du pied des Pyrénées à l'obfer-
,, vatoire une ligne auffi droite qu'on le pouvait, à
,, travers les obftacles prefque infurmontables que
,, les hauteurs des montagnes, les changemens de la
,, réfraction dans l'air, et les altérations des inftrumens

" oppofaient fans ceffe à cette vafte et délicate entre-
" prife ; il avait donc, en 1701, mefuré fix degrés dix-
" huit minutes de cette méridienne. Mais de quelque
" endroit que vînt l'erreur, il avait trouvé les degrés
" vers Paris, c'eft-à-dire, vers le nord, plus petits que
" ceux qui allaient aux Pyrénées vers le midi ; cette
" mefure démentait, et celle de *Norvood*, et la nouvelle
" théorie de la terre aplatie aux pôles. Cependant
" cette nouvelle théorie commençait à être tellement
" reçue que le fecrétaire de l'académie n'héfita point,
" dans fon hiftoire de 1701, à dire que les mefures
" nouvelles prifes en France prouvaient que *la terre*
" *eft un fphéroïde dont les pôles font aplatis*. Les mefures de
" *Dominique Caffini* entraînaient, à la vérité, une conclu-
" fion toute contraire ; mais, comme la figure de la terre
" ne fefait pas encore en France une queftion, per-
" fonne ne releva pour lors cette conclufion fauffe.
" Les degrés du méridien, de Collioure à Paris, paf-
" sèrent pour exactement mefurés ; et le pôle qui,
" par ces mefures, devait néceffairement être alongé,
" paffa pour aplati.

" Un ingénieur, nommé M. *des Roubais*, étonné de
" la conclufion, démontra que, par les mefures prifes
" en France, la terre devait être un fphéroïde oblong,
" dont le méridien qui va d'un pôle à l'autre eft
" plus long que l'équateur, et dont les pôles font
" alongés. (*a*) Mais de tous les phyficiens à qui il
" adreffa fa differtation, aucun ne voulut la faire
" imprimer, parce qu'il femblait que l'académie eut
" prononcé, et qu'il paraiffait trop hardi à un par-
" ticulier de réclamer. Quelque temps après, l'erreur

(*a*) Son mémoire eft dans le Journal littéraire.

,, de 1701 fut connue; on fe dédit, et la terre fut
,, alongée par une jufte conclufion tirée d'un faux
,, principe. ,, Enfin l'erreur fut entièrement corrigée.

Une fociété favante revient bientôt à la vérité. Tout
le monde convient aujourd'hui que la planète de la
terre eft un fphéroïde inégal, un peu aplati vers les
pôles ; et cela eft plus démontré par la théorie d'*Huyghens*
et de *Newton*, que par toutes les mefures qu'on pourrait
prendre, mefures trop fujettes à des erreurs inévitables.

Auffi les Anglais, qui aiment tant à voyager, n'ont-
ils jamais fait aucun voyage pour vérifier d'une manière
toujours un peu incertaine ce qui leur paraiffait démontré par les lois de la nature.

CHAPITRE XIX.

Vérités condamnées.

VOILA bien des méprifes dans lefquelles les plus
grands hommes et les corps les plus favans font tombés,
parce que les meilleurs génies et les plus eftimables
tiennent toujours quelque chofe de la fragilité humaine.

On pourrait ajouter à cette lifte les fentences portées
contre *Galilée*. Deux congrégations de cardinaux le
condamnèrent pour avoir foutenu le mouvement de la
terre autour du foleil, mouvement qui était prefque
déjà démontré en rigueur. Il fut forcé de demander
pardon à genoux, et d'avouer qu'il avait annoncé une
doctrine *abfurde*. Les cardinaux lui remontrèrent, d'après
tous leurs théologiens, que *Jofué* avait arrêté le foleil
fur le chemin de Gabaon. *Galilée* n'avait qu'à leur

répondre que c'était auffi depuis ce temps-là que le foleil était immobile. Mais enfin il fut condamné, à la honte de la raifon ; et, comme on l'a déjà dit, ce jugement aurait couvert l'Italie d'un opprobre éternel, fi *Galilée* ne l'avait couverte de gloire par fa philofophie même que l'on profcrivait.

On fait affez qu'il y a un corps confidérable qui profcrivit les idées innées de *Defcartes*, et qui enfuite a condamné ceux qui combattaient les idées innées. Cela prouve affez que les théologiens ne doivent point fe mêler de philofophie. Il y a l'infini entre ces deux fciences.

On a prononcé, dans plus d'un pays, des jugemens encore plus étranges fur des points de phyfique qui ne font nullement du reffort de *Cujas* et de *Bartole*. On fait à quel point le favant *Ramus* fut perfécuté pour n'avoir pas été de l'avis d'*Ariftote*, qui n'était entendu ni de fes adverfaires ni de fes juges. Et enfin, il lui en coûta la vie à la journée de la Saint-Barthelemi.

Les médecins qui tenaient pour les anciens intentèrent un procès à ceux qui démontraient la circulation du fang. Les maîtres d'erreur ont toujours eu recours à l'autorité quand il s'agiffait de raifon. Les exemples de ceux qui avaient été condamnés pour avoir inftruit le genre humain, font prefque auffi nombreux en phyfique qu'en morale.

C H A P I T R E   XX.

Digreſſion.

Sɪ tant d'erreurs phyſiques ont aveuglé des nations entières, ſi l'on a ignoré pendant tant de ſiècles la direction de l'aimant, la circulation du ſang, la peſanteur de l'atmoſphère, quelles prodigieuſes erreurs les hommes ont-ils dû commettre dans le gouvernement? Quand il s'agit d'une loi phyſique, on l'examine du, moins aujourd'hui, avec quelque impartialité ; et ce n'eſt pas en recherchant les principes de la nature que la fureur des paſſions et la néceſſité preſſante de ſe déterminer aveuglent l'eſprit ; mais en fait de gouvernement, on n'a été ſouvent conduit que par les paſſions, les préjugés et le beſoin du moment. Ce ſont-là les trois cauſes de la mauvaiſe adminiſtration qui a fait le malheur de tant de peuples.

C'eſt ce qui a produit tant de guerres entrepriſes par témérité, ſoutenues ſans conduite, terminées par le malheur et par la honte ; c'eſt ce qui a donné cours à tant de lois pires que la diſette de toute loi ; c'eſt ce qui a ruiné tant de familles par une juriſprudence inventée dans des temps d'ignorance, et conſacrée par l'uſage ; c'eſt ce qui a fait des finances publiques un jeu de haſard dangereux.

C'eſt ce qui a introduit dans le culte de la Divinité tant d'énormes abus, tant de fureurs plus abominables peut-être que la ſauvage ignorance de tout culte. L'erreur, dans tous ces points capitaux, ſe conſacra de père en fils, de livre en livre, de chaire en chaire, et rendit quelquefois les hommes plus malheureux que s'ils fe difputaient encore du gland dans les forêts.

Il eft très-aifé de réformer la phyfique, quand le vrai eft enfin découvert. Peu d'années fuffifent pour faire tourner la terre autour du foleil malgré les décrets de Rome, pour établir les lois de la gravitation en dépit des univerfités, et pour affigner les routes de la lumière. Les légiflateurs de la nature font bientôt obéis et refpectés d'un bout du monde à l'autre ; mais il n'en eft pas de même dans la légiflation politique. Elle a été, et elle eft encore un chaos prefque par-tout ; les hommes fe font conduits à l'aventure dans tout ce qui regarde leur vie, leurs biens, et tout leur être préfent et à venir.

C H A P I T R E X X I.

Des élémens.

Y A-T-IL des élémens ? Les trois imaginés par *Defcartes*, que j'ai vus dans mon enfance enfeignés par la plupart des écoles, étaient infiniment au-deffous des contes des *Mille et une nuits*; car aucun de ces contes ne répugne aux lois de la nature, et font d'ailleurs très-agréables. Les cinq principes des chimiftes étaient fi peu reconnus qu'ils les réduifirent eux-mêmes à trois, puis à deux. Ils revinrent enfuite au feu, à l'eau et à la terre.

Il a bien fallu enfin admettre l'air. Ainfi les quatre élémens d'*Arijtote* font rentrés dans tout leur honneur.

Mais ces élémens, de quoi font-ils faits eux-mêmes ?
S'ils font compofés de parties, ils ne font pas élémens.
L'air, le feu, l'eau et la terre, fe changent-ils les uns
dans les autres ? fubiffent-ils des métamorphofes ?
Qu'eft-ce, à la rigueur, qu'une métamorphofe ? c'eft un
être changé en un autre être ; c'eft au fond l'anéantif-
fement du premier, et la création du fecond. Pour que
l'eau devienne abfolument terre, il faut que cette eau
périffe et que la terre fe forme ; car fi l'eau contenait
en elle-même les principes de terre dans laquelle elle
s'eft changée, ce n'eft plus une tranfmutation ; c'eft
l'eau qui contenait en elle un peu de terre, et qui
s'étant évaporée, a laiffé cette terre à découvert.

Le célèbre *Robert Boyle* s'y trompa, et entraîna *Newton*
dans fa méprife. Ayant long-temps tenu de l'eau dans
une cornue à un feu égal, le chimifte qui opérait avec
lui, crut que l'eau s'était, au bout de quelques mois,
changée en terre ; le fait était faux ; mais *Newton*, le
croyant vrai, fuppofa que les quatre élémens pouvaient
fe changer les uns dans les autres. *Boerhaave* fit voir
depuis quelle avait été la méprife de *Boyle*. Cette erreur
avait conduit *Newton* à un fyftême qui paraît faux. Si
des grands hommes, tels que *Boyle* et *Newton*, fe font
trompés, quel homme pourra fe flatter d'être à l'abri
de l'erreur ? et quelle extrême défiance ne doit-on pas
avoir des opinions reçues et de fes idées propres ? (*)

(*) Voyez les notes de la *Differtation fur le feu.*

CHAPITRE XXII.

De la terre.

QU'EST-CE que de la terre ? Son effence eft - elle d'être de l'argile, de la boue ? Non, fans doute, puifque de la marne, de la craie, de la glaife, du fable, du plâtre, de la pierre calcaire, font appelés *terre*. Auffi *Beker* diftinguait entre terre vitrifiable, inflammable et mercurielle. La terre eft-elle un affemblage de tout ce que contient notre globe ? y entre-t-il de l'eau, du feu et de l'air? En ce cas, comment peut-on l'appeler un élément ?

On a long-temps imaginé qu'il y avait une terre première, une terre vierge qui n'eft rien de ce que nous voyons, et qui eft capable de recevoir tout ce que notre globe renferme ; mais cette terre eft apparemment dans le paradis terreftre dont perfonne ne peut plus approcher. Nous ne connaiffons plus que différentes fortes de fubftances terreufes, fans que nous puiffions dire d'aucune : Voilà le principe des autres, voilà la matrice dans laquelle tout fe forme, et le tombeau dans lequel tout rentre.

CHAPITRE XXIII.

De l'eau.

Qu'est-ce que l'eau? Eſt-elle fluide ou ſolide de
ſa nature? Ne faut-il pas, pour qu'elle coule, qu'un
feu ſecret en déſuniſſe les parties? Otez une grande
quantité de ce feu; elle devient glace. Or, qu'eſt-ce
qu'un élément qui a beſoin d'un autre élément pour
exiſter?

L'eau de la mer eſt-elle de même nature que nos
eaux de fontaines et de rivières? Y a-t-il, dans l'Océan
et dans la Méditerranée, de grands bancs de ſel et des
mines de bitume qui donnent à leurs eaux un goût
différent de celui de notre eau ordinaire, quand nous
l'avons chargée de ſel marin? Perſonne n'a jamais vu
ces prétendues mines de ſel; perſonne n'a jamais extrait
du bitume de l'eau de la mer.

Pourquoi l'eau eſt-elle incompreſſible? pourquoi
n'a-t-elle aucun reſſort? et qu'eſt-ce que le reſſort?
Pourquoi de l'eau, enfermée dans un globe d'or, s'échap-
pera-t-elle à travers les pores de l'or, quand on frappera
ſur ce globe avec un marteau, quoique l'or ſoit près de
vingt fois plus denſe que l'eau? Et pourquoi ne peut-
elle paſſer à travers des pores du verre, tout diaphane
qu'eſt ce verre? Comment l'eau en vapeurs a-t-elle
une force ſi prodigieuſe? on ſerait embarraſſé de répondre.

On ne fait pas encore même précifément pourquoi l'eau éteint le feu. (9)

CHAPITRE XXIV.

De l'air.

QUELQUES philofophes ont nié qu'il y eût de l'air. Ils difent qu'il eft inutile d'admettre un être qu'on ne voit jamais , et dont tous les effets s'expliquent fi aifément par les vapeurs qui fortent du fein de la terre. *Newton* a démontré que le corps le plus dur a moins de matière que de pores. Des exhalaifons continuelles s'échappent en foule de toutes les parties de notre globe. Un cheval jeune et vigoureux , ramené tout en fueur dans fon écurie en temps d'hiver , eft entouré d'une atmofphère mille fois moins confidérable que notre globe ne l'eft de la matière de fa propre tranfpiration.

Cette tranfpiration , ces exhalaifons , ces vapeurs innombrables , s'échappent fans ceffe par des pores innombrables , et ont elles-mêmes des pores. C'eft ce mouvement continu en tout fens , qui forme et qui détruit fans ceffe , végétaux , minéraux , métaux ,

(9) L'eau de la mer eft de l'eau pure , qui tient en diffolution du fel commun et des fels marins à bafe terreufe ; ce font ces fels qui lui donnent cette amertume , que plufieurs phyficiens attribuent encore au bitume. Depuis que l'on a fu que la combuftion ne pouvait s'exécuter fans qu'il fe fît une combinaifon d'air vital avec les parties non combuftibles des corps , on connaît un peu mieux la raifon pour laquelle l'eau éteint le feu. On eft parvenu , depuis quelques années , à prouver que l'eau n'eft pas incompreffible.

animaux. C'eſt ce qui a fait penſer à pluſieurs que le mouvement eſt eſſentiel à la matière, puiſqu'il n'y a pas une particule dans laquelle il n'y ait un mouvement continu. Et ſi la puiſſance formatrice éternelle qui préſide à tous les globes eſt l'auteur de tout mouvement, elle a voulu du moins que ce mouvement ne pérît jamais. Or, ce qui eſt toujours indeſtructible a pu paraître eſſentiel, comme l'étendue et la ſolidité ont paru eſſentielles. Si cette idée eſt une erreur, elle eſt pardonnable ; car il n'y a que l'erreur malicieuſe et de mauvaiſe foi qui ne mérite pas d'indulgence.

Mais qu'on regarde le mouvement comme eſſentiel ou non, il eſt indubitable que les exhalaiſons de notre globe s'élèvent et retombent, ſans aucun relâche, à un mille, à deux milles, à trois milles, au-deſſus de nos têtes. Au mont Atlas, à l'extrémité du Taurus, tout homme peut voir, tous les jours, les nuages ſe former ſous ſes pieds. Il eſt arrivé mille fois à des voyageurs d'être au-deſſus de l'arc-en-ciel, des éclairs et du tonnerre.

Le feu répandu dans l'intérieur du globe, ce feu caché dans l'eau et dans la glace même, eſt probablement la ſource impériſſable de ces exhalaiſons, de ces vapeurs, dont nous ſommes continuellement environnés. Elles forment un ciel bleu dans un temps ſerein, quand elles ſont aſſez hautes et aſſez atténuées pour ne nous envoyer que des rayons bleus, comme les feuilles de l'or amincies, expoſées aux rayons du ſoleil dans la chambre obſcure. Ces mêmes vapeurs forment les tonnerres et les éclairs. Comprimées et enſuite dilatées par cette compreſſion dans les entrailles de la terre, elles s'échappent en volcans, forment et détruiſent de petites montagnes , renverfent des villes , ébranlent quelquefois une grande partie du globe.

Cette mer de vapeurs dans laquelle nous nageons , qui nous menace fans ceffe , et fans laquelle nous ne pourrions vivre , comprime de tous côtés notre globe et fes habitans avec la même force que fi nous avions fur notre tête un océan de trente-deux pieds de hauteur ; et chaque homme en porte environ quarante mille livres.

Tout ceci pofé , les philofophes qui nient l'air difent : Pourquoi attribuerions-nous à un élément inconnu et invifible des effets que l'on voit continuellement produits par ces exhalaifons vifibles et palpables ?

L'air eft élaftique , nous dit-on ; mais les vapeurs de l'eau feule le font fouvent bien davantage. Ce que vous appelez l'élément de l'air , preffé dans une canne à vent , ne porte une balle qu'à une très-petite diftance ; mais dans la pompe à feu des bâtimens d'Yorck à Londres , les vapeurs font un effet cent fois plus violent.

On ne dit rien de l'air , continuent-ils , qu'on ne puiffe dire de même des vapeurs du 'globe ; elles pèfent comme lui , s'infinuent comme lui , allument le feu par leur fouffle , fe dilatent , fe condenfent de même.

Ce fyftême femble avoir un grand avantage fur celui de l'air , en ce qu'il rend parfaitement raifon de ce que l'atmofphère ne s'étend qu'environ à trois ou quatre milles , tout au plus ; au lieu que fi on admet l'air , on ne trouve nulle raifon pour laquelle il ne s'étendrait pas beaucoup plus loin , et n'embrafferait pas l'orbite de la lune.

La plus grande objection que l'on faffe contre les

fyftêmes des exhalaifons du globe, eft qu'elles perdent leur élafticité dans la pompe à feu quand elles font refroidies ; au lieu que l'air eft, dit-on, toujours élaf-tique. Mais premièrement il n'eft pas vrai que l'élafticité de l'air agiffe toujours ; fon élafticité eft nulle, quand on le fuppofe en équilibre ; et fans cela, il n'y a point de végétaux et d'animaux qui ne crevaffent et n'écla-taffent en cent morceaux, fi cet air qu'on fuppofe être dans eux confervait fon élafticité. Les vapeurs n'agiffent point, quand elles font en équilibre ; c'eft leur dilatation qui fait leurs grands effets. En un mot, tout ce qu'on attribue à l'air femble appartenir fenfi-blement, felon ces philofophes, aux exhalaifons de notre globe.

Si on leur objecte que l'air eft quelquefois peftilentiel, c'eft bien plutôt des exhalaifons qu'on doit le dire. Elles portent avec elles des parties de foufre, de vitriol, d'arfenic, et de toutes les plantes nuifibles. On dit : L'air eft pur dans ce canton ; cela fignifie ; ce canton n'eft point marécageux ; il n'a ni plantes ni minières pernicieufes, dont les parties s'exhalent conti-nuellement dans les corps des animaux. Ce n'eft point l'élément prétendu de l'air qui rend la campagne de Rome fi mal faine ; ce font les eaux croupiffantes, ce font les anciens canaux qui, creufés fous terre de tous côtés, font devenus le réceptacle de toutes les bêtes venimeufes. C'eft de-là que s'exhale continuellement un poifon mortel. Allez à Frefcati ; ce n'eft plus le même terrain, ce ne font plus les mêmes exhalaifons. Mais pourquoi l'élément fuppofé de l'air changerait-il de nature à Frefcati ? Il fe chargera, dit-on, dans la campagne de Rome, de ces exhalaifons funeftes ; et

n'en

n'en trouvant pas à Frefcati, il deviendra plus falutaire. Mais, encore une fois, puifque ces exhalaifons exiftent, puifqu'on les voit vifiblement s'élever le foir en nuages, quelle néceffité de les attribuer à une autre caufe? Elles montent dans l'atmofphère, elles s'y diffipent. elles changent de forme; le vent dont elles font la première caufe les emporte, les fépare; elles s'atténuent; elles deviennent falutaires, de mortelles qu'elles étaient.

Une autre objection, c'eft que ces vapeurs, ces exhalaifons renfermées dans un vafe de verre, s'attachent aux parois et tombent; ce qui n'arrive jamais à l'air. Mais qui vous a dit que, fi les exhalaifons humides tombent au fond de ce criftal, il n'y a pas incomparablement plus de vapeurs sèches et élaftiques qui fe foutiennent dans l'intérieur de ce vafe? L'air, dites-vous, eft purifié après une pluie. Mais nous fommes en droit de vous foutenir que ce font les exhalaifons terreftres qui fe font purifiées, que les plus groffières, les plus aqueufes rendues à la terre laiffent les plus sèches et les plus fines au-deffus de nos têtes, et que c'eft cette afcenfion et cette defcente alternative qui entretient le jeu continuel de la nature.

Voilà une partie des raifons qu'on peut alléguer en faveur de l'opinion que l'élément de l'air n'exifte pas. Il y en a de très-fpécieufes, et qui peuvent au moins faire naître des doutes; mais ces doutes céderont toujours à l'opinion commune, qui paraît établie fur des principes fupérieurs à ceux qui n'admettent, au lieu d'air, que les exhalaifons du globe. (10)

(10) Il s'élève de la terre deux efpèces de vapeurs: les unes ne fe foutiennent que parce qu'elles font diffoutes dans l'air; les autres font

Phyfique, &c. F f

CHAPITRE XXV.

Du feu élémentaire, et de la lumière.

ON trouve, dans les *Elémens de la philofophie de Newton*
donnés en 1738, ces paroles : ,, *Newton*, pour avoir
,, anatomifé la lumière, n'en a pas découvert la nature
,, intime. Il favait bien qu'il y a dans le feu élémen-
,, taire des propriétés qui ne font point dans les autres
,, élémens.

,, Il parcourt cent trente millions de lieues en moins
,, d'un quart d'heure, *de Jupiter à notre globe*; il ne paraît
,, pas tendre vers un centre comme les corps ; mais il
,, fe répand uniformément et également en tout fens
,, au contraire des autres élémens. Son attraction vers
,, les objets qu'il touche, et fur la furface defquels il
,, rejaillit, n'a nulle proportion avec la gravitation
,, univerfelle de la matière.

,, Il n'eft pas même prouvé que les rayons du feu
,, élémentaire ne fe pénètrent pas en quelque forte les
,, uns les autres, fi on ofe le dire. C'eft pourquoi *Newton*,

---

l'air même, ou plutôt les différentes efpèces de fluides aériformes qui
compofent l'atmofphère, c'eft-à-dire, des fluides expanfibles à un degré de
chaleur inférieur à celui des plus grands froids connus. Un de ces fluides
eft propre à entretenir le feu et la vie des animaux ; les autres connus
fous le nom d'air fixe ou d'air acide, d'air inflammable, d'air déphlogiftiqué, &c. ne peuvent fervir à ces deux fonctions ; l'air vital ne forme
qu'environ un quart de l'air atmofphérique pris auprès de la furface de
la terre. Ainfi, dans ce fens que l'atmofphère n'eft pas formé par un
élément fimple, l'opinion pour laquelle M. de *Voltaire* paraît pencher
eft très-vraie ; et perfonne parmi les phyficiens ne s'en doutait lorfqu'il
publia cet ouvrage.

,, frappé de toutes ces fingularités , femble toujours
,, douter fi la lumière eft un corps. Pour moi , fi j'ofe
,, hafarder mes doutes , j'avoue que je ne crois pas
,, impoffible que le feu élémentaire foit un être à part
,, qui anime la nature , et qui tient le milieu entre les
,, corps et quelque autre être que nous ne connaiffons
,, pas; de même que certaines plantes fervent de paffage
,, du règne végétal au règne animal. ,,

Voici les queftions qu'on peut faire fur le feu élémentaire et les rayons de la lumière , dont *Newton* dit
fi fouvent , *Corpora fint, nec ne.*

Ce feu eft-il abfolument une matière comme les
autres élémens , l'eau, la terre, et ce qu'on diftingue
par le terme d'air ou d'*éther ?* Tout corps , quel qu'il
foit , tend vers un centre ; mais la lumière et le feu
s'en échappent également de tous côtés. Elle n'eft donc
pas foumife à la loi de gravitation qui caractérife toute
matière.

Tout corps eft impénétrable ; mais les rayons de
lumière femblent fe pénétrer. Mettez un corps qui aura
reçu la couleur rouge à quelque diftance d'un corps qui
aura reçu des rayons verts ; que cent millions d'hommes
regardent ce point vert et ce point rouge, ils les voient
tous deux également. Cependant il eft d'une néceffité
abfolue que les rayons verts et les rayons rouges fe
traverfent. Or comment peuvent-ils fe traverfer fans fe
pénétrer ? on a propofé cette difficulté à plufieurs philofophes , aucun n'y a jamais répondu.

Il eft vrai que l'on a prétendu que la flamme pèfe :
mais n'a-t-on pas confondu quelquefois les corpufcules
joints à la flamme avec la flamme elle-même ?

Qui ne connaît ces expériences par lefquelles le plomb calciné pèfe plus étant réduit en chaux qu'auparavant. L'on a foupçonné que cette addition de poids était l'effet feul du feu introduit dans le plomb : mais n'eft-il pas plus vraifemblable qu'une partie de l'air de l'atmofphère raréfié fe foit unie avec ce métal en fufion, et en ait ainfi augmenté le poids ? (11)

Ce feu néceffaire à tous les corps, et qui leur donne la vie, peut-il être de la nature de ces corps mêmes ; et n'eft-il pas bien probable que le vivifiant a quelque chofe au-deffus du vivifié ?

Conçoit-on bien qu'un être qui fe meut feize cents mille fois plus vîte qu'un boulet de canon dans notre atmofphère, et dont la vîteffe eft peut-être incompara-blement plus rapide dans l'efpace non réfiftant, foit ce que nous appelons *matière* ?

N'eft-on pas obligé d'avouer aujourd'hui, avec *Muffchembrock, qu'il n'y a rien qui nous foit moins connu que la caufe de l'émanation de la lumière* ? *Il faut avouer que l'efprit humain ne faurait jamais concevoir un phénomène fi furprenant.*

Ce feu élémentaire n'eft-il pas un principe de l'élec-tricité, puifqu'au même inftant, au même clin d'œil, le coup électrique fe fait fentir à trois cents perfonnes à la fois rangées à la file ? Le premier eft frappé, le dernier fent le coup dans l'inftant même.

N'eft-il pas dans les animaux le principe de la fen-fation inftantanée qui fait que la moindre piqûre, aux

(11) On a depuis prouvé très-bien ce que M. de *Voltaire* conjecture ici, ce qu'il avait déjà foupçonné un des premiers dans fa pièce fur *la nature et la propagation du feu.*

extrémités du corps, ébranle, fans aucun intervalle de temps , ce qu'on appelle le *fenforium* ? En un mot , cet être agiffant fi univerfellement , fi fingulièrement fur tous les corps, n'eft-il pas un être intermédiaire entre la matière dont il a des propriétés, et d'autres êtres qui touchent encore à d'autres, et qui en diffèrent ?

Cette idée que le feu élémentaire eft quelque chofe qui tient d'un côté à la matière connue, et qui de l'autre s'en éloigne, peut être rejetée, mais ne doit pas être méprifée.

Dans l'ignorance profonde où croupit le vulgaire gouverné et le vulgaire gouvernant, fur ces quatre élémens dont nous tenons la vie , à quoi nous ont fervi les découvertes en phyfique et les inventions du génie ? Au lieu de bien cultiver la terre nous l'enfanglantons ; nous employons le feu et l'air à mettre les villes en cendres : les eaux de la mer nous fervent à porter la deftruction fur tout le globe. La métallurgie , inventée d'abord pour l'ufage de la charrue , a fait périr mille millions d'hommes. La théorie des forces mouvantes , employée d'abord à nous foulager dans nos travaux , devint bientôt féconde en machines meurtrières. Enfin l'invention d'un bénédictin chimifte, amenant un nouvel art de la guerre chez toutes les nations , rendant le courage et la force inutiles , a fait que *Guftave* et *Turenne* ont été tués par des poltrons. Il y a maintenant en Europe , en comptant les Turcs et les Tartares , quinze cents mille foldats portant des fufils. Aucun ne fait qu'il eft armé par un moine mathématicien.

CHAPITRE XXVI.

Des lois inconnues.

Sı *Newton* a découvert cette clef de la nature, par laquelle une pierre, une bombe retombe en cherchant le centre de la terre, et les planètes marchent dans leurs orbites ; fi cette loi de l'attraction agit, non en raifon des furfaces, comme pourrait faire l'impulfion d'un fluide, mais en raifon des maffes ; fi elle pénètre au centre de la matière en raifon inverfe du quarré des diftances, pourquoi cette loi n'agit-elle pas fuivant les mêmes proportions dans les phénomènes de l'aimant, dans ceux de l'électricité, dans l'afcenfion des liqueurs à travers les tuyaux capillaires, dans la cohéfion des corps, dans les rayons du foleil qui rebondiffent d'une furface de criftal, fans toucher réellement cette furface? On ne peut, dans aucun de ces cas, avoir recours aux lois du mouvement, à l'impulfion des corpuf-cules intermédiaires. Il y a donc certainement des lois éternelles, inconnues, fuivant lefquelles tout s'opère, fans qu'on puiffe les expliquer par la matière et par le mouvement.

Ces lois reffemblent à celles par lefquelles tous les animaux font agir leurs membres à leur volonté. Qui découvrira le rapport de la volonté d'un animal et du mouvement de fes jambes ? Il y a donc des lois qui ne tiennent en rien à la matière connue. La philofophie corpufculaire ne peut donc rendre aucune raifon des premiers principes des chofes. *Defcartes*, en paraiffant s'expliquer en philofophe, prononçait donc l'affertion la moins philofophique, quand il difait : Donnez-moi de la matière et du mouvement, et je vais faire un monde.

Il y a dans toutes les académies une chaire vacante pour les vérités inconnues, comme Athènes avait un autel pour les dieux ignorés.

C H A P I T R E XXVII.

Ignorances éternelles.

La nature de nos fenfations, de nos idées, de notre mémoire, ne nous eft-elle pas plus inconnue encore ? Comment fe peut-il faire qu'un animal fente ? Quel rapport y a-t-il entre la matière connue et le fentiment ?

Comment une idée fe place-t-elle dans notre cervelle ? peut-on avoir une fenfation fans avoir l'idée, la confcience, le témoignage interne qu'on éprouve cette fenfation ?

Comment cet animal, à qui j'ai coupé la tête, a-t-il encore des fenfations, privé du cerveau d'où partent les nerfs qui font l'origine de tout fentiment ?

Pourquoi, vivant fans tête des femaines entières, fent-il encore les piqûres que je lui fais ? pourquoi fe réfugie-t-il dans fon enveloppe à la moindre fenfation défagréable que je lui caufe ?

Qu'eft-ce que la mémoire ? et dans quel magafin retrouve-t-on quelquefois, fans le vouloir, une foule d'idées et de mots dont on n'avait plus aucun fouvenir ?

Comment les animaux ont-ils en fonge des fenfations et des idées qu'ils n'avaient point eues en veillant?

Par quel accord incompréhenfible la volonté fait-elle obéir incontinent certains mufcles, certains vifcères, tandis qu'il y en a d'autres fur lefquels elle n'aura jamais le moindre empire? Enfin, pourquoi a-t-on l'exiftence? pourquoi eft-il quelque chofe?

Si après ces réflexions on ne fait pas douter, il faut qu'on foit bien fier.

CHAPITRE XXVIII.

Incertitudes en anatomie.

MALGRÉ tous les fecours que le microfcope a donnés à l'anatomie, malgré les grandes découvertes de tant d'habiles chirurgiens, de tant de médecins célèbres, que de difputes interminables fe font élevées, et dans quelle incertitude fommes-nous encore!

Interrogez *Borelli* fur la force exercée par le cœur dans fa dilation, dans fa diaftole; il vous affure qu'elle eft égale à un poids de cent quatre-vingts mille livres. Adreffez-vous à *Keil*, il vous certifie que cette force n'eft que de cinq onces. *Jurin* vient, qui décide qu'ils fe font trompés; et il fait un nouveau calcul; mais un quatrième furvenant prétend que *Jurin* s'eft trompé auffi. La nature fe moque d'eux tous, et pendant qu'ils difputent, elle a foin de notre vie; elle fait contracter et dilater le cœur par des voies que l'efprit humain n'a pas encore pénétrées.

On difpute depuis *Hyppocrate* fur la manière dont fe fait la digeftion ; les uns accordent à l'eftomac des fucs digeftifs ; d'autres les lui refufent. Les chimiftes font de l'eftomac un laboratoire : *Hecquet* en fait un moulin. Heureufement la nature nous fait digérer fans qu'il foit néceffaire que nous fachions fon fecret. Elle nous donne des appétits, des goûts et des averfions pour certains alimens dont nous ne pourrons jamais favoir la caufe.

On dit que notre chyle fe trouve déjà tout formé dans les alimens même, dans une perdrix rôtie. Mais que tous les chimiftes enfemble mettent des perdrix dans une cornue, ils n'en retireront rien qui reffemble ni à une perdrix ni au chyle. Il faut avouer que nous digérons ainfi que nous recevons la vie, que nous la donnons, que nous dormons, que nous fentons, que nous penfons, fans favoir comment.

Nous avons des bibliothéques entières fur la génération, mais perfonne ne fait encore feulement quel reffort produit l'intumefcence dans la partie mafculine.

On parle d'un fuc nerveux qui donne la fenfibilité à nos nerfs ; mais ce fuc n'a pu être découvert par aucun anatomifte.

Les efprits animaux, qui ont une fi grande réputation, font encore à découvrir.

Votre médecin vous fera prendre une médecine, et ne fait pas comment elle vous purge.

La manière dont fe forment nos cheveux et nos ongles, nous eft auffi inconnue que la manière dont nous avons des idées. Le plus vil excrément confond tous les philofophes.

Winflow et *Lemeri* entaffent mémoires fur mémoires touchant la génération des mulets; les favans fe partagent: l'âne fier et tranquille, fans fe mêler de la difpute, fubjugue cependant fa cavale, qui lui donne un beau mulet. La nature agit, et nous difputons.

M. *Ulloa*, fi célèbre par les fervices qu'il a rendus à la phyfique, et par l'hiftoire philofophique de fes voyages, affure que dans un canton de l'Amérique méridionale, il a vu plufieurs fois, obfervé, mangé des écreviffes, qui toutes étaient conftamment plus charnues dans la pleine lune, et plus chétives dans les quadratures. Il a vu et employé de gros rofeaux qui éprouvaient les mêmes influences, étant plus nourris d'eau quand la lune était dans fon plein que dans le temps du croiffant et du décours. Il eût été à fouhaiter qu'il eût donné plus de détails de ces étonnantes fingularités. Ni les écreviffes, ni les rofeaux de nos climats ne fubiffent de pareils changemens. Pourquoi la lune agirait-elle fur les écreviffes du Pérou, et négligerait-elle celles de notre continent? pourquoi ne ferait-ce que dans un feul canton du Pérou que les rofeaux et les écreviffes feraient foumis à l'empire de la lune? Je ferais un trop gros livre, fi je voulais détailler tout ce que je n'ai jamais pu comprendre.

C H A P I T R E   X X I X.

Des monſtres et des races diverſes.

On ne s'accorde point ſur l'origine des monſtres. Comment s'accorderait-on, puiſqu'on ne convient pas encore de la formation des animaux réguliers?

· *Natura eſt ſibi ſemper conſona*, dit *Newton*; la nature eſt par-tout ſemblable à elle-même. Oui, les corps tendent vers le centre en tout pays : le feu brûlera par-tout, mais la nature agit très-différemment dans les générations, puiſque, parmi les animaux, les uns jettent des œufs, les autres ſont vivipares, ceux-ci n'ont qu'un ſexe, ceux-là en ont deux, pluſieurs engendrent ſans copulation.

> *Quo teneam vultus mutantem Protea nodo ?*

La race des nègres n'eſt-elle pas abſolument diffé-rente de la nôtre ? Il y a encore des ignorans qui impriment que des nègres et des négreſſes, tranſportés dans nos climats, engendrent des blancs. Il n'y a rien de plus faux, et tous nos colons d'Amérique qui ont des nègres, ſont témoins du contraire.

Comment peut-on imprimer encore aujourd'hui que les noirs ſont une race de blancs noircie par le climat, tandis qu'on ſait que, ſous le même climat, il n'y avait aucun noir en Amérique, lorſqu'elle fut découverte, tandis qu'il n'y a de nègres que ceux qu'on y a tranſ-plantés d'Afrique, tandis que ces nègres engendrent toujours des nègres comme eux? La maladie des ſyſtêmes

peut-elle troubler l'efprit au point de faire dire qu'un
fuédois et un nubien font de la même efpèce, lorfqu'on
a fous les yeux le *reticulum mucofum* des nègres qui eft
abfolument noir, et qui eft la caufe évidente de leur
noirceur inhérente et fpécifique ? Je fais que dans la
même carrière on trouve du marbre noir et du marbre
blanc, mais certainement le blanc n'a pas produit le
noir, et les races nègres ne viennent pas plus de races
blanches que l'ébène ne vient d'un orme, et que les
mûres ne viennent des abricots.

Le compilateur du *Journal économique*, qui n'eft jamais
forti de la rue Saint-Jacques, me dit d'un ton de maître
que les Caraïbes n'étaient point rouges ; que les mères
fe plaifaient feulement à teindre en rouge leurs enfans.
Et voilà mes voifins qui arrivent de la Guadeloupe, et
qui me donnent une atteftation, *qu'il y a encore cinq à*
fix familles caraïbes dans l'anfe Bertrand ; leur peau eft de la
couleur de notre cuivre rouge ; ils font bien faits, ils ont de
longs cheveux et point de barbe.

Ils ne font pas les feuls peuples de cette couleur.
J'ai parlé à l'indien infulaire qui vint en France
demander juftice, vers l'an 1720, au confeil du roi,
contre M. *Hebert*, ci-devant gouverneur de Pondichéri,
et qui l'obtint. Il était rouge, et d'ailleurs un très-bel
homme.

Maillet a raifon quelquefois. Il avait beaucoup vu et
beaucoup examiné. *Les Américains*, dit-il, page 125 du
Ier vol. *fur-tout les Canadiens, excepté les Efquimaux,*
n'ont ni poil ni barbe, &c. Son éditeur, qui a fait imprimer
le manufcrit de *Maillet* chez la veuve *Duchefne*, fait une
note fur ce texte, et dit fièrement : ,, *Telliamed* fe trompe ;
,, les fauvages de l'Amérique ne font point fans poil et

» fans barbe; ils n'en ont point, parce que s'arrachant
» le poil, ou le fefant tomber à mefure qu'il paraît, ils
» fe frottent enfuite du jus de certaines herbes pour
» l'empêcher de croître de nouveau. »

Avec quelle confiance, avec quelle ignorance intré-
pide ce badaud de Paris prétend-il que les Bréfiliens et
les Canadiens et les Patagons fe font donné le mot
de s'arracher le poil fans avoir des pinces; quel fecret
fe font-ils communiqué du fleuve Saint-Laurent au cap
de Horn pour empêcher la barbe de croître? Quel
eft le voyageur, le colon américain qui ne fache que
ces peuples n'ont jamais eu de poil en aucune partie de
leur corps?

Les hommes dans le nouveau monde en font privés
comme les lions y font privés de crins; (b) toute la
nature était différente de la nôtre en Amérique quand
nous la découvrîmes; de même que fur les bords méridionaux de l'Afrique, il n'y avait rien qui reffemblât
aux productions de notre Europe, ni hommes, ni quadrupèdes, ni oifeaux, ni plantes.

(b) Voici la lettre qu'un ingénieur en chef, qui a commandé long-temps
en Canada, me fait l'honneur de m'écrire du premier décembre 1768.
» J'ai vu au Canada trente-deux nations différentes raffemblées à la fois
» pendant deux campagnes de fuite dans notre armée, et je les ai vus
» avec des yeux affez curieux pour vous affurer qu'ils font imberbes.
» Leurs femmes le font auffi, et c'eft un fait fur lequel vous pouvez
» également compter. Enfin, Monfieur, non-feulement les Américains
» n'ont point de poil au menton, mais ils n'en ont dans aucune partie
» du corps. Ils en ont l'obligation à la nature, et non à la prétendue
» herbe dont le favant auteur de la rue Saint-Jacques prétend qu'ils fe
» frottent. »
N. B. M. Carvers, homme très-inftruit, qui a fait un voyage dans
l'Amérique feptentrionale, en 1767, et qui a paffé un hiver chez les
fauvages, a imprimé qu'ils n'étaient imberbes que parce qu'ils s'arra-
chaient le poil.

Croira-t-on de bonne foi qu'un lapon et un famoïède foient de la race des anciens habitans des bords de l'Euphrate ? Leurs rangifères ou rennes, animaux qui ne fe trouvent point ailleurs et qui ne peuvent vivre ailleurs, defcendent-ils des cerfs de la forêt de Senlis ? Il n'a pas certainement été plus difficile à la nature de faire des lapons et des rangifères que des nègres et des éléphans.

Les nègres blancs que j'ai vus, ces petits hommes qui ont des yeux de perdrix, et la foie la plus fine et la plus blanche fur la tête, et qui ne reffemblent aux nègres que par leur nez épaté, et par la rondeur de la conjonctive, ne me paraiffent pas plus defcendre d'une race noire dégénérée que d'une race de perroquets. L'auteur de l'*Hiftoire naturelle* les croit d'une race noire, parce qu'ils font blancs, et qu'ils habitent tous à peu près la même latitude, au Darien, au fud du Zaïr, et à Ceilan. Et moi, c'eft parce qu'ils habitent la même latitude que je les crois tous d'une race particulière. (*)

Eft-il bien vrai que dans quelques îles des Philippines et des Mariannes, il y ait quelques familles qui ont des queues, comme on péint les fatyres et les faunes ? Des miffionnaires jéfuites l'ont affuré ; plufieurs voyageurs n'en doutent pas ; *Maillet* dit qu'il en a vu. Des domeftiques nègres de feu M. de *la Bourdonnais*, le vainqueur de Madrafs et la victime de fes fervices, m'ont juré qu'ils en avaient vu plufieurs. Il ne ferait pas plus étrange que le croupion fe fût allongé et relevé dans quelques races d'hommes, qu'il ne l'eft de voir des familles qui ont fix doigts aux mains. Mais

_____

(*) Voyez les notes de l'*Effai fur les mœurs*, &c.

qu'il y ait eu quelques hommes à queue ou non, cela eft fort peu important, et il faut ranger ces queues dans la claffe des monftruofités.

Y a-t-il eu en effet des efpèces de fatyres, c'eft-à-dire, des filles ont-elles pu être enceintes de la façon des finges, et enfanter des animaux métis, comme les jumens font des mulets et des jumares ? Toute l'antiquité attefte ces faits finguliers. Plufieurs faints ont vu des fatyres. Ce n'eft pas un article de foi. La chofe eft très-poffible, mais elle a dû être rare. Il eft vrai que les finges aiment fort les filles : mais nos filles ont de l'horreur pour eux, elles les craignent, elles les fuient. Cependant on ne peut douter de plufieurs unions monftrueufes arrivées quelquefois dans les pays chauds. La peine prononcée dans les lois juives contre de tels accouplemens eft une preuve inconteftable de leur réalité, et il eft fort probable qu'il eft né des animaux de ces mélanges ignorés dans nos villes, mais dont on voit des exemples dans les campagnes.

CHAPITRE XXX.

De la population.

LA population a-t-elle toujours été abondante ? non, fans doute ; les peuples pareffeux, comme la plupart des Américains, ont dû toujours être en petit nombre ; ils laiffent leurs terres en friche ; les fleuves les inondent ; des marais immenfes infectent l'air ; on refpire des poifons. La paucité de la race humaine rend la terre inhabitable, et cette terre abandonnée contribue à fon tour à la dépopulation. Notre continent eſt tantôt plus ou moins peuplé. Le nombre des citoyens romains diminua fenſiblement depuis les horribles ſcéleratefſes de *Sylla* et de *Marius*, juſqu'à celle du lâche *Octave*, furnommé *Auguſte*, et de l'effréné *Antoine*.

L'eſpèce diminua beaucoup en France dans les guerres civiles juſqu'aux belles années du divin *Henri IV* : J'ai lu, dans je ne ſais quel livre, que ſous *Charles IX*, au temps de la Saint-Barthelemi, la France avait vingt-neuf millions d'habitans. Une pareille erreur ne mérite pas d'être réfutée.

Il eſt certain que la peſte, la guerre, la famine, l'inquiſition ont dépeuplé des royaumes entiers. D'un autre côté, il y a des provinces trop peuplées, comme la baſſe Allemagne, dont il eſt ſorti plus de vingt mille familles pour aller chercher des terres dans les colonies anglaiſes. Le pays du pape manque d'hommes, celui des Provinces-Unies en régorge ; la raiſon en eſt aſſez connue ; l'un eſt habité par des prêtres qui immolent les races futures à l'eſpérance d'un petit bénéfice, l'autre eſt peuplé des facteurs des deux mondes. Si on avait dit à *Trajan* dans ſon beau forum : *Londres ſera un jour ſix fois plus peuplée que votre Rome*, on l'aurait bien étonné.

L'Europe eſt-elle plus peuplée qu'elle ne l'était du temps de *Charlemagne* ? oui, malgré les moines ; regardez Amſterdam, Veniſe, Paris, Londres, Milan, Naples Hambourg et tant d'autres villes qui n'étaient alors que des villages très-chétifs, ou qui n'exiſtaient pas.

La plus grande partie de la forêt Hercinie eſt

couverte

couverte de villes, de villages et de moiſſons. Le bois
commence à manquer de nos jours preſque par-tout :
notre Europe eſt ſi peuplée, qu'il eſt impoſſible que
chacun ait du pain blanc, et mange quatre livres de
viande par mois. Voilà où nous en ſommes : avons-
nous trop de monde ? n'en avons-nous pas aſſez ?

Au reſte, ne négligeons jamais l'occaſion de remarquer l'épouvantable ridicule de ceux qui donnent à
chaque enfant de *Noé* des centaines de milliars de
deſcendans au bout de quelques années.

Un célèbre écoffais, M. *Templeman*, a calculé que,
ſi toute la terre habitée était peuplée comme la Hollande, elle contiendrait 34720 millions d'hommes ; ſi
comme la Ruſſie, 455 millions ſeulement. L'auteur
de l'*Eſſai ſur les mœurs et l'eſprit des nations*, aſſigne
autour de neuf cents millions de têtes au genre
humain. Je crois qu'il ne s'éloigne pas beaucoup de
la vérité. Quand on ne ſe trompe que d'un million
dans de tels calculs, le mal n'eſt pas grand. Je ne ſais
ſi la terre manque d'hommes ; mais certainement elle
manque d'hommes heureux.

CHAPITRE XXXI.

Ignorances ſtupides, et mépriſes funeſtes.

QUOIQUE les phyſiciens paraiſſent condamnés à
une ignorance éternelle ſur les principes des choſes,
cependant la diſtance eſt prodigieuſe entre eux et le
vulgaire. Quelle différence, par exemple, des connaiſſances d'un grand artiſte en horlogerie et d'une dame

Phyſique, &c. G g

qui achète fa montre ! Elle ne s'informe pas feulement de l'art qui a divifé également les heures du jour. Il y a cent mille ames dans Paris qui, en foufflant le feu de leurs cheminées, n'ont jamais feulement penfé à la mécanique par laquelle l'air entrant dans leur foufflet ferme enfuite la foupape qui lui eft attachée. Les dames, les princeffes, les reines paffent une partie du matin à leur miroir, fans imaginer qu'il y a des traits de lumière qui forment un angle d'incidence égal à l'angle de réflexion. On mange tous les jours des membres, des entrailles d'animaux, en n'ayant pas même la curiofité de favoir ce qu'on mange. Le nombre eft très-petit de ceux qui cherchent à s'inftruire des refforts de leurs corps et de leur penfée. De-là vient qu'ils mettent fouvent l'un et l'autre entre les mains des charlatans.

Le gros des hommes eft dans ce cas pour les chofes qui l'intéreffent le plus. La routine les conduit dans toutes les actions de leur vie ; on ne réfléchit que dans les grandes occafions, et quand il n'eft plus temps. C'eft ce qui a rendu prefque toutes les adminiftrations vicieufes ; c'eft ce qui a produit autant d'erreurs dans le gouvernement que dans la philofophie. En voici un exemple palpable tiré de l'arithmétique.

Le gouvernement de Suède eut autrefois befoin d'argent ; le miniftre emprunta et créa des rentes perpétuelles à cinq pour cent, comme avaient fait fes prédéceffeurs. L'argent valait alors vingt-cinq livres idéales le marc ; ainfi le citoyen et l'étranger qui prê-tèrent chacun quarante marcs, durent recevoir, à cinq pour cent, chacun deux marcs de rente, c'eft-à-dire, cinquante livres idéales ; l'écu était alors à deux livres chimériques et demie, qu'on nommait cinquante fous chimériques. Ces deux marcs réels compofaient au rentier vingt écus de rente qu'on appelait cinquante livres.

Cependant les dépenfes augmentèrent ; l'Etat s'obéra de plus en plus ; l'argent manqua. On confeilla au miniftre de faire valoir le marc cinquante livres au lieu de vingt-cinq, et par conféquent de donner la dénomination de cinq livres à ce même écu qui n'en valait que deux et demie. Par la vertu de cette parole, il payera, difait-on, toutes les rentes en idée, et il ne donnera réellement que la moitié de ce qu'il doit. On promulgue l'édit : l'écu en vaut deux tout d'un coup. Cinquante fous numéraires font changés en cent fous numéraires. Le fot peuple, à qui on dit que fon argent a doublé de valeur dans fa poche, fe croit du double plus riche, et celui qui a prêté fon argent a perdu en un moment et pour jamais la moitié de fon bien. Mais qu'arrive-t-il de cette opération auffi injufte qu'abfurde ? le gouvernement ne reçoit plus que la moitié des impôts ; le cultivateur qui devait un écu, ou deux livres et demie idéales de taille, ne donne plus que la moitié réelle d'un écu ; et le gouvernement, en fruftrant fes créanciers, eft bien plus fruftré par fes débiteurs. Il n'a d'autre reffource que de doubler les impôts, et cette reffource eft une ruine. Rien n'eft plus fenfible que cet exemple.

On voit mille autres abus non moins pernicieux dans plus d'un Etat. On n'y remédie pas ; on étaie comme on peut la maifon prête à crouler, et on laiffe le foin de la rebâtir à fon fucceffeur, qui n'en pourra venir à bout.

G g 2

Il y a des vices d'adminiſtration qui font plus
contagieux que la peſte, et qui portent néceſſairement
la déſolation d'un bout de l'Europe à l'autre. Un
prince veut faire la guerre ; et, croyant que DIEU eſt
toujours pour les gros bataillons, il double le nombre
de ſes troupes ; le voilà d'abord ruiné dans l'eſpérance
d'être vainqueur ; cette ruine, qui était auparavant la
ſuite de la guerre, commence chez lui avant le premier
coup de canon. Son voiſin en fait autant pour lui
réſiſter ; chaque prince de proche en proche double
auſſi ſes armées ; les campagnes ſont donc ravagées du
double, le cultivateur doublement foulé a néceſſairement la moitié moins de beſtiaux pour engraiſſer ſes
terres, la moitié moins de manœuvres pour l'aider à
les cultiver. Ainſi tout le monde ſouffre à peu-près
également, quand même les avantages ſeraient égaux
de chaque côté.

Les lois qui concernent la juſtice diſtributive, ont
été ſouvent auſſi mal conçues que les reſſources d'une
adminiſtration obérée. Les hommes ayant tous les
mêmes paſſions, le même amour pour la liberté, chaque
homme étant à peu-près un compoſé d'orgueil, de
cupidité et d'intérêt, d'un grand goût pour une vie
douce, et d'une inquiétude qui exige une vie active,
ne devraient-ils pas avoir les mêmes lois, comme dans
un hôpital on fait prendre le même quinquina à tous
ceux qui ont la fièvre tierce ?

On répond à cela, que dans un hôpital bien policé
chaque maladie a ſon traitement particulier. Mais c'eſt
ce qui n'arrive pas dans nos gouvernemens ; tous les
peuples ſont malades en morale, et il n'y a pas deux
régimes qui ſe reſſemblent.

Les lois de toute efpèce, qui font la médecine des ames, ont donc été compofées prefque par-tout par des charlatans qui ont donné des palliatifs, et quelques-uns même ont prefcrit des poifons.

Si la maladie eft la même dans le monde entier, fi un bafque a autant de cupidité qu'un chinois, il eft évident qu'il faut un régime uniforme pour le chinois et pour le bafque. La différence du climat n'a ici aucune influence. Ce qui eft jufte à Bilbao doit être jufte à Pékin, par la raifon qu'un triangle rectangle eft la moitié de fon quarré fur le rivage atlantique comme fur le rivage indien ; la vérité eft une, toutes les lois diffèrent ; donc la plupart des lois ne valent rien.

Un jurifconfulte un peu philofophe me dira : Les lois font comme les règles du jeu ; chaque nation joue aux échecs différemment. Chez les unes, le roi peut faire deux pas, chez d'autres, il n'en fait qu'un ; ici on va à la dame, là on n'y va pas. Mais dans chaque pays tous les joueurs fe foumettent à la loi établie.

Je lui réponds : Cela eft fort bien quand il ne s'agit que de jouer. Je joue mon bien en Hollande en le plaçant à deux et demi pour cent, en France j'en aurai cinq. Certaines denrées payeront plus de droits en Angleterre qu'en Efpagne. Ce font-là véritablement des jeux dont les règles font arbitraires. Mais il y a des jeux où il va de la liberté, de l'honneur et de la vie.

Celui qui voudrait calculer les malheurs attachés à l'adminiftration vicieufe ferait obligé de faire l'hiftoire du genre humain. Il réfulte de tout ceci que, fi les hommes fe trompent en phyfique, ils fe trompent encore plus en morale, et que nous fommes livrés à l'ignorance et au malheur dans une vie qui, tout bien calculé, n'a pas, l'un portant l'autre., trois ans de fenfations agréables.

Mais quoi ! nous répondra un homme à routine, était-on mieux du temps des Goths, des Huns, des Vandales, des Francs et du grand fchifme d'Occident?

Je réponds que nous étions beaucoup plus mal. Mais je dis que les hommes qui font aujourd'hui à la tête des gouvernemens étant beaucoup plus inftruits qu'on ne l'était alors, il eft honteux que la fociété ne fe foit pas perfectionnée en proportion des lumières acquifes. Je dis que ces lumières ne font encore qu'un crépufcule. Nous fortons d'une nuit profonde, et nous attendons le grand jour.

LES

COLIMAÇONS

DU REVEREND PERE L'ESCARBOTIER,
PAR LA GRACE DE DIEU, CAPUCIN
INDÍGNE, PREDICATEUR ORDINAIRE ET
CUISINIER DU GRAND COUVENT DE LA
VILLE DE CLERMONT EN AUVERGNE.

Au révérend père ELIE, *carme chauffé, docteur
en théologie.*

PREMIERE LETTRE.

MON REVEREND PERE,

Il y a quelque temps qu'on ne parlait que des jésuites, et à préfent on ne s'entretient que des efcargots. Chaque chofe a fon temps ; mais il eft certain que les colimaçons dureront plus que tous nos ordres religieux ; car il eft clair que, fi on avait coupé la tête à tous les capucins et à tous les carmes, ils ne pourraient plus recevoir de novices ; au lieu qu'une limace, à qui l'on a coupé le cou, reprend une nouvelle tête au bout d'un mois.

Plufieurs naturaliftes ont fait cette expérience ; et ce qui n'arrive que trop fouvent, ils ne font pas du même avis. Les uns difent que ce font les limaces fimples, que j'appelle incoques, qui reprennent une tête ; les autres difent que ce font les efcargots, les limaçons à coquilles. *Experientia fallax*, l'expérience même eft trompeufe. Il eft très-vraifemblable que le fuccès de cette tentative dépend de l'endroit dans lequel on fait l'amputation et de l'âge du patient. Je dois, fans vanité, me connaître mieux en colimaçons que meffieurs de l'académie des fciences, et même que la Sorbonne, qui fe connaît à tout ; car depuis que le bienheureux *Matthieu Bafchi*, à qui DIEU apparut, nous ordonna de rendre notre capuchon plus pointu, (dont nous tenons le grand nom de capucin) nous avons toujours mangé des fricaffées d'efcargots aux fines herbes.

Comme les cuifiniers ont toujours été des efpèces d'anatomiftes, je me fuis donné fouvent le plaifir innocent de couper des têtes de colimaçons-efcargots à coquilles, et de limaces nues incoques. Je vais vous expofer fidèlement ce qui m'eft arrivé. Je ferais fâché d'en impofer au monde ; je fuis prédicateur auffi bien que cuifinier : mon métier eft de nourrir l'ame comme le corps, et l'*univers* fait que je ne la nourris pas de menfonges.

Le vingt-fept de mai, par les neuf heures du matin, le temps étant ferein, je coupai la tête entière avec fes quatre antennes à vingt limaces nues incoques, de couleur mordoré-brun, et à douze efcargots à coquilles. Je coupai auffi la tête à huit autres efcargots, mais entre les deux antennes. Au bout de quinze jours, deux de mes limaces ont montré une tête naiffante ; elles mangeaient déjà, et leurs quatre antennes commen-çaient à poindre. Les autres fe portent bien ; elles mangent fous le capuchon qui les coùvre, fans alonger encore le cou. Il ne m'eft mort que la moitié de mes efcargots, tous les autres font en vie. Ils marchent, ils grimpent à un mur, ils alongent le cou ; mais il n'y a nulle apparence de tête, excepté à un feul. On lui avait coupé le cou entièrement, fa tête eft revenue ; mais il ne mange pas encore. *Unus eft, ne defperes ; fed unus eft, ne confidas.* (a)

(a) On eft obligé de dire qu'on doute encore fi cet efcargot, auquel il revient une tête, et dont une corne commence à paraître, n'eft pas du nombre de ceux à qui l'on n'a coupé que la tête et deux antennes. Il eft déjà revenu un mufeau à ceux-ci au bout de quinze jours ; ces expériences font certaines. Les plaifanteries du capucin ne doivent pas les affaiblir. *Ridendo dicere verum quid vetat ?*

N. B. C'eft dans les limaçons à coquille que la reproduction de la tête a lieu ; il paraît que dans les limaces incoques ce font feulement certaines parties de la tête, mais non la tête entière qui fe reproduit.

Ceux à qui l'on n'a fait l'opération qu'entre les quatre antennes ont déjà repris leur museau. Dès qu'ils seront en état de manger et de faire l'amour, j'aurai l'honneur d'en avertir votre révérence. Voilà deux prodiges bien avérés : des animaux qui vivent sans tête ; des animaux qui reproduisent une tête.

J'en ai souvent parlé dans mes sermons, et je n'ai jamais pu les comparer qu'à St *Denis* qui, ayant eu la tête coupée, la porta deux lieues dans ses bras en la baisant tendrement.

Mais, si l'histoire de St *Denis* est d'une vérité théologique, l'histoire des colimaçons est d'une vérité physique, d'une vérité palpable, dont tout le monde peut s'assurer par ses yeux. L'aventure de St *Denis* est le miracle d'un jour, et celle des colimaçons le miracle de tous les jours.

J'ose espérer que les escargots reprendront des têtes entières comme les limaces ; mais enfin je n'en ai encore vu qu'un à qui cela soit arrivé, et je crains même de m'être trompé.

Si la tête revient difficilement aux escargots, ils ont en récompense des priviléges bien plus considérables. Les colimaçons ont le bonheur d'être à la fois mâles et femelles, comme ce beau garçon, fils de *Venus* et de *Mercure*, dont la nymphe *Salmacis* fut amoureuse. Pardon de vous citer des histoires profanes.

Les colimaçons font assurément l'espèce la plus favorisée de la nature. Ils ont de doubles organes de plaisir. Chacun d'eux est pourvu d'une espèce de carquois blanc, dont il lance des flèches amoureuses longues de trois à quatres lignes. Ils donnent et reçoivent tour à tour ; leurs voluptés font non-seulement le double des nôtres, mais elles font beaucoup plus durables. Vous favez, mon révérend père, dans quel court efpace de temps s'évanouit notre jouiffance. Un moment la voit naître et mourir. Cela paffe comme un éclair, et ne revient pas fi fouvent qu'on le dit, même chez les carmes. Les colimaçons fe pâment trois, quatre heures entières. C'eft peu par rapport à l'éternité ; mais c'eft beaucoup par rapport à vous et à moi. Vous voyez évidemment que *Louis Racine* a tort d'appeler le colimaçon *folitaire odieux* ; il n'y a rien de plus fociable. J'ofe interpeler ici l'amant le plus vigoureux ; s'il était quatre heures entières dans la même attitude avec l'objet de fes chaftes amours, je penfe qu'il ferait bien ennuyé, et qu'il défirerait d'être quelque temps à lui-même ; mais les colimaçons ne s'ennuient point. C'eft un charme de les voir s'approcher et s'unir enfemble par cette longue fraife qui leur fert à la fois de jambes et de manteau. J'ai cent fois été témoin de leurs tendres careffes. Si les limaçons incoques n'ont ni les deux fexes ni ces longs raviffemens, la nature en récompenfe les fait renaître. Lequel vaut mieux ? je le laiffe à décider aux dames de Clermont.

Je n'oferais affurer que les efcargots nous furpaffent autant dans la faculté de la vue que dans celle de l'amour. On prétend qu'ils ont une double paire d'yeux comme un double inftrument de tendreffe. Quatre yeux pour un colimaçon ! ô nature ! nature ! Cela eft très-poffible ; mais cela eft-il bien vrai ? M. le prieur de *Jonval* n'en doute pas dans le *Spectacle de la nature* ; et ceux qui n'ont vu de colimaçons que dans ce livre en jurent après lui. Cependant la chofe m'a paru fauffe. Voici ce que j'ai vu. Il y a un grain noir au bout de

leurs grandes antennes fupérieures. Ce point noir
defcend dans le creux de ces deux trompes, quand on
y touche à travers une efpèce d'humeur vitrée, et
remonte enfuite avec célérité ; mais ces deux points
noirs me femblent manquer abfolument dans les trompes
ou cornes, ou antennes inférieures, qui font plus
petites. Les deux grandes antennes font des yeux ; les
deux petites me paraiffent des cornes, des trompes,
avec lefquelles l'efcargot et la limace cherchent leur
nourriture. Coupez les yeux et les trompes à l'efcargot
et à la limace incoque, ces yeux fe reproduifent dans la
limace incoque, peut-être qu'ils reffufciteront auffi dans
l'efcargot.

Je crois l'une et l'autre efpèce fourdes, car quelque
bruit que l'on faffe autour d'elles, rien ne les alarme.
Si elles ont des oreilles, je me rétracterai ; cela ne
coûte rien à un galant homme.

Enfin, mon révérend père, qu'ils foient fourds ou
non, il eft certain que les têtes des limaces reffufcitent,
et que les colimaçons vivent fans tête. *O altitudo diviiiarum!*

SECONDE LETTRE.

M es confrères ne pouvaient croire d'abord qu'un
être qu'ils mangeaient reffufcitât. J'avais beau leur
mettre fous les yeux l'exemple des écreviffes auxquelles
il revient des pattes, de certains vers de terre, non
pas tous, auxquels il revient des queues, de nos cheveux, de nos dents, de notre peau, qui renaiffent. Ils
me difaient que notre peau, nos dents, nos cheveux,
nos ongles et les pattes d'écreviffe ne penfent point ;

que la tête eſt le ſiége de la penſée et le principe de
la ſenſation ; que l'ame d'un colimaçon réſide dans ſa
glande pinéale ; qu'elle s'enfuit quand la tête eſt coupée,
et ne revient jamais ; qu'on n'a point vu d'homme ſans
tête penſer, marcher, raiſonner, parler ; et que ſi cela
eſt arrivé à Sᵗ *Denis* et à d'autres, c'eſt un miracle qui
était néceſſaire dans les temps où il fallait planter la
foi ; mais qui ne l'eſt plus quand la foi a jeté ſes profondes racines.

Je leur répondis qu'on avait depuis peu reſſuſcité
deux pendus, qui ſe mirent à penſer dès qu'ils purent
manger. Je leur citai ce brave chirurgien qui prétend
très - poſſible de mettre une tête ſur le cou d'un
décapité. Il n'y a, dit-il, qu'à faire tenir le patient
debout, au lieu de le faire mettre ridiculement à
genoux, la tête baſſe, ce qui dérange le cours des eſprits
animaux.

Os homini ſublime dedit, cœlumque tueri
Juſſit, et erectos ad ſidera tollere vultus.

Il faut que le patient conſerve ſa poſition verticale,
qu'un homme adroit et vigoureux lui poſe deux mains
fermes ſur la tête ; et, dès que l'exécuteur de la juſtice
ou injuſtice aura coupé le cou, le chirurgien major
et deux aides recoudront promptement la peau. Alors,
rien n'ayant été dérangé, le ſang coulant dans les
mêmes canaux, et le fluide nerveux dans les mêmes
muſcles, la penſée reſtera toujours à la place où elle
était. Voilà comme ce profond anatomiſte explique la
choſe ſelon les principes de *Haller*.

Un de nos pères, qui a profeſſé long - temps la
philoſophie, fut très-content de ce ſyſtême. Cela eſt bel

et bon , dit-il; mais qu'eſt devenue l'ame de votre
limace incoque et de votre eſcargot pendant tout le
temps que la tête était ſéparée du corps? Elle n'était
pas dans cette tête coupée, qui pourrit au bout de quelques heures. Etait-elle dans ce corps ſans tête ? y avait-il
dans ce corps un germe de quatre cornes, d'yeux, de
goſier, de dents, de muſle et de penſée ?

Cette queſtion curieuſe en fit naître d'autres; nous
demandâmes tous ce que c'eſt qu'une ame. Nous reſſem-
blions aux médecins du malade imaginaire.

> *Quare opium facit dormire ?*
> *Quia eſt in eo virtus ſopitiva quæ facit ſopire.*
> *Quare anima facit cogitare ?*
> *Quia eſt in eâ virtus penſativa quæ facit penſare.*

Vous, mon révérend père, dont l'eſprit eſt ſi
immenſe et ſi creux, dites-moi, je vous prie, ce que
c'eſt qu'une ame, et comment elle peut être reproduite
dans un corps ſans tête ?

REPONSE

DU REVEREND PERE ELIE,

CARME CHAUSSÉ.

LA queſtion que vous me proposez, mon révérend
père, eſt la choſe du monde la plus ſimple et la plus
claire, pour peu qu'on ait étudié en théologie. Le
grand Sᵗ *Thomas*, l'ange de l'école, dit en termes
exprès: L'ame eſt en toutes les parties du corps ſelon

la totalité de fa perfection et de fon effence, et non felon la totalité de fa vertu. (*b*)

Or la mémoire, en tant que vertu confervative des efpèces intelligibles, regarde en partie l'intellect, et, en tant que repréfentant le paffé comme le paffé, regarde l'ame fenfitive : donc les colimaçons ont une ame.

Or il eft dit que l'ame des brutes (*c*) eft dans le fang. Mais les colimaçons n'ont point de fang ; donc leur ame eft dans leurs cornes, ce qui était à démontrer.

Pour les limaces incoques à qui on a coupé la tête, c'eft tout autre chofe. Une ame étant fi fubtile qu'il en tiendrait cent mille fur une puce, il arrive qu'auffitôt que la tête de la limace a été coupée, l'ame s'enfuit à fon derrière, et y refte jufqu'à ce que la tête foit reproduite ; alors elle reprend fon ancien domicile. Rien n'eft plus naturel et plus à fa place. La reproduction des parties génitales ferait bien plus intéreffante ; et c'eft fur cela que je vous prie de faire les expériences les plus exactes.

Si vous avez encore quelque difficulté, ne m'épargnez pas. Je falue le révérend père *Ange de vino rubro*, et le révérend père *de pediculis*. Je fuis fâché de la petite fcène que votre couvent a donnée dernièrement en fe battant à coups de poing ; j'efpère que tout tournera à la plus grande gloire de St *François* d'Affife et du bienheureux *Matthieu Bafchi*, que DIEU abfolve.

(*b*) Queftion LXXVI, partie première.
(*c*) Deutéronome, chap. XII. Lévitique, chap. XVI.

TROISIEME

TROISIEME LETTRE

DU REVEREND PERE L'ESCARBOTIER.

JE vous envoie, mon révérend père, une differtation d'un phyficien de Saint-Flour en Auvergne, à laquelle je n'entends rien. Je vous fupplie de m'en dire votre avis. Je n'ai pas le temps de vous écrire tout au long. Je fors de chaire, et je vais à la cuifine. DIEU vous foit en aide.

DISSERTATION

DU PHYSICIEN DE SAINT-FLOUR.

J'ADORE l'Intelligence fuprême dans un colimaçon et dans des millions de foleils allumés par fa puiffance éternelle; mais je ne connais ni la ftructure intime de ces mondes, ni celle d'un colimaçon. Par quel art le polype (fi c'eft un animal, ce qui n'eft pas affurément éclairci) renaît-il quand on l'a coupé en cent morceaux, et produit-il fes femblables des débris mêmes de fon corps? Par quel myftère non moins incompréhenfible le limaçon reprend-il une tête nouvelle avec les organes de la génération? Il eft doué certainement du mouvement fpontanée, de volonté et de défirs. A-t-il ce qu'on appelle une ame? Je fais gloire de n'en rien favoir et d'ignorer ce que c'eft qu'une ame. Tout ce que je fais avec certitude,

Phyfique, &c.   H h

c'eſt que la génération dès colimaçons eſt auſſi ancienne
que le monde, et qu'il eſt auſſi vrai qu'il eſt né de ſon
ſemblable qu'il eſt vrai que rien ne ſe fait de rien depuis
qu'il exiſte quelque choſe.

Preſque tous les philoſophes ſavent aujourd'hui
combien on s'empreſſa de ſe tromper, il y a environ
quinze ans, quand le jéſuite irlandais nommé *Néedham*
s'aviſa de croire et de faire croire que non-ſeulement
il avait fait des anguilles avec de la farine de blé ergoté
et avec du jus de mouton bouilli au feu, mais même
que ces anguilles en avaient produit d'autres, et que,
dans pluſieurs de ſes expériences, les végétaux s'étaient
changés en animaux. *Néedham*, auſſi étrange raiſonneur
que mauvais chymiſte, ne tira pas de cette prétendue
expérience les conſéquences naturelles qui ſe préſentent.
Ses ſupérieurs ne l'euſſent pas ſouffert. Il était en France
déguiſé en homme, et attaché à un archevêque; perſonne
ne ſavait qu'il fût jéſuite.

Un géomètre, un philoſophe, un homme qui a rendu
de grands ſervices à la phyſique, et dont j'ai toujours
eſtimé les travaux, l'érudition et l'éloquence, eut le
malheur d'être ſéduit par cette expérience chimérique.
Preſque tous nos phyſiciens furent entraînés dans l'erreur
comme lui. Il arriva enfin qu'un charlatan ignorant tourna
la tête à des philoſophes ſavans. C'eſt ainſi qu'un gros
commis des fermes dans la baſſe Bretagne, comme on l'a
déjà dit, nommé *Malcrais de la Vigne*, fit accroire à tous
les beaux-eſprits de Paris qu'il était une jeune et jolie
femme, laquelle feſait fort bien des vers.

Si *Néedham* le jéſuite avait été, en effet, un bon
phyſicien, ſi ſes obſervations avaient été juſtes, ſi du
perſil ſe change en animal, ſi de la colle de farine, du

jus de mouton bien bouilli et bien bouché dans un vase de verre inacceſſible à l'action de l'air, produiſent des anguilles qui deviennent bientôt mères, voilà toute la nature bouleverſée.

Il eſt triſte que l'académicien qui ſe laiſſa tromper par les fauſſes expériences de *Needham* ſe ſoit hâté de ſubſtituer à l'évidence des germes ſes molécules organiques. Il forma un univers. On avait déjà dit que la plupart des philoſophes, à l'exemple du chimérique *Deſcartes*, avaient voulu reſſembler à D I E U, et faire un monde avec la parole.

A peine le père des molécules organiques était à moitié chemin de ſa création, que voilà les anguilles mères et filles qui diſparaiſſent. M. *Spalanzani*, excellent obſervateur, fait voir à l'œil la chimère de ces prétendus animaux, nés de la corruption, comme la raiſon la démontrait à l'eſprit. Les molécules organiques s'enfuient avec les anguilles dans le néant dont elles ſont ſorties : elles vont y trouver l'attraction par laquelle un ſonge creux formait les enfans dans ſa Vénus phyſique ; D I E U rentre dans ſes droits ; il dit à tous les architectes de ſyſtêmes comme à la mer : *Procedes huc, et non ibis amplius.*

Il eſt donné à l'homme de voir, de meſurer, de compter et de peſer les œuvres de D I E U ; mais il ne lui eſt pas donné de les faire.

Maillet, conſul au Caire, imagina que la mer avait tout fait, que ſes eaux avaient formé les montagnes, et que les hommes devaient leur origine aux poiſſons. Le même phyſicien qui, malgré ſes lumières, adopta les anguilles de *Needham*, donna encore dans les montagnes de *Maillet*. Il eſt ſi perſuadé de la formation de ſes

H h 2

montagnes, qu'il fe moque de ceux qui n'en croient rien. Cela s'appelle, en vérité, fe moquer du monde. Mais s'il lui eft permis, comme à tout homme perfuadé, de traiter du haut en bas les incrédules, il n'eft pas défendu aux incrédules de lui expofer modeftement leurs doutes. Il doit du moins pardonner à celui qui a dit que la formation des mers par le Caucafe et par les Alpes, ferait encore moins ridicule que la formation des Alpes et du Caucafe par les mers.

Comment l'Océan, par fon flux et par fes courans, aurait-il élevé le mont Saint-Gothard de 16500 pieds au-deffus du niveau de la mer, telle qu'elle eft aujourd'hui? Le lit qui eft à préfent celui de l'Océan était, dit-on, terre ferme alors, et les Alpes étaient mer. Mais ne voit-on pas que le lit de l'Océan eft creufé, et que, fans cette profondeur, la mer couvrirait la fuperficie du globe? Comment l'Océan aurait-il pu fe percher d'un côté fur le mont Blanc, et de l'autre fur les Cordilières, à feize, à dix-fept mille pieds de haut, et laiffer à fec toutes les plaines fans eau de rivière? Tout cela n'eft-il pas d'une impoffibilité démontrée, et n'eft-ce pas l'hiftoire furnaturelle plutôt que la naturelle?

Pour fe tirer de cet embarras, on a recours aux îles qui font des roches, et on prétend que la terre, qui était alors à la place de l'Océan, avait fes rivières qui defcendaient de ces îles. Mais il n'y a pas une feule île confidérable dans la mer Pacifique, depuis Panama jufqu'aux Mariannes dans l'efpace de cent dix degrés. On ne voit pas dans les mers du Sud et du Nord une île qui ait une rivière de cent pieds de large. Peut-on s'aveugler au point de ne pas voir que les montagnes des deux continens font des pièces effentielles à la machine du globe, comme les os le font aux *bipèdes* et aux *quadrupèdes*.

Mais la mer a quitté fes rivages ; elle a laiffé à fec les ruines de Carthage ; Ravenne n'eft plus un port de mer, &c. Hé bien, parce que la mer fe fera retirée à dix, à vingt mille pas d'un côté, cela prouve-t-il qu'elle ait voyagé pendant des multitudes de fiècles à mille, à deux mille lieues fur la cime des montagnes ? *Oui*, dites-vous, *car on trouve par-tout des coquilles de mer, et le porphyre n'eft compofé que de pointes d'ourfin. Il y a des gloffopètres, des langues de chien marin pétrifiées fur les plus hautes montagnes ; les cornes d'Ammon, qui font des pétrifications du nautilus, poiffon des Indes, font communes dans les Alpes ; enfin le falun de Touraine, avec lequel on fume les terres, eft un long amas de coquilles. On voit de ces tas de coquilles aux environs de Paris et de Rheims*, &c.

J'ai vu une partie de tout cela, et j'ai douté. Quand la mer ferait venue infenfiblement jufqu'en Champagne, et s'en ferait retournée infenfiblement dans la fuite des temps, cela ne prouverait pas qu'elle eût monté fur le mont Saint-Bernard. J'y ai cherché des huîtres, je n'y en ai point trouvé. En dernier lieu, tout l'état-major qui a mefuré cette chaîne horrible de rochers n'y a pas vu le moindre veftige de coquilles. Les bords efcarpés du Rhône en font incruftés, mais c'eft évidemment de coquilles de colimaçons, de bivales, de petits teftacées, très-fréquens dans tous les lacs voifins. De coquilles de mer, on n'en trouve jamais.

Il n'y a pas long-temps que, dans un de mes champs, à cent cinquante lieues des côtes de Normandie, un laboureur déterra vingt-quatre douzaines d'huîtres ; on cria miracle ; c'était des huîtres qu'on m'avait

H h 3

envoyées de Dieppe il y avait trois ans. Je suis de l'avis de l'homme aux quarante écus, qui dit que des médailles romaines, trouvées au fond d'une cave à six cents lieues de Rome, ne prouvent pas qu'elles avaient été fabriquées dans cette cave. Quand au falun de Touraine dont on se sert pour fumer les terres, si c'étaient des coquilles de mer, elles feraient assurément un très-mauvais fumier, et on aurait une pauvre récolte. J'ai ouï dire à des tourangeaux qu'il n'y a pas une seule vraie coquille dans ces minières, que c'est une masse de pierres calcaires calcinées par le temps, ce qui est très-vraisemblable. En effet, si la mer avait déposé dans une suite prodigieuse de siècles ces lits de petits crustacées, pourquoi n'en trouverait-on pas autant dans les autres provinces?

Faut-il que tous les physiciens aient été les dupes d'un visionnaire nommé *Palissi* ? C'était un potier de terre qui travaillait pour le roi *Louis XIII*; il est l'auteur d'un livre intitulé : *le moyen de devenir riche, et la manière véritable par laquelle tous les hommes de France pourront apprendre à multiplier et augmenter leurs trésors et possessions, par maître Bernard Palissi, inventeur des rustiques figulines du roi.* Ce titre seul suffit pour faire connaître le personnage. Il s'imagina qu'une espèce de marne pulvérisée qui est en Touraine, était un magasin de petits poissons de mer. Des philosophes le crurent. Ces milliers de siècles, pendant lesquels la mer avait déposé ses coquilles à trente-six lieues dans les terres, les charmèrent et me charmeraient tout comme eux, si la chose était vraie. (1)

____

(1) L'éditeur de la nouvelle édition des œuvres de *Palissi* prétend que ce titre ridicule n'est point de *Palissi*, mais d'un ancien éditeur. Cependant il ne serait pas singulier que l'auteur même eût pris ce titre. Il avait fait

Le porphyre compofé de pointes d'ourfin ! Jufte
ciel, quelle chimère ! j'aimerais autant dire que le
diamant eft compofé de pattes d'oie. Avec quelle
confiance ne nous répète-t-on pas fans ceffe que les
gloffopètres dont quelques collines font couvertes, font
des langues de chien marin ! Quoi ! dix ou douze mille
marfouins feraient venus dépofer leurs langues dans le
même endroit il y a quelques cinquante mille années !
quoi ! la nature qui forme des pierres en étoiles, en
volutes, en pyramides, en globe, en cube, ne pourra
pas en avoir produit qui reffemblent fort mal à des
langues de poiffon ! J'ai marché fur cent cornes d'Ammon de cent grandeurs différentes, et j'ai toujours été
furpris qu'on n'ait pas voulu permettre à la terre de
produire ces pierres, elle qui produit des blés et des
fruits plus admirables, fans doute, que des pierres en
volutes.

Mais on aime les fyftêmes ; et depuis que *Paliffi* a

pour le roi de grandes figures de fa nouvelle faïence, et c'était par ces
ouvrages qu'il s'était fait connaître à la cour.

Paliffi fut un homme d'un véritable génie ; c'eft à lui que nous
devons l'art de faire la faïence qu'il n'apprit pas des Italiens, mais qu'il
devina, et qu'il fut porter à un grand degré de perfection : ce n'était pas
d'ailleurs un potier de terre, mais un ingénieur affez inftruit pour fon
temps dans les mathématiques et dans la phyfique. Sa découverte des
productions marines exiftantes dans les pierres, eft l'époque de la naiffance de l'hiftoire naturelle en France et même en Europe. Il était très-
zélé proteftant ; on le mit en prifon, mais comme il avait inventé des
ruftiques figulines pour le roi, il ne fut pas brûlé comme tant d'autres.
Le falun de Touraine contient réellement un grand nombre de coquilles ;
et fi elles font réduites en terre calcaire très-friable, elles peuvent être un
fort bon engrais. Quant aux pointes d'ourfin dans le porphyre, c'eft
une de ces rêveries qui, mêlées aux vérités que les bons obfervateurs
avaient découvertes, ont contribué à entretenir M. de *Voltaire* dans fon
erreur fur les coquilles foffiles. Rien n'eft plus funefte à la vérité que de
fe trouver en mauvaife compagnie.

H h 4

cru que les mines calcaires de Touraine étaient des couches de pétoncles, de glands de mer, de buccins, de phollades, cent naturalistes l'ont répété. On s'intéresse à un syftême qui fait remonter les chofes à des milliers de fiècles. Le monde est vieux, d'accord ; mais a-t-on befoin de cette preuve pour réformer la chronologie ? Combien d'auteurs ont répété qu'on avait trouvé une ancre de vaiffeau fur la cime d'une montagne de Suiffe, et un vaiffeau entier à cent pieds fous terre ? *Téliamed* triomphe fur cette belle découverte. On a vu un vaiffeau dans les abymes de la Suiffe en 1460 ; donc on naviguait autrefois fur le Saint-Bernard et fur le Saint-Gothard ; donc la mer a couvert autrefois tout le globe ; donc alors le monde n'a été peuplé que de poiffons ; donc, lorfque les eaux fe font retirées et ont laiffé le terrain à fec, les poiffons fe font changés en hommes ! Cela eft fort beau ; mais j'ai de la peine à croire que je defcende d'une morue.

Si l'on veut du merveilleux, il en eft affez fans le chercher dans de telles hypothèfes. Les huîtres, les pucerons, qui produifent leurs femblables fans s'accoupler, les fimples vers de terre qui reproduifent leurs queues, les limaçons auxquels il revient des têtes, font des objets affez dignes de la curiofité d'un philofophe.

Cet animal à qui je viens de couper la tête eft-il encore animé ? oui, fans doute, puifque l'efcargot remue et montre fon cou, puifqu'il vit, qu'il l'étend, et que, dès qu'on y touche, il le refferre.

Cet animal a-t-il des fenfations, avant que fa tête foit revenue ? je dois le croire, puifqu'il remue le cou, qu'il l'étend, et que, dès qu'on y touche, il le refferre.

Peut-on avoir des fenfations fans avoir au moins quelque idée confufe ? je ne le crois pas ; car toute fenfation eft plaifir ou douleur, et on a la perception de cette douleur et de ce plaifir ; autrement ce ferait ne pas fentir.

Qui donne cette fenfation, cette idée commencée ? celui qui a fait le limaçon, le foleil et les aftres. Il eft impoffible qu'un animal fe donne des fenfations à lui-même : le fceau de la Divinité eft dans les aperceptions d'un ciron, comme dans le cerveau de *Newton*.

On cherche à expliquer comment on fent, comment on penfe : je m'en tiens au poëte *Aratus* que St *Paul* a cité.

In Deo vivimus, movemur, et fumus.

Ah! fi *Mallebranche* avait voulu tirer de ce principe toutes les conféquences qu'il en pouvait tirer ! Peut-être quelqu'un renouera le fil qu'il a rompu.

RÉPONSE

DU CARME AU CAPUCIN,

Et fon fentiment fur la differtation précédente.

GARDEZ-VOUS bien, mon révérend père, de vous laiffer féduire par les philofophes dangereux qui avancent que tous les animaux et les végétaux naiffent d'un germe qui fe développe, et que rien ne vient de corruption ; c'eft une héréfie damnable.

St *Thomas* dit en termes formels : *Primum in generatione eft, ultimum in corruptione.* Là où la corruption

finit, la génération commence. St *Paul*, dans la première aux Corinthiens, parle ainſi aux incrédules : *Mais*,
dira quelqu'un, comment les morts reſſuſciteront-ils ? Inſenſés !
ne voyez-vous pas que les grains ſemés par vous ne ſe vivifient
point s'ils ne meurent. Il dit enſuite : *On ſeme dans la cor-*
ruption, on recueille dans l'incorruption. Voyez l'évangile
de St Jean, chapitre XII : *Si un grain de froment tom-*
bant en terre ne meurt pas, il demeure inutile ; mais s'il meurt,
il donne beaucoup de fruit.

Il eſt donc évident que c'eſt la pourriture qui eſt la
mère de tout ce qui reſpire.

A l'égard de l'Océan qui a couvert les montagnes,
St *Thomas* n'en dit rien. Auſſi je ne vous en parlerai
pas. Le nom d'Océan ne ſe trouve jamais dans l'Ecriture ;
de-là je juge que cet Océan, dont on parle tant, eſt fort
peu de choſe.

Mais pour les montagnes, je ſuis entièrement de l'avis
de ceux qui penſent qu'elles ſe ſont formées en peu de
temps ; car vous trouverez au pſaume 96 que les montagnes ont fondu comme de la cire. Vous trouverez auſſi
au pſaume 113 qu'elles ont danſé comme des béliers.
Or, ſi étant fondues, pſaume 96, elles ont danſé,
pſaume 113, il faut donc qu'elles ſe ſoient entièrement
relevées dans l'eſpace de 17 pſaumes. Cela eſt démontré
en rigueur.

Vous ſavez que la théorie des montagnes fait une
grande partie de notre théologie, ſur-tout quand elles
ſont plantées de vignes. Nous avons été fondés ſur le
mont Carmel ; mandez-moi s'il eſt vrai que vous l'ayez
été à Montmartre. Adieu ; que les colimaçons qui vous
ſont ſoumis, et tous les infectes qui vous accompagnent,
béniſſent toujours votre révérence.

REFLEXION

DE L'EDITEUR.

Quoi qu'il en foit de tout cela , il eft indubitable que les limaçons à coque, les efcargots, commencent à reprendre une tête quelque temps après qu'on la leur a coupée. Cette nouvelle tête renferme tout l'appareil d'organes très-compliqués que renfermait la première. Il n'y a point de petit garçon qui ne puiffe faire cette expérience; mais y a-t-il quelque homme fait qui puiffe l'expliquer ? Hélas ! les philofophes et les théologiens raifonnent tous en petits garçons. Qui me dira comment une ame , un principe de fenfations et d'idées réfide entre quatre cornes , et comment l'ame reftera dans l'animal, quand les quatre cornes et la tête font coupées? On ne peut guère dire d'un limaçon : *Igneus eft illi vigor et cœleftis origo;* il ferait difficile de prouver que l'ame d'un animal, qui n'eft qu'une glaire en vie, foit un feu célefte. Enfin ce prodige d'une tête renaiffante , inconnu depuis le commencement des chofes jufqu'à nous , eft plus inexplicable que la direction de l'aimant. Cet étonnant objet de notre curiofité confondue tient à la nature des chofes, aux premiers principes, qui ne font pas plus à notre portée que la nature des habitans de Sirius et de Canope. Pour peu qu'on creufe , on trouve un abyme infini. Il faut admirer et fe taire.

F I N.

TABLE

DES MATIERES

CONTENUES DANS CE VOLUME.

CHAP.

Phyfique, &c. I i

Fin de la Table des matières.

NATURE DE LA LUMIÈRE.

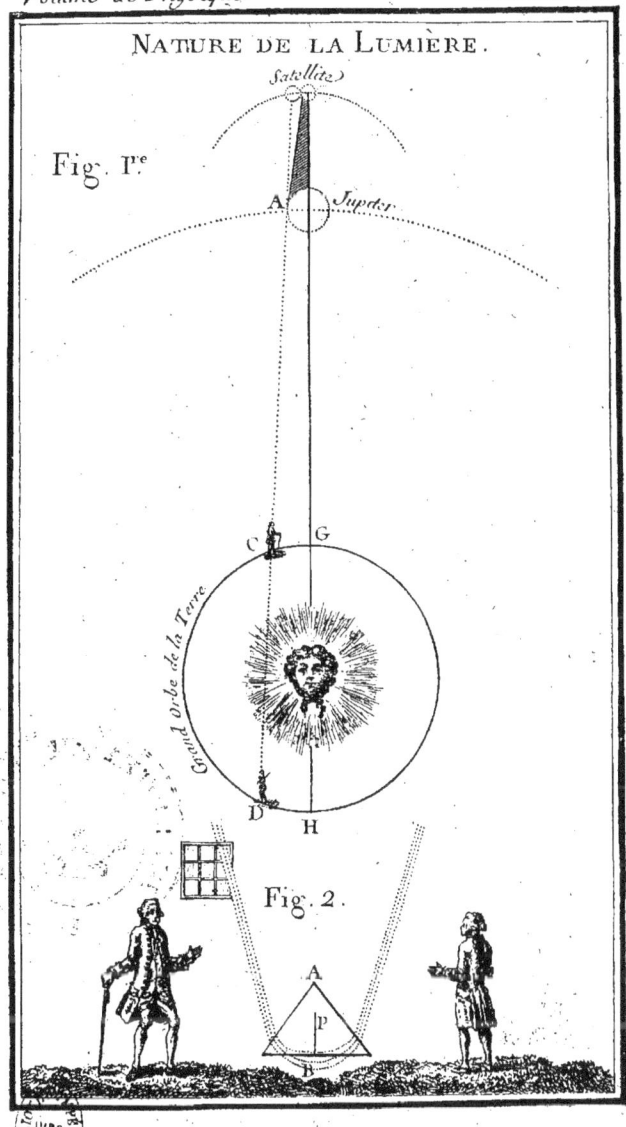

Fig. 1re

Fig. 2.

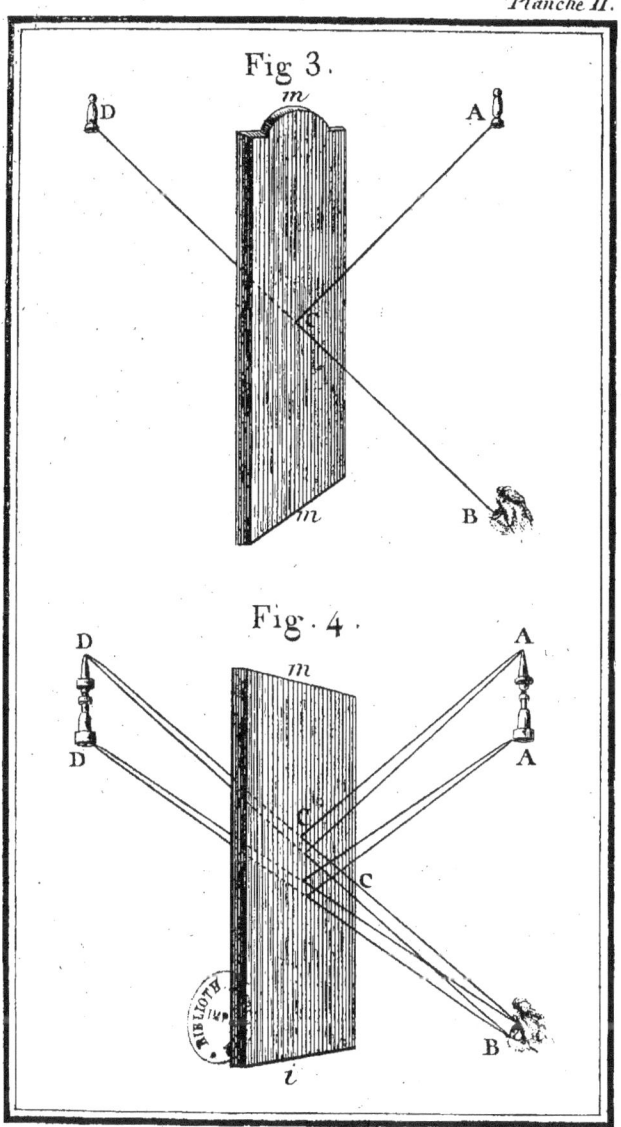

Fig 3.

Fig. 4.

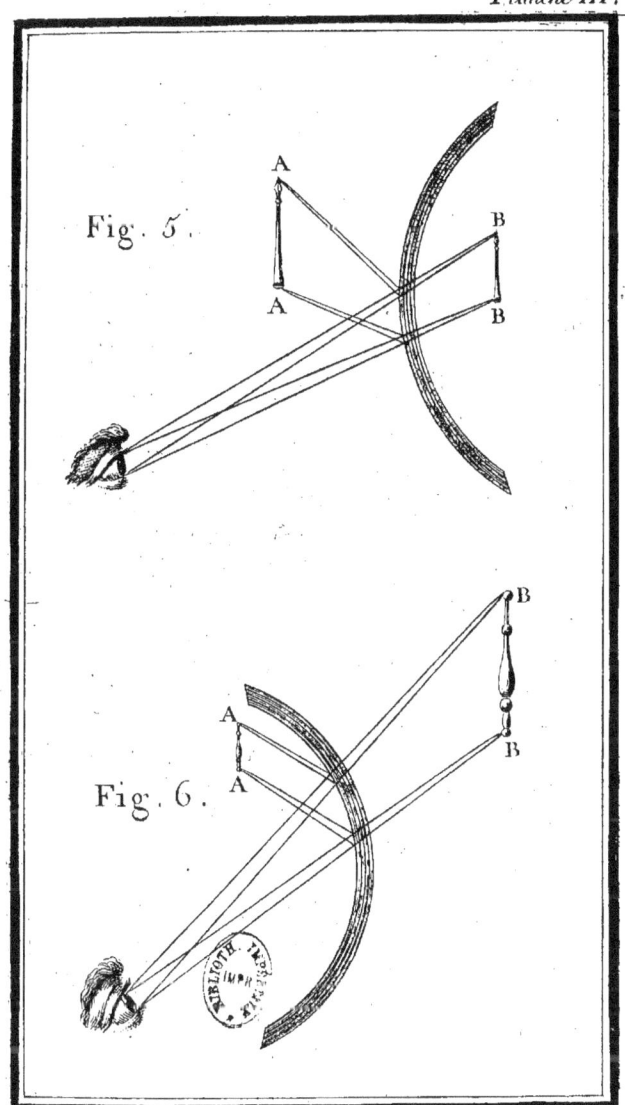

Fig. 5.

Fig. 6.

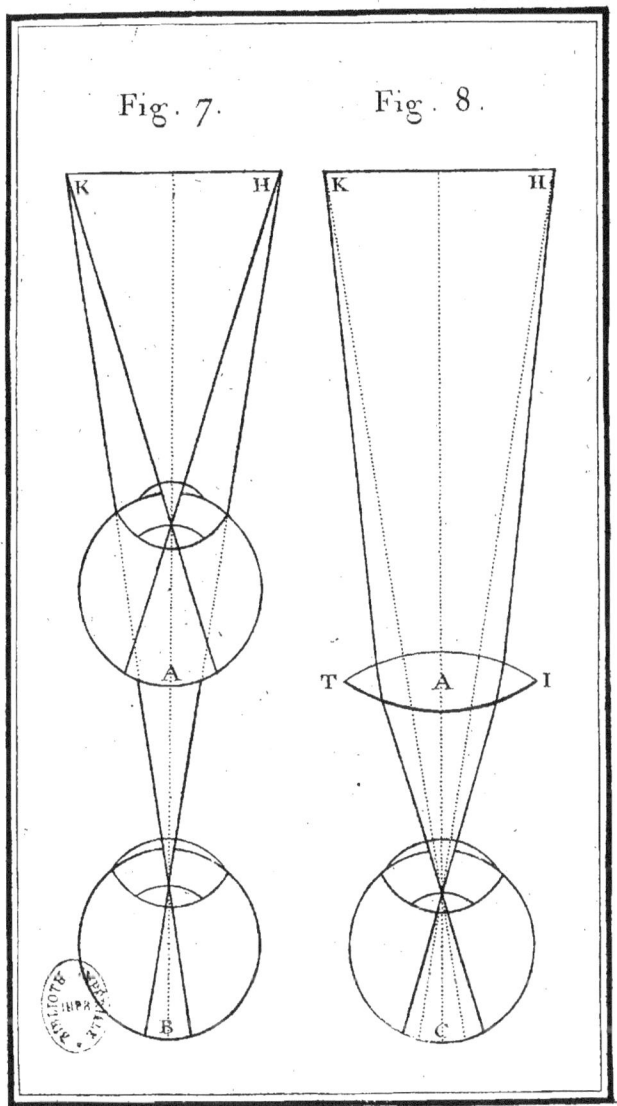

Fig. 7. Fig. 8.

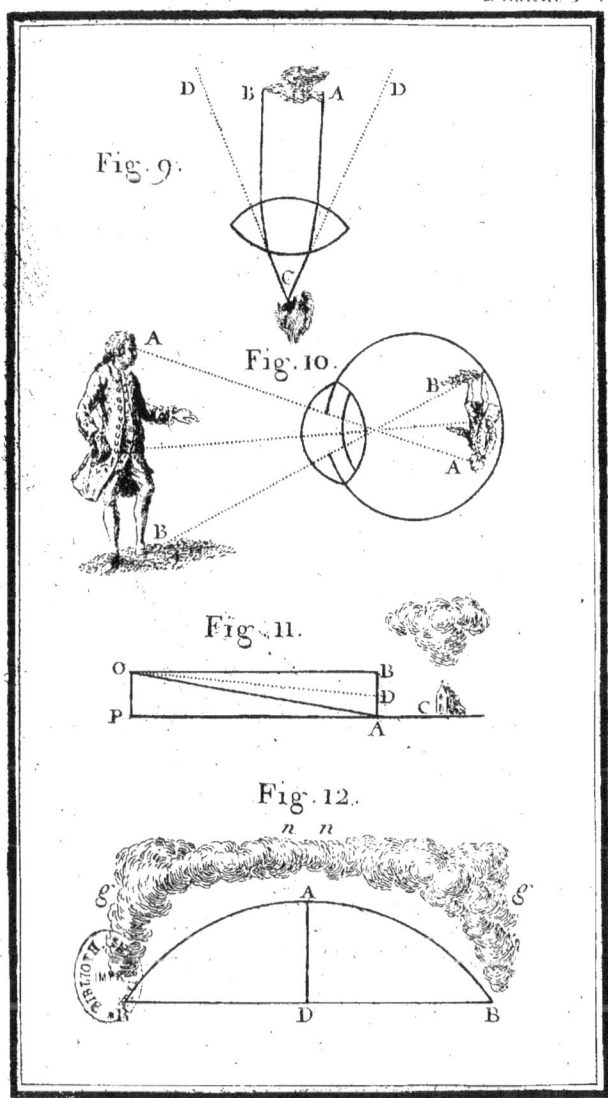

Fig. 9.

Fig. 10.

Fig. 11.

Fig. 12.

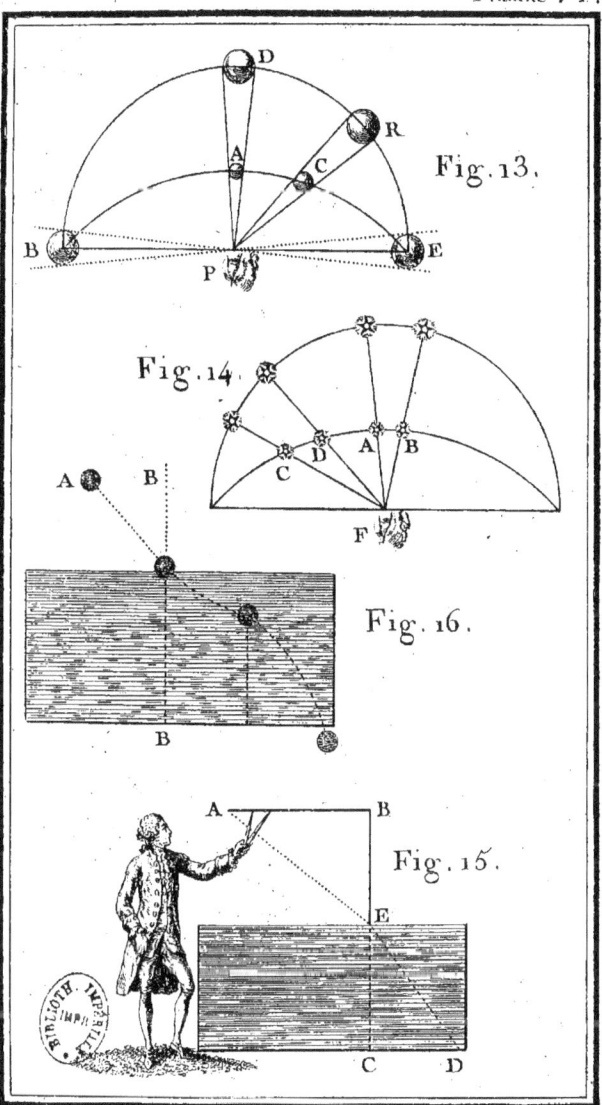

Fig. 13.

Fig. 14.

Fig. 16.

Fig. 15.

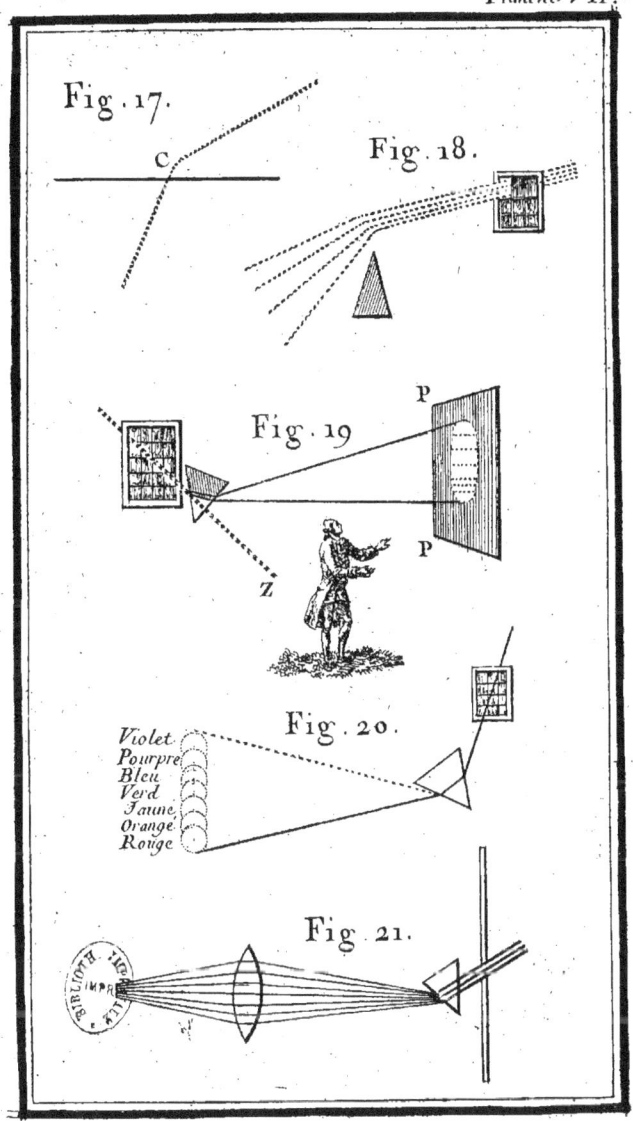

Fig. 17.

C

Fig. 18.

Fig. 19.

P

P

Z

Fig. 20.

Violet
Pourpre
Bleu
Verd
Jaune
Orange
Rouge

Fig. 21.

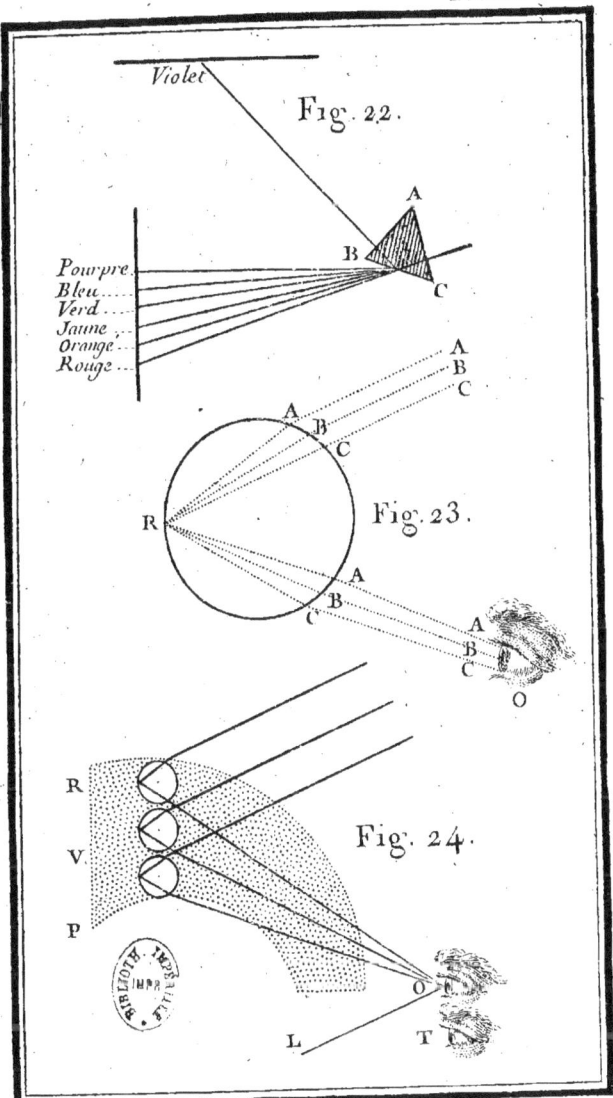

Violet

Fig. 22.

A

B

C

Pourpre.
Bleu.
Verd.
Jaune.
Orange.
Rouge.

A
B
C

A
B
C

R

Fig. 23.

A
B
C

A
B
C

O

R

V

P

Fig. 24.

O

L

T

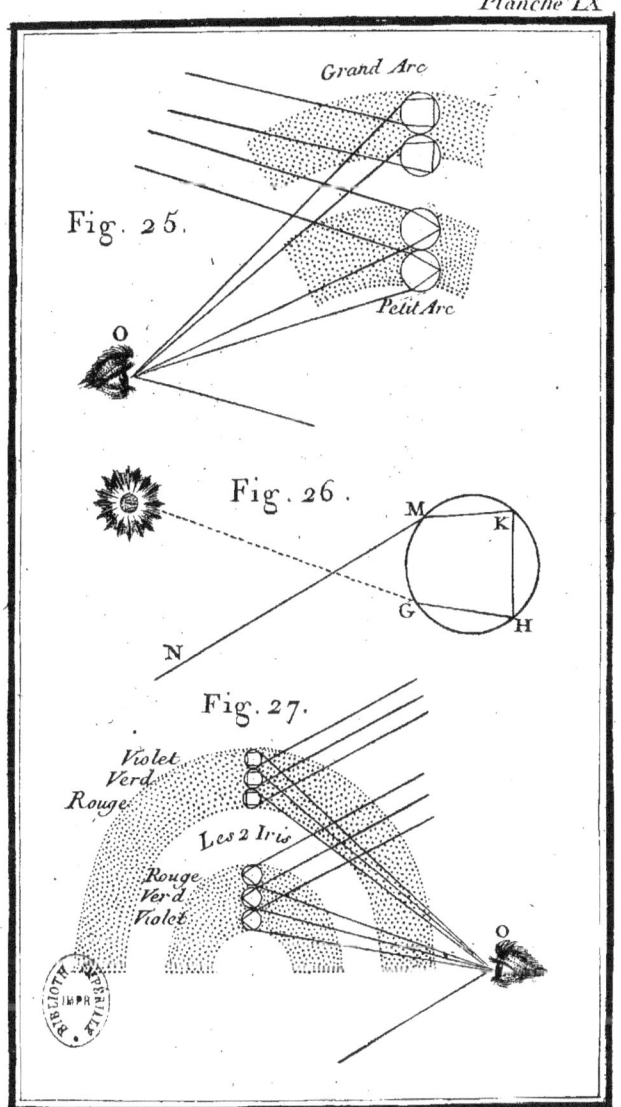

Grand Arc

Fig. 25.

Petit Arc

O

Fig. 26.

M
K
G
H
N

Fig. 27.

Violet
Verd
Rouge

Les 2 Iris

Rouge
Verd
Violet

O

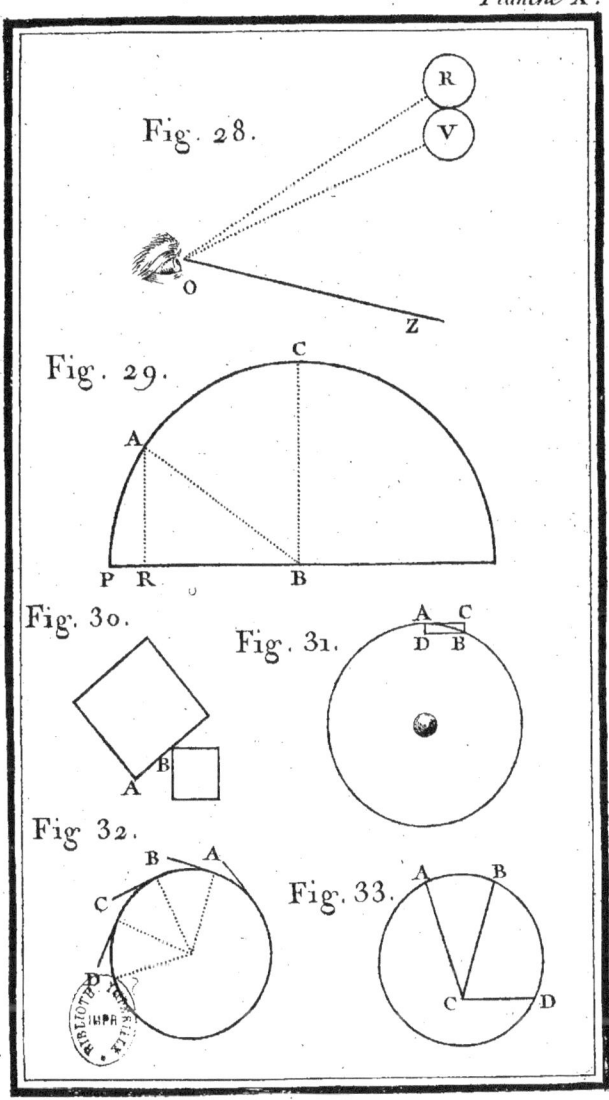

Fig. 28.

Fig. 29.

Fig. 30.

Fig. 31.

Fig 32.

Fig. 33.

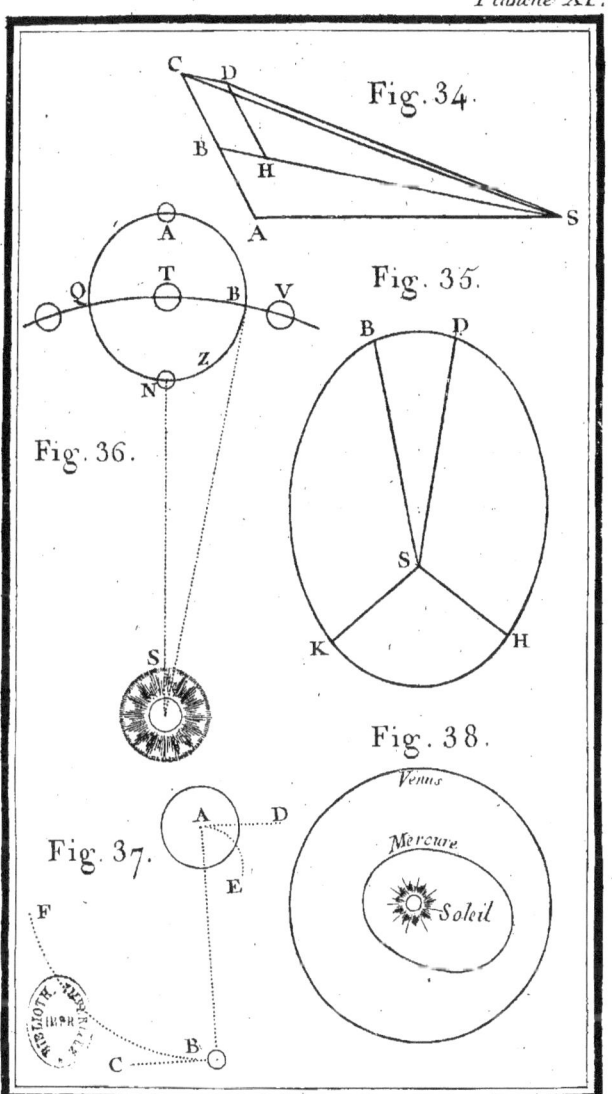

Fig. 34.

Fig. 35.

Fig. 36.

Fig. 38.

Fig. 37.

Venus

Mercure

Soleil

Planche XII.

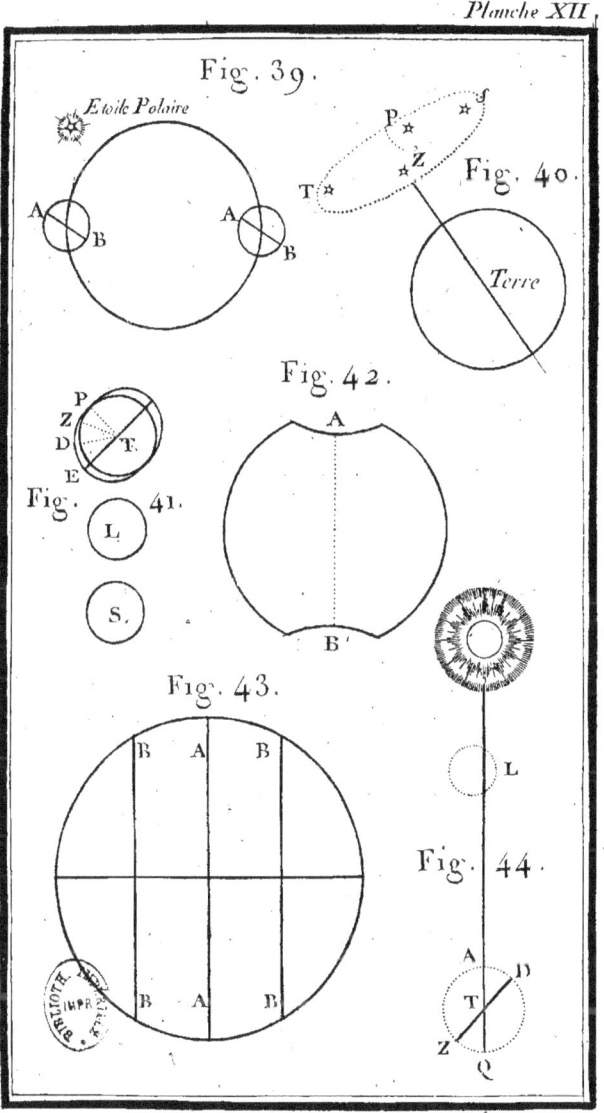

Fig. 39.
Etoile Polaire
A
B
A
B
Fig. 40.
P
S
Z
T
Terre
Fig. 41.
P
Z
D
T
E
L
S.
Fig. 42.
A
B
Fig. 43.
B
A
B
B
A
B
Fig. 44.
L
A
D
T
Z
Q

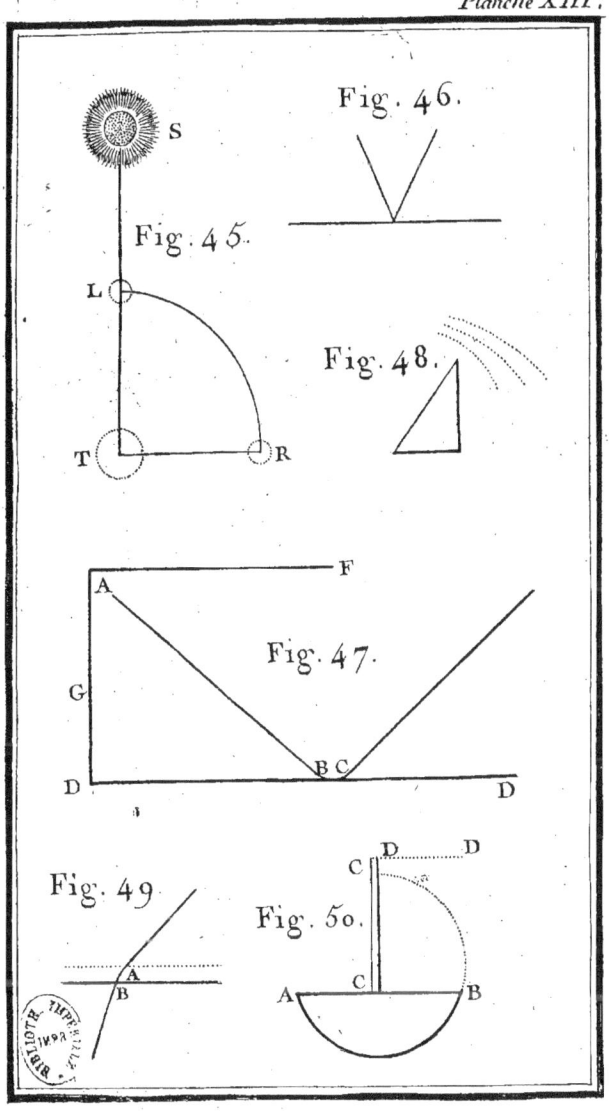

S

Fig. 46.

Fig. 45.

L

T   R

Fig. 48.

A   F

Fig. 47.

G

D   B C   D

Fig. 49.

Fig. 50.

D   D

C

A   C   B

A
B

Fig. 51.

Fig. 52.

A ———————————————— B

C ———————————————— D

D

Fig. 53.

Fig. 54.

B E

A

D

A B

F

D

E

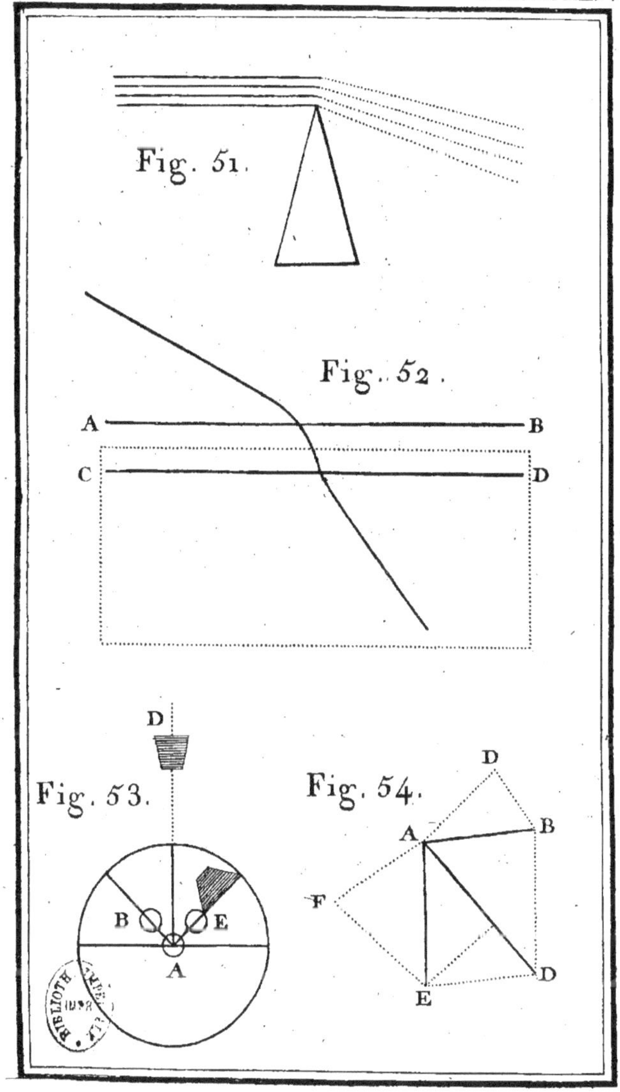

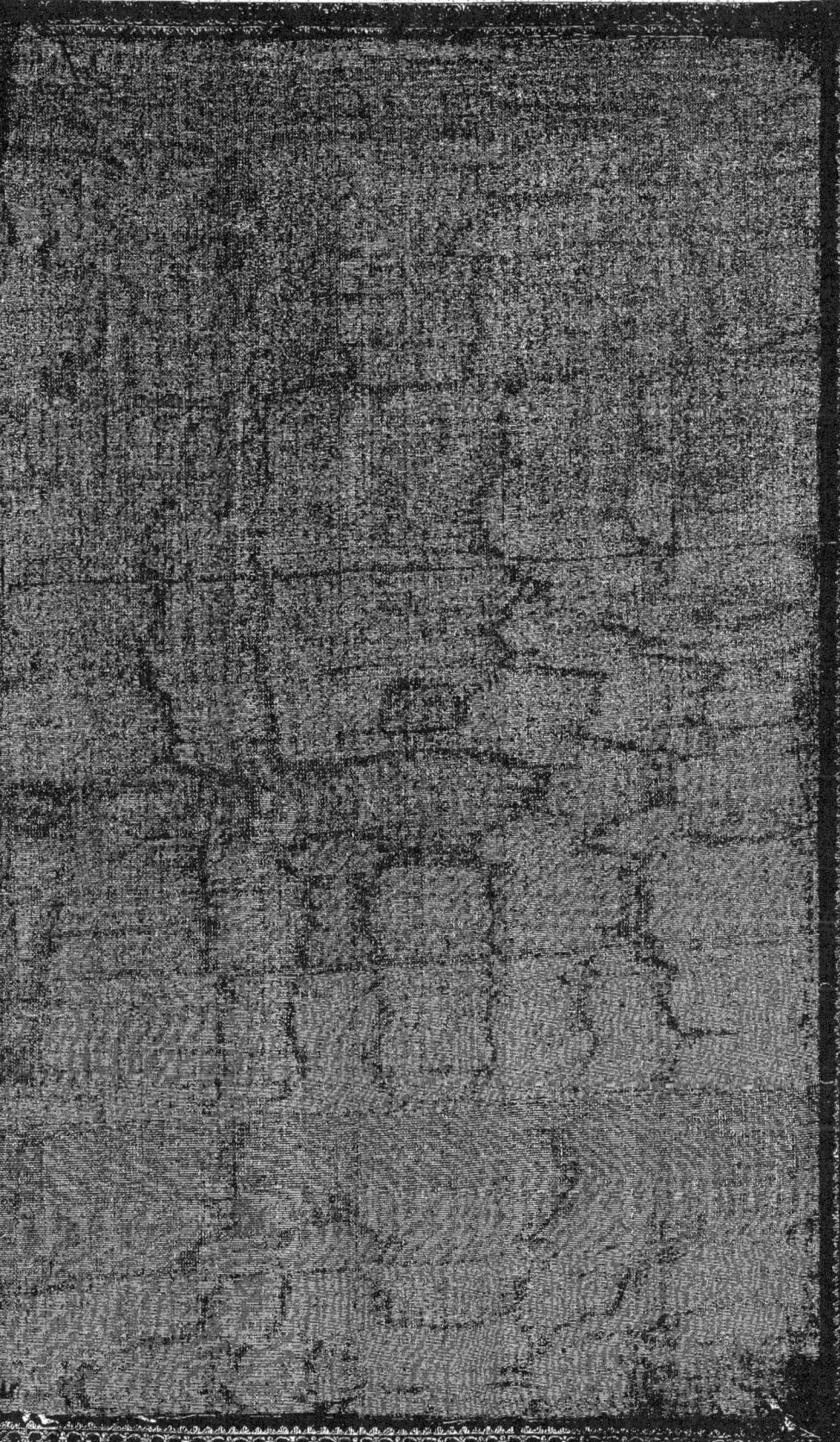

VOLTAIRE

31

PHISIQUE

www.ingramcontent.com/pod-product-compliance
Lightning Source LLC
Chambersburg PA
CBHW070355030726
47504CB00001B/187